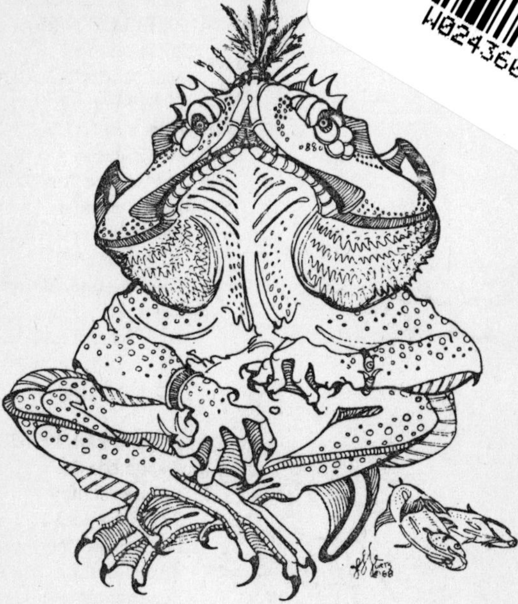

BASTEI
LÜBBE

JANNY WURTS IM TASCHENBUCH-PROGRAMM:

DER FLUCH DES NEBELGEISTES
20 342 Band 1
Meister der Schatten
20 349 Band 2
Herr des Lichts
20 355 Band 3
Die Schiffe von Merior
20 361 Band 4
Die Saat der Zwietracht
20 366 Band 5
Die Streitmacht von Vastmark
20 370 Band 6
Das Schiff der Hoffnung

ZYKLUS DES FEUERS
20 395 Band 1
Sturmwächter
20 396 Band 2
Schlüsselhüter
20 397 Band 3
Schattentempel

JANNY WURTS

SCHLÜSSEL HÜTER

Roman

Aus dem Amerikanischen
von Frauke Meier

BASTEI
LÜBBE

BASTEI LÜBBE TASCHENBUCH
Band 20 396

1. Auflage: Oktober 2000

Vollständige Taschenbuchausgabe

Bastei Lübbe Taschenbücher
ist ein Imprint der
Verlagsgruppe Lübbe

Deutsche Erstveröffentlichung
Titel der amerikanischen Originalausgabe: Keeper of the Keys

Lektorat: Christine Basmaji / Stefan Bauer
Titelillustration, Landkarte und Zeichnungen:
Janny Wurts / Agentur Schlück
Umschlaggestaltung: QuadroGrafik, Bensberg
Satz: QuadroPrintService, Bensberg
Druck und Verarbeitung:
Brodard & Taupin, La Flèche, Frankreich
Printed in France

ISBN 3-404-20396-8

DER BLICK DES DÄMONEN

Zwei orangerote Punkte glühten wie Kohlen in der Finsternis; Sternenlicht umrahmte eine kapuzenbewehrte Gestalt mit gefalteten, sechsfingrigen Händen. Jaric sog zischend Luft zwischen seinen Zähnen hindurch. Noch während er nach seinem Dolch griff, wußte er, daß jeder Versuch der Gegenwehr aussichtslos war. Die Kreatur, die sich ihm entgegenstellte, war llondischer Art, ein Feind der Menschheit.

Der Dämon betrachtete den Knaben ohne die geringste Regung. »Hüter der Schlüssel, du darfst nicht weitergehen.«

»Ich muß weitergehen», sagte Jaric. »Eine andere Möglichkeit gibt es nicht.« Und während ihm der Angstschweiß aus den Poren drang, hob der Knabe die Klinge …

Für Virginia Kidd
in Bewunderung, Respekt und inniger
Freundschaft

DANKSAGUNG

Mein besonderer Dank gilt:
Meiner jüngsten Schwester für das Korrekturlesen
und zwei ganz besonderen Freunden,
einem Autoren von der Westküste
und einem Seemann aus dem Osten,
für ihre Unterstützung und ihre Vorschläge
in dieser Reihenfolge.

Schließlich danke ich einem Freund, der vor seinem Tode das vorläufige Manuskript gegengelesen hat.

Hallowild
Morbrith
Gaires
Heumond
Corlin
Rotwasserfluß
Seitwald
Dunmoreland
Furlaingebirge
Mearren Ard
Imrill Kand
Keithland
Kendia
Allianz der freien Inseln
N
Tierl Enneth
Islamere
Land-feste
Corine-Meer
Innishari
Skane's Grat
Westinsel
Insel der Vaere

Nordmeer
Bucht des Verderbens
Covers Warren
Felwaithe
Murieton
Kisburn
Rifthafen
Kontinental Straße
Turm von Elrinfaer
Terin-Meer
Elrinfaer
Telshire
Mhored Kara
Deshwald

PROLOG

Eisige Winde trieben die gischtschäumende Brandung an die westliche Küste von Elrinfaer, vor der, wie ein einsamer Farbtupfer unter den bedrohlich wirkenden Klippen, eine Fischerschaluppe ihre rindengebräunten Segel unter dem finsteren Grau der Wolken ausbreitete. Es war ein altes Schiff, gezeichnet von den fleckigen Malen ihrer schweren Arbeitslast. Nun aber waren ihre Netze leer. Ihre Besitzer, zwei Brüder, lehnten müßig an der landwärts gerichteten Reling. Ergraut und übellaunig starrten sie blinzelnd zu dem dunklen Kleiderbündel, das oberhalb der Flutmarke auf dem Sandstrand lag.

Der jüngere der Männer spuckte in die Fluten. »Das ist ein Knabe, da oben. Jedenfalls habe ich noch nie gesehen, daß Treibgut Stiefel trägt.«

»So, meinst du?« grunzte sein Bruder unwirsch. »Erst letzte Woche hast du eine Boje über einer Untiefe übersehen. Beinahe wären wir deshalb auf Grund gelaufen, und jetzt behauptest du, du hättest gute Augen, was?« Obgleich verärgert, befahl er dennoch nicht, das Boot zu wenden. »Wenn in diesem Kleiderhaufen ein Mensch steckt, dann werde ich die Kupferstücke einer ganzen Woche nehmen und dir jeden Abend ein Bier davon bezahlen.«

»Die Wette verlierst du.« Der jüngere Bruder lachte und sprang auf, die Segel einzuholen. Er wettete leidenschaftlich gern, und so stemmte er sich gutgelaunt gegen das heftige Schlingern, als sich das windgepeitschte Segeltuch donnernd spannte. »Wenn er ertrunken ist, dann bekomme ich seinen Schmuck.«

Der ältere Bruder griff nach der Ruderpinne. »Wir werden sehen.« Und mit diesen Worten riß er das Ruder herum und jagte die nach Stockfisch stinkende Schaluppe forsch auf die Bucht zu.

Von der wütenden Brandung machtvoll vorangetrieben, schoben sich die stämmigen Planken der Schaluppe bald knirschend über den Sand. Der ältere Bruder stürzte an die Ruderbank, die schwieligen Hände kraftvoll um die Ruderpinne geklammert. Der jüngere Bruder folgte ihm und sprang sogleich aus dem Boot und stapfte ans Ufer, fest entschlossen, die Wette zu gewinnen.

Bald beugte er sich über die dunkle Masse an der Flutmarke. Möwen flatterten aufgeschreckt zum Meer. Vorsichtig berührte er den Stoff, ehe er sich wieder zurückzog.

Ungeduldig rief ihn der Bruder im Boot an: »Und? Wer bezahlt nun nächste Woche das Bier?«

Kaum vernehmbar im Donnern der Brandung und den Echos, die von den Klippen widerhallten, erscholl die Antwort: »Es ist ein Knabe.« Der jüngere Fischer unterbrach sich und richtete sich langsam an der Küste wieder auf. »Ein kranker Knabe.«

Der ältere Mann fluchte. Die Freude an der Wette war ihm plötzlich vergällt. Der Anstand zwang sie nun, einen Passagier an Bord zu nehmen; gleich ob krank, ob im Sterben liegend, würde der arme Teufel Nahrung und Wasser brauchen, und der Frachtraum der Schaluppe war noch nicht einmal gut genug gefüllt, um neuen Proviant zu bezahlen. »Bringst ihn wohl besser an Bord«, brüllte er. »Und das Biergeld geht dann für sein Essen drauf.«

Der jüngere Fischer zuckte gleichmütig die

Schultern und hob den schlaffen Leib vom Strand auf. Sein Fund erwies sich als schlank und schwarzhaarig, gekleidet in die Fetzen eines einst feinen Staates. Die Augen, die im Delirium geöffnet waren, waren blau, und seine Hände waren von Wunden übersät, die wie Verbrennungsmale aussahen.

»Der wird vermutlich nicht mehr als ein Floh essen«, murmelte der jüngere Bruder, als er atemlos die Schaluppe erreichte und seine Last im Bug ablud. »Wenig genug wiegt er.«

Doch der ältere Bruder gab sich weiter teilnahmslos. Ruckartig wandte er den Kopf um, nun begierig, von der Küste fortzukommen, hinter der sich die Ruinen des einst glücklichen Königreiches von Elrinfaer befanden.

»Außerdem hast du den Sportgeist einer alten Vettel«, grummelte der Jüngere. Mit der Schulter stemmte er sich gegen den Rumpf der Schaluppe, um ihren plumpen Bug zur See zu schieben. Als sie mit einem harschen Knirschen in tieferes Gewässer glitt, stöhnte der Knabe im Bug im Fieberwahn.

»Hättest du ihn denn zurücklassen wollen?« fragte der Jüngere anklagend, angetrieben von dem Schweigen seines Bruders. Als er keine Antwort erhielt, zuckte er die Schultern; der Schiffbrüchige trug höfische Kleider, zwar übel zerfetzt, doch der Schmutz auf seiner Tunika war frisch. Vielleicht hatte er reiche Verwandte, die seine Retter für seine sichere Rückkehr belohnen würden.

Kapitel 1

BETRUG

Gegen Abend versammelten sie sich im großen Saal der Festung zu Riffhafen: eine grobschlächtige Truppe aus Schiffsoffizieren, Matrosen und Soldaten. Sie alle lebten im Exil, sie alle waren von der Allianz der Freien Inseln und den abseits gelegenen Königreichen rechtmäßig als Diebe oder Mörder verurteilt worden; alle bis auf eine Ausnahme – ein schmales, schwarzhaariges Mädchen, das beinahe in dem Brokatsessel verschwand, auf dem es mit angezogenen Beinen hockte. Ihre Arme waren sonnenverbrannt und von unzähligen Kratzern übersät, und die Haut auf ihrer Nase löste sich ab, doch die Robe, die sie trug, verfügte über den perlenden Schimmer jenes Stoffes, der einen von den Vaere ausgebildeten Traumweber kennzeichnete. Aus diesem Grunde näherte sich ihr der bärtige Hauptmann, der sich durch das Gedränge biertrinkender Kumpane schlängelte, nur mit größtem Respekt.

Von der feiernden Meute, Seemännern mit silbernen Kreolen in den Ohren und Offizieren, die noch immer ihre Rüstung trugen, hin und her gestoßen, erreichte er endlich etwas Ruhe in einer Ecke. Dort stellte der Hauptmann seinen Krug zur Seite. Er war beauftragt worden, sich um das Wohlergehen der Zauberin zu kümmern, und zur Zeit zeichnete eine sorgenvolle Miene das Gesicht des Mädchens. Dem Mann blieb keine Wahl, als das Getöse durch Gebrüll zu übertönen, doch er bereute augenblicklich, daß sich sein Geschrei weit schroffer anhörte als beabsichtigt. »Taen Traumweberin?«

Als ihr Name fiel, blickte sie sich um. Fahl blickten die riesigen Augen unter dem Schatten ihrer Brauen. Sie war achtzehn Jahre alt, doch schien sie viel jünger. »Jaric ist nicht hier.«

»Nein? Seid Ihr sicher?« Überrascht, daß der Junge gegangen sein sollte, strich der Hauptmann mit den Fingern über das Heft des Messers an seinem Gürtel. Die Sorge des Mädchens spiegelte sich in seinen Zügen, als er seinen Blick auf der Suche nach dem einzig überlebenden Nachfahren des Zauberers Ivain, des Feuergebieters, durch die Menge wandern ließ.

Die Siegesfeier war dem Krieg direkt auf den Fersen gefolgt. Noch immer hing die Haupttür schief, versengt und halb herausgerissen in ihren Angeln, getroffen von einem Sperrfeuer feindlicher Magie. In jedem freien Winkel stapelten sich zertrümmerte Möbelstücke, deren Polster von unzähligen Pfeilen durchbohrt waren. Noch konnte keine Arbeitskraft von den Reparaturarbeiten an den Verteidigungseinrichtungen abgezogen werden, um den Saal von den Trümmern zu befreien, und der Kielmark, der diese Räuberhöhle regierte, war nie ein Mann gewesen, der sich mit Feinheiten aufhielt. Begünstigt durch die Hilfe von Taen, der Traumweberin, hatten seine Soldaten gerade erst den Angriff einer Armada zurückgeschlagen, die von Dämonen unterstützt worden war. Auf seine Anweisung hin hatten die Überlebenden die Möglichkeit erhalten, sich von den Nachwirkungen der Anspannung zu erholen und ihre toten Kameraden zu betrauern – doch nur für diese eine Nacht. Schon morgen mußten Offiziere, Mannschaften und Soldaten sich erneut tatkräftig ihrem Dienst widmen.

Die Stimmung war entsprechend ausgelassen. Auseinandersetzungen, Diskussionen, Zoten und Wettkämpfe im Armdrücken bildeten eine immer größer werdende Geräuschkulisse. Geduldig arbeitete sich der Hauptmann durch das Gewirr von Renegaten, alle bewaffnet, manche bandagiert. Die meisten der Männer lachten, waren überschwenglich mitteilsam und großzügige Säufer. Doch von einem Ende der Halle zu jenem anderen, an dem die Leiber sinnlos betrunkener Seemänner schnarchend auf einem Haufen lagen, um ihren Rausch auszuschlafen, förderte all seine Mühe doch keinen Schimmer des wirren blonden Haares von Jaric zutage.

Ganz in der Nähe schlug jemand das Heft seines Messers auf die Tischplatte und beklagte die armselige Darbietung der Musikanten. Der Hauptmann zuckte zusammen, wußte er doch nicht, wie empfindlich Traumweber auf Obszönitäten reagieren mochten. Er sah sich nach dem Mädchen um und erkannte, daß ihr besorgter Blick noch immer auf ihm ruhte. »Habt Ihr ihn gesucht?« fragte er, wobei er sich auf die vaeregeschulte Gabe des Mädchens bezog, mit deren Hilfe es jeden Geist und sogar die Erinnerungen jedes Mannes aufstöbern konnte, ohne sich dafür sonderlich bemühen zu müssen.

»Nein.« Als würde die Frage sie schmerzen, faltete Taen ihre nervösen Hände krampfhaft im Schoß. »Das muß ich nicht. Jaric ist zu den Eisklippen gegangen.«

Pfeifend sog der Hauptmann die Luft ein. »Der Kielmark wird bald viel zu tun haben. Besser, Ihr sagt es ihm sofort.« Eifrig griff er nach seinem Bierkrug in der Absicht, sich zurück zum anderen Ende des Raumes zu arbeiten, wo das Gedränge am dichtesten war und das gewaltige, donnernde Gelächter des Herrschers über Riffhafen den weniger machtvollen Lärm der Feiernden überlagerte.

»Corley, nein!« sagte Taen, wobei sie den Hauptmann damit überraschte, ihn beim Namen zu nennen. Doch wenn auch ihre Wahrnehmungsgabe unheimlich war, so war doch die Hand, die sie auf seinen Arm legte, um ihn aufzuhalten, schlicht menschlich und besorgniserregend hager. »Ich werde Jaric finden, vertrau mir. Fordere nicht heraus, was, wie wir beide wissen, geschehen wird, wenn der Kielmark herausfindet, daß er fort ist.«

»Bei den Feuern von Kordane«, fluchte der Hauptmann. Doch sie sprach die Wahrheit, die Zauberin mit den Augen eines Kindes. Der Herrscher über Riffhafen behielt die Kontrolle über seinen Verbrecherhaufen dank seiner Gerissenheit und einem Mißtrauen, das keinerlei Ausnahmen zuließ. Wenngleich nur ein Knabe, hatte Jaric als Erbe des Feuergebieters den Kielmark außerst argwöhnisch werden lassen, denn selbst die besten Flotten und Befestigungsanlagen in ganz Keithland waren nutzlos gegen die Macht der Magie eines Zauberers. Abschätzend blickte Corley die Traumweberin an, und er erkannte, daß sie ihn aufhalten würde, sollte er darauf beharren, Bericht zu erstatten; vaerische Magie verlieh ihr die Macht dazu. Kapitulierend richtete er seinen Blick himmelwärts, und er sprach beinahe zu leise, um bei all dem umgebenden Lärm gehört zu werden. »Mädchen, bei meinem Leben und meiner Manneskraft, ich habe nicht gehört, daß Ihr so etwas gesagt habt.«

Er sah sich um und stellte fest, daß die Zauberin sich bereits auf den Weg gemacht hatte. Auffällig hob sich ihre silbergraue Robe von all den Lederhosen, den eisenbeschlagenen Rüstungen und dem etwas glatteren Leinen der Matrosen ab. Voller

Unruhe beobachtete Corley, wie sie sich durch das Gedränge in dem Saal schob. Die härtesten, erfahrensten Kämpfer Keithlands wichen bereitwillig zur Seite, um sie passieren zu lassen, manche zwar trunken und redselig, doch blieben alle höflich, und in ihren sonnenverbrannten Gesichtern spiegelte sich eine Aufrichtigkeit, die diese vernarbten Züge lange nicht gezeigt hatten. Der Kielmark hatte kein Geheimnis aus den Fakten gemacht: Ohne die Hilfe der Traumweberin wäre Riffhafen der Armee des Königs zum Opfer gefallen, und die Dämonen als seine Verbündeten hätten in ihrem Rachefeldzug gegen die Menschheit nicht ein Leben verschont.

Taen glitt zwischen den bronzefarbenen, mächtigen Leibern eines Quartiermeisters und eines Seemanns mit einer Zahnlücke hindurch, und als sie schließlich im Korridor verschwand, wünschte sich Corley im stillen, er wäre weit fort. Die ganze Situation war furchtbar; die Traumweberin hatte sich ihrem Meister unter den Vaere widersetzt, um zu bleiben und Riffhafen zu beschützen. Kein Sterblicher konnte sich auch nur annähernd vorstellen, welcher Gefahr sie sich dadurch ausgesetzt hatte. Doch der Kielmark hatte ihr versprochen, in aller Eile Abhilfe zu schaffen und sie bis zum Morgengrauen des folgenden Tages auf einem Schiff gen Süden unterzubringen. In diesem Zusammenhang hatte sich Jaric für sein eiliges Verschwinden keinen schlechteren Zeitpunkt aussuchen können. Nunmehr verärgert, daß der Bursche nicht einmal um eine Eskorte ersucht hatte, legte Corley seine Hand um seinen Krug. Den König der Piraten im Unwissen zu lassen, während zwei Menschen, die unter seinem Schutz standen, mitten in der Nacht durch die Wildnis seines Herrschaftsgebietes stolperten, grenzte an einen

Akt reinen Wahnsinns. Corley diente Riffhafen lang genug, um zu wissen, was sein Leben wert war; er trank einen gewaltigen Schluck Bier und beschloß, der Bitte der Traumweberin nicht Folge zu leisten.

Doch kaum tat er einen Schritt, um seinen Herrn zu informieren, da durchdrang die träumerische Berührung des Mädchens seinen Geist: ›*Nein!*‹

Mitten im Schritt hielt Corley fluchend inne. Also beobachtete sie ihn mit der unfaßbaren Gabe ihrer Art; und in ihrem Aufruf deutete sich die Warnung an, daß sie ihn gewaltsam aufhalten würde, sollte sie dazu gezwungen sein. Da er keinerlei Interesse verspürte, sich mit Magie zu messen, setzte er sich vorsichtig in den Brokatsessel, den sie verlassen hatte. Er lachte, sehr leise und durchaus nicht ohne Humor. Dann, ganz entgegen seinem achtsamen Gemüt, hob er seinen Krug an die Lippen und leerte ihn in einem Zug bis zum letzten Tropfen. Wenn die Traumweberin dem Sohn von Ivain, dem Feuergebieter zu jenen Eisklippen folgen wollte, die den Sturmwärter von Elrinfaer gefangenhielten, so hatte zumindest ein Hauptmann in Riffhafen beschlossen, sich aus dieser Angelegenheit herauszuhalten. Mit Glück und genug Zeit konnte er es schaffen, bis zur Bewußtlosigkeit betrunken zu sein, wenn der Herrscher von Riffhafen schließlich entdecken würde, daß beide, sowohl die Zauberin, als auch der Erbe eines Zauberers, seine Feier verlassen hatten, ohne sich zu verabschieden.

Draußen strich ein feuchter, salziger Wind über den Hof. Wolken verhüllten den morgendlichen Untergang des Halbmondes, und in der frischen Brise, die vom Hafen heraufwehte, lag der Hauch drohenden Regens. Taen blieb im Torbogen stehen und wartete blinzelnd, bis sich ihre Augen nach dem strahlendhellen Kerzenschein des Festsaales an das weit düstere Flackern der Fackeln gewöhnt hatten. Schlau genug, um kein Geräusch von sich zu geben, beruhigte sie den flatternden Saum ihrer Robe mit den Händen, während sie sich vorsichtig nach den Wachen umblickte. Auch die ausgelassensten Feierlichkeiten waren kein Anlaß anzunehmen, daß die Patrouillen des Kielmark in ihrem Diensteifer nachlassen würden. Doch kein Mann wartete mit einem Speer in der Hand auf das Mädchen im Außenhof. Verlassen schimmerten die taufeuchten Pflastersteine, und der Ring, an dem normalerweise das gesattelte Pferd angebunden war, hing herab und glänzte unter stählernen Reflexionen.

Taen hielt den Atem an. Sie konzentrierte ihre Traumweber-Wahrnehmung auf die Ställe und traf sofort auf rege Aktivität. Zwar konnte sie sich auch ohne weitere Information gut vorstellen, worum es dort ging, doch sie verfeinerte ihre Konzentration noch weiter und stellte fest, daß die Wache damit beschäftigt war, den Stallburschen zu befragen. Gewiß würden sie nicht lange brauchen, um zu erkennen, daß jemand ohne offizielle Erlaubnis das Pferd genommen hatte, das im Falle einer Notlage zu jeder Tages- und Nachtzeit gesattelt für den Kielmark bereitstand.

Jaric, dachte Taen. Sie murmelte eine Beschimpfung, die sie von den Fischweibern in Imrill Kand gelernt hatte und die ausreichte, selbst die erfahrenen Ohren Corleys zu röten, ehe sie rasch in den Wind hinaustrat. Sie mußte sich beeilen, wollte sie vermeiden, daß der Wachmann dem Kielmark Bericht erstattete. Noch während sie atemlos durch den Gang zu den Ställen hastete, rief sie jene Fähigkeiten herbei, die sie gerade erst unter der Anleitung der Vaere zu meistern gelernt hatte. Die Geister, die sie nun zu beeinflussen suchte, waren nicht so gut informiert und folglich schwerer zu überzeugen als Hauptmann Corley. Die Hofwache war ein altgedienter Soldat, der mit den Launen des Kielmark wohlvertraut war; und der Stallbursche war in Riffhafen zur Welt gekommen. Während seiner ganzen Kindheit hatte er gesehen, wie Männer gehängt worden waren, weil sie Befehle mißachtet hatten. Neben dieser sicheren Bestrafung erschien ihm die Magie der Traumweberin als geringeres Risiko.

So abrupt trat Taen aus den Schatten in den Fackelschein, daß sowohl der Wachsoldat als auch der Stallbursche erschreckt zusammenzuckten. Keiner von ihnen sah sie als das, was sie tatsächlich war: ein zierliches, zerzaustes Mädchen mit sorgenvoll gerunzelter Stirn. Ihre Augen nahmen schlicht den silbergrauen Schimmer ihrer Robe wahr, wo sie wachsam verharrten.

»Zauberin«, murmelte der Stallbursche. »Bei Kors Gnade, verhext uns nicht.«

Taen hielt inne, schluckte und fragte sich, ob jemals irgend jemand sie wieder normal behandeln würde. »Ivainson Jaric ist der Schlüssel zum Überleben Keithlands.« Sie konzentrierte ihren Blick auf den Wachmann, der schwitzend im Licht der Stallaternen stand und seinen Speer mit beiden Händen umklammerte. »Der Kielmark und der Sohn des Feuergebieters dürfen jetzt nicht aufeinandertreffen. Der Knabe ist bekümmert genug, sorglos zu handeln. Er würde Euren Herrn erzürnen und sich selbst dem gewissen Tod ausliefern. Wenn Ihr mir aber ein Pferd gebt, so kann ich ihn aufhalten und dafür sorgen, daß auch Ihr nicht bestraft werdet.«

Weder Wachsoldat noch Stallbursche ließen sich

durch ihr Versprechen beeindrucken. Die Disziplin des Kielmark war zu Lande wie zu Wasser legendär, und niemand, der dem je zu widersprechen gewagt hatte, hatte diesen Irrtum überlebt. Ein Augenblick der Spannung zog dahin in der stürmische Finsternis, durch die das ferne Donnern der Brandung herüberhallte. Taen verkrallte die Finger in ihrer flatternden Robe und mühte sich, die Geduld zu wahren. Sie wollte jene beiden keinen Zwang auferlegen, solange sie sich nicht dazu gezwungen sah. Als aber der Wachsoldat mit angsterfüllter Miene herumwirbelte und davonrannte, blieb ihr keine andere Wahl. Macht strömte ohne Verzögerung von ihr aus und überlagerte die Wahrnehmung des davonrennenden Mannes. Noch bevor er einen weiteren Schritt tun konnte, taumelte er, um sogleich unsanft zu Boden zu stürzen, wo er, alle viere von sich gestreckt, landete.

Der Stallbursche keuchte.

»Ihm ist nichts geschehen!« sagte Taen, und obwohl ihre Fertigkeiten noch immer nicht perfekt waren, gelang es ihr, in dem entsetzten Geist des Jungen ein Bild zu erzeugen, das ihm zeigte, daß dem Mann in der Tat kein Leid geschehen war. »Sattle mir ein Pferd«, fügte sie sanft hinzu. »Und bitte glaube mir, wenn ich dir sage, daß ich imstande bin, den Zorn des Kielmark zu zügeln.«

Der Stallbursche musterte sie skeptisch, als würde er erst jetzt erkennen, daß sie kaum älter als er selbst war; und doch hatte ihre Macht die Dämonen besiegt. Kopfschüttelnd zuckte er die Schultern und wandte sich um, um ihrer Bitte nachzukommen. Allein die Tatsache, daß seine Knie zitterten, zerstörte den vorgespielten Eindruck der Gelassenheit.

Taen lehnte sich an die halbhohe Holztür eines

Stalles. Sie war erleichtert, ihren Traumsinn nicht noch ein drittes Mal gebraucht zu haben und nach der Beeinflussung Corleys weitaus erschöpfter, als es ihr lieb sein konnte. Mühsam versuchte sie, ihre Sorge zu unterdrücken. Rund um sie herum erhoben sich die Granitmauern des wehrhaftesten Bollwerks in Keithland. Gewiß würde sie noch für eine kurze Zeit in Sicherheit sein. Schon morgen würde sie sich auf ein Schiff begeben, das sie nur fünf Tage nach jenem Datum, das ihr übersinnlicher Lehrmeister ihr auferlegt hatte, zur Insel der Vaere zurückbringen sollte. Selbst wenn die Dämonen von ihrer Existenz wissen sollten, so konnten sie kaum so rasch handeln.

In der Finsternis hinter ihrem Rücken schnaubte ein Pferd. Taen erschrak und unterdrückte mit Mühe einen Aufschrei, als die warmen Nüstern sanft ihren Arm berührten. Gerade, als sie zurückwich, kehrte der Stallbursche mit gleich zwei Pferden an einer Führungsleine zurück. Das kleinere Tier übergab er Taen wortlos; das andere verdrehte die Augen, bis bösartige weiße Ringe sichtbar wurden. Das erfahrene Schlachtroß begann zu tänzeln, als der Knabe an seinem Zaumzeug zog und es mit geübten Bewegungen durch das Tor zu dem Eisenring im Hof führte. Taen fühlte seine Gedanken. Einer Zauberin ein Pferd zu überlassen, war vielleicht entschuldbar, doch sollte der Kielmark sein gesatteltes Pferd brauchen und einen leeren Ring vorfinden, so würde sein gewaltiges Schwert dieses Vergehen beantworten, noch ehe er seinen Atem dazu verschwenden würde, Fragen zu stellen.

Taen betrachtete die Blesse auf dem Kopf des Tieres, das sie reiten sollte, und sogleich verblaßte ihre Beschäftigung mit den Problemen des Stallburschen hinter ihren eigenen Sorgen. Sie war unter

Fischern aufgewachsen – die größten Tiere, die sie auf ihrer Heimatinsel kennengelernt hatte, waren Ziegen. Die Vorstellung, ein Pferd zu reiten, und sei es auch das sanfteste Tier auf der Welt, versetzte sie in Furcht.

Wie gebannt starrte sie noch immer den Steigbügel an, als der Stallbursche zurückkehrte. Mürrisch bot er seine Hilfe an, und noch ehe sie protestieren konnte, hatte er bereits ihre Hüften umfaßt und ihren zarten Körper in den Sattel gehoben. »Geht, bevor die Wache wieder erwacht«, sagte er und unterstrich seine Worte durch einen Klaps auf das Hinterteil der Stute. Das Tier verfiel in Trab, und die Steigbügel schlugen schmerzhaft gegen Taens Fußknöchel. Sie saß verdreht im Sattel und ergriff mit beiden Händen die Mähne des Rosses, und beinahe wären ihr die Worte entgangen, die der Stallbursche ihr nachrief.

»Wenn Ihr noch hier seid, wenn die Wache zu sich kommt, wird es ihm eine Ehre sein, seinen Speer durch Euren Rücken zu bohren.«

Durchgerüttelt brachte Taen auf ihrem Weg zu den Toren hinaus in die windgepeitschte Finsternis ein Geräusch hervor, das irgendwo zwischen einem Schluchzen und einem Lachen angesiedelt war. Nun, da sie endlich eine wackelige aufrechte Position im Sattel innehatte, waren Speere wirklich ihre geringste Sorge; der Zorn des Kielmark und die Loyalität seiner Männer waren zumindest vorhersagbar, die Reaktionen von Ivainson Jaric hingegen nicht. Wehmütig wünschte sich Taen, sie könnte sich mit ihrem Mentor auf der Insel der Vaere beraten; denn Jaric war nun unterwegs, um dem Sturmwächter, Anskiere, die Schlüssel von Elrinfaer zu übergeben, weil er glaubte, daß seine Verpflichtung gegenüber dem Zauberer enden würde, hatte er erst den geforderten Dienst erfüllt. Was er aber nicht wußte und was Taen ihm auf keine schonende Weise beibringen konnte, war, daß Anskiere derzeit außerhalb seiner Reichweite im Inneren der Banne unter den Eisklippen gefangen war. Ohne die Fähigkeiten eines Feuergebieters konnten die Schlüssel nicht ihrem rechtmäßigen Besitzer zurückgegeben werden. Jaric blieb nur, sie zu bewachen, was schon gefährlich genug war, denn die Dämonen würden danach streben, die Schlüssel unter ihre Kontrolle zu bringen, die ihnen gerade erst so knapp entgangen waren. Schlimmer noch: sollten die Verdammten Kors je auch nur ahnen, daß Ivain, der Feuergebieter, einen lebendigen Erben zurückgelassen hatte, so würde Jaric die Beute in ihrer erbarmungslosen Jagd sein, denn sein verborgenes Potential der Zauberei mochte eines Tages ihren Plänen gegen die Menschheit im Wege stehen.

Taen umklammerte die Zügel. Unter Qualen, trieb sie das Pferd zum Galopp und jagte es mit donnernden Hufen durch das Haupttor hinaus. Fackelschein fiel mit der inneren Festung hinter ihr zurück. Scharrend glitten die Hufe der Stute die breite Steintreppe hinab, die sich über den mit Dornenbüschen und Olivenbäumen bewachsenen Hang zog. Unter ihr lag die Stadt, ein Netzwerk aus Lichtern zwischen den düsteren Gemäuern der Lagerhäuser. Der Hafen bildete ein Flickwerk aus silbrigen Reflexionen und schwarzen Schatten, den vor Anker liegenden Zweimastern der Korsaren des Kielmark. Doch Taen hielt nicht auf die Stadttore zu. Statt dessen hetzte sie die Stute rechtsherum zum nördlichen Portal, das hinauf auf die Kammstraße führte.

Bereitwillig ließen die Wachen sie passieren,

schließlich war auch Jaric vor ihr diesen Weg gekommen. Die Stute lief in ruhigem Galopp über den ebenen Boden, und da sie keine mißtrauenerweckende Tendenz zeigte, sich gegen ihren Beißring zu stemmen und durchzugehen, entspannte sich Taen ein wenig. Ihre Füße schoben sich endlich durch die Steigbügel, und das rhythmische Trappeln der Hufe löste die Spannung in ihrem Geist weit genug, ihren Traumsinn zu aktivieren. Ein nagendes Stechen durchdrang ihre Intuition auf der dunklen Straße vor den äußeren Festungstoren.

Ungeschickt zügelte sie die Stute und gab sich endlich ihrem eigenen Ärger hin. Eine kurze Überprüfung der Lage in dem großen Saal der Festung enthüllte ihr den glühenden Zorn des Kielmark, der seinen Soldaten Befehle erteilte, woraufhin sie eilends davonrannten, um Waffen, Helme und Pferde zu holen. Zweifelsfrei davon überzeugt, daß allein Jaric und sie der Grund für die Aufregung waren, konzentrierte Taen ihre Wahrnehmung auf jenen einzelnen, weißglühenden Strang der Bewußtheit, der wahrhaft von Bedeutung war.

Gedanken, scharf wie Peitschenhiebe, beantworteten ihren Vorstoß. ›*Zauberin! Kurpfuscherin! Was habt Ihr nun wieder angestellt? Wo ist Jaric?*‹ Stets zum falschen Zeitpunkt gefährlich instabil, brannte der Geist des Kielmark nun vor Zorn. Trotz dieser großen Wut drang Taen in die Ursache dieser Emotion vor, und während die Mühen ihr den Schweiß aus den Poren trieben, überlagerte sie Ungeduld durch Ruhe, fälschte Gewalt zu Verwirrung ab und schuf aus Wahnsinn eine Öffnung, groß genug, eine verständliche Kommunikation fließen zu lassen.

›*Ruft Eure Soldaten zurück, ich werde mich um Jaric kümmern.*‹ Sie grub sich in die Gedanken des

Herrschers von Riffhafen und erkannte bald, daß auch er bereits ahnte, daß der Junge sich auf den Weg zu Anskiere gemacht hatte. Doch noch immer machte der Drang, eine bewaffnete Patrouille auszusenden, jeden Versuch zunichte, seine unbändige Wut zu zügeln. Nunmehr traurig, konfrontierte Taen ihn mit jener einen Tatsache, die ihn möglicherweise mäßigen konnte. *›Laßt ihn gehen. Er wird nicht finden, was er mehr als alles andere zu erreichen sucht.‹*

Erstaunen antwortete ihr, gefolgt von Berechnung, diese wiederum gefolgt von scharf umrissenen, intuitiven Vermutungen. *›Dann ist der Sturmwächter also hilflos?‹*

Taen seufzte. Wahnsinnig, doch gerissen wie ein alter Wolf, machte der Kielmark nur wenige Fehler, wenn es darum ging, die Schwächen Keithlands zu erkennen. Als seine Gedanken sich nun der Zukunft zuwandten, um sich der Planung komplizierter Gegenschläge zu widmen, löste die Traumweberin den Kontakt. Sie trieb ihre Stute hinauf zu den verkrüppelten Pinien auf der Höhe, nunmehr gewiß, daß die Männer, die ausgezogen waren, ihre Waffen zu holen, zu ihrem Bier zurückgerufen werden würden. Der Kielmark würde ihr gestatten, ungestört nach Ivainson Jaric zu suchen, und da die Möglichkeiten einer Zauberin vermutlich selbst das ausgereifteste Netz aus Wachen und Patrouillen zu sprengen imstande waren, würde selbst die Wache wahrscheinlich mit einer bloßen Rüge davonkommen.

Doch im ersten Regen der aufziehenden Dämmerung hatte sie kaum eine weitere Meile zwischen den windgepeitschten Bäumen hinter sich gebracht, als sie das näherkommende Donnern von Hufen hinter sich vernahm. Es war keine Patrouille; die

Männer, die auf den Außenposten Wache hielten, ritten niemals allein, und die Wachablösung bestand stets aus fünf Männern. Verärgert und in der feuchten Luft frierend, zügelte Taen die Stute und wartete, bis der Reiter sie eingeholt hatte. Bald verlangsamte das Pferd, ehe es schließlich neben ihr zum Stehen kam. Funken stoben auf, als die eisenbeschlagenen Hufe auf den Stein schlugen, und Taens Stute begann nervös zu tänzeln.

Nur durch Zufall behielt sie die Kontrolle über das Tier. Nutzlos hingen die Zügel in ihren Händen, während sich ihre Beine ungeschickt bewegten. Dennoch gelang es ihr, im Sattel zu bleiben, als der Mann, den sie als die Wache aus dem Außenhof erkannte, sein Pferd gegen das ihre drückte und ihr den schweren Stoff eines Mantels über die Hände warf.

»Mit Empfehlung des Kielmark«, rief er atemlos. Dann grinste er. »Hat gesagt, seine Patrouillen könnten allein dafür sorgen, daß Euch nichts geschieht, aber er wollte verdammt sein, wenn Ihr Euch hier draußen eine Erkältung holt.«

Taen, die Corleys Einmischung hinter dieser Geste erkannte, grinste ebenfalls. Dann, als sie sich den Mantel über die Schultern warf, berührte ihre Hand den Rubin, der die Brosche am Kragen zierte. Der gefürchtetste und mächtigste Mann in Keithland hatte ihr ganz bewußt seinen eigenen Mantel geschickt. Durch die Tatsache, daß sie seine Festung vor den Verdammten Kors geschützt hatte, hatte Taen, die Traumweberin, mehr als nur die Dankbarkeit des Kielmark errungen. Dennoch fiel es ihr schwer, sich über diesen Umstand zu freuen. Vor ihr stand der Erbe von Ivain, dem Feuergebieter, vor einer Entscheidung, die sich auf das weitere Schicksal der ganzen Menschheit auswirken würde;

und hinter ihr, einsam und verlassen zu Elrinfaer, war der Bruder, den sie an die Dämonen verloren hatte.

Für Marlson Emien gab es keine Hoffnung mehr. Durch die unerwartete Güte zweier Fischer dem Sandstrand von Elrinfaer entronnen, lag er nun kraftlos unter dem Schutz eines notdürftig gespannten wasserdichten Tuchs, als die ersten Regentropfen auf das Boot herniedergingen. Die Brüder, die ihn gefunden hatten, hatten seine Hände versorgt, ohne zu ahnen, daß die Wunden auf die ätzende Reaktion einer Berührung eines Sterblichen mit einer Lösung dämonisch kontrollierter Sathidkristalle zurückzuführen waren. Auch wußten sie nicht, daß sein Fieber keine Krankheit kennzeichnete, sondern die Auswirkungen jenes Übergangsstadiums, in dem die Wesenheiten, die von ihm Besitz ergriffen hatten, mit seinem Geist verschmolzen und die Vorherrschaft über sein Wesen errangen. Unabänderlich besessen von den Verdammten Kors, hörte Emien das Rauschen der See so wenig wie das Knarren der Planken, als das Boot mühsam durch die Wogen pflügte. Kälte konnte ihn nicht länger berühren, nicht einmal, als das abfließende Wasser von der Persenning über seine Schultern und seinen Rücken rann. Sein Blick war starr, und seine Glieder bewegten sich nicht. Allein sein Geist fühlte die Qual. Als der Sathid durch seinen Körper strömte, fiel seine Wahrnehmung einem grausamen Alptraum anheim, dem er vollkommen hilflos ausgeliefert war.

Die Schwester, die sich in Riffhafen grämte, hätte ihn nun nicht mehr erkennen können. Dämonische Gedanken überrannten sein menschliches Wesen, fremdartige Bedürfnisse wüteten in seinem Geist. Emien hatte Haß wohl gekannt; doch nie im Leben hatte er Bosheit von solcher Tiefe und Intensität erfahren, wie sie ihn nun erfüllte, da seine neuen Herren angesichts des Verlustes der Schlüssel von Elrinfaer zürnten. Eine ganze Dekade komplizierter Planung hatte nicht ausgereicht, und ein weiteres Mal war ihre Hoffnung, die Menschheit auslöschen zu können, zunichte gemacht worden. Nur ein einziger Teil des großen Planes hatte gerettet werden können: eine neue Schachfigur war gewonnen, Merya Tathagres zu ersetzen, und als nun das Sathidwesen Emiens Persönlichkeit assimilierte, untersuchten die Dämonen ihr neues Opfer genau.

Stimmen wisperten im Geist des Jungen, trocken und zahllos wie totes Laub im Wind. Die Worte entstammten keiner menschlichen Sprache, und die Sprecher waren weit entfernt, unterhielten sich an einem Ort jenseits der Nordgrenze von Keithland. Und doch, über die Brücke der Sathidverbindung, waren sie auch Teil von Emien und Emien ein Teil von ihnen. Das Verstehen der fremden Worte erforderte für ihn keine Übersetzung.

›*Wer, sag mir, wer ist er?*‹

Eine andere Stimme, schroffer, kurz angebunden und autoritär, antwortete: ›*Menschenkind, einsam, genannt Marlson Emien, doch nun unser, dazu bestimmt, der Ruin-der-Seinen zu werden.*‹

›*Wissen, sag-mir-rasch, welche Erinnerungen besitzt er?*‹

Eine dämonische Gedankenprüfung bohrte sich durch Emiens Geist. Er stöhnte leise, unfähig sich zu widersetzen, als die Dämonen erbarmungslos durch sein Wesen drangen. Den größten Teil seiner früheren Erfahrungen taten sie als bedeutungslos ab, doch nicht alle; dort, wo seine neuen Herren interessiert waren, stöberten, bohrten, lauschten und forschten sie, sortierten ohne Gnade jede Information aus, nach der es sie gelüstete. Sie untersuchten seine Kindheit, die Armut und den Mangel, die er als Sohn eines Fischers in Imrill Kand erfahren hatte. Nicht eine Kleinigkeit entging ihrer Prüfung. Dämonen erfuhren von den groben Holzwänden des Dachbodens, auf dem er unter den Qualen seiner Alpträume gezittert hatte, und von der stillen, abgehärmten Witwe, die ihn aufgezogen hatte. Sie wußten von dem Torfrauch und dem Strandgut, von dem säuerlichen Geruch der Netze, die im nebelverhangenen Zwielicht trockneten; und nicht zuletzt erfuhren sie von Taen, der Schwester, die in der Bucht Muscheln gesammelt hatte und tanzend mit den Ziegen über die Blumenwiesen der felsigen Hänge gerannt war, bis zu jenem Tag, da ein Unfall sie zum Krüppel geschlagen hatte. Als sie aber endlich Heilung erfahren durfte, hatte ihre Familie sie verloren; denn Anskiere, der Sturmwächter, hatte sich ihr Vertrauen erschlichen und sie zur Ausbildung auf die Insel der Vaere gesandt.

Hier hielten die Dämonen in ihrer Untersuchung inne, angetrieben von bohrendem Interesse. Emien zuckte zusammen. Ohne daß seine Wohltäter, die Fischer, etwas davon bemerkten, lag er schwitzend und zitternd im feuchten Bug des Bootes, während die Feinde der Menschheit die Details der Existenz dieser Schwester genauer überprüften. Die Stimmen erreichten einen Tonfall fiebriger Aufregung in der Finsternis.

›*Schau, dies-der-Beweis, noch eine vaeregeschulte Zauberin wandelt zu unserem Leid auf Keithlands Boden.*‹

Die Untersuchung drang tiefer und tiefer und

offenbarte schließlich Taens Beteiligung in der Schlacht, die Riffhafen vor der Niederlage bewahrt hatte. ›*Vaeregeschult, ja, gewiß zur Traumweberin begabt.*‹ Nun verfestigte sich der Griff um Emiens Geist, konzentrierte sich in grausamer Eindeutigkeit auf die Schwester, wie er sie zuletzt gesehen hatte, als sie auf den windumtosten Höhen vor dem Turm von Elrinfaer gestanden hatte. Zitternd klammerte sie sich an die Umarmung Ivainson Jarics, die Schlüssel von Elrinfaer mit verkrampften Fingern fest umschlossen. Ihre Kleider waren zerrissen, die Haut mit dem Salz einer Ozeanreise überzogen. In der Blässe ihres Antlitzes zeigte sich ihre Erschöpfung, und ihr schwarzes Haar fiel wirr über Schultern, die vor Anspannung bebten. Doch dort, wo die menschliche Vision endete, förderte die weiterreichende Wahrnehmung der Dämonen noch mehr zutage: ein Nimbus grünlichen Lichts schimmerte um ihre Gestalt als faßbares Zeichen der sathidverstärkten Mächte, die sie herausgefordert und gemeistert hatte. Die Stimmen flüsterten aufgeregt und verfeinerten ihren Zugriff, bis sich ein Muster in ihrer Aura zeigte. Sogleich verflog ihre Sorge. Das Murmeln der dämonischen Kommentare wandelte sich zu Hohn, der wie ein Singsang durch Emiens Wesen drang.

›*Es ist aus mit ihr, mit dieser Traumweberin aus der Schule der Vaere. Zu schnell ausgesandt, um zu schützen. Seht, die Aura ist getrübt. Ihre Kristalle sind noch nicht ausgereift und werden bald schon gefährlich werden.*‹ Nun folgte ein Intervall, angefüllt mit zustimmendem Gemurmel. ›*Unser Pakt muß Marlkind Taen, Emien-Schwester, nicht fürchten. Schon während wir sprechen, schwebt der Untergang über ihr. Der Sathid, den sie besiegt hat, um ihre Macht zu erringen, wird sich schon bald reproduzieren wollen, und die Verände-*

rungen, die er über ihren Leib bringen wird, werden sie zweifellos töten.‹

Fröstelnd und inzwischen vollkommen reglos auf den regennassen Planken des Bootes, flehte Marlson Emien tief im Inneren um eine Erklärung. Die Stimmen verstummten, überlegten und erfüllten schließlich mit einem Aufblitzen bitterer Grausamkeit seine Bitte.

Ihre Antwort erreichte ihn in Form eines Traumbildes. Emien beobachtete einen anderen Zauberer, der vor sieben Generationen als Erster Zauberer dem König von Felwaithe gedient hatte. Doch das dämonische Gedächtnis umspannte viele Jahrhunderte, und die Erinnerungen zeigten sich in einer Klarheit von unzweifelhafter Schärfe. Während einer Zeit des Krieges hatte ein vernichtender Angriff der Dämonen jenen Mann dazu getrieben, sich ohne Unterstützung einer Bindung an einen Sathidkristall auszuliefern. Der Zauberer hatte überlebt und die Herrschaft gewonnen, nur um bald darauf zugrunde zu gehen, weil das Wesen, das er beherbergte, in den Zyklus der Selbstreproduktion einging. Durch die von den Dämonen gewährte Erinnerung beobachtete Emien, wie sich der Mann auf seinem Krankenlager, einem harten, flechtenverkrusteten Stein in den Mooren jenseits von Keithland, unter Qualen wand. Er zitterte, schwitzte, hatte jegliche Kontrolle über seine magischen Fähigkeiten durch sein Delirium verloren. Noch während Emien zusah, überzog eine leichenhafte Blässe seinen Leib, und die Musekeln spannten sich unter den Wogen endlosen Schmerzes. Als die Abenddämmerung einbrach, endete sein Zittern. Aus den blutgefüllten blauen Flecken an seinem Leib entstanden häßliche, eiternde Wunden. Würgend, keuchend unter dem

Gefühl des Entsetzens, sah Emien, wie Scherben aus Kristall aus dem sterbenden Leib des Zauberers herausdrangen. Der Mann schrie. Seine mitleiderregenden Schreie verklangen, während seine Lebenskräfte Stück für Stück von den messerscharfen Kanten glitzernden Mineralgesteins zerstört wurden.

Am Ende blieb nur Kristall, eine kantige Erinnerung an einen Leib, der einst menschlich gewesen war. Qualen schienen in die Form selbst gemeißelt zu sein, hier eine Andeutung verkrampfter Hände, dort die verzerrte Linie des Rückens. *So würde Taen sterben.* Sie trug die Saat einer kristallenen Wesenheit in sich, die aus ihrem Leib hätte entfernt werden müssen, ehe sie volle Reife erreicht hatte. Doch der Vaere hatte sie vor der Zeit hinausgeschickt, so glaubte Emien, damit sie sich den dämonischen Plänen entgegenstellen konnten, welche Riffhafen bedroht hatten. Letzten Endes hatte der Sturmwächter, der sie fortgelockt hatte, sie betrogen. Dafür, so stimmten die Stimmen in den Schatten überein, sollte Anskiere von Elrinfaer teuer bezahlen müssen.

Diese Versicherung wirkte beruhigend auf Emien. Nicht länger warf er sich voller Qualen hin und her, als seine Meister die Untersuchung seines Geistes fortsetzten. Statt dessen fiel er in einen fiebrigen Schlaf. Das Flüstern der Stimmen verwob sich zu einer Litanei vor dem Hintergrund seiner Träume, während sich die Prüfung der Verdammten Kors von seiner Schwester zu dem Knaben wandte, der ihr Trost spendete.

Er war ebenso bestürzt wie seine Schwester. Hemd und Tunika hatte er sich an Dornenranken aufgerissen; die Glieder unter seinen Kleidern waren muskelbepackt und von den Tagen am Ruder des Segelbootes sonnengebräunt. Doch trotz all seiner Stärke war der Junge scheu und unsicher. Er hatte das Schwert fortgeworfen, das er benutzt hatte, um die Schlüssel von Elrinfaer für sich zu gewinnen, doch seine Hände hatten noch im Augenblick des Sieges gezittert, und unter seinem sonnengebleichten Schopf zeigten sich die Spuren von Tränen auf seinen Wangen.

›*Wer?*‹ verlangten die Stimmen zu erfahren. Tiefer drang die Berührung durch die Dämonen, zerrte an Emiens Erinnerungen, bis der hagere, ungeschulte Erbe von Ivain, dem Feuergebieter, identifiziert war.

Stille folgte, Stille, die von Zorn und Groll kündete. Stets waren vaeregeschulte Zauberer eine Bedrohung für die Dämonen gewesen, doch unter all jenen hatten Anskiere und Ivain, der Herr über Feuer und Erde, den größten Schaden angerichtet. Ersterer war nun ein Gefangener, eingekerkert durch seine eigenen Banne über den Eisklippen. Doch die Erkenntnis, daß Ivain einen Erben hinterlassen hatte, dessen Potential, dessen Gabe der seinen nicht nachstehen mußte, löste Bestürzung und Wut aus und weckte eine grausame Begierde zu zerstören.

›*Der Knabe muß zur Strecke gebracht werden*‹, schäumte die erste Stimme.

›*Getötet*‹, fiel die zweite ein.

›*Zerstört, vollkommen vernichtet*‹, jaulte eine dritte, und das Heulen ungezählter weiterer ließ Emiens Kopf vibrieren. Während seine dämonischen Meister den Sathid instruierten, der über sein Schicksal betimmte, litt sein Leib zuckend unter den Auswirkungen. ›*Rufe das neue Opfer. Zwinge ihn, in dem Augenblick, da die Schwäche der Bindung weit genug nachläßt, ihn handeln zu lassen. Zwinge das Menschenkind, das Boot seiner Wohltäter zu stehlen und nordwärts zum Schattentempel zu segeln. Scait, der Herr der Dämonen, soll seinen Geist und seine Erinnerungen kontrollieren. Hernach soll der Haß von Marlson Emien geschult und mit Waffen ausgestattet werden; und Ivainson Jaric, Erbe des Feuergebieters, soll zur Strecke gebracht und getötet werden.‹*

Kapitel 2

HÜTER DER SCHLÜSSEL

Zerklüftete, eisige Felsen verursachten Schürfwunden an Janics Händen, während er kletterte. In der Finsternis schienen die Hänge der Eisklippen steiler und weit gefährlicher als in seiner Erinnerung, obgleich ein Sturm seinen letzten Aufstieg behindert hatte. Eine Woge donnerte unter ihm über das Riff. Die nasse Wolle seiner Tunika klebte auf seinem Leib, dessen Muskeln vor Ermattung zitterten, und dennoch suchte er nach dem nächsten Halt, sich weiter hinaufzuziehen. Schmerzhaft schlug er mit dem Schienbein gegen das Granitgestein, bis sein Stiefel einen neuen Ansatzpunkt fand; Kieselsteine lösten sich unter seinen Sohlen, und das Rasseln ihres Sturzes ging in dem Brodeln der Brandung in der Tiefe unter.

Krampfhaft klammerte sich der Erbe des Feuergebieters an einen Felsvorsprung. Nichts würde ihn aufhalten können. Solange nicht die Feder des Sturmfalken und die Schlüssel von Elrinfaer dem Sturmwächter, ihrem rechtmäßigen Hüter, übergeben waren, war Ivainson Jaric nicht in der Lage, sein eigenes Leben zu leben.

Der Knabe schüttelte das sonnengebleichte Haar aus seinem Gesicht und suchte nach dem nächsten Halt im Fels. Nur wenige Meter über sich erkannte er den Rand der Klippe, der sich schwach von dem nächtlichen Himmel abhob. Er rammte seinen Fuß in eine Spalte, schob sich höher und suchte mit aufgerissenen Händen nach einer Stelle über seinem

Kopf, an der er sich festhalten konnte. Ein eiskalter Hauch fegte über ihn hinweg. Jaric zitterte in der Finsternis. Angestrengt verlagerte er sein Gewicht. Ohne sich um den Schmerz seiner überanstrengten Sehnen zu kümmern, zog er seinen Körper aufwärts und schob seinen Unterarm über die Kante. Über ihm ragte die Klippe auf, die den Sturmwächter Anskiere gefangenhielt.

Wenngleich der Frühling überall in der Umgebung Riffhafens Wildblumen aus den Dornensträuchern hervortrieb, glitzerte hier nur Eis silbern im Sternenschein; hochaufragende Wasserkaskaden waren durch den gnadenlosen magischen Winter mitten in ihrer Bewegung eingefroren. Der Anblick war prachtvoll genug, die Sinne eines Menschen zu verwirren, ihn dumpf und ehrfürchtig erstarren zu lassen, während die Kälte seine Glieder erfrieren ließ. Jaric biß die Zähne zusammen und konzentrierte sich auf den Anblick der Felsoberfläche. Obgleich die Klippen kaum ein Jahr zuvor unter dem Eis versunken waren, hatten die Geschichten der Seeleute sie bereits zu einem Mythos erhoben; phantasievolle Erzählungen berichteten von Galerien, angefüllt mit Reichtümern, und von juwelengeschmückten Räumen, in denen Anskiere allein seine Magie wirkte. Tatsächlich aber bildeten die glasklaren Wälle ein Gefängnis, sicherer als jeder von Menschenhand geschaffene Kerker. Hier war sogar das Granitgestein vollkommen glatt, als wäre der Steilhang selbst den Menschen feindlich gesonnen. Jaric fand weder Felsspalte noch Vorsprung, um sich weiter hinaufzuarbeiten.

Unter dem Schmerz totaler Ermattung, schob er seinen Körper näher an das Gestein heran. Ein Aufgeben kam ihm nicht in den Sinn. Zu oft schon hatte die Schuld seines Vaters sein Leben zerstört und ihn unerträglicher Härte unterworfen. Jetzt, wo die versprochene Befreiung aus dem Bann nur wenige Meter über seinem Kopf wartete, ließ er seine Hände über den Felsen wandern, bis er einen schräg abfallenden Vorsprung entdeckte. Der Halt war unzureichend, und doch schien ihm das Risiko, auf das Riff in der Tiefe zu stürzen, weit weniger erschreckend, als noch länger die Schlüssel zu bewachen. Dämonen hatten Pläne geschmiedet und getötet, um Zugang zu der Macht zu erhalten, die den Turm von Elrinfaer schützte. Nur ein Narr konnte sich einbilden, sie würden es nicht wieder versuchen. Jaric verlagerte sein Gewicht auf die Zehen, die noch immer in einer Felsspalte Halt fand, spannte seine Finger an und zog sich ruckartig weiter.

Gerade, als seine Füße ins Leere traten, erwischte er mit beiden Ellbogen den Rand des Simses. Sein Körper schlug so heftig gegen den vorspringenden Felsen, daß die Atemluft aus seinen Lungen gepreßt wurde. Für einen Augenblick schaukelte Jaric hilflos in dieser Haltung, sämtliche Muskeln bis zum Zerreißen gespannt. Dann drohte seine linke Hand den Halt zu verlieren. Kleine Steinchen lösten sich unter seinen Fingern. Verzweifelt krümmte er die Schultern, während er wieder ein qualvolles Stückchen rutschte. Hungrig jagten die Brecher über das Riff. Jaric schloß die Augen. Schweiß lief über sein Gesicht. Er schwang sich zur Seite und hob vorsichtig ein Bein, ahnte den Vorsprung im Gestein unter seinem Leib mehr, als er ihn fühlte. Im Vertrauen auf die Reibung und das Glück zog er sich aufwärts und griff mit der Linken zu. Sein Unterarm schlug gegen den Rand des Simses. Zwei Finger verhakten sich in einem Riß im Felsen und trotzten für eine gefahrvolle Minute der Schwerkraft.

Mit schmerzerfülltem Keuchen kam Jaric wieder zu Atem. Krampfhaft spannte er seine gequälten Muskeln und zog sich ein Stück höher. Brust, Bauch, Hüften – mühevoll eroberte er Stück für Stück den Sims. Endlich hatte er seinen ganzen Körper auf den Sims gehievt, wo er erschöpft liegenblieb, während seine Füße noch immer über dem Abgrund baumelten. Wäre die Kälte nicht so beißend gewesen, so wäre er vermutlich liegengeblieben, bis seine Lungen zu schmerzen aufgehört hätten. Doch die Luftströmung von den Eisklippen fegte durch seine durchnäßten Kleider, und er begann vor Kälte zu zittern. Schließlich rollte sich Jaric herum, zog die Knie an, ließ sich auf die Seite sinken und schnappte nach Luft wie ein Fisch auf dem Trockenen.

Nun, da er endlich sicher auf dem Sims lag, tastete Jaric mit tauben Fingern nach dem Lederbeutel, den er an einem Riemen um seinen Hals befestigt hatte. Die harten Kanten des Basaltgesteins bohrten sich in seine Handfläche und vermittelten ihm das sichere Gefühl, noch immer im Besitz der Schlüssel zu den machtvollen Bannen des Turmes von Elrinfaer und der Feder des Sturmfalken Anskieres zu sein. Zuversichtlich angesichts der Überzeugung, daß seine Verpflichtung dem Sturmwächter gegenüber schon bald getilgt sein würde, blickte Jaric auf und erkannte jetzt erst, daß er nicht allein war.

Zwei orangerote Punkte glühten wie Kohlen in der Finsternis; Sternenlicht umrahmte eine kapuzenbewehrte Gestalt mit gefalteten, sechsfingrigen Händen. Jaric sog zischend Luft zwischen seinen Zähnen hindurch. Schmerzhaft stieß seine Schulter gegen den Felsen, als er sich ruckartig aufsetzte. Noch während er nach seinem Dolch griff, wußte er, daß jeder Versuch der Gegenwehr aussichtslos war. Die Kreatur, die sich ihm entgegenstellte, war llondischer Art, ein Feind der Menschheit.

›*Nein.*‹ Der Llondel sprach kein Wort, doch sein Gedankenbild drang mit der Macht eines Hammerschlages in Jarics Bewußtsein. ›*Ich bin um Anskieres willen hier.*‹

Wehrlos fühlte Jaric den mentalen Zugriff. Dann folgten Bilder von den Winden über der See und dem salzigen Seetang, der in der Wahrnehmung des Dämons das Muster zum Namen des Sturmwächters bildete. Sprache war der Art der Llondelei fremd; sie kommunizierten durch ihre Gedanken, die sie dem Empfänger direkt in das Bewußtsein sandten, und wenn sie es wollten, konnte sich kein Sterblicher gegen ihre Botschaften verschließen. Auch war es unmöglich, einen Llondel ungestraft anzugreifen. Dennoch sah Jaric keine andere Möglichkeit. Seine Freiheit und das Überleben ganz Keithlands waren in Gefahr, sollten die Schlüssel von Elrinfaer den Dämonen in die Hände fallen.

Daß Anskiere llondische Verbündete haben sollte, war ganz und gar unmöglich; nicht gewillt, die Verlogenheit eines Dämons auf die Probe zu stellen, formulierte er seine Antwort wie ein Friedensunterhändler an einem feindlich gesonnenen Hof. »Dann laßt mich um des Sturmwächters willen passieren.«

Der Dämon betrachtete das Menschenkind ohne die geringste Regung. »*Hüter der Schlüssel, du darfst nicht weitergehen; noch wird deine Bindung an Anskiere erlöschen, ehe du nicht das Erbe jenes Feuergebieters akzeptiert hast, der dich gezeugt hat.*«

Jaric zuckte zusammen, von Grauen erfaßt, denn der Zyklus des Feuers brachte Wahnsinn über jene, die durch ihn zu Zaubermächten gelangten. Nicht einmal ein Dämon konnte imstande sein, ihn dazu zu bewegen, sein Menschsein zu vergessen und bei den Vaere um Schulung nachzusuchen.

»Nein«, sagte Jaric. List würde ihm nichts nützen. Der Dämon wußte bereits, daß er die Schlüssel besaß; gewiß würde er ihm schon bald den tödlichen Schlag versetzen. »Ich muß weitergehen. Eine andere Möglichkeit gibt es nicht.« Und während ihm der Angstschweiß aus den Poren drang, hob Jaric die Klinge.

Der Llondel zischte eine Warnung. Seine Augen verdunkelten sich zu einem hitzigen Rot, und die sehnigen, sechsfingrigen Hände scharrten über den Felsen, als sich die Kreatur versteifte.

›*Dir soll kein Leid geschehen, Sohn des Feuergebieters*‹, übermittelte er; doch das Bild, das seine Botschaft begleitete, zeigte einen menschlichen Körper, der vor einem Sturz auf die Riffe geschützt wurde. Die Vision sprach von einem verhinderten Mord.

Jaric stieß mit aller Kraft zu. Der Dämon wich zurück, noch ehe die Klinge ihn erreicht hatte. Bilder brannten wie Blitze im Geist seines Opfers, zerstörten all seine Selbstwahrnehmung. Nutzlos prallte Jarics Dolch gegen den Felsen und schlug Funken aus dem Gestein, als Jaric leblos vor den Füßen des Dämons zu Boden sank.

Gefangen von den Bildern des Llondels, hörte der Knabe nichts, fühlte nichts, außer dem Bohren von Stahl in seiner Schulter. Nach einem Übergangsstadium tiefster Finsternis kam er an einem anderen Ort stolpernd wieder auf die Beine, in einem geschlossenen Raum. Fremdartige Schnitzereien bedeckten die Wände, die von Fackelschein beleuchtet wurden. Ein schmaler, blasser Knabe lag in seinen Armen und wehrte sich gegen seinen Griff. Trotz der Schmerzen hielt er das Menschenkind fest an sich gedrückt, und mit größtem Erschrecken erkannte Jaric verblüfft, daß *er selbst der Knabe war*. In diesem Traum war er der andere; seine Hände, dieselben Hände, die das Menschenkind umfaßt hielten, waren grau, sechsfingrig und mit Dornen versehen. Innerhalb eines erschütternden Augenblicks erkannte Jaric, was er sah: im Leib des fremden Wesens teilte er nun den Schmerz der Wunde, die der Graf von Morbrith einem Llondel im Turm des Heiligtums während des letzten Sommerfestes zugefügt hatte. Der Dolchstoß hatte dem Erben von Ivain gegolten, doch ein Llondeldämon war an seiner Stelle gestorben.

Jaric blieb keine Gelegenheit, die Ironie der Geschichte zu erkennen. Das Traumbild kräuselte sich wie ein dünner Vorhang im Wind. Fackeln flammten zischend und flackernd in den Haltern an den Wänden, ehe sie sich in die glühenden Augen eines Llondels verwandelten. ›*Einer der unseren ist gestorben, Erbe des Feuergebieters, gestorben, auf daß du überleben und deine Gabe erkennen wirst.*‹

In all ihrer Einfachheit kam die Bedeutung dieser Worte doch einem Fluch gleich. Verzweifelt setzte sich Jaric zur Wehr. »Warum?« Sein Aufschrei hallte durch die Finsternis. »Seit wann interessieren sich Dämonen für die Belange der Menschen, es sei denn, um Zwietracht und Leid über uns zu bringen?«

Doch wie schon zuvor geschehen, erstickte der Llondel seinen Protest unter Träumen. Jaric fühlte sich zurückgeschleudert zu einem früheren Tag, an dem er über die Klippen von Riffhafen geklettert war, um dem Bann zu folgen, mit dem Anskiere ihn belegt hatte. Durchnäßt und zitternd, gefangen in der Vergangenheit, sah er Regenwolken, die unter der Sonne aufrissen. Inmitten der plötzlichen, wundersamen Stille, hörte er, während nicht weit entfernt sturmgepeitschte Wogen über Felsen brachen, noch einmal den Befehl, den Anskiere ihm durch den Wind erteilt hatte.

›*Du wirst die Schlüssel von Elrinfaer an dich bringen und sie verwahren, bis sie zurückgegeben werden können.*‹ An dieser Stelle aber veränderte der llondische Einfluß Jarics Erinnerungen und überhäufte seinen Geist mit einer überwältigenden Last tiefer Schuld. Das Menschenkind war nachlässig in seinem Urteil gewesen; die Schlüssel von Elrinfaer waren noch immer in Gefahr und Anskieres Wunsch mißachtet.

Diese Anklage schmerzte wie eine tödliche Wunde. Gepeinigt, in seinem Stolz verletzt und voller Zorn, berief sich Jaric auf seine Unschuld. Er hatte die Schlüssel von Elrinfaer in gutem Glauben ausfindig gemacht, hatte sein Heim verlassen, seinen Freunden entsagt, ja, sogar seinen eigenen Prinzipien abgeschworen, um die Bindung an den Sturmwächter zu Ende zu führen. Allein der Llondel verhinderte nun seine Rückkehr zu Anskiere. Die Ungerechtigkeit dieser Situation machte Jaric sehr wütend. Für einen Augenblick konnte der Dämon dem Umfang seiner Reaktion nicht genug entgegensetzen. Sein Einfluß löste sich, und die Traumbilder verflüchtigten sich wie Schatten im Feuerschein.

Jaric erwachte in Kälte, Finsternis und dem salzigen Geruch der See. Vor den Füßen des Llondels auf dem Sims ausgestreckt, bewegte er seine aufgeplatzten Finger. Das Messer lag nicht länger in seiner Hand. Er tastete nach dem Dolch, berührte die Falten grauen Stoffes und erinnerte sich augenblicklich der Eisklippen und seiner verhinderten

Absicht. Da lag etwas schwer auf seiner Brust, Beweis genug, daß sich der Beutel, in dem die Schlüssel von Elrinfaer ruhten, noch immer sicher unter seiner Tunika befand; dennoch war er wehrlos. Der Dämon konnte ihm die Schlüssel stehlen, wann immer es ihm beliebte, und unter seinem leidenschaftslosen Blick fühlte sich Jaric wie eine Maus im mörderischen Spiel einer Katze.

Jaric mühte sich auf die Knie, doch noch ehe er aufstehen konnte, berührte der Llondel erneut seinen Geist. Er konzentrierte sich auf die Tatsache, daß Jaric seine Einmischung als Grausamkeit ansah, und die mangelnde Tiefe seiner Überlegungen erweckte den Unmut des Dämons.

›*Sterblicher Narr*‹, sandte er. ›*Ignorantes Kind. Weißt du denn nicht, was die Banne über dem Turm von Elrinfaer abschirmen?*‹

»Nein!« Zu gequält, um Vorsicht walten zu lassen, brüllte Jaric trotzig seinen Widerstand hinaus. »Wie sollte ich denn? Mein ganzes Leben lang war ich ein Schreiber, der sich um die Aufzeichnungen in den Archiven einer Festung im Hinterland zu kümmern hatte. Denkt Ihr denn, ich hätte darum gebeten, in die Angelegenheiten eines Zauberers verwickelt zu werden?«

›*Du bist, was du werden mußtest*‹, entgegnete der Llondel gleichmütig, ehe er mit gnadenloser Gewalt erneut seine Sinneswahrnehmung überwältigte.

Jaric wich stolpernd zurück, geblendet von einem hellen Lichtblitz. Scharf hoben sich vor seinen Augen die Umrisse des Falken in dem dreifachen Lichtkreis vor dem Nachthimmel ab, der die Macht des Sturmwächters symbolisierte. Die Vision war noch nicht ganz abgeklungen, als sich ein neues Bild mit überwältigender Deutlichkeit in

Jarics Geist bohrte. Der Llondel zeigte ihm die Eisklippen, doch waren sie in einer Weise verändert, die kein Sterblicher wahrzunehmen imstande war. Kaskaden erhoben sich in tiefgefrorenen Stufen über die felsigen Riffe der Insel. Ihr majestätischer Anblick rührte Jaric zu Tränen, denn sie waren das Monument unsäglichen Kummers. Die erweiterte Wahrnehmung des Dämons offenbarte eine Korona aus Licht, die sich wie ein Netzwerk über den Himmel spannte; hier schimmerten offengelegte Banne, Muster einer Macht, die das Wetter in ewigem Winter gefangenhielt. Und obwohl sich diese Struktur dem Verständnis eines ungeschulten Geistes entzog, erkannte Jaric, daß der Zauberer die Energie, die notwendig war, seine Schöpfung im Gleichgewicht zu halten, seinem eigenen Leben entliehen hatte. Trauer hallte wie ein Klagelied durch die Vision. Noch bevor der Knabe aber darüber nachdenken konnte, wessen Kummer es war, den er beweinte, löste sich die Magie in der Dunkelheit der Nacht. Doch auch die Finsternis brachte keine Erleichterung. Jaric stürzte in ein endloses Reich, geschaffen aus Stille und Kälte.

Frost nagte an seinen Gliedern. Sein Herzschlag verlangsamte sich, bis sich die Bindung seines Geistes löste und sein Körper nur mehr eine Haaresbreite von der Grenze zum Tod entfernt war; doch das Sein, das Jaric teilte, war das eines anderen. Unter der Führung des Llondels erlebte er, welches Schicksal den Sturmwächter von Elrinfaer ereilt hatte, dessen Macht unter den Menschen soviel Haß ausgelöst hatte. Wie scheintot lag Anskiere erstarrt unter den Klippen, eingehüllt von ewigem Eis. Doch obgleich sein Leib gefangen und hilflos war, durchstreifte sein Geist eine Landschaft, geschaffen aus Träumen. Durch das Fenster der

Erinnerungen des Zauberers erfuhr Jaric Streit, Opferung und Verständnis für die Tragödie jenes Feuergebieters, der ihn gezeugt hatte …

Ivain war nicht immer wahnsinnig gewesen. Eins mit einem jüngeren Sturmwächter, erblickte Jaric das milde Zwielicht in einem verwunschenen Hain. Für Anskiere barg dieser Ort Erinnerungen über Erinnerungen. Einst ein Prinz zu Elrinfaer, wartete er an diesem Ort, entsagte er hier seiner königlichen Abstammung, um die Macht über Wogen und Wetter zu erringen. Nun suchte er die Vaere wegen eines eigenen Anliegens, denn ein tiefer Kummer lastete auf seinem Herzen. Wieder und wieder rief der Sturmwächter, doch das übersinnliche Wesen, das ihn einst ausgebildet hatte, zeigte sich nicht.

Frustriert begann Anskiere zu schreien, laut hallte seine Stimme durch das Gehölz. »Im Namen der Gnade Kordanes, was haben Eure Gaben über Ivain gebracht? Von uns beiden war er der bessere Mann. Habt Ihr denn seinen Geist zerstören wollen? Antwortet mir!«

Der Sturmwächter hielt den Atem an und wartete, doch in dem Wald rührte sich nichts. Nicht der leiseste Lufthauch störte das silbrige Dämmerlicht. Die Zedern brüteten in atemloser Stille. Anskiere ballte die Hände zu Fäusten. »Ich sprach mit der Priesterin der Caelfälle. Sie sagte, daß die Flamme, deren Herr Ivain ist, jedesmal, wenn er Feuer herbeiruft, von seinem lebendigen Leib zehrt. Er brennt nicht, so erklärte sie mir. Auch nimmt er bewußt keinen Schmerz wahr, nicht mehr, seit der Zyklus des Feuers seine Seele zu Asche verbrannt hat. Er fühlte nichts mehr. Habt Ihr gewußt, daß diese Marter ihn seiner Menschlichkeit berauben würde? Einst war er der freundlichste Mann auf Erden, nun ist er boshaft und grausam, wird gar von seiner eigenen Art verwünscht.«

Doch die Vaere antworteten nicht. Von diesem Schweigen im tiefsten Inneren getroffen, verließ Anskiere den Hain. Während all der schweren Prüfungen, die vor ihm lagen, hörte er niemals auf, den Untergang des Sohnes eines Minnesängers zu beklagen, der einst sein engster Freund gewesen war. Wenngleich die Vaere nie Rechenschaft für Ivains gebrochenes Ich abgelegt hatten, milderten die Jahre und Erfahrungen Anskieres Kummer allmählich. Während er seine Macht nutzte, Keithland zu schützen, traf er auf Feinde, die weit unbarmherziger als jeder Vaere waren. Durch die Tücke der Dämonen erkannte Anskiere schließlich, daß die Überlebenschancen der Menschheit ohne den Schutz durch die Fertigkeiten eines Feuergebieters nur gering waren. Doch so verdreht der Geist Ivains auch wurde, der Sturmwächter vergaß nie das Mitgefühl für seinen Freund, auch nicht an jenem Tag, als die beiden Zauberer gegen die schrecklichsten Dämonen kämpfen mußten, die jemals die Menschheit bedroht hatten.

Die Bilder des Llondels gaben Anskieres Erinnerungen an die Zeit des Verrats frei; die Umstände waren keineswegs, wie der gemeine Mann glaubte. Der überlebende Mhargdämon war alt, geistig und körperlich durch die Feuer Kordanes gebrochen; seine Schwingen waren zu vernarbt zu fliegen, und sein Atem reichte kaum mehr, die Flechten zu verwittern, die er zu seiner Ernährung benötigte. Dennoch war ihm Leben und Haß genug geblieben, ein letztes, verlorenes Gelege aus Eiern zu befruchten, die seit dem Großen Untergang vergessen gewesen waren, bis Dämonen sie vom Meeresgrund geborgen hatten. Das Mhargmännchen vergrub seine Brut im Herzen von Keithland, bevor es starb. Als die Zeit gekommen war, schlüpften die Jungen und flogen über die Felsentürme von Elshend, um seine letzte Vergeltung über die Menschheit zu bringen. In den Städten beteten die Priester um die Gnade Kordanes. Wäre ihr Glaube der einzige Schutz des Landes gewesen, so wäre ganz Keithland verwüstet worden. Doch die Vaere schickten Sturmwächter und Feuergebieter gegen die Mhargbrut. Kein Archiv in Landfeste verfügte über Aufzeichnungen von diesem Kampf; die Priesterschaft wagte nicht, Zauberer zu ehren, wollte sie doch nicht das Risiko eingehen, daß die Gläubigen aufhören würden, die Tempelschätze mit ihrem Silber zu mehren.

Während sie durch das Schilfgras in den Niederungen westlich von Telshire stapften, verschwendete Anskiere keinen Gedanken an die kleinlichen Standesdünkel der Priester. Doch Ivain fluchte lange und vehement, und das Schmatzen des schlammigen Grundes unter seinen Stiefeln verstärkte noch seinen Groll.

»Demütigen sich so eifrig um der Gnade Kordanes willen, daß sie sich die Knie auf ihren Gebetsteppichen wundschürfen. Und beim Großen Untergang, diese Katerstimmung nach den Ritualen. Hast du gewußt, daß sie die Weinkeller der Tempel bis zur Neige leergetrunken haben?« Ivain warf sein rotes Haar zurück und betrachtete Anskiere aus dunklen, unergründlichen Augen; Augen, deren Form und Farbe den gleichen Stempel trugen wie Jarics, die aber so alt waren, das kein Sterblicher es je erfassen konnte. »Wenn ein Heldengesang zu unserem Dank ihre versoffenen Kehlen so sehr überanstrengt, so mögen sie beim Pissen ausgleiten und in der eigenen Pfütze ersaufen.«

Ivain stolperte über einen Grasbüschel. Eine Sumpfdrossel flatterte mit hastigen Bewegungen ihrer gestreiften Schwingen aufgeschreckt davon. Ihr Schrei hallte über die verlassenen Felder, denn die Bevölkerung von Tor Elshend war vor der Bedrohung durch die Mhargbrut geflohen. Niemand war zurückgeblieben, sich um die Herdfeuer in den Hütten zu kümmern. Ivain fluchte, als könnte ihm die einsame Landschaft eine Antwort auf seinen Groll bieten.

»Ich fürchte, du warst derjenige, der sich in der letzten Nacht ein wenig zu sehr dem Alkohol ergeben hat«, sagte Anskiere milde.

Ivain lachte, und sein wildes Gelächter ängstigte das Weibchen der Sumpfdrossel in ihrem Nest in einem nahen Gestrüpp. Sie erhob sich in die Lüfte, ihrem Gemahl zu folgen, kaum mehr als ein braunweißer Fleck vor dem wolkenverhangenen Himmel. Ivain schnippte mit den Fingern. Der Vogel ging in Flammen auf, wurde durch die Bosheit des Zauberers zu einer Feuersbrunst aus Federn und Gebeinen.

Anskiere zuckte zusammen, als die mitleiderregende Handvoll lodernden Brennstoffes sich in der Luft überschlug und schließlich mit einem Zischen in ein Schilfgrasbüschel stürzte. »Das war keine gute Tat. Nun wird ihre Brut auch sterben müssen.«

Ivain zuckte ohne jede Reue die Schultern. »Ganz Keithland könnte ebenso leicht vernichtet werden, hast du das vergessen? Die Priester haben es vergessen, und das kommt ihnen gar zu sehr entgegen! Wir, die wir ihr einziger wahrhaftiger Schutz vor den Dämonen sind, werden gefürchtet, bespuckt, ausgeschlossen und ohne jeden Dank davongejagt.«

Nur die Rufe des Gemahls der Sumpfdrossel

durchbrachen den trostlosen Augenblick der Stille. Anskiere hatte nichts zur Verteidigung der heiligen Bruderschaft Kordanes vorzubringen. Ivains Vorwürfe trafen zu, doch ein großer Teil der Abneigung der Menschen gegen Zauberer entstammte seiner eigenen boshaften Natur. Anskiere konnte die Verbitterung des Feuergebieters nicht teilen. Welcher Mann konnte schließlich sein Feld bestellen und Kinder aufziehen, wenn er wüßte, daß seine Familie unentwegt in größter Gefahr schwebte? Kordanes Priesterschaft bot Zuflucht im Glauben, eingehüllt in Illusionen von Tradition und Sicherheit. Würden die Zauberer weniger abgelehnt werden, wüßten die Menschen um die Wahrheit, wüßten sie, daß sie im Angesicht der Bedrohung durch die Dämonen völlig hilflos waren? Anskiere konnte das nicht glauben. Ivain aber hörte nicht auf zu schimpfen, während sie sich jenem Ort näherten, an dem die Mharglinge ihr Nest verlassen hatten.

»Wir könnten es ihnen zeigen, wir könnten eine ihrer aufgeblasenen kleinen Städte zerstören.« Ivain wischte eine Zecke von seiner ausgefransten Ärmelstulpe und lachte erneut. »Allerdings hast du bestimmt nicht die Nerven dazu, wenn du schon über den verkohlten Leib einer Drossel jammerst. Wäre es kein Vogel, sondern ein Kind gewesen, hättest du dann geweint oder gekotzt? Nun, vielleicht gelingt es dir ja, beides auf einmal zu tun.«

Anskiere biß die Zähne zusammen. Nicht gewillt, sich darüber zu ärgern, betrachtete er die jungen Weidentriebe, die ihn so sehr an die Palastgärten seiner Kindheit erinnerten. Tor Elshend lag an der Südküste von Elrinfaer, und die von unzähligen Bächen durchzogenen Wiesen und bewaldeten Hügel riefen Erinnerungen in ihm wach, an seine königliche Schwester und die Zeit, als sie gemeinsam Wildblumen und Kräuter für den Vorrat des Heilers gesammelt hatten. Nun, in den Stiefeln eines von den Vaere geschulten Zauberers, sprang er nicht die Hänge empor, hielt er nicht inne, um über die Steine in den Wasserläufen zu hüpfen. Fingerhut und Wildkräuter wurden unter seinen Füßen zerdrückt, und keine noch so angenehme Erinnerung vermochte seine Sehnsucht nach dem Ivain zu stillen, der einst mit einem freundlichen Lächeln und einem Lied auf den Lippen zu den Vaere gekommen war.

Nun aber bot nicht einmal die Natur Ablenkung vom Zorn des Feuergebieters; der Wind trug den Hauch verrotteter Erde herbei, und Berge erhoben sich wie alte Wunden über das junge Grün in den Niederungen. Abrupt hörte Ivain auf zu nörgeln. Erschüttert angesichts der Zerstörung der Schönheit der Felsentürme schritt er an der Seite des Sturmwächters, ohne noch ein weiteres Wort über Vögel oder Vergeltung zu verlieren. Braun und versengt war nun das Gras unter ihren Füßen. Während die Zauberer sich ihrem Ziel näherten, verströmten mit Schlamm überzogene Hänge üblen Gestank, und ihre Füße glitten über den gelartigen Schleim verrotteter Pflanzen. Nicht Lebendiges aus Wald und Flur, keine Spur der wildlebenden Tiere, die einst Tor Elshend bevölkert hatten, war geblieben. Die Mharglinge waren nicht mehr weit.

Plötzlich zerschnitt ein Zischen die morgendliche Stille. Spannung trieb Schweiß über Anskieres Nacken. Trotz des milden Frühlingswetters fühlte er, wie eisige Kälte durch seinen Leib kroch. Vor ihm, wo einst Ahornbäume ihre prachtvollen Kronen dem Sonnenlicht entgegengestreckt hatten, waren die Äste der Bäume kahl wie die Balken eines ausgebrannten Dachstuhls. Vor ihnen erhob sich ein Kopf, der mit Schuppen bedeckt war, die smaragdgrün, türkis und golden glänzten. Die Schnauze der Kreatur war flach und hatte vier Nüstern; mitten aus einem Netzwerk scharlachroter Streifen starrte das einzige Auge, intelligent und schwarz und glänzend wie eine Perle.

»Bei den Vaere«, entfuhr es Anskiere. Allein die Größe des Dämons war erschreckend. »Wir werden uns glücklich schätzen können, wenn wir hier lebendig rauskommen.«

Ivain zuckte die Schultern. Sarkasmus würzte seine Entgegnung. »Ist das denn von Bedeutung? Ohne jeden Zweifel haben die Vaere unsere Nachfolger längst gefunden.«

Der Mhargling erspähte die näherkommenden Zauberer. Ein warnendes Zischen entfuhr seinem Schlund, als er das zahnlose Maul öffnete; in dem Dunst, der seiner Kehle entstieg, waren schimmernde Membranen erkennbar. Wenn auch sein Biß einem Menschen nicht schaden konnte, so taten es die Ausdünstungen um so mehr. Aus reihenweise angeordneten Kanälen strömten ätzende Verdauungsdämpfe; der Atem der Mhargbrut verwandelte Wälder, Fische und Tiere mit mörderischer Geschwindigkeit in eine schleimige Substanz. Diese Überreste schlürften die Kreaturen, um sich zu ernähren. Innerhalb einer Saison waren sie imstande, die ganze Fläche von Keithland zu verwüsten. Danach würde es weder zu Lande noch zur See noch Leben geben können.

Anskiere leckte über seine trockenen Lippen. »Bist du bereit?«

Ivain antwortete mit einer bösartigen Zote. Ohne Vorwarnung ließ er einen Feuerball am wolkenlosen Himmel entstehen und jagte ihn zwischen die vor ihnen auftauchenden Mharglinge.

Vier Köpfe ruckten hoch, trällerten Zornesschreie vor dem Hintergrund knisternder Flammen. Lederne Schwingen donnerten durch die Luft, als die Mhargbrut aufflog, die Krallen kampfbereit ausgefahren. Wütend, tödlich und erschreckend groß beschrieben sie einen Bogen, um gleich darauf auf ihre Angreifer niederzustoßen. Wenngleich aufgebracht angesichts der jähen Handlungsweise Ivains, ließ sich Anskiere nicht erschüttern. Rasch erhob er beide Hände und wob einen Wirbelsturm inmitten der Dämonen. Mit einem überraschten Kreischen wirbelten die Mharglinge durch die Luft, überschlugen sich wieder und wieder und stürzten in einem Durcheinander wild um sich schlagender Schwingen zur Erde. Inmitten einer Explosion heftig auflodernder Flammen prallten sie zu Boden.

Heißer Wind strich über Anskieres Gesicht. Blinzelnd erwehrte er sich der Tränen, welche die Hitze ihm in die Augen getrieben hatte. Wie eine Silhouette vor dem gleißendhellen Hintergrund aus Flammen erhoben sich die ersten Schwingen, streckten sich gen Himmel und begannen inmitten des aufsteigenden Rauches kraftvoll zu schlagen. Die Tatsache, daß die Vaere sie gewarnt hatten, der Sieg würde nur schwer zu erringen sein, machte es ihnen nicht leichter, sich diesem Augenblick zu stellen. Schwingen peitschen krachend durch die Luft, als sich die Mharglinge aus dem Qualm erhoben. Von den rötlichgelb glitzernden Schuppen abgesehen, die den Flammen ausgesetzt waren, nahmen sie ihren Flug offensichtlich unversehrt wieder auf.

Sofort erkannte Anskiere, daß er sich geistig mit Ivain verbinden mußte. Ihre Fähigkeiten mußten als eine Macht agieren, um sich mit der tödlichen Schnelligkeit der Mharglinge zu messen. Feuer vermochte die Kreaturen nicht im mindesten einzuschüchtern; schon jetzt kühlte der Luftstrom ihre erhitzten Schuppen. Der Sturmwächter rüttelte sie mit heftigen Brisen durch, doch die Dämonen hielten ausreichend Abstand zueinander, um die Turbulenzen wie Pfeile aus einer Armbrust zu durchstoßen. *Ermüde sie*, dachte er, überzeugt, daß Ivain seine Gedanken auffangen würde. *Erschöpfe sie und versuche, zu überleben, und wenn sie entkräftet sind, sperren wir sie in ein Grab aus Felsgestein.*

Doch als Anskiere sein Bewußtsein ausdehnte, um sich mit dem Geist des Feuergebieters zu vereinen, traf sein Vorstoß nur auf Leere. Mhargschwingen schlugen durch die Luft und verursachten ein Geräusch wie eine stürmische Brandung in einer sandigen Bucht. Spiralförmig flogen die Kreaturen mit rasselnden Schuppen immer höher hinauf, und gelbliche Dunstwolken drangen aus ihren Mäulern hervor. Anskiere wandte sich um, besorgt, die beängstigende Stille könnte bedeuten, daß sein Kamerad verletzt wäre.

Doch der Feuergebieter stand unversehrt vor ihm, die Daumen nachlässig in seinem Gürtel verhakt. Sein Kinn ruckte vor, als Anskiere ihm in die Augen blickte.

»Wir sollten diesen Priestern eine Lektion erteilen«, sagte Ivain mit einem höhnischen Lächeln auf den Lippen. »Das wäre doch ein fairer Wettbewerb, ein Mhargling gegen einen Priester, denkst du nicht?«

Ein vorbeischnellender Schatten erregte Anskieres Aufmerksamkeit, und sein Umhang flatterte in dem Wind, den er herbeirief, um den giftigen Dunst zu vertreiben. Dennoch brannten und tränten seine Augen, und die Spitzen seiner Haare wurden angesengt und verloren so ihren silbernen Glanz. »Das ist Wahnsinn!« brüllte er, für einen Augenblick nicht gewillt, den Feuergebieter hinter sich anzusehen. »Du wirst uns alle umbringen, und wozu? Aus purem Neid?«

Ivain blickte ihn aus zusammengezogenen Augen an. »Bestimmt nicht wegen der Popularität der Priester. Kordanes Gläubige sind bis auf den letzten Mann nichts Besseres als Insekten. Sollen wir die Dämonen davon abhalten, sie totzuschlagen?«

Anskiere zuckte zusammen und wirbelte um die eigene Achse. Für einen Augenblick sahen Sturmwächter und Feuergebieter einander in die Augen, der eine erzürnt, der andere unverhohlen feindselig. Dann kreischten über ihnen die Mharglinge und stießen herab, um zu töten; Anskiere fühlte ein deutliches Nachlassen des Widerstandes, als Ivain sich erweichen ließ und die Zauberer ihre Energien vereinten.

Macht strömte mit unerbittlicher Kraft durch Anskieres Leib; Nerven, Sehnen und Knochen vibrierten unter einer Anspannung, die kein Sterblicher ertragen konnte. Dennoch hielt der Sturmwächter stand. Er verband sich mit Ivain und bekämpfte die Mhargbrut mit der Macht über Erde und Feuer, Wasser und Wind. Der Kampf dauerte Stunden, vielleicht gar Tage ohne Pause an.

Anskiere rief ein Gewitter, und Regen fiel. Blitze zerschnitten den Himmel und warfen metallische Reflexionen auf geschuppte Leiber. Noch immer flogen die Mhargdämonen. Die Temperatur fiel, und Hagel prasselte zu Boden. Von Eisklumpen gepeinigt, heulten die Kreaturen, landeten jedoch nicht. Ivain spaltete die Erde. Wie Blut aus einer geöffneten Aterie sprudelte Lava rot aus dem Riß hervor. Die Mharglinge heulten wutentbrannt und schossen hoch in die Luft hinauf. Anskiere versuchte vergeblich, sie mit niedergehenden Winden zu bändigen. Die Mhargbrut wandte sich zischend gen Norden und hielt auf die Berge von Elrinfaer zu. In einem schmutzigen Ascheregen verwitterten die Wälder. Pinienbäume fielen zusammen wie Fetzen durchnäßter Seide, und der Wind trug den Odem des Todes mit sich.

Niedergeschmettert durch die Erschöpfung und seine aufgepeitschten Nerven setzte Anskiere ihnen nach. Seine Augen füllten sich mit Tränen angesichts der Tatsache, daß das Land, das er hätte regieren sollen, nun eine derartige Zerstörung erleiden sollte. Seine Füße stolperten müde über geschwärzte Erde, und seine Robe klebte an seinen schweißüberströmten Schultern. Ätzender Schlamm färbte seine Stiefel schwarz, wo immer die Mhargdämonen gewesen waren. Das Leder wurde weicher und löste sich schließlich auf, und der Schleim brannte sich in seine nackten Fußsohlen. Von Graupelschauern und Wind zerschlagen, hielt Anskiere inne, um seine wunden Füße mit seinem Umhang zu umwickeln. Ein Mhargling stieß zischend aus der Finsternis herab. Innerhalb eines Augenblicks verwandelte sich die Erde in ein Inferno, als Ivain einen Felsvorsprung in Lava verwandelte, um den Dämon zu vertreiben. Und noch immer hielten sich die Dämonen in der Luft. Die Vaere hatten die Zauberer gewarnt; die Kraft dieser Kreaturen entstammte einer Welt, die Menschen niemals bewohnt hatten. Völlig erschöpft fragte sich Anskiere, ob die Dämonen sich überhaupt je niederlassen würden.

»Wenn sie nur einmal landen, dann haben wir sie.« Regen und Schweiß ließen Ivains Gesicht feucht glänzen. Mhargatems Umhang war längst völlig verätzt und hing in Fetzen an ihm herab.

»Hast du es bemerkt? Sie kümmern sich gar nicht um die geschmolzenen Felsen.«

Anskiere grummelte eine Zustimmung, zum Sprechen war seine Kehle zu rauh. Mit ahnungsvollem Schaudern richtete er noch einmal die Augen in den Himmel. Erneut zogen sich die Mhargdämonen gen Norden zurück; wenn sie nicht bald zur Landung gezwungen werden konnten, so würde ihr Wüten die Obstgärten zerstören, die den Stolz und Reichtum von Elrinfaer begründeten. Und nicht weit entfernt lagen die Dörfer und Gehöfte, die zu beschützen er durch seine Geburt verpflichtet war.

Unter Schmerzen richtete sich der Sturmwächter auf. Als er seine Macht rief, um den Kampf wiederaufzunehmen, betrachtete ihn Ivain mit boshaftem Interesse. Doch der Traum, der sich durch den llondischen Einfluß entfaltete, war nur Erinnerung. Keine Warnung konnte nun noch die Vergangenheit ändern.

Plötzlich flammte Feuer auf. Die Erde spie Staub, der die Lungen der Mharglinge verstopfen sollte, und das Gesicht des Feuergebieters verschwand hinter einem Schleier aus aufgewirbeltem Schmutz. Energien brannten durch Anskieres Hände, umfassend und wild wie ein Kataklysmus. Er brauchte seine ganze Konzentration, um sie zu beherrschen, so blieb ihm keine Zeit, sich um Ivains Marotten zu kümmern, und die Gefahr blieb aus reiner Not unbemerkt. Stürme erschütterten den Boden. Ein Wald ging in Flammen auf, Äste verbrannten zu Skeletten aus Kohle vor der glutroten Feuersbrunst. Noch immer flogen die Mharg; doch endlich zeigten auch sie die ersten Zeichen von Ermattung. Immer öfter glitten sie auf den Luftströmungen dahin, als wollten sie ihren erschöpften Schwingen eine Ruhepause gönnen, und ihre Angriffe wurden seltener, ja, sogar schwerfällig, verglichen mit ihren vorangegangenen Bemühungen.

Der Morgen graute. Staub wehte durch die Luft. Die Sonne erhob sich in trübem Orange über den niedergebrannten Stoppelfeldern. Anskiere jagte Winde durch die Luft, und die Mharglinge nahmen Reißaus, beschrieben taumelnd Kreise, um sich in der Höhe zu halten.

»Öffne einen Schacht. Sie werden langsamer.« Der Sturmwächter faßte seine Bitte an den Feuergebieter in ein heiseres Flüstern, unfähig, einen klaren Laut herauszubringen. Seine Haut war von Abschürfungen gezeichnet. Funken hatten Löcher in seine Kleider gebrannt, doch seine Augen leuchteten triumphierend und siegessicher.

Ivain blickte ihn an. Schmutz verkrustete sein Haar. »Mach das allein.« Ein Lächeln erhellte sein dreckverschmiertes Gesicht. »Es ist nicht mein Königreich, das hier auf dem Spiel steht.«

Sprachlos vor Entsetzen starrte Anskiere ihn an. Zunächst konnte er nicht glauben, daß Ivains Worte mehr als nur boshafter Spott waren. Doch das Gesicht, dem er sich gegenübersah, war das eines Wahnsinnigen. Über ihnen kreischten die Mharglinge, beschrieben eine Kurve und schossen nach Norden davon. Hin und her gerissen zwischen Tadel und Mitgefühl, suchte der Sturmwächter nach einem Weg, Ivains verlorenen Verstand zurückzuholen und die Zerstörung von Elrinfaer abzuwenden.

»Deine Landsleute verdienen eine Lektion.« Ivain spuckte auf die aufgebrochene Erde. »Sie hätten mir während der letzten Sonnenwendfeier nicht die Gastfreundschaft verweigern sollen.«

»Die Vaere sind meine Zeugen, du tust ihnen

Unrecht«, brachte Anskiere mühsam hervor, und Schmerz klang in seiner Stimme mit.

Ivain setzte sich gleichgültig auf den Stamm einer umgestürzten Eiche und ließ die Hände lässig herabbaumeln. Mit schauriger Endgültigkeit erkannte Anskiere, daß sich jede Spur von Persönlichkeit im Geist des Feuergebieters auflöste. Kummer schlug wie ein kraftvoller Hieb auf ihn nieder. Isoliert und allein wandte Anskiere sich rasch ab, um dem Feuergebieter nicht die Gelegenheit zu bieten, über seine Trauer zu lachen. Noch immer war Elrinfaer seinem Herzen am nächsten; die Mhargbrut würde das Land mit all seinen Gehöften, seinen Städten und der freien Natur in eine Einöde verwandeln, und all seine Macht als Sturmwächter vermochte nichts dagegen auszurichten …

Durch den llondische Einfluß in Mitgefühl eingebunden, schrie Jaric wieder und wieder unter Qualen. Nie im Leben hatte er so viel Leid erfahren, wie es der Sturmwächter durch den Verrat Ivains hatte erleben müssen.

Für diese Seelenqualen schien es keine Erlösung zu geben. Aus der Tiefe der Trance richtete der Sohn des Feuergebieters einen verzweifelten Appell an das Wesen, das seinen Willen kontrollierte. »Laßt mich frei!« Wie eine Motte, die auf der Suche nach Licht immer wieder gegen das Glas einer Lampe fliegt, obgleich die Hitze sie töten kann, erklang sein Flehen. Für einen Augenblick dachte er, er könne die Sterne sehen, könne das Donnern der Wogen über den Riffs vor der Insel hören. Seine Kehle war wund von seinen Schreien, und der salzige Geschmack von Tränen lag auf seinen Lippen.

Vor Kälte keuchend rollte er sich herum und sah zwei Augen, die mit unheilvoller, unmenschlicher Interesselosigkeit auf ihn herabblickten.

»Laßt mich frei.« Jaric zitterte. Im tiefsten Inneren aufgezehrt durch die Anforderungen einer Macht, die zu verstehen es ihm an Wissen mangelte, und mehr denn je zuvor von Furcht angesichts seines Erbes erfüllt, wußte er, daß Anskieres Bemühungen, Elrinfaer zu retten, zum Scheitern verurteilt waren; doch welche Energien der Sturmwächter auch rufen mochte, ihre Macht war gewiß mehr, als der ungeschulte Geist eines Knaben verkraften konnte. »Wollt Ihr mich denn umbringen?«

›*Nein*‹, entgegnete der Llondel.

Der Dämon schnippte mit grauen Fingern, und Jaric stürzte erneut in tiefe Finsternis. Durch Anskieres Augen sah er Elrinfaer sterben, langsam, unausweichlich, wie letzte Glut im Regen zu Asche zerfallen muß.

Kapitel 3

WARNUNG

Anskiere konnte die Flugrichtung der Dämonen nicht länger beeinflussen. Ohne Ivains Macht über das Feuer flogen die Mharglinge ungehindert über bewohntes Land. Auf ihrem Weg hinterließen sie ein Ödland aus Städten, und überall lagen verätzte Leichen und rottende Gebeine. Der Sturmwächter stolperte über aufgebrochene Erde, wo noch eine Minute zuvor eine Schafherde friedlich gegrast hatte, gehütet von einem Hund und einem Knaben mit einer Flöte aus Schilfrohr. Vieh, Gras und Kind waren nun tot, durch die Mharg zu einer undefinierbaren Masse aus Schleim versengt. Aller Alternativen beraubt, griff der einstige Prinz von Elrinfaer zu verzweifelten Mitteln, um sein Land vor dem Untergang zu bewahren.

Anskiere rief Kälte herab. Macht antwortete, strömte wie Wasser von einem Felsen von seinen erhobenen Fäusten aus. Die Temperatur fiel und fiel weiter. Frühling verwandelte sich in Winter; in dem Zeitraum eines einzigen Atemzuges versank das Kernland von Elrinfaer unter einem glitzernden Mantel aus Reif. Rinder liefen in wilder Flucht über die Weiden. Innerhalb der Stadtmauern scheuchten Eltern ihre Kinder ins Haus und verrammelten voller Angst ihre Türen und Fenster. Anskiere rief erneut, und der Himmel verdunkelte sich. Regen fiel in weißen Schleiern und gefror zu einer glasartigen Eisschicht. Obstblüten umgaben sich mit einem harten Mantel aus Eis; Tiere flüchteten auf der Suche nach Schutz, nur um mitten im Schritt zu Statuen zu erstarren. Feldarbeiter starben beim Säen, und Frauen, die an den Flußufern ihre Wäsche wuschen, schrien vor Entsetzen, als ihre Hände von einem Augenblick zum anderen in Eis gefangen waren. Grimmig wie der Tod verstärkte Anskiere das Band der Kälte über Elrinfaer; mochte auch die Ernte vernichtet und Menschen getötet werden, so bestand doch Hoffnung, daß eine Rüstung aus Eis das Land vor der totalen Zerstörung durch den Pesthauch der Mhargdämonen schützen konnte. Das Saatgut würde die Katastrophe überleben, ebenso wie einige der Pflanzen und gewiß der größte Teil der Bevölkerung, genug, das Land nach dem Ende der Krise wiederaufzubauen.

Doch die Taktik schlug fehl. Mharglinge schwebten vom Himmel herab und attackierten eine isolierte Heimstätte. Ihr Gift verwandelte das Eis in zischenden Dampf und alles unter ihm in stinkenden Schlamm. Anskiere weinte. All seine Macht als Sturmwächter reichte nicht, sein Land oder gar sein Volk zu schützen. Durch den Rückschlag beinahe gebrochen, stapfte er durch eine schmutzige Pfütze. Sein Fuß stieß gegen ein Stück Metall, ein Scharnier eines Tores, das herabgefallen war, als sich der Pfosten, der es gehalten hatte, in Schleim aufgelöst hatte. Der Zauberer stolperte, konnte einen Sturz gerade noch vermeiden, und fuhr in seiner Arbeit fort, bemühte sich, nicht an die Toten zu denken, die einst den Zaun für ihr Vieh errichtet hatten. Von den Vaere unerbittlich geschult, suchte ein Teil seines Geistes noch immer nach einem Ausweg. Seine letzte Quelle der Macht, Keithlands einzige Hoffnung, ruhte in der See. Wenn die Mharg über den Ozean fliegen würden, blieb noch immer eine

Chance, daß Anskiere sie durch das Wasser überwältigen konnte.

Die Westküste lag jenseits der Berge, wettergepeitschte Felsen, deren Höhen unter ewigem Schnee begraben lagen, in dem die Paßstraßen selbst im Hochsommer noch gefährlich waren; im Osten dehnte sich Ackerland über fünfzig Wegstunden bis zu einer Küste, die von Fischern bevölkert wurde. Anskiere rieb sich die aufgerissene Haut über seiner Braue. Die Mharg flogen, wohin sie wollten; er konnte kaum etwas anderes tun, als ihnen folgen und die Winde dirigieren, in der Hoffnung, sie so lange wie nur möglich in der Luft festzuhalten.

Die nun folgenden Machtproben gingen beständig ineinander über. Anskieres Tage wurden zu einer jammervollen Existenz aneinandergereihter Niederlagen und schrecklicher Verluste. Sturmgewalten vibrierten in seinem Leib. Das entsetzliche An- und Abschwellen von Energien erhitzte Nerven, Sehnen und Geist bis zu einem Stadium unbarmherziger Pein, verbrannte seine Identität, bis er nicht mehr unterscheiden konnte, welcher Schmerz der seine und welcher der seines Königreiches war. Tage verschmolzen zu endloser Dunkelheit, und die Zeit selbst verlor jegliche Bedeutung. Noch immer flogen die Mharglinge. Die Ereignisse schienen sich zu überschlagen. Szenen reihten sich wie in einem Flickenteppich aneinander, eine jede Zeugnis einer schaurigen Tragödie.

Eine Stadt fiel und eine Schwester starb, jene Schwester, die ein junger Prinz zu beschützen versprochen hatte, als er ausgezogen war, die Mysterien der Vaere zu ergründen. Ihr Bild spukte durch seinen Geist, mädchenhafte Finger, die sich um ein

Zepter schlossen, welches sie nie gewollt hatte, und Ängste, durch nichts als ihren königlichen Stolz in Schach gehalten. Sie war mit der Gabe der Hellsichtigkeit geboren worden. Anskiere fragte sich, ob sie gewußt hatte, daß sie sterben würde, während sie schlief. Am ersten Abend, an dem er sich der Erschöpfung ergab, waren die Mhargdämonen gen Osten abgeschwenkt und hatten den Tod über den königlichen Hof zu Elrinfaer gebracht. Anskiere ballte die Fäuste, und der Himmel spie Blitze. Wieder und wieder jagten sie durch die Finsternis zur Erde, als er durch den von Gebeinen übersäten Hofgarten stolperte. In seinem Kummer rief Anskiere Stürme herbei, um die Straßen zu reinigen; seine Tränen vermengten sich mit den herabprasselnden Regentropfen.

Der Sommer brach an, und Staubwolken wehten über verödetes Land. Anskiere erklomm barfuß einen Felsen, und die rauhe Oberfläche des Gesteins riß seine Haut an den Fingern auf. Träge kreisten die Mharglinge auf einer Luftströmung, hoben sich strahlend wie Juwelen vor dem Himmel ab. Doch Anskiere hatte schon so lange Stürme gerufen, daß seine Augen keinen Himmel sahen, sondern Muster aus Licht, die jene Kraftlinien bildeten, in denen er den Wind erkennen konnte. Und allein sein Wetter hielt die Feinde in der Luft, hetzte sie nach Westen über das Gebirge in Richtung Ozean.

Inzwischen litt er Hunger; die Tage zogen unter Schnee und Sonnenschein und sturmgetriebenem Eisregen dahin. In so mancher Nacht war er zu müde, die Kälte abzuwehren. Gekleidet in wenig mehr als Lumpen, ruhte er zitternd auf dem kahlen Felsen. Wie buntbemalte, monströse Statuen rasteten die Mhargdämonen auf dem Gipfel. Nicht lange, und ihr unersättlicher Appetit würde sie erneut zum Flug treiben. Anskiere zwang sich, aufzustehen. Allein unter den glitzernden Sternen, überquerte er einen Moränenhang. Bedrohlich rutschten die Kieselsteine unter seinen Füßen weg, und in der Luft lag die Kälte schneebedeckter Höhen. Unterhalb der Klippen, auf denen die Dämonen schliefen, erhob der Sturmwächter eine Faust und rief seine Macht. Wind setzte ein, heulte über die Felsen und riß die Dämonen von ihrem Thron. Mit schrillem Jaulen erhoben sie sich in die Luft und nahmen Kurs auf die See. Anskiere folgte ihnen. Seine Erinnerungen an die Jagd dieser Nacht vermengten sich unentwirrbar mit denen an die folgenden qualvollen Tage. Sturmgepeitscht, ausgezehrt von den Mächten, die er durch seinen Geist formte, existierte er nur mehr als ein Werkzeug für seine Gabe, und für einen undefinierbaren Zeitraum verlor er jegliche Selbstwahrnehmung, als sein Geist, der durch den übermäßigen Fluß der Energien unsäglich litt, die Grenzen menschlicher Erkenntnisfähigkeit hinter sich ließ.

Später, bis auf die Knochen abgemagert, hockte der Sturmwächter zusammengekauert an einer Bucht, den Kopf auf die überkreuzten Unterarme gestützt. Wellen brandeten über die Felsen, kaum ein paar Handbreit von ihm entfernt. Matt klebte das Haar an seiner feuchten Haut, und er atmete stoßweise, zu erschöpft, um sich zu bewegen. Sechzig Meter vor der Küste wütete eine Wasserhose, angespornt durch das Heulen der Elemente. In ihrem Inneren waren nun endlich die Mharglinge gefangen, doch vergingen Wochen, bis Anskiere sich weit genug erholt hatte, die Mächte auszubalancieren, die sie umfangen hielten. Die Monate der Mühe hatten ihn über Gebühr beansprucht. Er war nicht imstande, ein Energiemuster zu formen, das stark genug war, nicht zusammenzufallen. Tag für Tag mußte er sein Werk verstärken, und er wagte es nie, diesen Ort zu verlassen.

Anskiere durchstöberte die Bucht. Schmutzig wie das Opfer eines Schiffsuntergangs, aß er rohen Fisch. Langsam zog er die Wasserhose samt den Mharglingen die Küste hinauf, bis er schließlich an einen verfallenen Leuchtturm an der Nordwestküste Elrinfaers gelangte. Der Leuchtturmwächter, der den Turm bewohnte, war senil, ein Eremit, der sich schon seit einer halben Ewigkeit nicht mehr um seine Lampen gekümmert hatte. Murrend schnalzte er abwechselnd mit der Zunge oder leckte sich über den zahnlosen Mund, dennoch verfügte er durchaus über genug Geistesgegenwart, zuzuhören, als Anskiere ihn bat, jedes Fenster des Turmes zuzumauern. Der Leuchtturmwächter kratzte sich in der Leistengegend und spuckte aus, dennoch half er dem Zauberer, bis das Werk vollbracht war. In dem Augenblick, da der letzte Stein gesetzt war, rief Anskiere seine Macht herbei. Er erhitzte die Luft zu einem blendenden Inferno. Bar der Unterstützung durch die Gabe Ivains, trieb er sich immer weiter an, bis schließlich auf der Schwelle seines Todes die Steine des Turmes miteinander verschmolzen und nicht eine Fuge in der Mauer blieb. Steil und schwarz ragte das neugeschaffene Gefängnis auf der Klippe auf, und hier kerkerte Anskiere die Mhargdämonen ein. Sie würden nie mehr fliegen. Mit der Zeit würden nur noch ihre Eier überleben, doch der Zauberer reinigte den Turm durch seinen Wind, und so würde keine Feuchtigkeit mehr bleiben, um eine zweite Brut hervorzubringen. Schließlich versiegelte der Sturmwächter den Eingang, erholte sich ein wenig und rief erneut seine Macht. Als er fertig war, lag der

Turm von Elrinfaer geschützt unter den stärksten Bannen, die je von einem Wettermagier gewirkt worden waren.

Am Ende weinte er. Zerschlagen, zerlumpt und von der Arbeit ausgezehrt, saß er am Rand der Klippe, während die Brandung Gischt ans Ufer trug und Möwen sich über angeschwemmtes Treibgut zankten. In seinen zitternden Fingern hielt er einen Basaltblock, der einst zu dem Plunder des Leuchtturmwächters gehört hatte. Die Facetten blitzten wieder und wieder auf. Vollkommen in das Spiel des Lichts vertieft, hörte Anskiere die Schritte des Besuchers nicht, der sich ihm näherte, noch ahnte er auch nur, daß er nicht länger allein war, bis sich eine boshafte Stimme an ihn wandte.

»Du hast dich bewundernswert geschlagen.« Ivain unterbrach sich und ließ gedankenverloren einen Kieselstein von einer Hand in die andere gleiten. Kupferrot leuchtete sein Haar im Licht der Abendsonne. »Hast dich selbst zugrunde gerichtet, und wofür? Die Überlebenden werden behaupten, du hättest die Zerstörung angerichtet. Ihre Priester werden deinen Namen in ihren Liedern verfluchen und ihre Kinder lehren, dich zu fürchten.«

Unbeholfen vor Erschöpfung erhob sich Anskiere. »Es gab keine Überlebenden. Nur darum sind die Mharg zur See geflogen. *Ihnen ist nichts geblieben, das sie noch hätten zerstören können.*« Er verstummte, darum bemüht, einen Zorn unter Kontrolle zu bringen, den auszudrücken ihm die Kraft fehlte. »Du hast Glück, daß sie ihren Vernichtungsfeldzug nicht über die Grenzen Elrinfaers ausgedehnt haben.«

»Warum?« Ivains Hände hielten mitten in der Bewegung inne, und der Stein fiel klappernd zu Boden. »Ich bin es müde, für die Vaere zu arbeiten.«

Noch ehe Anskiere etwas entgegnen konnte, öffnete sich die Erde. Der Zauberer, der sowohl Feuergebieter als auch Erdenmeister war, verschwand im Boden, und sein Gelächter hallte wie ein Fluch durch die Luft.

»Ich werde dich finden«, flüsterte der Sturmwächter. »Und wenn ich dich erst habe, werde ich dich mit einem Bann belegen, der so stark ist, daß du deine Art *nie wieder verraten wirst.*«

So begann die Jagd nach Ivain, die am Nordmeer ihren Höhepunkt fand; am Meeresufer in die Enge getrieben, kauerte der Feuergebieter zu des Sturmwächters Füßen. Dort, und nur unter Zwang, vervollständigte der Feuergebieter die Bindung, stabilisierte die Magie, die die Mhargdämonen gefangenhielt. Die Macht seiner Erdenmagie versiegelte die Schlüssel zu den Bannen im Inneren jenes Basaltblockes, der einst dem Leuchtturmwärter als Türstopper gedient hatte. Später hatte Anskiere sein Urteil über den Feuergebieter gesprochen, der ihn zu Elrinfaer im Stich gelassen hatte, einen Bann, dessen bittere Auswirkungen an die nächste Generation zu Jaric weitergegeben werden sollten.

In diesem Augenblick wurde das Traumbild zerstört. Jäh den Erinnerungen des Sturmwächters entrissen, stürzte der Sohn des Ivain in Finsternis. Gehör, Sicht, alle Sinnesempfindungen waren ihm genommen. Der Llondel versagte ihm die Führung. Verloren in einer alptraumhaften Lücke zwischen seiner eigenen Existenz und der Vergangenheit des Zauberers, schrie Jaric laut auf. Halb verrückt vor Furcht, kämpfte er darum, seine Orientierung wiederzuerlangen.

Im gleichen Moment dröhnte eine Stimme durch die Dunkelheit. »*Gib dich zu erkennen, Eindringling! Was treibt dich, den Sturmwächter von Elrinfaer zu stören?*«

Nicht mehr imstande zu unterscheiden, wo das Traumbild endete und die Wirklichkeit begann, fühlte Jaric, wie ein Wille, hart wie Stahl, sich über sein Bewußtsein legte. Macht drohte ihn zu zerreißen, gnadenlos und sicher geführt enthüllte sie sein innerstes Selbst. Weil die Gefahr bestand, endgültig vernichtet zu werden, gab er seinen Widerstand auf. Die Berührung wurde sanfter und löste sich schließlich ganz von ihm. Licht flammte auf und wurde wieder schwächer. Auf die Knie geschleudert, öffnete Jaric die Augen und fand sich vor einem gemeißelten Kamin in einem Raum wieder, der ihm endgültig jegliche Orientierung nahm. Keine Spur war von den Eisklippen geblieben, von dem Regen oder der Kälte dieser windigen Nacht. Seine Hände gruben sich in die weichen Fasern eines kunstvoll gemusterten Teppichs, und die Kleider an seinem Leib waren trocken.

»Ivainson Jaric«, sagte eine Stimme hinter ihm freundlich, doch erschreckend gebieterisch.

Der Knabe erhob sich. Verwirrt und erschüttert wandte er sich zu dem Sprecher um und sah zum ersten Mal Anskiere von Elrinfaer. Der Sturmwächter stand vor einem ausgebleichten Gobelin. Seine Robe aus Samt in der blauen Farbe eines Sommerhimmels umschmeichelte seine aufrechte Statur. Feuerschein tanzte über sein silbernes Haar, die vorspringenden Brauen und das Gesicht, in dem Wetter und Not tiefe Spuren hinterlassen hatten.

»Du hast mich gefunden«, sagte der Sturmwächter.

Jaric blinzelte. »Wo bin ich? Wie bin ich hierher gekommen?« Er hob eine Hand an seine Tunika, tastete und stellte fest, daß die Schlüssel von Elrinfaer nicht mehr da waren. Panik erschütterte ihn. »Der Llondel!«

»Hat dich zu mir geschickt«, führte Anskiere den Satz rasch fort. »Dieser Raum ist eine Illusion, nicht mehr und nicht weniger als ein Gedanke in meinem Geist. Und die Llondelei ist nicht unser Feind.«

Jaric errötete. »Es sind Dämonen.«

»Nicht alle Rassen unter den Verdammten Kors sind gleich. Manche sind bereit, ihren Haß gegen die Menschen zum Nachtteil der anderen Dämonen zu begraben. Würden die Mharg wieder fliegen, so müßte die Llondelei untergehen.« Anskiere wartete verständnisvoll, während Jaric diese Offenbarung verdaute. »Soweit es die Schlüssel betrifft, sind die Llondel deine Verbündeten.«

Jaric blickte dem Zauberer in die Augen, Augen, so tief wie der Horizont über dem Meer. Er wollte Zorn verspüren, doch er konnte es nicht. Einst hatte er geglaubt, Anskiere hätte den Feuergebieter verflucht, um vergangenes Unrecht zu rächen. Nun wußte er es besser. Der Bann, der am Ufer des Nordmeers gewirkt worden war, war nur aus der Not geschaffen worden, zu verhindern, daß je wieder ein Verrat begangen würde, wie jener, der zum Untergang Elrinfaers geführt hatte.

Anskiere sprach in der eingetretenen Stille. »Als ich meinen Ruf aussandte, wußte ich bereits, daß Ivain tot war.«

Diese Feststellung barg vielseitige Bedeutung. Jarics Kehle war wie zugeschnürt. Ivains Tod bedeutete, daß sein Nachfahre dem Ruf antworten und möglicherweise die Tragödie wiederholen mußte, die der Zyklus des Feuers hervorzubringen imstande war; das hatte Anskiere gewußt. Schon in dem Augenblick, da er seinen Ruf ausgesandt hatte, hatte der Kummer über diese Entscheidung sich unauslöschlich in sein Herz eingebrannt. Der Sturmwächter erkannte bis in die entfernteste

Verästelung, welche Folgen sein Ruf für den unwissenden Knaben aus der Festung von Morbrith haben mußte.

»Wenn du Fragen hast, so stelle sie jetzt. Ich werde dir antworten, so gut ich kann. Dies mag das letzte Mal sein, daß wir Gelegenheit haben, miteinander zu sprechen.« Völlig ruhig erklärte sich Anskiere. »Dadurch, daß der Llondel dich zu mir geschickt hat, hat er den Zeitraum, den ich überdauern kann, verkürzt. Sie ist ein Risiko eingegangen, das gewiß nicht wiederholt werden wird.«

»Sie?« Erstaunt blickte Jaric auf. Nie hatte er sich einen Dämon als weibliches Wesen vorgestellt.

Anskiere schenkte ihm ein schwaches Lächeln. »Sie sind nicht menschlich, Jaric, aber in mancher Hinsicht sind die Llondel gewöhnlichen Sterblichen ähnlicher als du und ich.«

Sterbliche; dieses Wort aus dem Mund eines Zauberers zu hören, dessen Taten den Lauf der Geschichte selbst verändert hatten, erschreckte Jaric. Dennoch hätte ihn diese neugewonnene Erkenntnis nicht überraschen sollen; auch der Sturmwächter war nicht allmächtig. Er war selbst ein Gefangener, und darum wagte Anskiere nicht, das Eis ohne die Unterstützung durch einen Feuergebieter zu schmelzen; diesen Schutzmantel zu lösen, hieße, die Frostwargs zu befreien, die ebenfalls Dämonen waren und kaum weniger schlimm als die Mharg. Jaric fühlte Kälte durch seine Adern kriechen. Wie lange konnte der Sturmwächter gelähmt unter dem Eis überleben, sollte kein Anwärter den Zyklus des Feuers meistern?

Obgleich es Jaric an Courage mangelte, seine Frage auszusprechen, antwortete Anskiere ihm unumwunden. »Mir bleiben weniger Tage als du gelebt hast.«

Plötzlich wurde das Feuer hinter Jarics Rücken zu heiß. Schwitzend widerstand er dem Drang, einen Schritt vorzugehen. »Was geschieht mit den Frostwargs? Werden sie entkommen, wenn Ihr sterbt?«

»Nicht sofort.« Als fühlte er das Unbehagen Jarics, wandte sich der Sturmwächter ab und starrte auf den Wandteppich, auf dem ein Meeresblick in verblaßten Blau- und Grüntönen dargestellt war. Der Zauberer sprach mit dünner Stimme weiter. »Die Banne würden sich langsam auflösen. Wenn die elektrischen Stürme milde bleiben und nicht allzu häufig stattfinden, so können sie durchaus noch eineinhalb Jahrhunderte halten.«

»Die Vaere würden einen Nachfolger für Euch ausbilden«, sagte Jaric.

»Möglicherweise.« Anskiere verschwieg, daß die Gabe selten war; selbst die talentiertesten Anwärter versagten allzu oft während ihrer Ausbildung zum Zauberer. Doch sein Schweigen sprach Bände, und Jaric blieb die Beruhigung verwehrt, die er brauchte. Jeder Wortwechsel mit dem Zauberer führte ihn näher an den Zyklus des Feuers heran, bis schließlich die Akzeptanz jener Qualen, die seinen Vater zerstört hatten, unausweichlich wie der Tod erscheinen mußte.

»Nein.« Hastig wandte sich Anskiere um. Augen, ohne jegliche Leidenschaft, blickten Jaric an, als er hinzufügte: »Die Entscheidung, sich dem Zyklus des Feuers zu unterziehen, kann nicht erzwungen werden. Ich habe dir lediglich eine Aufgabe auferlegt; erobere die Schlüssel von Elrinfaer und schütze sie, bis sie zurückgegeben werden können.«

Jaric schrumpfte unter dem Blick des Zauberers. Erst in diesem Augenblick erkannte er in vollem Ausmaß, welche Last auf seinen Schultern ruhte.

Seine Erinnerung brachte den Konflikt am Nordmeer wieder hervor und das Urteil, das Anskiere über Ivain gefällt hatte. »… *und solltest du sterben, wird mein Bann auf deinen ältesten Sohn und auf seine Söhne nach ihm übergehen, bis die Schuld gesühnt ist …*«

Als hätte ihn ein Peitschenhieb getroffen, wurde Jaric bleich, und seine Hände verkrampften sich unter den Stulpen seiner Tunika. »Könnt Ihr mir denn die Schlüssel nicht abnehmen?«

Anskiere antwortete ihm überraschend wohlwollend. »Nur, wenn ich frei bin, Sohn des Ivain. Bis zu diesem Tag mußt du, oder deine Kinder nach dir, die Schlüssel vor den Dämonen schützen.«

»Aber ich habe nicht die Macht, sie zu schützen!« Zu spät wünschte Jaric, er hätte diese Worte nicht ausgesprochen.

Anskiere lächelte. »Du hast das Potential.«

»Nein!« Jaric gab seine Beherrschung auf. Eingeschüchtert durch die Gegenwart des Sturmwächters und innerlich gebrandmarkt durch die gemeinsame Erinnerung, die der Llondel ihm durch seine mentalen Bilder hatte zuteil werden lassen, gab er die schreckliche Furcht preis, die in seinem Geist gärte, seit dem Augenblick, da er von seinem wahren Vater erfahren hatte. »Wer bin ich, mir diese Macht anzueignen? Bei den Feuern Kordanes, Zauberer, wie vielen Menschen hat mein Vater Leid zugefügt, ehe er sich ein Messer ins Herz gestoßen hat?« Nachdem er einmal angefangen hatte, konnte Jaric nicht mehr aufhören, und seine Stimme wurde lauter. »Ihr, *Sturmwächter*, mit all Eurer Weisheit und Eurem Mitgefühl, sagt mir, *wie viele Menschen sind in Tierl Enneth gestorben?*«

Der Vorwurf verhallte in Stille. Jaric hielt das Kinn vorgereckt; er konnte kein Bedauern über seine trotzige Reaktion empfinden. Die Provokation war gewiß gerechtfertigt. Ganz Keithland erinnerte sich der Wogen, die sich auf See aufgetürmt und die Küste von Tierl Enneth unter sich begraben hatten. Viertausend Menschen waren gestorben, und ein jeder hatte unter dem Schutz des Sturmwächters gestanden.

Anskiere senkte sein Haupt. Vitalität und Kraft verließen ihn, bis er schließlich wie ein alter Mann erschien. »Ich werde mich dir erklären, Nachfahre des Feuergebieters, obgleich ich bisher niemandem außer den Vaere von dem Geschehen erzählt habe. Ich bete darum, daß du weise genug bist, zu verstehen.« Aus müden Augen richtete seinen Blick aus auf Jaric. »Die Dämonen haben eine Möglichkeit gefunden, den menschlichen Geist zu verwirren und die Kontrolle über ihn zu erlangen. Eine schreckliche Sache, denn jene, die sie zu ihren Zwecken auswählen, sind begabt. Eine namens Tathagres kam zu mir und bat mich, sie als Schülerin anzunehmen. Sie erwies sich als Dienerin der Dämonen, und sie nahm mir eines Tages, als ich ihr den Rücken zukehrte, die Macht meines Stabes. Der Betrug war so simpel, daß ich nie damit gerechnet hatte. Der Stab aber war geschützt; bis zu diesem Augenblick weiß ich nicht, wie sie die Schutzbanne manipulieren und überleben konnte. Doch war es ihre Tat, die die See erzürnte und Tierl Enneth zerstörte. Eine Tat, allein dazu gedacht, mich in Verruf zu bringen.«

Jaric ließ die Hände sinken. Erschüttert bemerkte er den Schweiß auf seinen Handflächen. »Tathagres ist tot.«

Der Zauberer antwortete so schnell wie ein Peitschenschlag. »Sind ihre Geheimnisse mit ihr gestorben?«

»Möglicherweise«, sagte Jaric, ohne jedoch hinzuzufügen, daß die Hexe ihre Besessenheit vermutlich an einen anderen weitergegeben hatte. Angespannt wie eine überdehnte Harfensaite schloß er die Augen und wünschte sich aus tiefstem Herzen, Dunkelheit könnte das Schicksal von ihm abwenden, das seine Abstammung über ihn gebracht hatte. Der Zauberer hatte ihm für sein Dilemma keine Lösung außer dem Zyklus des Feuers anzubieten, und diesem Los wollte sich Jaric auf keinen Fall ergeben, fürchtete er doch, daß diese Macht nur zu weiterem Unheil führen würde, das die Dämonen für sich nutzen konnten. Seit der Llondel ihm die Gefahr vor Augen geführt hatte, in der die Menschheit schwebte, ängstigte Jaric der Gedanke, er könnte derjenige sein, der am Ende die Welt aus dem Gleichgewicht und Vernichtung über seine eigene Art bringen würde. Mit einem Seufzen gepeinigter Abwehr wünschte er, er wäre irgendwo anders.

Ohne Vorwarnung bäumte sich der Teppich unter seinen Füßen auf. Solchermaßen um seine Balance gebracht, stürzte Jaric, doch er berührte den Boden nicht. Der Raum um ihn herum löste sich einfach in Luft auf. Licht verschmolz mit Finsternis, und die letzten Worte des Sturmwächters klangen wie das Flüstern eines Geistes im tiefen Innern einer Höhle.

»Dämonen werden die Schlüssel suchen, Ivainson Jaric. Hüte sie gut. Triff tapfer deine Entscheidungen, so wie sie für dich richtig sind. Meine Hoffnungen und mein Segen begleiten dich, welchen Weg auch immer du einschlagen wirst.«

Jaric bemühte sich zu antworten, doch die Worte blieben ihm im Halse stecken. Wieder und wieder wurde er herumgeschleudert, durchgerüttelt von

Mächten, die sich der Kontrolle Sterblicher entzogen. Als er endlich seine Stimme wiederfand, schrie er vor Schmerz und Furcht, und dieses Geräusch weckte ihn auf. Auf den kalten, scharfkantigen Felsen über der donnernden Brandung öffnete Jaric an der Nordküste Riffhafens die Augen. Wolken hatten sich vor den Sternenhimmel geschoben. Über ihm ragten die Eisklippen empor, hoben sich machtvoll vor der höllischen Finsternis des Nachthimmels ab. Unter ihnen gingen Küste, Riffe und Felsen ineinander über, trostlos wie eine Schwarzweißzeichnung, von zwei orangefarbenen Punkten abgesehen. Die Llondelfrau beobachtete ihn noch immer. Den Umhang über die überkreuzten Beine gezogen, saß sie auf dem Sims und starrte ihn aus emotionslos funkelnden Augen unter der grauen Kapuze an.

Jaric setzte sich auf. Er lehnte sich mit dem Rücken an das Granitgestein und musterte die Llondelfrau aufmerksam, konnte jedoch keinen sichtbaren Hinweis auf ihr Geschlecht entdecken. Unsicherheit ergriff Besitz von ihm; was, wenn Anskieres Worte nur einem Traum entsprungen waren, oder, noch schlimmer, einer Illusion der Llondelei, geschaffen, seinen Argwohn zu zerstreuen. Durch sein eigenes Mißtrauen verunsichert, schob Jaric die Hand unter seine Tunika. Erst als seine Finger Anskieres Basaltblock ertastet hatten, beruhigte er sich wieder. Wenn die Llondelfrau die Schlüssel bisher nicht gestohlen hatte, bestand durchaus die Möglichkeit, daß sie andere Absichten verfolgte.

Als würden seine Gedanken sie zu der Bewegung veranlassen, blinzelte die Dämonin. Grauer Stoff raschelte leise, als sie sich gespannt vorbeugte. ›*Erbe des Feuergebieters und Hüter der*

Schlüssel, du hast mit Anskiere gesprochen. Was wirst du nun tun?‹

Die unausgesprochene Drohung bewirkte eine Dissonanz in der Gedankenbotschaft. Jaric schluckte und stellte fest, daß seine Kehle trocken war. Er war noch nicht außer Gefahr. So vorsichtig er seine Antwort auch wählen würde, am Ende würde nur die reine Wahrheit der feinsinnigen Wahrnehmung der Dämonin genügen. Gestützt durch eine Tapferkeit, die er von sich selbst nie erwartet hätte, bemühte sich Jaric um eine Entgegnung. »Ich werde die Schlüssel schützen, so gut ich es vermag. Aber ich werde weder Ausbildung noch Macht von den Vaere akzeptieren.«

Die Llondelfrau zischte.

Jaric zog sich an den Felsen zurück. Seine nächsten Worte waren von Bitterkeit geprägt. »Habt Ihr denn meinen Vater gekannt?« Verzweifelt auf der Suche nach Verständnis, jagte er ein Bild nach dem anderen durch seinen Geist; er wußte, daß die Llondelfrau sie sehen würde. Jaric zeigte ihr den Feuergebieter, dessen Grausamkeit sich so lebendig in das Gedächtnis der Menschen eingeprägt hatte. In Erzählungen im Schankraum, in den Klageliedern der Minnesänger und niedergeschrieben in den Gerichtsarchiven fanden sich Hinweise auf Ivains launenhaften Charakter, der Zerstörung über jedem Winkel von Keithland gebracht hatte, Herbergen niedergebrannt, Felder mit Schlacke überzogen und sogar die Hand eines Stallburschen versengt hatte, der sein Pferd nicht schnell genug aufgezäumt hatte.

Jaric hielt inne, doch die Llondelfrau saß noch immer reglos wie eine steinerne Statue vor ihm, und ihre Augen leuchteten wie Kerzenflammen im Schatten der Kapuze.

Verunsichert über die Frage, was das Mitgefühl einer Dämonin erwecken mochte, versuchte Jaric es erneut. »Selbst wenn sie edlen Absichten dienten, haben die Mächte der Vaere großes Leid über meine Art gebracht.« Noch einmal wählte der Knabe Bilder, zeigte ihr den Schrecken, der über Tierl Enneth gekommen war, nachdem die Manipulation von Anskieres Stab die See herbeigerufen hatte. »Wie weise ein Zauberer auch sein mag, Macht von solchem Ausmaß kann zu leicht mißbraucht werden. Ich kann es nicht tun.« Jaric unterbrach sich, schluckte und fuhr dann verbissen fort. »Ich werde die Verantwortung für ein solches Risiko nicht auf mich nehmen.«

Die Llondelfrau kauerte sich zischend zusammen.

»Nein!« Jaric schlug mit beiden Fäusten auf seine Beine. »Wartet und hört mich an! Es muß andere Wege geben. *Wollt Ihr mich denn nicht verstehen? Nichts Gutes erwächst aus der Zauberei.* Wenn ich muß, so werde ich eine andere Möglichkeit finden, meine Art zu schützen und Anskiere die Schlüssel zurückzugeben!«

Ein Augenblick der Anspannung zog dahin. Dann lehnte sich die Llondelfrau mit raschelnder Robe zurück. Sie streckte einen Arm aus und strich mit ihren Dornen über den Stein zwischen Jarics Knien. Das Geräusch ließ dem Jungen die Haare zu Berge stehen. Obgleich die Geste unter Menschen nicht bekannt war, war ihre Bedeutung doch unmißverständlich.

›*Ich warne dich*‹, sandte die Dämonin. ›*Du bist von den Vaere gezeichnet, und deine Wege werden beobachtet werden.*‹

Bis ins Mark erschüttert, hielt Jaric den Atem an, denn die Llondelfrau zeigte ihm ein Bild seiner selbst, umgeben von einem dreifachen Band aus Feuer. Das Muster war dem Siegel auf den Schlüsseln, dem Zeichen der Meisterschaft Anskieres, nur allzu ähnlich. Die Llondelfrau wollte ihn warnen, ihre Bilder sprachen von Gefahr; der Erbe des Feuergebieters würde nicht allein beobachtet, er würde gejagt werden. Die Vision enthielt Warnungen über Warnungen; Jarics Potential als Zauberer bedeutete Gefahr für den dämonischen Pakt des Schattentempels. Seine Weigerung, diese Gabe zu fördern, versprach keinerlei Sicherheit, denn solange er sich nicht durch die Fertigkeiten eines Feuergebieters zu schützen vermochte, konnte der Feind ihn ohne jedes Risiko besiegen.

Doch auch diese Gefahr reichte nicht, Jarics Entschluß ins Wanken zu bringen. Überwältigt von den Erinnerungen an Anskieres Macht, vermochte der undisziplinierte Geist des Jungen nicht, jene Wettermagie zu ergründen, die durch die Tiefen seines Bewußtseins gestreift war. Er wußte nur, daß die Auswirkungen derartiger Energien Schmerz verursachten; die gnadenlose, schreckliche Selbstbeherrschung, die notwendig war, derart rohe Mächte zu kontrollieren, schüchterte ihn ein. Ihm blieb kein Spielraum für andere Überlegungen. In der Realität seiner eigenen Unzulänglichkeit gefangen, reagierte der Sohn des Ivain mit Abwehr auf das Schweigen der Llondelfrau.

Eine Weile hockten Mensch und Dämon einander stur gegenüber. Dann pfiff die Llondelfrau durch die halbmondförmigen Schlitze ihrer Nüstern.

›*Wahrhaftig, du bist deines Vaters Sohn*‹, sandte sie. Getragen von llondischer Enttäuschung, war der Vergleich verletzend.

Jaric zuckte zusammen. »Nein!« Wachsender Zorn klang in seiner Stimme an. »Ich habe nichts von Ivains Grausamkeit geerbt! Beim Großen Untergang, selbst Anskiere hat gesagt, er könne mich nicht zwingen, mich dem Zyklus des Feuers zu unterwerfen.«

Die Llondelfrau trällerte eine klagende Melodie. Für einen Augenblick brannte ein Funke beinahe menschlicher Trauer in ihren Augen. ›*Erbe des Feuergebieters, Hüter der Schlüssel.*‹ Feinsinnig wie ein meisterhafter Musiker, sandte sie ihm eine Vision, und Sehvermögen, Geräusche und alle alten Erinnerungen verschmolzen zu einem Wehklagen angesichts der Unausweichlichkeit des Schicksals. Die Illusion drang durch Jarics Bewußtsein, erstickte seinen Geist durch Kummer. ›*Tu, was du für richtig hältst, Sohn des Ivain. Doch sei achtsam. Oh, kleiner Bruder deiner Art, sei achtsam.*‹ Und der Anblick der Llondelfrau löste sich in einem Traum.

Eingehüllt in nebelhafte Berührung, glitt Jaric in das Muster ihrer Bilder. Seine Wahrnehmung der Eisklippen und Felsen veränderte sich, verwandelte sich in das Schlingern eines Bootes weit draußen auf offener See. Kaum größer als ein Ruderboot, verfügte es über geflickte Segel, einen Mast und aufgetürmte Netze, die nach Fisch stanken. Mit der Hilfe der Llondelfrau erkannte Jaric, daß er die Gegenwart sah; dieses Boot segelte jetzt vor der Westküste von Elrinfaer. Zwei Brüder in Ölhäuten zerrten ein Tau über das Dollbord. Ohne zu ahnen, daß sie beobachtet wurden, arbeiteten sie in aller Stille im Licht der Sturmlaterne am Achtersteven. Salzverkrustetes Glas warf ein starres Muster von Schatten, das sich mit dem Schlingern des Bootes bewegte, und in dem unbeständigen Hin und Her aus Licht und Schatten erkannte Jaric, daß noch eine Gestalt ausgestreckt auf den Planken im Bug lag.

Schwitzend unter den Auswirkungen des Fiebers lag der dritte Mann halb unter einem derben Wollmantel begraben. Der Arm, den er über sein Gesicht hielt, war von Schmutz und Sand bedeckt und in zerfetztes Leinen gekleidet. Jaric sah goldene Fäden an der Stulpe glitzern. Mit neuerwachter Furcht wurde ihm bewußt, daß er das Muster des Gewebes kannte. Er betrachtete den Mann eingehender, sah Finger, von Verätzungen gezeichnet, und rabenschwarzes Haar, das wirr unter der Hand hervorschaute. Er hatte genug gesehen, um Bescheid zu wissen. Hier lag der Bruder Taens, der Traumweberin, Emien, den Jaric über der Spitze seines Schwertes vor kaum drei Tagen gezwungen hatte, ihm die Schlüssel von Elrinfaer zu übergeben. Die Fischer mußten ihn entdeckt haben, wie er einsam und allein durch die Bucht getrieben war. Offenbar hatten sie ihn aus Mitgefühl an Bord genommen. Emiens Leiden hätte Jarics Mitgefühl wecken müssen, doch statt dessen fühlte er nur Furcht, so, als wäre irgend etwas furchtbar falsch gelaufen.

Aus den Tiefen des llondischen Traumes, rief er laut: »Warum? Was kann Emien schon anstellen? Seine Herrin, Tathagres, ist tot, ermordet durch seine Hand an der Küste von Elrinfaer. Sie war es, die die Macht der Dämonen herbeibeschworen hat, nicht Emien.«

Die Llondelfrau antwortete mit Bildern. Jaric bemerkte, wie das Boot in der Vision unscharf wurde und auf subtile Art verändert wieder deutlich erkennbar wurde, als wäre ein Schleier von dem Bild entfernt worden. Mit schauriger Klarheit zeigte ihm die folgende Szene, was in naher Zukunft geschehen sollte. Jaric sah, wie Emien den Wollmantel von sich schob, sich erhob und einen unsicheren Schritt tat. Seine Augen glänzten im Fieber, und sein Arm zitterte, als er nach dem Dollbord griff, um sich abzustützen, während das Boot über die Wogen rollte. Die entrückte Miene des kranken Jungen erfüllte Jarics Bewußtsein mit bösen Vorahnungen; obgleich Emien sich verloren wie ein Schlafwandler bewegte, folgte er einer Absicht, die außerhalb der vagen Regungen des Deliriums lag.

Das Boot glitt über eine Woge, und die Laterne schaukelte heftig. Schatten wirbelten umher, ergossen sich über abgenutzte Planken, als das Schiffsheck tief hinab in das Wellental sank. Tau schabte über die Ruderbank, wurde von dem ruhelosen Sog des Wassers in die See gezogen. Einer der Fischer fluchte verärgert. Seine Stiefel stampften auf den Planken, als er sein ganzes Gewicht gegen das Seil stemmte. Hätte er aufgesehen, so hätte er bemerkt, daß Emien den Bug verließ. Doch vertieft in ihre Arbeit, bemerkte keiner der Brüder, daß der Knabe, den sie von der Küste Elrinfaers gerettet hatten, sich über die vordere Segelkammer beugte und nach einem Fischermesser suchte.

Nur Jaric sah, wie zitternde, von Verätzungen gezeichnete Finger sich um das Heft einer Klinge schlossen. Dann begann die Luft um den Knaben zu flimmern, als würde der Wind in einem Vorhang aus Licht spielen. Die Gestalt des Jungen schimmerte in einer Glut, ähnlich der Aura, die den Sturmwächter von Elrinfaer umgeben hatte, als Jaric ihn durch die Wahrnehmung der Llondelfrau gesehen hatte. Und doch, wenngleich mit Macht verbunden, war die Struktur anders, war aus sich heraus böse. Offensichtlich hatte Taens Bruder Tathagres' Affinität zur Besessenheit geerbt.

Jaric schrie, doch in der Scheinrealität des llondischen Traumes verursachte seine Stimme keinen Ton. Solchermaßen daran erinnert, daß er nichts anderes als ein Bild aus der Zukunft vor sich hatte, mußte er hilflos mitansehen, wie Emien das Messer aus dem Holz zerrte. Die rötliche Aura flackerte, wurde stärker, bis sie zu einem scharf umrissenen Schleier der Macht angewachsen war. Erfüllt von einem Sturm dämonischer Kraft, stürzte Emien voran und stieß die Klinge bis zum Heft in den Rücken des Fischers, der ihm am nächsten stand. Hände erschlafften über dem Netz. Tau scharrte auf Holz, von der See zurückerobert, und der Mann fiel mit einem erstickten, gurgelnden Schrei auf das Dollbord. Blut ergoß sich schwarz im Lampenschein über seine Ölhaut. Mit einem ebenso zornigen wie überraschten Aufschrei, wirbelte sein Bruder um die eigene Achse. Er erblickte ein fiebriges Gesicht, umgeben von wirrem Haar und gezeichnet von einem wahnsinnigen Lächeln. Dann bohrte sich Emiens Messer in seine Brust. Der Fischer stolperte zurück in die silbrig schimmernde Masse seines Fangs.

Das Boot schlingerte heftig, von den unvermittelten Gewichtsverlagerungen aus dem Gleichgewicht gebracht. Emien löste das Netz. Gewichte fielen platschend in die See. Der Todeskampf des Mannes verlor sich unter den Wogen, während Emien mit herzlosem Pragmatismus den Leichnam des zweiten Mannes mit einem Tritt über Bord beförderte. Er trat ins Heck und ergriff das Ruder. Das Fischerboot tauchte in ein Wellental und legte sich schwankend auf die Seite. Segeltuch spannte sich krachend, und bald hörte die Kompaßnadel auf zu zittern und zeigte einen stabilen Nordkurs an.

Angeführt von llondischer Hellsichtigkeit erblickte Jaric in der Zukunft eine stürmische Überfahrt, die weit im Norden an der Küste von Felwaithe endete. Dort ging der geliebte Bruder von Taen, der Traumweberin, von Bord und traf endlich seine Herren, die ihn in ihre Dienste gerufen hatten. Ausgezehrt nach vielen Wochen auf See, stolperte Emien über den Strand, um sogleich von den Händen der wartenden Dämonen aufgefangen zu werden.

Vergeblich versuchte Jaric flüsternd, sich den Bildern zu entziehen. Unfähig, Einfluß auf den Lauf der Dinge zu nehmen, beobachtete er, wie die Verdammten Kors Emien auf eine Trage hoben und nach Nordosten davontrugen. Das Bild verschwamm, veränderte sich. Jenseits der Grenzen von Keithland erblickte Jaric eine Einöde windgepeitschter Felsen. Dort lag ein kahles Land, unverändert seit den Zerstörungen durch den Großen Untergang; nichts außer spärlichen Flechten konnte dort überleben. Deutlich erkennbar vor dem wolkenlosen Himmel, trugen seine dämonischen Herren Emien die Hänge einer zerklüfteten Klippe empor. Eine Festung erhob sich auf dem Gipfel, ein Bollwerk aus grauen, verwinkelten Mauern und spindelförmigen Türmen. Von Verzweiflung überwältigt, sah und wußte Jaric, obwohl er nie im Leben dort gewesen war. In der Legende wurde die Festung Schattentempel genannt, Gefängnis der Verdammten und Sitz dämonischer Macht. Sollte Emien jemals wieder herauskommen, so wäre seine Bestimmung die Vernichtung seiner eigenen Art.

Kapitel 4

KÖNIG DER PIRATEN

Jaric erwachte in feinem Nieselregen. Wasser tropfte aus seinem Haar, rann kalt über seine Finger und plätscherte auf den Felsen unter seinem Leib. Die llondischen Träume hatten ihn trostlos zurückgelassen; Leid würde aus dem Schattentempel über das Land kommen, ein Leid, wie es Keithland nie zuvor erlebt hatte. Er durfte seine eigene Verantwortung nicht länger von sich weisen. Einst hätte er vielleicht den Mord an zwei Fischern verhindern können, ja, sogar Emien vor der Verdammnis in die finsteren Fluchten des Schattentempels bewahren können. Zusammengekauert in der dunstigen Finsternis auf dem Felsensims, wünschte Jaric, er könnte den Augenblick vergessen, in dem er die Schlüssel an der Küste von Elrinfaer zurückerobert hatte; damals hatte die Spitze seines Schwertes auf Emien gezeigt, und doch hatte er nicht zugeschlagen. Entwaffnet durch die Trauer einer Schwester und seine eigene Abneigung gegen das Töten, hatte er gezögert. Jaric biß sich auf die Lippe. Diesem Augenblick des Erbarmens würde nichts Gutes folgen. Dadurch, daß er Emien hatte entkommen lassen, hatte er den Dämonen lediglich ein neues Werkzeug für ihre finsteren Pläne gegen Keithland zugespielt.

Langsam und steif setzte Jaric sich auf. Nun leuchteten keine orangefarbenen Augen in der Dunkelheit. Der Sims war verlassen, nur kahler Felsen. Die Llondeldämonin war fort. Nunmehr frei, seiner Wege zu ziehen, fühlte Jaric erneut tiefes Mißtrauen. Erst, als er sich vergewissert hatte, daß die Schlüssel von Elrinfaer und die Feder des Sturmfalken noch immer sicher unter seiner Tunika ruhten, beruhigte er sich weit genug, seine Situation zu überdenken. Durch ein schwaches Schimmern abgelenkt, entdeckte er sein Messer auf dem Gestein. Ganz in der Nähe lag noch ein zweiter Gegenstand.

Jaric beugte sich vor. Kieselsteine knirschten unter seiner Hüfte, als er sein Gewicht verlagerte und vorsichtig nach dem Dolch griff. Kein Llondel erschien, um ihn davon abzuhalten. Mit einem Gefühl dankbarer Erleichterung schloß Jaric die Finger um das Heft und schob die Waffe rasch zurück in ihre Scheide. Bedrohlich und fahl wie ein Knochen in der Finsternis, wartete das andere Objekt darauf, damit er es ergreife. Jaric wäre lieber gegangen, ohne es auch nur zu berühren, doch sein Fehler in bezug auf Emien an der Küste von Elrinfaer hatte ihn gelehrt, niemals eine uneinschätzbare Gefahr zurückzulassen.

Mit vorsichtig tastenden Fingern untersuchte Jaric den Gegenstand. Die Oberfläche fühlte sich sonderbar warm an, so als hätte er bis vor kurzem nahe an lebendigem Fleisch geruht. Aus Holz geschnitzt und von gewundenen Perlmuttintarsien durchzogen, war das Objekt deutlich als Flöte zu erkennen. Zwölf Löcher waren in Abständen, die für fremdartige Finger gedacht waren, in den Schaft getrieben worden. Geleitet von einer Intuition, die nicht ganz seine eigene war, erkannte Jaric, daß das Instrument für ihn zurückgelassen worden war, auf daß er es im Notfall benutzen konnte. Würde er die höchste Note erklingen lassen, so konnte er die Llondelfrau zu Hilfe rufen.

Von dieser Vorstellung erschreckt, zuckte Jaric zusammen. Nur dämonische Visionen konnten ihm das Wissen über dieses Geschenk verliehen haben. Zweifellos lauerte die Kreatur irgendwo in der Nähe außerhalb seiner Sichtweite und beobachtete ihn noch immer.

Furchtsam und vorsichtig zögerte Jaric. Kein Mensch konnte es wagen, einem Dämon zu vertrauen, und der Besitz eines llondischen Artefakts würde die Bürde der Ketzerei über Keithland bringen. Harmlos oder nicht, er mußte die Gabe des Dämons zurückweisen.

Jaric legte das Instrument zurück in die Felsennische und erhob sich. Er war mißtrauisch und traute deswegen seinen Träumen nicht. Seine Begegnung mit dem Bewußtsein Anskieres mochte durchaus nichts weiter als eine Illusion gewesen sein, entstanden aus llondischen Visionen. Möglicherweise hatte die Kreatur nur sein Zutrauen erschleichen wollen, um ihn, so wie Emien, schließlich zu vernichten. Obgleich seine steifen Muskeln schmerzten und seine Kleider durchnäßt waren, drängte er sich an die vor ihm liegende Böschung und nahm seine Kletterei auf die Eisklippen mit sturer Entschlossenheit wieder auf.

Zwar lag der schlimmste Teil des Aufstiegs hinter ihm, doch die regennassen Felsen boten seinen Füßen nur trügerischen Halt. Kälte hatte seine Reflexe betäubt, und ein einziger Fehltritt konnte ausreichen, daß er das Gleichgewicht verlor und über die zerklüfteten Felsen stürzte, um gleich darauf zerschmettert inmitten des grausamen Soges der Brandung zu landen. Bitter drang der Geruch von Tang in seine Nase. Der Sims schlängelte sich aufwärts, bis er schließlich auf einem breiteren Felsvorsprung mündete. Hinter ihm erhob sich

Anskieres Gefängnis, weiße Mauern hinter grauen Nebelschwaden.

An diesem Ort fühlte sich Jaric bedeutungslos. Die Wogen brandeten auf und krachten schäumend gegen das Eis; die Klippen verstärkten das Geräusch niederprasselnden Spritzwassers, bis es sich anhörte, als würde es direkt unter Jarics Füßen niedergehen. Wind seufzte über Felsspalten und trug Regen mit sich, der kalt über Jarics Kragen rann. Als er zuletzt dem Ruf Anskieres gefolgt war, hatte der Sturmwächter mit einer Stimme, geschaffen aus Wind, zu ihm gesprochen. Jaric hatte ihm in einem Augenblick allumfassender Stille gelauscht, in dem selbst die See zu verstummen schien. Dieses Mal hingegen folgten die Elemente dem zufälligen Muster aus Stürmen und Wellengang. Keine seichte Brise und kein Willkommen erwartete den Knaben, der die Schlüssel von Elrinfaer bei sich trug.

Frierend und entmutigt lehnte sich Jaric mit dem Rücken an den Felsen. »Anskiere!«

Sein Ruf hallte über den Abgrund und verlor sich im Donnern der Brandung. Jaric hatte nicht den Mut, es noch einmal zu versuchen. Kein gesprochenes Wort würde den Sturmwächter von Elrinfaer erreichen können, und zusammen mit einigen düsteren Vorahnungen hegte Jaric den Verdacht, daß die Vision der Llondelfrau ihm die Wahrheit gezeigt haben mochte. *Hüter der Schlüssel,* hatte die Dämonin ihn genannt, und der Titel hatte für ihn einen bitteren Nachgeschmack. Nichts in seinem Leben hatte ihn auf eine solche Verantwortung vorbereitet. Seit jenem Tag, da Anskieres Bann ihn überwältigt hatte, hatte er ohne nachzudenken, ohne jede Strategie gehandelt, war er gezwungen gewesen, der Bitte eines Zauberers innerhalb eines Gefüges zu genügen, das nicht das seine war. Nun, frierend in Regen und Nebel, mühte sich Jaric um eine eigene Entscheidung. Er wollte seinen eigenen Weg finden, statt Macht mit gleicher Macht zu begegnen. Ehe er sich dem Zyklus des Feuers und all seinen grausamen Auswirkungen unterwarf, wollte er suchen, bis er eine andere Lösung gefunden hätte. Gewiß mußte es irgendwo in Keithland eine Alternative geben, die Bedrohung durch die Dämonen abzuwehren.

Einsamer als je zuvor, schlug Jaric seine eiskalten Hände vor das Gesicht. Er kannte die Gefahr. In jeder Stunde, die verging, schmiedeten die Dämonen im Schattentempel neue Pläne zu seiner Vernichtung, und nicht nur sein Leben konnte zerstört sein, ehe er seine Suche beendet hätte. Eines Tages würde Taen, die Traumweberin, von der Allianz ihres Bruders mit den Feinden der Menschheit erfahren; durch ihre von den Vaere geförderte Gabe war diese Erkenntnis unausweichlich, denn kein Sterblicher in ganz Keithland konnte die Wahrheit vor ihrem Traumsinn verborgen halten. Und trotz ihrer überragenden Tapferkeit mochte die Trauer über Emiens Treuebruch sie überwältigen. Von allen Gefahren, bedauerte Jaric diese am meisten. Sollte er seine Suche jemals abschließen können, so schwor er als Sohn des Feuergebieters, daß er Taen für alle Zeiten beschützen wollte.

Im Nieselregen brach die Morgendämmerung über Riffhafen an. Halb vergraben unter dem geölten Wollumhang, den der Kielmark ihr geliehen hatte, hockte Taen, die Traumweberin, auf einem Felsen oberhalb der Flutmarke und wartete. Jaric würde bald zurückkehren. Das wußte sie, ohne ihre Macht einzusetzen. Seit die Vaere ihre Gabe genutzt hatten, um Jaric erneut in die Bindung von Anskieres Bann zu locken, kannte die Traumweberin den Sohn des Feuergebieters möglicherweise besser als er selbst. Doch der Knabe litt noch immer unter den Nachwirkungen dieser Tat. Verbitterung und Mißtrauen warfen nach wie vor Schatten über ihre Freundschaft. Taen wagte nicht, tief in Jarics Wesen einzudringen. Er kannte ihre Berührung, und er balancierte das Wohl Keithlands zu einem großen Teil in seinen Händen, einem so großen Teil, daß sie niemals riskieren durfte, dieses Gleichgewicht zu stören. Geduldig saß sie im Regen und den verweilenden Schatten der Nacht und wartete darauf, daß Jaric sich zur Rückkehr bereitfinden würde.

Tageslicht erhellte den Himmel über den Eisklippen. Möwen kreisten und stießen auf der Suche nach den Leckerbissen, welche die Flut zurückgelassen hatte, auf die regennassen Felsen herab. Taen wischte sich das nasse Haar aus dem Gesicht und zog die kastanienbraune Kapuze tief in die Stirn, um sich vor dem Wind zu schützen. Der Geruch nasser Wolle vermengte sich mit dem feuchten Hauch des Treibguts am Strand. Sie bemerkte kaum, wie kalt ihre Füße waren. Im Inneren von einer Veränderung gestreift, als würde eine Strömung geringfügig von ihrem angestammten Weg abweichen, lächelte sie das erste Mal seit Tagen; denn auf dem Sims über ihr erhob sich Jaric, um sich endlich an den Abstieg zu machen. Er trug seine Enttäuschung mannhaft, wie Taen mit einem Seufzer der Erleichterung feststellte. Etwas Farbe kehrte in ihr Antlitz zurück, und sie richtete ihre blauen Augen auf die Klippen, auf denen Jaric schon bald in ihr Blickfeld treten mußte. Sooft der Vaere sie auch für ihre ungestüme Natur getadelt hatte, konnte sie doch nicht anders, als sich ihrer

Hoffnung überlassen. Sowohl Anskieres Befreiung als auch die Zukunft Keithlands hingen davon ab, daß Ivainson den Zyklus des Feuers meisterte.

Die dunkelsten Stunden der Nacht waren schneller vorübergegangen als jene letzten Minuten, während derer Jaric von den Eisklippen herabkletterte. Taen erhob sich, als er den letzten Meter bis zum Strand mit einem Sprung hinter sich brachte. Mit vor Kälte steifen Muskeln stolperte er beim Aufprall. Helles Haar legte sich im Regen über seine Augen, und selbst aus dieser Entfernung konnte Taen sehen, daß er zitterte.

»Jaric!«

Das Donnern der Brandung erstickte ihren Ruf. Verärgert erhob die Traumweberin noch einmal ihre Stimme. »Jaric!«

Er blieb stehen und sah auf, und als sie ihn anblickte, erkannte sie, wie sehr sein Gesicht von der Erschöpfung gezeichnet war. »Hast du Watte zwischen deinen Ohren?« Ihre Hände wirkten kindlich zart, als sie sich bemühte, die Brosche zu lösen, die ihren Umhang hielt. Kaum hatte sie sie geöffnet, legte sie den Stoff auch schon über Jarics Schultern; das Kleidungsstück des Kielmark war üppig genug geschnitten, ihnen beiden bequem Platz zu bieten.

»Ich bin naß«, protestierte er.

»Sei still!« Der Satz wandelte sich zu einem Keuchen, als die Nässe seiner Kleider durch den trockenen Stoff von Taens Kleid drang. »Nein, das wirst du nicht«, fügte sie hinzu, als Jaric versuchte, sich fortzustehlen. »Es wird dir bestimmt noch weniger gefallen, wenn ich dich am Krankenbett mit Brühe füttern muß.«

Er lächelte nicht, was ungewöhnlich war. Statt dessen starrte er auf den großen, rohgeschliffenen

Rubin, der die Brosche des Umhangs schmückte. Taen fühlte, wie er sich verspannte.

»Die gehört dem Kielmark«, sagte Jaric scharf. »Weiß er, daß du hier bist?«

»Du bist zu liebenswürdig«, konterte Taen. Durch ihren Traumsinn davor gewarnt, daß der Kontakt zu ihrem Leib sein Unbehagen noch steigerte, löste sie den Umhang ein wenig. »Als seine Lordschaft, der König der Piraten, bemerkt hat, daß du sein Fest ohne Erlaubnis verlassen hast, hat er wie ein Irrer geschrieen und der Hälfte seiner Offiziere befohlen, sich sofort zu bewaffnen und die Verfolgung aufzunehmen. Ich habe mich angeboten, an ihrer Stelle zu gehen. Ich habe ihm gesagt, ich wüßte bereits, wo ich dich finden kann.« Jaric wußte, daß ihre Darstellung untertrieben war. Der Herrscher von Riffhafen war etwa so einfach zu beeinflussen wie ein tollwütiger Wolf, ganz besonders, wenn es um Fremde ging, die auf seiner Insel, in seinem Hoheitsgebiet, umherstreiften.

Doch Jaric drang nicht hinter ihre Fassade leichtherzigen Humors. Die Lippen zusammengepreßt, nahm er ihr schweigend die Brosche ab und rammte die Nadel gewaltsam durch den Kragen des Umhangs. Als er schließlich sprach, beantwortete er jene Frage, die sie nicht zu stellen wagte, betraf sie doch den wahren Grund für die aufbrausende Nervosität des Kielmark: Würde er sein Erbe als Sohn des Feuergebieters akzeptieren, oder würde er den Sturmwächter dem Eis und ganz Keithland größter Gefahr überlassen?

»Ich werde die Archive von Landfeste aufsuchen.« In Erwartung ihres Tadels unterbrach sich Jaric. Taen aber schwieg und wartete mit stählerner Geduld, bis er fortfuhr. »Wenn es einen Weg für mich gibt, den Kummer, den mein Vater über die

Menschen gebracht hat, nicht wiederaufleben zu lassen, so werde ich ihn finden, ohne den Zyklus des Feuers zu meistern.«

Plötzlich ging er einen Schritt voran. Taen stolperte und prallte gegen ihn, als sie von dem Umhang mitgezerrt wurde. Solchermaßen an ihre Anwesenheit erinnert, legte Jaric einen Arm um ihre Schultern, um sie zu stützen. »Es tut mir leid, kleine Hexe.« Liebevoll nannte er sie bei ihrem Spitznamen. »Aber ich bin das Gehabe der Zauberer leid.«

Durch Argumente würde sie ihn nicht umstimmen können. Überdies hegte Taen den Verdacht, daß er ihr etwas verschwieg, doch angesichts seiner entschlossenen Miene wagte sie es nicht, ihren Traumsinn einzusetzen, um mehr zu erfahren. Würde sie versuchen, an seiner Entscheidung herumzupfuschen, so würde sie ihn dort treffen, wo er sich auch gegen sie abgeschirmt hatte, so wütend war er angesichts der Tatsache, daß er nur eine Marionette an den magischen Fäden eines Bannes war. Nach der langen Nachtwache müde, scharrte sie mit den Füßen im Sand.

Jarics Finger spannten sich um ihren Arm. Er befreite seine andere Hand und schob sanft eine tintenschwarze Haarsträhne zurück unter ihre Kapuze. »Sollen wir diesen Umhang zurückbringen, bevor der Kielmark einen seiner blutrünstigen Offiziere schickt, um ihn uns abzunehmen?«

Resigniert nickte Taen. Sie würde ihm vertrauen müssen. Der Kampf um die Eroberung der Schlüssel von Elrinfaer hatte Jaric neue Tiefen seines Seins eröffnet; seine Entscheidung, Nachforschungen in Landfeste anzustellen, leugnete nicht seine Verantwortung. Dennoch konnte diese Erkenntnis sie nicht beruhigen. Wenn Ivainson keine Alternative finden sollte, wenn die Gefahr für Keithland zu bedrohlich würde und der Zyklus des Feuers die einzig verbleibende Hoffnung für das Überleben der Menschheit wäre, so sah Taen die unerfreulichen Konsequenzen voraus: die Vaere mochten dann von ihr verlangen, ihn zu hintergehen, so wie sie es schon einmal getan hatte.

Im Laufe des Tages wurde das Wetter schlechter. Als Jaric endlich sein Pferd eingefangen und aufgezäumt hatte, ging dichter Regen auf die Erde nieder. Er überließ Taen den Umhang und half ihr in den Sattel, ehe er sich selbst auf den Rücken seines Rosses schwang. Gebückt unter dem beißenden Nordwind, wendete er sein Pferd, um es auf den Weg zur Festung von Riffhafen zu bringen. Taen gab sich ungewohnt schweigsam, während die Pferde sie landeinwärts trugen. Das Gelände stieg langsam an. Dünengräser wichen Dornengestrüpp, und Felsgestein bohrte sich durch Moose und bodenbedeckende Gewächse. Jenseits der sanften Hügel erhob sich eine Gebirgskette, und Gipfel von Zedern ragten über den nebelverhangenen Tälern auf. Die Luft wurde wärmer, als die Eisklippen hinter ihnen zurückfielen. Regentropfen lösten sich unter den Hufen der Pferde von den Blättern immergrüner Gewächse und den Blüten der Wildblumen und sammelten sich plätschernd in kleinen Rinnsalen, die dann die Hänge herabliefen. Eine Wegstunde von der Bucht entfernt trafen die Reiter auf die Kammstraße, auf der die Pferde besser vorankamen. Hufe donnerten über die Wegstrecke, die mit Steinen eingefaßt war und dazu diente den Soldaten des Kielmark auf ihren Patrouillen einen schnellen Ritt zu erlauben. Lange vor der Mittagsstunde zügelten Jaric und die Traumweberin ihre Rösser, um langsam zwischen den pechschwarzen Mauern der Hafengebäude hindurchzureiten.

Jaric ritt voran zu einem der seitlichen Stadttore, einem engen Bogengang, der zwischen den gleichförmigen Gefechtstürmen durch die Festungsmauer führte. Regen glänzte auf den runden, ausgespülten Pflastersteinen. Jenseits der Zinnen erhoben sich bedrohlich die Giebeldächer der Handwerkergasse, an der sich Schmieden und Geschäfte dicht gedrängt an den Steilhang schmiegten.

An der Mauer zügelte Jaric sein Pferd. Als Taen auch ihr Roß neben ihm anhielt, schüttelte er sich das Wasser aus dem Haar und deutete mit einem Kopfnicken auf die Stadt. »Du mußt allein hineingehen. Ich werde zum Hafen reiten.«

Taens Protest ging in dem überraschenden metallischen Klirren aus einer der Wachstuben am Tor unter. Beide Reiter zuckten erschreckt zusammen, als eine schwere Tür krachend aufgerissen wurde.

Ein bärtiger Gardist beugte sich heraus. »Ihr werdet beide hineingehen«, brüllte er. »Befehl des Kielmark. Er hat mich geschickt, Euch zu begleiten.«

Jarics Lippen zuckten und bildeten eine dünne Linie, als er seinem Pferd die Fersen in die Seiten rammte. Hufe klapperten auf dem nassen Pflaster, als das Tier herumkreiselte, bis Jaric sich Taen gegenübersah. »War das dein Werk?« fragte er anklagend.

Taen schüttelte den Kopf, zunächst unfähig zu sprechen, während der Gardist die Tür mit lautem Krach wieder ins Schloß zog. »Ich habe dem Kielmark lediglich gesagt, ich würde dich finden, weiter nichts. Es ist nicht mein Werk, daß er uns nun zu sich ruft.«

Im Schatten unter dem Torbogen kam der Offizier wieder zum Vorschein. »Beeilt Euch!« rief er wenig erfreut. »Die Wache hat Eure Rückkehr bereits gemeldet, und der Kielmark wartet.«

Jaric wollte sich nicht fügen. Seine braunen Augen fixierten noch immer Taen mit stechenden Blick, und die Füße in den Steigbügeln rührten sich nicht. Die Traumweberin verlagerte voller Unbehagen ihr Gewicht im Sattel. Ihre Finger umklammerten die Zügel, bis das Pferd protestierend den Kopf schüttelte. Sich dem Befehl zu widersetzen, wäre Wahnsinn; der Kielmark war gnadenlos schnell, wenn es darum ging, Nachlässigkeiten zu bestrafen, und die Schurken unter seinem Kommando töteten lieber, bevor sie seinen Zorn provozierten. Ungeduldig trat der Offizier aus dem Torbogen hervor. Regentropfen glitzerten wie Juwelen auf seiner Rüstung, als er die Hand um das Heft seines Schwertes schloß. Doch selbst in diesem Augenblick wagte Taen nicht, ihren Traumsinn einzusetzen, um den Grund für Jarics Zögern herauszufinden. Sollte Ivainson ihr je wieder vertrauen, so mußte ihr Wort allein genügen.

Zischend sog der Offizier Luft zwischen zusammengebissenen Zähnen hindurch. »Seid Ihr denn beide verrückt geworden?« In seinem Ton lag ehrliches Entsetzen, und mit einem erleichterten Zusammenzucken erkannte Taen seine Stimme.

»Corley?« Sie drehte sich im Sattel, um sicher zu sein. Nässe färbte den Bart des Mannes dunkelbraun; ein Mund, der gewöhnlich zu einem Lachen geöffnet war, hatte sich nun zu einem Ausdruck grimmigen Ärgers verzogen. Keineswegs ein gewöhnlicher Wachoffizier, war Deison Corley der rangälteste Offizier der Truppe und überdies der Mann, dem der Kielmark am meisten vertraute.

Seine Anwesenheit konnten sie nicht ignorieren.

»Jaric«, bat Taen inständig. »Wirst du nun mitkommen?«

Der Knabe begegnete der Tatsache, daß er sich geschlagen geben mußte, mit deutlichem Widerwillen. Ein Schaudern erschütterte seine Gestalt, als er sein Pferd auf das Tor zu dirigierte. Taens Tier benötigte keinen zusätzlichen Anreiz, um ihm zu folgen. Corley sah, daß seine Schützlinge klein beigaben, und rannte los, um dem Regen zu entgehen, ehe auch der letzte trockene Fetzen Stoff auf seiner Haut durchnäßt wäre. Vor ihnen passierte er den Torbogen, und auf seinen Schultern zeichneten sich Wasserflecken auf seinem Wappenrock ab.

»Kor!« Der ruppige Nordküstenakzent des Offiziers übertönte das Klappern der Hufe. »Nach dieser Sache sollte ich Euch beide zwingen, meine Ausrüstung zu polieren. Es gibt zwei Dinge, die der Kielmark gleichermaßen verabscheut: Rost auf seinen Schiffen oder Rost auf den Waffen seiner Männer.«

Taen grinste unter dem Rand ihrer tropfnassen Kapuze. Das Murren war nichts weiter als eine Neckerei; Corley, das wußte sie, trug stets Schleifstein und Poliertuch in seinen Taschen. In Augenblicken, in denen er nichts anderes zu tun hatte, pflegte er stets gewohnheitsmäßig seine Waffen nacheinander zu schleifen. Einmal, während eines länger dauernden Kriegsrates, hatte Taen ganze neun verschiedene Klingen gezählt, die er mit sich führte; glaubte man den Gerüchten unter den Soldaten, so waren es sogar noch mehr.

Corley zog die Schultern hoch, um sich vor den Unbilden des Wetters zu schützen, und sah sich zu Jaric um. »Bei all diesem Irrsinn«, sagte er zu dem wie erstarrt blickenden Jungen, »wäre ich bestimmt weniger nervös, wenn Ihr ein wenig fluchen würdet, solange Ihr in meinem Rücken reitet.«

Seine Spöttelei blieb unbeantwortet. Der Sturm empfing sie auf der anderen Seite des Bogenganges mit einer Regenflut, und Jaric saß bitter schweigend im Sattel. Von Wind und Regen gepeitscht, passierte die kleine Gruppe die schmalen, kurvenreichen Straßen auf ihrem Weg zur inneren Festung des Kielmark. Jaric stolperte heftig, als er endlich aus dem Sattel glitt. Erst in diesem Augenblick erkannte Taen, daß sein Verhalten zumindest teilweise durch die Kälte bedingt war. Erschöpft nach der langen Nachtwache auf den Eisklippen, war der Junge nun bis zu einem Punkt ausgezehrt, an dem ihm das Denken schwerfiel und die Muskeln kaum mehr imstande waren, seinen Befehlen zu gehorchen. Taen rief ihre Macht als Traumweberin und berührte Corleys Geist mit dem Gefühl der Sorge.

Der Offizier zog die Augenbrauen hoch. Kurz bedachte er Jaric mit einem aufgeschreckten Blick, ehe er zornig nach dem Stallburschen bellte.

Doch der diensthabende Knabe eilte bereits vom Stall herbei. Geschickt fing er die Zügel auf, die Corley ihm zuwarf, erlöste Taen von ihrer Stute und deutete mit einem Kopfnicken auf Jarics Grauen. »Den könnt Ihr laufenlassen. Er ist darauf trainiert, stehenzubleiben.«

»Na schön.« Corley packte Jarics Arm mit festem Griff und stützte den Jungen bei seinen unsicheren Schritten. Gebückt folgte Taen den beiden durch den Regen über das nasse, schlüpfrige Pflaster des Innenhofes.

»Möge Kor das Wetter verdammen!« Corley drängte durch den machtvollen Torbogen. »Dabei können sich höchstens Enten wohl fühlen.«

Während er sich das Gesicht an seinem Wappenrock trocknete, hinterließ er feuchte Fußspuren auf dem Korridor jenseits der Tür. Taen legte unterwegs den Umhang ab, und beinahe hätte sie sich Corleys Flüchen angeschlossen, als sich eine gelockte Haarsträhne in der Rubinbrosche des Kielmark verfing. Den Blick gewohnheitsmäßig auf die Türen des großen Saales gerichtet, befreite sie mit schiefgelegtem Kopf ihr Haar.

»Nein, gnädige Frau«, sagte Corley, ohne sich umzusehen. Allein durch das Geräusch ihrer Schritte auf ihren Richtungswechsel aufmerksam geworden, fuhr er in freundlicherem Ton fort: »Der Kielmark erwartet Euch in seinen Privatgemächern.«

Taen riß die restlichen Haare aus der Brosche und hastete ärgerlich hinterher, um Schritt zu halten, während der Offizier Jaric einige Treppenstufen hinaufdrängte. Sie folgte ihnen über einen Korridor, dessen Boden mit Marmor ausgelegt war, durch den sich goldfarbene Adern zogen. Durch die eisengefaßte Tür am anderen Ende drang Feuerschein aus dem dahinterliegenden Raum.

Ohne zu klopfen, drückte Corley die Tür mit der Schulter auf. »Ich habe alle beide, Herr. Naß wie Fische, aber unversehrt.«

Die Tür schwang weit auf und gab den Blick auf die kunterbunte Vielfalt aus Teppichen, edlen Stühlen und Tischen frei, auf denen sich allerlei Karten in einem unordentlichen Durcheinander stapelten. Flammenschein spielte über vergoldeten Schnitzereien und Pergamentrollen, hinterließ Schatten auf den unzähligen Büchern, die an den Wänden aufgereiht waren. Gänzlich ungeordnet standen sie in den Regalen; die Festung von Riffhafen barg unbezahlbare Schätze, zusammengetragen aus Plünderungen und dem Tribut der

Schiffe aus den entlegensten Winkeln von Keithland. Doch dem Eigentümer war wenig an Schönheit gelegen. Auf einem mit Perlmuttintarsien gezierten Lacktisch stand eine Kiste mit verrosteten Hufeisen, und ein lächelnder Marmorengel tanzte mit dem gewaltigen Schwertgurt des Kielmark samt Klinge über den steinernen Flügeln.

Ein Mann, dessen Muskeln dieser Waffe gewachsen waren, erhob sich von dem Kartentisch. Kerzen flackerten in der Zugluft, die durch die offene Tür hereinströmte, und warfen ihr unstetes Licht auf Augen, so fahl und ruhelos wie die eines Wolfes. Unter dem lockigen schwarzen Haar trug der Herrscher von Riffhafen eine Miene zur Schau, so unheilverkündend wie Gewitterwolken. »Du bist spät dran«, erklärte er scharf. »Die Wache hat bereits vor zwanzig Minuten Bericht erstattet.« Rubine funkelten in seiner Amtskette, als er um den Tisch herumging.

Corley enthielt sich einer Entschuldigung. Statt dessen wandte er sich um und drückte die Tür sanft ins Schloß. Die vielen Jahre in den Diensten des Kielmark hatten ihn gelehrt, wann es besser war zu schweigen. Solchermaßen nur mehr Auge in Auge mit Jaric, bedachte der Herrscher von Riffhafen den Jungen mit einem Blick von räuberischer Intensität, ehe er den Raum mit drei geschmeidigen Schritten durchquerte.

»Junger Narr.« Der Kielmark packte Jaric an der Schulter und schob ihn nachdrücklich auf einen Stuhl, ehe er seinem Diener zubrüllte, er möge heißen Glühwein kredenzen. Dann bedeutete er Taen und Corley, sich ebenfalls zu setzen.

»Macht Euch keine Gedanken wegen der Nässe«, bellte er, als Taen zögerte. »In den Lagerhäusern am Hafen gibt es noch genug hübsche Stühle.«

Taen setzte sich, zuckte aber dennoch beim Gedanken an den arg mißbrauchten Brokatstoff zusammen. Als sich die Kerzenflammen beruhigt hatten und wieder hell brannten, erkannte sie, daß die Ledertunika des Kielmark zerknittert und mit Teer von den Schiffen befleckt war; Schmutzränder verunzierten seine Fingernägel, und sein Haar fiel in feuchten Locken über seine Schultern. Zweifellos war er gerade erst vom Kai gekommen, wo seine Männer damit beschäftigt waren, die Leinen gegen den zunehmenden Wind zu spannen.

Ruhelos, als schritte er über glühende Kohlen, ging der Kielmark vor dem Kamin auf und ab. Obgleich sein Gesicht im Schatten lag, war sein Unwille im ganzen Raum zu spüren. Ohne Vorwarnung blieb er plötzlich stehen und ergriff das Wort. »Bei den Feuern Kors, Junge, die Traumweberin hat uns gesagt, Ihr könntet Anskiere nicht erwecken. Mußtet Ihr trotzdem die ganze Nacht über in der Wildnis schmollen?«

Jaric erstarrte, und Taen erstickte einen Aufschrei hinter ihrer vorgehaltenen Hand.

Noch ehe sie etwas sagen konnte, trat der Kielmark auf sie zu, und seine zu Schlitzen zusammengezogenen Augen schimmerten berechnend. »So, dann habt Ihr es ihm also nicht gesagt.«

Taen schüttelte den Kopf, verärgert, daß all ihre Mühe nun umsonst gewesen war. Als Jaric seinen aufgebrachten Blick auf sie richtete, versuchte sie verzweifelt, den Schaden wiedergutzumachen, den der Kielmark durch seine Gedankenlosigkeit herbeigeführt hatte. »Du hättest nicht auf mich gehört, Jaric. Ganz gleich, was ich oder sonst irgend jemand gesagt hätte, du wärest zu den Eisklippen gegangen, um dir selbst ein Bild zu machen.«

Doch Jaric war nicht zufrieden. Seine Finger

spannten sich um die Armlehne des Stuhles, bis sich die Knöchel weiß von dem Holz abhoben. Aus hellem, windzerzaustem Haar triefte Wasser über ein Kinn, an dem sich gerade die ersten Barthaare zeigten.

Kaum achtzehn Jahre alt, war er schlecht darauf vorbereitet, sich dem Schicksal zu stellen, das Ivain, der Feuergebieter, ihm hinterlassen hatte. Von Mitgefühl erfaßt, griff Taen zu ihrer Macht und strich sanft über die Oberfläche seines Bewußtseins, getrieben von dem instinktiven Wunsch, ihn zu beruhigen.

Jaric fühlte ihr Eindringen und zuckte zusammen. Von seinem Mißtrauen gepeinigt und sich unangenehm bewußt, wie aufmerksam der Kielmark die Vorgänge beobachtete, versuchte Taen es erneut. Ihr Tonfall war schärfer als beabsichtigt. »Jaric, ich habe keine Magie der Vaere gebraucht, um zu fühlen, wie sehr du dir gewünscht hast, dich aus Anskieres Bann zu befreien.«

In diesem Moment klickte das Türschloß. Leichtfüßig wirbelte der Kielmark herum, als die Tür aufgestoßen wurde und der ergraute Diener den Raum mit einem Tablett in Händen betrat. Vorsichtig im Angesicht der Laune seines Herrn, bewegte sich der Mann mit maximaler Geschwindigkeit und minimaler Geräuschentwicklung. Er stellte seine Last neben der Kiste mit den Hufeisen ab. Der Geruch von Gewürzen und erhitztem Alkohol füllte den Raum, als er begann, aus einer geschliffenen Kristallkaraffe einzuschenken.

Der Kielmark entriß ihm den ersten Krug in dem Augenblick, als er die Karaffe absetzte und überreichte Jaric höchstpersönlich das dampfende Gebräu. »Die Kälte hat Euren Verstand betäubt und Eure Kraft erschöpft, mein Junge. Selbst ein kleines

Mädchen könnte Euch jetzt mit seiner Stoffpuppe niederschlagen.«

Jaric hob zitternd den Krug an seine Lippen. Mühsam trank er einen Schluck, und schon strömte ein sachter Strom der Röte zurück auf seine Wangen. Der Kielmark verschränkte die Arme; als hätte ihn die zarte Berührung einer Frau besänftigt, lockerte sich seine Haltung, und Taen fühlte, wie seine Anspannung allmählich nachließ. Seufzend entwich der angehaltene Atem Corleys Lungen, ehe er ein Messer aus seinem Stiefel zog und die Klinge mit vorsichtigen, gleichmäßigen Bewegungen über den Wetzstein in seiner anderen Hand führte. Als würde diese Wiederaufnahme seiner gewohnten Tätigkeit Sicherheit signalisieren, wandte sich auch der Diener wieder seiner Arbeit zu.

»Gut«, sagte der Kielmark. Pergament knisterte, als er sich an den Kartentisch lehnte und seinen Blick durch das Zimmer wandern ließ. »Hört meinen Vorschlag.«

Sein Ton aber sprach von einem unumstößlichen Befehl. Als Taen den erhitzten Wein von dem Diener entgegennahm, wußte sie, daß der Kielmark keine Diskussion dulden würde. Und Corley wußte es auch. Der Stahl unter seinen Händen kreischte heftig, und seine unergründlichen zimtfarbenen Augen lagen unter den langen Wimpern in tiefem Schatten.

»Mein Zweimaster, die *Neumond*, liegt abreisebereit im Hafen, und eine vollständige Mannschaft hält derzeit schon Ankerwache.« Der Kielmark verhakte seine Daumen hinter dem Gürtel. »Wenn die Gezeiten wechseln, wird sie ablegen und Euch beide unter meiner Flagge zur Insel der Vaere bringen.«

Jaric setzte den Krug auf seinen Knien ab. Seine

Wangen leuchteten rot im Feuerschein, als er aufblickte. »Nein.«

Mit einem grellen, schaurigen Klirren schlug Corleys Wetzstein gegen den Stahl der Klinge, und der Diener flüchtete eilends aus dem Raum. Furcht flammte in Taen auf. Angstvoll sah sie zu, wie der Schwertarm des Kielmark sich spannte, bis die Muskeln die Naht seiner Ärmel aufzureißen drohten.

»Junge, ich habe nicht gehört, daß Ihr das gesagt habt.«

»Doch, das habt Ihr.« Mit erstaunlicher Gelassenheit hob Jaric den Kopf. »Mein Boot, die *Callinde,* ist eine Leihgabe. Der Fischer in Mearren Ard muß sie zurückerhalten.«

Bedächtig richtete sich der Kielmark zu voller Größe auf. Corleys Finger erstarrten an seiner Klinge, und das Flüstern des Wetzsteines verstummte augenblicklich. Taens Haut prickelte vor Anspannung. Während die Feinfühligkeit ihres Traumsinnes von dem machtvollen Gefühl drohender Gewalt überwältigt wurde, erkannte sie, daß Jaric nachgeben mußte, wollte er nicht seine eigene Zerstörung riskieren. Ohne weiter nachzudenken, handelte sie und stellte eine Verbindung her, deren Ursprünge in der gefahrvollen Rückeroberung der Schlüssel zu Elrinfaer lagen. Denn nur sie allein wußte von jenem einzigen Ereignis, das ihn in seinem ungestümen Vorpreschen aufhalten und vor dem Zorn des Kielmarks beschützen konnte. Da ihr keine Zeit blieb, ihm das Geschehen schonend näherzubringen, balancierte Taen ihre Gabe, führte Jarics Geist an einen meilenweit entfernten Ort und zwang ihn, zu sehen.

Unter ihrem Einfluß verschwamm der Raum vor seinen Augen, veränderte sich, wurde zu einer nebelverhangenen Küste, über die die schaurigen

Schreie der Möwen hallten. Im von Rauch verdüsterten Inneren einer Hütte, die auffallend nach Fisch roch, weinte ein Mädchen über dem Leichnam eines alten Mannes. Seine Augen hatten den leuchtenden, stechenden Blick eines Seemannes verloren; seine von Arbeit gezeichnete Hände lagen reglos auf einem marmorierten, silbrig schimmernden Fell, kostbar genug, einen Prinzen standesgemäß zu kleiden.

Durch die Traumverbindung fühlte Taen den Nachhall des Schocks, den Jaric erlitt, als er das Mädchen und ihren Onkel erkannte. Seine Trauer durchschnitt wie ein Schrei die Finsternis, Trauer um den Mann, Mathieson Keldric, der einst die verzweifelte Bitte eines Jungen erhört und seinen einzigen Schatz gegen einen Mantel aus Eisotterfell getauscht hatte, den er doch niemals gewollt hatte. Repariert und seetüchtig war die *Callinde* in See gestochen; Jaric war geschont worden, doch der Verlust des geliebten Bootes hatte dem alten Mann das Herz gebrochen.

Die Verbindung brach, löste sich auf im Feuerschein und dem Geruch der Bücher, als Jaric sich befreite. »Bei den gesegneten Feuern Kordanes!« Mit gequältem Blick sah er sich nach Taen um, und in seinen Augen las sie eine Verzweiflung, deren Tiefe zu ergründen ihre Fähigkeiten überstieg. »Das hättest du mir ersparen können.«

Sie starrte auf den Teppich. Wütend gruben sich ihre Zehen in die gemusterte Wolle. Da sie entschlossen war, ihren Kummer vor Jaric zu verbergen, hielt sie ihre Tränen mühsam zurück. Doch sie hatte ihm dies nicht ersparen können; hätte er weiterhin darauf bestanden, nach Mearren Ard zu segeln, so hätte der Kielmark die Beherrschung verlieren und durch seine unberechenbaren Reaktionen den Tod des einzigen Erben des Feuergebieters herbeiführen können.

»So, so«, murmelte der Kielmark. Muskeln spielten deutlich sichtbar unter seiner Tunika, als er sich mit einem Arm auf die Kamineinfassung stützte. »Ihr werdet wohl kaum segeln, um Euer Boot an einen Leichnam zurückzugeben.«

Aufrecht hockte Jaric auf seinem Stuhl. Dampf stieg aus seinem Krug auf und zog in trägen Schwaden vor ihm durch die Luft. »Ebensowenig werde ich zur Insel der Vaere segeln. Statt dessen werde ich nach Landfeste gehen, um die Archive zu studieren.«

Corley hielt erneut den Atem an. Hinter dem rauhen, derben Gelächter des Kielmark verbarg sich eine Bedrohung. »Ich würde Euch umbringen«, erklärte er schlicht.

»Ich würde mich nicht wehren.« Reglos lagen Jarics Hände in seinem Schoß. Er hielt dem wütenden Blick des Kielmark stand und fuhr fort, leidenschaftslos wie Eiswasser trotz der aufgeladenen Atmosphäre des Raumes. »Ich denke, es wäre besser, ich würde sterben, als denn den Wahnsinn auf mich zu nehmen, die Rücksichtslosigkeit und die Grausamkeit des Erbes meines Vaters.«

Der Kielmark zog die Brauen zusammen. Seine Augen verengten sich zu Schlitzen und ein Ausdruck des Erstaunens zeichnete seine Züge, als er Taen einen kurzen Blick zuwarf.

Die Zauberin nickte und sandte ihm eine Scheinbotschaft, ähnlich jenen, die sie in der Hitze der Schlacht gewirkt hatte, als sie dazu beigetragen hatte, Riffhafen gegen die Dämonen zu verteidigen. *›Er meint es so, Herr. Jaric hat so sehr unter Druck gestanden, wie es kaum ein Mensch auszuhalten imstande ist, und doch glaubt er noch immer an sich selbst. Seid* *achtsam und vergeßt nicht: Er hat sich vor Euch schon dem Sturmwächter gestellt, und er hat verloren.‹*

Der Kielmark streckte sich wie ein unsanft aus dem Schlaf gerissener Hund. Mit seinen kräftigen Fingern strich er durch sein Haar, ehe er plötzlich grinste. »Ihr seid verwegen, das muß ich zugeben«, sagte er zu Jaric. »Und Ihr seid Ivain ähnlicher als Ihr glaubt. Das ist eine Tatsache, ganz gleich, ob Ihr jemals Mann genug sein werdet, Euch ihr zu stellen.« Sein Verhalten änderte sich, wurde auf einmal herausfordernd. »Warum Landfeste?«

Jaric seufzte und ergriff das Wort, begleitet von dem sanften Scharren des Wetzsteins über Corleys Klinge.

»Ich habe die Absicht, eine Alternative zur Zauberei zu finden.«

»Aha.« Der Kielmark stieß sich von der Kamineinfassung ab und fing an, ruhelos auf und ab zu gehen. »Dann werdet Ihr auf der *Neumond* dorthin segeln, Corley wird der Kapitän des Schiffes sein.«

Von Jaric war ein leises Geräusch zu hören. Noch ehe Taen einen Rest ihrer Kraft zu seiner Verteidigung nutzen konnte, hatte der Kielmark dem Marmorengel bereits sein Schwert entrissen. Mit tödlicher Geschwindigkeit sauste die Klinge aus der Scheide, und in einem einzigen, hektischen Augenblick lag die Schneide bereits direkt an Jarics Kehle. Corley erstarrte an Ort und Stelle. Taen fühlte Schweiß auf ihren Handflächen. Mit außerordentlicher Sorgfalt balancierte sie ihre Wahrnehmungsfähigkeit, obgleich sie nur zu gut wußte, daß ihre Macht in diesem Augenblick nutzlos war. Es spielte keine Rolle, ob sie dem Kielmark das Bewußtsein raubte oder nicht, das Schwert war Jarics Hals zu nahe, um ihn auf diese Weise zu retten. Wenn der Griff der Hand, welche die Waffe hielt, sich löste, so würde ihr Gewicht allein ausreichen, die Klinge in das unter ihr liegende Fleisch zu treiben.

In der so plötzlich eingetretenen Stille ergriff der Kielmark das Wort, und seine Stimme war über dem leisen Knistern des Feuers im Kamin kaum vernehmbar. »Ihr werdet mir jetzt zuhören, Erbe des Feuergebieters.« Seine Faust spannte sich; Stahl preßte sich gegen Jarics Haut, bis ein kleiner Tropfen Blut aus ihr hervordrang. »Einhundertundvierundachtzig meiner besten Männer sind wegen der Schlüssel von Elrinfaer in den Tod gegangen. Ich habe nicht die Absicht, diese Erfahrung ein zweites Mal zu machen, nicht aus Stolz und nicht um irgendeines Menschen willen. Wohin Ihr gehen werdet, dort werden auch die Schlüssel sein. Dämonen und Schwierigkeiten werden Euch folgen wie Haie einem verwundeten Fisch, und das wißt Ihr.«

Plötzlich spannten sich die Unterarmmuskeln des Kielmark und die Klinge sauste durch die Luft. »Ihr sollt Eure Zeit zu Landfeste bekommen. Doch nur, wenn Ihr und die Traumweberin sofort an Bord der *Neumond* geht. An den Docks erwartet Euch ein Mann mit einem Ruderboot. Wenn Ihr es wünscht, so kann das Schiff Eure Schaluppe *Callinde* ins Schlepptau nehmen, aber Ihr werdet ohne meine Eskorte nirgendwohin segeln. Habt Ihr mich verstanden?«

Jaric schluckte, nickte und tastete mit einem Finger nach dem winzigen Blutstropfen an seinem Hals. Verglichen mit der machtvollen Statur des Kielmark wirkte er schmal, fast schon zerbrechlich. Ein bitterer Ausdruck der Unsicherheit war in seine Augen getreten, so als zweifelte er an seiner eigenen Entscheidung. Doch nach einer Weile rührte er sich wieder und erhob sich.

»Gut«, sagte der Kielmark, und seine Stimme klang sonderbar matt. »Ihr seid entlassen.«

Wie eine Warnung blieben Corleys Wetzstein und Klinge weiterhin stumm. Taen stellte ihren Krug ab. Ihre Hände zitterten, und sie fürchtete sich davor, aufzustehen. Von dem plötzlichen, inbrünstigen Wunsch erfaßt, sicher zurück auf der Insel der Vaere zu sein, schloß sie die Augen und bemühte sich, ihre Fassung wiederzuerlangen. Eine Berührung glättete das Haar über ihren Schultern. Taen blickte auf und sah Jaric vor sich, der eine Hand ausgestreckt hielt. Er half ihr auf die Beine, und sie fühlte trotz seiner drahtigen Muskulatur das Zittern, das seinen Leib erschütterte; doch ob Kälte oder die Nachwirkung der Furcht dafür verantwortlich war, wußte sie nicht zu sagen.

»Corley, ich habe mit dir zu sprechen.« Der Herrscher von Riffhafen stellte sein Schwert mit der Spitze auf dem edlen Teppich ab. Dann starrte er durch das regennasse Glas des Fensters hinaus und rührte sich nicht mehr, bis die Traumweberin und der Erbe des Feuergebieters den Raum verlassen hatten.

Kapitel 5

ÜBERFAHRT

Das Türschloß rastete ein, und das Geräusch von Schritten verlor sich langsam auf dem Gang außerhalb der Privatgemächer des Kielmark. Der Herr über Riffhafen schob das Schwert, das er gegen Jaric gewandt hatte, zurück in die Scheide und ließ seinen muskulösen Körper müde in den nächststehenden Sessel sinken. Das Licht der Kerzen in dem Kandelaber fiel über seine Züge und offenbarte schonungslos die Abschürfungen und Blutergüsse, die von der List zurückgeblieben waren, welcher er sich im Kampf gegen Kisburns Heer bedient hatte. Vier Tage mit viel zu wenig Ruhe hatten die Heilung nicht vorangebracht. Deison Corley studierte die Haltung des Kielmark mit der geschärften Wahrnehmung eines Vertrauten, und plötzlich begriff er, wieviel Mühe es ihn gekostet hatte, das Schwert zu führen. Bei allem Taktgefühl, dessen er fähig war, bückte sich der Offizier und schob den Dolch zurück in die Stiefelscheide. Dann, gänzlich versunken in die Bewegungen seiner Hände, richtete er sich auf, zuckte kurz mit der Hand und fing sogleich die schmale Klinge auf, die aus seinem Ärmel rutschte. Mit scheinbar endloser Geduld führte er den Stahl an den Wetzstein und begann mit rhythmischen Bewegungen, die Klinge zu schleifen.

»Der Junge ist ungestüm«, bemerkte der Kielmark alsbald.

Corley führte die Schneide über den Wetzstein

und verzog das Gesicht. »Hat einen Willen, stark wie eine der neuen Ankerketten von Tierk. Und das Mädchen ist auch nicht anders. Hab' mich immer gefragt, wie alt sie war, als die Vaere mit ihrer Ausbildung begonnen haben.«

»Taen?« Der Kielmark stützte das Kinn auf die Faust. »Sie hat es mir einmal erzählt«. Leise hob sich seine Stimme von dem Flüstern des Stahls auf dem Wetzstein ab. »Die letzte Erinnerung an die Zeit vor ihrer Ausbildung war die eines zehnjährigen Mädchens.«

Corleys Hände stockten und hielten in der Arbeit inne. »Bei Kors Feuer!« Doch die Blasphemie war kaum ausreichend, seine Gefühle zu offenbaren; völlig ungläubig erinnerte er sich der Rolle, die Taen in dem Kampf gegen Kisburns Heer gespielt hatte. Sie mochte den Körper einer erwachsenen Frau haben, doch in bezug auf ihre Lebenserfahrung war sie so ergreifend, so verletzbar jung. »Habt Ihr gewußt, wie alt sie ist, als Ihr sie gebeten habt, Riffhafen mit ihrer Traumgabe zu schützen?«

»Nein«, entgegnete der Kielmark ruppig. Vor Corley gab er sich keine Mühe, sein Temperament zu zügeln. »Aber auf eines kannst du zählen. Die Vaere müssen selbst verzweifelt sein. Jaric ist ihre letzte Hoffnung für Anskieres Überleben.«

Der Stahl schabte über den Wetzstein. Corley aber wartete schweigend, wußte er doch, wie es kein Fremder vermochte, daß Befehle auf ihn warteten.

Ohne Vorwarnung richtete der Kielmark sich auf. »Du wirst die *Neumond* nach Landfeste segeln. Liefere Jaric sicher bei den Priestern Kors ab, denn der Ärger wird ihn verfolgen wie ein Schwarm Wespen, und er darf nicht schutzlos in der Wildnis herumstreunen. Außerdem will ich, daß die

Traumweberin von jeglicher Gefahr ferngehalten wird. Sie hat ihr Versprechen gegenüber den Vaere gebrochen, um hierzubleiben und Riffhafen vor den Dämonen zu retten. Schütze ihr Leben, so wie du das meine schützen würdest, und bring sie sicher zurück zur Insel der Vaere.«

Corley plazierte den Wetzstein auf den Knien und legte das Messer zur Seite. Er kannte den Herrscher von Riffhafen gut genug, um weitere Anordnungen abzuwarten.

Der Kielmark erhob sich. Mit einem Arm auf die Tischkante gestützt, wühlte er in der Kiste mit den Hufeisen, bis er schließlich mit metallischem Klirren einen Lederbeutel aus ihr hervorzog. Diesen warf er nun seinem Offizier und Kapitän zu. Corley beugte sich vor und fing den Beutel, ohne daß der Wetzstein von seinen Knien rutschte. Münzen klirrten leise, als er den Beutel unter seine Tunika schob.

Auf der anderen Seite des Raumes starrte der König der Piraten durch das Fenster in den Himmel hinauf. »Jemand, der sich vorzüglich auf Waffen versteht, hat dafür gesorgt, daß Jaric ein besonders gutes Schwert trägt. Corley, du mußt dafür sorgen, daß er lernt, es richtig zu führen. Unterweise ihn während der Überfahrt nach Landfeste. Wenn ihr angelegt habt, so benutze das Gold, um den begabtesten Schwertkämpfer der Stadt anzuheuern. Er möge sich als Lehrer gebärden, tatsächlich aber Jaric als Leibwächter dienen. Der Junge darf nichts davon erfahren. Laß ihn glauben, der Lehrer hätte sein Talent bemerkt und beschlossen, es ganz uneigennützig zu fördern.«

Corley schob den Wetzstein zurück in seine Tasche. Mit kaum wahrnehmbarer Bewegung ließ er das Messer in die Scheide gleiten und erhob sich, um die letzten Befehle des Kielmark entgegenzunehmen.

»Sorge für eine sichere Überfahrt, alter Freund.« In einem seltenen Ausdruck der Besorgnis klopfte der König der Piraten seinem Kapitän auf die Schulter. »Ich hätte diese Aufgabe keinem anderen anvertrauen können.«

»Bei allen Feuern.« Corley verdrehte die Augen bis zur Decke, ein teuflisches Grinsen auf den Lippen. »Und ob Ihr das hättet, und mit Freude, wenn Selks Gewitterhexe von einem Weib nicht über diese Henne gestolpert wäre und sich selbst mit einem Kochtopf außer Gefecht gesetzt hätte. Ein Gebrüll aus ihrem Mund, und selbst die Dämonen hätten die Flucht ergriffen. Jedes Kind, das alt genug ist, Fleisch zu essen, hätte zur Waffe gegriffen, um sich zu verteidigen.«

Der Kielmark belohnte ihn mit aufrichtigem Gelächter. »Raus jetzt«, keuchte er dann. »Bugsier die *Neumond* aus dem Hafen, oder ich schwöre, ich werde dich zusätzlich zu deiner Heuer mit der jungfräulichen Schwester von Selks Gemahlin belohnen.«

Corley legte die Hand auf die Klinke. »Tut das nicht. Sie ist Gemeindeeigentum. Wir verwahren sie für den Leuchtturm, nur für den Fall, daß die Nebelglocken einmal bersten sollten.« Dann hastete er zur Tür hinaus, ehe der Kielmark mit seiner blitzschnellen Auffassungsgabe noch eine Antwort finden konnte.

Der Regen ließ allmählich nach, doch an seiner Stelle kam Wind auf, heulte durch die Takelage und rüttelte mit aller macht an den Masten und Segeln der *Callinde*. Ankerleinen knarrten an den Pollern, als Jaric an Bord ging. Eingehüllt in einen Umhang aus grüner, handgesponnener Wolle, kniete er sich auf die Planken und legte beide Hände an den Achtersteven. Das Holz war alt und grau; die Spuren der Werkzeuge, die es geformt hatten, waren längst verblaßt, fortgewaschen von den Generationen überdauernden Unbilden des Wetters. Die Finger, die es einst bearbeitet hatten, waren nun kalt und würden sich nie wieder rühren.

Jaric senkte den Kopf, und in seinen Augen standen Tränen. »Es tut mir leid«, sagte er, als könnte ihn das alte Boot anstelle des verkrüppelten Fischers hören, dessen Tod ihm Taens Traumbilder offenbart hatten. »Ich hatte nie die Absicht, sie zu behalten.«

Eine Böe jagte über den Hafen, und die *Callinde* schlingerte. Ächzend protestierten die Taue gegen die Beanspruchung. Jaric ließ sich leeseits an die Ruderbank sinken und starrte auf seine Hände, deren unzählige Schwielen von den langen Stunden am Ruder kündeten, Erbe einer stürmischen Überfahrt aus Mearren Ard. Er atmete tief ein und fühlte sich gleichsam in der Falle, fühlte sich selbstsüchtig, am Leben zu sein, nach all den Opfern, die andere geleistet hatten, ihn sicher bis zu diesem Punkt zu geleiten. Einst hatte er sich mit der Grausamkeit des Sturmwächters herausreden können, doch nach der Einmischung der Llondeldämonin vermochte diese Ausrede ihn nicht mehr zu schützen. Anskieres Entscheidung, den Erben des Ivain in die Pflicht zu nehmen, basierte allein auf Mitgefühl und verzweifelter Not.

Jaric ballte seine Hände zu Fäusten. Landfeste mußte ihm eine Lösung zeigen; er mußte suchen, und er mußte schnell sein, mußte fündig werden, noch ehe die Dämonen ihr Werk an Emien vollendet hätten und erneut zuschlagen konnten. Sollte er sich dem Zyklus des Feuers verweigern, ohne eine Alternative zum Schutz der Schlüssel von Elrinfaer entdeckt zu haben, so hätte er allein dadurch, die *Callinde* genommen zu haben, um Anskieres Ruf zu folgen, den alten Fischer, Mathieson Keldric, getötet. Tränen waren sinnlos. Kummer konnte ihm nicht helfen. Die Nichte, die den Mantel auf Jarics Schultern gefertigt hatte, würde trauern, würde heiraten und ihm irgendwann schließlich den Kummer vergeben, den er über sie gebracht hatte. Doch während die *Callinde* unter ihm schlingerte, erkannte der Junge ohne jeden Zweifel, daß er selbst niemals Frieden mit der Erinnerung an Mathieson Keldric würde schließen können, würde er sich dem Legat des Feuergebieters entziehen.

Ein Ruf erklang von der Küste. Der Bootsmann der *Neumond* wartete mit einer Leine und einem Ruderboot, um die *Callinde* vom Kai fortzuschleppen. Jaric erhob sich und trat vor, wobei er sich mit einer Hand auf der Ruderbank abstützte, um das Gleichgewicht nicht zu verlieren. Abgenutzte, zerschrammte Planken kontrastierten mit den scharfen Kanten neugeschlagenen Holzes; wenngleich in antiquierter Form erbaut, war das Boot doch völlig intakt und hatte seine Seetüchtigkeit bereits eindrucksvoll unter Beweis gestellt. Dennoch war Jaric besorgt. Wieder und wieder prüfte er die Spannung der Takelage und überzeugte sich davon, daß jedes Fall sicher vertäut war. Lag das Boot erst im Schlepptau, so war niemand mehr an Bord, um für die Sicherheit der *Callinde* zu sorgen.

Stiefel donnerten über den Kai. »Die Flut kommt, Bursche. Corley läßt auf dem Achterdeck die Fingerknöchel krachen, und die Mannschaft wird darunter leiden müssen, wenn er wütend wird.«

Jaric nickte. Wind fegte helles Haar über seinen Mantelkragen, als er sich bückte, um eine Truhe zu sichern, doch der Inhalt hatte sich verschoben, und dadurch ließ der Deckel sich nicht schließen. »Ich komme in einer Minute.«

»Dann werd' ich die Leinen festmachen«, sagte der Bootsmann. Die *Callinde* schwankte unter seinem Gewicht, als er an Bord sprang.

Jaric öffnete die Truhe, griff hinein, um den Inhalt zu ordnen und erstarrte augenblicklich. *Die Flöte, die er in einer Nische auf den Eisklippen gesehen hatte, lag quer auf dem Ersatzfocksegel.* Doch wie sollte eine Llondeldämonin es unter den wachsamen Augen der Soldaten des Kielmark geschafft haben, sie hier zu deponieren und ungesehen zu verschwinden? Hastig atmete Jaric ein. Vor ihm beugte sich der Bootsmann über den Bug, um die Schleppleine zu sichern. Während ihm der Seemann den Rücken zukehrte, ergriff der Knabe das Geschenk der Dämonin und schleuderte es über Bord. Edles Holz, verziert mit Silber und Perlmutt, durchdrang mit einem Platschen die Wasseroberfläche und sank rasch außer Sichtweite.

Jaric schlug die Truhe krachend zu. Mathiesons Tod hatte sein Selbstvertrauen erschüttert; mehr denn je, widerstrebte ihm die Hilfe der Dämonen. Zornig rammte der Junge den Riegel ins Schloß und beeilte sich dann, dem Bootsmann zu Hilfe zu kommen.

Unter vollen Segeln und einem Himmel, über den sich dahinfliegende Sturmwolken verteilten, verließ die *Neumond* Riffhafen. Eine Wetterbesserung würde auch ein Nachlassen des Windes mit sich bringen, weshalb Corley alle Segel hatte setzen lassen. Während der Bootsmann Befehle brüllte, verließ der Kapitän seinen Platz am Steuerruder. An der Heckreling blieb er stehen, versunken in den Anblick der über die Wogen hüpfenden *Callinde*.

Sich der gereizten Stimmung seines Kapitäns bewußt, behandelte der Steuermann das Ruder, als wäre er von dem Kompaß gleichsam fasziniert. Segeltuch knarrte in der Höhe. Die *Neumond* erbebte, legte sich auf die Seite und gewann an Geschwindigkeit, als sich die Segel im Wind blähten. Ohne Zwischenfälle segelte sie durch den Sonnenuntergang der Nacht entgegen, und Corley war noch immer an Deck. Der Befehl des Kielmark war einfach zu befolgen. Warum konnte er dann nur das Gefühl nicht abschütteln, daß sich Ärger zusammenbraute wie ein Gewitter gerade jenseits des Horizonts?

Doch zunächst schien die Besorgnis des Kapitäns vollkommen unbegründet; die *Neumond* machte gute und problemlose Fahrt über die Corinsee, die Mannschaft war guter Dinge und die beiden Passagiere offenbar in Sicherheit. Sollte sich Taen um ihren Ungehorsam gegenüber der Anordnung der Vaere sorgen, so schien sie dennoch ganz entspannt. An den Vormittagen konnte man sie unter dem Tauwerk im Bug finden, das offene Haar windzerzaust und das lachende Gesicht von Spritzwasser benetzt. Zu den Mahlzeiten pflegte sie den Smutje in der Kombüse regelrecht zu bestürmen, und die dienstfreien Matrosen verdarben ihr Rechtsempfinden, indem sie ihr beibrachten, wie man beim Kartenspiel betrügt. Der erste Maat hatte seine Freude daran, sie zu reizen, bis sie rot anlief. Stets ärgerte er sie, ohne Furcht vor Vergeltung, bis eines Nachts sein wütendes Gebrüll überall auf dem Schiff zu hören war. Taen entdeckten die Männer hinter der Trinkwassertonne, zusammengekrümmt in hilflosem Gelächter. Unter den verblüfften Blicken der Matrosen gestand sie, lebende Fische in die Koje des Maats gelegt zu haben. Als Vermittler herbeigerufen, erinnerte sich Corley verspätet, daß Taen in Imrill Kand aufgewachsen war, einem Ort, an dem Köder und Angelschnur zum täglichen Überleben gehörten. Nach diesem Vorfall beauftragte er sie, den Kochtopf mit ihrem Talent zu füllen, wenngleich die Kartenspiele um einen Einsatz aus getrockneten Bohnen unvermindert weitergingen.

Jaric freute sich über Taens Beliebtheit bei den Matrosen, doch er nahm nicht an ihren Mätzchen teil. Corleys Versprechen gegenüber dem Kielmark sorgte dafür, daß der Junge während endloser Übungsstunden beinahe pausenlos mit Dolch und Schwert beschäftigt war. Eine Woche verging, dann noch zwei Tage. Über die Blasen an seinen Händen wuchsen weitere Schichten schwieliger Haut, und Corleys strenge Anweisungen wurden immer gnadenloser. Schwitzend kämpfte Jaric darum, seine Fußarbeit zu meistern, während der Kapitän Hieb um Hieb gegen seine Deckung führte. Heiß brannte die Sonne auf das Deck hinunter und zauberte blendende Reflexionen auf die Dünung. Blinzelnd im grellen Licht bemerkten weder Schüler noch Lehrer, daß Taen nicht wie sonst morgens mit ihrer Angelschnur am Speigatt hockte. Steuermann und Maat war dieser Umstand nicht entgangen; doch nun, da die *Neumond* noch achtundzwanzig Meilen von ihrem Ziel entfernt war, dachte keiner von ihnen daran, seine Pflicht zu vernachlässigen, um sich nach dem Grund ihrer Abwesenheit zu erkundigen.

Taen lag in der Hitze der Heckkabine, die Hände fest an ihr Gesicht gepreßt. Von oben hörte sie das Klirren der Schwerter und Corleys Stimme, die Jaric anherrschte, auf seine Deckung achtzugeben. Der Unterricht hatte bei Tagesanbruch begonnen, und nun, kurz vor der Mittagsstunde, schien er noch immer nicht vorüber zu sein, obgleich der Kapitän der *Neumond* annahm, daß sie bereits bei Sonnenuntergang in den Hafen einlaufen würden.

»Paßt auf!« Stahl klirrte und verstummte. »Die Finte war zu ausholend.« Füße donnerten über die Planken. »Noch einmal, Jaric, bewegt Euch.«

Der Lärm ging weiter. Taen zuckte zusammen und vergrub ihre Ohren unter den Decken. Ganz gleich, wie schlecht auch das Wetter sein mochte, Jarics Unterricht wurde stets planmäßig durchgeführt. Wieder und wieder trieb Corley den Jungen bis zur totalen Erschöpfung an, dennoch hörte Taen ihn niemals klagen. Ivainson tat sein Bestes, um zu lernen. Blaß und entschlossen hielt er stand, obwohl das Schlingern der *Neumond* seiner Körperkontrolle oftmals zuwiderlief; Corley machte ihn mit seinen Nachstößen schwindelig, und allzuoft verwünschte er ihn wegen seiner Unbeholfenheit. An diesem Morgen, da die Reise fast vorüber war, hatte der Kapitän darauf bestanden, die Übungswaffen gegen Rapiere auszutauschen.

Metall schlug kreischend aufeinander und löste sich wieder. »Besser«, keuchte Corley. Ein Dolch klirrte gegen die gegnerische Deckung, und etwas fiel geräuschvoll auf die Planken. »*Verdammt*, Junge, ich sagte, paßt auf Eure Beinarbeit auf!«

Die Traumweberin *fühlte*, wie Jaric sich aufrappelte und seinen Schwertarm hob. Ein rascher Schlagabtausch folgte, wieder und wieder erscholl das Klirren gehärteten Stahls, bis Taen sich von dem endlosen Lärm gänzlich zerschlagen fühlte. Unter den von der Seeluft feuchten Decken suchte sie die Ruhe, die der Vaere sie gelehrt hatte, jene unbeugsame innere Stille, die sie perfektioniert hatte, um ihre Gabe als Traumweberin effektiv nutzen zu können. Doch sonderbar, ihre kunstfertige Disziplin führte nur dazu, ihre Verwirrung und ihr Unbehagen zu verstärken. Von Hitze überwältigt, hörte Taen in ihren Ohren ein Rauschen wie im Fieber. Das Klirren der Schwerter wurde leiser, klang plötzlich wie das sachte Klimpern der Windspiele, die die Menschen an jenem Ort, an dem sie ihre Kindheit verbracht hatte, zur Abwehr böser Geister an ihre Traufen gehängt hatten. Von fiebrigen Erinnerungen durchdrungen, entglitt ihr die Gegenwart, und Corleys Flüche wirbelten wie trockenes Laub in tiefe Finsternis.

Taen kämpfte darum, ihren Traumsinn zu dirigieren, Vision und Wirklichkeit voneinander zu trennen und die Kabine an Bord des Zweimasters wieder wahrzunehmen. Die Kontrolle entzog sich ihrem Zugriff. Zu spät erkannte Taen, daß etwas nicht in Ordnung war. Bilder wirbelten durch ihren Geist, fragmentarische Ausschnitte aus den Leben fremder Menschen auf der Insel Innishari im Süden. Das Dröhnen des Stahls verstärkte sich nun in Taens Ohren und ging langsam in den trägeren Rhythmus eines Schmiedehammers über. Hitze brannte in ihrem Gesicht, und Schweiß zeichnete derbe Linien in einen Bart, nicht ihren Bart; doch noch während sie um ihre eigene Identität kämpfte, fühlte sie den Schmerz schwitzender Finger, die eine eiserne Zange umklammerten und ein glühendes Hufeisen auf dem Amboß umdrehten. Von heftiger Furcht durchdrungen, löste die Traumweberin die Verbindung. Aber auch als sie sich aus der

Wahrnehmung des Schmiedes befreite, kehrte die ihre nicht zurück. Werkzeuge verwandelten sich in ihrer Hand, wurden zu dem abgenutzten Holz eines Besenstiels. Kohlenfeuer erkaltete an einer irdenen Feuerstelle neben einer Türschwelle, an der eine Bauersfrau sechs verwahrloste Hühner von ihrem getrockneten Korn fortscheuchte. Die Hühner flogen gackernd auf, und die Luft um sie herum füllte sich mit ekelerregendem Gestank. Taen blinzelte, stürzte in die staubige, unordentliche Einrichtung einer Weberei, in der ein Mann graue Wolle über das Schiffchen spannte. Inzwischen war Taen am Verzweifeln, verbannte ihren Traum und trieb ihren Geist aus der Stadt hinaus, zurück auf die reine, offene See.

Salzige Meerluft schlug ihr ins Gesicht. Keuchend konzentrierte Taen ihre Wahrnehmung und erkannte sogleich, daß sie versagt hatte. Die *Neumond* fuhr westwärts, mitten durch das Archipel der Allianz der Freien Inseln. Dort stand die Sonne im Zenit, und die kleineren Inseln verteilten sich nahe Landfeste über den Horizont. Anstelle dieses Ortes hatte ihr Traumsinn sie an einen Platz gebracht, an dem sturmgepeitschte Gischt auf zinngrauen Wogen schäumte, die keinem Meer angehörten, das der Zweimaster befuhr. Erschrocken versuchte Taen, ihre Reserven zu aktivieren. Funkelnd flammte Macht auf und wollte doch nicht reagieren; die Bilder entzogen sich ihrer Kontrolle.

Noch während sie in Panik abzugleiten drohte, erkannte Taen in den Wellen ein Objekt. Zunächst dachte sie, es wäre ein Stück von einem Fischernetz, das sein Eigentümer nachlässig der Flut überlassen hatte; dann aber bemerkte sie den Fang zwischen den buntbemalten Schwimmern. Durch die

Maschen des Netzes erblickte sie Finger, eine Jacke aus zerrissenem Öltuch und Stiefel.

Überzeugt, der Leichnam entspränge einer Vision ihrer eigenen Vergangenheit, rief Taen: »Vater.«

Doch von einer Woge herumgeworfen, drehte sich der Leib; Gischt floß ab und gab den Blick auf einen Schopf frei, der nicht schwarz, sondern blond war; wie Tang lagen die Strähnen über den angeschwollenen Zügen eines Fremden. Taen schauderte. Zu erschüttert, um sich zu wehren, überließ sie ihren Geist der Vision. Nebel trieb in dichten Schleiern über die See, verhüllte gnädig die grausige Last des Netzes. Während der Dunst sich weiter verdichtete, erkannte Taen kurz das Aufblitzen einer Klinge, die tief in der Brust des toten Mannes steckte.

Ehe sie noch über die Bedeutung des Mordes an dem Fischer nachdenken konnte, verging das Bild in konturlosem Weiß, dann Grau; Licht entschwand aus dem Tag, und die Nacht zog herbei, nur durchbrochen vom Leuchten eines Sterns oder einer Laterne. Wie Luftblasen in der Tiefe eines Brunnens durchdrangen Geräusche die widernatürliche Finsternis. Schwach hörte Taen, wie eine Tür zugeschlagen wurde, und sie hörte Schritte. Eine Hand berührte ihre Schulter, und die Schwärze um sie herum wurde brüchig. Eine Feuersbrunst flammte blendend orangegold und weiß in Taens Geist auf, gepaart mit einer Hitze, die doch nicht wärmte. Sonderbarerweise empfand sie nicht den Schrecken, der ihre früheren Träume begleitet hatte. Jenseits des Brandes verbarg sich die Gegenwart eines Menschen; ein ruheloser, starker Geist, dessen Berührung ihr beinahe so vertraut erschien wie die des Bruders, den sie verloren hatte.

Taen erschrak heftig und schlug mit der Wange gegen das Schott. »Jaric!«

»Geht es dir gut, kleine Hexe?« Sorge erfüllte seine Stimme, die ganz nah neben ihr erklang.

Taen blinzelte. Erst jetzt erkannte sie, wie sehr sie zitterte. Mangels Vertrauen in ihre eigene Stimme, sprach sie nicht, als Jaric sie sanft in den Lichtkreis zog, der durch das Bullauge im Heck hereinfiel. Orientierungslos und unverständlicherweise frierend blickte Taen auf und sah direkt in braune Augen, die im Schatten sorgenvoll hochgezogener Brauen lagen. Offen baumelten die Schnüre von Jarics Hemdkragen herab; seine Haut glänzte unter einem dünnen Schweißfilm, und seine Nasenflügel bebten sacht, als wäre er nach einer erst kurz zurückliegenden Anstrengung außer Atem, was kaum verwundern konnte, sollte er soeben die Übungen mit Corley beendet haben. Taen aber fühlte schon in dem Augenblick, da sie seinen Geist berührte, daß etwas nicht in Ordnung war.

»Ich wollte gerade den Schiffsheiler herbeirufen, als du aufgeschrien hast«, sagte Ivainson. »Bist du krank?«

Etwas stimmte nicht, und ihre Stimme bestätigte diese Vermutung. »Nein«, sagte Taen. Nunmehr vollkommen wach, schob sie eine Hand unter die zerknitterte Decke auf ihrer Koje und setzte sich auf. »Ich hatte einen Alptraum, weiter nichts.« Intensiv studierte sie Jarics Züge, konnte aber nichts weiter entdecken. Aus Furcht, er könnte gehen, ehe sie Gewißheit hätte, fuhr sie rasch fort, um ihn aufzuhalten. »Ich träumte, ich sähe einen ermordeten Fischer, der im Meer trieb.«

Jaric wich zurück. Plötzlich zeigte sich ein wachsamer Ausdruck in seinen Zügen. Taen aber bemerkte nichts außer den scharlachroten Flecken auf der Hand, die an ihrem Leib lag. Der Atem stockte ihr in der Kehle. »Du bist verletzt.«

Beruhigend zuckte Jaric nachlässig mit den Schultern. »Nur ein bißchen. Corley hat mich heftig für meine Unvorsichtigkeit gerügt, und zwar zu Recht. Es war mein Fehler.«

Die Erleichterung in seiner Stimme war unüberhörbar. Erschrocken blickte Taen ihm wieder direkt ins Gesicht. Durch die Sorge um seine Hand abgelenkt, benötigte sie einen Augenblick, sich der Worte zu erinnern, die sie in ihrer Not benutzt und die ihn so überraschend beunruhigt hatten. Dann aber fragte sie sich, wieso die Erwähnung des toten Fischers ihn so sehr erschüttern sollte. Widerstand zeichnete Jarics Haltung; er würde ihr jede Antwort verweigern, sollte sie ihn fragen, also beschloß Taen, sich ihres Traumsinnes zu bedienen. In diesem Augenblick aber ertönte der Ruf der Wache auf dem Mast. Die *Neumond* überquerte die Außenbezirke der Schutzzone von Landfeste, einem Netz aus Energie, das von der Bruderschaft Kordanes gewoben war, um Dämonen von der Stadt fernzuhalten. Taen fühlte die Barriere. Für einen Augenblick zitterte sie, erfaßt von einer Macht, die rücksichtslos ihre Menschlichkeit auslotete; dann war der Moment vorüber, und das Sonnenlicht, das durch das Bullauge hereinfiel, vertrieb schnell ihr Unbehagen.

Jaric nutzte die Störung, um sich hastig in Richtung Kajütstreppe zurückzuziehen. »Hast du je die Türme von Landfeste gesehen?«

»Nein.« Angesteckt von seiner Begeisterung, trat Taen die Decke mit ihren nackten Füßen zur Seite. »Wir treffen uns auf Deck wieder, aber erst, nachdem du diese Wunde dem Heiler gezeigt hast.«

»Biest«, schimpfte Jaric scherzhaft mit einem

gewinnenden Grinsen auf den Lippen. »Wirst du Gegenstände nach mir werfen, wenn ich mich weigere?«

Taen ballte eine Faust. Jaric spielte den Ängstlichen, schlüpfte zur Kabinentür hinaus und ließ sie allein. Als die Tür donnernd ins Schloß fiel, seufzte die Traumweberin und die vorgespielte Leichtherzigkeit fiel von ihr ab. Eine Macht jenseits ihres Verstehens, jenseits ihrer Kontrolle, hatte ihr diese Visionen aufgedrängt; derartige Vorgänge durfte sie nicht auf die leichte Schulter nehmen. Sie hatte sich den Befehlen der Vaere widersetzt, und sollte dies das erste Anzeichen drohender Konsequenzen sein, so konnte keine Strategie des Kielmark sie davor schützen. Gegen magisch herbeigeführtes Unglück vermochte Corleys ganzes Geschick im Umgang mit der Waffe, all seine Seefahrerkunst ihr nicht den geringsten Schutz zu bieten. Mit unsicheren Bewegungen glitt Taen aus der Koje. Soviel ihr die Freiheit auch bedeutete, nun konnte die Rückkehr zur Insel der Vaere gar nicht schnell genug erfolgen.

Vor Jarics Augen, der sich an der Reling der *Neumond* dem Wind entgegenstemmte, bohrten sich die Türme von Landfeste wie Speere in die tiefliegenden Wolken. Obwohl er die Freien Inseln nie zuvor gesehen hatte, hatte ihn jene Stadt, die Regierungssitz der Allianz war, stets fasziniert, seit er seine Ausbildung als Schreiber in einer Festung im Hinterland begonnen hatte. Hier lag der Kern allen menschlichen Strebens. Die Gelehrten behaupteten, daß die Archive von Landfeste sogar die Mysterien der gesegneten Feuer Kordanes bargen. Gehütet von seiner Exzellenz von Kors

Gnaden und einem Stab aus Priestern und Eingeweihten, fand sich in diesen Bibliotheken die ganze Geschichte der Menschheit seit dem Großen Untergang.

Durch ein Bild, das im Arbeitsraum von Morbrith die Wand geziert hatte, mit dem Anblick der Stadt vertraut, berührte Jaric Taens Arm und deutete auf einige schmale, silbergekrönte Spitztürme, die sich aus dem Zentrum dichtgedrängter Gebäude dem Himmel entgegenreckten. »Dort, siehst du? Das sind die heiligen Türme von Kordanes Schrein, in denen siebzehn Meister über die verbotenen Schriften wachen. Der Archivar, der mich ausgebildet hat, sagte, kein gewebter Stoff noch irgendein anderes brennbares Material ist an diesem Ort erlaubt, und er hat gesagt, daß der innere Kreis der Bruderschaft ein Abgeschiedenheitsgelübde ablegen mußte. Sie gehen hinein und kehren nie wieder zurück.«

Sehnsüchtige Faszination belebte Jarics Züge, als er endete. Für einen Knaben, dessen Kindheit von Büchern und Schreiberei gekennzeichnet war, versprach Landfeste Wunder, Träume schienen hier wahr zu werden. Im strahlenden Sonnenschein, umgeben von Seeleuten und gebrüllten Befehlen, konnte er endlich für einen Augenblick die schreckliche Last vergessen, die ihn dazu getrieben hatte, diese Küste anzulaufen.

Der Wind frischte auf und drehte nach Nordosten. Sanft bebte die *Neumond* unter stark gespannten Segeln. Ihr Bug schob sich um die Landspitze, und die Sternenkrone der Galionsfigur glitzerte in den aufsteigenden Spritzwasserfontänen; dann, keck wie eine hochmütige Maid, legte sie sich auf die Seite und hielt auf die Leuchtbojen zu, die die Landungsstege an der Hafeneinfahrt kennzeichneten. Vor ihnen erhob sich Landfeste wie ein juwelenbesetztes Diadem auf dem Sandsteinboden der von der See umtosten Landspitze. Schwarz hoben sich Kaimauern, Geschäfte, Lagerhäuser und Fischstände, die sich an den Hafen drängten, von den gelbbraunen Felsen ab; und im Schatten der bunten Türme wimmelte es im Hafenbecken von Booten unterschiedlichster Bauart, von denen einige bewohnt, andere bis unter die Ruderbänke mit Händlern und ihren Waren vollgestopft waren.

Corley erteilte auf dem Achterdeck Befehle, und Jaric erwachte aus seiner Träumerei. Er zog sein Hemd aus und reichte es Taen. Dann legte er seine bandagierte Hand auf die Takelage und schwang sich hinauf, um dem Matrosen zu Hilfe zu kommen, der hoch oben auf dem Querbaum damit beschäftigt war, die Segel einzuholen. Die Schnittwunde auf seinem Handrücken konnte seine Geschicklichkeit kaum einschränken, und die Arbeit auf dem Obersegel bescherte ihm einen wunderbaren Blick auf die Stadt mit ihren schmalen, verwinkelten Gassen, den Bronzeskulpturen und den gefliesten Hofflächen.

Corley verließ das Achterdeck, und der Maat erteilte an seiner Stelle weitere Anordnungen.

Unter dem scharlachroten Banner mit dem silbernen Wolf, der Flagge des Kielmark, wurden auf der *Neumond* die Segel gerefft. Jenseits der vorgelagerten kleinen Insel Klein-Dagley ankerte sie mit der berühmten Präzision, für die jedes Schiff aus der Flotte Riffhafens weithin bekannt war. Auf dem Kai vor der Hafenmeisterei versammelten sich etliche Männer mit finsterer Miene, um die weiteren Vorgänge zu beobachten, doch kein Boot legte ab, um Hafengebühren einzufordern. Verhaßt, respektiert, gefürchtet und stets sich selbst überlassen, liefen die Schiffe des Kielmark jeden beliebigen Hafen an, ohne jemals Zölle oder Hafengebühren zahlen zu müssen. Obwohl sich die Händler und städtischen Würdenträger allerorten oftmals bitter darüber beklagten, trugen sie ihren Zorn doch nur außer Hörweite vor. Riffhafens Unmut zu erregen, brachte nur Unheil über den Handel, da die Schiffe auf ihrem Weg in die östlichen Reiche die Enge der Kontinentalstraße hinter sich bringen mußten; dort aber verlangte der König der Piraten unerbittlich seinen Tribut als Gegenleistung dafür, daß er die Händler mit seiner Korsarenflotte verschonte.

Als Jaric schließlich als letzter vom Mast herunterkletterte, sah er, daß Bootsmann und zweiter Maat bereits ein Beiboot zu Wasser gelassen hatten. Corley hatte die Finger in seinem Bart vergraben und wählte gerade die Ruderer aus. Ungewöhnlich in Schale geworfen, trug er Armreifen an beiden Armen und ein kastanienbraunes Wams, in das in Schulterhöhe ein goldenes Ehrenabzeichen des Kielmark eingearbeitet war. Doch auch die elegante Kleidung vermochte seine gefährlich befehlsgewohnte Aura nicht abzuschwächen; die edlen Stoffe betonten die schmucklosen Hefte der Waffen, auf denen ein rein zweckdienlicher Ölfilm glänzte, nur um so mehr. Als Jaric sich aus der Takelage schwang, rief der Kapitän ihn an.

»Packt Eure Sachen, junger Herr. Der Landungstrupp ist beinahe fertig, und ich habe nicht die Absicht, länger als nötig in diesem Hafen zu verweilen.«

Jaric schob sich an den Matrosen vorbei und hielt auf die Kajütstreppe und seine Kabine zu. Als er den Großmast passierte, erblickte er eine Gestalt, die sich zusammengesunken in den Schatten des

Mastes kauerte. Taen hockte auf einem aufgerollten Tau, dunkles Haar fiel über ihre schmalen Schultern, und ihr Gesicht lag hinter gekrümmten, fahlweißen Fingern verborgen. Dieser Anblick und der Eindruck atemloser Reglosigkeit, der sie umgab, trieb Jaric zu größter Besorgnis.

Rasch eilte er an ihre Seite. »Taen?«

Mit sanftem Schrecken sah sie auf. Blaue Augen starrten ihn aus dem elfenhaften Antlitz an, und ihre Haut war kreidebleich. Ihre Hände zitterten; kaum, daß sie auf diesen Umstand aufmerksam wurde, da verbarg sie sie auch schon unter dem zerknitterten Stoff ihres Kleides. »Ich habe dein Hemd auf deine Koje gelegt. Besser du gehst und packst deine Sachen. Corley ist schlecht aufgelegt.« Als Jaric zögerte, rang sie sich ein Lächeln ab. »Ich werde dich vermissen, das ist alles.«

Irgend etwas ganz anderes bekümmerte sie. Nur ein einziges Mal hatte sie so kläglich geklungen, und damals hatte ihr Bruder einen Mord begangen. Doch da sein persönlicher Wille bereits gewaltsam den Wünschen eines Zauberers unterworfen war, war Jaric wenig geneigt, sich näher mit den Besonderheiten der Mysterien der Vaere zu befassen, und so überspielte er seine Besorgnis mit einem erzwungenen Lächeln. »Mich vermissen? Kaum anzunehmen, aber wenn du das Schiff verläßt, dann werden einige Matrosen auf ihren Verlusten sitzenbleiben. Was denkst du, werden sie mit den Bohnen machen, die sie als Gewinn eingestrichen haben?« Er unterbrach sich und berührte sie sacht an der Schulter. »Auf der Insel der Vaere wirst du in Sicherheit sein.«

Ein wenig zu rasch blickte Taen auf. Sofort wußte Jaric, daß er zu unvorsichtig gewesen war. Allzu nahe lag seine Sorge um Emiens Schicksal an der

Oberfläche seines Bewußtseins. Rasch duckte er sich unter dem Fall hindurch und ging davon, noch ehe Taen mit ihrer intuitiven Macht seinen Kummer ergründen konnte. In seiner Hast verfing er sich mit dem Fuß in einer Leine, die unordentlich auf Deck liegengeblieben war.

»Wie unbeholfen!« rief Taen, als er stolperte. »Paß auf! Sonst wirst du dir noch deine dumme Nase brechen.«

Ohne eine Entgegnung eilte Jaric weiter; und da ihre Macht als Traumweberin sich nun schon zum zweiten Mal an diesem Tag ihrem Willen widersetzte, ahnte Taen nicht einmal, daß sein Schweigen eine Ursache hatte. Gepeinigt von der Unschuld in ihrem hochgereckten Antlitz und von den zitternden Fingern, die sie mit der gleichen Courage gebändigt hatte, die sie zuvor genutzt hatte, um Riffhafen zu schützen, betrachtete Jaric Meer, Reling und Wanten durch einen Schleier unerwarteter Tränen. Er sorgte sich um Taen, und bis zu diesem Zeitpunkt hatte er nicht gewußt, wie sehr. Nie zuvor war ihre Zartheit von so entscheidender Bedeutung gewesen wie jetzt; hatte ihr Bruder erst den Schattentempel erreicht, so würden die Feinde von ihrer Existenz erfahren. Die große Bibliothek zu Landfeste mußte ihm eine Alternative zum Zyklus des Feuers liefern; anderenfalls konnte es für ihn keine Zuflucht mehr geben. Die Verdammten Kors würden nicht ruhen, ehe die Traumweberin, die ihren Feldzug gegen Riffhafen zerschlagen hatte, vernichtet war.

Als Jaric zurückkehrte, hatte Taen das Deck verlassen. Er trug Schwert, Dolch und Federmesser und ein zweites Hemd unter den grünen Falten seines

Mantels; schwer hingen die Schlüssel von Elrinfaer und die Feder des Sturmfalken an dem Lederriemen um seinen Hals. Während er sich noch unter den Köpfen der Mannschaftsmitglieder nach dem schwarzen Schopf der Traumweberin umschaute, sah er, daß das Beiboot bereits beladen und zum Ablegen bereit war. Als der Bootsmann seinen Arm packte und ihn zur Reling dirigierte, verfluchte er innerlich die Tüchtigkeit Corleys. »Geht an Bord, junger Herr.«

Nicht gewillt, ohne Abschied zu gehen, hielt sich Jaric widerstrebend an der abgerundeten Holzleiste fest. »Habt Ihr Taen gesehen?«

Kupferne Ohrringe schwangen hin und her, als der Bootsmann den Kopf schüttelte. »Der Käpt'n ist ungeduldig«, warnte er. »Ärgert ihn nur nicht, wenn er in Eile ist.« Mit diesen Worten schob er Jaric unerbittlich auf die Luke zu.

Schwielige Hände entrissen Jaric sein Bündel und warfen es unsanft zu den Ruderern ins Boot. Von Deck der *Neumond* verscheucht, stieg Jaric in den Schatten hinab und stolperte ungeschickt in das schwankende Ruderboot hinein. Kaum hatten seine Füße die Planken berührt, ließ Corley ablegen. Ruderblätter durchdrangen die Meeresoberfläche. Die breiten Rücken der sechs kräftig gebauten Seemänner beugten sich im Rhythmus der Ruderschläge, und schließlich purzelte Jaric auf den letzten freien Sitzplatz.

Unsanft von Corley geworfen, landete sein Waffenbündel in seinem Schoß. »Legt Euren Schwertgürtel an, Junge. Ich habe Euch bei den Lehrstunden der letzten Tage nicht Eure Hände wundarbeiten lassen, nur damit Ihr Euch in der Stadt ausrauben laßt, weil Eure Waffen in einem Wollsack stecken. Von jetzt an werdet Ihr *niemals* unbewaffnet eine fremde Küste betreten, habt Ihr das verstanden?«

Jaric biß sich vor Zorn auf die Lippe. Er erhob sich, stützte sein Knie gegen die Ruderbank im Heck und legte den Gürtel mit Schwert und Dolch an, während er gleichzeitig verzweifelt die Gesichter an der Reling der *Neumond* betrachtete. Die Offiziere hatten bereits damit begonnen, die Matrosen zurück an die Arbeit zu scheuchen; Taen war nicht unter ihnen. Unbequem eingekeilt zwischen dem knochigen Leib des Zahlmeisters und einem leeren Wasserfaß sah Jaric zu, wie die *Neumond* hinter ihnen langsam kleiner wurde, während die Ruderer das Beiboot auf die Kais im Hafen von Landfeste zutrieben. Das Knarren der Lederriemen und das rhythmische Plätschern der Ruderblätter ersetzte für eine scheinbar endlose Zeit sämtliche Gespräche.

»Junge?« sagte eine Stimme, als die Männer die Ruder rumpelnd an Bord zogen.

Jaric wandte den Blick von dem Flechtwerk der Masten der *Neumond* ab und erkannte, daß der Zahlmeister ihn mit gespannter Miene beobachtete. »Ich werde dem Mädchen sagen, daß Ihr sie gesucht habt.«

Jaric bedachte die verschlagenen Augen des Mannes, die geschickten Finger in seinem Schoß, deren präzise, geduldige Haltung nur selten ehrbaren Geschäften gedient hatte; den Gerüchten zufolge hatte der Zahlmeister einst die Damenwelt umworben und sie ihrer Juwelen beraubt, bevor er in Riffhafen Zuflucht gesucht hatte. »Danke«, sagte Jaric, ohne sich weiter zu äußern. Er traute dem Mann nicht genug, ihm zu erzählen, daß Taen sich sonderbar verhielt und möglicherweise Hilfe brauchte. In dieser Angelegenheit, so beschloß der

Knabe, wollte er mit Corley persönlich sprechen.

Von den vorderen Ruderern geführt, legte das Beiboot am Kai an. Sofort erhob sich Jaric. Doch behindert von den Männern, die Fässer aus dem Boot hoben, überdies im Wirrwarr des Anlegens herumgestoßen, benötigte er einige Minuten, bis er den Pfeiler erreicht hatte und sich auf die feuchten Planken des Anlegesteges ziehen konnte. Kaum auf dem Kai, blickte er sich um, konnte jedoch Corleys kastanienbraune Tunika nirgends entdecken. Zwar rief er den Kapitän, doch seine Stimme verlor sich im Klappern der Hufe und dem Kreischen eisenbeschlagener Wagenräder, als zwei Fuhrwerke auf der Straße vorbeifuhren; Peitschen knallten, und die Fahrer brüllten mit ohrenbetäubender Hartnäckigkeit um freie Durchfahrt.

»Der Käpt'n ist weg, Junge«, erklärte einer der Matrosen der *Neumond* in dem Tumult. Er hielt inne und knotete sich ein rotes Tuch um die Stirn. »Hat's eilig gehabt, seine Geschäfte an Land zu Ende zu bringen.« Da er Jarics besorgte Miene fehldeutete, fügte er hinzu: »Nur keine Sorge, er hat Anweisungen gegeben, was mit der *Callinde* geschehen soll. Sie wird an eine freie Anlegestelle geschleppt, da ist sie so sicher wie im Hafen des Kielmark. Der Hafenmeister wird Euch sagen, wo sie liegt, und wenn er sich beschwert, dann spuckt auf seine Kleider und ignoriert sein Gerede.«

Jaric wandte sich von dem grinsenden Seemann ab. Von bitterer Sorge erfüllt, wußte er, daß er Corley in den Straßen der Stadt suchen mußte. Ihm blieb keine Zeit, sich zu unterhalten. Der Knabe verließ den Matrosen, sprang über das Wasserfaß der *Neumond* hinweg und rannte den vor Aktivitäten brodelnden Kai hinunter. Wieder und wieder gezwungen, aufgestapelter Fracht und trocknenden Fischernetzen auszuweichen, überdies von braungebrannten, halbnackten Hafenarbeitern herumgestoßen, hetzte Jaric Hals über Kopf auf die Stadt zu.

Kapitel 6

LANDFESTE

Verstopft, schmal und voller Wagen und Marktstände stellten die Straßen von Landfeste keinen geeigneten Ort dar, einen Mann zu finden, der in aller Eile einem unbekannten Ziel entgegenstrebte. Nachdem er dreimal in einer Sackgasse gelandet und zweimal über die Körbe desselben Obsthändlers gestolpert war, gab Jaric die Suche nach Corley auf. Frustriert und schwitzend stützte er sich mit den Armen an die sonnenerwärmte Ziegelmauer einer Herberge, um wieder zu Atem zu kommen.

Geschäftiges Treiben umgab ihn, überlagert von dem Gequassel einer Frau, die Küchlein für Kupferstücke verkaufte. Zwei Maultiere zogen einen Wagen mit Bierfässern vorbei, und die wirbelnden Radnaben verfehlten Jarics Hüfte um Haaresbreite. Als er keine Anstalten machte, aus dem Weg zu gehen, drohte der Kutscher fluchend mit seiner Peitsche; Jarics Schwert und Dolch und die finstere Miene unter dem wirren Haar veranlaßten ihn jedoch, ohne ein weiteres Wort von dannen zu ziehen. Dem Jungen aber war nicht einmal bewußt, daß seine Erscheinung einen Fremden eingeschüchtert hatte, der zweimal so alt und zweimal so groß wie er selbst war. Gänse trippelten um seine Stiefel, flüchteten mit gebogenen Hälsen vor einem Mädchen, dessen Stab sie zum Markt hinuntertrieb. Das Mädchen bedachte ihn mit einem einladenden Lächeln, und ihre zierlichen Füße führten unter den angehobenen Röcken einen spielerischen Tanz auf.

Jaric aber zuckte zusammen und wandte das Gesicht ab. Selbst jetzt konnte er die Hänseleien der Dienstmägde in der Festung von Morbrith nicht vergessen. Die vor Geschäftigkeit brodelnden Straßen, der Lärm und die fremdartigen Gerüche machten Landfeste zu einer gänzlich anderen Welt, die nichts mit dem Seitwald gemein hatte, in dem er den Winter verbracht hatte. Das noch zarte Selbstbewußtsein, das er unter den Fittichen des Waidmannes erworben hatte, wich nun erneuter Unsicherheit; selbst sein Können als Seemann verlor seine Bedeutung, bis all die hart erworbenen Fertigkeiten nur mehr als eine traumgeborene Illusion erschienen. Nun, da ihm der Straßenstaub in die Nase drang, schien die Entscheidung, die er auf den Eisklippen getroffen hatte, nur mehr eine Dummheit zu sein. Wie unangemessen waren seine Hoffnungen gewesen, die Schlüssel von Elrinfaer beschützen zu können, ja, gar Taen, der Traumweberin, Schutz vor dem Bruder bieten zu können, den sie an den Schattentempel verloren hatte.

Jaric löste sich von der Wand, ehe ihn das Zittern in seinem Inneren unweigerlich in die Flucht treiben mußte. Seine letzte und einzig vernünftige Möglichkeit war es, seine Sorge um Taen niederzuschreiben und der Mannschaft des Beibootes die Notiz für Corley anzuvertrauen. Tinte und Papier würde er in den Archiven erhalten können, in denen Jaric um Arbeit für Kost und Logis nachsuchen wollte. Sein Plan erschien ihm zwar aussichtslos, doch aufzugeben würde ihn nur in Verzweiflung treiben. Resigniert verbarg der Erbe von Ivain, dem Feuergebieter, seine bandagierte Hand unter der Ärmelstulpe und beeilte sich, die Kuchenverkäuferin einzuholen.

Mit verwirrter Miene nahm sie das dargebotene Kupferstück entgegen. Dann, das Kuchentablett auf eine Packkiste gestützt, hob sie eine fleischige Hand und schob ihr Haar unter ihre Kappe, während Jaric sie bat, ihm den Weg zu beschreiben.

»Dann wollt Ihr wohl zur Residenz seiner Exzellenz, des Ersten Archivars.« Mit Verspätung erkannte sie, daß ihre Finger klebrig vor Zucker waren, also vergaß sie rasch ihre Eitelkeit und ließ den Arm wieder sinken. »Steigt die Osttreppe hinauf, junger Herr. Dann müßt Ihr zwei Hofgärten durchqueren, ehe Ihr zwischen den karierten Türmen jenseits des Löwentores den Eingang finden werdet.«

Höflich bedankte Jaric sich. Er tat einen Schritt in die angewiesene Richtung, mußte jedoch sogleich zurückweichen, weil er nicht unter den Hufen der Rösser berittener Kuriere mit Federhelmen landen wollte, die soeben vorüberzogen. Aufgewachsen in einem grafschaftlichen Haushalt, hob er instinktiv einen Arm, um die Frau vor dem bunten Schmuckgeschirr der Pferde zu schützen, das wild um sie herumflatterte.

»Gute Manieren habt Ihr.« Neugierig betrachtete ihn die Kuchenhändlerin. Sie sah mehr als die abgenutzten Stiefel und das offene Haar, und irgend etwas, vielleicht seine Zierlichkeit, vielleicht seine Unsicherheit, weckte ihr Mitgefühl. »Nehmt ein Stück Kuchen, Jüngelchen. Und ich verzichte auf Euer Geld.«

Heftig schüttelte Jaric den Kopf. Gequält hatte er erkennen müssen, daß ihr mütterliches Verhalten allein durch seine Hilflosigkeit hervorgerufen wurde, also ignorierte er den Kuchen in ihrer ausgestreckten Hand und schob sich zurück in das Gewühl auf der Straße. Nichts in Landfeste konnte ihn dazu bewegen, sich noch einmal umzuwenden, und selbst als ein Pony direkt hinter ihm scheute, Stroh von seinem Rücken auf das Pflaster fiel und eine alte Bauersfrau ihn herzhaft verwünschte, setzte er stur seinen Weg fort.

Landeinwärts, etwas weiter vom Hafen entfernt, nahm der Verkehr auf den Straßen allmählich ab. Lagerhäuser und küstengebundene Handelsstände wichen nun Wohngebäuden und Gildehallen. Steil stiegen die Straßen an, durchbrochen von unzähligen Haarnadelkurven und querverlaufenden Gassen. Nur mit Schwierigkeiten fand Jaric seinen Weg, denn die Hauptstraßen waren auch hier voller Menschen. Einige wenige Gassen waren nur spärlich besucht, wie die Straße der Webereien mit ihren klappernden Webstühlen und dem intensiven Gestank erhitzter Farben aus den Färbertöpfen. Lange, bevor er die Osttreppe erreicht hatte, erblickte Jaric bereits das Löwentor. Gestützt von machtvollen Pfeilern, erhoben sich die bernsteinfarbenen Marmorkatzen über die schiefergedeckten Dächer der Stadt. Jaric schob sich an einem Trio streitender Händler vorbei, ehe er plötzlich stehenblieb. Ehrfurcht vernebelte augenblicklich seine Pläne.

Auf einer Seite, zwischen den im Schatten liegenden Fassaden zweier Gebäude, erblickte er einen runden, mit sandfarbenen Marmorplatten ausgelegten Platz. Gittertore schlossen ihn gegen unbefugte Besucher ab, und weder Menschen noch Tiere passierten ihn auf ihrem Weg. Verlassen im Sonnenschein stellten die Einlegearbeiten, die sich um das flammende Sternensymbol der Bruderschaft Kordanes gruppierten, die vier Himmelsrichtungen dar. Von der Neugier getrieben, ging Jaric auf den Platz zu, doch am Ende der Gasse rief ihn eine Stimme in bedrohlichem Ton an.

»Halt, Bursche! Diesen Ort darf niemand betreten.«

Erschrocken blieb Jaric genau in dem Augenblick stehen, als der Wachmann aus dem Schatten neben dem Tor trat und seinen lackierten, zeremoniellen Speer senkte. Seinen Helm zierte ein Federbusch, doch gefaßt war er in harten Stahl, und auch seine Speerspitze funkelte tödlich spitz. Als er die Verwirrung des Jungen in dem schlichten Seemannsleinen bemerkte, nahm der Gardist eine weniger bedrohliche Haltung ein. »Du bist wohl neu in Landfeste, was, Junge?«

Jaric nickte. »Ich wollte zum Löwentor.«

Der Gardist deutete auf eine Nebenstraße. »Dort entlang, Junge.« Dann, als er sah, daß Jaric noch immer den verbotenen Platz fixierte, ließ er die Waffe sinken und stützte sich auf den Schaft. »Niemand außer den Priestern, die den Mysterien zugeteilt sind, darf diesen Ort betreten. Dort befindet sich der Zugang zu den heiligen Türmen von Landfeste.«

»Dort?« Ungläubigkeit klang in Jarics Tonfall an, als er die glänzenden Pflastersteine betrachtete. Weit und breit war keine Tür zu sehen.

»Die Stufen führen unter die Erde, und der Schließmechanismus, der den Eingang verbirgt, wird von der inneren Wache gehütet.« Plötzlich ungeduldig, rammte der Gardist seinen Speer klirrend auf das Pflaster. »Jetzt verzieh dich, Junge. Die Statuten verbieten mir, mich mit Passanten zu unterhalten, und der Hauptmann der Garde Kordanes kennt einige unfeine Methoden, mit Faulpelzen umzuspringen.«

Solchermaßen daran erinnert, daß auch seine Pläne keinen Aufschub duldeten, hastete Jaric die Nebenstraße hinunter. Häuser mit vorspringenden

Balkonen schirmten das Sonnenlicht ab. Die Luft war feucht und salzig und roch schwach nach Fäulnis. Die Straßenfeger reinigten die Abflußrinnen dieser Gassen nicht, und offensichtlich waren auch die Anwohner zu faul, ihre Wege selbst in Ordnung zu halten. Da die Fensterläden am hellichten Tage fest geschlossen waren, fragte sich Jaric, ob dies eine Bordellgasse war, als er auf eine Querstraße zuging, hinter der ihn nur noch ein kleiner Platz von den Stufen zum Löwentor trennte.

Die Treppe vor dem Torbogen war beinahe verlassen, da der Handel in der Stadt am späten Nachmittag nachzulassen pflegte. Eifrig darauf erpicht, mit seiner Exzellenz, dem Ersten Archivar, zu sprechen, ehe die Bibliotheken am Abend ihre Türen schließen würden, rannte Jaric die Treppe empor. Nahe der letzten Stufe erblickte er keuchend die beiden Türme, die die Kuchenhändlerin ihm beschrieben hatte. Ihre Fundamente waren mit Achat besetzt. Der Durchgang zwischen ihnen war mit einem Bildnis von Schriftrollen und gekreuzten Schwertern verziert, das symbolisch auf die Zweischneidigkeit des Wissens verweisen sollte.

Jaric sprang die letzten drei Stufen hinauf und eilte atemlos durch das Tor. Immer länger wurden die Schatten unter der tiefstehenden Sonne, doch das Beiboot im Hafen durfte nicht ablegen, ehe er nicht seine Botschaft für Corley hatte übermitteln können.

Der Eingang zur Halle der Schreiber war wegen der Hitze geöffnet. Der geflieste Vorraum erwies sich als einladend kühl und angefüllt mit dem Geruch von Tinte und altem Pergament. Aus einer Nische sprang ein Sekretär in brauner Robe hervor, als Jaric den Raum betrat. Mit kaum verhohlenem Ärger warf er die Tür ins Schloß und starrte den

Jungen an, der mit einem grünen, handgewebten Umhang unter einem Arm, gebräunt wie ein Matrose, vor ihm stand.

Wenig beeindruckt rümpfte der Sekretär die Nase. »Hast du dich verirrt?«

Heftig schüttelte Jaric den Kopf. »Ich bin gekommen, weil ich um Arbeit bitten will.«

Die Lippen des Sekretärs zuckten abfällig. »Wir beschäftigen keine Schwertkämpfer.«

»Ich bin kein Schwertkämpfer.« Verzweifelt darauf bedacht, keine Zeit zu verlieren, trat Jaric einen Schritt vor.

»Also ein Fischer.« Der Sekretär unterstrich seine Worte mit einer abfälligen Geste. »Dann geh zurück zu deinen Netzen, für einen Schüler bist du zu alt.«

Jaric versteifte sich und zog die Augen zu schmalen Schlitzen zusammen. »Seid Ihr taub? Ich sagte, ich suche Arbeit, keinen Lehrherrn. Ich kenne mein Handwerk.«

Die Brauen des Sekretärs zuckten. Erneut betrachtete er das Schwert, bemerkte die Schwielen an den Händen des Jungen und wich einen Schritt zurück. Nachdem er seinen Besucher mit leisem Murmeln zum Warten aufgefordert hatte, rannte er überstürzt zur Treppe. Jaric aber schritt während eines scheinbar endlosen Zeitraums unentwegt vor dem Empfangstisch auf und ab.

Schließlich kehrte der Sekretär zurück und beugte sich mit einem höhnischen Zug um den Mund über das Treppengeländer. »Der Herr der Residenz wünscht dich zu sehen. Möge das Schicksal dir gnädig sein, sollten deine Behauptungen nur geprahlt sein. Der Herr mag es nicht, belästigt zu werden, und der Große Magistrat ist ein Saufkumpan von ihm.«

Viel zu erzürnt, um auf diese Drohungen zu reagieren, hastete Jaric die Treppe hinauf und löste im Lauf den Schwertgurt von seinem Leib. Er folgte dem Sekretär über einen mit Teppichen ausgelegten Korridor und durch eine Tür, hinter der Räume voller Bücher ihn erwarteten. Sein Begleiter führte ihn zu einem Raum, dessen edle Teppiche in dem Sonnenlicht schimmerten, das durch das Fenster hereinfiel. Auf der Schwelle blieb Jaric für einen Augenblick wie betäubt stehen.

Heftig zerrte der Sekretär an seinem Ellbogen. »Was bist du für ein Lümmel? Verbeuge dich vor deinem Herrn, Junge.«

Jaric ignorierte die Aufforderung. Blinzelnd trat er einen Schritt auf den breiten Tisch und seinen gebeugten, grauhaarigen Besitzer zu. Dann, plötzlich eingeschüchtert, blieb er stehen. Die endlosen Bücherregale, der Tintengeruch und die Ruhe riefen unerwünschte Erinnerungen an seine Kindheit in Morbrith in ihm wach. Einst war die Stille der Schreiberräume seine einzige Zuflucht vor den grausamen Sticheleien seiner Altersgenossen gewesen.

»Du kommst von dem Zweimaster des Kielmark?« krächzte der alte Mann hinter dem Schreibtisch. Weiß blitzten seine Brillengläser auf, so unergründlich wie die Augen eines toten Insekts.

»Ja, Eminenz.« Vorsichtig legte Jaric Waffen und Mantel auf dem intarsiengezierten Tisch neben sich ab. »Aber ich stehe nicht in den Diensten Riffhafens.«

»Das ist mir bekannt.« Der Herr der Residenz erhob eine verkrümmte Hand und winkte den Jungen näher an seinen Stuhl heran. »Piraten können wenig mit dem geschriebenen Wort anfangen.«

Jaric unterdrückte den wenig klugen Drang zu einer Entgegnung. In Gedanken aber sah er die persönlichen Gemächer des Kielmark vor sich, deren Wände vom Boden bis zur Decke von Büchern verdeckt wurden, die selbst für einen Prinzen einen unermeßlichen Reichtum dargestellt hätten. Die Bücher dienten keineswegs nur zur Dekoration. Das wußte er, seit er einmal eines aus Neugier aus dem Regal gezogen und festgestellt hatte, daß es vollkommen frei von Staub war.

Der alte Schreiber beugte sich vor. »Du bist ein sehr stiller Junge.«

»Oh, er kann durchaus sprechen«, mischte sich der Sekretär von der Tür her ein. »Die Frage ist, kann er schreiben?«

»Das reicht nun!« Der alte Mann erhob sich. Schwer lag der reichhaltig mit Stickereien und Perlen verzierte Kragen über seinem Nacken. »Du hast doch gewiß zu arbeiten. Nun gut, dann laß mich auch meine Arbeit tun.«

Nach einem giftigen Blick auf Jaric wirbelte der Sekretär um die eigene Achse und zog sich zurück. Als seine Schritte auf dem Flur verhallten, konzentrierte sich der Herr der Residenz wieder auf den Bewerber neben seinem Stuhl. Eine seiner Hände war bandagiert, die andere von Spuren der Seefahrt und des Schwertkampfes gezeichnet. Und goldenes Haar fiel ungekämmt über schmale, doch muskulöse Schultern, wie sie die jungen Männer auszuzeichnen pflegten, welche hart für einen Posten in der Garde des Gouverneurs arbeiteten. Dennoch schienen die Züge dieses Jungen zu zart und sensibel für einen Kämpfer; und sein Verhalten, eine sonderbare Mischung aus Schüchternheit und Ungeduld, barg nicht die Spur der Arroganz.

Seufzend setzte sich der Herr der Residenz wieder, und der Hauch eines Lächelns huschte über seine faltigen Züge, als er die Brille absetzte, sich die klaren, grauen Augen rieb und sagte: »Steckst du zufällig in irgendwelchen Schwierigkeiten?«

Beunruhigt atmete Jaric tief durch. »Ich brauche Arbeit als Schreiber, und ich kann auch Kontenbücher führen. Aber wenn Ihr mich aufnehmt, dann bitte ich Euch, mir Papier und Feder und eine Stunde Zeit zu geben, um eine Botschaft an einen Freund abzuliefern.«

»Nun gut.« Der alte Mann zog eine Schublade auf. Von blauen Adern durchzogene Finger verschwanden in ihrem Inneren und kamen mit einem Bogen Pergament wieder zum Vorschein. Er legte das Papier vor Jaric auf den Tisch und deutete ungeduldig auf die Feder, die in dem Tintenfaß neben seinem Handgelenk ruhte. »Schreib zuerst deinen Brief, Junge.«

Jaric neigte demütig den Kopf. »Ihr seid zu großzügig, Herr.«

Seine Stimme klang nun wieder ruhig, und sein Akzent war zwar schlicht und typisch für die Nordküste, aber seine Aussprache war durchaus kultiviert. Dieser Junge hatte weder Sprache noch Manieren auf irgendeinem Bauernhof erlernt. Seine vernarbten Finger umschlossen die Feder mit erkennbar geübten Bewegungen, und als schließlich Zeile um Zeile in sauberer Schrift auf dem Papier erschien, hörte der Archivar auf, ihn zu beobachten.

»Wie heißt du, Junge?«

Jaric schrieb weiter, ohne innezuhalten, und antwortete mit dem Namen, den ihm die Schmiedegilde von Morbrith gegeben hatte, denn die Erwähnung von Ivains Namen erzeugte allen Ortes nur bösartigen Haß. »Kerainson Jaric, Eure Eminenz.«

»So, junger Kerainson, hast du denn auch ein Quartier?«

Jaric unterzeichnete sein Schreiben und griff instinktiv nach der Sandschale. Geschickt trocknete er die Tinte, ohne die Buchstaben während dieser Arbeit zu verwischen. »Ich habe ein Boot.«

Der Herr der Residenz grunzte widerwillig. »Ohne eine geschlossene Kabine vermutlich. Nun, es regnet nicht. Morgen ist es noch früh genug, dir Bett und Schreibzeug zu besorgen.«

Unsicher blickte Jaric auf. Den Brief an seine Brust gepreßt, wartete er und wagte nicht zu sprechen.

»Geh schon, Junge.« Der Herr der Residenz schob die Brille wieder über die gerunzelte Haut über seiner Nase. »Liefere deine Botschaft ab, aber kehre nüchtern bei Sonnenaufgang hierher zurück. Ich habe drei Archive voller Bücher, die kopiert werden müssen, und nie genug Hände, die Federn zu führen.«

Jaric ließ sich kaum Zeit, seinen Dank auszudrücken, ehe er zur Tür hinausstürzte. Im Wettlauf gegen die Zeit vergaß er, Schwert und Dolch von dem Tisch neben dem Eingang zu holen, bevor er die Schwelle überquerte. Korridor, Stufen und Treppenabsatz verschwammen in seinem hastigen Lauf, und als er den Vorraum durchquerte, beantwortete er die unfreundliche Nachfrage des Sekretärs mit atemlosen Worten.

»Er hat mich angenommen.«

Der Nachmittag war fast vorüber. Die Türme von Landfeste umrahmten einen Himmel, dessen Farbe allmählich in den fahlen Goldton des Sonnenuntergangs überging. Gewiß hatte das Beiboot der *Neumond* inzwischen abgelegt; Jaric rannte zu der Treppe und prallte in vollem Lauf gegen einen Mann, der von draußen hereintrat. Finger umklammerten die Handgelenke des Jungen wie die Fänge einer Eisenfalle. Ein gut dosierter Schlag raubte ihm das Gleichgewicht, und er stürzte mit ausgestreckten Armen gegen einen der steinernen Pfeiler, die das Geländer stützten.

»Warum so eilig?« fragte eine Stimme in schroffem, ärgerlichem Ton. »Seid Ihr gar ein Dieb?«

Jaric schüttelte das Haar aus seinen Augen und blickte zu dem hoch aufgeschossenen Mann mit dem dunkelbraunen Schnurbart auf. Sein Körper war in schwarzgesäumtes Rostbraun gehüllt, und seine sehnigen Hände lagen überkreuzt an seinem Gürtel, die Finger sacht an die Hefte eines juwelenbesetzten Schwertes und eines Dolches gelegt.

»Verzeiht mir, Herr.« Mit Verspätung erinnerte sich Jaric seiner zurückgelassenen Waffen, und seine Finger spannten sich um das Papier, das in seiner Hand leise knisterte. »Ich habe es furchtbar eilig.« Er stieß sich von dem Pfeiler ab und versuchte, einfach an dem Fremden vorbeizugehen.

Der Mann bewegte sich geschmeidig wie ein Fuchs. Stahl sirrte durch seine Scheiden. Blau blitzende Klingen verwehrten dem Jungen den Zugang zur Treppe im frühabendlichen Sonnenschein. »Ich fragte: Seid Ihr ein Dieb?«

Blaß, verärgert und verzweifelt starrte Jaric auf die Waffen, die vor seiner Brust gekreuzt waren. »Ich habe nichts gestohlen! Fragt den Sekretär und laßt mich passieren.«

Die Klingen verharrten so reglos an Ort und Stelle, als wären sie festgenagelt. »Ihr seid nicht sehr überzeugend, Schiffsaffe. Der Sekretär könnte schließlich auch Euer Komplize sein.«

Schockiert keuchte Jaric. Rasch blickte er seinen Gegner an und erkannte, daß er lächelte. Weiß blitzten seine Zähne hinter dem Schnurbart auf; doch die Augen schimmerten noch immer in eisigem

Blau, und die Brauen waren hämisch-fragend hochgezogen, als diente das ganze Zusammentreffen lediglich wohlüberlegter Provokation.

»Warum beleidigt Ihr mich?« fragte Jaric. »Ich habe weder Schwert noch Dolch und verspüre nicht den Wunsch, mich mit Euch zu messen.«

Der Fremde lachte. »Weder Schwert noch Dolch? Dann werde ich Euch wohl an Ort und Stelle aufspießen müssen.«

»O nein«, mischte sich eine Stimme aus dem Hintergrund ein. »Ihr werdet diese Treppe durch Euren Kampf nicht mit Blut besudeln.«

Jaric wirbelte genau in dem Augenblick herum, in dem eine in eine Robe gehüllte Gestalt aus dem Korridor trat. Ungeschickt umklammerte sie mit den Armen zwei vertraute Waffen, die in einen fleckigen grünen Mantel gewickelt waren. Mit angewiderter Miene legte der Sekretär seine Bürde gleich neben Jaric ab. Metall kreischte dissonant wie die Klinge eines Messers auf einem Schleifstein, als der Stoff über die Stufe rutschte.

»Macht Euer Duell anderswo.« Der Sekretär legte seine Hand auf die Messingtürklinke und zog kraftvoll an ihr. »Das ist eine Anordnung des Herrn der Residenz«, fügte er mit affektiertem Grinsen hinzu, als sich das Türblatt in Bewegung setzte.

Krachend fiel die Tür ins Schloß. Jaric schluckte und wirbelte um die eigene Achse, um seinen Peiniger anzusehen. »Seid doch vernünftig. Meine Ungeschicklichkeit ist doch kein Grund für einen Kampf.«

»Doch, mein lieber Junge, weil ich es so will.« Die Hände des Mannes, aus zahllosen Kämpfen über die Jahre vernarbt, zuckten ungeduldig. »Also los.«

Aschfahl richtete sich Jaric zu voller Größe auf. »Ich werde nicht kämpfen.«

»Ach«, sagte der Mann. »Nun, ich denke, Ihr werdet doch kämpfen.« Wieder bewegte er sich so schnell, daß seine Klingen in der Sonne Funken zu sprühen schienen.

Jaric fühlte den Luftzug, der über seine Hände strich. Die Botschaft in seinen Fingern war sauber in zwei Teile getrennt worden. Das abgeschnittene Pergament flog davon, überschlug sich wieder und wieder und kam schließlich auf dem Mantel zur Ruhe. Unerbittlich waren Taens Name und seine eigene Unterschrift in der Mitte zerteilt worden. Für einen Augenblick der Verblüffung vergaß Jaric zu atmen. Dann bückte er sich und griff nach seinen Waffen. Wütend zog er die Klingen und griff an.

Mit zornigem Klirren traf Stahl auf Stahl. Vom ersten Augenblick an war es Jaric klar, daß er es mit einem meisterhaften Schwertkämpfer zu tun hatte. Mühelos parierte der Fremde seinen Angriff, und sofort blitzte seine Klinge in einem Nachstoß auf, den Jaric gerade noch mit dem Heft seines Schwertes abfangen konnte. Die Wucht des Anpralls erschütterte ihn bis ins Mark, doch viel zu wütend, sich darum zu sorgen, schlug er zu, fintete, stürzte voran und gewann zwei Schritt auf den Stufen.

»Wirklich nett.« Der Mann lächelte jenseits der Barriere gekreuzter Klingen. Dann befreite er sein Schwert und schlug erneut zu.

Jarics Fuß trat gegen den Rand der Stufe. Solchermaßen gezwungen, seine Parade hoch anzusetzen, wand er sich, und wie aus dem Nichts durchdrang der Dolch seines Gegners mühelos seine Deckung. Der Knabe fühlte, wie etwas riß, und ein Hauch kalter Luft strich sanft über seine schweißbenetzte Haut. Er hob den Arm, um sich zu decken, und sah, daß sein Ärmel aufgeschlitzt worden war. Doch ebensogut hätte dieser Stoß tiefer gehen und Muskeln und Sehnen durchtrennen können.

Einen Schritt zurückgetrieben, setzte Jaric nach. »Ihr spielt mit mir.« Seine Klinge schlug auf eine Deckung, so unerbittlich wie Felsgestein.

»Vielleicht.« Der Mann in der rostbraunen Kleidung fing sein Schwert mit seinen Klingen und verdrehte die Arme. »Aber dies ist ein Spiel, das Ihr gewinnen müßt, richtig?«

Sehnen spannten sich in Jarics Unterarmen. Während er noch fühlte, wie seine Finger über das Heft der Waffe rutschten, reagierte er, wie Corley es ihn gelehrt hatte und verhinderte so, seine Waffe zu verlieren. Hart schlug seine Ferse gegen eine Stufe, und er erkannte zu spät, daß er einen Schritt auf seinen Gegner verloren hatte.

»Sagt mir«, fragte der Fremde gedehnt, »ist der Brief für eine Dame?«

Voll und ganz damit beschäftigt, sich zu verteidigen, schwieg Jaric. *Stoß, Parade, Riposte* wisperte und klirrte der Stahl, bis die Geräusche schrill in seinen Ohren nachhallten. Die stete Erschütterung des Aufpralls schmerzte in seinen Händen. Irgendwann, unbemerkt, erlitt er eine Schnittwunde am Daumen. Blut benetzte sein Handgelenk, und Schweiß rann schmerzhaft unter den Verband über dem Ergebnis seines morgendlichen Mißgeschicks.

Dann, während sich das Geländer in seinen Rücken drückte und der Atem in seinen Lungen schmerzte, erkannte Jaric seine Chance. Sein Schwert schoß unter der Deckung des Gegners hindurch und hinterließ eine rote Linie über dem Schlüsselbein des Mannes.

Der Fremde hatte sich sofort wieder gefaßt. Er sprang zurück. Sicher landeten seine Füße auf dem

Pflaster am Fuß der Treppe. Dennoch ließ er seine Waffen sinken. Ohrenbetäubend kreischte der Stahl über die Steine. Bereit, ihm nachzusetzen, nahm Jaric die plötzliche Anwandlung seines Gegners überrascht zur Kenntnis. Feucht klebte das Haar an seiner Stirn, als er keuchend innehielt, während der Mann den Ärmelstoff zurückschob und vorsichtig die Wunde an seinem Arm abtastete.

»Was denn, kein Siegesgeschrei?« Die Hand des Mannes hörte auf, sich zu bewegen, und er blickte zu Jaric hinauf.

Jaric sprach das Offensichtliche nicht aus. Der Fremde hätte ihn zuvor jederzeit in Stücke reißen können. In wenigen, atemlosen Minuten hatte der Knabe erkannt, wie erbärmlich unzureichend seine Fertigkeiten waren; vierzehn Tage des Trainings unter Corleys Führung hatten ihm gerade die gröbsten Züge der Technik vermitteln können.

Dieses Mal weigerte sich der Mann, das Schweigen zu brechen. Schaudernd stellte Jaric sein Schwert mit der Spitze auf die Steinplatten und stellte die einzige Frage, die nun noch von Bedeutung war. »Warum habt Ihr mich angegriffen?«

Der Mann versetzte seinem Dolch einen Tritt und stieg die Stufen hinauf. »Aus teuflischem Vergnügen, nehme ich an.« Keine Spur der Erschöpfung zeigte sich in seiner Atmung.

Jaric knirschte mit den Zähnen. »Dann soll der Teufel Euch mit seinen Dämonen holen. *Ich kann es mir nicht leisten, soviel Zeit zu verlieren.*«

Er machte auf dem Absatz kehrt und nahm Gürtel und Mantel an sich. Der zerteilte Brief flatterte unter seinen Füßen auf, als er die Waffen mit ruckartigen, wütenden Bewegungen in ihre Scheiden schob. Eine Hand berührte seinen Ellbogen. Jaric hob die zerstörte Botschaft auf und wirbelte herum, sein Gesicht eine Maske des Zorns.

Doch der Fremde lachte nicht mehr. Mit zerknirschter Miene sagte er statt dessen: »Ich werde es wieder gutmachen.«

»Daran zweifle ich.« Jaric schob sich an ihm vorbei. »Ihr habt keine Ahnung, was Ihr angerichtet habt.«

»Nein.« Achselzuckend schritt der Fremde neben ihm her. »Aber Ihr müßt wissen, daß Ihr durchaus begabt seid. Ich könnte Euch, sozusagen als Ausgleich, unterrichten, und wenn das nächste Mal jemand versucht, Euch aufzuhalten, dann wird Euer Mädchen nicht warten müssen.«

Jaric blieb stehen. Ein bitteres Lachen entstieg seiner Kehle. Er betrachtete den Schwertkämpfer, der sich ein blutiges Taschentuch an das Schlüsselbein preßte und ihn aus hellen Augen ebenso scharf wie neugierig anblickte. Die Züge des Jungen veränderten sich, bis er plötzlich aussah wie Ivain selbst. »Das wird nicht reichen, wiedergutzumachen, was Ihr zerstört habt«, sagte er.

Doch an seinem Tonfall erkannte der Schwertkämpfer, daß Corleys Schützling wohl wußte, wie dienlich es ihm sein konnte, den Vorschlag zu akzeptieren, und nicht ohne eigenes Wohlwollen ergriff er erneut das Wort. »Mein Name ist Brith. Wenn Ihr Euch morgen auf dem Exerzierplatz vor den Quartieren der städtischen Garde einfindet, so können wir mit dem Unterricht beginnen.«

»Ich werde darüber nachdenken.« Jarics Ton war schroff. »*Und nun laßt mich gehen!*«

Nur schemenhaft war die Insel Klein-Dagley vor der untergehenden Sonne zu erkennen, und das Wasser im Hafen von Landfeste schimmerte in tiefem Indigoblau. In der abendlichen Stille rumpelten die letzten Wagen von den Kais. Brith kauerte sich in den Eingang eines Gewürzgeschäftes und beobachtete den Jungen, Jaric, der allein auf dem Anlegesteg herumlungerte. Seewind wehte ihm das Haar aus dem Gesicht und offenbarte das Glitzern unvergossener Tränen in seinen Augen; und jenseits des Leuchtturmes am Rande der schmalen Bucht setzte ein Zweimaster unter den Farben Riffhafens Segel, um seinen Kurs gen Süden zur Insel der Vaere wiederaufzunehmen.

Brith fluchte leise. Er warf sein fleckiges Taschentuch in die Abflußrinne und fragte sich, warum sich der beste Kapitän des Kielmark um einen Jungen sorgen sollte, der gar nicht kämpfen wollte. Der Schwertmeister zuckte die Schultern und fluchte erneut, als die Bänder an seinem Kragen schmerzlich über seine Wunde strichen. Die Bezahlung war großzügig, doch die Vorstellung, die ganze Nacht über wie ein Hund durch dunkle Gassen streunen zu müssen, war ihm nicht einen Augenblick in den Sinn gekommen, als er die Verantwortung für Jaric übernommen hatte.

Beinahe bereit, vorzutreten, um seinem Mündel gut zuzureden, sich zu Bett zu begeben, erstarrte Brith.

Abrupt war Jaric aufgesprungen. Er schleuderte etwas von sich. Sein Arm war nur verschwommen erkennbar. Der Schwertkämpfer duckte sich rasch, als das Objekt auf die Bretter über seinem Kopf prallte. Es fiel herab und rollte schließlich zwischen seine Füße, bis es an der Innenseite seines Stiefels liegenblieb. Brith nahm den Gegenstand an sich, der sich als ein Brief erwies, zerknittert bis zur Unlesbarkeit. Vorsichtig sah der Schwertkämpfer auf und stellte fest, daß Jaric sich erneut bewegt hatte. Verstohlen wie eine Katze folgte er dem Jungen.

Sein Schützling ging zur Hütte des Hafenmeisters und klopfte an die Tür, bis sie von innen geöffnet wurde. Der Bedienstete im Inneren streckte sein zorniges Gesicht zur Tür hinaus und fluchte, bis keine Luft mehr in seinen Lungen war. Obgleich kein Geld den Besitzer wechselte, endete seine Tirade schließlich mit einer Auskunft. Ohne ein Wort des Danks ging Jaric weiter. Er fragte einen Bettler und einen Straßenjungen nach dem Weg, und hielt schließlich, um zwei Kupferstücke ärmer, auf einen Anleger zu, am dem ein Fischerboot alter Bauart knarrend an seiner Vertäuung zerrte.

Brith spannte sich. Sollte der Junge versuchen, abzulegen und den Zweimaster zu verfolgen, so erwartete ihn die unerfreuliche Aufgabe, seinen Schützling aufzuhalten. Doch Corleys Anordnungen waren unmißverständlich gewesen: Jaric sollte im Schwertkampf ausgebildet werden, und unter keinen Umständen durfte ihm gestattet werden, die Küste von Landfeste zu verlassen. Offenbar erkannte der Junge aber, daß seine *Callinde* niemals mit der Geschwindigkeit der *Neumond* unter vollen Segeln mithalten konnte. Er versuchte gar nicht, in See zu stechen, sondern warf nur seine Waffen ungeölt in eine Truhe und streckte sich dann unter seinem Mantel aus. Brith wachte und lauschte und ließ sich schließlich gegen einen feuchten Haufen aus Fischernetzen sinken. Sollte der Knabe weinen, so drang doch kein Geräusch von dem Boot herüber. Möglicherweise schlief er auch endlich, denn an Bord der *Callinde* rührte sich nichts mehr, bis am östlichen Horizont mit silbrigem Schimmer die Morgendämmerung heraufzog.

Bei Tagesanbruch erbebte die *Neumond* im Nebel unter dem Anprall der Wogen. Segel flatterten in der Höhe und spannten sich schließlich mit heiserem Krachen. Ohne Hemd, nur in aller Eile in Hose und Stiefel geschlüpft, erschien Corley auf dem Achterdeck. Rasch warf er einen Blick auf den Kompaß, ohne sich die Zeit zu nehmen, den Offizier vom Dienst zu konsultieren.

Der Steuermann blinzelte gegen die Feuchtigkeit auf seinen Lidern an. »Der Wind dreht.«

»Ich weiß.« Corley starrte über die Reling. Jenseits der Rundungen der Wogen lag der Horizont unter dichtem Nebel verborgen. »Wir fahren direkt in ein Unwetter. Ich kann es fühlen.« Heftig zerrte er am Ruder, während er dem Bootsmann Befehle zubrüllte.

Die Decks der *Neumond* wurden lebendig, als die Männer auf die Takelage zustürmten. Ruhelos beobachtete Corley sie mit kritischem Blick. Als sein Kammerdiener mit einem Hemd neben ihm auftauchte, nahm er das Kleidungsstück mit geistesabwesender Miene entgegen.

»Wo ist die Traumweberin?« Er zog die Riemen am Kragen stramm und korrigierte den Sitz seiner Ärmelstulpen, die Augen starr auf die Aktivitäten über seinem Kopf gerichtet.

Feinfühlig auf die Stimmung seines Kapitäns bedacht, antwortete der Diener kurz und bündig. »Das Mädchen schläft, Kapitän. Sie war sehr still.«

Zu still, wie Corley befürchtete, doch er gab seine Gedanken nicht preis.

Sein Schweigen veranlaßte den Diener zu weiteren Worten. »Ich nehme an, sie vermißt den Jungen. Jeder Mann mit Augen im Kopf konnte sehen, daß sie einander nahestanden.«

»Genug!« schnappte Corley. Mit den Fingern

strich er durch sein wirres, haselnußbraunes Haar, ehe er den Diener mit einer Geste davonscheuchte. »Ich werde bald unten sein, um nach ihr zu sehen.«

Taen mochte sich um Jaric grämen; doch dem Kapitän war nicht entgangen, daß sie nicht an Deck gekommen war, um ihrem Freund Lebewohl zu sagen. Seit sie Landfeste hinter sich gelassen hatten, hatte sie sich rar gemacht, ein Verhalten, das nichts mehr mit ihrer früheren Neigung, mit im Wind fliegenden Haaren auf dem Bugspriet zu reiten, gemein hatte. Zu dem Mädchen, das bei der Verteidigung von Riffhafen einen so kämpferischen Geist gezeigt hatte, paßte es einfach nicht, nun aus sentimentalen Gründen vor sich hin zu schmachten. Doch angesichts eines drohenden Sturmes, während eben die Segel über ihm eingeholt wurden, würde sich kein Kapitän des Kielmark, der seine Heuer wert war, unter Deck erwischen lassen. Taens Launen würden warten müssen.

Corley prüfte die Krängung des Schiffes und kontrollierte erneut mit sorgenvoll gerunzelter Stirn den Kompaß. Taue knarrten in den Seilrollen auf den Masten, als die Matrosen die Segel einholten. Von der Brise zerrissene Nebelschwaden trieben zwischen den Spieren hindurch. Schwer rollten die grauen Wogen unter dem Rumpf hindurch, während der Wind wispernd über die Wasseroberfläche strich. Ohne Zweifel hatte sich der Wind gedreht. Um schneller voranzukommen, hatte Corley einen Westkurs durch den engen Kanal gewählt, der Landfeste von Innishari trennte. Der *Neumond* blieb nur wenig Raum zu manövrieren. Sollte das Wetter sich noch vor der Mittagsstunde verschlechtern, so würden sie umkehren müssen. Besorgt schritt der Kapitän in Diensten des Kielmark auf und ab. Die Bedingungen würden unausweichlich härter werden. Zu viele Jahre hatte er auf See verbracht, um sich zu irren. Er konnte die Zeichen fehlerlos deuten, und sollte, wie er befürchtete, die Traumweberin in irgendwelchen Schwierigkeiten stecken, so hatte er nur den einen Wunsch, so schnell, wie Schiff und Mannschaft es zuließen, vor der Insel der Vaere vor Anker zu gehen.

Sonnenschein drang durch den Nebel, während der Tag voranschritt, und zauberte glitzernde Reflexionen auf die Wasseroberfläche. Doch die Helligkeit sollte sich als äußerst kurzlebig erweisen. Angetrieben von dem auffrischenden Wind, wehten Gewitterwolken von Süden herbei, und der Nebel verfärbte sich in ihrem Schatten schauriggrün. Ohne Klüver und Marssegel fuhr die *Neumond* hart am Wind, erschüttert von den Wogen, die mit der Gewalt einer Kriegsmaschinerie gegen den Rumpf donnerten. Spritzwasser ging in dichten Schwaden auf das Achterdeck nieder.

Durchnäßt schüttelte Corley das Wasser aus seinem Schopf und brüllte dem Bootsmann Befehle zu. »Refft das Großsegel! Und schick deinen langsamsten Mann runter, die Luken zu schalken.«

Während seine Männer über ihm ausschwärmten, stieß sich der Kapitän von der Reling ab und wäre beinahe gegen den Diener geprallt, der ihm einen Mantel aus geölter Wolle reichte.

Corley preßte ein Wort des Dankes hervor und nahm das Kleidungsstück entgegen. »Wie geht es der Traumweberin?«

Der Diener schien überrascht. »Ich weiß es nicht, Herr.«

»Warum nicht?« Die Nadel zum Verschließen des Umhangs in Händen, formulierte Corley unerwartet seine nächsten Worte: »Ich dachte, ich hätte dir befohlen, nach ihr zu sehen?«

»Vergebt mir, Herr.« Eine steife Brise zwang den Diener, lauter zu sprechen. »Ihr sagtet, Ihr wolltet selbst nach Taen sehen.«

Corley rammte die Nadel durch den Stoff und zerrte den Umhang eng um seine Schultern. »Verdammtes Wetter«, entgegnete er. »Das habe ich in der Tat gesagt. Würdest du das an meiner Stelle erledigen und dann zurückkommen und mir berichten?«

»Aye, Herr, sofort.« Der Diener machte sich auf den Weg.

Corley eilte zum Kompaßhaus, starrte den Kompaß finsteren Blickes an und fluchte erneut. »Bei den Feuern Kors, der Wind dreht schon wieder. Am Ende werden wir Westwind haben, aber nun können wir so oder so nichts mehr tun.« Besorgt sah er seinen Steuermann an. »Ich mag diesen Abtrieb nicht. Scheint, als bekämen wir es mit einem Herbststurm zu tun.« Keiner der Männer erwähnte das Offensichtliche: mit den Inseln von Islamere im Osten, mochte Westwind die *Neumond* auf Nordkurs zwingen.

»Pech«, murmelte der Steuermann.

Heftig wie ein Peitschenhieb entgegnete Corley: »Meinst du?«

Der Offizier wurde bleich. »Was sonst? Dämonen haben keinen Einfluß auf das Wetter, und Anskiere ist im Eis gefangen.«

Eine Böe jagte über das Schiff. Segeltuch donnerte, und die Neumond legte sich bedrohlich auf die Seite. Wasser zerrte am Ruder, und das Steuerrad entglitt mit lautem Knarren dem Griff des Steuermanns. Corley sprang vor und packte die Sprossen, nutzte sein ganzes Gewicht, um den Zweimaster auf Kurs zu halten. Für einen Augenblick brauchten beide Männer ihre ganze Kraft, während sie sich mit den Füßen gegen das Deck stemmten. Dann legte sich der Wind, und der Druck desWasser nahm ab.

»Bootsmann, schick dem Steuermann einen Matrosen zu Hilfe!« In dem Augenblick, da der Seemann erschien, um ihn abzulösen, warf der Kapitän rasch einen Blick ins Logbuch und zog sich unter Deck zurück.

Auf dem Rückweg aus Taens Kabine fand der Diener seinen Kapitän im Kartenhaus. Flackerndes Licht fiel von einer hin und her schwingenden Öllampe über Corleys Schultern, wurde blitzend von den Salzkristallen in seinem Haar reflektiert, als er sich mit Stift und Zirkel in Händen vorbeugte, um die Position des Schiffes zu bestimmen. Geduldig wartete der Diener, bis sein Herr aufblickte.

»Käpt'n, besser Ihr seht selbst. Die Traumweberin ist krank. Ich konnte sie nicht aufwecken.«

Entschlossenheit warf einen dunklen Schatten über Corleys Augen. Nach einem Augenblick sagte er leise: »Beim Großen Untergang, das sind keine guten Nachrichten.« Sollten die Vaere beschlossen haben, sie auf diese Weise für ihren Treuebruch zu strafen, so hätten sie keinen schlimmeren Augenblick auswählen können.

Er richtete sich auf und löschte die Öllampe. Auf der Leiter, die von dem Kajütgang zum Achterdeck führte, öffnete er den Lukendeckel. Eisig drang der Geruch von Regen und Seewasser in die Kabine, als er gegen den Sturm anbrüllte. »Wendet das Schiff. Wir müssen auf Nordostkurs umschwenken.«

Mit dem von Westen aufziehenden Sturm blieb ihnen keine andere Wahl. Islameres zerklüftete Küste war zu nahe, um eine sichere Passage zu gewährleisten, und ihnen blieb nicht genug Zeit, die südlichen Riffe der Insel hinter sich zu bringen; enttäuscht und besorgt gab Corley seine Pläne für eine schnelle Reise auf, denn die Insel der Vaere lag geradewegs im Süden.

Der Kapitän schlug die Luke zu und sicherte eilends die Leinen. »Hol den Heiler«, schnappte er, und während der Diener davonstürzte, machte er sich auf den Weg zu Taens Kabine, ohne sich auch nur seines durchnäßten Umhangs zu entledigen.

Kapitel 7

TRAUMSTÜRME

Stürmische Winde heulten durch die Takelage und schüttelten die *Neumond* erbarmungslos. Spritzwasser stob um ihren Bug auf wie Schaum vor dem geifernden Maul einer Bestie. Taen, die Traumweberin, hörte das Donnern und das Rauschen der von dem Unwetter aufgewühlten See. Verzweifelt versuchte sie zu erkennen, ob diese Wahrnehmungen real oder nur eine weitere Sequenz jener Alpträume war, die von ihr Besitz ergriffen hatten, seit Jaric an diesem Morgen in Landfeste das Schiff verlassen hatte. Doch als wären ihre Sinne gelähmt, blieb ihr Geist von Dunkelheit umfangen.

Eine Türangel kreischte ähnlich der in der Hütte, in der Taen ihre Kindheit verbracht hatte. Orangefarbenes Licht durchströmte ihre Wahrnehmung, und in seinem Mittelpunkt erkannte sie vage die stecknadelkopfgroße Flamme. Eine männliche Stimme rief ihren Namen. Unfähig zu antworten, rührte sie sich nicht. Das Licht kam näher, fiel blendend über ihr Gesicht, und sie konnte den Gestank des heißen Öls riechen.

»Taen, Traumweberin«, wiederholte der Mann. Stoff raschelte ganz in der Nähe. »Du hast recht, sie schläft nicht. Was in Keithland hat sie nur?«

Taen hatte diese Stimme schon einmal gehört, und nun bemühte sie sich angestrengt darum, sich zu erinnern, wo; für einen Augenblick nahm ein Bild in ihrem Geist Gestalt an, zeigte ihr den Kielmark, der Karte um Karte auf dem Tisch in seinem Privatgemach in Riffhafen ausbreitete. Dann schlossen sich erneut die Schleier des Deliriums über ihr, und Worte hallten wie Echos durch die Finsternis.

.«.. irgend etwas ist ganz und gar nicht in Ordnung.«

Finger schlossen sich um Taens Handgelenk. Schatten durchschnitten ihre Wahrnehmung, hervorgerufen von einer Präsenz, so schneidig und gefährlich wie Schwertstahl. Die Traumweberin schrie in den Tiefen ihrer Trance auf. Keuchend erkannte sie endlich, daß die Person, die sie berührte, keinem Alptraum ihres bekümmerten Geistes entsprungen, sondern ein Mensch aus Fleisch und Blut war. Die Sorge des Mannes drang in die Tiefen ihres Bewußtseins, bis ihr Traumsinn von dem Nachhall zu dröhnen schien. Die Finger an ihrem Arm veränderten die Lage, übergaben ihren kraftlosen Leib der Obhut eines anderen, von dem ihr warme Fürsorge entgegenströmte. Ein Becher berührte Taens Lippen. Brennende Flüssigkeit rann über ihre Kehle. Sie rührte sich, würgte, doch nach einem kurzen Augenblick klärte das Elixier ihren Geist. Zitternd öffnete sie die Augen.

Verschwommen im hellen Licht der Lampe erkannte sie allerlei Gesichter unter den niedrigen Deckenbalken der Kabine: die verhutzelte Visage des Heilers, den kahlen Kopf des Kammerdieners und das bärtige Antlitz des Kapitäns des Kielmark, salzverkrustet und von innerem Feuer erfüllt repräsentierte es jenen Charakter, der ihr die Vision der kampfbereit erhobenen Schwerter eingebracht hatte.

Corley ergriff das Wort, ehe irgend jemand reagieren konnte. »Kors Gnade, sie kommt zu sich.« Tief sanken seine Hände in die Decke neben dem

Körper der Traumweberin, als er sich dicht über sie beugte, wobei er ganz bewußt die Bitte des Heilers ignorierte, ihr Raum und Luft zu lassen. »Mädchen, was ist los mit Euch?«

»Ganz sicher ist das keine gewöhnliche Krankheit«, schnappte der Heiler hinter ihm. »Laßt mich zu ihr.«

Corley bedeutete ihm mit einem ungeduldigen Winken zu schweigen. »Taen?«

»Ich weiß es nicht.« Benebelt und verwirrt wie sie war, wünschte sich die Traumweberin doch, sie würde nicht wie ein verirrtes Kind klingen. »Mein Traumsinn scheint außer Kontrolle zu sein. Ich habe Visionen ….« Ihre Stimme verlor sich, und ihre eigenen Worte versetzten sie in Angst und Schrecken. *Was war mit ihrer Gabe geschehen?* Doch die Furcht weckte ihren Geist, und ihre Stimme wurde kräftiger. »Corley, was auch immer geschieht, du mußt mich zu der verwunschenen Insel bringen. Tamlin von den Vaere wird wissen, was zu tun ist.«

»Ich werde Euch sicher hinbringen.« Mit unerwartet grimmiger Miene richtete Corley sich auf. Abrupt zog er sich von ihrem Lager zurück und duckte sich unter der Tür hindurch, jedoch nicht, ehe Taen seine Gedanken erfühlt hatte: *wie konnte er ihr auch sagen, daß ein Sturm den Zweimaster zur Unzeit nach Norden von seinem Kurs abgebracht hatte?*

Von der lästigen Anwesenheit seines Kapitäns befreit, kratzte sich der Heiler an seinem bärtigen Kinn, ehe er sich seiner Aufgabe annahm. »Hinaus!« bellte er den Kammerdiener an. »Das Kind braucht keine Gaffer, die unnütz im Wege herumstehen.«

Taen rührte sich, als er den Diener zur Tür hinausjagte. »Es macht mir nichts aus«, sagte sie.

»Aber gewiß doch.« Der Heiler stellte seinen Medizinbeutel auf einer Seemannskiste in der Ecke ab und schüttelte gereizt den Kopf. »Ihr seid viel besser dran, wenn diese Plaudertaschen nicht ständig die neugierigen Nasen zur Tür hereinstecken.«

Der Mann entzündete eine Kohlenpfanne auf einer Schieferplatte. Das unruhige Schwanken des Zweimasters schien ihn in seiner Arbeit nicht zu behindern, denn er verschüttete nichts von dem Inhalt seiner Phiolen, als er sich aufmachte, einen von beißendem Gestank umwogten Kräutertrank zuzubereiten. Heroisch ihren Widerwillen überwindend trank Taen, als der Diener eben mit einer Schale heißer Suppe zurückkehrte. Grummelnd gestattete der Heiler ihm, einzutreten. Dann vergewisserte er sich, daß Taen aß, ehe er schließlich seinen Beutel packte und die Kabine verließ. Taen schlief. Für einige Tage kehrten die Träume, die sie gequält hatten, nicht wieder zurück.

Doch das Unwetter wurde schlimmer. Der Wind erreichte Sturmstärke, jaulte wie ein Dämon aus westlicher Richtung herbei und trieb die Gischt vor sich her. Bis auf die kahlen Spieren entblößt, wurde die *Neumond* von den Wogen hin und her geworfen, und grünlich schimmerndes Seewasser ergoß sich über ihr Mitteldeck. Naß wie Seehunde kauerten sich die dienstfreien Matrosen auf dem Vorderdeck aneinander. Gemeinsam mit seinem Steuermann dem peitschenden Wind ausgesetzt, versah Corley Tag und Nacht auf dem Achterdeck seinen Dienst.

Taen lernte, das monotone Rumpeln der Bilgenpumpen zu ignorieren. Wie die Mannschaft begnügte sie sich mit kalten Mahlzeiten; die See war zu rauh, um ein Feuer in der Kombüse zu entzünden, und ohne diesen warmen Herd wurde es unter Deck des Zweimasters feuchtkalt und trostlos. Aber

Taen war die Tochter eines Fischers. Unannehmlichkeiten ebenso gewöhnt wie die Gefahren des Meeres, plagte sie die Männer so lange, bis sie ihnen ein Lachen entlocken konnte, und mischte dem Koch roten Pfeffer unter das Essen, auf daß er sich nicht länger beklagen konnte, seine Mahlzeit wäre nicht heiß. Als der Heiler sah, wie ihre strahlende Laune die Stimmung an Bord des Zweimasters vom Bug bis zum Heck hob, ahnte nicht einmal er, daß der verwirrende Bann wieder über sie hereingebrochen war. Taen kämpfte hart, um auf den Beinen zu bleiben. Während sie ihre Kraft und ihren Geist verbrannte, als würde sie Kerzen entzünden, wußte sie, daß die Träume sie erneut überwältigen würden, sollte sie sich zum Schlaf in ihre Koje zurückziehen.

Dann, zwei Tage später, zog jener Morgen herauf, an dem die Wache in der Dämmerung tropfnaß die Kombüse betrat. Die Männer riefen sich heisere Scherze über das Wasser zu, das ihre Haare kräuselte, bis einer nach dem anderen plötzlich in Schweigen verfiel, als sie Taen, deren Haut sich unter ihren Händen trocken und heiß anfühlte, ausgestreckt an einer hölzernen Kiste entdeckten.

»Informiert den Käpt'n!« rief der Bootsmann.

Wenig würdevoll aus seiner Hängematte gerissen, bahnte sich der Heiler mit Hilfe seiner Ellbogen einen Weg durch die gaffenden Matrosen, nur um Corley, der eben vom Achterdeck herbeigeeilt war, an Taens Seite vorzufinden.

Der Kapitän ging in der Kombüse auf und ab, bis der Heiler seine Diagnose stellte: dieses Mal war das Mädchen zu weit abgetrieben, als daß menschliche Bemühungen noch hätten helfen können. Ihre Heilung, falls es eine geben konnte, lag allein in den Händen der Vaere.

»Bringt sie in eine Koje.« Corley schloß die rotgeränderten Augen, und für einen Augenblick übermannt ihn Schwäche und Ermattung. Dann schüttelte er sich wie ein Hund und fügte hinzu: »Der Sturm läßt nach. Nach Sonnenaufgang sollten wir in der Lage sein zu wenden und Kurs gen Süden zu setzen.«

Doch um die Mittagszeit behinderte das Wetter erneut seine Pläne. Die schweren Wolken brachen auf, wichen einem kobaltblauen Himmel. Kapriziöse Winde erhoben sich, wehten von hier und dort und legten sich wieder. Die *Neumond* schaukelte ruhiger auf den ausrollenden Sturmwellen. Ihre Segel donnerten an den Masten, und der Rauch des Kombüsenfeuers stieg beinahe senkrecht in die Höhe. Schweigend nahm Corley seine Sichtungen vor und widmete sich den Karten. Sturm und Strömung hatten die *Neumond* weit nach Nordosten abgetrieben und viele Meilen von ihrem vorgegebenen Kurs entfernt. Die Insel der Vaere lag, günstige Bedingungen vorausgesetzt, zwanzig Tage südlich von ihnen; doch ohne Wind in den Segeln trieb der Zweimaster hilflos im Meer. Plötzlich empfindlich gegenüber den Schmerzen in seinem erschöpften Leib, legte der Kapitän den Zirkel zur Seite und bellte nach dem wachhabenden Offizier.

Der Mann erschien mit Verspätung. Schroff, ja beinahe rüde, verlangte Corley, den Grund für die Verzögerung zu erfahren, nur um sich sogleich mit weiteren schlechten Nachrichten konfrontiert zu sehen. Die Inspektion des Frachtraumes hatte ergeben, daß sich zahlreiche Fässer aus ihrer Vertäuung gelöst hatten; der größte Teil der Wasservorräte war durch eindringendes Meereswasser verdorben worden.

Während der Offizier Bericht erstattete, widerstand Corley mühsam dem Drang, die Hände vor das Gesicht zu schlagen. Die *Neumond* würde innerhalb von acht Tagen vor Anker gehen müssen, um Wasser aufzunehmen, anderenfalls würde die Mannschaft Durst leiden müssen. *Möge Kor die Unschuldigen schützen*, dachte Corley; das Mädchen, das die Stimmung seiner Matrosen während eines der schlimmsten Stürme hochgehalten hatte, die die Corinsee je erlitten hatte, mußte nun auf mehr als nur auf den Wind warten, bis ihr selbst Hilfe zuteil werden konnte.

Taen fühlte die Hände nicht, die sie, eingehüllt in Decken, von den Planken der Kombüse hoben und in die schmale Koje der Heckkabine trugen. Verloren im Labyrinth ihrer Träume wußte sie nichts von den Bemühungen des Heilers, sie zu wecken, noch reagierte sie auf das Krachen und die lauten Befehle, die aus dem Frachtraum herüberhallten, in dem Matrosen damit beschäftigt waren, die umgestürzten Fässer zu sichern. Ihr Geist verfolgte seinen ganz eigenen Kurs. Gestalten lenkten sie ab, jagten Farbströmungen an ihrem inneren Auge vorbei; dann zogen sie vorüber, und die Bilder vereinigten sich zu einer Welt aus Zwielicht und Schatten. Taen trieb dahin; vergessen waren Zeit und Bewußtsein.

Später schwand das Licht völlig. Eingehüllt in tiefste Nacht segelte Taen durch eine endlose Leere. Weder Mond noch Sterne durchbrachen die Tiefe; keine Laterne wies ihr den Weg in einen Hafen oder zu einer Schwelle, hinter der sie Frieden und Ruhe finden konnte. Wie lange sie dahintrieb, blieb unergründlich, doch schließlich veränderte sich die Qualität der Schwärze unmerklich, und sie nahm einen winzigen Lichtpunkt war. Fern, doch warm wie eine Kerzenflamme, zog das Licht sie an wie eine Motte.

Die Blindheit löste sich von Taens Traumsinn, und sie fand sich in einem staubigen Mansardenzimmer voller Bücher wieder. Die Schatten des Nachmittags fielen über einen Schreibtisch, an dem sich Jaric über ein Pergament und eine Schriftrolle mit vergoldeten Holzstegen beugte. Ein kurzes Schaudern erfaßte ihn. Obgleich es in dem Raum weder kalt noch finster war, hielt er inne, legte seine Feder beiseite und entzündete mit tintenverschmierten Fingern die Öllampe auf dem Tisch.

»Laß nur, Junge.« Ein Schreiber mit wirrem silbernen Haar schlurfte hinter einem Bücherregal hervor. »Hat doch keinen Sinn, jetzt die Lampe anzuzünden. Wenn deine Augen zu müde sind, dann machst du eben morgen mit der Übertragung dieser Abhandlung weiter.«

Jaric rieb sich den steifen Nacken. »Und es macht Euch wirklich nichts aus, Bruder Handred?«

Der Alte nahm seinen Stock von der Rücklehne eines Stuhles und humpelte durch das Zimmer. Durch den Staub auf seinen Ärmelstulpen, der in eine Sammlung von Essensspuren unterschiedlichen Alters überging, erkannte Taen, daß er die tiefblaue Robe der Bruderschaft Kors trug. »Der Herr der Residenz hat mir erzählt, daß du die ganze Nacht hiergewesen bist.«

»Ich habe gelesen«, gestand Jaric. »Vor Einbruch der Dämmerung habe ich nicht mit meiner Arbeit begonnen.«

»Nun, dann mußt du arg müde sein.« Den Kopf schiefgelegt, wie Vögel es zu tun pflegen, blätterte der Priester in den aufgestapelten Pergamentbögen neben Jarics Arm. Die Schrift war sauber und gleichmäßig und vermutlich fehlerlos; wie vernarbt seine Hände auch sein mochten, dieser Junge war sehr gut ausgebildet worden. »Für einen Tag hast du genug geleistet.«

Schmerzhaft empfand Taen Jarics Erschöpfung durch die Traumverbindung, als er sich mühsam erhob. »Kann ich dann gehen?«

Der Priester nickte. »Iß etwas, und schlaf ein wenig. Um so besser wirst du morgen arbeiten.«

Doch Jaric dachte gar nicht daran, sich auszuruhen, als er seinen Stuhl zurückschob und sich einen Weg zwischen den Bücherstapeln hindurch zur Tür bahnte. Der Junge, den die *Neumond* in Landfeste abgeliefert hatte, veränderte sich. Die Ausbildung durch Corley und einen anderen Schwertkämpfer namens Brith hatte seinen Charakter zu einer Form geschmiedet, die wenig Raum für Schwächen ließ. Mehr und mehr zwang ihn die reine Not, sich der Ängste zu entledigen, die seine Kindheit in Morbrith vergiftet hatten. Er vergaß nicht, sich Schwert und Dolch umzuschnallen, ehe er auf die Straßen hinaustrat. Inzwischen vertrauter mit Landfeste, wählte Jaric Nebenstraßen und wenig belebte Gassen auf seinem Weg. Innerhalb weniger Minuten hatte er den Hafen erreicht.

»Almosen, junger Herr«, rief ein einarmiger Bettler, der an einem Poller lehnte. Ein räudiger Kater kauerte zu seinen Füßen, und seine Kleider, die so oder so nur noch aus Flickwerk bestanden, hatten neuerliche Reparaturen an Ellbogen, Knien und Stulpen bitter nötig.

Mit dem unmittelbaren Reflex der Gewohnheit warf Jaric dem Burschen ein Silberstück zu.

»Habt Dank.« Der Bettler verstaute das Geldstück in seinem Stiefel und richtete sich mit schiefem Grinsen auf. »Hab' auf Euer Boot aufgepaßt,

Meister. Besser, Ihr schaut nach der Bugleine an Steuerbord. Sie ist nach dem Sturm ein bißchen ausgefranst.«

Jaric wartete, während ein Wagen an ihnen vorbeirumpelte. »Ich bin so schnell gekommen, wie ich konnte.« Dann griff er in seine Tasche, auf der Suche nach einer weiteren Münze.

»Laßt nur, Junge.« Der Bettler zuckte die Schultern. »Durch Eure Hilfe geht es mir schon gut genug.«

Jaric warf das Kupferstück in die Luft. »Dann nimm es für deine Katze. Ich muß schließlich keine Familie ernähren.«

»Aye, gern.« Mit einer schnellen, geschmeidigen Bewegung fing der Bettler das Geldstück auf, und Taen sah, wie er Jaric nachstarrte, als jener zu dem Anleger lief, an dem die *Callinde* vertäut war.

Mit den Sorgen und Taten des Jungen durch ihren Traumsinn verbunden, ging auch das Mädchen an Bord des alten Bootes. Nachdem er sich mit einem raschen Blick vergewissert hatte, daß die Planken trocken waren, beugte Jaric sich über die Bugreling und strich mit den Händen über das Haltetau, das der Bettler erwähnt hatte. Ausgefranste Stränge liefen über seine Handflächen; das Tau mußte zweifellos ersetzt werden. Von der tiefstehenden Nachmittagssonne geblendet, ging Jaric zum Heck und öffnete die Ausrüstungstruhe. Auf der Suche nach dem Ersatztau wühlte er in dem zusammengefalteten Stoff des Fockmastsegels, als er plötzlich mitten in der Bewegung erstarrte. Taen fühlte das Frösteln, das über seinen Körper lief. Erschrocken teilte sie die beklemmende Erkenntnis, als er tief in die Kiste griff und ein Objekt aus ihr hervorzog, das einfach nicht hätte dortsein dürfen. Jaric ließ sich an die Ruderbank sinken – das kalte

Eschenholz einer Flöte in den verkrampften Fingern. Intarsien funkelten silbern, als er sie zwischen seinen Händen drehte; schnell und heiser pumpten seine Lungen die Atemluft.

Besorgt drang Taen tiefer und begegnete einer großen Furcht, doch sollte sie den Grund dafür nicht erfahren. Als hätte ihn die Berührung ihres Traumsinnes geweckt, versteifte sich Jaric. Abwehrend spannte er die Finger, und das feingearbeitete Holz der Flöte brach entzwei. Splitter leuchteten im Sonnenschein, fielen kaum hörbar auf die Planken; und Taen schrie auf, denn als das Eschenholz brach, hallte ein Wehklagen tiefster Sorge durch ihren Geist.

Ohne nachzudenken protestierte sie. *›Jaric, nein!‹* Die Schöpfer dieser Flöte hatten sie ohne böse Absicht dargeboten. Sie wünschten lediglich, ihm zu helfen, ihn vor jedem Leid zu schützen.

Doch die Worte der Traumweberin in seinem Bewußtsein ließen den Knaben lediglich erneut aufschrecken. Mit schuldbewußter Geste warf er das zerbrochene Instrument in das Hafenbecken. Als es außer Sichtweite gesunken war, erkannte Taen, daß die Erinnerung an seine Herkunft mit einem anderen Ereignis in Verbindung stand, daß Jaric keinesfalls preisgeben wollte. Unwillkürlich suchte sie nach den Hintergründen; und der Anleger, an dem die *Callinde* vertäut war, verschwand, fortgewischt von dem Heulen des Windes über unwirtlichem Land.

Taen blickte aus der verschnörkelten Fensteröffnung eines Turmes auf einen felsigen Ort. Von einigen schuppigen Flechten abgesehen, erstreckten sich Hügel kahl bis zu einem grauen Horizont. In ihren Träumen gefangen, wußte das Mädchen, daß es aus einem Fenster, weit jenseits von Landfeste, ja, gar jenseits der Grenzen von Keithland selbst, blickte. Während sie noch überlegte, wie die Gedanken aus Jarics Geist sie hierher hatten führen können, fühlte sie eine Bewegung in dem hinter ihr liegenden Gemach.

›*Er wird alles sein, was Ihr gehofft habt, und noch mehr*‹, sagte eine Stimme, die klang wie das Knirschen rostigen Metalls.

Die Worte gehörten zu keiner von Menschen gesprochenen Sprache, doch dank ihrer Gabe als Traumweberin verstand Taen ihre Bedeutung. Von namenloser Furcht erfaßt, wandte sie sich vom Fenster ab, um den Raum in Augenschein zu nehmen. Karmesinrote Teppiche bedeckten ein Podest unter einer gewölbten Steindecke. Eine spiegelnde Wasserfläche, umrahmt von schwarzgeädertem Marmor, reflektierte einen Tisch und einen Stuhl, auf dem eine Gestalt mit gelben Augen saß, die keine menschlichen Züge aufwies.

›*Bringt ihn hierher*‹, forderte der Dämon auf dem Podest. Seine Stimme klang wie der Pfiff einer Flöte. Er beugte sich vor, und seine fleckige, schuppige Haut legte sich in Falten. Orangefarbene, dornenförmige Auswüchse bewehrten seine Fingerspitzen, seine Ohren und die Panzerplatten, die unter dem Saum der Kleider zum Vorschein kamen, welche seinen dürren Körper einhüllten. Goldketten glitzerten an seinen Fußgelenken.

›*Ich trete ein, Lord Scait.*‹ Der Sprecher trat aus dem Schatten eines Vorraumes. Wie ein Buckliger bewegte er sich durch den Raum, gefolgt von zwei anderen, die eine offensichtlich leidende oder verwundete Gestalt stützten. An den fleischigen Rundungen ihrer Kiemenlappen erkannte Taen die krötenartigen Thienz, Empathen, die den Angriff gegen Riffhafen unterstützt hatten. Im Tageslicht so gut wie blind, näherten sich die Dämonen auf gummiartigen, mit Schwimmhäuten ausgestatteten Füßen. Gewaltige Hauben klirrten auf ihren Köpfen, Perlen und Juwelen folgten dem Rhythmus ihrer unbeholfenen Schritte. Neben der Spiegelfläche blieben die Dämonen stehen. Kopfüber reflektierte sie die Wasseroberfläche, als sie der Gestalt auf dem Podest ihren Respekt erwiesen. Sorgfältig betrachtete Taen das Wesen, daß hölzern und vornübergebeugt im Griff der drahtigen Thienzfinger hing. Und das Herz wollte ihr in der Brust zerspringen, denn dort war kein Dämon, sondern ein Mensch in zerlumpter, fleckiger Kleidung.

Schwarzes Haar fiel wirr über den schmutzigen Stoff an seinem Kragen. Seine Seemannsstiefel waren abgetragen und sein Gesicht eine Totenmaske vollkommener Erschöpfung. Als sie seine Züge in der spiegelnden Wasseroberfläche klar erkennen konnte, verschlug es ihr den Atem; denn der Mann zwischen den scheußlichen Gestalten der Thienz-Dämonen war kein anderer als Marlson Emien, ihr eigener Bruder, den sie zuletzt gesehen hatte, als er unter dem Turm von Elrinfaer vor Jarics Schwert geflohen war. So leblos und desinteressiert wie Emiens Miene nun aussah, hatte seine Schwester sie nie gesehen.

›*Dies ist der Andersdenkende, der die Nachfolge der Hexe Tathagres antritt?*‹ fragte Scait auf dem Podest. ›*Er ist aus freiem Willen hergekommen, sagt ihr. Ist das richtig?*‹

Emien gab durch nichts zu erkennen, ob er dem Gespräch folgen konnte. Seine Augen strahlen in starrem, kaltem und leidenschaftslosem Blau, während die Dämonen in Bildern über ihn sprachen, die in keine Sprache auf Keithlands Boden hätten übersetzt werden können.

›*Herr, das ist richtig.*‹ Der Sprecher der Thienz trat an den Rand des Wasserspiegels. Perlen klimperten neben dem Kiefer seines unförmigen Kopfes. ›*Dieser Emien-der-war begehrte die Macht seiner Herrin-die-tot-ist. Er hat gemordet, um sie zu erringen. Seht nur, Herr, mächtigster-und-erhabenster, dort sind Brandwunden auf dem Menschenfleisch an seinen Händen. Das beweist, daß die Kristalle, einst-aus-der-Llondelei-geraubt, uns die permanente Herrschaft über seinen Leib verleihen. Sein Schicksal liegt in Euren Händen.*‹

Scait fletschte zwei Reihen rasiermesserscharfer Haifischzähne. ›*Ist er begabt? Information! Bringt ihn näher, damit ich seine Kräfte prüfen kann.*‹ Der Echsendämon winkte mit seinen spindeldürren Fingern.

Die Thienz-Dämonen drängten sich dicht aneinander. Obgleich klein und unbeholfen in ihren Bewegungen, erwiesen sie sich als erstaunlich stark. Mit ihren durch Schwimmhäute verbundenen Krötenfingern trieben sie Marlson Emien an dem Spiegelbecken vorbei und drückten ihn bäuchlings auf den Teppich vor dem Podest.

Der Dämonenherrscher erhob sich, und Taen erkannte mit dem unfaßbaren Entsetzen, daß sein Thron aus präparierten menschlichen Überresten bestand. Von dem verzweifelten Wunsch durchdrungen, sich von dem Bild abzuwenden, doch unfähig, sich der Erkenntnis über das Schicksal ihres Bruders zu entziehen, wimmerte sie in den Tiefen ihrer Trance, als der dämonische Gebieter des Schattentempels seine stacheligen Hände an die Seiten von Emiens Kopf legte.

Die Untersuchung mußte grausam sein, den der Körper des Jungen bäumte sich trotz des Drucks der Thienz am Boden auf. Jämmerlich hallte sein Schrei von der gewölbten Decke des Saales wider, doch ihm war keine Gnade vergönnt. Scait, der Dämonenherrscher, beendete seine Prüfung mit der Zufriedenheit eines Aasfressers, der sich an verwesendem Fleisch gesättigt hatte. Gelbe Augen blitzten erfreut, als er den Thienz seine Erkenntnisse übermittelte.

›*Er hat seine Fähigkeiten, dieser Menschling, der Keithland entrissen wurde! Das verborgene Potential eines Zauberers, habt-ihr-nicht-gesehen; hätte er nicht der Treue zu den seinen abgeschworen, er hätte-gehen-können zu den Vaere und viel Sorge über uns bringen können, so wie es Ivain und Anskiere vor ihm getan haben.*‹ An dieser Stelle gab der Dämon ein belustigtes Krächzen von sich. ›*Nun ist er unser. Maelgrim soll sein Name sein, denn sind seine Gaben erst gereift, so wird er ebenso der Betrogene wie der Betrüger sein, unser Werkzeug und der Fluch-seiner-Art.*‹

Heiser räusperte sich der Sprecher der Thienz. ›*Allmächtiger, da ist mehr. Marlson-Emien-Maelgrim hat eine Schwester, die über ebenbürtige Gaben verfügt. Sie ist schon jetzt von den Vaere ausgebildet und schreitet als Traumweberin über Keithlands Boden.*‹

Die Augen zu Schlitzen verengt, fluchte der Dämon auf dem Podest wutentbrannt. ›Corinne Dane, *Verwünschte! Wie kann das sein?*‹ Krallen scharrten auf dem Boden, als er jäh auf die Füße sprang. ›*Erklärt euch!*‹

Der Sprecher der Thienz zuckte ehrerbietig. ›*Allmächtiger, als der Gestaltwandler, Tathagres-Verbündeter, bei dem Angriff auf Riffhafen starb, sandte er im Tode eine merkwürdige Botschaft. Der Karas behauptete, er sei durch Traumsinne verraten worden. Dieser Knabe besitzt Erinnerungen an eine Schwester, die diese Worte untermauern.*‹

Während sie lauschte, fühlte sich Taen, als hätte ein Eissplitter ihr Herz durchbohrt. Verzweifelt versuchte sie, ihren Traumsinn zu beherrschen, ihn von dem Grauen dieses Ortes fortzuführen, doch all ihre Mühe war vergeblich. Unfähig, ihre sathidgestärkte Gabe zu kontrollieren, blieb ihr keine andere Wahl als zuzusehen, wie sich Scait ein zweites Mal über die bäuchlings am Boden liegende Gestalt ihres Bruders beugte. Emien zuckte unter seiner Berührung zusammen. Er wimmerte und wand sich, als der dämonische Herrscher auf der Suche nach weiteren Informationen in seinem Geist wühlte. Zitternd und leise untereinander zischend, drängten sich die Thienz vor dem Wasserbecken zusammen. Ihr Unbehagen teilte sich Taen wie eine düstere Vorahnung über die Traumverbindung mit.

Doch auch dies vermochte sie nicht auf die gewaltsame Reaktion Scaits vorzubereiten. Die Dornen an seinen Händen bohrten sich in Emiens Leib und drohten, dessen Haut aufzureißen. Dann, als die Bedeutung seiner Entdeckung in sein Bewußtsein drang, zog er sich zurück, als hätte er sich verbrannt. Sein alarmierter Pfiff hallte von der steinernen Gewölbedecke wider; vor dem Podest verstummten die Thienz, als sich der Blick aus den gelben Augen ihres obersten Herren auf sie richtete.

›*Feige Kröten! Narren! Diese Schwester-Taen-Traumweberin ist keine Bedrohung für den Schattentempel, sterbend an ihrem eigenen Sathid. Aber der andere, Ivainson-Erbe-des-Feuergebieters-Jaric! Jener könnte Tod und Kummer über uns alle bringen.*‹ Scait bleckte die Zähne. Ungeheuer aufgeregt richtete er all seinen Zorn auf seine Untergebenen.

Die Thienz wimmerte ängstlich, stolperten beinahe übereinander, als sie mit eingezogenen Köpfen vor ihrem Gebieter zurückwichen. Scait peinigte sie mit Verwünschungen und Flüchen, doch Taen ignorierte seine Worte. Voller Angst um

Ivainson Jaric, getrieben von der Notwendigkeit, ihn zu warnen, schlug sie mit aller Kraft zu, um sich aus dem Gefängnis ihrer Träume zu befreien. Doch all ihre Mühe nahm sich lediglich wie der aufgeregte Flügelschlag einer Motte aus. Taen fühlte, wie ihr Traumsinn schwankte, in Dunkelheit überging, nur um sich sogleich erneut in dem Saal des Schattentempels zu manifestieren.

Auf dem Podest fuhr Scait seine Krallen aus und beugte sich erneut über Emien. ›*Die Schwester kann uns den Weg weisen. Geschwächt, wie sie durch die Veränderungen ihres Sathid ist, mag sie angreifbar sein, wenn wir sie durch die Verwandtschaft, die noch zwischen ihr und diesem, ihrem Bruder, besteht, zu manipulieren versuchen.*‹

Der Sprecher der Thienz richtete seine Kiemen auf. ›*So soll es geschehen, o Mächtigster.*‹

Stille senkte sich über den Saal, durchbrochen von einem grausigen Kratzen, als Scait seine Zähne schärfte, indem er die Kiefer fest aufeinanderpreßte. Als sich die Thienz dicht um ihn herum aufgestellt hatten, griff er ein letztes Mal nach Emien.

Taen fühlte nicht, wie der dämonische Herrscher seine Kraft mit der seiner Untergebenen vereinte. Nur für einen Augenblick legte sich ein roter Schleier über ihre Sinne, als die Geister der Verdammten Kors das Bewußtsein ihres Bruders umschlossen. Dann schlugen sie zu wie ein blendender Strahl aus Energie, der sich wie Schwertstahl in ihr Sein bohrte. Sie zog sich zurück, unfähig, auch nur zu schreien. Die Abwehrmechanismen, die ihrer Sathidherrschaft hätten gehorchen müssen, versagten gänzlich, so sehr mangelte es ihr an Kontrolle. Dämonen zerrissen ihr unsicheres Schutznetz. Sie stürzten sich auf das Objekt ihrer Begierde und plünderten ihren Geist. Zwei

Worte wurden ihr entrissen, *Riffhafen* und *Landfeste*; beide Orte würden nun in der Absicht durchsucht werden, Ivainson Jaric zu vernichten.

Taen nahm den Triumphschrei Scaits kaum wahr. Benommen vom stürmischen Rückzug der Dämonen, erhaschte ihr arg mitgenommenes Bewußtsein nur Bruchstücke der Anweisungen, die er seinen Untergebenen erteilte; vage verstand sie, daß der dämonische Rat sich im Schattentempel versammeln würde, um Neuigkeiten zu erfahren. Emien sollte als Waffe gegen Keithland ausgebildet werden, Meuchelmörder würden sich auf den Weg machen, um Jaric zu jagen. Dies war der Wille Lord Scaits.

Die Thienz klagten bestürzt, denn Salzwasser bedeutete Gefahr für sie. Doch ihr Sprecher kroch ohne Widerworte vor dem Podest zu Kreuze. ›*Ganz wie Ihr wünscht, Großmächtiger.*‹ Untereinander krächzend, nahmen die Thienz Emien in ihre Mitte und marschierten gemeinsam mit ihm ohne jeglichen Protest aus dem Saal hinaus.

Dieser Anblick lastete schwer auf Taens Herzen. Kummer um ihren verlorenen Bruder und die Furcht um Ivainson Jaric drohten, sie in den Wahnsinn zu treiben. Sie schrie laut auf, bis ins Innerste bestürzt über den Verrat, den zu begehen, sie gezwungen gewesen war. Zerrissen durch die Macht ihrer Abwehr, löste sich die Vision auf. Die Gewölbehalle der Dämonen verschwand, fortgewischt in dem Strom sathidischer Veränderungen. Laute geräusche quälten Taens Ohren, schrill wie der Wind in winterlichem Geäst. Ihre Orientierung zerfiel; die Wahrnehmung des Mädchens war in endlosem Schwindel gefangen, eingehüllt in Finsternis und urzeitliche Kälte. Eis krachte um sie herum, hielt ihre Füße in vollkommener Reglosigkeit gefangen. Sterne erschienen aus dem Nichts, stecknadelkopfgroße Punkte vor dem unendlichen Feld tiefschwarzer Nacht. Allein und von Schmerzen gequält sah sich Taen um, konnte jedoch nichts Bekanntes um sich herum entdecken. All ihre Mühe war vergebens. Wieder und wieder sandte sie ihre Gedanken aus, nur um sogleich an den undurchdringlichen Grenzen eines Alptraums zu scheitern. Die fremdartigen Worte der Dämonen wisperten und seufzten in ihrem Bewußtsein, düster wie die Spuren böser Geister.

›*... Traumweberin ... keine Bedrohung ... sterbend an ihrem eigenen Sathid ... Ivainson-Erbe-des-Feuergebieters-Jaric ... könnte Tod und Kummer über uns alle bringen ...*‹ Und stetig, mit einem Schmerz, der sie fast zerriß, kreiste ihre Sorge um Emien. ›*... ist aus freiem Willen hergekommen ... hat gemordet ... Maelgrim soll sein Name sein ... unser Werkzeug und Fluch-seiner-Art.*‹ Entsetzen und Erinnerungen verschmolzen, bis eines vom anderen nicht länger zu unterscheiden war.

Erneut kämpfte Taen darum, sich aus dem Gefängnis ihrer Träume zu befreien. Doch die Bilder, die sie niederrang, verwischten wie Tinte, nur um sogleich erneut in ihrem Geist zu erblühen. Ihre Mühen wurden nicht belohnt. Der Traumsinn lieferte ihr nichts außer der Trostlosigkeit absoluter Leere, und am Ende trieb sie in fiebrigem Erschöpfungsschlaf dahin, ohne sich noch ihres Ansinnens zu erinnern.

Da drang etwas unversehens in ihren Geist. Das leise Läuten kleiner Glocken und das Klimpern perlengeschmückter Federn blieb zunächst unbemerkt, nur das Summen eines Insekts am Rande der Wahrnehmungsfähigkeit. Taen ignorierte die Störung zunächst, doch sie wurde beharrlich stärker und kleidete sich bald in einen Schimmer rötlichen Lichts. Das Mädchen fühlte, wie ihr Bewußtsein gefangen wurde, gezügelt durch eine Berührung, so sacht, daß es ihr nicht in den Sinn kam, sich zu wehren. Wie eine Spiegellandschaft ordnete sich der Traumsinn in ihrem Geist. Licht drang durch die Finsternis. Als wäre sie aus tiefem Schlaf erwacht, gewann Taen ihre Selbstwahrnehmung zurück und fand sich in Gegenwart Tamlins von den Vaere wieder, jenem Wesen, das sie den Gebrauch ihrer Macht gelehrt hatte.

Die übersinnliche wie anmaßende Kreatur hatte sich seit ihrer Abreise nach Riffhafen nicht im mindesten verändert. Kaum halb so groß wie ein erwachsener Mann, stand er, die Pfeife hinter dem unordentlichen Backenbart zwischen die Zähne geklemmt, vor ihr. Feine Runzeln umgaben Augen, so unergründlich und schwarz wie Kohle. Von den verschränkten Armen bis hinab zu den Kalbslederstiefeln strahlte Tamlin lebendige Kraft und harten Tadel aus.

»Kleines Mädchen, du hast dein Versprechen gebrochen. Das ist gefährlich.« Ärgerlich zuckte der kleine Mann die Schultern, und Glöckchen und Perlen tanzten an den Lederbändern, die in seine Ärmel eingearbeitet waren. »Ich habe dich gewarnt, habe dich schwören lassen. Schon lange hättest du Riffhafen verlassen müssen.«

Erschöpft bis ins Mark, mußte Taen all ihre verbliebene Energie aufwenden, um ihm zu antworten. »Ich mußte bleiben.«

»Ist das so?« Tamlin schnaubte mit der Pfeife im Mund, und Rauchkringel erhoben sich im silbrigen Schein seiner Präsenz. »Nun ist dein Leben in Gefahr.«

Ein Funke des Unmuts stieg in Taen auf. »Wäre

es Euch lieber, die Dämonen hätten Landfeste erobert? Wäre ich gegangen, so wäre die Verteidigung des Kielmark zusammengebrochen. Wer hätte dann die Kontinentalstraße gegen Eindringlinge schützen sollen?«

»Du bist ignorant. Und eine Närrin.« Tamlin zwirbelte die Enden seines Bartes zwischen den Fingern, und eine nachdenkliche Falte bildete sich zwischen seinen Brauen. »Hör mir nun zu oder stirb. Dein Traumsinn ist unbeherrschbar geworden, weil du dich meiner Führung entzogen hast, ehe der Zyklus deiner Herrschaft vollendet war. Der Sathidkristall, den du gebunden hast, deine Macht zu erweitern, erreicht nun innerhalb deines Körpers seine Reife. Dieser Prozeß hätte von den Vaere gesteuert werden müssen. Doch du hast Riffhafen zu spät verlassen, um dir von uns helfen zu lassen.«

Taen fühlte Kälte in ihrem Herzen. »*Ich kann nicht mehr aus diesem Zustand erwachen?*«

»Sei still.« Tamlin biß auf seine Pfeife. Still lagen seine Hände an dem rehbraunen Gewebe seiner Jacke. »Vergiß dies nie, was immer auch geschieht: Wenn du die verwunschene Insel nicht erreichen kannst, so suche die Schöpfer der Flöte. Sie allein können dich dann noch retten.«

»Ihr sprecht in Rätseln«, sagte Taen, die voller Angst erkannte, daß Tamlins Gegenwart plötzlich zu verblassen begonnen hatte. Die Glut seiner Pfeife leuchtete rot wie ein Stück brennender Kohle, ehe sie langsam verlosch. Und in dem abnehmenden Zwielicht erinnerte sich Taen klar und deutlich an ein Bild: Wieder sah sie, wie die vernarbten Finger Ivainson Jarics sich spannten und den zarten Schaft eines empfindlichen Instruments zersplitterten.

»Tamlin, die Flöte, die Ihr erwähnt habt, ist zerbrochen!« Taens Protest hallte durch die Leere; der Vaere war fort. Nur Finsternis schloß sich über Taens Haupt, so wie einst die grünen Fluten des Hafens von Landfeste die Fragmente jener Flöte verschlungen hatten, die ihre einzige Hoffnung zu überleben dargestellt hatte.

Kapitel 8

SUCHE

Mit dem näherrückenden Sommer wurden die Tage länger, und in Landfeste, der ältesten befestigten Stadt Keithlands, hing der Geruch reifer Erdbeeren über den Marktständen der Obsthändler. Unverheiratete Mädchen flochten bunte Bänder in ihr Haar, um sich für die Tänze zur Feier der Saat zu schmücken, und sosehr sie in dieser Jahreszeit bereit waren, sich umwerben zu lassen, blieb Jaric doch nur ein wehmütiger Blick in ihre lächelnden Gesichter. Seine Tage verbrachte er mit dem Kopieren von Manuskripten in den Türmen, welche die Archive beherbergten, und in den langen Stunden vor Einbruch der Dämmerung traf er Brith auf dem Exerzierplatz für bewaffnete Kampfesübungen. Seine Seemannsbräune verblaßte, die Schwielen aber blieben. Jede Nacht, wenn der Stadtbedienstete seine Runde machte, um die Laternen entlang der Treppe zum Löwentor zu entzünden, säuberte und ölte er seine Klingen. Dann, wenn Brith und sein Kader dienstfreier Gardisten sich versammelten und lachend die Tavernen stürmten, hängte sich Jaric seine Waffen über die schweißnassen Schultern. Durch Anskieres Bann gebunden, trat er hinaus in die aufziehende Dunkelheit, um seine Suche nach einem sicheren Schutz für die Schlüssel von Elrinfaer aufzunehmen.

Zuerst ging er zu Kordanes Schrein. Ein Altardiener trat ihm dort auf dem gefliesten Hof vor dem Eingang entgegen. Der Mann trug eine blaue Robe, geschmückt mit einem einzelnen güldenen Stern am Kragen, der verriet, daß er sein lebenslanges Gelübde kaum ein Jahr zuvor abgelegt hatte. Er konnte nicht viel älter als Jaric sein, dennoch haftete ihm all die Arroganz an, die typisch für die jüngeren Vereidigten in Landfeste zu sein schien. Der Altardiener beäugte Waffengurt, Schwert und Dolch über den Schultern des Besuchers, und selbst während er die rituelle Verbeugung zur Begrüßung eines Gastes ausführte, lag ein verächtlicher Zug um seine Lippen.

»Seid Ihr zum Gebet gekommen?« Der Altardiener richtete sich wieder auf, das Kinn in Erwartung all des Bösen, das nun auf ihn zukommen mußte, trotzig vorgereckt.

Jaric starrte ihn an. Höflich verbarg er seine Enttäuschung angesichts dieses abweisenden Verhaltens. »Ich möchte Euren obersten Priester sprechen.«

»*Oberster Priester?*« Der Altardiener seufzte mit einem herablassenden Lächeln auf den Lippen. »Ihr kommt wohl aus dem Hinterland, was, Soldat? Bei uns gibt es keinen obersten Priester. Nur seine Heiligkeit, den Hohen Sterngroßmeister.«

Jaric hörte ihn ohne das geringste Zeichen der Unsicherheit an, und seine Hand auf dem Schwertgurt veränderte kaum merklich ihre Lage. »Hat er auch einen kürzeren Titel?«

»Seine Eminenz wird reichen.« Verärgert über das Klirren stählerner Klingen, fügte der Altardiener hinzu: »Hier braucht Ihr das nicht.«

»Aber ich bin nicht zum Gebet gekommen«, erinnerte ihn Jaric. »Sollte seine Eminenz zu sehr mit seiner Andacht beschäftigt sein, so sagt ihm, daß diese Angelegenheit die Sicherheit von ganz Keithland betrifft.«

An diesem Punkt zog der Altardiener die Augenbrauen hoch. Offenbar konnte er sich nicht vorstellen, was ein Knabe mit Nordküstenakzent mit der Bewahrung der Zivilisation zu tun haben sollte. Dennoch war der einzelne Stern an seinem Kragen kaum dem scharfen Stahl der Klingen ebenbürtig, sollte es zu einem Kampf kommen; folglich wirbelte er mit flatternder Robe um die eigene Achse und nickte Jaric zu, ihm zu folgen.

Eine Lampe erhellte den kalten Vorraum zu Kors Schrein, dessen Wände über dem kahlen Steinboden mit schwarzem Marmor verkleidet waren. Dunkle Vorhänge, in die das goldene Siegel der Bruderschaft eingearbeitet war, schienen noch das wenige verfügbare Licht verschlucken zu wollen, und das Podest mit den Reliquien und dem öffentlichen Altar lag im tiefen Schatten, was ihm eine geheimnisvoll düstere Aura verlieh. Schritte und Stimmen hallten von der hohen Gewölbedecke wider; die wenigen Gläubigen, die sich an den Opfertruhen versammelt hatten, sprachen nur flüsternd und entschuldigten sich, wenn ihre Kinder Geräusche verursachten oder ihre Sandalen versehentlich über den Boden scharrten. Jaric wartete an der Stelle, die sein Führer ihm gewiesen hatte. Noch immer bewaffnet, warf er keine Münzen in die Opfertruhen; auch bat er den Bediensteten in dem Raum nicht, Kerzen für seine Lieben zu entzünden, obwohl er wußte, daß Taen eine solche Geste verdient hätte. Doch der Gedanke, den Raum zu durchqueren, war entmutigend, und die besonders anstrengenden Übungen mit Brith hatten Verkrampfungen in seiner Muskulatur zurückgelassen. Müde, hungrig und eifrig darauf erpicht, die Schlüssel loszuwerden, überlegte Jaric, ob es sehr unangemessen sein mochte, würde er sich einfach an Ort und Stelle auf den Boden setzen. Dann aber kehrte der Altardiener zurück und winkte ihn durch eine Tür in das Innere des Heiligtums.

Jenseits der Tür erstreckte sich eine zugige Treppenflucht. Hier und dort durchbrachen Spitzbogenfenster das Mauerwerk der Wände, und in Anbetracht des fehlenden Glases vermutete Jaric, daß der Altardiener ihn durch den ältesten Teil des Heiligtums führte. Einst dürften diese Fensteröffnungen mit massiven, wehrhaften Läden verschlossen gewesen sein, denn die Mauern erinnerten an ein Bollwerk, und die Stufen waren von Generationen marschierender Füße ausgetreten.

»Nennt mir Euren Namen«, keuchte der Altardiener. Da er Anstrengungen offensichtlich nicht gewohnt war, forderte diese zweite, ausgesprochen steile Treppe einen mörderischen Tribut von ihm.

»Kerainson«, entgegnete Jaric innerlich aufheulend, als seine Beine heftig gegen den Aufstieg protestierten. Dennoch bewältigte er die Stufen weitaus würdevoller als der Altardiener, und schließlich, als der Mann um Atem zu ringen anfing, hatte er sogar Mitleid mit ihm. »Wenn Ihr mir erklärt, wohin ich mich wenden muß, dann kann ich allein weitergehen.«

Der Altardiener verdrehte die Augen. »Seine Eminenz würde mir eine Fastenzeit auferlegen. Ihr werdet es ihm doch nicht verraten?«

Jaric schüttelte den Kopf und merkte sich die Einzelheiten einer scheinbar nicht übermäßig komplizierten Wegbeschreibung. Drei Treppenfluchten und zwei Korridore weiter klopfte er an die einzige Tür, die er hatte entdecken können, auf welcher der Stern und das Flammenemblem der Bruderschaft in Gold auf einem Hintergrund aus Ebenholz prangte.

»Was ist?« bellte eine ungeduldig klingende

Stimme von der anderen Seite. »Wenn es um die Abrechnung der Getreidesteuer geht, dann komm morgen wieder.«

»Ich bin kein Buchhalter«, rief Jaric, während er langsam den Riegel zurückschob.

Ein grauhaariger Mann in einem zerknitterten Kittel sprang auf und blickte über die Papiere hinweg, die sich auf seinem Schreibtisch stapelten. Die Lampe neben ihm beleuchtete seine Apfelbäckchen in dem gehetzt blickenden Gesicht und die Hände, die besser zu einem Bauern gepaßt hätten. »Aha, der Besucher, ja, kommt nur herein.«

Überrascht betrat Jaric den Raum. »Seid Ihr seine Eminenz, der Hohe Sterngroßmeister?«

»Hä? Nein.« Blinzelnd erkannte der Mann Schwert und Dolch über der Schulter des Besuchers. »Hier braucht Ihr das nicht.« Dann, als er sich mit Verspätung der Frage erinnerte, die er nur unzureichend beantwortet hatte, sagte er: »Ich bin der Sekretär seiner Eminenz. Sagt mir, was Euch hergeführt hat, und ich werde Euch anmelden, wenn die Angelegenheit die Störung rechtfertigt.«

Der Knabe machte keinerlei Anstalten, seine Waffen abzulegen. Auch sprach er nicht, sondern griff mit einer Hand in seinen Kragen und zog ein Lederband voller Schweißflecken über seinen Kopf, an dessen Ende ein kleiner Lederbeutel hing. Er löste die Verschnürung mit den Zähnen und ließ den Inhalt auf die einzige Stelle des Schreibtisches purzeln, die nicht von Papieren belegt wurde.

Ein schwerer Gegenstand fiel auf den Schreibtisch. Schwarz und kubusförmig rollte er wie ein Würfel über die Tischplatte, ehe er mit einem Wappenbild auf der Oberseite liegenblieb. Der Schein der Lampe tanzte über den dreifachen Kreis und den Falken, Siegel von Anskiere, einst

Sturmwächter und eingeschworener Hüter von Tierl Enneth. Überrascht sog der Sekretär die Luft ein und unterdrückte mühsam einen Aufschrei, als ein zweiter Gegenstand neben dem ersten landete. Zerkratztes Holz umrahmte nun die schwarz-goldgestreifte Feder eines Sturmfalken; selbst hier, inmitten von Papieren und Schreibfedern, stieg die Kälte magischer Stürme von dem verwunschenen Gegenstand auf.

»Möge Kor uns gnädig sein«, murmelte der Sekretär. Er bedachte Jaric mit einem nervösen Blick, als sähe er ihn nun zum ersten Mal. »Woher habt Ihr diese Dinge? Seid Ihr ein Gesandter des Sturmwächters? Ihr wißt, daß seine Macht Tierl Enneth zerstört hat? Viertausend Menschen sind ertrunken, heißt es. Sollte Anskiere jemals wieder den Boden der Allianz betreten, so ist er zum Tod durch das Feuer verurteilt.«

Jaric sagte nichts. Für einen scheinbar endlosen Zeitraum war das Flackern der Laternenflamme über Anskieres goldenem Siegel die einzige Bewegung im Raum. Dann riß der Sekretär eine Schublade auf, zerrte eine Brille heraus und setzte sie ruckartig auf seine Nase. »Wartet hier, junger Herr. Wartet.« Beinahe zitternd vor Aufregung, stürmte er durch die Tür hinter seinem Stuhl.

Einen Augenblick später trat ein größerer Mann aus ihr hervor, von dem diensteifrigen Sekretär auf dem Fuße gefolgt. Der Fremde trug keine Robe, sondern Hose und Hemd, die dicht an seinem Körper anlagen. Der Stoff schien gestrickt, nicht gewoben zu sein, und das Wappen seines Amtes war mit goldenen und indigoblauen Fäden auf die Brust gestickt. Weit lebhafter als sein Sekretär, richtete er seine scharfen dunklen Augen auf Jaric und dann auf den Schreibtisch, wo die Habe Anskieres isoliert zwischen endlosen Rechnungsstapeln lag.

Seine Stimme erwies sich als ebenso machtvoll wie seine Erscheinung. »Kerainson? Nimm das an dich und bring es zu mir herein.«

Brüsk, doch keineswegs unfreundlich, hielt er die Tür auf, während der Junge an ihm vorbeimarschierte. Der Raum auf der anderen Seite war mit kostbaren Teppichen ausgelegt. Weiße Wände kontrastierten mit polierten Steinfenstersimsen; doch Jaric hatte wenig Interesse an dem Anblick von Landfeste, in dem vier Stockwerke unter ihm das Leben brodelte. Statt dessen starrte er die Bücherregale an, die mit goldgeprägten Einbänden und seltenen Texten vollgestopft waren. Die Beschriftung bestand aus religiösen Runen, die zu entziffern er nicht gelernt hatte. Dennoch reichte allein die Aussicht auf neues Wissen aus, um ihn zu faszinieren; gewiß verfügte die Bruderschaft Kordanes über die notwendigen Mittel, die Schlüssel von Elrinfaer vor den Dämonen zu schützen.

»Du stehst auf dem geheiligten Symbol«, mahnte eine Stimme hinter ihm.

Jaric erschrak und stellte verspätet fest, daß er über den Teppich hinausgetreten war. Der Boden unter seinen Füßen war aufgebaut wie ein Siegel. Ein poliertes Mosaik aus Lapislazuli und Achat stellte das Feuer Kordanes dar, wie es einst über den Himmel von Keithland geflammt war und die Menschheit zum Exil verdammt hatte, bis auch der letzte Dämon niedergerungen oder getötet war.

»Es tut mir leid.« Unangenehm klirrten die Waffen über seiner Schulter, als er zurücktrat. Scheu dämpfte er die Vibration der Klingen und sah, daß der Hohe Sterngroßmeister ihn anlächelte.

»Hier brauchst du die nicht«, sagte seine Eminenz sanft. »Aber behalte sie nur, wenn du dich dann besser fühlst. Doch bitte nimm Platz. Ich habe einen steifen Nacken von dem langwierigen Prüfen der Abrechnungen, und zuzusehen, wie du im Kreis herumläufst, ist eine Mühe, die ich mir lieber ersparen möchte.« Starke, hellhäutige Hände hoben einen Stuhl aus einer Ecke hervor und stellten ihn vor den Bücherregalen auf dem Teppich ab. Der Hohe Sterngroßmeister setzte sich auf einen Divan, und seine ganze Aufmerksamkeit schien den geschmiedeten Messingkerzenhaltern zu gelten, von denen das einzige Licht des ganzen Raumes ausströmte.

Jaric ließ den Waffengurt von seiner Schulter gleiten und legte den Lederriemen über den Stuhlrücken, ehe er sich mit steifen Bewegungen niedersetzte, die Schlüssel von Elrinfaer und die Feder des Sturmfalken in seinen verkrampften Fingern. Dann, im Angesicht des ranghöchsten Mannes der Bruderschaft Kors, dessen Gelübde keine Abgeschiedenheit verlangte und der ihm nun eine Audienz gewährte, rang der Knabe um Worte.

Der Hohe Sterngroßmeister rettete ihn auf seine Art aus der peinlichen Lage. »Du bist der Erbe Ivains?«

Jaric zuckte zusammen und wünschte sich verzweifelt, er besäße den Mut zu lügen; doch die Augen des Priesters auf dem Divan blickten trotz ihrer Wärme und Freundlichkeit unerbittlich. »Eminenz, wie könnt Ihr das wissen?«

»Du siehst aus wie er«, sagte der Hohe Sterngroßmeister geradeheraus. »Und die Neuigkeiten aus Riffhafen verirren sich oft in das Geschwätz der Seeleute. Die Priesterschaft hat erfahren, daß der Fluch, den Anskiere über dem Nordmeer ausgesprochen hatte, innerhalb der Grenzen Keithlands aktiv geworden ist.«

»Ich habe beide Zauberer nie kennengelernt«, gestand der Sohn des Feuergebieters kläglich. Müdigkeit kennzeichnete seine Haltung, als er die Hände öffnete und die Schlüssel von Elrinfaer und die Feder bloßlegte.

»Nein, Junge«, sagte der Hohe Sterngroßmeister. »Die Bruderschaft kann diese Dinge in deiner Obhut nicht schützen.«

Bestürzt blickte der Junge ihn an. »Aber ...«

Der Hohe Sterngroßmeister bedeutete ihm mit einer Geste zu schweigen. Dann erhob er sich und verließ den Raum. Nach einigen wenigen, leisen Worten an seinen Sekretär, der draußen wartete, nickte er, schloß die Tür und kehrte rasch zu dem Divan zurück.

»Ivainson, die Werke der Bruderschaft Kordanes und die Taten der Zauberer wurden nie zusammengewürfelt. Jeder Geweihte muß sich durch seinen Eid verpflichten zu bewahren, zu hegen und zu schützen. Zauberer aber, ganz besonders jene, die von den Vaere ausgebildet werden, scheinen gezwungen zu sein, sich einzumischen, was bis heute nur zum Schaden der Menschheit war. Die Zerstörung von Elrinfaer sollte deinen Sturmwächter gelehrt haben, wie sinnlos es ist, die Dämonen herauszufordern. Er lernte aber nichts daraus, und so mußten viertausend andere Unschuldige in Tierl Enneth sterben.«

»Aber ich begehre die Macht der Zauberer nicht!« platzte Jaric heraus. »Statt dessen suche ich eine Möglichkeit, ihr zu entgehen.«

Der Hohe Sterngroßmeister strich über sein Amtssiegel. Voller Hoffnung rührte sich der Junge vor ihm nicht, selbst dann nicht, als der Geistliche seufzend wieder das Wort ergriff. »Erbe des Feuergebieters, die Priesterschaft kann dir nicht helfen.«

In diesem Augenblick klopfte es an der Tür. Jaric erschrak. Krampfhaft schlossen sich seine Finger um die Schlüssel von Elrinfaer. Doch war es lediglich der Sekretär seiner Eminenz, der in der geöffneten Tür erschien. Der Mann brachte ein Tablett mit süßem Gebäck, Käse und Bier. Er stellte es auf einem Beistelltisch ab und verließ mit einer kurzen Verbeugung vor seinem Herrn den Raum.

Der Hohe Sterngroßmeister lächelte, als der Riegel leise klickend einrastete. »Du scheinst hungrig zu sein«, sagte er zu Jaric. »Wenn mein Orden auch sonst nichts für dich tun kann, so konnte ich doch wenigstens dafür sorgen, daß du ein anständiges Abendessen bekommst.«

Sich dieser Fürsorge zu verweigern, war unmöglich. Jaric schob die Schlüssel und die Feder des Sturmfalken zurück in den Lederbeutel an dem Band um seinen Hals. Vorsichtig griff er nach dem Käsemesser; und der Hohe Sterngroßmeister von Landfeste wartete schweigend, während der Knabe seine Befangenheit abschüttelte und aß. Nun erst wurde die ihm eigene Kraft erkennbar, die doch noch allzu oft von Unsicherheiten überdeckt wurde. Sein Haar verlangte nach einem Schnitt, und seine Kleider waren schlicht, doch die Art, wie er sein Brot brach, wäre auch bei Hofe nicht fehl am Platz gewesen.

Darauf bedacht, die Aufmerksamkeiten seines Gastgebers nicht allzu sehr zu beanspruchen, stellte Jaric bald den Bierkrug ab. »Die heiligen Türme von Landfeste stellen die sicherste Festung von ganz Keithland dar. Warum können die Schlüssel zu Anskieres Bannen nicht dort verwahrt werden?«

»Weil die Dämonen danach trachten, diese Banne

zu brechen, Jaric.« Der Hohe Sterngroßmeister lehnte sich zurück. Sanft und geduldig, wußte er doch daß seine Worte Enttäuschung mit sich bringen mußten, erklärte, daß das Wissen, das in den heiligen Türmen bewahrt wurde, zu wertvoll war, um es aufs Spiel zu setzen. »Die Priester, die diese Türme betreten, bleiben ihr ganzes Leben dort, und nicht einmal ich weiß, über welche Geheimnisse sie wachen. Würden sie ihrem Gut die Magie eines vaeregeschulten Zauberers hinzufügen, so könnten die Dämonen angreifen, um sich in den Besitz dieser Magie zu bringen. Es ist besser, die Schlüssel von Elrinfaer geraten in die Gewalt des Schattentempels als das Vermächtnis der Menschheit in eine so ernste Gefahr.«

Jaric vergaß das Essen in seiner Hand. »Aber ich dachte, die äußeren Schutzeinrichtungen …«

Plötzlich schien eine große Trauer auf den Schultern des Hohen Sterngroßmeisters zu lasten. »Jaric, was ich dir nun erzählen werde, ist den Menschen draußen auf den Straßen nicht bekannt, und um deiner Seele willen, darfst du niemals darüber sprechen. Die Banne, denen du begegnet bist, als du dich dem Hafen von Landfeste genähert hast, sind kein Schutz, sondern lediglich ein Schirm, den die begabteren unter den Eingeweihten errichtet haben, um die Anwesenheit von Dämonen aufdecken zu können. Sollten die Verdammten Kors Spione schicken oder gar eine Angriffshorde, so wird keine Tarnung sie schützen können. Unsere Bürger werden vor einer bevorstehenden Invasion gewarnt werden. Darüber hinaus liegt die Verteidigung der Stadt in den Händen gewöhnlicher bewaffneter Truppen.«

Krümel lösten sich, als das Gebäck aus Jarics Hand zurück auf das Tablett fiel. Schockiert starrte er in die gehetzte Miene des Hohen Sterngroßmeisters, und plötzlich verstand er: die fatalistische Gelassenheit dieses Mannes und die Verachtung, die Ivain, der Feuergebieter, für die Priesterschaft empfunden hatte, entsprangen beide der Tatsache, daß das Überleben der Menschheit an einem seidenen Faden hing. Die Bedeutung dieser Erkenntnis drohte seinen Geist zu betäuben. Denn wenn dieser Priester die Wahrheit gesprochen hatte, dann war das Bollwerk zum Schutze Landfestes nichts anderes als eine Täuschung. In ganz Keithland verfügten allein die von den Vaere geschulten Zauberer über wirksame Mittel zum Schutz vor den Dämonen. Die Ungeheuerlichkeiten zu Elrinfaer und Tierl Enneth bekamen plötzlich eine ganz andere Bedeutung, und fast erschien ihm der Zyklus des Feuers nicht mehr als gefährlicher Irrsinn, sondern als einziges Heilmittel gegen eine verzweifelte Notlage.

Jaric vergaß all seine Manieren. Von neuen Zweifeln ergriffen, an eben jenem Ort, von dem er sich Trost erhofft hatte, erhob er sich und griff nach seinem Schwertgurt. Doch sein Versuch, aufzubrechen, wurde von der stählernen Stimme des Hohen Sterngroßmeisters unterbrochen.

»Ivainson Jaric, hör mir gut zu. Du bist nach Landfeste gekommen, um Wissen zu sammeln. Ob dein Ansinnen weise ist oder nicht, du sollst nicht gänzlich ohne meine Unterstützung gehen. In den weltlichen Archiven gibt es wissenschaftliche Abhandlungen, die sich mit dem Schutz von Keithland befassen. Diese sollen dir für deine Studien zugänglich gemacht werden.«

Kurz vor der Tür wandte Jaric sich um und verbeugte sich. »Ich danke Euch, Eminenz.«

»Tu das nicht.« Plötzlich schien der Priester hinter dem Siegel seines Amtes weit entfernt zu sein. »Ich bin auch gezwungen, deinen Aufenthalt hier zu beschränken, denn deine Anwesenheit wird der Stadt unausweichlich eine unvorteilhafte Aufmerksamkeit einhandeln. Der königliche Seher von Felwaithe hat uns gewarnt. Schon jetzt ist der Rat des Schattentempels auf der Suche nach dir. Du hast meine Erlaubnis, bis zur Sonnenwende zu bleiben. Danach empfehle ich dir, die Enklave der Zauberer zu Mhored Kara aufzusuchen und dort um Zuflucht zu bitten.«

Jaric akzeptierte seine Verbannung mit erstaunlicher Fassung. Seine dunklen Augen blickten ruhig, und die Hand an seinem Schwert zitterte nicht länger. »So wie Ihr, können auch die königlichen Seher nur warnen. Sie haben nur wenige Möglichkeiten zu schützen. Wenn die Dämonen mich überwältigen und die Mharg wieder fliegen, wie lange denkt Ihr, werden Eure heiligen Türme dann noch stehen?«

Die Frage war unverfroren; der hochrangigste Geistliche von Landfeste antwortete mit blassem Antlitz. »Bis in die Ewigkeit oder bis zur Rettung der Menschheit, wenn Kordanes Feuer uns gnädig sind.«

»Das hoffe ich«, flüsterte Jaric. Dann wirbelte er mit den eleganten Bewegungen eines Schwertkämpfers auf dem Absatz herum und zog von dannen.

Während des ganzen Heimweges durch Straßen, in denen sich das wilde Nachtleben von Landfeste abspielte, grübelte Jaric über die Neuigkeiten nach, die ihm der Hohe Sterngroßmeister offenbart hatte. Von den Matrosen auf Landgang herumgestoßen und von mehr als nur einer gealterten Prostituierten mit anerkennenden Pfiffen bedacht, schloß er, abwechselnd schwitzend, frierend und zürnend, die Augen. Wer, so fragte er sich, tat der Menschheit mehr Unrecht: die Priester mit ihren vorgeschobenen Illusionen oder die Schüler der Vaere, deren gefährliche Kräfte manchmal Unschuldige töteten? Wie ein Stachel bohrte sich diese Frage in sein Denken und ließ seine eigene Furcht zu einer unterschwelligen Litanei verkommen. Das einzige, was in Keithland wirklich sicher war, war der unermüdliche Haß der Dämonen.

»Anskiere, vergib mir«, murmelte der Junge inmitten all der fremden Menschen; denn wie die rechtschaffene, doch unwissende Bevölkerung Keithlands hatte auch er verdammt, was er nicht hatte verstehen können. Vielleicht waren die Toten von Tierl Enneth doch entschuldbar; dennoch fühlte Jaric voller Entsetzen, daß er eine solche Verantwortung nie würde akzeptieren können. Der Zyklus des Feuers war ein Fluch, dem er entgehen wollte, wenn er nur konnte. Und er würde ihm entgehen, er mußte ihm entgehen, und wenn die Dämonen ihn bei dem Versuch in Stücke reißen sollten.

Ivainson Jaric sprach nie wieder mit dem Hohen Sterngroßmeister der Bruderschaft Kors, aber nach seinen Schwertübungen am nächsten Tag meldete er sich erneut in dem Schrein. Nun begegnete ihm der Altardiener mit eifrigem Respekt und führte ihn sogleich zu dem Bibliothekar, der in den weltlichen Archiven seinen Dienst verrichtete. Dort wartete auf Anweisung des Hohen Sterngroßmeisters bereits eine beeindruckende Sammlung aus allerlei Dokumenten und Büchern auf ihn. All die Schriftstücke waren in schwarzes Leder gebunden, und nicht wenige von ihnen trugen ein Schloß.

Obgleich der Raum, in dem sie aufbewahrt wurden, ein hohes, luftiges Kuppeldach aufwies, unter dem sich auch die größten Männer wie Zwerge vorkommen mußten, fühlte Jaric sich gefangen. Zum ersten Mal, seit er denken konnte, fand er an einem Ort des Wissens und Lernens keine Ruhe. Das Böse, das Verderben, das der Rat des Schattentempels über Keithland zu bringen drohte, schien sein Herz zu vergiften und jegliche Hoffnung zunichte zu machen. Unerklärlicherweise dachte er an Taen, sogar, als er die ersten Schriftstücke durchging. Von wachsenden Zweifeln erfaßt, gepeinigt von der Furcht, all sein Bemühen könnte umsonst gewesen sein, bemerkte er kaum, daß der Bibliothekar hinter ihm die Unterarme zu dem traditionellen Zeichen gegen das Böse kreuzte. Die Notwendigkeit, dem Zyklus des Feuers zu entgehen, überschattete jegliches soziale Stigma, das die Verwandtschaft mit Ivain ihm bescherte. Jaric nahm ein Buch aus dem Regal und zog sich in eine Fensternische über dem Handelshafen zurück. Dort schob er sein Schwert zwischen die Sitzkissen und begann zu lesen, die Füße gegen ein abgenutztes Stück der Täfelung gestemmt.

Bald ging die Sonne unter. Jenseits der Fenster warfen die Türme der Stadt ihren langen Schatten bis über die Insel Klein-Dagley. Rumpelnd entfernten sich Fuhrwerke von den Kais, und während die Hafenlaternen ihren orangenen Schein im Zwielicht verbreiteten, zogen auch die Hafenarbeiter von dannen, unterwegs zu ihren Gemahlinnen oder auf der Suche nach einer Erfrischung in einer der zahlreichen Tavernen. Jaric blinzelte in dem spärlichen Licht, blickte aber kaum auf, als der Bibliothekar ihm einen Kerzenhalter mit zwei Kerzen brachte. Er brachte gerade noch ein kurzes Nicken zustande, als der Mann sich in sein Privatleben zurückzog und der Nachtwache Anweisungen in bezug auf den Besucher gab.

Jaric las, als wären all die Abhandlungen nicht langatmig, als würden sich die Inhalte nicht wiederholen, als wären sie nicht wieder und wieder von religiösen Untertönen oder schlicht falschen Auffassungen verzerrt. Er wagte es nicht, nachlässig zu sein. Ein Absatz, den er sorglos überflog, mochte gerade die eine Information enthalten, die er so dringend benötigte. Einige Werke über die Riten der Bergstämme waren nirgendwo anders in ganz Keithland verfügbar; die wilden Clanangehörigen, die nach diesen Riten lebten, waren leicht zu mörderischen Reaktionen zu bewegen, und ihre Lebensart war Außenstehenden weitgehend unbekannt. Wanderprediger der Bruderschaft gehörten zu den wenigen Menschen, die sich in ihre Lager gewagt hatten. Jaric studierte die Schriften, bis seine Augen brannten und das Licht nur noch schwach flackerte. Er beendete das erste Buch gerade rechtzeitig, um eine neue Kerze an dem verlöschenden Docht der vorigen zu entzünden. Dann griff er zu einer Sammlung von Aufsätzen, während er geistesabwesend die verkrampften Muskeln in seiner Hüfte massierte. Die Worte waren archaisch und steif, der Text nur schwer zu verstehen. Jaric aber las weiter, bis auch die zweite Kerze zu einem kümmerlichen Stummel heruntergebrannt war. Schließlich begann auch die dritte und letzte Kerze zu flackern, und er mußte sich seinen Weg zum Schreibtisch des Bibliothekars im fahlen Licht des Viertelmondes suchen.

Weit öffnete Jaric die Doppeltür und erwischte den wachhabenden Gardisten bei einem Nickerchen auf seinem Posten.

»Es ist schon nach Mitternacht, Junge«, knurrte der Mann, als er sich gähnend aufrappelte. Er fummelte an seinem Gürtel nach dem Schlüsselring, und das Klimpern der Schlüssel hallte durch den verlassenen Korridor, als er aufschloß, um Jaric hinauszulassen.

Die Straßen waren nicht minder leergefegt, von streunenden Hunden und anrüchigen Gestalten abgesehen, die die Mülleimer auf der Suche nach Nahrung durchwühlten. Ivainson ging an verschlossenen Fensterläden vorbei, passierte Laternen, deren Dochte für kleine Flammen ausgelegt waren. Eine Hand hielt er stets am Heft seines Schwertes, um Straßenräuber abzuschrecken, doch seine Gedanken kreisten lediglich um die Riten der Clans, deren erwählte Hohepriesterinnen schon als junge Mädchen in einer religiösen Zeremonie geblendet wurden. Die Priesterschaft reagierte mit Verachtung auf die barbarischen Sitten, die in den Texten beschrieben wurden. Andererseits besaßen die Frauen nach ihrer grausamen Initiation ohne Zweifel das Zweite Gesicht. Sie waren fähig, Dämonen zu enttarnen, ja, sie waren sogar imstande, ihre Leute vor den bösartigen Einflüssen der Traumbilder zu schützen, die die Verdammten Kors manchmal benutzten, um einsame Menschen in den Tod zu locken. Die Frage, ob die Präsenz, die sich jenseits der Quellen verbergen sollte, welche das Zentrum der Andacht der Priesterinnen bildeten, wahrhaft Macht besaßen, zu führen, zu helfen und zu schützen, würde kein frommer Missionar bejahen, wollte er nicht riskieren, wegen Ketzerei verurteilt zu werden. Aus Ivainsons Sicht war diese Frage bedeutungslos. Ob der Glaube der Sippschaften so stichhaltig wie eine Religion war oder nicht, er war gewiß nicht geeignet, die

Schlüssel von Elrinfaer zu schützen oder die Frostwargs in Schach zu halten und Anskiere zu befreien.

Jarics enttäuschter Fluch hallte durch die verlassene Webergasse. Gewiß war seine Suche vergebens. Würden die Clans, irgendein Zauberer, Priester, Königreich oder eine Allianz in Keithland über Mittel verfügen, die Dämonen abzuwehren, so hätten sie sie auch angewendet. Ungefragt drängte sich ihm der Gedanke auf, daß Anskiere und die Vaereschüler vor ihm tapfer eben jenes versucht hatten, trotz der Fehlschläge zu Elrinfaer und Tierl Enneth.

»Nein«, brach es laut aus Jaric hervor. Es mußte einfach eine Alternative zum Zyklus des Feuers geben. Doch der Verdacht, einer falschen Überzeugung anzuhängen, trieb ihn dazu, immer schneller zu laufen.

Waffengürtel und Klingen klimperten leise in der Dunkelheit, und das Geräusch seiner Schritte brach sich flüsternd an den verschlossenen Türen der umliegenden Häuser. Ratten huschten davon, ließen ihre Nahrungssuche im Stich, und die scheibenlosen Laternen des Armenviertels flackerten in dem Luftzug, den er auf seinem Weg verursachte. Der Knabe rannte schneller. Schweiß brannte in seinen Augen, und sein Atem ging stoßweise. Der Beutel an dem Lederriemen bewegte sich im Rhythmus seiner Schritte, und die Schlüssel von Elrinfaer schlugen schmerzhaft gegen seine Brust. Jaric schloß die Finger um die scharfen Kanten des Basaltblockes und schluchzte halb in Panik. Warum mußte gerade er auserwählt sein, eine solche Last auf seine Schultern zu laden? Als Kind war er schwach gewesen, war von seinen Altersgenossen verhöhnt worden und unfähig, sich auch nur dem kleinsten Konflikt zu stellen. Welche Fähigkeit hatte sein wahnsinniger, aber doch begabter Vater besessen, die nun das qualvolle Vermächtnis eines Zauberers über einen Sohn bringen sollte, den er niemals gesehen hatte?

Die leeren Straßen konnten ihm keine Antwort bieten. Sie erinnerten ihn lediglich an die unzulänglichen Schutzmaßnahmen der Menschheit. Noch immer rannte er, doch er konnte den Tatsachen nicht entfliehen. Jahrhunderte waren vergangen, seit Kors Feuer vom Himmel gefallen war. Dämonen, deren Zahl einst klein gewesen war, hatten sich vermehrt, so wie es die Menschen getan hatten; mit jedem Jahr nahm die Macht des Schattentempels zu, während sich die Wehrfähigkeit der Menschen kaum verändert hatte. Eines Tages würden die Waagschalen kippen. Der dämonische Rat würde zuschlagen, und die Menschen würden unter dem Angriff der geistigen und magischen Kräfte zurückschlagen und doch untergehen. War er, Ivainson Jaric, persönlich verantwortlich für Licht und Finsternis, Gut und Böse, Überleben oder Tod? Die Frage erfüllte ihn mit Furcht und Zweifeln, und er rannte noch schneller, bis die Bewegung seiner Füße auf dem Pflaster nur noch verschwommen wahrnehmbar war. Das Armenviertel fiel hinter ihm zurück; die Ausdünstungen des Mülls und der verrottenden Holzbalken ließen nach, wichen langsam dem Rauch der Herdfeuer und dem Geruch frischer Farbe. Die Häuser reicher Händler erhoben sich zu beiden Seiten der Straße, ein jedes mit massiven Fensterläden und Türen gesichert, vor denen allerlei Buschwerk gepflanzt war. Hier und dort schimmerte ein Licht in einem Haus, in dem ein Mann oder seine Gemahlin noch spät in der Nacht die

Tageseinnahmen zählte. Arglos gingen sie ihrer Arbeit nach, ohne etwas von der schrecklichen Gefahr zu ahnen, in der sie sich befanden. Jaric keuchte. Seine Brust schmerzte vor Anstrengung, und dennoch rannte er weiter, passierte eine Straßenkreuzung mit einem Schrein für die geheiligten Feuer, hinter dem sich verschnörkelte Säulen im Lampenschein erhoben; ein schmiedeeisernes Tor blockierte den Durchgang zwischen ihnen und stand seiner wilden Flucht im Wege.

»Halt!« schrie eine Stimme aus dem Schatten.

Jaric stolperte und wäre beinahe in die unnachgiebigen Eisenstangen gestürzt. Mit beiden Händen griff er nach dem Tor, um nicht das Gleichgewicht zu verlieren. Vor Erschöpfung benommen, erkannte er nun erst die äußeren Begrenzungen der heiligen Türme, die von den ranghöchsten Priestern der Bruderschaft Kordanes bewacht wurden.

»Was ist los? Seid Ihr in Schwierigkeiten?« verlangte der wachhabende Soldat zu erfahren. An das kalte Metall gelehnt und kaum mehr aufnahmefähig, hob Jaric den Kopf. In dem Glauben, der Junge wäre vor Straßenräubern geflüchtet, war der Soldat aus seinem Wachhäuschen herausgetreten, um die Straße nach Dieben, möglicherweise gar Mördern abzusuchen.

»Ich bin allein«, würgte Jaric keuchend hervor.

Der Soldat bedachte ihn mit einem verwunderten Blick.

Jaric enthielt sich einer Erklärung. Er lehnte seine Wange an das Tor und wartete darauf, wieder zu Atem zu kommen, die Augen starr auf den gefliesten Hof jenseits der Pfeiler gerichtet. Fackeln leuchteten über dem Eingang zu den Türmen, in denen Priester ein Wissen hüteten, das zu wertvoll war, seinen Verlust an die Dämonen zu riskieren.

Die Helligkeit schien seine Augen versengen zu wollen. Er senkte die Lider, während der Kummer über das Vermächtnis eines Zauberers sein Herz peinigte. Ob er wollte oder nicht, Ivains Sohn mußte das Erbe seines Vaters auf sich nehmen; das war der Preis für den Schutz von Keithland.

»Ihr könnt hier nicht einfach herumlungern, Bursche«, fuhr ihn der Soldat an. Drohend hob er seine Hellebarde, und Jaric nickte.

Er wußte nur, daß er schwach und daß seine Suche in den Archiven wahrcheinlich nichts weiter als Zeitverschwendung war, als er seine Finger von dem Eisentor löste. Anskieres Fluch würde er nie entgehen. Durch Blutsverwandtschaft verdammt, mußte er handeln – doch erst, wenn alle Hoffnung vergebens war. Nun endlich reagierte Ivainson, der Erbe des Feuergebieters, auf das ungeduldige Drängen des Soldaten und machte sich auf den langen Weg zurück zu der Pension, in der ihn ein Bett und das flüchtige Vergessen des Schlafes erwarteten.

Doch selbst dieser Friede war ihm verwehrt. Der Geruch alter Bücher verfolgte ihn bis in den Schlaf, und in dieser Nacht träumte er zum ersten Mal von Dämonen. Sie segelten in schwarzen Booten, krötenartige Gestalten mit Schwimmhäuten zwischen den Fingern bildeten einen Kontrast zu den Gischtkronen der Wogen. Helle Augen glommen in der Finsternis auf offener See, und ihr heiseres Krächzen erfüllte Jarics Schlaf mit dem Gefühl einer schrecklichen Bedrohung. Er warf sich unter der Decke hin und her, gepeinigt von dem Gedanken an ein Ziel, so fern und gnadenlos wie die Sternenkonstellationen, die unveränderlich am Himmel leuchteten. Kaum zu fassen, böse und bis zum äußersten gefährlich reckten Thienz-Dämonen ihre unförmigen Schnauzen gen Süden. Bohrend, drängend sandten sie ihre Sinne aus, suchend, sich im Kreise bewegend und wieder und wieder von bitterem Zorn erfaßt, angesichts der magischen Banne, die die Insel von Landfeste schützten. ›*Er ist hier*‹, flüsterten die Auserwählten des Schattentempels untereinander, im Geiste verschmolzen, als wären sie ein einziges Wesen. ›*Ivainson, der Erbe des Feuergebieters, verbirgt sich hier.*‹

Und von den Booten auf offener See kam Kälte, berührte Jaric und jagte eisige Schauer über seine schweißnasse Haut.

Die Intensität seines Alptraumes riß ihn aus dem Schlaf. Durchnäßt und zitternd warf er die Decke von sich, stand auf und ging unruhig auf und ab. Doch auch das verschaffte ihm keine Erleichterung. Die soliden Mauern der Herberge schienen irgendwie weniger Substanz aufzuweisen als der Wellengang unter den Kielen der schwarzen Schiffe des Schattentempels.

Jaric hockte sich auf den Fenstersims, schlang die Arme um seine Knie und starrte hinaus auf die Türme von Landfeste, während der Sonnenaufgang das Grau der Morgendämmerung rot und bald golden entflammte, so strahlend wie ein Feuer unter der Macht Ivains. An diesem Tag, wie an jedem anderen, rumpelten die Bauernkarren und die Wagen mit den Fässern der Fischhändler über die Straßen, um Waren zum Markt zu transportieren. Die Pfiffe der Milchverkäufer riefen Kunden zum Feilschen an ihre Türen, und die Turmglocken verkündeten mit ihrem Spiel den Anbruch eines neuen Tages. Doch das vertraute Erwachen der Stadt barg einen trügerischen Frieden. Durch die Llondeldämonin auf den Eisklippen und die Vision des Sehers von Felwaithe vorgewarnt, wagte Ivains

Erbe nicht, anzunehmen, daß die schwarzen Schiffe und die suchenden Thienz irgend etwas anderes als wirklich waren. Völlig erschöpft griff Jaric nach seinen Stiefeln und der Tunika. Er brauchte all seinen Mut, um sich auch nur einem neuen Arbeitstag in den Archiven zu stellen. Als er seinen Kragen verschnürte, zitterten seine Hände vor Furcht. Woher sollte ein Schreiber aus dem Hinterland, wie er einer war, die Kraft nehmen, den Kampf gegen Thienz aufzunehmen, die doch imstande waren, Gedanken zu stehlen und den Willen eines Menschen zu unterwerfen?

Fünf Tage nach dem Sturm trieb die *Neumond,* der Zweimaster des Kielmark, noch immer in den nordwestlichen Fluten der Corinsee. Weit von jeder Küste entfernt lag sie wie ein Fleck auf dem Meer, dessen Oberfläche so glatt wie eine Metallplatte war. Keine Wolke zeigte sich an dem blauen Himmel. Ohne Hemd, die Schultern von der Sonne gebräunt, ging Corley auf dem Achterdeck auf und ab, und das Geräusch seiner Schritte vermischte sich mit dem nervenzerfetzenden Knarren von Tauen und Balken. Corley wanderte vom Kompaß zur Reling und wieder zurück, immer wieder, bis seine Offiziere sich seinem Takt anglichen und die Wege ihres Kapitäns teilten, wenn sie ihm Bericht erstatteten. Nur wenige entgingen scharfen Worten und einem Blick, so beißend wie eisiger Frost.

Der Schiffsheiler blieb am Kopf der Kajütstreppe stehen; mit seinen eigenen Sorgen beschäftigt, sprach er, ohne sich vorher Gewißheit über die derzeit vorherrschende Stimmung zu verschaffen. »Kapitän? Ich denke, Ihr solltet mich unter Deck begleiten.«

Corley machte auf dem Absatz kehrt, die Hände erhoben, als erwartete er einen tätlichen Angriff. »Sagt mir besser schnell warum.« Als der Heiler zögerte, schnappte er: »Schnell, Mann! Ist die Traumweberin tot?«

Der Heiler schüttelte den Kopf. Er hatte die Nase voll von der Windstille und der heiklen Stimmung seines Kapitäns. »Noch nicht. Aber ohne Hilfe wird sie es bald sein.«

»Bei den Feuern Kors!« Zorn und Sorgen paarten sich in Corleys Tonfall. »Denkt Ihr denn, ich könnte den Wind herbeibefehlen? Wir sind keine Sklavengaleere, die einfach aus der Flaute hinausrudern kann.«

Der Heiler hielt sich an der Reling fest und blieb beharrlich schweigend stehen. Bald zog Corley die Brauen hoch und ließ seine Hände sinken. »Ich komme. Aber nichts unter Keithlands Sonne, was ich noch tun könnte, wird von irgendeinem Nutzen sein.«

Schatten umspielten seine Füße, als er auf die Kajütstreppe trat und dem Heiler in die drückende Enge unter Deck folgte. Taen lag auf einer Pritsche in der Kabine des Heilers. Wie Ebenholz schimmerte ihr schwarzes Haar auf den Laken. Ihre Augen waren geöffnet, doch sie starrten ins Nichts; und schlimmer noch, ihre absolut reglosen Glieder ließen sie wie eine Wachsskulptur erscheinen. Nie zuvor hatte Corley ein Mädchen gesehen, das so verwundbar schien. Ohne ihren unbeugsamen Geist, wurde die Tatsache, daß Taen ein Kind im Körper einer Frau war, erschreckend offensichtlich.

»Kors Gnade, atmet sie überhaupt noch?« Aufgeschreckt sank Corley neben ihrem Lager auf die Knie.

Unbehaglich hüstelte der Heiler, der auf der

Schwelle verharrte, den Kopf unter den niedrigen Balken gesenkt. »Ihre Lebenszeichen sind sehr schwach.«

Corley hob die Hand des Mädchens von dem Laken. Ihre Knochen fühlten sich unter seinen Fingern so zerbrechlich an wie die eines Vogels, und ihr Puls schlug schwach und erschreckend schnell. Doch da, wo die Ruhelosigkeit seines Charakters sie einmal durch die Berührung zu wecken vermocht hatte, zuckte sie nun mit keiner Wimper. Aus der Nähe betrachtet, erwies sich Taens Haut als fiebrig und trocken, und unter der Blässe ihres Gesichts schien das Gewebe schattenhaft blau angelaufen zu sein.

Hilflos blickte Corley auf. Der Heiler, der seinem Blick nicht begegnen wollte, schüttelte seufzend den Kopf. »Ich kann nicht erkennen, was sie quält. Das wissen allein die Vaere.«

Nun ließ der härteste unter den Kapitänen des Kielmark Taens Hand mit einer Miene unverhohlener Trauer sinken. »Verdammter Wind! Nach allem, was Taen für Riffhafen getan hat, hat sie etwas Besseres verdient.« Er unterbrach sich und preßte angespannt die Lippen aufeinander. Dann sah er dem Heiler direkt in die Augen, und tiefer Kummer schwang in seiner Stimme mit. »Ihr wißt, daß es nun zu spät ist, Kurs auf die Insel der Vaere zu nehmen. Selbst wenn in diesem Augenblick Wind aufkäme, bliebe mir keine andere Wahl. Die *Neumond* muß die nächste Küste anlaufen, um Wasser aufzunehmen.«

Der Heiler schwieg. Der Kapitän hatte seine Entscheidung nicht leichtfertig getroffen; mit leeren Wasserfässern würde nicht ein einziger Mann an Bord der *Neumond* lebendig die Insel der Vaere erreichen können.

Corleys Stiefel kratzten über das Holz, als er sich erhob. »Das wird mich für den Rest meiner Tage verfolgen.« Frustriert schlug er die Faust in die Handfläche. »Die Vaere haben sie gewarnt, trotzdem hat sie sich entschlossen, zu bleiben und uns zu helfen. Der Kielmark wird verbittert sein, wenn er von ihrem Schicksal erfährt.«

In dem Bewußtsein, daß seine Stimme sich schmerzhaft veränderte, verstummte er, schob sich an der Pritsche vorbei und verließ die Kabine. Der Heiler starrte stumm auf Taens bleiches Antlitz, das noch immer eine unschuldige und überirdische Schönheit ausstrahlte. Das Mädchen war zweifellos dem Untergang geweiht, denn die nächste Möglichkeit, an Land zu gehen, bot sich an der verlassenen Küste von Tierl Enneth.

Kapitel 9

DIE ESCHENFLÖTE

In einer Dachstube im vierten Stockwerk des Hauptarchivs von Landfeste tropfte das Wachs einer einzelnen Kerze herab und erstarrte wie Eis am Boden des Halters. Flackernd erstarb die Flamme, als Jaric das Buch zuklappte, das er soeben zu Ende gelesen hatte. Er machte keine Anstalten, eine neue Kerze zu entzünden, sondern nahm einen anderen Band vom Tisch und rückte näher an das Fenster heran. Weit unter ihm zogen Menschen und Fuhrwerken dahin und bevölkerten den großen Platz; durch die Entfernung gedämpft, erklang kaum noch wahrnehmbar der Lärm des geschäftigen Treibens vor dem Löwentor. Jaric schenkte ihm keinerlei Beachtung. Auf einen Ellbogen gestützt, die Finger in dem zerzausten Haar vergraben, blätterte er in den Seiten einer weiteren Geschichte über den Großen Untergang. Dieses Buch war viel älter als die anderen. Der Einband war aufgerissen und der Text altertümlich. Jaric berührte die Schrift, fühlte eine Struktur, die sich von der beschriebenen Pergaments oder Hadernpapiers unterschied. Aufregung ergriff für einen Augenblick Besitz von ihm. Möglicherweise enthielt dieses Buch eine Information, die den anderen fehlte. In dem Bewußtsein, dafl seine Zeit knapp wurde, studierte der Knabe eifrig die archaische Schrift. Doch die Hoffnung erstarb, während er las. Die meisten antiken Schriften in den Lagern von Landfeste wiederholten nur wieder und wieder die gleichen

Berichte über die Ereignisse, beginnend mit Kordanes gesegneten Feuern, die aus dem göttlichen Reich Sternenhoffnung herabgelodert waren und Menschen und Dämonen in Keithland ausgesetzt hatten, damit sie sich im Kampf um das Überleben behaupten sollten. Dann folgte die übliche Liste der ersten Ältesten und ihrer Nachfahren, die sich über das Land verstreut und Siedlungen gegründet hatten, die der Ursprung aller Zivilisation von Keithland geworden waren.

Niedergeschlagen biß sich Jaric auf die Lippe. Seine Augen schmerzten, und sein Magen knurrte hungrig; in den Wochen seit seiner Audienz bei dem Hohen Großmeisterstern hatte er Essen und Schlaf vernachlässigt, um soviel Zeit wie nur möglich mit dem Studium der Schriften zu verbringen. Wie er vermutet hatte, brachten seine Mühen ihn dem Ziel nicht näher als der Augenblick, da er der Llondeldämonin auf den Felsen von Riffhafen begegnet war. Müde und entmutigt schlug der Knabe das Buch zu und vergrub das Gesicht in Händen. Das Geschrei eines Fischhändlers drang durch das offenstehende Fenster herein, begleitet von dem Klappern der Hufe und dem Rumpeln von Wagenrädern. Bei Tageslicht, inmitten der einwohnerstärksten Stadt Keithlands, schien seine Herkunft aus der Festung von Morbrith weit entfernt zu sein; Emien und die Gefahren des Schattentempels schienen so unwirklich wie die Geschichten, die am Herdfeuer erzählt wurden, um Kinder einzuschüchtern. Doch in der Nacht störten noch immer die Träume von den schwarzen Schiffen und den Dämonen seinen Schlaf. Dann wog der Lederbeutel, der die Schlüssel von Elrinfaer in sich barg, allzu schwer. Ivainson ließ die Hände sinken. Als er niedergeschlagen den

Arm ausstreckte, um das Buch zurück auf den Stapel zu legen, verhakten sich seine Finger an einer Kante, an der sich der Leim des Einbandes gelöst hatte.

Instinktiv hielt er in der Bewegung inne, als er den Schaden bemerkte. Er war von einem Archivar ausgebildet worden, dem die Erhaltung antiker Schriften oblegen hatte, und die Reparatur dieser Dokumente war ein bedeutsamer Bestandteil seiner täglichen Arbeit gewesen. Jaric untersuchte den Riß und entdeckte ein hervorstehendes Stück Pergament, das nicht hätte dort sein dürfen.

Der Bogen war gelb und fleckig von den Jahren. Jaric sah genauer hin und erkannte Spuren einer Schrift, verblaßt und kaum noch lesbar. Überzeugt, daß dieses Fragment nicht ursprünglich Teil des Buches gewesen war, zupfte er es vorsichtig heraus. Als er es auseinanderfaltete, zerfiel das Pergament in Stücke. Er setzte die Einzelteile im Sonnenschein zusammen und sah eine Inschrift. Verfaßt von eher ungeübter Hand, denn von einem erfahrenen Schreiber, erwies sich auch die Botschaft selbst als kryptisch.

> *Was ich hier schreibe, ist verboten, seit der Rat von Landfeste die Charta erlassen hat. Doch wie sonst könnte ein Mann seinen Protest äußern, von dem er doch weiß, daß er vergebens sein muß? Nun, da die Veriset-Nav-Einheit bei dem Unglück zerstört wurde, kann kein Schiff je den Weg zurück in das Reich Sternenhoffnung finden; das Vermächtnis, das in den heiligen Türmen so sorgsam bewahrt wird, wird sich unausweichlich als nutzlos erweisen. Wenn der Rat weiter diese Politik verfolgt, werden unsere Kinder und Kindeskinder dann jemals erfahren, daß ihre Ahnen die Sterne beherrscht haben?*

Jaric runzelte die Stirn. Nervös trommelten seine Finger auf der Tischplatte. In keiner Schrift war er auf irgend etwas gestoßen, das dem Inhalt dieser sonderbaren Notiz entsprochen hätte. Kein Archiv erwähnte einen Artefakt, der Veriset-Nav-Einheit genannt wurde; Anskiere mochte Wetter und Wogen beherrschen, doch wie konnte ein Mensch Einfluß auf die Gestirne ausüben? Selbst die Zauberer kannten sie lediglich als Lichter am Himmel, die sich mit den Jahreszeiten veränderten und allein der Navigation dienlich sein konnten. Verwundert dachte Jaric über die Stadt jenseits des Fensters nach. Noch immer regierte der Rat von Landfeste über die Allianz der Freien Inseln, doch die heiligen Türme unterstanden allein der Priesterschaft. Wie niemals zuvor mißtraute Jaric nun den Platitüden des Hohen Großmeistersterns aus der Bruderschaft Kors. Vielleicht reichten ihre Geheimnisse viel weiter, als irgend jemand vermuten konnte. Das Wissen, nachdem er suchte, mochte durchaus in den gewaltigen, cremefarbenen Türmen verborgen sein, die sich über dem Löwentor dem Himmel entgegenstreckten.

Das Türschloß klickte scharf. Jaric schrak aus seinen Überlegungen auf und blickte sich um, als ein Priester in blauer Robe den Raum betrat. Mit einem Gesichtsausdruck mürrischen Tadels schritt er auf den Tisch neben dem Fenster zu, die Lippen geschürzt und die Brauen mißbilligend hochgezogen.

»Junger Mann, warum bist du müßig? Bezahlt unsere Zunft deinen Schreiberlohn, damit du untätig herumsitzt und in den Himmel starrst?«

Jaric stützte sich auf den Unterarm, um das Schriftstück zu verbergen, das er gefunden hatte; der Inhalt der Notiz war zweifellos ketzerisch, und wollte er nicht den Zutritt zu den Tempelarchiven verlieren, so durfte die Bruderschaft keinen Grund finden, an seinem Glauben zu zweifeln. Mit einer Miene jungenhafter Unschuld begegnete Jaric dem Mißtrauen des Priesters. »Ich dachte, Bruder Handred hätte heute Dienst.«

Der Priester rümpfte die Nase. »Du bist unverschämt. Bruder Handred ist beschäftigt. Nun antworte mir. Wo ist deine Feder?«

Jaric seufzte. »Das ist mein freier Tag.« Langsam und verstohlen schlossen sich seine Finger um das Pergament.

Der Priester hüstelte. »Nun dann. Wer hat dir gestattet, Unordnung zu machen und überall in der Bibliothek Bücherstapel zu hinterlassen?«

»Bruder Handred«, entgegnete Jaric liebenswürdig. Das Pergament sicher in der Hand verborgen, erhob er sich. »Ich bin sowieso fertig.« Mit einer Bewegung, deren Zweck es war, zu provozieren, streckte er die Hand aus und hob ein Buch an seinem Pappeinband hoch.

Der Priester zuckte zusammen. »Dummer Bursche!« Er riß Jaric das Buch aus der Hand und schlug es wieder zu. »Bruder Handred wird von dieser Sache unterrichtet werden! Wie konntest du nur je bei uns aufgenommen werden, wenn du nicht einmal weißt, wie man anständig mit einem Buch umgeht?«

Jaric zuckte die Schultern und spannte seine Unterarmmuskeln, bis er wie ein Seemann außerhalb seines Elements aussah, nicht aber wie ein geübter Schreiber.

»Nun gut«, schnaubte der Priester. »Zieh dich zurück, Bursche. Ich werde deinen Saustall wieder aufräumen.« Schützend preßte er Jarics Bücherstapel an seine Brust und bedachte den Jungen mit finsterem Blick, bis jener die Türschwelle passiert hatte.

Im kühlen Schatten der Treppe blieb Ivainson stehen und schob das Pergament mit der sonderbaren Botschaft in den Beutel zu der Feder des Sturmfalken und den Schlüsseln von Elrinfaer. Rasch verschnürte er den Beutel und schob ihn mit einem frustrierten Fluch zurück unter seine Tunika. Ohne das Gelübde eines Eingeweihten gab es keine Möglichkeit, die heiligen Türme von Landfeste zu betreten. Die Wachen und Befestigungen, die sie umgaben, reichten spielend, selbst ein kleineres Heer zu entmutigen, um so mehr einen kleinen Dieb.

Licht fiel in steilem Winkel durch die Torbögen am Ende der Treppe und erinnerte an das Ende der Mittagszeit. Jaric hastete durch den gefliesten Vorraum, um nicht zu spät zu seinem Schwertunterricht zu kommen. Brith' Lektionen waren stets härter, wenn seine Schüler nicht pünktlich erschienen. Weiß glitzerte der Marmor jenseits des großen Korridors. Jaric trat in die Hitze und das geschäftige Treiben in der Stadt hinaus. Schweiß lief unter dem festen Leinen seiner Tunika über seinen Rücken. Mit Schrecken erinnerte er sich, daß bis zur Sonnenwendfeier kaum noch zwei Wochen vergehen würden, als ihm bewußt wurde, daß bereits ein Jahr dahingezogen war, seit Anskieres Bann ihn aus der Festung von Morbrith fortgetrieben hatte.

»Paß auf, Bursche!« Eine Kutscherpeitsche knallte und ein Gespann Zugpferde rannte mit donnernden Hufen an ihm vorbei. Nur knapp konnte Jaric den wirbelnden Wagenrädern ausweichen. Nicht länger eingeschüchtert von dem Verkehr in den Straßen von Landfeste, passierte er die Reihe im Wind flatternder Banner, die die Ratshalle von Landfeste kennzeichneten, ehe er in Töpfergasse einbog. Das Gasthaus, in dem er Quartier bezogen hatte, lag in einer Nebenstraße jenseits der Gasse. In der Hoffnung, dem Geschnatter seiner Wirtin entgehen zu können, schlich der Knabe zum Kücheneingang hinein. Zu dieser Tageszeit pflegte die Küche üblicherweise verlassen zu sein.

Jaric nahm sich ein frisches Brötchen aus dem Brotkorb. Mit großem Appetit aß er auf dem Weg über die Hintertreppe zu seiner Dachstube das Gebäckstück. Aus dem Zimmer auf der gegenüberliegenden Seite hörte er die quengelige Stimme des Mieters im unteren Stockwerk, der sich über Motten in seiner Bettdecke beklagte. Die Wirtin antwortete mit einer Verwünschung und schlug ihm bissig vor, seine bezahlten Damenbesuche durch die Tür statt durch das Fenster einzulassen; dann würden die Insekten möglicherweise nicht mehr auf die Kerzenflammen zufliegen, nur um bald darauf in seinem Bett zu nisten.

»Aber ich habe die Flamme gelöscht, bevor ich sie hereinließ!« jammerte der Mieter; dann trat Stille ein, als ihm bewußt wurde, zu welchem Eingeständnis er sich hatte verleiten lassen.

Jaric grinste und drückte die Tür leise ins Schloß. Dann befreite er sich von Schwertgurt und Tunika und stapelte beides auf seinem Bett, ehe er, mit einer Hand noch damit beschäftigt, die Verschnürung seines Hemdkragens zu lösen, seine Kleidertruhe öffnete und sie auf der Suche nach leichter Sommerkleidung durchwühlte. Das Hemd, das er suchte, lag zusammengefaltet neben der warmen Wollkleidung, die er beim Fallenstellen getragen hatte. Ungeduldig zerrte Jaric an dem Stoff. Schließlich löste er sich, und mit ihm fiel ein leichter, länglicher Gegenstand aus der Truhe und rollte über die Bodenbretter.

Der Atem stockte dem Knaben in der Kehle. Kälteschauer rasten über seinen Rücken, als die llondische Flöte, die er selbst zerbrochen und im Hafen versenkt hatte, neben seinem Fuß liegenblieb. Einlegearbeiten aus Silber und feinstem Perlmutt glänzten in dem Licht, das durch das Dachfenster hereinfiel. Der zarte hölzerne Schaft war unversehrt, so als wäre die Flöte nie zerbrochen worden. Jaric schauderte. Das Hemd zusammengeknüllt in der geballten Faust, ließ er sich auf die Knie sinken. Der Waidmann, Telemark, hatte ihm einst von einem Llondel erzählt, welcher ihm nach einem magischen Sturm aufgelauert hatte, der die ganze Einrichtung seiner Hütte zerstört hatte. Als der Waidmann sich aber von der Begegnung erholt hatte, mußte er überrascht feststellen, daß all die zerborstenen Gefäße auf wundersame Weise wieder ohne den kleinsten Sprung an ihren angestammten Platz zurückgekehrt waren. Nun, im Angesicht der makellosen Oberfläche der Eschenholzflöte, fragte sich Jaric, ob Telemark ebenso vor Furcht gezittert hatte, wie er es nun tat. Die Mächte der Llondelei überstiegen das menschliche Fassungsvermögen.

Als er die Hand ausstreckte, um das Instrument vom Boden aufzuheben, entglitt ihm das Hemd. In dem Augenblick, in dem seine zitternden Finger das Holz berührten, schlichen llondische Bilder in seinen Geist. Seine Wahrnehmung der Wände, des Bodens, ja des ganzen Raumes schwankte und wich einer einsamen, wogenumspülten Küstenlinie. Auf den Bergen im Hintergrund ragten zerklüftete, halbeingefallene Mauern neben Häusern empor, die ohne Dächer schutzlos den Elementen überlassen waren. Möwen kreisten an dem wolkenlosen Himmel. Brodelnd umspülte das Wasser Berge zerborstener, geschwärzter Balken, doch von den Hafenanlagen, die sie einst gestützt hatten, war weit und breit nichts mehr zu sehen. Jaric erkannte, daß er die Ruinen von Tierl Enneth vor sich sah, jener Stadt, die durch die Mächte, die die Hexe Tathagres Anskieres Stab entrissen hatte, zerstört worden war.

Durch das llondische Erkenntnisvermögen jedoch wußte der Knabe, daß dieser Anlegeplatz der einst reichsten Stadt der Allianz nicht verlassen war. Ein Beiboot hüpfte auf der schäumenden Gischt der anrollenden Brandung, besetzt mit erfahrenen, ruhigen Matrosen, die in gleichmäßigem Rhythmus die Ruder durch die Fluten zogen. Der Mann im Heck war der Bootsmann der *Neumond;* und als wäre Jarics Erkenntnis das Signal gewesen, verfestigte sich die llondische Vision und konzentrierte sich voll und ganz auf das Boot.

An Bord erblickte Jaric noch andere vertraute Gesichter. Ohne Hut, die Schultern naß von aufspritzender Gischt, saß Corley im Bug und hielt eine in einen Umhang gehüllte Gestalt in den Armen. An den Strähnen schwarzen Haares, die über seine Handgelenke fielen, erkannte Jaric, wen der Kapitän des Kielmark schützend umfangen hielt. Gequält rief er Taens Namen; die verlassene Bucht und die unbewohnten Häuser schienen für alle Ewigkeit ein Echo seiner Verzweiflung sein zu wollen.

›*Nicht tot*‹, besänftigte die llondische Präsenz in seinem Geist. ›*Aber eure Weberin der Träume ist sehr krank. Der Landfall, den du siehst, wird nicht vor Ablauf von vierzehn Tagen stattfinden. Aber wenn du nicht zur Küste von Tierl Enneth segelst und dort mit deiner Eschenholzflöte Hilfe herbeirufst, dann wird sie sterben. Sei achtsam, kleiner Bruder deiner Art. Sollte die Traum-*

weberin sterben, werden all die Hoffnungen und Mühen deiner Vorfahren vergebens sein.‹

Das Bild des Beibootes verschwand, wich den Schreien der Frostwargs, die die Stille über den eisverkrusteten Höhlen durchschnitten. Für einen Augenblick nahm Jaric an der kalten Wache des Sturmwächters von Elrinfaer teil. Dann verschwamm auch dieses Bild, verschmolz gleich darauf zu der Finsternis im Inneren einer von Torfrauch durchdrungenen Fischerhütte, in der die Nichte von Mathieson Keldric um den Onkel trauerte, dessen Leichnam der See übergeben worden war. Von tiefem Kummer erfaßt, schrie der Knabe laut auf und erwachte abrupt, als eine Hand ihn an der Schulter berührte.

»Seid Ihr krank, junger Herr?« Voller Sorge strich ihm die Wirtin eine Haarsträhne aus dem Gesicht.

Jaric entzog sich ihrer Berührung. »Es geht mir gut. Ich bin nur müde.« Von der Furcht erfaßt, sie könnte den dämonischen Artefakt unter ihrem Dach bemerken, blickte er zu Boden, doch die Eschenholzflöte lag nicht mehr auf den Planken neben seinem Bein.

Röcke raschelten leise, als die Wirtin sich wieder aufrichtete. »Ihr arbeitet zuviel. Burschen in Eurem Alter sollten viel sorgloser sein. Habt Ihr überhaupt Zeit, einer Maid den Hof zu machen?« Sie stemmte die Hände in die Hüften und bedachte Jarics muskulöse Schultern und die feinsinnige Linie seiner Brauen mit anerkennendem Blick. »Es ist wirklich eine Schande, merkt Ihr das denn nicht?«

»Nein.« Von dem begehrlichen Blick der älteren Frau peinlich berührt, gab sich der Knabe kurz angebunden. »Ich habe auch so genug Sorgen, da brauche ich mich nicht auch noch mit einer Maid belasten.« Er streckte die Hand aus, um das heruntergefallene Hemd aufzuheben, und erstarrte, als er die Flöte unter dem Baumwollstoff entdeckte.

Die Wirtin ging zurück zur Tür. »Nun gut, junger Herr, da steckt sicher Weisheit drin. Andere Männer brauchen ihr ganzes Leben dafür und lernen es nie.« Mit einem ärgerlichen Schnauben, das mehr dem Bewohner am unteren Ende der Treppe galt als irgendeiner Laune Jarics, verschwand die Frau auf dem Korridor.

Ihre Schritte verhallten auf der Treppe. Rasch erhob sich Jaric. Er löste die Flöte aus dem Stoff und zog das dünne Hemd über seinen Kopf. Ohne die Schnüre an Kragen und Ärmeln zu binden, zog er Mantel und Seemannsstiefel aus seiner Kleidertruhe hervor. Die Sorge um Taen ließ ihm keine Zeit mehr, sich über die Motive der Llondel zu sorgen. Während er aus dem Mantel ein Bündel knotete, weilten seine Gedanken bereits bei den Schwierigkeiten einer Seereise zwischen den Inseln. Tierl Enneth lag achtzig Meilen nordwärts, und der Weg führte über eine von Untiefen durchzogene Meeresstraße. Eine sicherere Route führte ostwärts um die Inselgruppe herum, doch dieser Weg konnte ihn zuviel Zeit kosten, besonders, wenn der Wind aus nördlicher Richtung wehen sollte. Durch ihren geringen Tiefgang war die *Callinde* besser geeignet, Riffen auszuweichen, als sich gegen den Wind zu stemmen. Ergrimmt gürtete Jaric Schwert und Dolch. Neben seiner Kleidertruhe hinterließ er ein Häufchen aus Münzen, um für Kost und Logis zu zahlen, ehe er über die Hintertreppe durch die Küche hinausschlüpfte.

Entschlossen, sich nicht durch das Gedränge in den Straßen zu wühlen, eilte Jaric durch ein gewundenes Labyrinth aus kleinen Gassen und Seitenstraßen, die die Häuserzeilen zwischen den

Hauptverkehrsstraßen durchzogen. Da sein Weg von Giebeln und von den zahlreichen Türmen der Stadt beschattet wurde, bemerkte er den Mann überhaupt nicht, der aus dem Torbogen am Eingang des Hauses eines Edelmannes trat und ihm folgte. Vollkommen versunken in seine Sorge um Taen und seine Absicht, den Hafen vor dem Gezeitenwechsel zu erreichen, rannte der Knabe über das Pflaster und duckte sich in wilder Hast unter dem feuchten Gestein niedriger Brücken hindurch. Als zwischen den Häusern Sonnenstrahlen auf ihn herniederschienen, erblickte der Verfolger das Bündel unter Jarics Arm und verdoppelte fluchend seine Bemühungen.

Jaric eilte um eine Ecke. An einem Platz, von dem gleich fünf Gassen abzweigten, eingerahmt in moosbewachsene Mauern, zögerte er, ehe er blind einen Weg wählte. Der Mann, der ihm folgte, sah, daß er in eine Sackgasse rannte. Kichernd verlangsamte er seine Schritte, fest davon überzeugt, daß er den Hafen noch vor dem Jungen erreichen würde.

Minuten später sprang Jaric über die morschen Balken der Hintertreppe einer Taverne und fand sich gleich darauf vor einer massiven Mauer wieder. Viel zu erschöpft, um zu fluchen, machte er auf dem Absatz kehrt und ging den Weg zurück, den er gekommen war. Eine Abzweigung führte lediglich zu den verschlossenen Türen eines Erdkellers; in einer anderen glitt er keuchend über einen mächtigen Müllhaufen. Zerbrochenes Glas klirrte unter seinen Stiefeln und scheuchte einen Hund auf, der in dem Unrat auf Nahrungssuche war. Jaric machte einen weiten Bogen um das knurrende Tier, während seine Nase gegen den Gestank verrottenden Fleisches heftig protestierte. Vor sich sah er einen sonnenüberfluteten Straßenabschnitt, hinter dem sich die Lampenpfosten erhoben, die den Eingang zu der Taverne mit Namen *Laterne* flankierten. Endlich wieder auf vertrautem Territorium, rannte Jaric sofort weiter. Er lief die Straße der Gewürzhändler hinunter und erreichte atemlos den Hafen, während seine Nase noch immer unter den Auswirkungen des scharfen Geruchs von Zimt und Pfeffer litt.

Seeluft, feucht und launenhaft, schlug ihm ins Gesicht. Der Wind wehte geradewegs von Süden. Blinzelnd schaute der Knabe ihm entgegen und legte die Stirn in Falten, als er ein niedriges Wolkenband über den Masten der ankernden Schiffe entdeckte. Diese Brise mochte seine Überfahrt beschleunigen, da die *Callinde* nur mit dem Wind wirklich gute Fahrt machen konnte, doch aus dieser Himmelsrichtung wehte auch stets Regen herbei. Seine Reise dürfte sich arg feucht gestalten. Jaric wartete, während ein Bierkarren an ihm vorbeirumpelte, ehe er auf den Kai zulief, an dem sein Boot vertäut war.

Die Stunde des Gezeitenwechsels war gekommen. Im Hafenbecken setzte eine Frachtbarkasse Segel; die derben Rufe der Matrosen vereinten sich zu einem Seemannslied, begleitet von dem Rasseln der Ankerkette in der Klüse. Eifrig darauf bedacht, die günstigen Strömungsverhältnisse zu nutzen, bahnte sich Jaric einen Weg durch das geschäftige Treiben an den Docks. Im Laufschritt umrundete er einen Haufen aus Fischernetzen und hätte sich beinahe selbst an der blanken Klinge eines Schwertes aufgespießt.

»Kor!« Jaric prallte zurück. Der Mantel löste sich, als er sein Bündel fallenließ und seine eigenen Klingen aus den Scheiden riß.

»Warum so eilig?« fragte Brith in genau dem Tonfall, den er benutzt hatte, als sie einander zum ersten Mal getroffen hatten. Anders als während der Übungsstunden auf dem Exerzierplatz zeigte sich nun kein Lächeln auf seinen Lippen unter den braunen Spitzen seiner Schnurbarthaare. Die Augen, die seinen Schüler fixierten, blickten kalt und eisern.

Doch Jaric war nun nicht mehr der furchtsame Jüngling, der vor einem Kampf auf den Stufen vor den Türmen der Schreiber zurückgeschreckt war. Verzweifelt vor Sorge um Taen, hob er sein Schwert und griff an.

Brith' Abwehr stellte sich ihm entgegen, mühelos aufgebaut und so undurchdringlich wie ein Felsbrocken. »Wohin geht es denn, Junge? Hatten wir heute nicht eine Übungsstunde am Nachmittag auf dem Plan?«

Von dem schnellen Gegenschlag zurückgetrieben, stieß Jaric atemlos eine Antwort hervor. »Ich habe keine Zeit. Und warum kümmert es Euch? Bei allen Feuern! Manchmal glaube ich, Ihr habt nichts Besseres zu tun, als mir nachzulaufen.«

Bösartig klirrte der Stahl gegen Jarics deckende Klinge. Von der Macht des Schlages erschüttert, ahnte Jaric wohl, daß dieses Zusammentreffen nichts mit Übung oder sportlichem Wettkampf gemein hatte. Brith' Augen waren nurmehr schmale Schlitze voller Zorn, und seine Haltung war die eines Mannes, der einen ernsthaften Kampf ausfocht. Einer Intuition folgend, schlug Jaric eine Finte und befreite sich von den Netzen, die an seinen Fersen lagen. »Ihr seid mir gefolgt. Warum?«

Brith machte einen Ausfall und zeigte sich mit seiner gewohnt geübten Fußarbeit sogleich wieder angriffsbereit. »Wohin wollt Ihr, mein Junge?«

»Segeln!« Jaric sprang zur Seite, um einem vorbeirollenden Faß auszuweichen. Ein Hafenarbeiter fluchte und herrschte ihn an, den Weg freizugeben, sprang jedoch sogleich zurück, als Brith' Schwert durch die Luft sauste und gegen die Klinge des Jungen prallte.

»Nein, mein Junge.« Brith schlug immer wieder auf Jarics Deckung ein und trieb ihn auf einen Haufen mit Gerümpel zu. Stahl klirrte und erbebte unter der Macht des Angriffs. »Ich wurde von dem Gold des Kielmark dafür bezahlt, Euch sicher in Landfeste zu halten. Bestimmt lasse ich mir nicht von seinem ersten Kapitän die Haut abziehen, nur weil ich mein Wort gebrochen habe, also gebt auf.« Jaric befreite sein Schwert aus der Umklammerung durch Brith' Klinge; Brith erzielte einen flüchtigen Treffer und brachte ihm eine Schnittwunde an den Fingern bei. »Laßt Eure Waffen fallen, hört Ihr?«

Getroffen, blutend und über alle Maßen erzürnt, führte Jaric eine heftige Riposte aus. Gegenüber Anskieres Anforderungen nahm sich die anmaßende Einmischung des Kielmark wie eine unfaßbare Belästigung aus. Nur Unschuldige würden seinetwegen leiden müssen; durch die Bedrohung für Taens Leben unter Druck, überdies aufgebracht wegen Brith' Überlegenheit, fühlte Jaric, wie etwas in ihm reagierte. Er konzentrierte sein ganzes Sein auf den Kampf. Als sein Schwert auf Brith' Deckung prallte, verzogen sich seine Lippen zu einem grimmigen Ausdruck des Verstehens. Anders als der Waffenmeister unterlag er keinerlei Beschränkungen durch den Kielmark; wenn er gezwungen wurde, so würde er auch zum tödlichen Schlag ansetzen.

Die plötzliche Intensität in Jarics Kampfstil überraschte Brith. Der Schwertkämpfer wehrte einen schnellen Stoß gegen seine Brust ab und entkam der

Klinge mit einem Riß in der Tunika. In dem nun folgenden Schlagabtausch verlor er zwei Schritte. Während der Knabe kämpfte, vorrückte und beinahe sein Gesicht verstümmelt hätte, drängte sich ihm die Erkenntnis förmlich auf; irgendwie hatte der Bursche seine Abneigung gegen den bewaffneten Kampf verloren. »Kor, Junge! Hättet Ihr Euch schon früher so angestrengt, dann hätte ich Euch vielleicht mehr beibringen können.«

Mit eisigem Schweigen setzte Jaric seinen Angriff fort. Brith enthielt sich weiterer Worte. Zwar war der Junge noch immer zu unerfahren, ihn zu besiegen, doch zum ersten Mal mußte der Gardesoldat all seine Konzentration aufwenden, um gegen ihn zu bestehen.

Schwertmeister und Schüler umkreisten einander auf dem Dock wie Tänzer. Wild blitzten die Klingen bei Angriff und Abwehr zwischen allerlei Hindernissen auf. Die dröhnenden Kampfgeräusche übertönten den Lärm im Hafen. Hafenarbeiter, die ein Leichterschiff ganz in der Nähe entluden, stellten ihre Fässer ab um den Kampf zu beobachten. Brith und Jaric pendelten vor und zurück. Ohne sich der Zuschauer bewußt zu sein, glitten sie vorbei an Pyramiden aufgestapelter Fässer, an Stoffballen und aufgehäuften Fischernetzen. Weitere Arbeiter gesellten sich hinzu, und bald hatte sich ein beachtliches Publikum in der Nähe der Kämpfer versammelt. Münzen klimperten leise, als die sportlich gesonnenen Männer unter ihnen begannen, auf den Sieger zu wetten, nur um sogleich den Geist des Streites zu beschwören, indem sie ihren Favoriten lauthals anfeuerten, ob es nun der dunkelhaarige Mann mit der schnellen Klinge oder der blonde Junge war, der überlegener Technik mit entschlossener Gegenwehr begegnete.

Allerlei Müßiggänger vergrößerten das Publikum noch weiter. Jeden Augenblick mußte der Lärm der Zuschauer die städtischen Gardisten herbeilocken. Brith verstärkte seine Bemühungen, wohlwissend, daß er den Jungen besiegen mußte, wollte er vor all den Gaffern keine Niederlage in Kauf nehmen. Stahl klirrte dissonant. Brith hämmerte auf Jarics Deckung ein, dann, mit einer Drehung, hakte er seine Klinge hinter Jarics Waffe. Über der Vibration des Stahls fühlte er das Zittern erlahmender Muskeln. Der Knabe konnte nicht mehr lange durchhalten. Wenngleich sicher ausgeführt, diente all seine Technik nun doch nur mehr der Verteidigung. Waren die Waffen erst wieder frei, mochte eine schnelle Finte, gefolgt von einem raschen Vorstoß, ihn vor einem Holzstapel unausweichlich in die Enge treiben. Seines Sieges gewiß, drang Brith mit der Behendigkeit eines Fuchses auf ihn ein.

Jaric parierte den Angriff, drehte sich, um nicht zurückweichen zu müssen. Sein Ellbogen stieß gegen eine Planke. Donnernd stürzte das Holz auf das Dock. Eine Katze schoß aus ihrem Versteck hervor, gerade als Brith erneut vorpreschte. Sein Stiefel trat hart in die Rippen des Tieres. Die Katze heulte auf und flüchtete. Solchermaßen abgelenkt, blickte Jaric für den Bruchteil eines Augenblicks zur Seite. Brith' Klinge verhakte sich erneut hinter der seinen, und mit einer einzigen Bewegung hatte er ihn entwaffnet. Das Schwert flog hoch in die Luft, überschlug sich und stürzte schließlich klirrend auf die Holzbalken. Beinahe taub durch den Lärm, die Jubelschreie und das Gejammer der Zuschauer, außerdem von der Klinge seines Gegners gegen den Holzstoß getrieben, nahm Jaric keuchend den Dolch in die rechte Hand.

»Laßt ab«, schnappte Brith. Auch er atmete schwer nach der Anstrengung. »Ihr seid geschlagen. Wenn Ihr nicht aufgebt, so werde ich Euch weh tun müssen.« Sein Schwert blitzte wie eine Schlange vor Jarics Augen auf.

Eng an die aufgestapelten Planken gepreßt, mißglückte Jarics Parierstoß, und er geriet erneut in die Falle. Warnend kratzte der Dolch seines Gegners die Haut über seinem Handgelenk an.

»Laßt das Messer fallen«, befahl Brith. Sein Schwertarm spannte sich und übte schmerzhaften Druck auf das überanstrengte Handgelenk des Knaben aus.

Noch immer war Jaric nicht bereit, seine Waffe aufzugeben. »Wie oft habt Ihr mich gewarnt, der Zufall könnte einen Sieg verhindern?« Und in seinen braunen Augen zeigte sich ein amüsiertes Funkeln, als ein Brett, geschleudert aus den Reihen der Zuschauer, den Waffenmeister direkt am Hinterkopf traf.

Brith sank auf die Knie und stürzte bewußtlos vor Jarics Füße. Der Kopf des Schwertmeisters hatte kaum die Planken berührt, als eine vertraute, einarmige Gestalt aus der Menge hervorgeschossen kam und sich breitbeinig neben ihm aufstellte. Außer Atem blickte der Bettler zu dem Knaben auf. »Hat meine Katze getreten. Ganz bestimmt, das hat der Mistkerl getan.«

»Ich habe es gesehen.« Jaric grinste. Ermattet bückte er sich, um sein Schwert aufzuheben, ehe er auch Brith' Waffen an sich nahm. »Kannst du ihn lange genug aufhalten, damit ich mit meinem Boot ablegen kann?«

Der Bettler zog beide Augenbrauen hoch und antwortete mit einem Lächeln, das seine lückenhaften Zahnreihen entblößte: »Sicher, Junge, sicher.«

»Danke.« Jaric spannte seine blutenden Finger und warf die Waffen des Schwertkämpfers über den Holzstoß. Plätschernd versanken sie im seichten Wasser innerhalb des Wellenbrechers. Brith würde sie leicht finden können, doch erst, wenn Ebbe herrschte. Bis dahin würde die *Callinde* den Hafen längst verlassen haben. Jaric konnte seinen Proviant in einem der Fischerdörfer nördlich von Landfeste erstehen; danach würde der Regen ihn vor etwaigen Verfolgern verbergen. Ivainson warf dem Bettler ein Silberstück zu, sammelte das Bündel mit seiner Habe von den Planken auf und schob sich durch die Menge, die sich nun lautstark über die Frage stritt, wer denn nun eigentlich Sieger des Kampfes gewesen war, nachdem der Bettler den Triumph Brith' zunichte gemacht hatte. Als der Junge an Bord der *Callinde* ging, hatte sich aus dem Geschrei bereits eine regelrechte Rauferei entwickelt. Als schließlich ein uniformierter Gardist auf einem Schlachtroß am Hafen eintraf, um den Streit zu schlichten, achtete niemand außer dem Bettler auf das Fischerboot, das seine Leinen löste und die Segel setzte, um auf die offene See hinauszufahren.

Der Jahreszeit entsprechend, trieb der Südwind tiefhängende Wolken herbei, dann Nebel, der sich grau und hartnäckig über das Meer senkte und schließlich in feinen Nieselregen überging. Die sanfte Brise hielt die *Callinde* problemlos auf Nordkurs, doch sie war nicht das einzige Schiff, das derzeit die Fluten der Corinsee durchpflügte. Im Nordosten, auf starrem Kurs zum Herzen der Allianz der Freien Inseln, segelte ein zerschrammtes altes Fischerboot ohne Flagge unter dem Befehl des Schattentempels. Der Moder hatte seine Segel grau verfärbt, und sein Rumpf war von tiefdunkler Farbe; der Steuermann des Schiffes hatte das krötenähnliche Antlitz eines Thienzdämonen. Allein, trotz seiner sieben Begleiter, kauerte er über dem Kompaß, während der Regen in Rinnsalen von seinem hochaufragenden Kopfputz tropfte. Doch die anderen, die sich um den Großmast drängten, schliefen keineswegs. Im Geiste miteinander vereint, schickten sie ihre Gedanken gen Landfeste, wo ein Schutzbann sie erwartete, der sich ihrer Wahrnehmung wie ein eisiger Lichtkranz darstellte. Diese Barriere konnte kein Dämon überschreiten, ohne sich den Zorn der Menschen zuzuziehen. Obgleich ihre Beute sich auf der anderen Seite dieses Bannes befand, ließ das Hindernis die Thienz kalt, die all ihre Kraft dieser Jagd gewidmet hatten. Es liegt in der Natur der Menschen, sich nur kurze Zeit an schlimme Ereignisse zu erinnern. Früher oder später werden sie selbstgefällig und treffen falsche Entscheidungen, und auf den Tag, an dem diese Schwäche von Ivainson Jaric Besitz ergreifen würde, warteten die Thienz mit einer Geduld, wie kein Mensch sie aufzubringen imstande war.

Die Nacht brach an. Regen schlug kalt in das Gesicht des Steuermanns, und er schrak auf und schüttelte die Regentropfen von seinem Kopf. Kaum hatte er sich bewegt, da lösten sich die anderen Thienz aus ihrer Runde. Stolpernd kamen sie auf ihre unbeholfenen Beine, auf der Suche nach einer Mahlzeit aus Fischen, die sie lebendig aus einem Faß neben dem Mast angelten. Dann, die Rücken an die Ruderbänke gelehnt, kauten sie Schuppen, Flossen und Gräten. Der jüngste unter ihnen stieß einen seelenvollen Pfiff aus, mit dem er sich über das Salz in dem Fleisch beklagte. Die älteren verdrehten die winzigen, halbblinden Augen in ihrem Mitgefühl. Wenn auch Wasser die natürliche Heimat ihrer Spezies war, so galt dies doch nur für tiefe, frischsprudelnde Flüsse oder Seen. Boote waren ein Fluch für Leiber, die zum Schwimmen bestimmt waren, und der Ozean um sie herum ein Übel, das besser gar nicht erwähnt wurde. Seine reichhaltige Lösung aus Mineralien laugte die Kiemen eines schwimmenden Thienz aus und vermochte ihn zu vergiften oder gar zu ersticken. Für Brüder auf See begleitete das Bewußtsein ihrer eigenen Sterblichkeit jede Regung des Schiffes. Die Dämonen, die ausgesandt worden waren, Jaric zu jagen, leckten sich den Fisch von den Schwimmhäuten zwischen ihren Fingern, niedergeschlagen und still einer Pein ausgesetzt, die sie nicht auszusprechen wagten.

Schließlich suchte sich auch der Thienz, der als Steuermann gedient hatte, seinen Weg zu dem ruhigen Plätzchen am Mast. Einer der anderen nahm nun seinen Platz am Heck ein, die Finger um das Ruder gespannt und die Schnauze in den Wind gestreckt hielt er den Kurs auf eine Art, die den Menschen unbekannt war. Der Rest der Thienz beendete ihr Mahl, und noch während sie sich die Schuppen aus den Zähnen kratzten, kauerten sie sich wieder dicht zusammen, um sich erneut dem Ziel ihrer Reise zuzuwenden. Im Bewußtsein miteinander verbunden, näherten sie sich dem Ring aus Schutzbannen, der Landfeste umgab. Unverändert schimmerten die harten Linien der Banne und, an ihrem Rand, die flackernden Lichter, die Menschen waren und Mannschaften auf hölzernen Schiffen und so sacht schimmerten wie Perlen auf schwarzem Samt. Das Thienz-Gedächtnis erinnerte sich an eine Zeit, in der die Schiffe aus Metall gewesen waren, umgeben von der strahlenden Helligkeit gewaltiger Energiefelder. Die mächtigen Sternenflotten ihrer Ahnen hatten einst derartige Funken durch die weite Tiefe des Alls verfolgt und die Menschheit beinahe ausgelöscht. Doch all die Herrlichkeit endete in Gefangenschaft und dem grausamsten Exil, und ihr Überleben war zu einer haßdurchtränkten Mühsal geworden. Aus diesem Grund bereisten die Thienz tapfer den Ozean mit seinen salzigen Fischen, um schließlich für ihre Geduld belohnt zu werden.

Ein Lichtpunkt, heller als die anderen, löste sich aus dem Strahlen, das die Banne von Landfeste kennzeichnete. Als er die Energiebarriere verlassen hatte, wurde seine Struktur klarer, und die Thienz konzentrierten ihre Suche mit einem bösartigen, triumphalen Zischen auf diesen einen Punkt. Sie wußten, konnten sich nicht irren. Die Aura dieses Mannes war heller, strahlender, ein scharfumrissenes Licht, das ihrer feinen Wahrnehmung beinahe Schmerz bereitete. So zeigten sich Menschen mit magischer Gabe den Geistern der Dämonen. Der älteste Thienz krächzte, zitternd vor ekstatischer Erwartung. Die gefährliche Zeit des Wachens war vorüber. Aus welchem Grund auch immer, Jaric segelte hinaus aus dem Schutz von Landfeste.

Das Kollektiv der Thienz sandte Gedanken zu dem Steuermann, der heftig am Ruder riß. Zwei jüngere Dämonen verließen die Verbindung, um sich um die Segel zu kümmern, und das dunkle Boot legte sich auf die Seite und beschrieb eine Kehrtwende.

Nun setzten sie Kurs auf ein neues Ziel, denn Jarics ungeschulte, ungeschützte Gedanken hatten den Dämonen alle Fakten geliefert, die sie brauchten. Er segelte voller Hast nach Tierl Enneth in der

Hoffnung, Taen vor dem qualvollen Tod durch ihren Sathid zu bewahren.

Die Nacht senkte sich über die Corinsee. Regentropfen liefen wie Schweiß über das Gesicht des Thienz-Steuermannes, und seine drahtigen Glieder zitterten. Tierl Enneth war siebzig Meilen entfernt, und sie mußten gegen den Wind segeln. Die Küsten jener Insel bargen eine Ruine, verlassen und leer bis auf die Gebeine toter Menschen. Mit Eifer und Entschlossenheit, getragen von ihrem endlosen Haß, mochte es den Thienz gelingen, gleich zwei Preise zu erringen: Ivainson Jaric, den Erben des Feuergebieters, und Marlkind Taen, die durchaus noch zu einer Waffe geformt werden konnte, gleich dem Bruder, der sich schon jetzt in der Gewalt des Schattentempels befand.

Der Wind, obgleich launenhaft und unbeständig, blies doch seit Jaric den Hafen von Landfeste verlassen hatte aus südlicher Richtung. Von dem immer wiederkehrenden Regen durchnäßt und erschöpft von dem Zug des Ruders, kämpfte er darum, die *Callinde* durch die schmale Meeresstraße zu segeln, die die Landmasse von Tierl Enneth von der kleinen Insel Hals Holm trennte. Während er sich das nasse Haar aus den Augen wischte, klammerte sich der Knabe grimmig an das Ruder. Er war bereits zwölf Tage auf See. Nun, in den letzten Stunden seiner Überfahrt, war die Meeresstraße besonders trügerisch durch die unzähligen Felsen unter der Wasseroberfläche. Die Strömung lief seinem Kurs zuwider, und eine einzige Fehleinschätzung würde reichen, die *Callinde* in Stücke zu reißen und ihn den donnernden Brechern des Meeres auszuliefern.

Möwen kreisten schreiend über seinem Mast, als es dunkel wurde. Der bedeckte Himmel färbte sich schwarz, und nicht ein Stern war zu sehen. Jaric trocknete sich die feuchten Hände und griff in die Seemannstruhe, auf der Suche nach einem Streichholz, um die Kompaßlaterne zu entzünden. Er sehnte sich nach der Sicherheit eines Ankerplatzes. Jeder Nerv in seinem Leib schmerzte vor Erschöpfung. Wogen bäumten sich zu Steuerbord auf, brachen sich unter aufwirbelnder Gischt und kündeten von unsichtbaren Riffen. Doch Corley würde bereits am folgenden Nachmittag mit der *Neumond* vor Anker gehen; Jaric blieb keine andere Wahl; er mußte das gefährliche Gewässer der Meeresstraße bei Dunkelheit durchfahren.

Geschützt durch den feuchten Stoff seines Mantels, flammte der Docht der Laterne auf. Der Knabe schloß die Glasplatte, und das Licht färbte seine Finger fleckigrot. Der schwere Geruch von Regen hing in der Luft. Aus Furcht vor noch schlechterer Sicht strengte Jaric seine Augen an und starrte auf die Wogen vor dem Bug der *Callinde*. Solange die Wogen dunkel blieben, segelte er sicher in tiefem Fahrwasser. Sobald aber die Spur von Gischt auf die Anwesenheit von Felsen unter Wasser hindeutete, zerrte er am Ruder und holte Segel ein, in dem Bemühen, sein unsicheres Schiff vor den Untiefen zu retten. Lange vor Mitternacht wußte er nicht mehr, wie oft er ein Ausweichmanöver eingeleitet hatte. Nur seine Ahnungen und der schwache Schimmer der Laterne vermochten ihn zu führen, und so kämpfte er darum, wachsam zu bleiben. Mehr als nur einmal drang der schwere Geruch von Erde und feuchtem Gras in seine Nase, wenn sein Kurs ihn nahe an die Küste von Hals Holm brachte.

Der Regen verschonte ihn bis zur Dämmerung, ehe er mit unverminderter Kraft zurückkehrte und Wogen und Gischt in eintöniges Grau kleidete. Jaric wickelte sich in seinen Mantel und blinzelte gegen die Regentropfen auf seinen Wimpern an. Nun, da seine Sichtweite auf wenige Meter beschränkt war, wagte er nicht, in seiner Wachsamkeit nachzulassen, nicht einmal für den Bruchteil einer Sekunde. Wegen seiner großen Erschöpfung verpaßte er dennoch den Augenblick, in dem er die Straße verließ und in den weitläufigen, sicheren Hafen von Tierl Enneth einlief.

Bald aber erkannte er, daß die Strömung nicht länger unbeständig am Ruder der *Callinde* zerrte. Die Wogen unter ihrem Kiel glätteten sich, verflachten zu seichten Wellen, die das erste untrügliche Zeichen dafür waren, daß er in sicherem Gewässer fuhr. Jaric weinte vor Erleichterung, verließ das Ruder und ging vor Anker. Dann holte er die Segel ein und legte sich unter dem unzureichenden Schutz des Großmasts zur Ruhe. Der Wind, der in der Takelage spielte, rauschte besänftigend in seinen Ohren, und endlich schlief er ein, ohne zu ahnen, daß zwei weitere Schiffe auf den Hafen zuliefen, in dem die *Callinde* Schutz gefunden hatte. Eines war die *Neumond* unter Corleys Kommando, bemannt mit achtzig kampferprobten Männern. In dem anderen, einem schwarzen Schiff, das nur aus Träumen bekannt war, fletschten sich acht Thienz die Zähne, angetrieben von dem Befehl des Dämonenherrschers Scait, der sie geheißen hatte zu töten.

Kapitel 10

TIERL ENNETH

Nebel lag über dem Hafen von Tierl Enneth und hüllte die Ruinen der Stadt in düsteres Grau. Der Nieselregen, der im Morgengrauen eingesetzt hatte, fiel auch noch am frühen Nachmittag, als die *Neumond* wie ein Geist, der über den Gewässern spukte, in denen einst unzählige ankernde Schiffe in der Dünung geschaukelt hatten, unter dem Flattern ihrer Segel in den Hafen einlief. Ihre Matrosen sangen keine Seemannslieder. In ernster Stille ließen sie den Anker ab, holten die Segel ein und ließen zwei Beiboote zu Wasser. Das erste Boot beluden sie mit leeren Fässern, die frische Spuren von Reparaturarbeiten aufwiesen. Corley befehligte das zweite Boot. Mit finsterer Miene, eingehüllt in seinen Mantel, dessen kastanienbraune Farbe durch die Feuchtigkeit dunkel geworden war, nahm er die in Decken gehüllte Traumweberin aus den Armen des Heilers entgegen. Der Kapitän der *Neumond* überließ seinem ersten Maat das Kommando, hangelte sich mit einer Hand hinab zu dem Boot und setzte sich in das Heck. Er bettete Taen in seinen Schoß und hielt einen Augenblick inne, um sie zu betrachten. Regentropfen perlten über ihre Wimpern wie Tränen; blaß wie eine Porzellanpuppe, schien das Mädchen kaum noch zu atmen.

Vorwurfsvoll blickte der Heiler vom Mitteldeck herab und raffte sich zu einem letzten Versuch auf. »Sie sollte nicht bewegt werden.«

Corley ignorierte ihn. Mit einem knappen Nicken befahl er seinen Matrosen, weiterzumachen. Das Boot schwankte unter dem zusätzlichen Gewicht vierer stämmiger Männer, die nun an Bord gingen. Sie setzten sich auf die Bänke und fädelten in pflichteifrigem Schweigen die Ruder durch die Ruderöffnungen.

»Bringen wir sie also an Land«, murmelte Corley. Unentwegt hielt er den Blick auf das Mädchen in seinem Schoß gerichtet, und als der Kopf der Traumweberin mit dem ersten Ruderschlag zur Seite rollte, biß sich der erfahrenste Kapitän des Kielmark auf die Lippe und fragte sich, ob er daran gut getan hatte, sich auf den Traum zu verlassen, der ihn gedrängt hatte, das kranke Mädchen an Land zu bringen. Er besaß keine übersinnlichen Fähigkeiten; nur ein sicheres Auge für Waffen und Geschick im Umgang mit Menschen. Doch als sein Schlaf vier Nächte hintereinander von Visionen zerrissen wurde, die ihm Taen zeigten, wie sie schreiend unter größten Qualen starb, würde er sie nicht nach Tierl Enneth bringen, hatte Corley beschlossen zu handeln. Er hatte nichts zu verlieren. Wenn nicht ein Wunder geschah, war das Leben der Traumweberin so oder so verwirkt.

Ruhig durchpflügten die Ruder das Wasser; sicher geführt bahnte sich das Beiboot seinen Weg durch das Hafenbecken. Umgeben von dem Geruch schwitzender Männer und feuchter Wolle beobachtete Corley, weil sie in Tierl Enneth anlegten, dem einst reichsten Handelshafen von ganz Keithland. Doch der mit Treibgut bedeckte Sand und die zerstörten Häuser boten nun nur noch dem Leben der Seevögel ein Zuhause. Krabben vergnügten sich auf den Pfeilern des hochherrschaftlichen Docks, auf dem Generationen von Königen zu Fanfarenklängen an Land gegangen waren. Wenn Landfeste auch Sitz der Regierung und der Altertümer war, so hatte doch Tierl Enneth die Künste gefördert, bis Anskieres Magie die Stadt und ihre Bewohner ohne Vorwarnung vernichtet hatte.

Die Ruderer beschrieben einen vorsichtigen Kurs zwischen den Pollern der Handelsanleger, und schließlich lief das Boot knirschend auf Sand auf. Männer stürzten zum Bug, um das Boot gegen die anrollende Brandung zu sichern, als Corley sich im Heck erhob. Mit Taen auf den Armen trat er über das Dollbord, und während seine Männer das Boot auf den Strand zerrten, watete er auf die Küste zu, ohne sich um das Wasser zu kümmern, das in seine Stiefel eindrang.

Drohend erhoben sich vor ihm die Ruinen der Stadt, graue Steine, die sich wie Gebeine von dem helleren Grau des Nebels abhoben. Tropfnaß stand Corley neben dem Seetang an der Flutmarke. Ohne zu ahnen, was ihn erwarten mochte, betrachtete er die zersplitterten Befestigungen, die von den Hafentoren übriggeblieben waren. Die Adlerstatuen waren ihren Nischen entrissen worden, und der gewaltige Torbogen bestand nur noch aus Bruchstücken, die sich schaurig dem Himmel entgegenstreckten, nur mehr verblaßte Erinnerung vergangener Baukunst waren. Unkraut wucherte, wo einst vergoldete Vierspänner donnernd über das Marmorpflaster gefahren waren.

Trotz der Nähe seiner Männer erschauerte Corley. Seine Finger spannten sich um die Decken, in die Taen eingewickelt war, und plötzlich erkannte er, daß Tierl Enneth nicht vollkommen verlassen war. Eine Gestalt in dunklem Mantel schritt durch den Nebel, der über den Ruinen hing.

Corley spannte die Muskeln. Taens regloser Leib

machte es ihm unmöglich, rasch zu seinem Schwert zu greifen. Als er das Mädchen gerade dem nächsten seiner Männer in die Arme werfen wollte, sah er, daß der näherkommende Fremde seine Kapuze zurückschob. Sonnengebleichtes Haar flatterte im Wind, und mit höchstem Erstaunen erkannte Corley das Gesicht.

»Jaric! Bei den Feuern Kors, Junge, was tut Ihr hier?« Brüsk trat Corley auf ihn zu, als sein Unbehagen in Ärger umschlug. »Brith hatte Anweisung, Euch sicher in Landfeste festzuhalten.«

Neben dem verfallenen Wellenbrecher blieb Jaric mit nicht minder zorniger Miene stehen. »Ich bin weder dem Kielmark noch einem seiner Gefolgsleute zu Loyalität verpflichtet, und ich bin um Taens willen hier.«

Als der Knabe auf den Strand zulief, fühlte Corley die Veränderung; Jarics Haltung strahlte ein natürliches Selbstbewußtsein aus. Doch wenn er wegen der Traumweberin nach Tierl Enneth gesegelt war, wie hatte er wissen können, daß die *Neumond* ausgerechnet in diesem Hafen vor Anker gehen würde?

Jaric kam näher. An seinen Fingern entdeckte Corley die Spuren eines Kampfes, der noch nicht lange zurückliegen konnte. »Habt Ihr Brith geschlagen?« erkundigte er sich voller Staunen.

»Nein.« Der Knabe sah erschöpft aus, ausgezehrt von den Anstrengungen seiner Reise. Seine Kleidung und sein Haar waren von Salzkristallen überzogen, und seine Hände rissig von der Seefahrt. »Er hat versucht, mich aufzuhalten.« Wenig geneigt, mehr zu erzählen, beugte sich Jaric über die Decken und betrachtete Taen eingehend. »Wie lange ist sie schon in diesem Zustand?«

»Zu lange.« Corley hob das Mädchen höher und

lehnte sie ein wenig bequemer an seine Schulter; kraftlos lag ihre Wange an seinem Hals. »Wißt Ihr, wie ihr geholfen werden kann?«

Jaric sah auf. Plötzlich verdunkelte quälende Unsicherheit seine Augen. »Ich habe Anweisungen erhalten. Doch um Kors göttlicher Gnade willen, fragt nicht weiter.« Er streckte die Arme aus, um Corley Taen abzunehmen.

Besorgt angesichts der Schwäche des Jungen und der Art, wie er geflissentlich über seinen Kampf gegen Brith geschwiegen hatte, schüttelte Corley den Kopf. »Wohin auch immer Ihr gehen wollt, ich werde sie tragen.«

Jaric erstarrte. Er traute den Motiven des Kapitäns nicht. Möglicherweise stand ihm ein weiterer Kampf bevor, sollte Corley versuchen, ihn aufzuhalten; und jede weitere Verzögerung konnte verheerende Folgen nach sich ziehen. Taens regloser Leib und die Kälte ihrer Haut zeigten deutlich, wie nahe sie dem Tode war.

Corley fühlte das Mißtrauen des Jungen, und er mäßigte seinen Ton. »Ich werde Euch nicht aufhalten, Jaric. Zeigt mir nur, wohin Ihr gehen wollt.« Dann wandte er sich kurzentschlossen an einen Matrosen, der ganz in der Nähe stand. »Kehrt auf die *Neumond* zurück. Sag dem Maat, er möge eine Ankerwache aufstellen, bis ich zurückkehre. Wenn ich zwischen den Pfeilern des Hafentores ein Signalfeuer entzünde, dann schickt mir ein Beiboot.«

Verunsichert sah Jaric zu, wie die Seemänner Vorbereitungen trafen, auf das Schiff zurückzukehren. »Handelt Ihr im Namen des Kielmark?«

»Nein«, sagte Corley. Ohne weiteres Zögern erklärte er sich. »Ich handle im Namen der Traumweberin, die einst jede einzelne Seele in Riffhafen vor den Gierj-Dämonen bewahrt hat.«

»Dann laßt Euer Schwert und die Dolche zurück«, entgegnete Jaric.

Deison Corley knirschte vernehmlich mit den Zähnen. Er preßte die Lippen zusammen, bis sie eine ausdruckslose dünne Linie bildeten, und während eines langen, gefährlichen Augenblicks starrte er den Jungen an, der vor ihm am Strand stand. Doch Jaric hielt ihm mit ruhiger Entschlossenheit stand; und irgend etwas in dieser Haltung besänftigte den erzürnten Kapitän.

Ohne ein weiteres Wort übergab er Taens reglosen Leib dem Jungen. Kies knirschte hinter ihnen, als die Männer das Boot zurück ins Wasser zogen; nicht gewillt, seine Waffen unbeaufsichtigt am Strand zurückzulassen, beeilte sich Corley, seinen Schwertgurt zu lösen.

Doch dann änderte Jaric aus heiterem Himmel seine Meinung. »Laßt nur. Ich werde auf Euer Wort vertrauen.«

Corley sah auf. Verwundert studierte er die besorgte Miene des Jungen jenseits der vom Wind aufgewirbelten schwarzen Haare der Traumweberin, und plötzlich verstand er. Vermutlich war Jaric von einer Kraft geführt worden, ähnlich den Träumen, die ihn veranlaßt hatten, Taen an die Küste von Tierl Enneth zu bringen. Tiefes Mitgefühl erfüllte Corley angesichts des inneren Aufruhrs, ausgelöst durch ein Schicksal, das zu ertragen selbst für den Sohn eines Zauberers zu schwer wog. »Ihr werdet es nicht bereuen«, sagte er mit rauher Stimme.

Mit beinahe dankbarem Gesichtsausdruck überließ Jaric die Traumweberin wieder den starken Armen des Kapitäns.

Dichter Nebel lag über Tierl Enneth. Weißer Dunst verbarg die Küstenlinie am Rande der Bucht, und das Rauschen der Wogen erklang geisterhaft wie eine Täuschung unwirklicher Geräusche. Die Umrisse des Kapitäns, des Erben des Feuergebieters und Taens, der Traumweberin, verloren sich vor den Augen der Matrosen an Bord der *Neumond*, doch die Grenzen menschlichen Sehvermögens vermochten Dämonen nicht aufzuhalten. Auf dem Fischerboot, das ausgesandt worden war, Ivainson Jaric zu vernichten, beobachtete der Thienz, der zur Wache eingeteilt war, die Vorgänge an der Küste. Als Corley die reglose Gestalt der Traumweberin auf seine Arme hob und gemeinsam mit Jaric kehrt machte, um sie zu den Ruinen zu tragen, benachrichtigte der Dämon seine Kameraden.

›*Menschen-Narren, wir haben sie, kein-Zweifel.*‹ Der Thienz plusterte seinen Kamm auf, hocherfreut über die unglückseligen Taten der Menschen. Denn die Traumweberin war ungeschützt und sich der Gefahr nicht bewußt; und wenn auch die Anwesenheit latenter Macht ein Netzwerk verwirrender Energien um den Erben des Feuergebieters gesponnen hatte, so zeigte sich der Geist des Kapitäns des Kielmark den Dämonen so scharf wie die Klinge eines Schwertes. Seine Absichten waren deutlich lesbar: angeführt von Ivainson Jaric wollte er Taen, die Traumweberin an einen noch unbekannten Ort bringen, während seine Männer auf seinen Befehl zurückbleiben sollten.

Die Thienz blähten ihre Kiemenlappen, erfreut-für-Scait, während der Wächter ihnen Corley zeigte, der auf die Ruinen zuging. Der Kapitän und die Zwei-die-Beute-waren schritten ahnungslos auf die verlassenen Häuser zu, in denen nun kein Verbündeter der Menschen mehr lebte.

›*Unser*‹, zischte der Thienz am Ruder. Gemeint war der Erbe des Feuergebieters. Er klapperte mit seinen scharfen Zähnen und zerrte erwartungsvoll am Ruder, obgleich die Botschaften seiner Kameraden seine Aufmerksamkeit beeinträchtigten. Den Hafen anzulaufen, in dem sich immer noch achtzig bewaffnete Männer aufhielten, war zu riskant. Doch die landeinwärts gelegene Seite der Ruinen von Tierl Enneth war schutzlos seit der Zerstörung durch Anskieres Magie. Gedankenformen flackerten auf, während die Dämonen mit zunehmender Erregung Pläne schmiedeten. Die Schaluppe konnte im Schutz des Nebels vor Anker gehen und in einer Bucht außerhalb der Sichtweite der Wachen auf dem Zweimaster verborgen werden. Thienzdämonen würden an die Küste schleichen. Auf dem trockenen Land, sicher vor den verwünschten Gefahren des Salzwassers, konnte der Kapitän des Kielmark samt seiner Klingen ohne Schwierigkeiten niedergerungen werden.

›*Dann soll Ivainson-Erbe-des-Feuergebieters sterben, zum Leid der Menschheit und der Vaere.*‹

Begierig zu töten, sprang ein Thienz auf, sich um die Segel zu kümmern. Finger, die kaum imstande waren, ein Tau zu handhaben, griffen doch voller Eifer zu und spannten die Leinen. Die Schaluppe reagierte, drehte sich in die sanfte Brise und fuhr auf die Küste zu. Doch als sich die Segel spannten, zischte der Wächter im Bug eine Warnung. Breite Lippen zogen sich vor den kleinen, schwarzgeränderten Zähnen zurück, und sein Gedankenbild, das Ärger und Schrecken widerspiegelte, jagte durch die Geister seiner Kameraden.

›*Menschen bewegen sich jenseits der Mauern der Stadt-die-gefallen-ist, viele Menschen, nicht-weiter-beobachten, können gefährlich sein.*‹

Zwei Thienz ließen von den Leinen ab. Sie versammelten sich um ihren Sprecher und verschmolzen sogleich ihre Wahrnehmung, um seine neue Entdeckung auszukundschaften. Gereizt, beinahe leichtsinnig, drangen sie vor, um die menschlichen Wesen zu erkunden, die sich in diesem Augenblick den Wiesen hinter Tierl Enneth näherten.

Die Suche der Dämonen stieß auf den Geschmack von Staub, den Gestank von Vieh und den Geruch eingeölter schwitzender Leiber. Wagenräder knarrten, und irgendwo intonierte ein Sänger einen Singsang, dessen wunderlicher Klang die lauschenden Thienz mit größtem Unbehagen erfüllte. Unterhalb einer Oberfläche sensorischer Beobachtung, erwies sich ihr feindliches Bewußtsein als merkwürdig fern jeglicher Logik. Die Farben ihrer Gedanken schimmerten wie Leuchtfeuer. Der Wächterdämon erkannte die Bedeutung dieser Entdeckung in dem Augenblick, da eine Präsenz unter den Menschen die Strömungen dämonischen Wirkens bemerkte. Aufgeschreckt zogen sich die Thienz zurück. Ihr Vorstoß löste sich spurlos auf, noch bevor dieses wachsame Bewußtsein Gelegenheit bekam, sie zu stellen.

Sanft schaukelte das dunkle Boot im Nebel, während sich die Dämonen berieten. ›*Clansippen*‹, zischte der Wächter. ›*Sie versammeln sich, um die Sonnenwende zu feiern, und mit ihnen reitet Die-die-wirklich-sieht, eine Blinde, geschult, Erinnerung zu lesen.*‹

Ein Wehklagen erklang vom Steuermann und hallte über ganze Oktaven von seinen Kameraden wider. Den Thienz war dieser Weg verwehrt, denn Clanpriesterinnen übersahen niemals die Anwesenheit der Verdammten Kors. Andere Thienz hielten in ihrer Arbeit inne, richteten ihre großen, beinahe blinden Augen auf die schattenhafte Gestalt des Wächters. ›*Nicht gut für uns, aber auch nicht gut für Corley-Jaric-Taen*‹, intonierten sie gleich darauf.

Der enthusiastische Gesang der Bergsippen schwoll an. Wildlebende Clans auf ihren Wanderungen mochten dem Willen des Dämonenherrschers Scait im Wege stehen, doch noch war nicht alles verloren. Die Menschen, die von dem Schattentempel verfolgt wurden, würden gezwungen sein, einen großen Umweg zu beschreiten, denn Clansippschaften, die die Sonnenwende feierten, pflegten gefährlich gewaltbereit zu sein. Fremde, die während dieses Rituals störten, wurden nur allzu häufig rücksichtslos ermordet.

Das dunkle Boot schwankte, als die Thienz sich erneut den Segeln widmeten. Sie lösten die Leinen und zankten vergnügt darum, wer die nächste Ruderwache übernehmen sollte; und währenddessen, gleichsam eine Variation physischer Taten, flochten sie Worte und mentale Überlegungen zu neuen Plänen für die kommende Nacht, in der sie an die Küste gehen und einen Hinterhalt in der vernebelten Wildnis jenseits von Tierl Enneth errichten würden.

Gleich neben Corley, einen Fuß auf den Wellenbrecher gestützt, fühlte sich Jaric, als stünde er am Rande einer unbekannten Welt. Der Kapitän des Kielmark würde Wort halten, selbst wenn es ihn das Leben kosten sollte; dennoch war der Junge beunruhigt, fragte er sich doch, wie Corley reagieren würde, wenn ihm schließlich bewußt wurde, daß sie unter dem Einfluß von Llondelei-Dämonen handelten. Gepeinigt von dem Gedanken, daß Taens Leben von den Launen der Verdammten Kors abhängen sollte, griff Jaric mit einer Hand unter seinen Mantel und betastete den Schaft der Eschenholzflöte. Mit einem eisigen Prickeln fremdartiger Energien berührte sogleich etwas seinen Geist, drängte ihn eilends die nebelverhangenen Ruinen von Tierl Enneth aufzusuchen. Wohlwissend, daß ihm keine Wahl blieb, außer dieser Führung zu vertrauen, atmete der Knabe tief durch und machte sich auf den Weg.

Corley sprang über die zerfallenen Ziegelsteine des Wellenbrechers hinweg. Darauf trainiert, sich geräuschlos zu bewegen, folgte er dem Jungen über schlüpfriges, moosbewachsenes Kopfsteinpflaster. Abgesehen von dem Umstand, daß der Kapitän Taen auf seinen Armen trug, hätte Jaric seine Anwesenheit leicht vergessen können. Als sie die Stadt betreten hatten, erhoben sich zu beiden Seiten geborstene Mauern, an denen sich das Rauschen der Brandung brach wie das klagende Wispern ruheloser Geister. Wind seufzte über Türschwellen, hinter denen niemand mehr lebte, und die Hinterlassenschaften der Möwen verunzierten kunstvoll gearbeitete Fenstersimse und Kamineinfassungen. Für Jaric war Tierl Enneth eine Stadt, die von der Resonanz mißbrauchter Macht heimgesucht wurde. Nur Gebeine, sauber abgenagt von Aasfressern, waren zurückgeblieben; einmal stolperte er über einen Schädel, dessen pilzbewachsene Augenhöhlen ihm anklagend nachzustarren schienen, als er weiterging.

Bedrückt durch die trostlosen Leere und den Nebel, flüsterte Jaric gedankenverloren: »Warum sind sie nicht beerdigt worden?«

»Zu viele Tote«, sagte Corley, und der Knabe zuckte zusammen, als er die Stimme hinter sich vernahm. »Nur wenige hatten noch überlebende Verwandte, die sich darum hätten kümmern können.«

Sprachlos vor Entsetzen verstand Jaric nun endlich den unterschwelligen Kummer, der sich in der Haltung des Sturmwächters niedergeschlagen hatte; Tathagres Missetat hatte Anskiere für alle Zeiten um seinen Seelenfrieden gebracht. Umgeben von den zerstörten Bauten Tierl Enneths drängten die Zweifel des Jungen mit brutaler Intensität an die Oberfläche. Die Beweise für eine Tragödie, schrecklicher als in seinen schlimmsten Alpträumen, starrten ihm von allen Seiten entgegen. Die Stille, die leeren, klaffenden Wunden der Türöffnungen gaben seinem verzweifelten Streben, dem Zyklus des Feuers zu entgehen, neuen Auftrieb. Was waren die von den Vaere ausgebildeten Zauberer, wenn nicht ein Übel für die Welt, solange Dämonen ihre überragenden Kräfte gegen die Menschheit mißbrauchen konnten. Beinahe betäubt angesichts des katastrophalen Ausmaßes, das Anskieres Versagen angenommen hatte, stolperte Jaric durch Türen und Gärten, in denen allerlei Dornengestrüpp wucherte, während er noch immer der Richtung folgte, in welche die Eschenflöte ihn drängte.

Später am Tag drangen Sonnenstrahlen durch den Nebel. Purpurfarbene Schatten legten sich über die westlichen Straßen von Tierl Enneth. Auf der landeinwärts gelegenen Seite der Stadt waren die Zerstörungen nicht ganz so offensichtlich; doch auch die Gebäude, die unversehrt geblieben waren, beherbergten keine lebende Seele mehr. Kein Feuer brannte hinter den dunklen Fenstern, und die Straßen und Gassen waren verlassen. Angeführt von dem llondischen Artefakt, erreichten der Erbe des Feuergebieters und der Kapitän des Kielmark im fahlen Licht der Nachmittagssonne schließlich die Mauern auf der anderen Seite der Stadt. Der Bogen des Händlertores, das sich in den landeinwärts gelegenen Befestigungsanlagen öffnete, lag in tiefer Finsternis. Über ihm erhoben sich gut erhaltene Wehrzinnen, grob gezähnt wie das Rückgrat eines Drachen, dessen Schuppen aus grünem Efeu bestanden. Kurz hielt Jaric inne, um die beiden Adlerstatuen zu bewundern, deren ausgestreckte, mit Blattgold verzierte Schwingen das Portal krönten.

Auch Corley blieb stehen und verlagerte Taens Gewicht auf seine andere Schulter. »Werden wir dort hindurchgehen?«

Jaric nickte. Zwar wurde es immer dunkler, doch das Drängen der Eschenholzflöte ließ nicht nach. Von wachsendem Unbehagen erfaßt, trat der Knabe in den Torbogen.

Schatten umhüllten ihn, dicht wie schwarze Tinte. Corley folgte ihm auf dem Fuße. Der Geruch von feuchtem Moos lag in der Luft, und das Geräusch ihrer Schritte hallte von den steinernen Mauern wider. Allein durch die mentale Kraft der Flöte geführt, beschleunigte Jaric seine Schritte. Plötzlich krachte er mit der Schulter gegen massives Gestein. Vor Schreck einer Panik nahe, keuchte er.

Corley sprach leise und ruhig zu ihm. »Wendet Euch nach links. Bevor die Stadt zerstört wurde, gab es hier ein Eisentor, das nachts verschlossen gehalten wurde. Der Tunnel beschreibt zu beiden Seiten des Tores eine Kurve, die verhindern sollte, daß eventuelle Angreifer ihre Waffen über das Tor hinweg zum Einsatz bringen konnten.«

Jaric stieß sich von dem Stein ab, und seine Furcht wich tiefer Trauer. Die wohldurchdachtesten Wehranlagen hatten Tierl Enneth nicht retten können; die Überlebenden der Katastrophe hatten sich entschlossen, lieber an einen anderen Ort zu ziehen, als die Stadt wieder aufzubauen. Nach wenigen Schritten passierte Jaric die verrosteten Überreste des Gittertores. Dann beschrieb der Gang eine weitere Biegung. Gleich darauf wurde der Torbogen auf der anderen Seite sichtbar, hinter dem ein wildes Durcheinander orangefarbener Lichter zum Vorschein kam.

»Kor!« fluchte Corley ungläubig. »Können das Lagerfeuer sein? Ich kann es nicht glauben!« Er schritt weit aus, erreichte das andere Ende des Tunnels und blickte mit Jaric an seiner Seite hinaus auf das Land vor den Mauern der Stadt.

Hier und dort von Nebelschwaden verhüllt, erstrahlte das Tal, das sich zwischen die Ruinen und die Berge schmiegte, im Licht von Hunderten von Fackeln. Musik erklang leise über dem sommerlichen Chor der Grillen und wurde dann und wann von heiseren Rufen durchbrochen. Bunte Wagen, beleuchtete Unterstände und den Boden, auf der Tänzer einen Kreis gebildet hatten, bildeten gemeinsam ein vertrautes Muster. Jaric wußte ohne weitere Erklärungen, was er vor sich sah; ebensolche Versammlungen hatten während seiner Kindheit regelmäßig zur Sonnenwende außerhalb der Mauern Morbriths stattgefunden. Tierl Enneth selbst mochte verlassen sein, doch die wildlebenden Sippschaften aus den Bergen fanden sich noch immer hier zu ihrem Sommerfest ein.

Corley verlagerte sein Gewicht und bettete Taen in seine Arme, so daß ihr Kopf in seiner Armbeuge ruhte. Ihr Gesicht hob sich vor dem dunklen Torbogen als fahlhelles Oval ab. Als Jaric sich nicht rührte, scharrte der Kapitän ärgerlich mit den Stiefeln über das Pflaster. »Wir haben ein Problem.« Die Clans waren mißtrauisch gegenüber Fremden und jederzeit leicht zu erzürnen; wenn ihre

Angehörigen betrunken und euphorisch von den Riten der Sonnenwendfeier waren, wurden sie in ihrer Streitsucht unberechenbar. »Wir könnten warten, bis es vollkommen dunkel ist. Vielleicht gelingt es uns dann, ungesehen an ihnen vorbeizuschleichen.«

»Nein.« Bebend entwich die Luft aus Jarics Lungen. Die llondische Flöte zerrte ihn geradezu auf die Mitte des Festplatzes. Da er sich der drohenden Gefahr ebenso bewußt war wie sein Begleiter und überdies erschüttert durch Taens Hilfslosigkeit, widerstand der Knabe dem Drang, das Instrument mit aller Gewalt zu Boden zu schleudern.

»Dann tragt Ihr die Traumweberin«, erklärte Corley ergrimmt. »Es wird nicht lange dauern, dann werden wir froh sein, daß meine Klingen nicht auf der *Neumond* liegen.«

Die Erwähnung der Waffen brachte ihm keine Antwort ein, Jaric bedachte ihn lediglich mit einem unergründlichen Blick; allerdings machte der Knabe keinerlei Anstalten, dem Kapitän das bewußtlose Mädchen abzunehmen. Aufgewühlt und nervös in Anbetracht der unerfreulichen Aussicht, ein Sommerfest am Abend der Sonnenwende zu durchqueren, spannte Corley unwillkürlich seine mächtigen Hände an. Die Decke zog sich eng um Taens Leib, und eine Strähne ihres Haares löste sich und flatterte im Wind.

»Wartet.« Jaric trat einen Schritt zurück und griff plötzlich kurzentschlossen unter seinen Mantel. »Möglicherweise werden wir den Stahl nicht brauchen.«

Wäre Corley religiösen Ritualen zugänglich gewesen, so hätte der Knabe möglicherweise den Segen Kordanes erbeten, um für Verständnis zu werben. Doch Jaric wußte, daß er von einem Kapitän, der in Riffhafen diente, kaum erwarten konnte, daß dieser auch nur eine Sekunde nachdachte, bevor er zuschlug. Sich der möglichen Konsequenzen bewußt, zog er die Eschenholzflöte aus seinem Gürtel.

Intarsien schimmerten im irisierenden Glanz zarten Perlmutts; nicht einmal das mäßige Licht der Dämmerung vermochte die Löcher zu verbergen, zwölf an der Zahl, die selbst für die langgliedrigsten menschlichen Finger zu weit voneinander entfernt waren. Corley betrachtete den Artefakt, ehe er Jaric in die Augen blickte.

Beherrscht, aber doch wohlwollend, ergriff er das Wort. »Das ist ein llondisches Instrument, richtig?«

Jaric nickte gequält; allein der Besitz dieser dämonischen Handwerksarbeit stellte eine Häresie dar, die mit dem Tode bestraft würde, sollte er jemals vor ein priesterliches Gericht gestellt werden.

Corley aber blieb gelassen. »Nun«, sagte er leise, »wenn Ihr denkt, dieses Ding könnte uns vor hitzköpfigen Clankriegern schützen, dann solltet Ihr es unbedingt benutzen.« Auf Jarics verblüfftes Schweigen hin fügte er hinzu: »Junge, die Verhaltensweisen der Zauberer, die von den Vaere ausgebildet wurden, sind anders als die normaler Menschen. Anskiere pflegt Kontakt mit der Llondelei. Das weiß sogar der Kielmark.«

Jaric hob die Hand und schob vorsichtig Taens Haar zurück unter die Decke. »Fürchtet Ihr Euch denn nicht?«

Der Kapitän atmete tief durch. »In Ordnung, ja, ich fürchte mich. Haltet Ihr mich etwa für einen hirnlosen Narren? Ich habe eine Halbschwester, deren Vater aus den Bergen kommt, und trotzdem kann ich diese Menschen nicht verstehen. Aber soviel weiß ich: allein und ohne Hilfe werden wir ohne Zweifel von Clandolchen durchbohrt sterben.«

Ein wenig ruhiger sammelte Jaric all seinen Mut und löste sich aus dem Torbogen. Corley folgte ihm angespannt, und langsam begann er zu schwitzen. Dornenbüsche und Gräser hatten die ehemalige Handelsstraße überwuchert, und ihre Schritte waren auf dem weichen Grün kaum hörbar. Tau benetzte ihre Stiefel bei jedem Schritt. Corley hob Taen wieder auf seine Schulter, um ihre Decke vor der Nässe zu schützen. Von dem einen oder anderen angestrengten Grunzen abgesehen, folgte er Jaric fast geräuschlos, bis die Flammen der Freudenfeuer ihre Gesichter ähnlich zeremonieller Bemalungen einfärbten. Aus der Nähe vermengte sich der Geruch gerösteten Fleisches mit den Ausdünstungen von Schweiß und Pferdedung. Ein fremdartiges Instrument begleitete die stampfenden Füße der Tänzer mit lauten Arpeggios. Zerlumpt, bemalt und unzulänglich in Felle gekleidet, wirbelten die Clankrieger und ihre Frauen wie Schatten zwischen den im Kreis aufgestellten Fackeln umher. Beide Geschlechter waren bewaffnet. Dolche, Kurzschwerter und Wurfringe schimmerten an ihren Gürteln, Klingen, deren Hefte aus Knochen gefertigt waren, ragten aus Schulterscheiden und den mit Troddeln geschmückten Stiefeln hervor.

Nur einen Steinwurf vom Rand des Festplatzes entfernt, stolperte Jaric über einen Ast. Holz brach unter seinen Füßen, als er um sein Gleichgewicht rang. Corley packte ihn am Ellbogen und stützte ihn, doch es war zu spät. Neben dem Feuer wirbelte ein Mann um die eigene Achse und löste sich aus dem Kreis der Tänzer. Er entdeckte die Eindringlinge, deutete auf sie und ließ ein lautstarkes Alarmgeheul erklingen. Die Musik erstarb, als die Feiernden ihre Instrumente ablegten.

Corley erstarrte mitten im Schritt. »Benutzt Eure Flöte.« Seine Stimme klang drängend, denn vor ihnen löste sich der Kreis der Tänzer auf. Ein wild gestikulierender Mob versammelte sich um den ersten Mann. Schulter an Schulter mit ihren Ehegatten, warfen Frauen ihr geflochtenes Haar geschmeidig über die muskulösen Schultern. Stahl blitzte im Fackelschein auf, als ein Clankrieger nach dem anderen zu seiner Waffe griff.

Jaric hob die Flöte an die Lippen. Er machte sich nicht die Mühe, nach den Löchern zu suchen, denn die Llondeldämonin auf den Eisklippen hatte ihn angewiesen, die höchste Note zu spielen. Mit schaurigem Gebrüll kam die Menge auf sie zu, als der Knabe tief einatmete, das Mundstück ansetzte und langsam Luft in die Flöte blies.

Das Instrument erklang in einem Ton, rein genug, den Lärm ebenso leicht zu übertönen, wie eine Nadel durch weiches Gewebe gleiten mochte. Der Ton schwoll an, wurde kräftiger und erzeugte eine Resonanz, die das menschliche Hörvermögen überstieg. Vibrationen erfüllten die Luft, berührten die lebendige Essenz der Pflanzen und Tiere und zerfaserten die Gedanken der Menschen zu Mustern, die ein sterblicher Geist niemals wahrnehmen sollte. Stolpernd kamen die angreifenden Krieger zum Stehen. Ihr Geheul verstummte. Vergessen lagen die Waffen in ihren Händen. Und wie Wellen auf einer Wasseroberfläche, die entstehen, wenn man Steine ins Wasser wirft, so breitete sich die Stille unter der Sippschaft aus..

Jaric ließ die Flöte sinken, und nur das Knistern

der Flammen durchbrach die unendliche Stille über dem Festplatz. Sein Kopf schmerzte, und seine Lippen bebten. Irgendwie brachte er die Geistesgegenwart auf, weiterzustolpern. Im Vertrauen darauf, daß Corley ihm folgen würde, betrachte er den Festplatz; und sein Haar leuchtete im Fackelschein wie Gold.

In diesem Augenblick durchbrach ein unheimlicher Schrei die Stille. Eine alte Frau stürmte aus den Reihen der Clankrieger hervor. Eingehüllt in zusammengeknotete Lederstreifen, erhob sie ihre mageren Arme und schwankte auf Jaric zu. Corley verharrte im Schritt, als die Alte in dem Singsang tiefer Trance die Stimme erhob und in der Sprache der Clans zu sprechen begann. Ihre gutturalen Laute trafen Jaric eiskalt. Unwillkürlich blieb er stehen, allein in einem Kreis lodernder Flammen. Er wußte, wer ihm gegenüberstand. Ein Jahr zuvor hatte er das Ebenbild zu dieser Frau in einer Siedlung im Hinterland mit Namen Gaires Heumond getroffen; ihre prophetischen Worte quälten ihn noch immer mit Alpträumen. Als Priesterin der Quelle auf der Insel Tierl Enneth, unterlag die Frau nach einem Leben, das allein rituellen Träumen und seherischen Visionen gewidmet war, dem Wahnsinn ihrer Bestimmung. Ihr Wort galt mehr als alle Gesetze unter den Clanangehörigen, und würde sie sich gegen sie stellen, so würden Jaric, Taen und Corley vermutlich unter den Händen ihrer jungfräulichen Schülerinnen sterben.

Die Frau sprach noch ein letztes Wort, ehe sie den Mund schloß. Perlengeschmückte Haarsträhnen fielen rasselnd über ihre Schultern, als sie mit dem Fuß aufstampfte, herumwirbelte und zu der Ladeklappe eines Wagens rannte, der über und über mit Girlanden zeremonieller Blüten beladen war. An einen Pfahl genagelt, erblickte Jaric die traditionelle Opfergabe für die gesegnete Flamme, einen Kranz, geflochten aus Feuerlilien, die nur zur Sonnenwende erblühten. Der Knabe hielt den Atem an, als die Priesterin aufsprang, zupackte und mit dem Kranz in Händen wieder auf dem Boden landete. Noch ehe er einen Finger rühren konnte, wirbelte die Frau herum, und für einen einzigen, losgelösten Augenblick traf sein verängstigter Blick auf ihre blinden, perlmutthellen Augen.

Dann stampfte die Priesterin erneut auf. In der landesüblichen Sprache von Keithland hub sie flüsternd zu sprechen an, doch ihre Worte erreichten den Knaben, als stünde sie direkt neben ihm. »Aye, so, du also bist es.« Und mit diesen Worten warf sie den Kranz.

Orange, golden und dottergelb leuchteten die Blütenblätter in der Luft, ehe der Kranz direkt auf Jarics Kopf landete. Die Clankrieger keuchten, und obwohl keiner von ihnen ein einziges Wort sprach, fielen sie alle gemeinsam auf die Knie. Nur Jaric, Corley und die blinde Priesterin blieben im Fackelschein aufrecht stehen.

Rasch trat Corley neben Jaric. »Geht weiter. Die Priesterin hat uns freies Geleit zugesichert.«

Erschrocken blickte der Knabe auf. Feuerrote Blüten baumelten in seinem Haar, als er den Kopf drehte, um den Kapitän anzusehen. »Habt Ihr verstanden, was sie gesagt hat?«

Widerstrebend antwortete Corley: »Ja.« Doch zu seiner Überraschung verlangte Jaric nicht nach einer Übersetzung ihrer Worte.

Statt dessen sagte er: »Bitte, wenn es Euch möglich ist, würdet Ihr ihnen sagen, sie sollen aufstehen?«

Corley fluchte. Taen fest an seine Brust gepreßt,

brüllte er in der rauhen Sprache der Clans. Gleich darauf kamen die Menschen um sie herum mit raschelnden Gewändern wieder auf die Beine. Jemand auf der anderen Seite der Menschenmenge brüllte etwas, und Trommelschläge hallten durch die Nacht.

»Nun geht«, drängte Corley neben Jarics Ohr.

Der Trommelschlag wurde schneller, entwickelte sich zu einem wilden Rhythmus des Jubels. Sosehr Jaric sich danach sehnte, davonzulaufen, zwang er sich doch, würdevoll einen Fuß vor den anderen zu setzen. Clankrieger, bemalt, das Haar kunstvoll geflochten, eingehüllt in den Geruch süßer Öle und die Ausdünstungen schwitzender Körper, wichen zurück und ließen sie ungehindert passieren.

Corley direkt neben sich, schritt der Knabe durch einen Korridor, begrenzt durch eine Mauer aus Menschen, der sich bis zum anderen Ende des Festplatzes erstreckte. Hände zupften an seinen Kleidern; Kinder starrten mit großen Augen hinter den Beinen ihrer Eltern hervor, und alte Frauen beugten sich leise murmelnd über die in Decken gehüllte Traumweberin in Corleys Armen. Geblendet vom Schein der Fackeln ging Jaric weiter, obwohl seine Knie zitterten und seine Finger sich krampfhaft um die Flöte spannten, lange bevor sie das Ende des Festplatzes erreicht hatten.

Dunkelheit umfing sie, als sie die letzten Wagen hinter sich gelassen hatten. Hinter ihnen kreischte die Priesterin, Flötentöne und Fiedelklänge gesellten sich zu den Trommelschlägen. Die Bergbewohner nahmen ihren Tanz zur Feier der Sonnenwende unter dem Schein der im Wind flackernden rauchenden Fackeln wieder auf. Jaric aber lief erleichtert über das taufeuchte Gras des Weidelandes. Er sprach kein Wort, selbst als das Sommerfest hinter ihnen zurückfiel und die Feuer nur mehr als winzige orangefarbene Punkte unten im Tal erschienen. Das Gelände wurde schroffer, durchzogen von felsgesäumten Flüssen. Langsam ging im Osten der Vollmond auf. Der Pinienwald am Fuß des Gebirges ragte bedrohlich vor ihnen auf, umrahmt von silbrigem Mondschein. Noch immer schritt Jaric zügig voran. Corley dehnte seine schmerzende Schultermuskulatur und frage sich, ob sie es wagen konnten, eine Pause einzulegen, um sich ein wenig auszuruhen, als Jaric plötzlich und ohne jede Vorwarnung mitten in der Bewegung erstarrte.

Er riß den Kranz von seinem Kopf, zerrieb die zarten Blüten der Feuerlilien zwischen seinen Fingern, während er tief durchatmete und die Bedeutung der Worte der Priesterin zu erfahren verlangte.

Corley, dem nur allzu bewußt war, wie nahe der Knabe einem Zusammenbruch war, antwortete ihm so ruhig er nur konnte: »Sie nannte Euch Feuergebieter und Dämonenbanner.« Langsam und mit äußerster Vorsicht ließ er die Traumweberin in das Gras gleiten und fuhr fort: »Sie hat ihren Leuten gesagt, sie dürften uns nicht aufhalten. Um des Mädchens willen, das die Menschen vor dem Dunklen Träumer beschützen würde, der kommen wird, müßten sie uns passieren lassen.«

Etwas in der Miene des Kapitäns verriet Jaric, daß da noch mehr war. »Nur weiter.«

Über Taens reglosen Leib gebeugt, seufzte Corley. »Die Priesterin sagte, Ihr würdet eines Tages ausziehen und die Macht aus dem Herzen des Schattentempels rauben. Wenn Ihr diese Aufgabe meistert, so wird die Menschheit überdauern, um eines Tages wieder die Feuer Kors am Himmel zu sehen.«

Mit einem gequälten Aufschrei schleuderte Jaric den Kranz zu Boden. »Der Schattentempel?« Furcht sprach aus seinem Tonfall. »Wißt Ihr denn, wie fehlgeleitet ihr Glaube ist? Beim Großen Untergang, ich bin keines Menschen Retter.«

»Ihr seid der Sohn des Feuergebieters«, stellte Corley in sachlichem Ton fest.

Der Geruch zerdrückter Blüten hing schwer zwischen ihnen in der Luft. Jaric wandte das Gesicht ab und schloß die Augen, um die Tränen zurückzuhalten. »Ivain war ein Mörder. Ich habe nicht die Absicht, in seine Fußstapfen zu treten.«

Corley, der über eine gute Menschenkenntnis verfügte, war klug genug, die Ruhe zu bewahren, als Jaric auf dem Absatz kehrt machte und davonrannte. Wohlwissend, daß der Knabe allein mit seinem Schicksal fertig werden mußte, hob der Kapitän seufzend Taen wieder auf seine Arme. Langsam folgte er dann dem Jungen in Richtung Wald.

Die Llondeldämonen erwarteten sie am Rand des Pinienhains. Wie Rauch flatterten ihre grauen Umhänge im Mondenschein, der durch die Wipfel der Bäume herniederdrang. Aufgeschreckt durch ein Zischen, eine Bewegung und einen Kreis glühender Augen, zuckte Jaric zurück und prallte gegen Corley.

Die beiden Männer erstarrten, als Gedankenbilder sich in ihren Geist drängten. ›*Gefahr pirscht sich von hinten an.*‹ Die Llondel zeigten ihnen die schattenhaften Umrisse mehrerer Kreaturen, die sich zwischen allerlei Strauchwerk zu bewegen schienen. Bevor die Bedeutung der Bilder klar wurde, fügten sie das Bild Taens hinzu, auf deren glänzendem schwarzen Haar ein Kranz aus Myrtenzweigen saß. Still, aber ungeduldig, streckte der größte der Dämonen seine sechsfingrigen Hände nach dem Mädchen aus.

Dicht neben dem Kapitän, fühlte Jaric, wie er in der Finsternis zurückzuckte. »Übergebt sie ihnen«, sagte der Knabe eilends. Er wußte, daß die Dämonen Gewalt anwenden würden, sollten sie sich gegen sie stellen.

Doch die Llondel hatten das Zögern des Kapitäns bereits bemerkt. Sie handelten ohne Vorwarnung. Jaric fühlte ein Brennen wie von heißem Draht in seinem Kopf. Er taumelte und fühlte nicht mehr, wie sein Körper den Boden berührte. Zwei Llondel traten über seinen auf dem Bauch liegenden Körper hinweg; sie packten Taen gerade in dem Augenblick, in dem Corleys Knie nachgaben. Gedankenbilder huschten kurz zwischen llondischen Geistern hin und her. Dann, mit einem klagenden Pfiff, bückte sich die Dämonin unter ihnen und nahm Jaric Schwert und Dolch ab. Sie packte die Handgelenke des Erben des Feuergebieters und lud sich den Knaben auf den Rücken. Leiser als das Rascheln eines trockenen Blattes folgte sie ihren Kameraden mit ihrer Last in den dunklen Wald hinein.

Kapitel 11

CORINNE DANE

Corley erwachte vom Gesang der Vögel. Kalt rann das Tauwasser über seinen Kragen. Das Licht des frühen Morgens fiel auf die Pinienbäume, und ein sechsbeiniger Dreipicker bohrte über ihm in der Rinde der Zweige nach Maden. Mit Schrecken erkannte Corley, daß Taen und Jaric nicht mehr bei ihm waren. Hastig sprang der Kapitän auf und keuchte unter den Schmerzen in seinen steifen Schultern. Nunmehr vollends wach und voller Sorge um seine Begleiter, suchte er den Boden nach Spuren der Llondel ab. Doch auf dem Nadelteppich war nicht der geringste Hinweis auf ihren Verbleib zu sehen. Nur ein Schwert und ein Dolch, gefertigt aus Stahl aus Corlin, waren zurückgeblieben; doch der Knabe würde nach seiner Erfahrung mit Brith seine Waffen gewiß nicht zurücklassen, es sei denn, er wurde gezwungen.

Fluchend zupfte Corley kleine Zweige aus seinem Haar. Wie gut die Beziehung zwischen Anskiere und der Llondelei auch sein mochte, Jaric und Taen waren nun in der Hand von Dämonen, und sie besaßen keine Waffen, um sich zu verteidigen. Der Kapitän war nicht bereit, sie ohne eingehende Suche aufzugeben. Obgleich sein Magen vor Hunger schmerzte und sein ganzer Körper unter den Auswirkungen einer Nacht unter freiem Himmel litt, zögerte Corley nicht einen Augenblick. Er sammelte Jarics Waffen auf und machte sich auf, nach seinen Begleitern zu suchen.

Berge bedeckten die Insel. Die Wälder, die auf den Hängen wuchsen, erwiesen sich als überaus dicht und von unzähligen Wasserläufen durchzogen. Das Gelände war weit zu zerklüftet, als daß ein Mann allein es sorgfältig durchsuchen konnte. Corley überquerte die entferntesten Hügel, traf hier und dort auf die Furchen, die Wagen der Sippschaften in den Boden gegraben hatten. Er schreckte äsendes Rotwild auf und verscheuchte Fasane aus ihren Nestern, doch er fand keine Spur von der Llondelei.

Als der Tag voranschritt, fühlte er eine zunehmende Unruhe in sich, so, als würde ihm jemand folgen. Wieder und wieder blickte er sich um, doch er konnte nichts entdecken, was seinen Verdacht bestätigt hätte. Schließlich durch seinen Hunger gebremst, rastete er am späten Nachmittag an einem Fluß, um eine Falle aufzubauen. Die Umstände dieser Situation waren keineswegs beruhigend. Sollten die Dämonen beabsichtigen, Taen und Jaric ein Leid zu tun, so konnte ihnen nun kein Mensch mehr helfen. Doch die Anweisungen des Kielmark waren deutlich gewesen; Corley sah schließlich keinen Ausweg, als zum Hafen zurückzukehren und zu warten. Wenn seine beiden Schützlinge überlebten, so würden sie sich gewiß auf der *Callinde* im Hafen von Tierl Enneth einfinden.

Schatten tanzten in purpurfarbenem Zwielicht über Baumstämme. Wind rauschte in fremdartigem Laub; *nein*, dachte Jaric, das Geräusch, das er hörte, stammte nicht vom Wind, sondern von einer Quelle, deren Wasser sich plätschernd über die Kieselsteine eines unterirdischen Bachlaufes ergoß.

Eingehüllt in sich überlagernde Bilder, hervorgerufen durch das kollektive llondische Bewußtsein, kämpfte der Knabe darum, Realität und Traumbilder auseinanderzuhalten. Er lag auf einer aus Binsen geflochtenen Matte in der Enge einer Erdhöhle, die den Llondel als Behausung dienen mußte. Doch noch während sein Geist sich ein Konzept seiner Umgebung zurechtlegen wollte, widersprachen ihm die Gedanken der Llondel: *dieses neue Zuhause war ein Ort des Kummers und der Vertreibung*. Heimat weckte Erinnerungen an feuchte Luft und Schatten, an die ewiglich flüsternden Winde und die trägen Ranken der Pflanzen. Dieses Gehölz war anders, war ein Ort, unvorstellbar weit von den Wäldern Keithlands entfernt. Dort schien die Sonne rot und kaum heller als ein Stern am Himmel.

Jaric versuchte, sich vorzustellen, was eine Sonne mit einem Stern gemein haben konnte. Verwirrt durch die Wachträume der Dämonen, die ihn beherbergten, und krank vor Sorge um Taen stützte er sich auf einen Ellbogen. Eine Öllampe mit Scheiben aus violettem Glas hing an einer Kette über seinem Kopf. Eine winzige Flamme beleuchtete einen Raum, in dem es außer der Matte und einem irdenen Wasserkrug auf einem dreibeinigen Ständer keinerlei Möbel gab. Der Boden war gleichmäßig festgestampft. Auf den von Holzbalken gestützten Wänden waren unverständliche Muster zu erkennen, und ein scharlachroter Vorhang verdeckte die Rückseite einer Nische. Janic war verunsichert, ob er nun Gefangener oder Gast war, und er fragte sich, ob sich hinter dem Stoff eine Tür verbergen mochte. Kordanes Gesetz zufolge konnte ein Mensch dem Wahnsinn anheimfallen, war er nur zu lange dem Einfluß llondischer Bilder ausgesetzt.

Trotzdem wäre es dem Knaben nie in den Sinn gekommen, davonzulaufen, ohne zuvor Taen gesucht zu haben.

Davonlaufen, Kordanes Gesetz; llondisches Bewußtsein schnappte Fragmente seiner Gedanken auf, und unter den unergründlichen Launen ihrer Art gerieten die einzelnen Strukturen durcheinander. Die Illusionen, die Dämonen anstelle von Sprache benutzten, überwältigten Jarics Sinneswahrnehmung, und plötzlich wichen die Bretterwände der Höhle strahlender Helligkeit. Orientierungslos fiel der Knabe zurück auf die Matte. Er schlug die Hände vor das Gesicht, doch das Licht wollte nicht weichen. Unauslöschlich vor seinem geistigen Auge sah er eine Feuersbrunst durch sternenbesetzte Finsternis zur Erde stürzen. Ein Lärm wie von Donner erfüllte seine Ohren. Während Mächte, zu furchteinflößend für menschliches Begreifen, seine Wahrnehmung attackierten, erduldete er wie betäubt die Visionen llondischer Erinnerungen, die ihm die Pracht der Feuer Kordanes zum Zeitpunkt des Großen Untergangs enthüllten.

›Corinne Dane, *Forschungsschiff.*‹ Entliehene Worte menschlicher Sprache suchten mühsam, unvorstellbar fremdartige Konzepte zu erfassen. ›*Stahlen Llondelei von der Heimatwelt*‹, jenem Ort der milden Schatten, der fruchtbaren Erde und der gewaltigen, hochaufragenden Bäume. Jaric fühlte das Aufflammen vernichtenden Hasses. ›*Deine Art hat gestohlen, Heimatwelt.*‹ Sternensonne, verlorene Sonne, rot wie eine Stichwunde am Himmel. Gepeinigt von feindseligen Gefühlen, krümmte Jaric sich schreiend.

Das Bild veränderte sich wie in einem zerkratzten Kaleidoskop. ›*Friede; dieser Mensch ist Ivainson, der Erbe des Feuergebieters. Laßt ihn in Ruhe.*‹ Zurück in der friedlichen Umgebung der Höhle, fühlte der Knabe, wie die Feindschaft der Dämonen abflaute.

Zitternd löste Jaric seine verkrampften Finger. Er schob sich das schweißnasse Haar aus der Stirn und richtete sich auf. Augen wie zwei orangefarbene Kohlen glühten in der Nische, in der der Vorhang hing; ein Llondeldämon beobachtete ihn aus der Finsternis.

Jaric unterdrückte seine Furcht. »Was habt ihr mit Taen gemacht?«

›*Die, die Träume spinnt?*‹ Der Llondel trat in den Raum, eine graue, sechsfingrige Hand ausgestreckt, um den Knaben zu stützen, als er sich erhob. ›*Komm.*‹

Jaric zuckte vor der Berührung durch den Dämon zurück. Ohne Hilfe kam er auf die Beine und stellte voller Unbehagen fest, daß seine Waffen verschwunden waren. »Wo ist Corley?«

Der Llondel zischte. Seine dornigen Finger krümmten sich zur Faust, und wie eine Ohrfeige drang der Eindruck einer Baumgruppe an einem sonnigen Hang in sein Bewußtsein. Dort hockte der Kapitän des Kielmark und röstete einen Fisch über dem Lagerfeuer. Doch das Bild vermochte Jaric nicht zu beruhigen. Unbehagen erfaßte ihn, als lauerte etwas Böses in den Schatten nahe Corleys Lager. Doch der Llondel ließ ihm keine Chance, dieser bösen Vorahnung nachzugehen.

Abrupt löste sich das Bild in Finsternis auf, nur erhellt durch unheilvoll leuchtende Augen. ›*Folgen.*‹ Der Dämon zog den Vorhang zur Seite und winkte.

Ein schmaler Korridor tat sich hinter dem Vorhang auf, nur unzureichend von Lampen erhellt, deren Flammen von dem gleichen violetten Glas geschützt wurden. Da ihm keine andere Wahl blieb, als dem Dämon zu gehorchen, stolperte Jaric voran.

Seine Absätze klapperten auf glasierten Keramikfliesen. Nicht imstande, so gut zu sehen, wie der Dämon, der ihn führte, überdies neugierig, was sich hinter den Türen verbergen mochte, die in regelmäßigen Abständen in die Wände eingelassen waren, hinkte der Knabe ein wenig hinterher. Seine Schritte hallten von den Wänden wider, verwirrten sein Gehör mit sich überlagernden Geräuschen; seine Wahrnehmung verlor sich in Träumen. Jaric stolperte. Er stemmte eine Hand an die Wand, um nicht das Gleichgewicht zu verlieren, während sein Geist unter dem Einfluß llondischen Bewußtseins über die äußersten Grenzen Keithlands hinaustrieb. Innerhalb der steinernen Türme des Schattentempels erblickte er einen jungen Mann, der die Arme um den Kopf geschlungen hielt. Eine fremdartige, rötliche Aura umgab seine zusammengekauerte Gestalt; verunsichert, ob das Phänomen seiner Vorstellung oder llondischer Hellsichtigkeit entsprang, sah Jaric genauer hin. Durch wabernde Lichter hindurch erkannte er vernarbte Finger und einen wohlvertrauten Schopf schwarzen Haares.

»Emien?« rief er, obgleich er nicht beabsichtigt hatte, laut zu sprechen.

Harte, dornige Finger umklammerten Jarics Handgelenke. Die Verbindung brach ab, ehe der Mann im Turm antworten konnte, und Ivainson fühlte, wie er zurückgerissen wurde in die violett gefärbten Schatten eines unterirdischen Korridors. ›*Bleib dicht bei mir*‹, riet sein llondischer Beschützer. ›*Sei achtsam oder riskiere deine geistige Gesundheit. Wenn du herumstreunst, dann kann ich dich nicht vor den Traumfetzen der Höhle abschirmen.*‹

Jaric teilte die durcheinanderwirbelnden Reaktionen vieler, einen Augenblick, bevor der Dämon ihn aus der Verbindung löste. ›*Ivainson, Erbe des*

Feuergebieters; willensstark, wie? Schaut, er sucht schon vor der Zeit nach dem Dunklen Träumer.‹

»*Dunkler Träumer?*« sagte der Knabe laut. »Meinen sie Emien?«

Der Llondel eilte nur wortlos weiter. Bald darauf blieb er stehen, deutete auf eine Tür und flutete Jarics Geist mit einem Abbild des Antlitzes von Taen, der Traumweberin. Der Knabe benötigte keine weitere Einladung. Er folgte dem Dämon direkt auf dem Fuße, betrat den Raum und blinzelte in das helle Licht ungeschützter Kerzen.

Geblendet, bis sich seine Augen an die Lichtverhältnisse gewöhnt hatten, erahnte Jaric die in Umhänge gehüllten Gestalten dreier Llondel, zwischen denen etwas wie eine hölzerne Wanne, gefüllt mit heißem Wasser, stand. In dem Dampf, der über dem Wannenrand aufstieg, sah er einen dunklen, nassen Schopf und die rotangelaufenen Züge jenes Mädchens, das ihn seit dem Augenblick, da sie sich vor Landfeste getrennt hatten, in seinen Gedanken verfolgte.

»Jaric?« Taens Stimme war schwach, doch unverkennbar tadelnd. »Corley sagte, wenn du der *Neumond* nach dem Ablegen von den Freien Inseln folgen würdest, dann würde er dir mit seinem stumpfesten Messer die Haut abziehen.«

»Nun, er hat es nicht getan. Außerdem hatte jede Klinge an Bord der *Neumond* nach vier Wochen der Sorge um dich eine Schneide, die scharf genug gewesen wäre, das Schnurbarthaar einer Katze zu spalten.« Ein wenig überrascht angesichts der Tatsache, daß sich seine Kehle wie zugeschnürt anfühlte, stürzte Jaric voran, um sie in seine Arme zu schließen. So schnell er sich auch bewegte, kam ihm die Reaktion der Dämonen dennoch zuvor. Einer packte ihn von hinten an der Schulter und riß ihn zurück, während die anderen beiden vor ihm aufsprangen und seine Hände ergriffen. Hilflos, beide Arme weit ausgestreckt, kämpfte Jaric darum, zu Taen vorzudringen, als llondische Gedankenbilder seinen Protest gewaltsam erstickten.

›*Niemals berühren. Nicht jetzt.*‹ Dem Befehl folgte ein Eindruck seines inneren Selbst, unauflösbar verbunden mit der Macht Taens als Traumweberin. Jaric sah, wie sein Potential als Erbe des Feuergebieters auf einen Schlag vernichtet wurde, *nur*, weil er in seiner Ignoranz die Traumweberin umarmt hatte, bevor ihre Krankheit besiegt war. Llondische Bilder zeigten ihm eine schaurige Abfolge der Katastrophen, die die Menschheit als Folge dieser Dummheit erleiden mochte: brennende Städte, hungernde Flüchtlinge, ganz Keithland zerstört nach dem Angriff dämonischer Widersacher.

Ohne jede Vorwarnung ließen die Dämonen von ihm ab, und Jaric fiel verwirrt auf die Knie. Erschüttert hockte er am Boden und wagte nicht, aufzustehen, während sein Blick die unergründlichen Augen der Dämonen suchte. Dann, während er sich eine schmerzende Kratzwunde rieb, die eine Kralle der Dämonen versehentlich hinterlassen hatte, wandte er sich schließlich an Taen. »Ich verstehe nicht.«

»Wie könntest du auch?« Die Spur eines schelmischen Grinsens huschte über ihre Lippen. »Ich kann mir kaum vorstellen, daß die Mysterien der Vaere in Dokumenten der Archive von Landfeste niedergeschrieben sind.«

»Nein.« Jaric kam der Aufforderung eines Llondel nach und setzte sich auf eine Strohmatte neben Taen. Obwohl die feuchtglänzende Haut ihrer Schulter nahe genug war, um sie zu berühren, faltete Jaric die Hände in seinem Schoß.

»Die Vaere waren verzweifelt, als Riffhafen von den Dämonen bedroht wurde. Ich wurde ausgesandt, einzugreifen«, sagte Taen. »Zu dieser Zeit besaß ich noch nicht die volle Herrschaft über meine Traumgabe.«

Doch Jaric wußte, daß sie etwas ausgelassen hatte, um ihn zu schonen. Taen war geschickt worden, sein Leben vor den gemeinsamen Auswirkungen der Banne Anskieres und des unberechenbaren Temperaments des Kielmark zu schützen. Gegen den ausdrücklichen Wunsch der Vaere war sie geblieben und hatte ihre Gabe genutzt, um Riffhafen zu verteidigen, so daß er die Schlüssel von Elrinfaer in Sicherheit bringen konnte. Gepeinigt von dem Gedanken, daß Taens Leiden mit einem Ungehorsam begonnen hatte, den sie um seinetwillen begangen hatte, bedeckte Jaric das Gesicht mit den schwieligen Händen.

»Ivainson, nein, du darfst dir keine Vorwürfe machen!« Taen legte ihre Wange an den Rand der Wanne. Der Unzulänglichkeit der Sprache überdrüssig, nutzte sie ihre Gabe.

Sanft wie ein herabfallendes Blatt berührte sie Jarics Geist mit ihren Gedanken. Vorsichtig teilte sie ein Verständnis mit ihm, das sie selbst erst mit Hilfe der Llondel errungen hatte, die ihre Krankheit heilten. Die Mächte der Vaereschüler entstammten der Verbindung mit einer lebendigen Matrix, die Sathid genannt wurde. Im Reifezustand entwickelten die Kristalle eine Unverträglichkeit gegenüber dem menschlichen Leib, die zu einem Koma führte. Dies war der Zeitpunkt, an dem die Kristalle sich vermehren würden, indem sie das lebendige Gewebe des Körpers in Saat ihrer Matrix umwandelten. Tod war gewöhnlich die Folge. Doch da die Llondel ihre visionären Fähigkeiten ebenfalls einer Sathidbindung verdankten, wußten sie von den Möglichkeiten, einen gereiften Kristall ohne körperlichen Schaden zu entfernen. Dieser Prozeß aber konnte leicht aus dem Gleichgewicht geraten; ein physischer Kontakt im falschen Augenblick würde die Matrix zu einer Querverbindung veranlassen, sie dazu treiben, sich zusätzlich zu ihrem ersten Meister einem zweiten Bewußtsein zuwenden.

Dämonische Gedankenbilder lieferten weitere Details. Traumbilder tauchten auf und erklärten Jaric, daß die Herrschaft des Sturmwächters von Elrinfaer über Winde und Wogen einer Verbindung mit zwei Sathidkristallen entstammte. Die Kristalle bildeten das Fundament seiner Macht, und um sie vor feindlichem Zugriff zu schützen, hatte er sie in einer Kapsel im Polarmeer versenkt. Jenseits dieser eisigen Tiefe durchquerte der Knabe eine ganze Reihe verknüpfter Assoziationen, herbeigerufen durch llondisches Bewußtsein. In einem Sturm zurückliegender Ereignisse sah er, wie Feinde aus dem Schattentempel hinausmarschierten. Sie töteten llondische Wächter und stahlen den Rest ihres Vorrats an heimischer Sathidmatrix. Die Kristalle waren rein, noch ohne Verbindung; sie waren durch nichts zu ersetzen. Nur Kristalle aus der Heimatwelt unter dem roten Stern konnten ihre Stelle einnehmen. Kaum zurück im Schattentempel, begannen feindliche Hände, mit der Matrix zu experimentieren, und sie fanden heraus, was die Llondel schon immer gewußt hatten. Zu dem Zeitpunkt der Trennung konnten die Sathidkristalle eine neue Bindung eingehen; doch jeder, der versuchte, an der Macht einer bereits geprägten Matrix teilzuhaben, riskierte die totale Unterwerfung seines Willens unter den des ursprünglichen Bindungspartners. Und da die Matrix selbst die

Erfahrungen jedes erfolgreichen Meisters teilte, wurde der Kristall mächtiger, weiser, bis auch er um die Herrschaft ringen konnte. Folglich hätte Jaric das Gleichgewicht zerstört, hätte er Taen berührt, und folglich war dies die Methode, wie sich der Schattentempel Mittel und Wege schuf, um seine Greuel über die Menschheit zu bringen.

Von den Bildern befreit, erinnerte sich Jaric an die Verätzungen, die Emiens Hände seit jener Stunde entstellten, da er seine Herrin, Tathagres, ermordet hatte. Plötzlich wurde ihm Taens Anwesenheit bewußt, und er hörte auf zu spekulieren, doch nicht, ehe die Traumweberin Kenntnis von der Richtung hatte, in die seine Gedanken wiesen.

»Mein Bruder ist in großer Gefahr. Die Llondel wissen, daß Tathagres dem Schattentempel gedient hat. Sie trug einen Sathid, der von den Dämonen geprägt war, in einem goldenen Reif um ihren Hals. Obwohl die Hexe selbst nicht mit der Matrix verbunden war, kontrollierte der Feind sie durch den Einfluß des Kristalls. Durch sie tätigten die Dämonen ihre Angriffe auf Anskiere und Riffhafen. Doch als Emien das Band an ihrem Hals zerbrach, bekam die Matrix Kontakt zu seiner Haut. Sehr wahrscheinlich wird er einer Besessenheit unterliegen. Jede Gabe, über die er verfügt, kann sich so zum Schaden unserer Art entwickeln.«

Jaric fühlte, wie der Atem in seiner Kehle stockte. Für eine Weile studierte er Taens Gesicht in dem Dampf, der aus der Wanne aufstieg. Müdigkeit überschattete die Augen des Mädchens, deren Farbe unter den langen Wimpern an Tinte erinnerte; ihre Miene aber spiegelte mehr Sorge als Kummer. Offenbar war ihr noch nicht bewußt, daß Emien ein Gefangener des Schattentempels war. Trockene Finger berührten Jarics Arm. Erschrocken blickte er sich um und erkannte einen Llondel gleich neben sich.

›*Einmal hat sie es gesehen*‹, übermittelte ihm der Dämon, dessen Berührung sich in seinem Geist verstärkte. ›*Das Mädchen hat im Delirium ein Bild empfangen, aber um ihrer Gesundheit willen haben wir sie glauben lassen, sie hätte lediglich einen Alptraum erlitten. Doch nun können wir sie nicht länger im Unwissen lassen.*‹ Schlitzförmige Nüstern bebten; und der Dämon ließ den Jungen teilhaben, als er seinen Kopf in Richtung der Traumweberin neigte.

Durch die veränderte Wahrnehmung llondischer Augen erblickte Jaric nun den Raum und die Kreaturen seiner Umgebung. Kerzenschein flammte schmerzhaft grünlich auf, und Taens Gestalt schimmerte in einer blauvioletten Aura. Das Muster dieser Aura strahlte unveränderlich und ebenmäßig. Dann verschwand es, wich Finsternis, ehe ein anderes Bild an seine Stelle trat, das den schwarzhaarigen Gefangenen des Schattentempels zeigte. Das Muster, das um Emiens Gestalt schimmerte, glühte jedoch in einem aggressiven Scharlachrot, verzerrt wie die derbe Strickware einer Clanfrau.

Das Bild verblaßte. Den erwartungsvollen Blicken der Llondel unterworfen, erkannte Jaric, daß die Dämonen von ihm erwarteten, in diese Entwicklung einzugreifen. Die Logik verlangte von ihm, sein magisches Potential zu entwickeln, um das Leid zu bekämpfen, das Emien über Keithland bringen würde. Doch die Erkenntnis, daß jegliche Macht der Vaere, auch die des Zyklus des Feuers, der Herrschaft über eine Sathidmatrix entsprang, änderte gar nichts. Seit dem Anblick der Ruinen von Tierl Enneth war seine Abneigung gegen Zauberei stärker als je zuvor.

Frustriert bis an den Rand der Verzweiflung rief

Jaric herausfordernd: »Warum kümmert es euch, was aus Keithland wird? Vor Kordanes Gesetz sind alle Dämonen gleich. Was unterscheidet eure Art von den Erbauern des Schattentempels?«

Die Llondel gaben ein empörtes Zischen von sich. Taen schrie laut, doch ihre Warnung blieb unbeachtet. Der Dämon neben Jaric umfaßte sein Handgelenk mit eisernem Griff. Tief drangen die Dornen auf seiner Handfläche in das Fleisch des Jungen, und er stürzte Hals über Kopf in ein Inferno aus Hitze und Gewalt.

Die Wälder der Heimatwelt explodierten in einer Feuersbrunst, ausgelöst durch die Energiewaffen der Eindringlinge. Jaric sah, wie ein Hain brennender Bäume zu Asche zerfiel. Scharen fledermausartiger Tiere flogen auf und stießen schrille, jämmerliche Schreie aus, als ihr Fleisch bei lebendigem Leibe verbrannte. Eine kleine Gruppe Llondel entfloh dem Brand. Verwirrt, ohne jede Vorwarnung aus ihren Wohnhöhlen hervorgetrieben, durch den Rauch, der in ihre Augen drang, so gut wie blind und durch die grausame Helligkeit der Flammen ihrer Orientierung beraubt, flohen sie, nur um gleich darauf in Gefangenschaft zu geraten. Vergiftete Pfeile jammerten unter den Kaskaden aufsteigender Funken, bohrten sich unerbittlich in die flüchtenden Gestalten. Ein Llondel nach dem anderen taumelte, stürzte zu Boden und blieb reglos liegen.

Weißgekleidete Kreaturen näherten sich über die versengte Grasnarbe. Ihre Körper ähnelten denen von Menschen, doch anstelle von Gesichtern bestanden ihre Köpfe aus glasartigen, nichtssagenden Fenstern, hinter denen tiefe Schwärze lauerte. Jaric schrie vor Entsetzen, doch der Traum ließ nicht nach. Eingebunden in die Erinnerung an den Untergang der Llondelei, sah er zu, wie die Feinde ihre verwirrten Gefangenen in furchterregende Eisenfahrzeuge sperrten. Dröhnend setzten sich die Vehikel in Bewegung, und das Traumbild wurde dunkel. Jaric erlebte einen Moment lang fürchterliche Vibrationen und Lärm. Dann, wie ein Leuchtfeuer im Meer der Verwirrung, hörte er eine menschliche Stimme.

Der Akzent der Frau war fremdartig, ihr Tonfall unverkennbar beunruhigt. »Kommandant Keith, ich muß protestieren! Die Bewohner der Llondwelt sind nicht gefährlich. Mein Gott, sie verfügen bisher nicht einmal über Raumfahrttechnik!«

Eine schroffe Stimme antwortete ihr: »Sie besitzen Psi-Kräfte, die stark genug sind, uns zu vernichten. Das reicht vollkommen, sie als Feinde anzusehen. Seit Sternenhoffnung besiegt wurde, zählt das Leiden einzelner einen Dreck. Und Gott? Wenn die Mission der *Corinne Dane* fehlschlägt, wenn die Menschheit keinen Weg findet, sich gegen Mächte zu schützen, wie sie diese Llondel nutzen, dann werden die einzigen überlebenden Menschen die sein, die in den von den Gierj versklavten Kolonien leben. Aber da das Buch der Offenbarung nichts derartiges erwähnt, müssen wir wohl davon ausgehen, daß auch der Rest des Dogmas der guten alten Erde nur fiktiv ist. Gehen Sie jetzt zurück auf Ihren Posten.«

Jaric bemühte sich, den Worten einen Sinn abzuringen. Verwirrt über die religiösen Anspielungen, deren Bedeutung irgendwie verdreht schien, grübelte er, ohne etwas sehen zu können, über die Worte *Corinne Dane*. Llondisches Bewußtsein fing den Namen in seinem Geist auf, und der Traum veränderte sich erneut, schleuderte ihn mit ungeheurer Heftigkeit in eine von Sternen beherrschte Finsternis. Während er durch die Weite des Alls dahintrieb, erblickte er ein gewaltiges Metallobjekt. Seine Oberfläche war mit unverständlichen Symbolen und einem schimmernden Durcheinander aus Stürzen, Flügeln und Lichtern übersät. ›Corinne Dane, *Sternenforschungsschiff*‹, teilte ihm der Llondel mit, der ihm den Traum gesandt hatte. Dann folgte eine Explosion blauvioletten Lichts, und das Objekt schoß davon wie ein Meteor und ließ einen Schweif aus Feuer in der Dunkelheit zurück.

Nachdem er eine Weile von einer Bildfolge in die nächste geschleudert worden war, verstand Jaric endlich: Die Geheiligten Feuer, die von den Priestern Kordanes gepriesen wurden, waren nichts anderes als ein entstellter Verweis auf eben jenes Schiff, die *Corinne Dane,* die einst über die endlose Weite des Himmels gesegelt war.

Die Llondel ließen ihm keine Zeit, die Bedeutung dieser Entdeckung auszuloten. Bilder fügten sich wie ein Mosaik in Jarics Geist zusammen. Er sah unzählige Llondel, gefangen in metallenen Käfigen, während die mächtigen Feuer der *Corinne Dane* sie über eine unvorstellbare Distanz trugen. Zwölf Arten, aufgesammelt in anderen Welten, teilten das Gefängnis der Llondelei. Gierj, Karas, Mharg, Thienz, Frostwargs und andere Dämonen, deren Gestalt Jaric nicht vertraut war. Alle kauerten sich in die Gefängniszellen des Schiffes.

Mit ihrem ruhelosen Denken und einem unendlichen Haß schmiedeten sie Pläne gegen die Menschen, die sie entführt hatten; Menschen, deren einsames, isoliertes Bewußtsein sie zu einer so leichten Beute hatten werden lassen, daß nun sogar ihr letzter Außenposten zwischen den Sternen verzweifelt darum kämpfen mußte, nicht vernichtet zu werden.

Verbunden mit dem llondischen Bewußtsein teilte Jaric das Leid der Gefangenen, die sich schmerzlich nach den Wäldern ihrer Heimatwelt sehnten. Er krümmte sich unter dem gequälten Aufschrei der Maschinen, als die dämonische Rache das Navigationssystem der *Corinne Dane* außer Kontrolle brachte. Führungslos wie ein Schiff im Sturm, taumelte das gewaltige Objekt in die Atmosphäre eines fernen, unbewohnten Planeten. Rauchende Trümmer stürzten herab und zeichneten das Land mit den Narben des Großen Untergangs.

Jaric schrie, als sich erneut Dunkelheit über ihn senkte. Eingehüllt in die Pein der überlebenden Llondel, atmete er trockene, dünne Luft, die nach der steten Feuchtigkeit der Heimatwelt in seinen Lungen schmerzte. Eins mit der dämonischen Erinnerung kroch er aus dem zerstörten Rahmen der *Corinne Dane* hervor, war ein Schiffbrüchiger in einer unbekannten Welt. Gezwungen, sich von Fischen und Flechten zu ernähren, erlitt Jaric grausame Kälte und furchtbare Schneestürme. Er erfuhr das Unbehagen, das die Jahreszeiten über Leiber brachten, deren Anatomie nicht mit dieser Welt in Harmonie stand. Kummer und Verzweiflung erfaßte ihn, als seine Freunde schwächer wurden und starben. Um Erlösung weinend, ertrug er das harte Leben der Llondel, die überlebt hatten und sich fortpflanzten. Selbst als die Menschen in Landfeste die ersten Wälder auf die kahlen Hänge von Keithland pflanzten, hörten die Vertriebenen niemals auf, das verlorene Land ihrer Vorfahren zu beklagen.

Jaric schrie auf. Niedergeschmettert von dem

Generationen überdauernden llondischen Kummer, erinnerte er sich der gedankenlosen Worte, die er ausgesprochen hatte, bevor die Bilder ihn umfangen hatten. »*Warum kümmert es euch, was aus Keithland wird?*« Als wäre sein Schuldbewußtsein der Schlüssel zu seiner Erlösung, verflüchtigte sich der Traum wie Schatten im Licht.

Er erlangte das Bewußtsein wieder, zitternd, auf Knien in einer anderen unterirdischen Höhle, doch dieser Raum war kleiner als der, der Taen als Krankenzimmer diente. Zitternd stemmte sich Jaric vom Boden hoch. Feuchtigkeit überzog seinen Daumen, Blut aus der brennenden Wunde, die der llondische Dorn hinterlassen hatte. Der Dämon, der ihm die Verletzung beigebracht hatte, wartete neben ihm reglos im violetten Licht der Laterne. Er sandte keine Bilder, als der Menschenjunge langsam sein Bewußtsein zurückerlangte; und Jaric, beschämt bis ins Herz, war zu verlegen, etwas zu sagen. Er starrte zur gegenüberliegenden Mauer und entdeckte einen Tisch, großzügig gedeckt mit Früchten und Brot.

Der Llondel bat ihn, sich zu setzen. Erschrocken über die Erkenntnis, daß er Hunger hatte, tat der Knabe, wie ihm geheißen. Der Einfluß fremdartiger Gedankenbilder hatte ihm ein Gefühl der Übelkeit verursacht, und seine Wahrnehmung schien auf sonderbare Weise von seinem physischen Dasein isoliert zu sein. Die Bilder der Realität vor seinen Augen zerfaserten an den Rändern, bildeten ein uneinheitliches Bild, wie ein Ölfilm auf der Wasseroberfläche. Wohlwissend, daß der Umgang mit den Llondeldämonen eine derartige Disorientierung verstärken und Wahnsinn nach sich ziehen konnte, barg Jaric das Gesicht in den Händen.

Er hörte nicht, wie sich der Dämon hinter ihm

erhob. Dessen Füße verursachten keine Geräusche, als er sich aus dem Zimmer stahl und den Vorhang offen ließ, um eine andere Gestalt an seiner Stelle hineinzulassen. Unsicher auf den Beinen, eine Hand an die Wand gestützt, schleppte Taen, die Traumweberin, den schweren Stoff der Wollrobe mit sich, die die Dämonen ihr geliehen hatten. Sie betrachtete den gesenkten Kopf des Erben des Feuergebieters und brachte ein schwaches Lächeln zustande. »Warum ißt du nicht? Illusionen riechen nicht wie Pfirsiche, und wenn ich mir die Mühe machen wollte, so könnte ich von hier aus jeden deiner Rückenwirbel erkennen.«

Jaric wirbelte um die eigene Achse. »Taen?«

Ungeschickt stolpernd kam er auf die Beine, zögerte dann aber, von Unsicherheit gehemmt. »Bist du …?«

»Auf dem Wege der Besserung«, beendete Taen den Satz für ihn. »Nur diese verflixte Wolle kratzt genauso wie das derbe Sackleinen, mit dem wir die Ziegen abgerieben haben.« Sie trat an seine Seite und brachte eine Frische und Ruhe mit sich, die all die Übelkeit vertrieb, die die Gedankenbilder der Dämonen zurückgelassen hatten.

Von plötzlichem Mißtrauen erfaßt, half Jaric ihr, auf der Matte Platz zu nehmen. »Du benutzt doch nicht etwa deine Gabe, um mich zu stabilisieren?« Durch die Berührung fühlte er ihr Zittern, und ihre Schwäche erschreckte ihn zutiefst.

»Nein.« Taen nahm einen Pfirsich und biß hinein. »Die Aura eines Traumwebers kann heilen, hast du das vergessen?«

»Ja.« Jaric erinnerte sich seiner Manieren, griff nach einem Stück Brot und brach es für das Mädchen. »Wir müssen hier raus.«

Taen blickte ihn mit vollem Mund an. Eine Spur

Farbe war in ihre Wangen zurückgekehrt, und ihre blauen Augen funkelten lebhaft. »Du würdest einen erbärmlichen Seemann abgeben«, stellte sie fest. »Immer willst du den Wind beeinflussen. Wirst du nun dieses Stück Brot essen, oder reicht es dir, dazusitzen und dein Blut darauf zu träufeln?«

Peinlich berührt legte Jaric das Brot ab. Er sah sich nach einem Tuch um, um das Blut von seinem Daumen zu tupfen, konnte aber keines finden. Also riß er einen Stoffstreifen aus seiner so oder so schon zerrissenen Ärmelstulpe.

Taen fuhr fort, während er seine Wunde verband. »Die Llondelei wird uns freigeben, wenn sie den Zeitpunkt für gekommen hält – vermutlich nicht, bevor die Sathidmatrix, die aus meinem Körper entfernt wurde, voll auskristallisiert ist.«

Jaric betrachtete den Tisch, als wäre das Brot ein Feind, der ihn hinters Licht geführt hatte. »Möglicherweise sind wir bereits seit Tagen hier.«

Taen versetzte ihm einen Stoß, kaum spürbar zwar, doch erfüllt von dem Feuer ihres gewohnten Temperaments. »Draußen bricht gerade erst die Nacht an. Damit sind wir einen ganzen Tag hier, und wir haben noch nichts gegessen. Iß, oder ich werde meine Gabe benutzen, um dich dazu zu bringen. Du wirst deine Kraft brauchen. Wenn meine Beine bis morgen nicht aufhören zu zittern, wer sonst außer dir soll mich dann zurück zur *Neumond* tragen?«

Die Llondel kehrten zurück, als auch die letzten beiden Pfirsiche verzehrt waren. Zwei von ihnen brachten Taen zu einem Ort, an dem sie sich ausruhen konnte; die Erkrankung, die den Reifeprozeß ihres Sathid begleitete, hatte sie erschöpft, und selbst Jaric in seiner Geistesabwesenheit erkannte, daß sie die Augen kaum offenhalten konnte. Zwar hätte er lieber persönlich über ihren Schlaf gewacht, doch der Llondel, der zurückblieb, ließ das nicht zu.

›*Folge.*‹ Das Bild, das Jarics Geist berührte, war von Dringlichkeit und einer undefinierbaren Last des Kummers durchtränkt.

Zu seinem Glück hatte Taens Nähe die unmittelbaren Auswirkungen seiner Verzweiflung gelindert. Jaric wischte die Brotkrumen von seinem Hemd und folgte dem Llondel widerspruchslos.

Er führte ihn tief hinab in die Erde, doch die holzverkleideten Mauern der Höhle verströmten keineswegs die feuchte Kälte, die er erwartet hatte. Der geflieste Korridor, den sie beschritten, war trocken und warm, wenngleich durch die violett verglasten Lampen nur spärlich beleuchtet. Sein llondischer Führer blieb stehen und riß eine Tür auf. Jaric betrat den dahinterliegenden Raum auf die Anweisung des Dämons. Raschelnd traten seine Füße auf die Binsenmatten. Der Raum war groß und noch kümmerlicher eingerichtet als jene Gemächer, die er zuvor gesehen hatte. Hier lag ein strenger Geruch in der Luft, so, als würden ganz in der Nähe Tiere gehalten. Plötzlich sah Ivainson in der Finsternis einer Ecke auf der gegenüberliegenden Seite eine Bewegung – Llondel; doch diese unterschieden sich von allen, die er bisher zu Gesicht bekommen hatte. Vier grauhäutige Jungen rauften sich wie Welpen auf den Matten, und etwas an ihrem wilden Spiel ließ ihm die Haare zu Berge stehen.

Der Menschenjunge hielt still, wartete auf eine Weisung des Dämons an seiner Seite. Nichts geschah, außer daß die Llondeljungen Jaric bemerkten und sich mit verblüfften Pfiffen voneinander lösten. Schlaksiger als Menschenkinder, die silbrige

Haut von unebenmäßigen Sehnen durchzogen, näherten sie sich ihm neugierig. Der erwachsene Llondel machte keine Anstalten, Bilder mit ihnen auszutauschen, sondern stand nur reglos da. Schließlich, verwirrt über die starre Haltung des Erwachsenen und von Unbehagen erfaßt angesichts der wilden, animalischen Unschuld, die sich in den Augen der Jungen spiegelte, ergriff Jaric das Wort, in der Hoffnung, nichts Kränkendes zu sagen. »Warum habt Ihr mich hierhergebracht?«

Grauer Stoff raschelte. Der Llondel wandte ihm das runzlige Gesicht zu. Unter der gemusterten Kapuze seines Umhangs sah Jaric, wie sich die schlitzförmigen Nüstern der Kreatur weiteten. Gedämpft und traurig schimmerte das Licht in seinen Augen. ›*Kein Sathid.*‹

Tragische Untertöne begleiteten die Botschaft; von Mitgefühl bis ins Herz getroffen, fühlte Jaric, wie Tränen der Hilflosigkeit seine Augen füllten. Zu seinen Füßen hörte er die Jungen spielerisch kreischen. Mit atemlosen, fröhlichen Pfiffen schlugen zwei Kleinere auf den Größten ein, und bald ballte sich die gesamte Truppe zu einem Knäuel aus Fäusten, Knien und Füßen zusammen. Verwirrt über das unangemessene Verhalten der Jungen in der Gegenwart der Emotionen des Erwachsenen, verstand Jaric; da die Llondel sich allein durch die mentalen Bilder verständigten, kannten sie keine gesprochenen Worte. Jeder junge Llondel aber, der seit dem Diebstahl der Sathidkristalle durch den Schattentempel geboren worden war, war taub und blind gegenüber seiner eigenen Kultur. Selbst wenn es gelänge, den Verlust dieser Kommunikation durch das gesprochene Wort auszugleichen, würden doch die Erinnerungen an die alte Heimatwelt innerhalb von nur einer einzigen Generation verloren sein. Ein kostbares Erbe und die geliebten Persönlichkeiten der Ahnen, die vor dem Großen Untergang gelebt hatten, waren unwiederbringlich verloren.

Jaric preßte den bandagierten Daumen in seine Seite. Aufgrund der Reichweite der tragischen Konsequenzen zum Schweigen gebracht, erfüllte ihn der Anblick der Llondeljungen, die vergnügt mit sechsfingrigen Fäusten aufeinander einschlugen, mit tiefer Trauer. Verzweifelt versuchte der Erbe des Feuergebieters, den Kummer der Llondelei zu lindern. »Was ist mit den Vaere? Wenn die Zauberer, die sie ausbilden, eine Sathidverbindung eingehen müssen, dann muß es noch eine andere Quelle geben, in der diese Kristalle existieren.«

Der Llondel hob die dornenbewehrten Hände und schob seine Kapuze zurück. Er wandte den runden, ohrlosen Kopf um und betrachtete Jaric mit kummervollem Blick, ehe er antwortete. Wie Kordanes Gesetz, hielten auch die Vaere alle Dämonen für gleich. Besonders begabte llondische Seher hatten vergeblich nach ihrer Insel gesucht, und obgleich Taen Tamlin mit einem einzigen Gedanken erreichen konnte, begegnete den Llondel nur Stille.

Jaric versuchte es erneut. »Aber Anskiere war ein Schüler der Vaere. Würde er seine Loyalität aufgeben, wenn er Umgang mit den Llondel pflegt?«

›*Ja.*‹ Wieder strömten zwingend empathische Bilder durch Jarics Geist. ›*Anskiere war ein Prinz, geboren unter Menschen. Traf er auf Unrecht, so war er stets stark genug, seinem Herzen zu folgen.*‹ In rasch aufeinanderfolgenden Bildern zeigte die Kreatur Jaric den Seher, der ein Freund des Zauberers gewesen war, und den Pakt, den Sturmwächter und Llondel in Abgeschiedenheit im Zwielicht einer

Waldlichtung geschlossen hatten. Er hörte die Worte, mit denen Anskiere von Elrinfaer sich verpflichtet hatte, im Namen dieser mißverstandenen Spezies mit den Vaere zu sprechen. Doch die Hoffnung währte nicht lange. Niedergeschmettert von der Enttäuschung und dem raschen Szenenwechsel, sah Jaric die Tragödie von Tierl Enneth, gefolgt von dem hochaufragenden Kerker aus Eis, der es dem Zauberer unmöglich machte, sein Versprechen zu halten.

›*Hüter der Schlüssel, Erbe des Feuergebieters, wie blind bist du gegenüber deinem Schicksal? Das Überleben deiner Leute und auch der Llondelei hängt allein davon ab, daß du den Zyklus des Feuers meisterst.*‹

»Nein«, flüsterte Jaric. Doch seine Abwehr erwies sich als nutzlos. Am Ende der Geduld, unterwarf der Dämon seine Sinne mit grausamer Heftigkeit.

Er sah sich selbst, umgeben von der Sathidaura eines Zauberers, und sie war blendendhell, stärker gar als die Anskieres von Elrinfaer. *Eingehüllt in ein Netz der Macht, sein Körper mit Energie aufgeladen, bis er beinahe glühte, würde er die Dämonen des Schattentempels bekämpfen.*

»Nein, Ivain, mein Vater, ist wahnsinnig geworden!« Jarics Schrei gellte durch die Höhle, vertrieb die Llondeljungen, doch die Bilder bedrängten ihn noch immer ohne Unterlaß.

Durch die Gnade des Feuergebieters wird sich die Corinne Dane *wieder erheben und Llondel und Menschen in Frieden zu den Sternen bringen.*

Jaric explodierte, erfüllt von glühendem Zorn. Er riß sich von dem Dämon los und sprang einen Schritt zurück. »Nein! Es muß einen anderen Ausweg geben!«

Der Llondel antwortete ihm mit einer Endgültigkeit, so unausweichlich wie der Tod selbst. ›*Ivainson, Feuergebieter, dafür ist es längst zu spät.*‹ Wie glühende Kohlen leuchteten die Augen unter der Kapuze. Der erwachsene Llondel trällerte eine klagende Septime, und Jaric fühlte, wie sein Wille herumgewirbelt wurde wie Sand in den Klauen einer Sturmflut.

Kapitel 12

SCHICKSAL

Gefangen in einem Augenblick totaler Orientierungslosigkeit, blinzelte Jaric, um den Schleier vor seinen Augen zu vertreiben, die schmerzhaft brannten. Er blickte in die finstere Nacht und die orangefarbene Glut eines Feuers. Der Llondel ließ ihm einen Moment Zeit, das Lager wiederzuerkennen, in dem zuvor der erfahrenste Kapitän des Kielmark einen Fisch zum Abendessen gebraten hatte. Dann löschten die Dämonenbilder seine Selbstwahrnehmung aus, und Ivainson Jaric war Deison Corley, der mit aufgerichteten Nackenhaaren und dem Gefühl drohender Gefahr aus dem Schlaf aufschreckte.

Und während sich Corleys Hände um seine Dolche legten, huschten Schatten durch den Wald, angezogen von Augen, die im Feuerschein glitzerten. Thienz-Dämonen, aus dem Schattentempel zur Jagd ausgesandt, näherten sich ihrer Beute; nicht dem Erben des Feuergebieters, den sie gesucht hatten, sondern einem anderen, dem brünetten Kapitän, der den Gegenschlag des Kielmark bei dem Angriff auf Riffhafen angeführt hatte. Wegen Corley waren ein Thienz, sechs Gierj und ein Karas in menschlicher Gestalt getötet worden. Die Dämonen griffen nach dem Geist des Kapitäns, um ihren Angriff zu starten. Als sie aber ihr Bewußtsein mit seinen Gedanken verschmolzen, sickerte ihr Eifer in den Kontakt, und der Kapitän, entsetzt über einen bösartigen Einfluß, der nicht ihm selbst entstammte, riß seinen ersten Dolch aus der Scheide. Ihm blieb keine Gelegenheit, ihn zu werfen. Plötzlich unterlag sein menschlicher Wille dem von Dämonen herbeigeführten Entschluß, die Klinge gegen sich selbst zu richten.

In dem Kinderzimmer der Llondelhöhle schrie Jaric auf, und der Klang seiner eigenen Stimme verhallten ungehört in seinen Ohren. Er sah nicht, wie die Jungen vor ihm davonliefen, die Augen in der Finsternis der dunklen Ecke auf der anderen Seite des Raumes vor Schrecken weit aufgerissen. Vollständig in Corleys Wahrnehmung gefangen, fühlte der Knabe nur Verzweiflung, als die Thienz den Kapitän in den Selbstmord trieben.

Doch die geschulten Instinkte eines Kämpfers waren nicht so einfach zu unterwerfen. In dem Augenblick, in dem Corley das Messer erhob, durch die Thienz gegen sich selbst getrieben, rebellierte ein freier Teil seines Geistes. Er griff zu der einzigen Möglichkeit, die ihm blieb, und schob seine linke Hand bis zum Unterarm in die glühenden Kohlen.

Brennender Schmerz setzte sogleich ein. In der Verbindung zu ihrem Opfer gefangen, erlitten acht Thienz die gleichen Qualen. Wie ein einziges Lebenwesen schrien sie vor Schmerz.

Ihre Macht über Corley zerfiel, und noch während die Reflexe ihn zwangen, seine versengte Hand aus dem Feuer zu ziehen, holte er mit dem Dolch aus und schleuderte ihn auf den Feind. Die Klinge durchtrennte dem nächststehenden Thienz die Kehle. Für einen Augenblick waren seine Kameraden durch seinen Todestraum abgelenkt, Zeit genug für Corley, seine Finger um das kalte Heft seines Schwertes zu schließen. Ein markerschütternder Schrei zerriß die Stille des Waldes, als er die Klinge zog, und sein erster Streich hieb zwei seiner Gegner in Stücke.

In wilder Hast zogen sich die Überlebenden in das schwarze Dickicht der Bäume zurück. Corley konnte sie nicht sehen. Thienz-Dämonen konnten einander jedoch fühlen; ihr Gegenschlag würde ebenso plötzlich wie wohlüberlegt erfolgen, und allein gegen fünf wäre Corley verloren. Blind schlug der Kapitän um sich. Zweige und kleine Schößlinge fielen unter seiner Klinge. Blattwerk peitschte ihm entgegen, als er vorandrängte, und jeder Schritt führte ihn weiter von dem Feuer fort, das seine Rettung gewesen war. Doch er zögerte nicht, gab sich keinen falschen Hoffnungen hin. Er hatte genug Geschichten gehört. Dieselbe Taktik wirkte nie ein zweites Mal im Kampf gegen die Thienz. Seine einzige Chance war es, sie niederzustechen, ehe sie sich wieder sammeln konnten.

Doch seine Feinde waren in der Dunkelheit nicht auszumachen. Corley warf das schweißnasse Haar zurück. Seine versengte Hand pulsierte schmerzhaft, und das Atmen fiel ihm schwer. Allein die Not trieb ihn weiter voran. Doch sein Schwert bewegte sich noch immer ebenmäßig wie ein todbringender Sensenhieb, den er bis zur Perfektion geübt hatte und beinahe mechanisch ausführte. Wütend fragte er sich, ob sein Körper die Bewegung fortführen würde, wenn die Thienz erst seinen Geist vernichtet hätten.

Dann, ohne jede Vorwarnung, wurden die Gedanken des Kapitäns durch eine andere Realität ersetzt.

Jaric roch Binsen. Zurückgerissen in seine eigene Wahrnehmung, erinnerte er sich vage, auf dem Boden der Kinderstube einer Llondelhöhle zusammengebrochen zu sein; doch schon zerrte ihn ein

Traumbild tiefer in die Nacht, und er konnte sich weder losreißen noch die Dämonen beeinflussen, die seinen Geist manipulierten.

›*Erbe des Feuergebieters, du wurdest schon vor langer Zeit auf den Eisklippen gewarnt; nun sind die Untertanen des Schattentempels auf der Jagd, und in ganz Keithland gibt es keine Zuflucht.*‹ Die Enthüllung folgte, grausam wie der Tod selbst: Jaric und seine Begleiter wären in Tierl Enneth beinahe überwältigt worden. Allein durch den llondischen Einfluß, der sie direkt in das Sommerfest der Sippschaften geführt hatte, waren sie dem Angriff entgangen. Da die jagenden Thienz überzeugt gewesen waren, kein zivilisierter Mensch würde diesen Weg wählen, versagte der Hinterhalt, den sie errichtet hatten. Fluchend und jaulend verloren die Jäger des Schattentempels kostbare Zeit und ihre Beute, weil sie sich außerhalb der sensitiven Kräfte der blinden Priesterin bewegen mußten, die ihre Anwesenheit sofort entdeckt hätte.

Nun, da der Erbe des Feuergebieters und die Traumweberin außer Reichweite waren, konzentrierten die Thienz ihren Zorn auf die unglückselige Person Deison Corleys …

Ihr nächster Schlag trieb den Kapitän an den Rand der Bewußtlosigkeit. In hohem Bogen flog das Schwert aus seiner Hand. Er stürzte hinterher und landete schwer auf seiner Schulter. Dornenranken zerkratzten sein Gesicht. Seine Zähne kauten an einer Ladung Schmutz, und vor seinen Augen wurde es schwarz. Dennoch gab er nicht auf. Doch nun waren seine Feinde vorbereitet; Schmerz konnte ihn kein weiteres Mal befreien. Alles, was ihm geblieben war, waren die Dolche, die er versteckt am

Leib trug, wenngleich er möglicherweise nicht die Chance bekommen würde, mehr als einen von ihnen zu benutzen. Deison Corley griff nach der Klinge in der Scheide an seiner Hüfte. Um ihn herum kamen die Thienz näher.

Jaric wand sich, durch die Vorwürfe der Llondel zusätzlich gepeinigt. »Ihr wollt Corley sterben lassen!« klagte er sie im Gegenzug an. »Eure Art hat gewußt, in welcher Gefahr er schwebte, aber Ihr habt nichts getan, um ihn zu retten.«

Der Llondel gab sich unbarmherzig. Anders als der Erbe Ivains oder die Traumweberin, war Deison Corley für die Seher dieser Wohnhöhle ohne Bedeutung. Die Llondelei war in keiner Weise um das weitere Wohlergehen dieses Mannes besorgt; *Jaric hatte alle Warnungen mißachtet; daß nun der Kapitän des Kielmark sterben sollte, war lediglich die logische Konsequenz seines Handelns.*

»Nein!« Jarics gequälter Protestschrei verhallte ohne Echo innerhalb der irdenen Wände der Höhle.

›*Dann sage mir, wer sonst von allen Menschen hätte dies verhindern können?*‹ Der Llondel zeigte ihm Corley, der in tiefer Nacht seinen Dolch in die Gedärme eines Thienz bohrte, der ihm zu nahe gekommen war. Mensch und Dämon wälzten sich zusammen in moderndem Laub, ineinander verkrallt und klebrig von dem eigenen Blut. Jaric schmeckte Salz. Traumbild und Selbst vermengten sich, seine eigenen Tränen waren nicht mehr von dem Schweiß des Kapitäns zu trennen, als dieser wie betäubt, von den vier übrigen Thienz geistig überwältigt, den Dämonen zum Opfer fiel.

Jaric fühlte, wie sein Gesicht auf die Matte fiel. Er wimmerte, von Gram gepeinigt, als die Dämonen näherkamen, von der Rachsucht getrieben, ihr Opfer in Stücke zu reißen.

Und dennoch konnte er die Furcht nicht ablegen, die ihn zwang, Ivains Erbe von sich zu weisen. Obwohl er am Tod, am Leiden eines Freundes teilhaben mußte, verursachten ihm die Gebeine von viertausend nicht beerdigten Toten ein weit größeres Entsetzen. Die Masse der Opfer, die die Fehler der Zauberer gefordert hatten, lähmten den Erben Ivains, und darum nannten die Llondel ihn einen Feigling.

»Mehr als nur ein Kapitän ist in Elrinfaer und in Tierl Enneth ums Leben gekommen!« konterte Jaric wütend. »Muß denn menschliches Bestreben auf die Mysterien der Vaere und den Zyklus des Feuers beschränkt sein?«

Als wollte er seine Worte bestätigen, schoß ein Pfeil durch die Finsternis. Der Schaft drang ein und bohrte sich bis zu den Federn in den Hals eines Thienz, der angetreten war zu töten. Wild um sich schlagend stürzte er zu Boden. Der Dämon an seiner Seite schob sich knurrend durch das Gestrüpp. Diese Kreatur war bereits erwachsen genug, Gift zu produzieren, und Jaric sah das Schimmern der Giftdrüsen, die sich zum Biß gebläht hatten.

Doch dann bewegte sich ein Schatten jenseits des Dickichts. Die Kreatur stolperte und fiel. Aus seiner Brust ragte der perlenbesetzte lederne Griff eines Clandolches hervor. Die verbliebenen Thienz reagierten wie ein Lebewesen und flüchteten, doch auch das konnte ihnen nicht mehr helfen. Als Corley sich von den Auswirkungen ihrer Manipulation befreite, drangen zehn ledergekleidete Clankrieger geräuschlos aus dem Dickicht hervor, und ein Hagelschauer spitzer Speere nagelte die beiden letzten Thienz von hinten fest.

Die Erleichterung verlieh Jaric genug Kühnheit, das gegen ihn gesprochene Urteil zurückzuweisen.

»Da seht Ihr es. Menschen *können* Dämonen ohne Zauberei besiegen!«

Llondisches Bewußtsein bestritt nichts, als Corley sich vom Boden erhob. Halb benommen, an Dutzenden Körperstellen von Dornen, Zweigen und Thienzklauen verwundet, war der Kapitän doch noch immer geistesgegenwärtig genug, seinen Rettern in der Sprache der Clans zu danken.

Der Anführer der Krieger verbarg seine Überraschung, als der Kapitän in seiner eigenen Sprache zu ihm sprach. Er riß seinen Dolch aus dem Leichnam eines Thienz. Federschmuck zitterte an seinem Handgelenk, als er die blutige Klinge erhob. »Wir erwarten keinen Dank, Seefahrer, und wir akzeptieren ihn nicht. Unsere Herrin hat uns ausgesandt, Thienz zu jagen, nicht aber, unserem Stamm die Verpflichtung eines Stadtmenschen zu erwerben, dessen Haut wir gerettet haben.«

Corley bückte sich grunzend, hob sein Schwert vom Boden auf und stützte sich schwer auf das Heft. Müde, zerschlagen und schmerzgeplagt betrachtete er den Clanführer ohne jeden Groll. »So mögen Eure Pferde gesund bleiben«, sagte er.

Der Bergbewohner zog die bemalten Brauen hoch; vor ihm stand ein Stadtgeborener, dem die Gebräuche der Clans vertraut genug waren, einer Beleidigung mit einem Segen zu begegnen; und dies von einem Krieger, der sich stark genug gezeigt hatte, vier seiner Feinde zu erschlagen, ehe er ihren geistigen Tricks anheimgefallen war. Mit einer Geste des Respekts drehte er die Faust und erhob sie zum Salut. Dann machten er und seine Gefolgsleute auf dem Absatz kehrt, und das Bild der davoneilenden Männer verschwand in totaler Finsternis …

Jarics Gnadenfrist war vorüber, seine Wahrnehmung Corleys hinweggeschwemmt von einer Flut der Geringschätzung. *›Närrischer Knabe, glaubst du wirklich, die Gefahr würde hier enden?‹* Ohne eine Antwort abzuwarten, zerschmetterte llondisches Bewußtsein seine Abwehr, lieferte ihn schutzlos einer Wahrheit aus, die offensichtlich war: junge Thienz bildeten die unterste Sprosse der gewaltigen Leiter feindlicher Kreaturen. Ihre Aura war für die Menschen am schlechtesten zu erkennen, was sie zu geeigneten Botengängern in Keithland machte; doch gegenüber der Macht des Schattentempels waren ihre Kräfte unbedeutend. Inzwischen erzürnt, spann die Llondelei ihr Netz noch enger. Grausam wie der Tod jeder Hoffnung, stürzten sie Ivainson, den Erben des Feuergebieters, Hals über Kopf in einen neuen Alptraum ...

Bilder schlugen mit der Gewalt physischer Hiebe auf ihn ein. Der Dunkle Träumer ging aus dem Schattentempel hervor. Mit der gleichen Macht, die Taen nutzte, Gutes zu wirken, wob ihr Bruder endlose Netze erschütternder Alpträume. Unglück verfolgte die Menschen. Bauern an der nördlichen Grenze von Hallowild starben in ihren Hütten; andere erwachten wahnsinnig aus ihren Träumen und schlachteten ihre Familien ab. Vieh und Ernte fielen vernachlässigter Feldarbeit zum Opfer, und zwischen den Gebeinen, die auf den Türschwellen der Häuser in der Sonne bleichten, wucherte Unkraut hervor.

»Verschone sie«, flüsterte Jaric, doch seine Worte verwandelten sich in das satte Krächzen der Aasgeier. Er hörte Gelächter, als Dämonen ihren Auserwählten, genannt Maelgrim, feierten, der einst als Sohn eines Fischers auf der Insel Imrill Kand das Licht der Welt erblickt hatte.

Ein Dämon zischte, und steinerne Mauern stürzten ein. Jaric sah tote Söldner in Morbrith, die in ihren Uniformen am Boden lagen. Innerhalb der Burgmauern, inmitten eines Durcheinanders zerfetzter Pergamente, bettelte der Meisterarchivar, der einst einen einsamen Knaben das Schreiben gelehrt hatte, um Gnade. Doch der Dunkle Träumer blickte in den Geist seines Opfers, und dort fand er die Erinnerungen an Ivainson Jaric. Maelgrim spuckte in den Staub, und das ansteigende Pfeifen der Gierj-Dämonen hallte über das Tal, in dem die Leichen in der Sonne rotteten. Schriftstücke gingen in Flammen auf, und Jarics Schrei verschmolz mit dem des Archivars von Morbrith, der bei lebendigem Leibe auf einem Scheiterhaufen, aufgeschichtet aus seinem eigenen Lebenswerk, verbrannte.

»Nein!« Doch die Bilder wechselten nur noch schneller, stürzten die Seele des Sohnes des Feuergebieters in unerträgliche Qualen: Taen, tot, aufgeschlitzt von dem Messer ihres Bruders, *alles nur, weil ein widerspenstiger Knabe sich geweigert hatte, das Schicksal seines Vaters zu akzeptieren!* Schwarze Haarsträhnen verklebten in einer scharlachroten Pfütze, als Taen starb. Ihr Tod war das Ende der Macht vaeregeschulter Zauberer, und die Dämonen rückten ungehindert weiter voran.

Die östlichen Königreiche Felwaithe und Kisburn kämpften und fielen, stolze Städte, eine nach der anderen ausradiert, nur mehr Trümmerhaufen, während landauf, landab Rauch von den brennenden Ruinen zerstörter Gehöfte aufstieg. Die Zauberer aus Mhored Kara zogen singend über die Felder und wurden getötet, abgeschlachtet, und kein Barde war nun noch da, ihren Tod zu beklagen. Unerbittlich flossen weitere Bilder in seinen Geist.

Gierj-Dämonen sangen an einem anderen Ort, und Feuer jagte über die Dornensträucher von Riffhafen hinweg. Blutend, von Brandwunden übersät, heulte der Kielmark seine Verwünschungen hinaus, als er und seine Männer wie Schlachtvieh geröstet wurden. Auf den Klippen der Nordküste, schmolzen Tonnen schmutzigen Eises, stürzten donnernd wie eine Frühjahrslawine in die See. Blutdurstige Pfiffe überlagerten das Prasseln der Flammen. Als die Hitze nachließ, stürmten die Frostwargs hinaus in die Freiheit, und ihre vielgliedrigen Beine zertraten die Gebeine des Sturmwächters von Elrinfaer, der sie einst eingesperrt hatte. Wach, mörderisch und von irrsinniger Wildheit getrieben, tobten die Kreaturen über die Meeresstraße, und kein Feuergebieter erwartete sie, um ihnen Einhalt zu gebieten.

Von der Last des Kummers gebrochen, weinte Jaric. Doch die Bilder durchdrangen seine Tränen mit schauriger, messerscharfer Klarheit. Landfeste wurde von den Dämonen geschändet. Priester starben, wurden ausgeweidet, und das Wissen, das die erste Generation der Bewohner von Keithland, die Sternenfahrer, mitgebracht hatten, wurde den heiligen Türmen entrissen. Für alle Zeiten des Wissens um ihr Erbe beraubt, litten die Bewohner der Stadt, die in den Straßen in der Falle saßen, diabolische Qualen, als der Dunkle Träumer die Schwachen von den Starken trennte, damit Dämonen die Überlebenden in die Sklaverei schicken konnten.

Jarics Tränen verwandelten sich in das salzige Naß mächtiger Sturmwogen. Verzweifelt an die Reling der *Callinde* geklammert, schleuderte er die Schlüssel von Elrinfaer in die See, damit die Verdammten Kors sie niemals bekommen konnten. Doch damit waren die Greuel nicht vorüber.

Maelgrim, der Dunkle Träumer, und seine Meute Thienz-Dämonen jagten noch immer ihr letztes Opfer, den Erben Ivains, des Feuergebieters, dessen latente Gabe Keithlands letzte Hoffnung darstellte. Erschöpft und zerschlagen nach einer langen, hoffnungslosen Flucht durch die Wildnis, fiel Jaric vor den Granitklippen des Nordmeers auf die Knie. Seine Feinde umzingelten ihn. Unter ihnen sah er Emien, in dessen Augen der letzte Schimmer Menschlichkeit längst erloschen war. Keuchend sog Jaric Luft in seine schmerzenden Lungen. In die Enge getrieben, starrte er auf die Klinge des Schwertes, die im Siegestaumel zitternd an seiner Kehle lag.

»Du hast dich mir gegenüber einmal barmherzig gezeigt und mein Leben verschont«, sagte der Bruder, dessen Hand Taen ermordet hatte. »Ich habe überlebt, um meine wahren Herren kennenzulernen. Soll ich dir die gleiche Gnade erweisen? Die Schlüssel von Elrinfaer sind verloren, doch deine Gabe mag ausreichen, die Mharg zu befreien.«

Jaric spannte sich, sein letzter, verzweifelter Ausweg war der Versuch, sich in die Klinge des Feindes zu stürzen. Doch der Dunkle Träumer nutzte seine Gabe, und schlug ihn unversehrt nieder. Lebendig gefangen, von Thienz gefesselt, sah Ivainson sich selbst, wie er zum Schattentempel verschleppt wurde.

»Nein!« Sein Aufschrei hallte von fensterlosen Steinmauern wider. Dämonen kamen herbei. Sie schlitzten Jarics Haut mit einem Messer auf, und träufelten die gelösten Kristalle lebendiger Sathid in die Wunde. Von der Bösartigkeit der Dämonen gebannt, erfuhr Jaric die ersten, unerträglichen Qualen des Zyklus des Feuers; *würde er überleben, so bekämen die Verdammten Kors Macht über seine Gabe.*

Ihr Wille würde der seine werden, und er selbst würde Anskieres Vertrauen enttäuschen, würde die Banne über dem Turm von Elrinfaer brechen und die innewohnenden Schrecken befreien.

»*Nein!*« Jaric heulte auf, gefangen in unerträglicher Pein. Flammen fraßen an seinen Gliedern. Das geschwärzte Fleisch seiner Hände platzte von den Knochen. »*Nein!*« Sehnen rissen, zischten, und Funken schossen durch die Augenhöhlen in seinem Schädel. »Nein!« Von Wahnsinn gespalten, würde der Sohn des Ivain Feuer herbeirufen und die letzte menschliche Seele von Keithlands Boden tilgen. »*Nein, nein, nein!*«

»Jaric!« Taens Stimme überlagerte das Knistern der Flammen. *Taen, die Traumweberin, die unter dem Dolch ihres eigenen Bruders gestorben war.*

»Nein, Jaric, hörst du mir jetzt zu?« Die kalten Finger eines Mädchens griffen durch einen Vorhang aus Feuer und packten seine Schulter. Verkohlte Muskeln brachen unter ihrer Berührung. Jaric schrie unter Todesqualen.

»Ivainson Jaric, *wach auf!*« Die Finger spannten sich, schüttelten seinen Leib mit verzweifelter Gewalt.

Jaric stöhnte und öffnete die Augen vor den grauen Falten eines llondischen Umhangs. Er zuckte zusammen, schrak zurück, doch die kleinen Hände hielten ihn fest. Taens Gesicht erschien über ihm vor einem Hintergrund aus blauem Himmel und den sonnenbeschienen Baumkronen des Waldes.

»Jaric?« Sanft strich ihm die Traumweberin das Haar aus der Stirn.

Der Alptraum löste sich auf, doch das Erwachen vermochte nicht, die Erinnerung zu tilgen. Jaric atmete ein, und seine Kehle brannte von seinen verzweifelten Schreien. Erschüttert und zitternd klammerte er sich an ihr fest und wagte nicht, die Augen zu schließen, fürchtete er doch, er würde erneut in dem Morast, geschaffen von llondischen Sehern, versinken, sollte er ihres Anblicks beraubt werden.

»Bei der Gnade Kors«, sagte Taen verunsichert. »Das war schlimm.« Sie hielt seinem Griff stand, obgleich sich seine Finger schmerzhaft in ihren Rücken bohrten. Voller Geduld, obgleich den Tränen nahe, besänftigte sie seine größte Pein, bis er die Chance bekam, sein Gleichgewicht wieder herzustellen.

Unter ihren Händen wurde Jaric allmählich ruhiger. Langsam ließ sein Zittern nach, und er lockerte mit sichtlicher Mühe seine verspannte Muskulatur. An Taens Seite gedrängt, drehte er sich schließlich ein wenig, um seine Finger zu untersuchen. Die Haut war braungebrannt und unversehrt, an keiner Stelle auch nur durch eine Spur von Verbrennungen gezeichnet. Mit einem letzten Schaudern sagte er: »Du weißt, was sie mir einreden wollten.«

Taen blickte ihm in die Augen. Nun konnte sie die Tränen nicht mehr aufhalten, die über ihre Wangen rannen. Sie sagte nichts, doch Jaric wußte aus seinem Traum, daß die Llondelei ihr das Schicksal offenbart hatte, das ihren Bruder erwartete.

Jaric senkte den Blick, die Stille quälte ihn. »Kor! Ich kann mich nicht am Zyklus des Feuers versuchen, verstehst du das denn nicht?« Er rammte die Faust in die feuchtkalte Laubdecke des vergangenen Herbstes und sah zu, wie eine Spinne aufgeschreckt über seine Finger huschte.

»Ich verstehe, was geschehen wird, wenn du es nicht tust«, sagte Taen mit schmerzlich ruhiger Stimme.

Jaric rollte sich von ihr weg und schlang die Arme um seine Knie. Er würde sie nicht fragen, ob sie von dem Angriff auf Corley wußte; nicht sofort. »Wo sind die Llondel?«

»Fort.« Der Umhang, den die Dämonen ihr überlassen hatten, raschelte, als sie ihre Haltung veränderte. Sie berührte ihn nicht. »Als der Sathid auskristallisiert war, stand es mir frei zu gehen. Sie haben dich bald darauf im Wald freigelassen. Ich habe meine Traumwebergabe benutzt, um dich zu finden.«

Doch für Jaric verwandelten sich ihre Worte in die hintergründigen Echos eines llondischen Alptraums. Mit ihrem Eingriff in seinen Geist hatten sie eine Warnung an ihn herangetragen. Würde er es wagen, weiterzumachen, ohne sie zu beachten? Acht Jäger des Schattentempels waren tot, doch ihre Verwandten im Schattentempel mußten bereits von ihrem Schicksal wissen. Weitere Angriffe würden folgen; sollten die Dämonen die *Neumond* mit Gewalt entern, so hätten Corleys Männer ihnen wenig entgegenzusetzen. Sich trotz seiner tief empfundenen Unruhe wohlbewußt, daß die Traumweberin zu sprechen aufgehört hatte, barg Jaric das Gesicht in den Händen. Gedämpft erklangen seine nächsten Worte. »Dann geht es dir jetzt gut?«

Taen streckte die Hand aus und umfaßte seinen Unterarm, bis er endlich aufgab. Mit einem Lächeln, so warmherzig, daß ihm der Atem stockte, legte sie einen kleinen Bernstein in seine Hand und schloß seine Finger um ihn. »Da, nun hältst du die Basis meiner Macht als Traumweberin in deiner Hand. Tamlin hat mich gedrängt, ihn zu verbergen, wenn ich verhindern will, daß die Dämonen ihn eines Tages gegen mich verwenden. Warum mußt du nur glauben, daß das Vermächtnis der Vaereschüler eine unerträgliche Bürde ist?«

Jaric seufzte. Seine Gefühle überschlugen sich

wieder und wieder, bis nur eine leere Hülle zurückzubleiben schien. Trotzdem wurde sein Blick ein wenig sanfter, als er das Mädchen an sich zog. »Wenn es in Keithland irgend jemanden gibt, der mich dazu überreden kann, kleine Hexe, dann bist du es.« Dann hielt er inne, zu zerschlagen, die Furcht im Inneren seines verwirrten Selbst zu verbergen. Die Llondel hatten ihm entsetzliche Greuel gezeigt. Und nun schreckte ihn ein anderer Gedanke: Keithland konnte ebenso gut zerstört werden, weil er sich dem Zyklus des Feuers stellte und dem gleichen Wahnsinn unterlag, der Ivain dazu getrieben hatte, Elrinfaer dem Verderben zu überlassen. Jaric konzentrierte sich auf die letzte Möglichkeit, die er noch nicht hatte auskundschaften können. »Ich habe noch einen Plan.«

Er gab Taen den Kristall zurück. Dann, während er ihr tief in die vertrauensvollen blauen Augen sah, spürte er, wie ihn ein irrationales Verlangen erfaßte. Bis an die Haarspitzen errötet, widerstand Jaric dem Wunsch, sie zu küssen. »Wirst du mir helfen?«

Sonderbar erstickt kamen die Worte über seine Lippen. Sich seines Unbehagens, wenngleich nicht der Hintergründe, wohlbewußt, konterte Taen mit tapferem Humor. »Wobei helfen, du armseliger Schreiberling?«

»Ich brauche jemanden, der an den Priestern vorbeikommt und in die heiligen Türme von Landfeste einbricht«, sagte Jaric. Angetrieben von seiner Not, seinem Schicksal zu entgehen, verfestigte sich die Vorstellung wie eine Zuflucht vor einer Zukunft, die zu schrecklich war, sie auch nur zu erwägen. Wenn es einen Schutz gegen die Dämonen gab, so mußte er in dem Vermächtnis der ersten Menschen auf Keithlands Boden zu finden sein; die Aufzeichnungen aus dem Schiff, *Corinne Dane*, mochten noch immer existieren. Doch ein Einbruch in den Türmen kam einem erstklassigen Verrat gleich, stellte eine direkte Vergewaltigung der Charta von Landfeste dar. Von Kopf bis Fuß schmutzig, die Kleider zerrissen und kleine Zweige im Haar, zog Jaric in Erwartung ihres Tadels die Schultern hoch.

Taen grinste. Dann überwältigte schließlich der Widerspruch zwischen seiner Erscheinung und seinem Ansinnen ihre Kontrolle: sie brach in herzhaftes Gelächter aus. Jarics braune Augen weiteten sich verletzt, doch bevor er sich gekränkt zurückziehen konnte, beruhigte sie sich und griff nach seiner schwieligen Hand. »Ich kann sogar noch mehr. Wenn du willst, dann kann ich die Geheimnisse dem Geist des Supremat Sterngroßmeisters persönlich entreißen. Aber zuerst sollten wir wohl zur *Neumond* zurückgehen. Wenn wir noch länger trödeln, wird ein gewisser Kapitän seine Klingen vermutlich so lange geschärft haben, bis nur noch spitze Nadeln übrig sind.«

Sich der Tatsache bewußt, daß die Traumweberin von ihrer Krankheit geschwächt war, unterdrückte Jaric seinen Drang, so schnell wie möglich die Höhlen der Llondel hinter sich zu lassen; er paßte seine Schritte Taens Geschwindigkeit an, als sie durch den windstillen Sommermorgen wanderten. Zur Mittagszeit erreichten sie den Waldrand, an dem sie eine Rast einlegten. In sich gekehrt und still starrte Jaric auf das Weideland hinaus. Die zerstörten Türme von Tierl Enneth hoben sich vor dem blauen, leicht nebligen Himmel ab und sprachen von der unvergessenen Tragödie.

An einen Baumstamm gelehnt, zupfte Taen, die

Traumweberin, ein Durcheinander aus Piniennadeln von ihrem Kragen. Noch immer bereitete der brennende Blick Jarics ihr Kummer. »Du bist sehr still.«

Der Knabe zuckte die Schultern. Durch seine Weigerung, ihr zu antworten, um so mehr beunruhigt, suchte Taen, seine Stimmung durch ihre Gabe zu ergründen. Jaric fühlte die Berührung. Er zuckte zurück und machte Anstalten, weiterzugehen. Durch seine Rastlosigkeit blockiert, gelang es der Traumweberin nicht, die Ursache für seine innere Unruhe zu erkennen.

Um ihn zu besänftigen, sprach sie über belanglose Dinge. »Die Llondel haben deine Waffen nicht behalten.« Auch auf Einzelheiten legte sie nun Wert, als sie ihren Umhang von der Schulter schüttelte und fortfuhr: »Corley hat dein Schwert und deinen Dolch zurück auf die *Neumond* gebracht. Ich habe Kontakt zu ihm aufgenommen, um mich zu vergewissern.«

Doch die Erwähnung des Kapitäns schien Jaric nur noch mehr zu beunruhigen. »Er weiß, daß du in Sicherheit bist? Dann wird er uns gewiß so schnell wie möglich zurück an Bord erwarten.«

Taen runzelte die Stirn, während sie sich fragte, ob Ivains Sohn noch immer unter den beängstigenden Auswirkungen der llondischen Alpträume leiden mochte. Für einen Augenblick blitzte spöttische Ausgelassenheit in ihren Augen. »Du kannst nicht ewig so ein Gesicht ziehen. Das lasse ich einfach nicht zu.« Ohne jede Vorwarnung stürzte sie sich auf ihn und prallte mit der Schulter voran gegen die feste Muskulatur seiner Körpermitte.

Vollkommen unvorbereitet, keuchte Jaric. Er verlor das Gleichgewicht und fiel Hals über Kopf mit Taen in den Armen in das weiche Gras. Ihr Haar verfing sich in der Verschnürung seines Hemdes, fiel über sein Gesicht und verströmte den Duft der Kräuter, die ihr das Bad versüßt hatten. Inzwischen offen für die Tatsache, daß ihre Nähe ihm wohltat, hörte Jaric auf, sich zu wehren und legte den Kopf in das Gras, während er den warmen Leib Taens auf seiner Brust spürte.

Gedämpft erklang Taens Stimme durch den Stoff seines Ärmels. »Macht es dir etwas aus, wenn wir erst ein Nickerchen machen?«

In der Verlegenheit, antworten zu müssen, schluckte Jaric. Ihre Nähe verwirrte ihn. Er konnte spüren, wie aufgeregt sein Herz unter ihrer Wange schlug, und der Druck ihrer Schenkel weckte leidenschaftliche Begierde in ihm. Abrupt versuchte er, sich von ihr zu befreien.

»Nicht, Jaric.« Taen bewegte sich ein wenig und packte ihn an den Ohrläppchen. »Du bist kein kränklicher Schreiberschüler mehr. Und wenn ich eine Schankmaid aus Morbrith wäre, dann würde ich dich ganz anders behandeln.« Mit einem verschmitzten Grinsen auf den Lippen, erleichterte sie ihn von ihrem Gewicht und begann sogleich, ihn zu kitzeln.

Jaric brach in Gelächter aus. Doch gleich darauf blieb ihm das Lachen im Halse stecken, wandelte sich zu einem verzweifelten Schluchzen. Die Warnung der Llondel hatte ihn in die Enge getrieben, hatte ihm sein Los in all seinem Grauen gezeigt, einem Grauen, daß kein Mann auf sich nehmen konnte, sofern er noch bei Verstand war. Taen fühlte deutlich, wie sehr er sich nach Erlösung sehnte, wenngleich ihr nicht bewußt war, daß es die Sorge um ihre Sicherheit war, die ihn peinigte, also rief sie ihre Gabe und überrumpelte seinen Willen. Sofort liefen Tränen über sein Antlitz. Mit dem letzten Rest Stolz wandte Jaric das Gesicht ab und weinte in das Gras.

Taen legte sich neben ihm, den Arm um die bebenden Schultern des Jungen gelegt. Sie sagte nichts, bot ihm lediglich das Wohlbehagen ihrer Nähe. Doch als er sich schließlich beruhigte, erschien sein Gesicht nicht länger wie eine Maske duldsamen Leidens. Wenn auch der Kummer, den die llondische Vision über ihn gebracht hatte, nicht von ihm gewichen war, schaute er doch nun mit ruhigerem Blick auf die sommerlichen Wiesen hinaus; die Kraft und das Leben in seinem Körper konnte er nun würdigen, ohne aus Furcht vor dem nächsten Tag in sich zusammenzusinken.

»Du bist listig wie eine Händlerstochter in Landfeste«, beschuldigte Jaric bald die Traumweberin, und in seiner Stimme lag kein Groll.

»Die Töchter der Händler in Landfeste rollen sich nicht mit Vagabunden im Gras herum.« Taen mühte sich auf die Beine und schüttelte die Grassamen aus ihrem Umhang, der heruntergefallen war. »Willst du den Rest des Tages bei den Ameisen am Boden verbringen?«

»Das sollte ich tun.« Grinsend erhob sich Jaric ebenfalls. »Das Schlimmste, was sie tun können, ist beißen.«

Er packte Taen und zog sie in seine Arme. Dann, viel zu verlegen, um seinen Gefühlen Ausdruck zu verleihen, ließ er die Hände sinken und wandte sich nach Osten in Richtung Tierl Enneth. Taen folgte ihm dicht auf den Fersen. Nun, da sie sicher war, daß seine Stimmung sich gebessert hatte, bedrängte sie ihn nicht wegen seines Schweigens.

Von dem einen oder anderen Wasserlauf abgesehen, war das Gelände leicht begehbar. Dennoch warf der Sonnenuntergang lange Schatten über die

Hänge, als die Traumweberin und der Erbe des Feuergebieters endlich den Platz erreichten, auf dem die Sippschaften ihr Sommerfest abgehalten hatten. Die bunten Wagen waren längst abgefahren und hatten aufgerissene Erde und die trocknenden Hinterlassenschaften der Pferde zurückgelassen. Jaric und Taen trotteten über die ebene Weidefläche, auf der die Tänzer die Sonnenwende gefeiert hatten, und die Trostlosigkeit dieses Ortes zeigte sich nun in ihrer ganzen Schonungslosigkeit vor dem Hintergrund der abgedeckten, zerstörten Gebäude von Tierl Enneth, die sich in bedrohlicher Schwärze von dem bernsteinfarbenen Dämmerlicht abhoben.

Beide beschleunigten ihre Schritte. Gemeinsam betraten sie den Gang in der Mauer durch den feuchten Schlund des Torbogens. Taen wickelte sich fest in den llondischen Umhang, während Jaric in seiner zerrissenen Tunika zitterte. Dunkelheit senkte sich langsam über Straßen und Türme der Stadt; bald würde die Finsternis ihr Vermächtnis aus Gebeinen gnädig verhüllen. Taen war erschöpft. Im letzten Moment konnte Jaric ihr Stolpern abfangen. Er stützte ihren unsicheren Gang, bis er sie schließlich auf seine Arme hob. Dieses Mal ließ ihre körperliche Nähe ihn jedoch kalt. Ihm war mehr denn je daran gelegen, diese Ruinenstätte zu verlassen, die so deutlich von dem Versagen jenes Zauberers kündigte, unter dessen Schutz sie gestanden hatte.

Endlich hörte Jaric vor sich das rhythmische Donnern der Brandung. Der Weg, über den er schritt, wurde langsam breiter, ehe er in die Prachtstraße mündete, die hinab zum Hafentor führte. Silbrig glitzerte das Wasser jenseits des eingestürzten Torbogens, und am Strand, nur eine schwarze Silhouette vor dem weißen Sand, wartete ein Boot mit vier Ruderern, die lässig auf den Ruderbänken hockten.

Eine männliche Stimme ertönte jenseits des Wellenbrechers. »Jaric? Die Traumweberin hat mich über eure Ankunft unterrichtet.« Corley sprang auf die Mauer und streckte die gebräunten Arme nach Taen aus. Seine linke Hand steckte in einem Breiumschlag, und zu den Narben früherer Kämpfe an seinen Unterarmen hatten sich neue, frische Wunden gesellt. Niedergeschmettert von der Vorstellung, was hätte geschehen können, wären die Clankrieger nicht zur Stelle gewesen, verlor Jaric jedes Interesse zu sprechen.

Als er die Traumweberin der Fürsorge des Kapitäns überließ, fügte Corley hinzu: »Ich habe dein Schwert und deinen Dolch mitgenommen, Junge, aber, bei Kor, ich werde dir mit meiner stumpfesten Klinge bei lebendigem Leib die Haut abziehen, wenn du deine Waffen jemals wieder kampflos zurückläßt.«

In den frühen Stunden des Tages, noch vor Anbruch der Morgendämmerung, waren die Kerzen in der großen Halle des Schattentempels heruntergebrannt. Groteske Schatten schlichen über die Schädel, die die Lehnen von Scaits mächtigem Thron zierten. Der Dämon aber saß nicht; er ging auf und ab, und das Scharren seiner Krallen auf dem Steinboden erklang in ununterbrochenem Rhythmus, seit er die Botschaft erhalten hatte, die ihn aus seiner Ratsversammlung gerissen hatte. Vor und zurück, vor und zurück, schritt er über das Podest; keiner seiner Untergebenen wagte es, sich ihm zu nähern. Schließlich sandte er dem Thienz, der mit der Schnauze zwischen den Armen am Fuß der Treppe neben dem spiegelnden Pfuhl kauerte, eine gedankliche Anfrage.

›*Was geht in Keithland vor, Du-der-sich-mir-feige-zu-Füßen-wirft? Der Zeitpunkt, da deine Untergebenen ihren Bericht hätten abliefern sollen, ist bereits vergangen.*‹

Der Thienz blickte auf. Das hohe Alter hatte seine Gesichtshaut in eine Masse gelblicher Runzeln verwandelt. Viel zu erfahren, sich von den beleidigenden Worten seines Herrn aus der Fassung bringen zu lassen, pfiff er durch seine Kiemenlappen und wählte sorgsam seine Worte. »Herr-mächtigster, ich habe schlechte Neuigkeiten.«

Wie erstarrt blieb Scait mitten im Schritt stehen. Die langen Haare an seinem Nacken richteten sich gereizt auf, eine Warnung, welche die wenigen auserwählten Berater, die sich in der großen Halle aufhielten, sofort erkannten. Sie hörten auf zu murmeln und lösten ihre Blicke von dem Wachsmodell von Landfeste, mit dem sie sich während der vorangegangenen Nacht beschäftigt hatten.

»Sprich!« befahl Lord Scait, der Herrscher des Schattentempels, ehe er sich elegant umwandte und sich in steifer Haltung auf seinem Thron niederließ.

Der Thienz verbeugte sich erneut, erhob sich dann auf seinen lächerlichen Beinen und sandte ein Bild der Geschehnisse. Scait zog die Augen zu schmalen Schlitzen zusammen, als er die Botschaft empfing, die ihm ein kleines, bewaldetes Tal im Gebirge hinter Tierl Enneth zeigte. Zwischen unbedeutendem Gestrüpp lagen die leblosen Überreste jener acht Thienz, die ausgesandt worden waren, Jaric zu jagen. Insekten hatten die Leichen ausgehöhlt; weiß schimmerten die Knochen durch das aufgerissene Fleisch, doch hatte der Verfall keinerlei Einfluß auf die gefiederten Beweisstücke, die aus den Körpern der Opfer herausragten.

»Clankrieger«, zischte Lord Scait. Seine Nackenhaare sträubten sich vor Widerwillen, und seine Krallen schabten wie von selbst über die Schädel an den Armlehnen. »Wie ist es dazu gekommen?«

Der Thienz sang eine klagende Note. »Tückisch sind die Stämme von Tierl Enneth, großer Herr. Ihre Seherinnen sehen viel, was wir zu verbergen suchen. Sie fingen die Todesträume der Gefallenen auf; leider haben sie uns nur wenige Erinnerungen hinterlassen.«

Scait regte sich nicht mehr. Auf sein Schweigen hin, löste sich die Kühnste seiner Auserwählten von seinen Kameraden und stellte sich neben dem Thienz vor das Podest. »Herr«, begann sie. »Wenn Taen und Jaric die Wohnhöhle der Llondelei in Tierl Enneth aufgesucht haben, wie groß ist dann die Chance, daß die Traumweberin überlebt hat?«

Scait riß die Augen weit auf. Er bleckte die Zähne, um seine Untertanin zum Schweigen zu bringen, denn ihr Krakeelen änderte nichts an der Lage. Warum die Llondelei Menschen unterstützen sollte, war ihm unverständlich; doch daß sie sich durchaus entschlossen haben mochten, Taen, der Traumweberin, den Tod durch ihren Sathid zu ersparen, war nicht von der Hand zu weisen. In der dunklen, kalten Stunde vor Einbruch der Dämmerung, wägte Scait die verbliebenen Möglichkeiten gegeneinander ab. Sein nächster Plan mußte kühn ausfallen, anderenfalls würde die Menschheit erneut Gelegenheit bekommen, einen vaeregeschulten Zauberer ihren Verbündeten zu nennen. Der Knabe, Ivainson Jaric, mußte ohne Rücksicht auf Verluste zur Strecke gebracht werden.

»Hört meinen Befehl«, sagte Scait. Seine Auserwählten verrenkten sich die Hälse, um seinen

Worten zu folgen, und der Thienz richtete seine winzigen, beinahe blinden Augen auf den Thron. »Schick vier Untertanen aus, Boote von menschlichen Fischern zu stehlen. Die Opfer müssen sorgsam ausgewählt werden, getrennt von ihren Familien und weit entfernt vom nächsten Hafen, damit wir bei den Herrschern von Keithland keinen Verdacht erregen.« An dieser Stelle legte Scait eine Pause ein und musterte den Thienz finsteren Blickes. »Diese Boote wirst du jeweils mit einem giftproduzierenden Erwachsenen und den vier jüngsten deiner Art bemannen. Sie sollen so schnell wie möglich nach Süden Richtung Keithland segeln.«

Der Thienz erbebte unter äußerst unerfreulichen Vorahnungen. Doch obgleich die Jungen, die ausgewählt werden sollten, einen solchen Befehl nur mit Bestürzung hinnehmen würden, war doch die Aussicht, Taen-Traumweberin-die-Brüder-zu-Riffhafen-getötet zu stellen und in Stücke zu reißen, ein guter Grund, mit Freuden ein Opfer zu bringen.

Aber noch während der Thienz bestürzt erbebte, fühlte Scait die verborgene Freude. Er sprang von seinem Thron auf, überquerte mit zwei Schritten das Podest und stürmte die Treppe hinunter. »Ihr werdet nicht Taen, die Traumweberin, jagen.«

»Herr!« protestierte der Thienz, verfiel jedoch sogleich in Schweigen, als die Kralle am Daumen seines Herrn hervorschnellte und sich in seinen Nacken bohrte.

»Die Boote werden die Insel der Vaere suchen.« Langsam, grausam drückte der Herr über den Schattentempel stärker zu. Blut drang um die Kralle herum aus der Wunde, und der Thienz wand sich, während er seine Befehle entgegennahm. »Deine Brüder müssen Ivainson Jaric finden und töten, bevor er die Insel erreicht hat, koste es, was es wolle.«

Hilflos von der Kralle seines Herrn durchbohrt, unterdrückte der Thienz mühevoll seine angeborene Furcht. »Mächtigster-Höchster-Einziger, Eurem Wunsch wird so schnell wir möglich entsprochen werden. Doch sollte die Traumweberin ihre Macht zurückerlangt haben, so wird sie die Beute vor uns abschirmen. Welche Möglichkeit haben wir dann noch, den zu finden, den Ihr tot sehen wollt?«

Scait zog seine Kralle aus dem Hals des Thienz und leckte sie sorgfältig ab.

Da schon der zarteste Blutgeruch ausreichte, den Hunger seiner Art zu wecken, wich der Thienz rasch vor seinem Herrscher zurück. Doch der Appetit des Großen Scait verhielt sich ruhig, als er seine glühenden Augen auf seine Untertanen richtete. Einer oder zwei von ihnen standen mit gesträubten, kurzen Nackenhaaren da, als wollten sie das Urteil Scaits bezüglich Taen in Frage stellen; möglicherweise bargen ihre abgeschirmten Gedanken weit mehr als reines Mißfallen. In den Annalen des Schattentempels war es oft schon bei weit geringeren Anlässen zum Sturz des Herrschers gekommen.

Scait aber ging einfach über die Bedrohung hinweg, wandte sich ab und forderte die Kampfeslust durch seine Geringschätzung noch weiter heraus. »Das Mädchen ist derzeit nichts weiter als eine unerfreuliche Ablenkung. Würden wir jetzt unsere Zeit mit ihr vergeuden, so würden wir auch riskieren, bald einem ausgebildeten Feuergebieter gegenüberzustehen.«

Ein besonders kühner Dämon gab einen Laut der Ablehnung von sich.

Scait wirbelte herum, überaus graziös und sich seiner Dominanz vollkommen gewiß. »Für den Kampf gegen Taen-Traumweberin steht uns ihr Bruder zur Verfügung, habt ihr das vergessen? Schon in den nächsten Tagen wird sich seine Macht stabilisieren. Dann werden wir einen Plan ausarbeiten, um seine Schwester in die Falle zu locken.« Der Herrscher der Dämonen machte mit weit ausgefahrenen Krallen eine ausholende Geste, und die langen Haare an seinem Nacken richteten sich nun vollständig auf. »So soll es geschehen, oder wagt es einer von euch, sich gegen mich zu stellen?«

Grau drang das Licht der Morgendämmerung durch die hohen Fenster des großen Saals im Schattentempel. In diesem Licht erloschen die Kerzen. Rauch stieg von den Dochten auf, während sich die kriecherischen Dämonen, nunmehr mit zustimmend geglätteten Nackenhaaren, einmütig dem Willen ihres Herrn beugten.

Kapitel 13

MAELGRIM

Nach einer Ruhepause, ein wenig Essen und dem Bericht über die Vorgänge im Bau der Llondel, legte Corley seinen Schleifstein ab und schob die vollendet gepflegten Klingen zurück in ihre Scheide. Zur größten Erleichterung seiner Mannschaft hörte er endlich auf, Tag und Nacht auf dem Achterdeck hin und her zu wandern, während Taen sich von der zurückliegenden Tortur erholte. Dennoch wurden weiterhin ständig Wachen postiert, und ein ganzes Netz aus Kundschaftern durchstöberte die Küste auf der Suche nach Thienz-Dämonen. Da sie jedoch nichts außer einem Fischerboot fanden, das verlassen in einem Dornendickicht lag, blieb die *Neumond* im Hafen von Tierl Enneth.

Jarics Unruhe aber wollte nicht weichen. Stiller als gewöhnlich, wich er jedem Gespräch aus, und selbst Taen hatte Schwierigkeiten, ihn aus seiner Kabine zu locken.

»Dann schmoll in Frieden«, kommentierte sie ärgerlich, als sich der Knabe zum zweiten Mal innerhalb einer Stunde in das Kartenhaus verkroch. Danach widmete sich die Traumweberin dem Kartenspiel, um sich die Zeit zu vertreiben. Die Matrosen buddelten ihre Einsätze in Form von auf Schnüre gezogenen oder in Seetruhen aufbewahrten Bohnen wieder aus, und nicht wenige beschwerten sich, weil ihre Gewinne in der Feuchtigkeit zu keimen begonnen hatten. Eine Weile schien es dem Koch sinnvoll, Plünderungen zuvorzukommen, indem er die eingelagerten Bohnen der Kombüse hinter Schloß und Riegel verwahrte. Laut und überschwenglich gaben sich die Männer an Bord der *Neumond* erleichtert ihrer gewohnten Routine wieder hin und spielten sich gegenüber der Traumweberin, die sie mit ihren Neckereien immer wieder zum Lachen brachte, als die Beschützer auf. Corley prüfte die Berichte seiner Kundschafter, wann immer er nicht damit beschäftigt war, seinen Heiler herzhaft zu verwünschen. Als jener hartnäckige, aufdringliche Narr endlich aufhörte, sich um die Wunden des Kapitäns zu sorgen, konnte dieser seinen Energieüberschuß bändigen, indem er das Waffentraining Jarics wieder aufleben ließ.

Corley trieb seinen Schützling nun gnadenlos an, um sich ein Bild davon zu machen, welche Ergebnisse der Unterricht Briths erzielt hatte. Er stellte schnell fest, daß Jarics Umgang mit der Waffe sich nicht allein in bezug auf die Technik verändert hatte. Hatte der Knabe seine Klingen einst übervorsichtig, ja, sogar hektisch, wenngleich durchaus geschickt geführt, schlug er nun kraftvoll zu. Zufrieden mit dem satten Klang, mit dem die Klingen aufeinanderprallten, grinste Corley, ehe er noch härter auf Jaric eindrang. Nun aber tauchte zwischen den Flüchen des Kapitäns hier und dort auch einmal ein Lob auf. Daß Lehrer und Schüler beide die Übungen dazu nutzten, ihre innere Anspannung abzubauen, spielte dabei keine Rolle; schon in kurzer Zeit würde der Erbe des Feuergebieters imstande sein, sich selbst angemessen verteidigen zu können.

Am siebten Tag hatte Taen ihr Gleichgewicht wieder weit genug hergestellt, ihre sathidgestützte Macht unter Kontrolle zu halten. Jaric erduldete die morgendlichen Übungen mit unverkennbarer

Ungeduld; und kaum entließ der Kapitän den Jungen, da stürzte er auch schon unter Deck und schleuderte seine Waffen auf seine Koje, ohne sich die Mühe zu machen, sie einzuölen. Endlich war es soweit. Taen würde ihre Gabe nutzen, um durch ihren Traumsinn das geheime Wissen der Priester zu erkunden, die in der vollkommenen Abgeschiedenheit der heiligen Türme von Landfeste lebten. Von fiebriger Aufregung erfüllt, eilte Jaric zu der Kabine der Traumweberin, nur um sie dann leer vorzufinden.

Der Diener des Kapitäns beruhigte ihn sogleich. »Taen sagte mir, daß Ihr nach ihr fragen würdet. Sie wartet im Kartenhaus auf Euch.«

Atemlos dankte ihm Jaric. Auf dem Weg zum Heck des Schiffes wurden seine Schritte allmählich langsamer, und schließlich trat er über die Schwelle des Kartenhauses. Sanft schwang die Lampe über dem Tisch, der von seiner Last aus Seekarten befreit worden war, hin und her. Taen saß auf der Tischplatte, die Augen geschlossen atmete sie so rhythmisch wie in einem tiefen, friedvollen Schlaf. Bebend vor Erwartung erkannte Jaric, daß sie ihren Traumsinn bereits auf die weite, umfangreiche Reise geschickt hatte, denn unter der Bevölkerung von Landfeste wußten nur wenige Eingeweihte um die Mysterien, die von Kors Bruderschaft gehütet wurden.

Leise drückte Jaric die Tür ins Schloß. Zu aufgeregt, sich zu setzen, schritt er im Raum auf und ab, den Kopf gesenkt, um sich der niedrigen Decke anzupassen. Seine Nerven und die Hitze, die von der Lampe ausstrahlte, trieben ihm den Schweiß aus den Poren. Die heiligen Türme waren von den Gründern des Rates zu Landfeste versiegelt worden; sich ihren Beschlüssen zu widersetzen, hieß,

Hochverrat zu begehen. Doch sollten die Dämonen die Allianz angreifen, so wäre eben dieses Wissen in größter Gefahr. Das Vermächtnis und die Absichten der ersten Bewohner Keithlands würden gewiß verloren sein. Unter der Last der llondischen Warnung schritt Jaric wieder und wieder über den kahlen Boden zwischen Tisch und Kartenschrank. Für ihn konnte es nur eins geben, was wirklich zählte: sollten die heiligen Türme ihm keine Antwort liefern können, so hing das Überleben Keithlands und seiner Bewohner allein von ihm und dem Zyklus des Feuers ab.

Stunden vergingen. Das Öl ging langsam zur Neige, und schließlich erlosch die Lampe mit einem letzten Aufflackern. Rauch stieg von dem verkohlten Docht auf. Jaric entzündete eine Kerze, die er in einer Schublade gefunden hatte. Dann setzte er sich hin und beschäftigte sich damit, einen neuen Docht in die Öllampe einzuführen. Mit der akribischen Sorgfalt, die er unter den Anweisungen eines Waidmanns erlernt hatte, säuberte er die Lampe, ehe er sie wieder entzündete. Ein güldener Lichtschein erhellte die Kabine. Nun ganz über dem Tisch ausgestreckt, lag Taen reglos in tiefer Trance. Ihr Haar hob sich schwarz wie Tinte vor der blassen Haut ab. Ihr Gesicht war Jaric zugewandt; wenngleich ihre Wimpern und Brauen der Perfektion des Pinselstriches eines wahren Meisters ebenbürtig waren, zerstörte doch der abgebrochene Daumennagel, der unter ihrem Kinn hervorlugte, den Anschein der Perfektion. Ohne Juwelen und Geschmeide, eingehüllt in ein Hemd aus schlichtem Leinen, strahlte das Mädchen die spröde Schönheit eines wilden Tieres aus den Wäldern aus. Jaric fühlte, wie der Atem in seiner Brust stockte.

Er legte das Messer zur Seite, das er benutzt

hatte, den Docht abzuschneiden. Als könnte die kleinste Störung die Traumweberin wecken und den Zauber brechen, schob er seine verkrampften, ölverschmierten Hände unter seine Ärmelstulpen. Noch vor kurzer Zeit hatte er kaum stillhalten können; sollte aber nun ein Feind auf ihn zustürmen und ihn mit blankem Stahl angreifen, wäre es ihm vermutlich unmöglich, sich zu bewegen. Das Blut rauschte in seinen Adern. Seine Haut war mal heiß, mal kalt, und das Schlucken fiel ihm schwer. Dieses Mädchen war ihm schon in so unterschiedlicher Weise entgegengetreten: als Verräterin, als Vertraute, als eine Freundin, die ihm so lange zusetzte, bis er lachte, und als jene verwandte Seele, die ihn in Zeiten der Pein besänftigt hatte; nun aber, zwischen einem Atemzug und dem nächsten, wurde dieses Mädchen zu dem einzigen Schatz in ganz Keithland, den zu verlieren er nicht würde ertragen können.

Jaric betrachtete Taen mit einer Begierde, die er nie in sich vermutet hätte. Neben ihm ging erneut das Lampenöl zur Neige. Erinnerungen an den Spott der Matronen in Morbrith verblaßten, bis Jaric sich beinahe einbildete, er könnte diese Frau berühren und würde von ihr empfangen werden. Die *Neumond* schaukelte fest verankert auf den windgetriebenen Wogen nahe der Küste. Zugluft fegte durch die Luke herein und wehte eine Strähne schwarzen Haares über ihre rosaroten Lippen. Sie rührte sich, legte die Stirn in Falten. Die Brise fuhr über Jarics schweißnasse Haut. Er schauderte, und plötzlich erinnerte er sich seines Schicksals. Zwischen ihm und dem Mädchen stand eine Zukunft, zu schrecklich, auch nur darüber nachzudenken: das bluttriefende Messer des Bruders, der sie töten würde, oder der Wahnsinn, den der

Zyklus des Feuers über ihn bringen würde. Und wenn er zögerte, wenn er einen Tag oder auch nur eine Stunde zu lange wartete, so mochten die Thienz sie beide vernichten.

Ruckartig stand Jaric auf. Er unterdrückte einen heiseren Aufschrei und stützte sich mit den Fäusten an der Wand ab. Es gab nichts, was ihn von diesem Los befreien konnte. Von all den unzähligen Greueltaten, die Ivain in seinem Wahnsinn verübt hatte, war sein erschreckender Umgang mit Frauen am wenigsten zu verzeihen. Jaric wußte, daß er seine Gefühle gegenüber Taen würde opfern müssen, wollte er das Vermächtnis seines Vaters annehmen. Doch wenn die Suche in den heiligen Türmen ihm keinen Ausweg bot, würde er dann die Kraft aufbringen können, sie zu verlassen, das zu tun, was er tun mußte, zog doch die Anwesenheit des Erben des Feuergebieters unweigerlich auch die Dämonen an? Jaric starrte auf seine Hände. Er wagte es nicht, das Mädchen auf dem Kartentisch anzublicken. Würde er es tun, und sei es nur für einen Augenblick, so würde der Anblick des Mädchens ihn endgültig brechen.

Keine Hand bewegte sich, das Feuer in der Lampe am Leben zu erhalten. Bald zitterte die Flamme erneut, verkümmerte zu blaßrotem Schein und erlosch. Taen seufzte in der Finsternis. Von dem Rascheln ihres Hemdes vorgewarnt, wußte Jaric, daß sie nun erwachte. Das erste Zeichen ihrer Anwesenheit war eine federleichte Berührung an seiner Schulter.

»Jaric?«

Er wirbelte herum und schlug sich den Rücken an der Wand an.

In der Finsternis konnte sie seine Miene nicht erkennen. »Jaric? Was ist denn los?«

Der Erbe Ivains hatte Mühe, seiner Stimme einen ruhigen Klang zu verleihen. »Du hast mich überrascht.«

Selbst in der Dunkelheit nicht minder blind, hörte er, wie ihre Sandalen über die Planken scharrten. Dann zischte eine Flamme, und Taen schloß die Glasplatte der nun wieder brennenden Lampe, stellte sich auf die Zehenspitzen und zog sie von dem Haken über dem Kartentisch.

Als sie ihn nun anblickte, erkannte er, daß Tränen in ihren Augen standen. »Ich habe nicht gefunden, was du suchst.«

Durch ihren Kummer gepeinigt, benötigte er einen Augenblick Zeit, die Bedeutung ihrer Worte zu verstehen.

»Die Geister der Priester in der Abgeschiedenheit sind außerhalb meiner Reichweite«, berichtete Taen. »Ich weiß nicht, woran das liegt. Vielleicht bilden die Steinmauern der heiligen Türme selbst schon ein Art Schutzbarriere.« Sie zögerte, und das Bedauern, das sie um seinetwillen empfand, traf Jaric mitten ins Herz. »Ich habe dann die Türme aufgegeben und mich am Geist des Supremat Großmeistersterns versucht, dessen geheiligter Titel ›Hüter der Tore‹ lautet. Er allein weiß, welche Geheimnisse diese Türme beherbergen. Jaric, in Landfeste wirst du kein Mittel gegen die Dämonen finden.«

Sicher außerhalb ihrer Reichweite, sah der Knabe ihr aus großen braunen Augen ins Gesicht. »Sag mir, warum.«

Taen antwortete nur zögernd. »Die heiligen Türme enthalten die Schlüssel zu Kors Heiligen Feuern und die Antworten auf die Rätsel des unendlichen Raumes und der Zeit. Doch all dieses Wissen muß auf göttlichen Beschluß von den

Menschen ferngehalten werden, bis alle Dämonen aus Keithland verschwunden sind.«

Jaric schloß die Augen. Schweißperlen schimmerten auf seiner Haut im Lampenschein, und seine Brust hob und senkte sich, als wäre er um sein Leben gelaufen. Taen hatte ihre Entdeckungen in religiöse Worte verpackt, doch durch die llondischen Erinnerungen hatte Jaric bereits mehr erfahren. Vermutlich wurden in Landfeste Pläne gelagert, mit denen das Schiff *Corinne Dane,* das Vermächtnis der menschlichen Herkunft von den Sternen, wieder repariert werden konnte. Wie viele Menschen würden sterben müssen, sollten die Dämonen jemals herausfinden, daß ein solches Wissen auch jetzt noch existierte? Noch immer hörte Jaric in Gedanken die gepeinigten Worte des längst verstorbenen Sternenschiffsoffiziers: »*Wenn die Mission der* Corinne Dane *fehlschlägt, wenn die Menschheit keinen Weg findet, sich gegen Mächte zu schützen, wie sie diese Llondel nutzen, dann werden die einzigen überlebenden Menschen die sein, die in den von den Gierj versklavten Kolonien leben.*«

Die *Corinne Dane* war einst geflogen und wie ein verirrter Vogel auf feindliches Land gestürzt. Jaric schluckte. Er war nahe daran, in Tränen auszubrechen. Seine letzte Hoffnung hatte sich als vergebens erwiesen und ihn ohne Licht in den Schatten seiner Schwächen zurückgelassen. Er war nun ehrlich genug, sich einzugestehen, daß er Traumschlösser gebaut hatte, nur um das Unausweichliche hinauszuzögern, denn die Wahrheit hatte schon seit seinem Gespräch mit dem Hohen Großmeisterstern in Landfeste auf der Hand gelegen. Hätte es eine Waffe gegen die Dämonen gegeben, so hätten die Überlebenden der *Corinne Dane* niemals den Rat zu Landfeste gegründet oder eine geheime Charta erlassen; sie hätten ihr verunglücktes Schiff wieder aufgebaut und sich aufgemacht, ihre belagerten Kolonien unter den Sternen zu befreien. Statt dessen kämpfte die Bevölkerung Keithlands nun schon seit Hunderten von Jahren um ihr Überleben, auf bedenkliche Weise durch die Talente der vaeregeschulten Zauberer geschützt. Bebend atmete Jaric ein. Von nun an gab es keine Zuflucht mehr. Ob er nun um eine Überfahrt zur Insel der Vaere bat oder die *Neumond* verließ, um Taen vor den Thienz zu schützen, die ihn verfolgten, in jedem Fall mochte er durchaus schon jetzt zu spät handeln. Völlig unentschlossen, öffnete Jaric die Augen.

Die Flamme flackerte, als wäre sie erst kürzlich von einem Luftzug gestreift worden, und das Kartenhaus war verlassen. Taen, die die Tiefe seines Schmerzes gefühlt hatte, hatte Weisheit und Takt bewiesen und ihn alleingelassen.

Zum Gezeitenwechsel gab Corley den Befehl zum Ablegen. Das Knarren der Ankerwinde und das Rasseln der Kette in der Klüse hallte kreuz und quer durch den Zweimaster, doch Taen nahm den Lärm kaum wahr. Ermüdet von ihrer Traumsuche in Landfeste, saß sie in tiefer Finsternis auf ihrer Koje. Ruhelos trommelten ihre Fersen gegen das Holz der Truhe unter der Bettstatt. Sie brauchte keine Traumwebergabe, um Jarics Furcht vor dem Zyklus des Feuers zu spüren. Taen war bekümmert, daß sie ihm nicht hatte helfen können und überdies besorgt, Tamlin könnte ihr befehlen, sich einzumischen und Jaric zu zwingen, das Erbe seines Vaters zu akzeptieren, sollte sie die Vaere um Rat ersuchen. Verzweifelt sehnte sie sich deshalb nach der Weisheit Anskieres von Elrinfaer.

Die *Neumond* erbebte, als der Anker sich vom Meeresboden löste. Das Knarren der Ankerwinde ging in einen schnelleren Rhythmus über, und Füße donnerten über das Deck, als Matrosen sich aufmachten, Masten und Brassen zu bemannen. Corley brüllte auf dem Achterdeck einen Befehl. Der Zweimaster legte sich auf die Seite, als endlose Spannen unvertäuten Segeltuches vom Wind erfaßt wurden. Taen lehnte sich mit dem Rücken an die Kabinenwand. Sie weinte nicht. Zwar fühlte sie tief in sich entsetzlichen Schmerz, doch sie war die Tochter eines Fischers aus Imrill Kand, geboren, ein Leben voller Härte und Mühsal zu führen. Schon früh hatte sie gelernt, praktisch zu denken, um ihren Gefühlen ein Ventil zu öffnen. Wenn Jaric sich dem Zyklus des Feuers verweigerte, so würden ihn nicht einmal die Vaere von seiner Überzeugung abbringen können. Sich nach dem Rat eines Zauberers zu sehnen, den sie doch nicht fragen konnte, würde ihr kaum weiterhelfen; außerdem hatten die Mühen des Vormittags sie erschöpft. Besorgt angesichts der Probleme, die zu schwerwiegend waren, als daß sie sie mit ihrem Traumsinn lösen konnte, lehnte sie müde den Kopf an die Wand.

Leichter Schlaf senkte sich unerwartet über ihr Bewußtsein. Die Sicherungsbanne über den heiligen Türmen von Landfeste waren komplex, sie zu enträtseln war überaus anstrengend gewesen; die Sorge um Jaric hatte sie dazu getrieben, ihre Energiereserven über alle Vernunft hinaus anzugreifen. Nun, dahingleitend in richtungslosen Träumen, gelang es Taen nicht, alle ihre geistigen Kanäle zu sichern. Ein Zwang kroch in ihre Träume, ein Zwang, der nicht ihrem eigenen Wesen entsprang, sich aber so zart und taktvoll in ihre

Gedanken schlich, daß er nur von jemandem stammen konnte, der sie gekannt und geliebt hatte. Langsam und subtil verschmolz die fremde Präsenz mit der Essenz ihres Willens; und bald wurde das, was ihr souffliert wurde, zu neuen Überzeugungen.

Da der Krieg der Dämonen gegen Keithland auch den Bruder betraf, den sie gefangenhielten, wußte Taen ohne Zweifel, welche Pflicht sie erwartete. In der Vergangenheit war es ihr nicht gelungen, ihren Bruder aus seiner von Schuld geprägten Not zu reißen, die ihn schließlich dazu getrieben hatte, seine eigene Art zu verraten. Nun blieb ihr nur noch eine Möglichkeit zu verhindern, daß er zu einer Waffe gegen die Menschheit umgeformt wurde. Sie mußte ihre Gabe nutzen, um Kontakt zu Emien im Schattentempel aufnehmen und versuchen, ihn dem dämonischen Einfluß zu entziehen.

Spritzwasser stieb am Heck der *Neumond* auf, als sie aus der Bucht von Tierl Enneth hinaus auf die offene See zuhielt. Taen wurde heftig herumgeschleudert, als die Besanspiere nach Steuerbord herumschwang, und während ihr Kopf schmerzhaft an die Wand der Kabine stieß, sammelte sie ihre ganze Konzentration. Sie fühlte nichts von dem Wasser, das durch das Lukengitter zu ihr hereindrang, noch roch sie die Seeluft, in der der schwere Hauch aufkommenden Regens mitschwang. Nicht für einen Augenblick kam ihr der Gedanke, daß ihre Absichten von Feinden verdreht worden waren, um ihr eine Falle zu stellen. Unaufmerksam, angelockt durch ihre tiefe Liebe, trug ihr Traumsinn ihre Wahrnehmung hinaus in die Wildnis jenseits der Grenzen von Keithland.

Böen heulten über die steinernen Türme des Schattentempels hinweg; Echos, die an die Klagerufe trauernder Weiber erinnerten, drangen selbst in die Tiefen des Kerkers hinab, in dem Taen Emien fand. Der Mann, den sie als ihren Bruder erkannte, kauerte in der Finsternis einer verschlossenen Zelle. Sein Gesicht lag hinter vernarbten Fingern verborgen, während die Sathidmatrix, die mit einem Dämon verbunden war, ihren Zugriff auf seinen Geist verstärkte. Sorgsam darauf bedacht, sein Gleichgewicht nicht zu stören, sandte Taen ihren Traumsinn aus und versuchte, sich seinen Gedanken zu nähern.

Sofort stürzte sie in einen Alptraum. Unter der Führung des Kristalls erlebte Emien die Ereignisse seiner Vergangenheit so lebhaft wie an jenem Tage, an dem sie tatsächlich geschehen waren. Taen verschmolz mit seinem Bewußtsein, vereinigte sich mit ihm wie Wasser, das in einen See floß. Durch die Träume ihres Bruders erblickte sie die sturmgepeitschte See. Wind heulte, sprengte die Gischt von den Wogen, während der Emien, an den sie sich erinnerte, sich mit nassen Händen an das Dollbord eines Beibootes klammerte. Wie erstarrt sah er zu, wie die Galeere, von der er sich hatte retten können, in der aufgewühlten See versank. Obgleich das Schiff beinahe hinter einem Schleier aus Regen und aufspritzender Gischt verschwand, erkannte Taen König Kisburns Flaggschiff, die Krähe, die den Sturmwächter in Ketten von Imrill Kand fortgebracht hatte. Sie selbst, ein Mädchen von gerade zehn Jahren, hatte sich von daheim fortgestohlen, weil sie ihn befreien wollte. Emien war später an Bord gekommen mit dem heiligen Gelübde, seine Schwester sicher zurück nach Hause zu bringen; statt dessen hatte er sie verloren.

Nun zwang ihn der Sathid, den er von seiner Herrin geerbt hatte, sich zu erinnern. Bedrängt von dem Sturm, den Anskiere ausgelöst hatte, sah

Emien, wie die Galeere in den Fluten verschwand. Die Traumweberin, die seine Erinnerungen teilte, fühlte die Trauer und den irrsinnigen Zorn, dessen Intensität keine Tränen zuließ; denn der Knabe glaubte, seine jüngere Schwester wäre noch immer im Frachtraum der Galeere eingesperrt, und er allein wäre verantwortlich für ihren Tod. Von dem Verlust erschüttert, peinigten ihn Schuldgefühle; *die gleichen, wohlvertrauten Schuldgefühle, unter denen er gelitten hatte, als sein Vater ertrunken war, gefangen in den Maschen des Netzes, das durch seine Nachlässigkeit über Bord geflogen war.* Kein Jammern konnte ihn von dieser Schuld befreien; niedergeschmettert von der überwältigenden Last der Verantwortung, suchte Emien Zuflucht in seinem bösartigen Zorn auf den Sturmwächter, der seine Schwester in diese Gefahr gelockt hatte.

Taen erkannte ihre Chance, bekam jedoch keine Gelegenheit, zu handeln.

Der von Dämonen beherrschte Sathid, der den Willen ihres Bruders kontrollierte, erhob sich wie ein Zyklon wilder Energien. Mit der Macht eines Hammerschlages zerschmetterte er Emiens Geist. Die Trauer um den Tod einer Schwester nahm immer mächtigere Ausmaße an, verstärkte sich um das Zehnfache, das Zwanzigfache, das Hundertfache, bis Schmerz die Grundlage all seiner Existenz wurde. Taen verlor den Halt. Die Qualen, die ihren Bruder peinigten, zogen sie tief in die Abgründe seines Geistes, und durch seinen Mund schrie sie wieder und wieder. Echos hallten durch Emiens Zelle, während sie unendlich langsam wieder ein wenig von ihrer Kontrolle zurückeroberte.

Doch für den Bruder, der im Schattentempel gefangen war, ging die Marter weiter. Über alle vorstellbaren Grenzen gepeinigt, dürstete er nach

Vergessen. Macht begegnete seinem Wunsch. Dämonische Stimmen sprachen durch die Sathidverbindung zu ihm, die seinen bewußten Willen versklavt hatte.

›*Als Emien hast du nutzlose Loyalität gegenüber einer Schwester gezeigt, die dich später verraten hat. Als Maelgrim-von-Dämonen-geehrt, wirst du dich schützen können. Möchtest du auf diese Erinnerung verzichten?*‹

Am Boden zerstört von unerträglichem Schmerz, flüsterte Emien heiser: »Ja, erlöst mich.«

›*So soll es sein. Werde Maelgrim.*‹ Ein Seufzen, wie von einem Luftzug, strömte durch die Verbindung. Gebunden an das Bewußtsein ihres Bruders, nahm Taen eine Reihe funkelnder Lichtblitze wahr. Unter dem Kiel des Beibootes brodelte die sturmgepeitschte See. Ohne jegliche Regung beobachtete Emien den Untergang der Galeere, doch dieses Mal war der Kummer, den er um seine verlorene Schwester empfunden hatte, verschwunden. Geblieben waren lediglich Zorn und Haß auf Anskiere, Gefühle, deren Resonanz in Maelgrims Sein widerhallte wie der unermüdliche Klang von Nebelglocken.

Angeführt von dem Sathid träumte der Knabe weiter, träumte von der weißhaarigen Hexe, deren überirdische Schönheit ihn in ihren Bann geschlagen hatte. Er fühlte nichts, als die Schwester, die seine Erinnerungen teilte, sich aus seinem Bewußtsein zurückzog. Entsetzt angesichts des dämonischen Wirkens tauchte Taen tief in die Erinnerungen ihres Bruders ein. Ohne auf die Gefahr zu achten, grub sie mit der ganzen Macht ihrer Gabe tiefer und tiefer. Und dort, im unbewußten Geist des Knaben, erkannte sie, daß der Bruder, den sie während ihrer Kindheit gekannt und geliebt hatte, nicht mehr existierte. Dort, wo

Emien sich seiner Mutter und seiner Heimat Imrill Kand hätte erinnern sollen, fand sie Lücken, getragen von Bitterkeit, Groll und Bösartigkeit; seine angeborene Menschlichkeit war zerschmettert, so sehr, daß kaum mehr Hoffnung auf Heilung bestehen konnte. Bald erkannte Taen, daß jegliches Erbarmen untergehen würde, um ein dämonisches Greuel mit Namen Maelgrim zurückzulassen.

Diese Umwandlung durfte sie nicht widerstandslos geschehen lassen. Aufgebracht, ja zornig, konzentrierte die Traumweberin ihren Willen. Als ihr Bruder unter neuen Qualen aufschrie, spann sie einen Schleier über seinen Geist, um ihn vor den dämonischen Machenschaften abzuschirmen.

Für einen Augenblick verstummten Emiens Schreie. In diesem Moment vorübergehender Erleichterung fühlte Taen die zugige, feuchte Luft der Zelle, in der eine verlorene, doch geliebte Stimme rief: »Schwester?«

Doch dann zogen die Untertanen des Schattentempels mit der Subtilität eines Schachmeisters die Schlinge zu. Macht erhob sich, ein Sturmgesang der Energien, schrecklich wie die Klagen der Verdammten. Bedrängt von einer Mauer grenzenloser Finsternis, leistete Taen verzweifelt Widerstand. Die Energie ihres eigenen Sathid reagierte auf die dämonische Herausforderung. Funken sprühten unter der Macht ihres Gegenangriffs. Energien donnerten, wirbelten umher, als würde die Welt untergehen. Die Fesseln, die die Dämonen ihr angelegt hatten, erbebten, wurden brüchig und barsten schließlich. Taen stürzte durch die so entstandene Lücke, bereit, Emiens Geist mit aller Kraft zu verteidigen.

Doch das zerstörte Wesen, das von dem Bruder geblieben war, den sie geliebt hatte, stand ihr jenseits der Barriere nicht zur Seite. *Das ganze Geschehen war lediglich ein Trick gewesen, geplant und ausgeführt, um ihren Geist gefangenzunehmen.* Hilflos der zerstörerischen Bösartigkeit Maelgrims ausgeliefert, fühlte Taen, wie sie von einem Zorn gepackt, der keine Grenzen kannte. Verzweifelt versuchte sie, sich zurückzuziehen, doch ihre Gegenwehr erfolgte zu spät. Dämonen kontrollierten Maelgrim; und da ihr Diener als Bruder Taens geboren worden war, war das Potential seiner Gabe dem ihren ebenbürtig. Durch die Querverbindung drängten sie den Sathid zum Angriff. Energien strömten durch die Verbindung, ausgesandt, ihre eigene Macht gegen sie zu wenden.

Entsetzt wich Taen zurück. Sollte es dem Feind gelingen, das Bewußtsein ihres eigenen Sathid zu wecken, so würde sie zerstört werden, würde ihr Wille ausgelöscht wie eine Kerzenflamme im Wind. Die Folgen einer Niederlage waren unvorstellbar. Blind vor Furcht und noch immer erschöpft von ihren morgendlichen Bemühungen für Jaric formte Taen ihre verbliebene Kraft zu einer Flamme roher Energien. Sie schlug zu, doch es gelang ihr nicht, die Traumverbindung aufzulösen. Von den bösartigen Bewohnern des Schattentempels aus der Ferne verfolgt, versuchte Taen, ihre Macht auf den Bereich ihrer direkten Umgebung zu konzentrieren. Gewiß konnte das Böse sie nicht innerhalb der Sicherheit ihrer Kabine an Bord der *Neumond* angreifen.

Doch auch diese Hoffnung erwies sich als vergebens. Die Dämonen ließen nicht von ihr ab. Als Taen die Verbindung zu ihrem Bruder löste, kehrten die Feinde die Polarität der Verknüpfung um; für einen Augenblick, nicht länger als ein Herzschlag, wurde die Traumweberin zu einer Marionette der

Schattenfestung. Durch ihr Bewußtsein entdeckten sie alles, den Zweimaster, die Mannschaft, den Kapitän. Taen fühlte wild flammenden Zorn, als die Dämonen Corley erkannten; seine Machenschaften hatten sie den Sieg über Riffhafen und das Leben von acht Thienz zu Tierl Enneth gekostet. Doch die Untertanen der Schattenfestung griffen nicht an. Statt dessen entdeckten sie in gierigem Haß jenen, den sie weit mehr verschmähten, jenen, den sie jagten, weil seine Gabe reifen und ihre Pläne bedrohen mochte: An Bord des Zweimasters reiste der Erbe Ivains, des Feuergebieters, und sein Ziel war die Insel der Vaere.

Taen schrie laut auf. Nicht imstande, eine Gefahr für Jaric zu dulden, war sie bis ins Innerste ihres Seins zerrissen. Ihre Lebenskraft wurde zum Zunder ihres Zorns, und aus diesem Feuer erhob sich ein weißer Blitz reinster Macht. Die Energie zertrümmerte die dämonischen Bande, und sie erwachte desorientiert in tiefer Finsternis.

Keuchend, von Kopf bis Fuß schweißgebadet, blind und tränenerstickt, benötigte Taen mehrere Sekunden, bis sie ihre Umgebung wahrnehmen konnte. Die *Neumond* legte sich unter der Macht eines Unwetters auf die Seite. Mächtige Wogen erschütterten den Rumpf des Zweimasters. Das gequälte Holz erbebte unter der Wucht des Anpralls, und der Wind kreischte durch die Takelage, wild und zornig wie die Flüche einer aufgebrachten Hexe. Vollkommen erschöpft, von Selbstvorwürfen gepeinigt, angesichts der Gefahr, die sie durch ihren Mangel an Disziplin ausgelöst hatte, richtete Taen sich mühsam auf. In diesem Augenblick wurde die Tür zum Kajütgang aufgerissen.

Deison Corley stürzte über die Schwelle herein.

Eine Laterne pendelte an einer Kette in seiner Hand, und Regenwasser tropfte aus seinem Haar. »Um der Gnade Kors willen, was ist geschehen?«

»Dämonen.« Taen hatte Mühe, die Ruhe zu bewahren. »Der Rat des Schattentempels hat Macht über meinen Bruder erlangt. Seine Gabe ist nun die ihre, und durch ihn wurde ich angelockt, Kontakt aufzunehmen. Die Verdammten Kors haben mich durch die Verbindung angegriffen.«

Corley fluchte; Schatten wirbelten wild durch die Kabine, als er die Laterne an einem Haken an einem Deckenbalken befestigte. »Schnell, sag mir, welcher Schaden uns entstanden ist.«

Zitternd atmete Taen ein. »Der Feind weiß, daß die *Neumond* unterwegs zur Insel der Vaere ist.«

»Wir können ein anderes Ziel anlaufen«, schnappte der Kapitän. »Was noch?«

»Jaric«, setzte Taen an. Als Corley aufgeschreckt auf sie zustürzte, umgab sie ihre Stimme mit der zwingenden Macht ihres Traumsinnes. »Nein! So verzweifelt ist unsere Lage nicht! Die Dämonen wissen nichts über Jaric, von den Informationen abgesehen, die sie den Erinnerungen meines Bruders entrissen haben.« Zur Erklärung sandte sie Corley ein Bild der Vergangenheit, das den Kapitän an der Erinnerung an einen verängstigten, scheuen Knaben teilhaben ließ, der, den Rücken zu einer Dornenhecke, von der Spitze eines Schwertes an seiner Kehle bedroht wurde; so hatte Emien Jaric an der Küste von Elrinfaer wahrgenommen, bevor er die Schlüssel von Elrinfaer an ihn verloren hatte. Die Bedeutung dieses Bildes war von erschreckender Deutlichkeit: Ohne die Unterstützung durch die Traumweberin hätte der Erbe Ivains, des Feuergebieters, an jenem Tage die Bitte des Sturmwächters nicht erfüllen können.

»Jaric hat sich seither sehr verändert«, räumte Corley ein. »Aber du weißt so gut wie ich, daß das nur ein lächerlicher Schutz für ihn ist. Gegen die Macht des Schattentempels zählt das überhaupt nichts. Wir müssen den Jungen warnen.«

Er schnappte sich seine Laterne und machte Anstalten, die Kabine zu verlassen; Taen fühlte die Sorge, die den Geist des Kapitäns erfüllte. Als Corley den Kartenraum betreten hatte, um seinen Kurs zu berechnen, hatte Jaric erfahren, daß die *Neumond* zur Insel der Vaere segeln würde, was zu einer ebenso kurzen wie stürmischen Konfrontation geführt hatte. Unwillkürlich drang Taen in Jarics Gedanken vor, um herauszufinden, wie groß der Schaden war, den der Kapitän mit seinem Mangel an Sensibilität ausgelöst hatte. Das undurchdringliche Schweigen, das ihr begegnete, wollte ihr das Herz zerreißen.

»Warte!« Krank vor Sorge sprang Taen, die Traumweberin, aus ihrem Bett. »Corley, warte, ich werde dich begleiten.«

Sie rannte durch den Kajütgang. Regen peitschte ihr ins Gesicht, begleitet von heulenden Winden. Corley direkt auf den Fersen, mühte sich das Mädchen die feuchten, schwankenden Sprossen der Leiter empor zum Achterdeck. Kaum dort angelangt, rief auch schon der Schrei des wachhabenden Offiziers den Kapitän herbei.

»Der Junge ist über Bord!«

»Steuermann, hart leewärts!« bellte Corley. Er drückte einem völlig überraschten Matrosen die Lampe in die Hände und rannte zur Reling. Seine gebräunten Hände packten die Leine, mit der die *Callinde* gesichert war.

Mit einer gewaltigen Muskelanstrengung holte Corley mit bloßen Händen das Tau ein. Meter um

Meter rollte es sich auf Deck zusammen, und bald wurden die dunklen Umrisse der *Callinde* im Sturm erkennbar. Ein Kopf durchbrach die Meeresoberfläche. Jaric schüttelte das Haar aus seinem Gesicht und klammerte sich wie eine Klette an den Bugspriet der *Callinde*. Noch während der Kapitän des Kielmark versuchte, ihn zurückzuzerren, trat Taen, schmal und tropfnaß wie ein Otter, an seine Seite. Sie sah die Klinge in Jarics Hand. Gleich darauf ging ein kurzes, scharfes Vibrieren durch das Tau, ehe es seine Spannung verlor und in die See fiel.

Corley ließ das durchtrennte Seil fallen und fluchte. Seine Bewegungen schienen ineinander überzugehen, als er seinen Schwertgurt abnahm und begann, sich seiner Waffen zu entledigen. Taen erkannte, daß er dem Jungen hinterherschwimmen wollte.

Sie packte seinen Ellbogen, als das erste seiner Messer klappernd auf Deck landete. »Nein. Du mußt ihm nicht folgen.«

Corley riß sich los, einen Dolch in jeder Hand und einen mörderisch finsteren Blick in den Augen. »Warum nicht?«

Die Traumweberin sprach mit lauter Stimme, um das Flattern der Segel zu übertönen, als der Zweimaster sich in den Wind drehte. »Jaric ist so oder so schon an der Grenze seiner Belastbarkeit angelangt, siehst du das nicht? Außerdem wird er an Bord der *Callinde* sicher sein, sollten die Dämonen die *Neumond* angreifen.«

Corley fluchte, noch immer bereit, über Bord zu springen.

Taen brüllte. »Nicht einmal der Sturmwächter selbst hat es gewagt, Jaric zu zwingen, sich dem Zyklus des Feuers zu stellen! Willst du es versuchen und seinen Willen brechen?« Und sie machte sich bereit, ihn durch ihre vaeregeschulte Macht einer Zauberin von seinem Vorhaben abzuhalten.

Regen peitschte über Holz, Ölhäute und den flatternden Stoff über ihren Köpfen. Corley rammte erst das eine, dann das andere Messer gewaltsam in die Scheiden an seinen Unterarmen. »Bei Kors ewigen Feuern, Mädchen. Wenn ich den Jungen in die Finger kriegen würde, würde ich ihm das Fell über die Ohren ziehen. Wird er jemals lernen, nicht einfach ohne seine Waffen von Bord zu springen?«

Feucht umrahmte ihr langes Haar die zarten Linien ihrer Schultern, als Taen zitternd dem kleiner werdenden Umriß der *Callinde* nachblickte. Corley hingegen, den der schmerzgeplagte Zug in ihrem Antlitz wieder zur Vernunft gebracht hatte, zog sie in seine Arme.

»Jaric ist stark, das weißt du, Mädchen. Wie hart es ihn auch trifft, ich habe nie erlebt, daß er fortgelaufen wäre.« Eine Böe erfaßte das Besansegel und erinnerte den Kapitän an sein vernachlässigtes Kommando. Verspätet erinnerte er sich der Tatsache, daß er einen neuen Kurs für die *Neumond* berechnen mußte, fort von der Route nach Süden, auf der der Rat des Schattentempels das Schiff auf dem Weg zur Insel der Vaere vermuten mußte.

Taen fühlte seine Gedanken. Plötzlich sehnte sie sich nach dem Dorf ihrer Kindertage, einem Hafen, der so abgelegen war, daß sogar Anskiere ihn nach der Katastrophe, die Tierl Enneth zerstört hatte, zu seiner Zuflucht erwählt hatte. Imrill Kand anzulaufen, erschien ihr sinnvoll.

Vorgewarnt und wachsam gegenüber der Gefahr, würde sie ihre Schutzmaßnahmen nicht noch einmal vernachlässigen; und sollten die Dämonen die *Neumond* aufspüren, so würde der Nordostkurs des

Schiffes dazu beitragen, Jarics Spur zu verwischen.

»Laß mich runter«, verlangte sie von Corley. »Dann bring mich nach Hause. Bitte. Wende das Schiff und bring mich zurück nach Osten, nach Imrill Kand.«

Der Kapitän betrachtete sie mit jenem kühlen, ruhigen Blick, den er üblicherweise für seinesgleichen reserviert hatte. »Bist du sicher? Das Schicksal wird uns ein Fehlurteil gewiß nicht nachsehen. Außerdem würden wir mit diesem Kurs die Anweisungen des Kielmark mißachten.«

Taen legte den Kopf in den Nacken, auf den Lippen ein schwaches Lächeln. »Schon wieder das gleiche langweilige Argument? Ich dachte, das hätten wir schon seit der Siegesfeier deines Herrschers hinter uns.«

Zwischen zusammengebissenen Zähnen sog Corley Luft in seine Lungen; Ärger und Amüsement bekämpften sich auf seinem regennassen Antlitz, als er die Traumweberin abrupt losließ. »Zähl lieber nicht darauf, Mädchen.« Nach einigen weiteren, prüfenden Blicken, obsiegte schließlich sein Humor. »Der Tag, an dem ich mein Kommando einem frechen, patschnassen Knirps von einem Mädchen überlasse, wird der sein, an dem die Burschen auf dem Vorderdeck meinen Kadaver in Segeltuch einnähen. Daß wir uns richtig verstehen: Du wirst jetzt hineingehen und dich abtrocknen. Der Schiffsheiler und mein Diener verdanken dir schon jetzt genug graue Haare, ohne daß du ihre Sorgen um eine Lungenentzündung bereicherst.«

Kapitel 14

GEJAGT

Als die Morgendämmerung heraufzog, legte das Unwetter eine Pause ein. Sonnenschein drängte sich zwischen den letzten tiefhängenden Wolken hindurch und schmückte den Himmel mit prächtigen Regenbogen, doch Jaric konnte sich dieses wunderbaren Anblicks nur wenig erfreuen. Allein auf See kauerte der Knabe im Heck der *Callinde,* beide Hände um das Steuerruder geklammert. Westwind hatte sein Boot bereits über eine lange Strecke begleitet, und sobald er die Landspitze von Tierl Enneth passiert hätte, wollte er Kurs in Richtung Landfeste im Süden setzen, um sich jedwedem Genuß hinzugeben, den eine Hafenstadt zu bieten hatte. Bis dahin, immerhin zweieinhalb Wochen Fahrt bei mildem Sommerwetter, blieb Jaric mehr als genug Zeit mit sich allein, über die jüngsten Geschehnisse nachzudenken, und während er die *Callinde* steuerte, bemühte er sich nach Kräften, nicht an Taen zu denken.

Die folgende Nacht war ruhig und sternenklar. Jaric gönnte sich ein spärliches Mahl aus seinem Proviant, ehe er, von der See sanft geschaukelt, einschlief, nur um bald darauf mit einem Schrei des Entsetzens aus einem beängstigenden Traum über den Zyklus des Feuers zu erwachen. Später versuchte er, das Steuerruder auch bei Nacht nicht aus der Hand zu geben, doch die Erschöpfung spielte ihm einen Streich. Gegen seinen Willen fielen ihm bald die Augen zu, und neue Alpträume ergriffen am Ruder von ihm Besitz. Die *Callinde* kam vom Kurs ab; wieder und wieder riß ihn das Umschlagen der Segel aus dem Schlaf. Verzweifelt schlug er die Hände vor das Gesicht, sehnte sich gar nach stürmischem Wetter, denn das ebenmäßige Blau der See und des Himmels erinnerte ihn unerbittlich an Taens Augen.

Die Bedingungen blieben weiterhin mild, wenngleich der Wind nun in nordöstlicher Richtung wehte. Solchermaßen gezwungen, seinen Kurs zu korrigieren, ging Jaric in einer verwilderten Bucht westlich von Islamere vor Anker, um seine Wasserfässer aufzufüllen. An Land stellte er Fallen auf und sammelte Wurzeln, um seinen Proviant aufzustocken. Da die *Callinde* nur schwer gegen den Wind zu manövrieren war, schlug er ein Lager auf und blieb vier Tage, bis der Wind nach Osten umschlug und er die letzten Meilen bis zum Hafen von Landfeste unter einer dichten Wolkendecke zurücklegen konnte.

Blitze überzogen den Himmel, begleitet von Donnergrollen, als er die Insel Klein-Dagley passierte. Strömender Regen dämpfte den Schein der Lampen auf den Landungsstegen, bis kaum mehr als ein fahler Schimmer übrig war. Vollkommen erschöpft und der im Wind ratternden Segel überdrüssig, bahnte sich Jaric vorsichtig einen Kurs zwischen den ankernden Schiffen und den Anlegestellen hindurch, die sich im inneren Hafen drängten. Schließlich drehte er die *Callinde* in den Wind, ehe er direkt vor der Hütte des Hafenmeisters vor Anker ging.

Ein Lakai in neuer Ölkleidung fing das Tau der *Callinde* auf, und Jaric sprang auf den Steg. Er sah nicht, daß der Diener ihn mißtrauisch beäugte. Durchnäßt, bärtig und zerzaust nach dreieinhalbwöchiger Reise, vertäute er sein Boot an einem Poller. Muskeln wölbten sich unter seiner feuchten Haut, und die Narben, die er sich bei einem nicht lange zurückliegenden Schwertkampf eingehandelt hatte, zogen sich in feurigem Rot über seine Hand. Gedankenverloren und müde ging er an dem Lakai vorbei. Ohne anzuklopfen, platzte er in das Büro des Hafenmeisters, um die Gebühr für den Ankerplatz seiner *Callinde* zu entrichten.

Der diensthabende Hafenmeister sprang so rasch auf, daß die von einem Band gezierte Uniformmütze mit seinem Rangabzeichen über seine Augen rutschte. »Ihr schon wieder! Bei den Feuern, was wollt Ihr nun wieder von mir?« Er richtete seine Mütze, unter deren Krempe ein schlaffer Schnurbart und eine bang gerunzelte Stirn zum Vorschein kamen.

Jaric blieb abrupt stehen. Wasser tropfte von seiner Tunika herab und benetzte die sauber gewischten Bodenbretter. »Ich brauche einen Ankerplatz für ein Fischerboot von zehn Spannen Länge.«

Er hob die Hand an seinen Gürtel. Der Hafenmeister zuckte zusammen, doch der Knabe griff nicht zu seiner Waffe. Statt dessen zog er einen Lederbeutel hervor und schüttete eine Flut Münzen auf den Tisch. Silberne Geldstücke rollten umher, klimperten und lagen schließlich still, während der Mann hinter dem Tisch langsam bleich wurde.

»Nun?« Jaric deutete ungeduldig auf die Münzen. »Seit Ihr taub und blind? Ich sagte, ich brauche ...«

Der Hafenmeister hob eine zitternde Hand. »Ich habe Euch gehört. Und ich kann mich an Euch erinnern. Ihr seid der Kapitän der *Callinde*?«

Jaric nickte.

»Kor!« Der Mann ließ sich auf seinen Stuhl fallen, als hätten seine Beine unter ihm nachgegeben.

»Wollt Ihr mich ruinieren? Dieses Boot ist unter der Flotte des Kielmark registriert. *Keine Gebühren*. Habt Ihr mich verstanden?«

Jaric machte keine Anstalten, die Münzen wieder an sich zu nehmen. »Ich habe keinen Treueeid gegenüber Riffhafen abgelegt.« Doch sein zorniger Tonfall verstärkte nur das Zittern der Bänder an der Mütze des Mannes.

Der Hafenmeister schob die Münzen zu einem Haufen zusammen, den er dann klirrend über den Tisch schob. »Corley persönlich hat die Sonderbehandlung für Schiffe des Kielmark für Euch verlangt. Ich werde nicht den Handel sämtlicher Gilden zu Landfeste aufs Spiel setzen, indem ich seine Weisung ignoriere. Glaubt Ihr, ich will hängen, weil ich die Rache des Kielmark nur wegen einer lächerlichen Hafengebühr provoziert habe? Nein. Und jetzt raus. Für die *Callinde* werden keine Gebühren fällig, solange ich nicht andere Anweisungen erhalte.«

Jaric machte Anstalten zu gehen, doch der Hafenmeister schoß von seinem Stuhl hoch und zupfte voller Furcht am Ärmel des jungen Kapitäns. »Junge, bitte. Laßt die Münzen nicht zurück.«

Jaric fluchte. »Wenn Euch ehrbar erworbenes Silber solchen Kummer bereitet, so gebt es dem einarmigen Bettler mit der gescheckten Katze.«

Der Hafenmeister ließ wenig erfreut von ihm ab. »Welcher Bettler? Der, den sie eingesperrt haben, weil er einen Gardisten geschlagen hat?«

Jaric zuckte zusammen und ballte die Hände zu Fäusten, während der Hafenmeister unter dem Tisch zu versinken schien und die Münzen auf der Tischplatte klimperten.

»*Eingesperrt?*« Der Knabe sprach in sonderbar kummervollem Ton. *Mußte denn jeder, der ihm ein*

Freund war, zu Schaden kommen? Der Bettler, der Brith niedergeschlagen hatte, hatte Taen vermutlich das Leben gerettet. Trauer überwältigte Jaric, und plötzlich schlug der Schmerz in Zorn um. »Dann nehmt das Geld und zahlt die Strafe für den Bettler!« brüllte er den Hafenmeister an. »Sagt ihm, er möge behalten, was übrig ist, und richtet ihm aus, wie leid es mir tut, daß er verhaftet wurde.«

Der Hafenmeister wollte zu einem Protest ansetzen, doch der Knabe stürzte zur Tür hinaus und hinterließ eine große Wasserlache auf den Bodenbrettern und einen lästigen Haufen Münzen auf dem Tisch. Fluchend rief der Hafenmeister die Kaiwache aus dem Regen herein. Mit größtem Widerwillen schickte er den Burschen mit Jarics Geld und der Anweisung, einen einarmigen Bettler samt Katze freizukaufen, zum Stadtgefängnis.

Feucht vom Regen glänzten die Dächer in Landfeste, und ein kalter, böiger Wind peitschte über die Abwasserrinnen in den Straßen. Jaric schleppte sich mit eingezogenem Kopf durch das Unwetter. Er hatte kein bestimmtes Ziel, nur den dringenden Wunsch, den Lederbeutel mit den Bannen eines Zauberers zu vergessen, der an einem Lederband um seinen Hals hing, gleichsam eine stete Erinnerung an das Schicksal, das sein Vater gemeinsam mit einem Wettermagier, den er nie kennengelernt hatte, über ihn gebracht hatte. Daß er dieses Los nicht abwenden konnte, ohne die schwarzhaarige Zauberin zu verlieren, die ihm das Herz gebrochen hatte, verursachte ihm unerträg-liche Seelenqual.

Jaric stampfte durch die Pfützen, bis er sich vor einem Bierlokal im Hafen wiederfand. Verdrossen und durchnäßt öffnete er die Tür und trat ein.

Stammgäste aus der näheren Umgebung des Hafens füllten den Schankraum. Jaric drängte sich an einer Gruppe würfelspielender Matrosen und an zwei Händlern vorbei, die mit einem Kapitän über seine Ladepapiere stritten, wobei er auf dem so oder so schon nassen Boden neue Fußspuren hinterließ. Ein Schankkellner kümmerte sich um das Herdfeuer und lief rot an, als die Hafenarbeiter in seiner Nähe wenig schmeichelhafte Kommentare über seine zarte Statur abgaben. Einst war Jaric selbst Opfer derartiger Scherze gewesen. Ohne sich darüber bewußt zu sein, wie sehr er sich verändert hatte, seit er zum ersten Mal den Boden von Landfeste betreten hatte, eilte er zum Tresen, wo er den Rest seiner Münzen aufstapelte. Bis auf zwei Kupferstücke gab er all sein Geld für einen Schlauch Wein aus, mit dem er sich sogleich in eine ruhigere Ecke zurückzog, um im Alkohol Vergessen zu suchen.

Als er noch ein kränklicher Schreiberschüler in der Festung von Morbrith gewesen war, war er nach dem Genuß unverwässerten Weins unweigerlich eingeschlafen. Nun, in der rauchgeschwängerten Luft einer Taverne in Landfeste, wollte das Hilfsmittel, das er gewählt hatte, um Vergessen zu finden, seine Wirkung nicht wie gewünscht entfalten. Ivainson kauerte sich in seinen tropfnassen Kleidern zusammen, während das Geplapper unzähliger Männer seinen Kopf umschwirrte. Er lauschte den Debatten über die Preise von Seide und Wolle, einer Diskussion über die Gefahren der Seefahrt und unzähligen Seemannsgeschichten über Unglücke auf hoher See. Die ganze Zeit über trommelte der Regen auf die Dachschindeln, so unnachgiebig, als wollte er das Ende Keithlands verkünden. Der Nachmittag zog vorüber. Langsam leerte sich der Weinschlauch. Jaric betrachtete das Hin und Her der Gäste mit Eulenaugen. Er reagierte nicht, als der einarmige Bettler, den er mit seinem Geld freigekauft hatte, in Jubelstimmung hereinstürmte und mit Münzen spielte, während die Katze auf seiner Schulter spielerisch nach dem glänzenden Silber schlug. Der Vagabund bestellte ein Bier für sich und sein Schoßtier, und die Hälfte der Gäste des Schankraums brach in Gelächter aus.

Jaric stützte das Kinn auf die Fäuste. Viel zu übellaunig, zu reagieren, als die rothaarige Schankmaid mit ihm zu kokettieren versuchte, schloß er die Augen. Die zarte Haut des Mädchens erinnerte ihn schmerzlich an Taen. Bald verströmte die Schankmaid ihren Charme anderenorts. Leer lag der Weinschlauch neben dem Knaben, und endlich tat der Alkohol seine Wirkung. Jaric fiel in einen tiefen, beinahe todesähnlichen Schlaf.

Der Knabe erwachte, als er eine heisere Stimme vernahm und eine Hand ihn an der Schulter packte. Blinzelnd regte er sich und erkannte einen stämmigen Mann in einem Lederwams, der vor ihm stand und brüllte.

»Steh auf, Schmutzfink. Zeit, abzuschließen. Das hier ist keine Herberge, hier bleibt niemand über Nacht.«

»Ich bin kein Matrose«, murmelte Jaric. Er versuchte, sich aufzurichten, stöhnte und preßte beide Hände an seinen schmerzenden Schädel.

»Was auch immer«, knurrte der Mann. Er packte den Knaben an seiner Tunika und zerrte ihn hoch. »Raus mit dir.«

Solchermaßen gewaltsam auf die Beine gebracht, stolperte Jaric sogleich. Seine Kleider rochen nach

Wein, und sein Magen protestierte bei jeder Bewegung. Auf unsicheren Beinen taumelte er auf den Abort jenseits des Tresens zu.

Der Mann in dem Lederwams verschwendete seinen Atem nicht mit weiteren Worten. Er packte Jaric am Kragen, schleuderte ihn quer durch den Raum auf die Tür zu und stieß ihn hinaus in die Nacht. Der Knabe stolperte über seine eigenen Füße und stürzte mit dem Gesicht voran in eine schlammige Pfütze. Während die Tür hinter ihm krachend ins Schloß fiel, stemmte er sich zitternd hoch, nur um gleich darauf wieder zu fallen. Eine Woge der Übelkeit rollte über ihn hinweg. Als sein Magen sich wieder ein wenig beruhigt hatte, setzte er sich mit dem Rücken zu der Veranda der Taverne und versuchte, sich über seine Lage klarzuwerden.

Es hatte aufgehört zu regnen. Frostig leuchteten die Sterne am Himmel, hier und dort durch die schwarzen Silhouetten der Türme von Landfeste durchbrochen. Erbärmlich allein und fröstelnd unter den Nachwirkungen des Alkohols, wischte sich Jaric den Schmutz aus dem Gesicht. Unbeholfen kam er auf die Beine und stolperte die Gasse hinunter, die ihn zum Hafen und zu seiner *Callinde* führen würde.

Die Straße zwischen der Taverne und den Lagerhäusern am Hafen war finster wie eine Höhle. Vom Wein benebelt, kam Jaric, der sich mit einer Hand an der Mauer des Bierlokals abstützen mußte, nur langsam voran. Abfließendes Regenwasser, vermengt mit Unrat, gluckerte unter seinen Stiefeln. Aus einem Riß im Fundament erklang das Knirschen von Rattenzähnen auf einem Knochen; das Geräusch hörte auf, als er vorüberging, und setzte dann gleich wieder ein. Jaric blieb stehen. Von Übelkeit überwältigt, hockte er sich erneut auf die Straße, doch statt nassen Pflastersteinen berührten seine Hände die kalte Haut eines Mannes, der, alle viere von sich gestreckt, mit dem Gesicht nach unten in der Gasse lag.

Mit einem überraschten Aufschrei zuckte Jaric zurück, und der Schreck vertrieb all seine Übelkeit. Dann näherte er sich der Gestalt erneut, um sie näher zu untersuchen. Seine Finger ertasteten zerrissenen Stoff und einen sehnigen Arm. Plötzlich strich ein pelziges Etwas um seine Beine. Jaric erschrak, verlor das Gleichgewicht und landete gerade in dem Augenblick hart auf dem Straßenpflaster, in dem die Kreatur auf seinen Schoß sprang, ihren Kopf an seiner Brust rieb und maunzte.

Erleichterung durchströmte ihn für einen Augenblick, als er die Katze des Bettlers erkannte, wich jedoch sogleich größter Sorge. Er schob das Tier von sich und beugte sich über den Mann, der bäuchlings auf der Straße lag. Laternenschein flackerte am Ende der Gasse. Undeutlich erkannte Jaric die Gestalt des Bettlers, dessen leere Ärmelstulpe naß an den Pflastersteinen klebte. Blutergüsse zeichneten sein Antlitz.

»Nein«, flüsterte Jaric. Er benötigte nicht viel Phantasie, um sich vorzustellen, was geschehen war: Der Bettler hatte Silber in die Taverne getragen und sich mit dem Reichtum und der Freiheit gebrüstet, die er einem jungen Schwertkämpfer verdankte, der zurückgekehrt war, seine Strafe zu bezahlen. Vermutlich hatten Straßenräuber ihn überfallen, als er das Lokal verlassen hatte. Sie hatten ihn bewußtlos geschlagen, ausgeraubt und zum Sterben in die einsame Gasse gezerrt.

Jaric berührte das Gesicht des alten Mannes, fühlte die kalte Haut und die schlaffen Lippen. Kein schelmisches, nicht einmal ein weltverdrossenes

Lächeln belebte nun seine Züge. Bis ins Herz getroffen, senkte Jaric traurig den Kopf.

»Nein«, wiederholte er. Kummer überwältigte ihn. Ein weiterer Freund hatte sterben müssen. Unwillkürlich dachte er an Taen und das Schicksal, das die llondischen Träume ihm offenbart hatten. Ein beklemmendes Gefühl des Entsetzens überkam ihn. Träume hatten ihm den Tod gezeigt, doch bis zu diesem Zeitpunkt war er ihm nie in der Realität begegnet. Diese kalten Hände, *ihre kalten Hände, würde Maelgrim sie erdolchen;* die Katze, allein in einer dunklen Gasse, *er selbst, einsam zurückgeblieben.*

»Nein!« Jarics Schrei hallte schaurig durch die dunklen Straßen. Die Furcht, die ihn erfüllte, wich einem unerträglichen Schmerz; plötzlich schien die Gefahr, er könnte eines Tages eine Katastrophe wie den Untergang Tierl Enneth' herbeiführen, vergleichsweise unbedeutend. Ivainson hörte das Klirren stählerner Rüstung ebenso wenig wie die Schritte, die sich ihm näherten. Brutal aller Träumerei, jeglicher Hoffnung entrissen, weinte Jaric unter der Erkenntnis, daß ihn nichts jemals mehr würde schmerzen können, als die Möglichkeit, Taen tot zu sehen.

In diesem Augenblick schoß die Katze wie ein Blitz davon. Lampenschein fiel auf sein Gesicht, und eine befehlsgewohnte Stimme fragte: »Was ist hier los?«

Jaric öffnete die Augen, blinzelte und fühlte die stählerne Klinge eines Gardistenschwertes an seiner Kehle.

Die Klinge zuckte.

»Schnell, Dieb, antworte. Hast du ihn um seines Geldes willen ermordet?«

»Nein.« Jaric hob die leeren Hände. Erstickt klang seine Stimme angesichts des Drucks auf seinem Kehlkopf. »Durchsucht mich, Ihr werdet nichts finden.«

Der Gardist spie aus. Ohne die Waffe zu senken, packte er den Knaben mit seinem Panzerhandschuh und riß ihn hoch. »Vielleicht habe ich dich zu früh gestört, um Geld bei dir zu finden.«

Zutiefst bekümmert, richtete Jaric sich auf. »Dann durchsucht uns beide. Dieser Mann war mein Freund.«

Der Gardist stieß ihn an die Mauer der Taverne und hob seine Lampe. Flammenschein strich über die ausgebreitete Gestalt des Bettlers; wie makabre Farbflecken leuchteten seine offenen Augen und die Blutspuren an seinem Kinn. Jaric wandte sich ab.

Der Gardist grunzte. »Schöner Freund. Das ist der alte Nedge. Er ist selbst ein Dieb, hast du das gewußt? Seine Hand hat ihm der Scharfrichter als gerechte Strafe abgeschlagen.« Er ließ Jaric los und schob angewidert sein Schwert zurück in die Scheide. »Möge Kor seinen flohverseuchten Leib verfluchen. Ich muß ihn von hier fortbringen, ehe er anfängt zu stinken.«

Mit einem Ausdruck des Ekels stieß der Soldat mit dem Fuß nach dem Bettler. »Weißt du, wie lange er schon tot ist?«

»Nein.« Jaric rieb sich das Handgelenk, aufgebracht über die Gefühllosigkeit des Gardisten. Was auch immer er verbrochen haben mochte, kein Mann verdiente es, einsam und ohne das Mitgefühl seiner Mitmenschen sterben zu müssen. Und als sich dieser Gedanke durch Jarics Geist schlich, trieb die Logik ihn noch einen Schritt weiter: Würde er sich nicht dem Zyklus des Feuers stellen, so würde Anskiere auf ebensolche Weise sterben, gefangen in der Tiefe der Eisklippen und ohne einen Freund an seiner Seite.

In diesem Augenblick rührte sich der Bettler. Ein Schnauben kam über seine Lippen. Stahl blitzte auf, als der Gardist fluchend zurückwich. »Kor, dieser versoffene Narr. Hat sich vollaufen lassen, was? Und dann hat er sich vermutlich den geistlosen Schädel gestoßen, als er auf der Straße zusammengebrochen ist.«

Jaric hätte vor Erleichterung beinahe aufgeschrien. *Er hatte nicht den Tod des Bettlers verursacht.* Und als plötzlich das Gefühl der Schuld von ihm wich, brach eine Barriere in seinem Inneren. Nicht länger wurde er von Selbstzweifeln beherrscht. Nun, da ihm die Gnade einer zweiten Chance zuteil wurde, traf er seine Wahl. Er würde zu den Vaere gehen. Kein Versagen, kein Verlust, kein Schicksal konnte schwerer wiegen als die Schuld am Tod eines geliebten Menschen. Wenn er etwas tun konnte, um Taen zu retten, so mußte er das Risiko auf sich nehmen, wie sein Vater dem Wahnsinn anheimzufallen.

»Verschwinde hier«, befahl der Gardist verärgert.

Jaric blickte auf. Golden glänzte sein Haar im Flammenschein. »Einen Augenblick«, sagte er. Bewußt herausfordernd löste er die Bänder seines Kragens, zog sein Leinenhemd aus und legte es über den Bettler auf den nassen Pflastersteinen. »Dieser Mann ist mein Freund, ob er nun ein Dieb ist oder nicht. Laßt ihn in Ruhe schlafen.« Und mit einem letzten offenen Blick in die Augen des Gardisten erhob sich der Erbe Ivains, des Feuergebieters, und zog von dannen. Auf ihn wartete die *Callinde* und das offene Meer.

Wie eine goldene Münze hing der Mond hinter sommerlichem Dunst über Riffhafen, als die *Neumond* in ihren Heimathafen zurückkehrte. Trotz der späten Stunde sicherten die Matrosen die Segel mit unübertrefflicher Tüchtigkeit, doch der Anker hatte sich kaum in den Meeresgrund gegraben, als ein Signal aus dem Leuchtturm Corley veranlaßte, nach einem Beiboot zu verlangen. Kein Mann würde es wagen, einem direkten Befehl des Kielmark nicht sofort Folge zu leisten, um so weniger, wenn es sich um eine dringende Anweisung handelte.

Winden kreischten in der bedrückenden Stille der Nacht. In dem Augenblick, da das Boot zu Wasser gelassen war, legte Corley so schnell, wie seine Männer zu rudern vermochten, Richtung Küste ab. Viel zu ungeduldig, abzuwarten, bis das Boot am Kai angelegt hatte, sprang er hinaus und watete durch das Wasser zu dem Anlegesteg.

Ein Offizier mit einer Laterne erwartete ihn. Schweiß glänzte auf seiner Haut über dem offenen Hemdkragen, und seine Brust hob und senkte sich unter schweren Atemzügen, so, als hätte er einen anstrengenden Lauf hinter sich. »Beeilt Euch lieber. Der Kielmark erwartet Euch in seinen Privatgemächern.«

»Kor!« fluchte Corley. »Er ist nicht zufällig gereizter Stimmung, was?« Ohne eine Antwort abzuwarten, riß er sich Tunika und Hemd vom Leibe und rannte durch die stickig warme Luft der spätsommerlichen Nacht.

Von den üblichen Wachen abgesehen, waren die Straßen am Hafen verlassen. Nur vom Echo seiner eigenen Schritte begleitet, passierte Corley geschlossene Geschäfte und dunkle Häuser. Nach den vielen Wochen an Bord des Schiffes erschöpften ihn die vielen Stufen, die hinauf zur Festung führten. Dennoch lief er in unvermindertem Tempo weiter, als die Gardisten ihn durch das Tor hereinwinkten.

Wenn der Kielmark so eilig nach ihm schickte, so würde er grollend die Sekunden zählen, bis sein Kapitän einträfe.

Corley passierte das reparierte Portal des großen Saales und hastete den Korridor entlang, der zu den Privatgemächern des Kielmark führte. Als er um die letzte Ecke rannte, wurde die Tür vor ihm aufgerissen, und der Kielmark streckte seinen Kopf hinaus.

»Bei den Feuern Kors, noch eine Minute und ich hätte dich über offenem Feuer rösten lassen, Kapitän.« Der Herr über Riffhafen machte auf dem Absatz kehrt und gab aufgebracht die Schwelle frei.

Corley folgte ihm in das von Kerzenschein erhellte Durcheinander seines Gemaches. Von dem schnellen Lauf außer Atem, bedachte er seinen Herrn mit einem scharfen Blick. Der Kielmark trug lediglich Überhosen und Stiefel in der abendlichen Hitze. Vor dem offenen Fenster blieb er stehen. Rücken- und Schultermuskulatur bebten vor verhaltener Spannung. Wurfmesser glitzerten aufgereiht an seinem Gürtel, und seine beiden Hände waren zu Fäusten geballt. Plötzlich wirbelte er um die eigene Achse und starrte Corley aus zornigen Augen wütend an. »Die Dämonen sollen dich holen, Mann, was hattest du im Norden zu suchen?«

Corley ignorierte die Frage. Mit einer Miene milden Interesses, tupfte er sich den Schweiß von der Stirn und fragte: »Was ist passiert?«

Der Kielmark stürzte einen Schritt auf ihn zu. In einem Ausbruch wilder Energie zog er eines seiner Messer und schleuderte es mit einer kaum wahrnehmbaren Bewegung seines Handgelenkes quer durch den Raum auf die aufgestapelten Holzscheite neben dem Kamin zu, wo es zitternd steckenblieb. Als hätte ihn dieser Gewaltakt beruhigt, lehnte sich der König der Piraten nun mit dem Rücken an den Fensterrahmen. »Thienz-Dämonen haben uns auf der Jagd heimgesucht. Aber jetzt sag mir, wo Taen ist, schnell.«

»Sie ist in Sicherheit«, entgegnete Corley ohne Zögern. »Allerdings nicht auf der Insel der Vaere, wie Ihr es befohlen habt.«

Mit alarmierender Geschwindigkeit richtete der Kielmark sich zu voller Größe auf. »Ich sagte, wo!«

»Imrill Kand.« Corley glättete den zerdrückten Stoff von Hemd und Tunika und legte die Kleidungsstücke auf der Rückenlehne eines Stuhles ab, ehe er sich setzte. »Dank dem ungünstigen Wetter, einer Erkrankung, die etwas mit der Reife ihrer Zauberkraft zu tun hatte, und den Marotten Jarics waren wir gezwungen, unsere Pläne zu ändern. Taen bat mich, sie nach Hause zu bringen, und ich konnte nichts entdecken, was dagegen gesprochen hätte.«

»Kordanes gesegnete Feuer«, rief der Kielmark in scharfem Ton, ehe er ohne jede Vorwarnung in Gelächter ausbrach. »Dann jagen die verdammten Dämonen sich selbst hinterher, beißen sich doch tatsächlich in den eigenen Schwanz.«

Corley zog einen Dolch aus seiner Stiefelscheide und den unvermeidlichen Schleifstein aus seiner Tasche hervor.

»So? Wie?«

Der Kielmark stieß sich vom Fenster ab und ging zum Kamin. Er bückte sich, zerrte das Wurfmesser aus dem Holzscheit und prüfte gedankenverloren die Klinge mit dem Daumen. »Unsere Küstenpatrouille hat an der Nordküste ein Fischerboot abgefangen. Es war vollgestopft mit Thienz-Dämonen, die glaubten, sie könnten sich ungestraft an unserer Küste herumtreiben, sogar spionieren und die Gedanken meiner Gefolgsleute belauschen, diese stinkenden Kröten.«

Corleys Klinge rutschte über den Schleifstein. »Thienz lauern innerhalb der Grenzen Keithlands? Das ist ein starkes Stück. Ich nehme an, Ihr habt ihnen eine Lektion erteilt?«

Der Kielmark bedachte ihn mit einem mörderischen Blick, das Messer mit festem Griff umklammert. »Ich habe einen Mann dabei verloren, diese Verdammten aufzubringen. Zwei von ihnen habe ich deshalb sofort getötet. Der Dritte ist sehr langsam gestorben, und er hat geredet, ehe er sein Leben ausgehaucht hat.«

Sich der Anspannung seines Herrschers wohlbewußt, hörte Corley auf, seinen Dolch zu schärfen. »War das wirklich klug?« Ein Thienz konnte dem Schattentempel mit einem einzigen Gedanken Auskunft über sein Schicksal geben.

»Nun werden ihre Anführer wohl zweimal nachdenken, ehe sie uns noch einmal belästigen«, entgegnete der Kielmark. Als Corley sich eines Kommentars enthielt, wandte sich der König der Piraten wieder ruhelos dem Fenster zu. Mondschein färbte sein Haar silbern, als er fortfuhr. »Zuerst dachte ich, die Dämonen wären auf der Suche nach der Traumweberin, aber der Thienz, den ich gefoltert habe, hat mir etwas anderes erzählt. Der Schattentempel ist auf der Suche nach der Insel der Vaere. Sie haben versucht, der *Neumond* zu folgen. Aber mein zuverlässigster Kapitän ist durch das ganze Gebiet der Allianz der Freien Inseln gesegelt, überallhin, nur nicht an den Ort, den er hätte anlaufen sollen. Mann, ich habe Blut und Wasser geschwitzt und die Stunden gezählt, bis du im Hafen eingelaufen bist. Kor sei Dank für das ungünstige Wetter. Wer weiß, was geschehen wäre, wenn du meinen Anweisungen hättest folgen können.«

Der Kielmark betrachtete seinen Kapitän und legte die Stirn in Falten, als er sah, daß Wetzstein und Klinge reglos verharrten. »Nun?« fragte er leise. »Die Traumweberin ist in Imrill Kand. Sie mag allein sein, aber sie kann sich durch ihre Gabe schützen. Und Jaric befindet sich, wie ich hoffe, noch immer innerhalb der schützenden Banne von Landfeste in der Obhut eines versierten Kämpfers.«

Corley legte seine Waffe auf dem kahlen Holz des Tisches ab, ehe er seinem Herrn gefaßt in die Augen sah. »Jaric ist vor fünf Wochen mit der *Callinde* in See gestochen, und nicht einmal Taen wollte mir sagen, wohin er geht.«

Der Kielmark schien förmlich zu explodieren. Kerzen flackerten heftig, als er durch den Raum stürmte. »Beim großen Untergang, bist du denn wahnsinnig?«

»Nein.« Corley lächelte. Ein anderer Mann hätte für diese Missetat hängen müssen; doch er hatte den Rücken des Kielmark schon so oft vor feindlichen Klingen geschützt, daß sie einander so loyal verbunden waren, als wären sie eine einzige Person. »Dieser Knabe ist vom Schicksal gezeichnet. Ich hörte, wie eine Clanpriesterin ihn beim Sonnenwendfest als Dämonenbanner bezeichnet hat. Ihre Sippschaften haben ihn verehrt wie einen Heiligen. Nun ist er gegangen, Herr, und ich bezweifle, daß irgend jemand ihn hätte aufhalten können, ohne ihn zu verletzen.«

Der Kielmark stieß sein Messer direkt vor seinem Kapitän in die Tischplatte, ehe er resigniert mit den gewaltigen Schultern zuckte. »Entweder, Jaric kommt eines Tages mit der Macht eines Feuergebieters zurück, oder er wird sterben. Ich kann nicht auf jeden Abkömmling eines Zauberers aufpassen, der sich seinem Schicksal zu entziehen sucht. Aber mit Taen ist es etwas anderes. Riffhafen steht zu tief in ihrer Schuld. Du wirst fünf Schiffe ausschicken, um Imrill Kand zu sichern.«

»Die Fischer werden über unsere Einmischung nicht gerade erbaut sein«, wandte Corley ein.

Der Kielmark schlug mit der Faust auf den Tisch. »Was interessieren mich die Fischer? Wähle die besten Männer für die Mission, und dann kehre zurück und erstatte mir Bericht.«

Corley erhob sich, von Sorgen geplagt. Wenn nicht der Erbe des Feuergebieters die wirkliche Beute der Dämonen war, warum sonst sollten Thienz ihr Leben innerhalb der Grenzen Keithlands aufs Spiel setzen, um die Insel der Vaere zu suchen? Sie war auf keiner Karte verzeichnet; diesen Ort zu finden bedurfte es der Macht eines ausgebildeten Zauberers. Nun, viel zu spät, bedauerte der Kapitän, daß er sich Taens Bitte gefügt hatte. Nie hätte er zulassen dürfen, daß Jaric ohne Geleitschutz davonsegelte.

In den niederen Breiten Keithlands brach die Nacht schnell herein. Auf den Achtersteven der *Callinde* gestützt, nagte Jaric an einem Streifen Dörrfleisch und sah zu, wie sich das Wasser im Westen im Licht der untergehenden Sonne gülden färbte. Rund um ihn herum erstreckte sich die See bis zum Horizont. Vierzehn Tage waren vergangen, seit die zerklüftete Silhouette von Skanes Grat hinter ihm außer Sichtweite verschwunden war, und noch immer hatte der Knabe keine Spur von der verwunschenen Insel entdecken können. Jaric schluckte den letzten Bissen seiner faden Mahlzeit und wischte sich die

Hände an der Hose ab. Seine Wasserfässer waren beinahe leer. Würde er nicht innerhalb von drei Tagen auf eine Küste stoßen, so würde er gezwungen sein, kehrtzumachen und die Westinsel anzulaufen, um seine Vorräte aufzufüllen.

Mit einem Blick auf den Kompaß vergewisserte er sich, daß der Wind noch immer gleichmäßig von Süden her wehte. Prüfend betrachtete Jaric die milde Dünung und den wolkenlosen Himmel, ehe er Fock- und Besansegel entgegengesetzt spannte. Mit eingeholtem Großsegel würde die *Callinde* die Nacht über im Kreis fahren. Rasch überzeugte sich der Knabe davon, daß auf dem Boot alles seine Ordnung hatte, ehe er sich an seinem gewohnten Plätzchen im Heck des Schiffes zur Ruhe begab.

Zwielicht senkte sich über das Antlitz des Meeres. Von den Wogen geschaukelt lag Jaric reglos da und lauschte dem Knarren der Falle der *Callinde*. Sterne erschienen an dem kobaltblauen Himmel. Der Knabe sah zu, wie sie heller und heller wurden, und fragte sich, ob Taen viele Meilen nördlich von ihm ebenfalls den Himmel betrachtete. Schließlich fielen ihm die Augen zu. Aus der Not heraus schlief er auf hoher See niemals sehr tief; der geringste Wetterumschwung konnte gefährlich für ihn sein, wenn er nicht früh genug erwachte, um die Segel der *Callinde* den veränderten Gegebenheiten anzupassen.

Allein in einer Welt aus Wind und Wellen, schlief Jaric traumlos. Als der spät aufgehende sommerliche Mond sich über den Horizont erhob, strich eine Präsenz durch seinen Geist. Sacht und verstohlen durchsuchte sie seine unbewußten Gedanken nach Informationen. Jaric regte sich, ahnte vage, daß diese Störung fremden Ursprungs war.

»Taen?« murmelte er, da er sich fragte, ob sie es

war, die versuchte, Kontakt zu ihm aufzunehmen. Doch die Präsenz schwand, als er ihren Namen erwähnte. Jaric seufzte. Er legte den Kopf auf die sonnengebräunte Armbeuge und überließ sich dem Schlummer. Zu Steuerbord stieg der Mond hoch über das Achterschiff. Silbrige Reflexionen tanzten über die Wasseroberfläche. Doch Jaric trieb nicht länger allein auf hoher See. Gischt stob von den Wogen auf. Eine Ruderpinne knarrte, und ein schwarzes, dreieckiges Segel schob sich vor den Sternenhimmel. Als sein Schatten über die *Callinde* fiel, beugte sich eine drahtige Gestalt aus der Takelage des fremden Schiffes und griff nach der Stag des kleineren Gefährts. Froschartige Hände packten die Ruderbänke. Geräuschlos sprangen zwei weitere Gestalten über die Wogen zwischen den beiden Booten.

Unter dem Gewicht der heimlichen Besucher schwankte die *Callinde*. Jaric erwachte im Heck, die Augen weit aufgerissen und wachsam. Vor dem Hintergrund des Sternenhimmels erblickte er zwei mit Kämmen versehene, echsenartige Köpfe. Aus derb geschnittenen Gesichter mit glatter Haut und ohne Nasen, blickten ihm stechende Augen entgegen. Mit furchtbarem Schrecken erkannte Jaric die Thienz. Die Kreaturen waren bereits seit Taens Begegnung mit dem Schattentempel auf der Jagd, doch Jarics Aufenthalt in Landfeste hatte seine Spur vorübergehend verwischt. Die Thienz hatten die *Callinde* erst viel weiter im Süden eingeholt, als sie beabsichtigt hatten. Die Dämonen, deren Augen nahezu blind waren, hatten sich an ihn herangepirscht, indem sie seinen Gedanken gefolgt waren.

Verzweifelt und voller Furcht konzentrierte Jaric all seine Aufmerksamkeit auf harmlose Erinnerungen an ein Buch, von dem er als Schreiberlehrling eine Abschrift angefertigt hatte. Der Text hatte sich ebenso ausufernd wie langatmig über die Besonderheiten der Landwirtschaft ausgelassen; in der Hoffnung, daß Ackerbau imstande wäre, seine wahren Absichten vor den Thienz zu verbergen, schob der Knabe seinen Ärmel zurück, unter dem er ein Messer trug, für den Fall, daß er die Leinen in einem Notfall kappen mußte. Kühl glitt das Heft in seine Hand. Einer der Thienz versteifte sich im Bug. Jaric riß die Klinge aus der Scheide und warf.

Stahl blitzte auf und traf sein Ziel. Luft entwich geräuschvoll aus den Kiemenlappen des Dämons. Er stolperte rückwärts. Bis zum Heft hatte sich das Messer in seinen faltigen, breiten Rücken gebohrt.

In Erwartung des schnellen, lähmenden Schlages gegen den Geist, der schon Deison Corley niedergestreckt hatte, löste sich Jaric eilends von der Bank im Heck. Er konnte nicht wissen, daß es den Dämonen durch die Macht seiner angeborenen Gabe, selbst ohne daß er eine besondere Ausbildung erfahren hatte, schwerfiel, sein Bewußtsein zu erfassen. Mit zitternden Händen öffnete er den Riegel der Truhe unter der Ruderpinne und zog sein Ersatzmesser hervor. Bitterlich trauerte er nun, da er sich dem verbliebenen Dämon stellen mußte, dem Schwert nach, das er an Bord der *Neumond* zurückgelassen hatte.

Sein Gegner trug einen kurzen Krummsäbel, der zum Wurf ungeeignet, doch tödlich genug im Kampf gegen einen Mann war, dessen einzige Waffe ein kleines Messer war. Vorsichtig schlich Jaric voran, wobei er im Geist hastig die Strategien durchging, die Corley und Brith ihn gelehrt hatten. Der Thienz zögerte nicht. Durch sein schlechtes Augenlicht behindert, fühlte er Mord in den Gedanken des Knaben, und so erhob er rasch seine Klinge, um die Stag zu kappen und den Mast samt Takelage auf seinen Gegner niederdonnern zu lassen.

Mit einem lauten Schrei stürzte Jaric voran. Nicht mehr imstande, den Mast hinter sich zu bringen, ehe der Dämon zuschlagen konnte, sägte er wild am Fall des Focksegels direkt oberhalb der Klampe. Einzelne Stränge gaben nach, und schließlich riß das Tau. Haltlos sauste das Segel herab und glitt in einem großen Durcheinander zum Bug. Durch den Ruck seines Gleichgewichts beraubt, stolperte der Thienz mit einem überraschten Krächzen über die Ruderbank. Träge flog seine Klinge durch die Luft, als sich die *Callinde* in den Wind drehte. Jaric stürzte sich darauf und bohrte sie seinem Gegenspieler in den Rücken. Fleisch erbebte unter seiner Hand, als er den Stahl befreite und ein zweites Mal zustieß, dann ein drittes Mal. Das klebrige, heiße Blut der Kreatur auf seinen Händen wollte ihm die Kehle zuschnüren. Beinahe krank vor Abscheu taumelte er zurück, fort von seinem sterbenden Feind. Er sank gegen die Ruderbank, und erst in diesem Augenblick bemerkte er das Boot, das der *Callinde* mit weiteren Dämonen an Bord folgte, die sich an der Reling zum Entern bereitmachten. Mondschein spiegelte sich in Blasrohren und Pfeilen in angespannten Dämonenhänden. Jaric befreite seinen Fuß aus den hinderlichen Falten des Focksegels. Zwar waren seine Feinde beinahe blind, doch ihre Überzahl verschaffte ihnen einen mächtigen Vorteil. Überdies waren die Pfeile wahrscheinlich vergiftet.

Wind erfaßte das Besansegel. Mit einem Schlag spannte sich das Segeltuch, und die *Callinde* beendete in Ermangelung der entgegengesetzten Kraft des Focksegels ihre Kreisbewegung und schoß voran. Jaric blieb nur eine Zuflucht, in die ihm die Thienz nicht folgen konnten; ihre unterentwickelten Vorderläufe machten es ihnen unmöglich zu schwimmen, ohne dabei mit dem Kopf unter die Wasseroberfläche zu geraten, und ihre Kiemen funktionierten im Salzwasser nicht. Nach einem kurzen, angsterfüllten Schnauben, packte Jaric die Klüverleine auf der leewärts gerichteten Seite der *Callinde* und warf sie über Bord. Dann, unter den Augen der Dämonen, stürzte er über die Reling an der anderen Seite und tauchte in die Fluten.

Als er auf der Wasseroberfläche aufschlug, hörte er noch das Heulen der Thienz. Ihr Entsetzen berührte seinen Geist wie eine Traumbotschaft; sie hatten erwartet, den schwachen, unentschlossenen Knaben vorzufinden, an den sich Emien von der Begegnung in Elrinfaer erinnerte, nicht aber einen strammen Burschen, der mit Messern um sich warf. Doch diesen Fehler würden sie gewiß nicht wiederholen. Noch während sich das Seewasser über dem Kopf des Jungen schloß, meldeten sie ihre neugewonnene Erkenntnis ihren Kameraden im Schattentempel.

Die *Callinde* kam in Fahrt. Jaric schwamm unter den Kiel und tauchte auf der Leeseite wieder auf. Panisch betasteten seine Hände die Planken. Sollte er das Tau verpassen, so würde sein Boot ohne ihn davonsegeln, und er wäre der Gnade der Dämonen ausgeliefert. Jaric arbeitete sich voran, als das Seil gegen seine Schulter schlug. Er griff zu und klammerte sich fest. Mit einem Ruck, der ihm die Haut an der Handfläche aufriß, spannte sich das Tau, doch Jaric gab trotz des Schmerzes keinen Laut von sich. Wohlwissend, daß die *Callinde* sich durch sein Gewicht auf die Seite legen würde, schob er seinen Dolch zwischen die Zähne.

Stück für Stück zog er sich hinauf. Gischt wirbelte um sein Kinn, schlug ihm ins Gesicht und raubte ihm den Atem. Mühsam rang Jaric nach Luft. Ein Stechen drang in seinen Geist, als die Thienz nach seinem Bewußtsein tasteten. Rasch ließ er sich wieder absinken. An der Klinge vorbei saugte er Salzwasser in seinen Mund, in der Hoffnung, die Dämonen würden glauben, er ertränke. Und während der ganzen Zeit waren seine Hände unentwegt mit dem Tau beschäftigt. Jaric kämpfte gegen die Strömung, zog sich längsseits der *Callinde* und schließlich hinauf zur Klüverwinde.

Jenseits der Reling erblickte er Thienz, die sein Boot enterten. Die *Callinde* schwang herum und behinderte die Dämonen; träge flatterte das Besansegel, als sich der Achtersteven quer zum Wind legte. Jaric baumelte oberhalb der Wasseroberfläche an dem Tau. Allein durch seine Hände gehalten, arbeitete er sich nach hinten vor. Die *Callinde* balancierte zwischen Backbord und Steuerbord hin und her, ruckte dann herum, als ein Dämon an Bord sprang. Jaric riß das Messer zwischen den Zähnen hervor. Er wartete. Den Geist angefüllt mit Gedanken an Finsternis und Meerwasser, fühlte er, wie das Boot sich weiter drehte. Kalt strich der Wind über seine Wange. Dann füllte sich das Besansegel donnernd mit Luft. Rasch zog der Knabe sich hinauf, hievte sich mit verzweifelter Anstrengung an der Ruderbank hoch und kappte die Leine direkt unter der Winde.

Mit ungeheurer Geschwindigkeit stürzten die Spiere herab und zerschmetterten die Thienz an Ort und Stelle. Pfeile regneten im Mondschein herab, fielen wild durcheinander auf Planken und Dämonenleiber. Jaric rammte seinen Dolch in die Ruderbank und zog sich vollständig an Bord.

Während der Atem vor Anstrengung in seinen Lungen brannte, wappnete er sich gegen jegliche Barmherzigkeit, überquerte das Deck, schlitzte Kehlen auf und stieß seinen Dolch in darniederliegende Leiber, bis auch der letzte krötenartige Dämon sein Leben ausgehaucht hatte.

Schließlich lehnte er sich keuchend an die Ruderbank. Blut benetzte seine Arme bis zu den Schultern, und das Seewasser, das von seiner Tunika herabtropfte, war rot verfärbt. Führerlos schwang die *Callinde* erneut herum; der Schatten des Segels glitt über Deck, zog vorüber und gab den Blick auf die in silbrigen Mondschein getauchten Überreste des Blutbades frei. Von dem Schrecken überwältigt, den seine Hände angerichtet hatten, schrie Jaric laut auf. Er übergab sich über die Reling, würgte so lange, bis sein Magen vollkommen leer war. Er mußte lange warten, bis die Übelkeit wieder nachließ. Als er schließlich wieder aufblickte, sah er, daß auch das Dämonenschiff führerlos dahintrieb. Kein Steuermann stand am Ruder, um die Verfolgung wieder aufzunehmen.

Dennoch wagte Jaric nicht zu glauben, daß alle Thienz tot waren. Die *Callinde* rollte über eine Woge, das Deck von Leichen und silbernen Pfeilen übersät; sie würde nicht weiterfahren können, ehe nicht die gekappten Taue repariert waren. Mühsam stemmte sich Jaric auf die Beine, und mit zitternden Händen widmete er sich dem Tauwerk seines Bootes und säuberte die Planken von den Überresten der Dämonen.

Kapitel 15

VERFOLGER

Der Morgen zog herauf, und die *Callinde* war wieder auf Kurs in Richtung Südwesten. Jaric kauerte über dem Ruder. Seine Augen brannten nach der langen Zeit ohne Schlaf, und seine Finger waren wund vom Spleißen der Taue. Sowohl der Angriff als auch die anschließenden Aufräumarbeiten hatten ihn erschöpft, und obwohl er in der Morgendämmerung das Schiff der Dämonen geentert und sich davon überzeugt hatte, daß keiner der Angreifer am Leben geblieben war, hatte ihn auch der Anblick des leeren Bootes nicht beruhigen können. Die Dämonen würden wiederkommen. Jaric durfte sich keine Ruhe gönnen, ehe die *Callinde* ihre derzeitige Position nicht weit hinter sich gelassen hatte.

Der Wind legte sich, während der Tag immer wärmer wurde. Jaric kümmerte sich um das Ruder, setzte alle Segel und zog das größere Großsegel auf. Dann kramte er Schiffszwieback aus seinen schwindenden Vorräten hervor und aß, während sein Blick ruhelos über den Horizont wanderte.

Leer dehnte sich die See vor ihm aus. Nur einmal erblickte er die safrangelben Segel eines Fischerbootes aus Innishari. Noch gestern hätte er sich beim Anblick eines anderen Bootes gefreut, mit der *Callinde* nicht vollkommen allein auf hoher See zu sein, doch nun stellte jedes Schiff für ihn eine potentielle Gefahr dar. Jaric verging der Appetit. Plötzlich erschien es ihm wie eine Torheit, nur mit einem

Messer bewaffnet auf die endlose See im Süden hinauszusegeln. Würde er getötet oder gefangengenommen, würden die Schlüssel von Elrinfaer und Anskieres Banne über dem Gefängnis der Mharg zu einer schrecklichen Bedrohung für ganz Keithland werden. Der Knabe warf den Rest seiner Mahlzeit den Fischen zum Fraß vor, löste dann die Ruderpinne und wendete das Schiff. Seine Suche nach der Insel der Vaere würde warten müssen. Das Wasser in den Fässern an Bord der *Callinde* ging so oder so zur Neige, und da sich die Westinsel gerade vier Tagesreisen weiter nördlich befand, beschloß Jaric, den dortigen Markt aufzusuchen. Wenn er alles verkaufte, was er nicht brauchte, so konnte er vielleicht genug Waffen erwerben, um sich gegen einen neuen Enterversuch zur Wehr zu setzen.

Doch sein Plan überstand nicht einmal den Nachmittag. Der Wind erstarb zu einem kaum spürbaren Hauch, und die Wogen legten sich gänzlich. Von den Kapriolen des Wetters an Ort und Stelle festgehalten, fluchte Jaric. Sehnsüchtig dachte er an Taen, ehe er sich schließlich ganz seinen Sorgen hingab. Frustriert zog er das Ruder ein. Zusammengerollt im Schatten des Großsegels, legte er den Kopf auf die überkreuzten Arme und schlief.

Im kühlen, silbrigen Zwielicht erwachte er. Die ersten Sterne zeigten sich am Himmel, und die See verfärbte sich indigoblau. Jaric erhob sich und dehnte die steifen Glieder. Er benetzte Hals und Gesicht mit Seewasser, um die Auswirkungen seines Sonnenbrandes zu lindern, und trat dann unter dem Focksegel hinweg zum Bug, um seine Lage zu sondieren. Im Süden bildete die See am Horizont eine gerade Linie, nirgends waren Lebenszeichen zu entdecken; aber im Norden, zwischen der *Callinde* und der Westinsel, ragten die Silhouetten von neun Masten wie Pinselstriche über der See auf.

Von bösen Vorahnungen erfaßt, richteten sich seine Haare auf. Nie hatte er einen Fischer erlebt, der bei Windstille die Segel reffte und sich so in die Gefahr begab, die erste Wetteränderung zu verpassen. Gelegentlich hatten Schiffe des Kielmark eine derartige Strategie genutzt, um sich in dem Gleißen reflektierter Sonnenstrahlen zu tarnen. Doch welcher Pirat würde schon mit Fischerschmacken und Schaluppen weit entfernt von den lohnenden Handelsrouten kreuzen? Was dort von Norden heransegelte, konnten nur Thienz sein, angezogen von den Todesträumen des Gemetzels der vergangenen Nacht.

Jaric schloß die Augen, um seine Furcht unter Kontrolle zu bekommen. Mühsam widerstand er seinem ersten, drängenden Impuls, Hals über Kopf an das Ruder zu stürzen. Die Geisteskräfte der Thienz wurden durch die See gemindert, und derzeit war die *Callinde* so weit von den Schiffen entfernt, daß die Dämonen unmöglich Einfluß auf seine Gedanken würden ausüben können. Jaric zwang sich, logisch vorzugehen. Er mußte warten, bis es dunkel war, ehe er beidrehen konnte. Dann mochten seine Verfolger aus dem Schattentempel seine Spur verlieren, wenn er den Kurs änderte, und wenn das Glück ihm gnädig war und Wind aufkam, so konnte er noch vor Morgengrauen außer Sichtweite entschwunden sein.

Doch das Warten erwies sich als ausgesprochen schwer. Jaric ging auf und ab, schwitzte im Schein der untergehenden Sonne, deren letzte Strahlen die Segel der *Callinde* blutrot färbten. Langsam zog auch die Dämmerung vorüber, und mit ihr verschwanden die im Norden lauernden Masten außer

Sicht. Im Schutz der Dunkelheit nahm Jaric wieder seine Position im Heck ein. Kalter Schweiß brach ihm aus, als er das Ruder ergriff. Kein Lufthauch stützte den Kiel des Bootes auf dem neuen Kurs gen Osten, von dem er hoffte, er würde es ihm ermöglichen, den Hafen von Skanes Grat anzulaufen. Die Anwesenheit der Thienz machte es um so wichtiger für ihn, bald an Land zu gehen; jedesmal, wenn er Wasser zum Trinken schöpfte, schlug sein Becher nun an den Boden des letzten Fasses. Sollten die Feinde ihn auf See festhalten, bis seine Vorräte verbraucht waren, so würden Hunger und Durst ihn töten, ohne daß sich die Dämonen die Mühe machen müßten, ihn anzugreifen.

Da ihm in der Flaute keine andere Aufgabe blieb, als seine eigene Besorgnis im Zaum zu halten, starrte er nach Norden, bis seine Augen brannten. Seine Nachtwache wurde von einem Gefühl der Einsamkeit begleitet, schonungsloser, als je ein Seemann sie erlebt hatte. Nichts außer nachtschwarzem Ozean, hier und da von einem phosphoreszierenden Schimmer durchbrochen, wenn Fischschwärme die Oberfläche durchbrachen, begegnete seinen suchenden Blicken. Die Finsternis hatte die Feinde verschluckt. Ihm blieb keine Möglichkeit, festzustellen, ob die Strömung sie näher zu ihm heran oder von ihm fort trieb. Bei jedem Geräusch, selbst bei dem leisen Knarren der Takelage der *Callinde,* die in der Flaute über das ruhige Meer trieb, zuckte Jaric erschrocken zusammen. Als der Mond zur Mitternachtsstunde hoch am Himmel stand, lagen die Nerven des Jungen bloß. Licht wäre hilfreich gewesen. Doch der Schein der Laterne am Mast hätte seine Position so sicher wie ein Leuchtfeuer verraten und die Dämonen vermutlich dazu verlockt, ihn durch ihre Geisteskräfte zu lähmen.

Als er sich des Manövers mit dem Feuer erinnerte, dessen Corley sich bedient hatte, als die Thienz seine Gedanken manipuliert hatten, zog Jaric eine Lampe aus einem Verschlag hervor. Er säuberte sie, richtete den Docht auf und vergewisserte sich, daß der Tank voller Öl war. Als letzte Vorsichtsmaßnahme griff er tief in den Verschlag und entnahm ihm ein Faß mit Werg, einer Mischung aus Pech und Fasern, die die Schiffszimmerer nutzten, um die Fugen zwischen den Planken abzudichten. Bei Bedarf würde die Mischung brennen wie Zunder; das Schiff in Brand zu setzen, wäre ein Akt höchster Verzweiflung, doch lieber wollte er die *Callinde* vernichten, als zuzulassen, daß die Dämonen ihn um der Schlüssel willen ermordeten. Eine stille Abbitte an Mathieson Keldric auf den Lippen, zerrte er das Faß zu der Bank am Heck des Bootes. Dann setzte er sich mit einem Feuerstein und einem Messer in greifbarer Nähe, dachte an Taen und betete wieder und wieder um eine frische Brise.

Der Wind antwortete ihm vor Anbruch der Morgendämmerung, doch mit ihm kam schlechtes Wetter. Tiefliegende Wolken überzogen den Sommerhimmel. Zur Abwechslung fluchte Jaric nicht angesichts des zu erwartenden Regens, als er die Leinen spannte. Donnernd füllten sich die Segel der *Callinde* mit Luft. Sie nahm Fahrt auf und ritt auf der Dünung. Spritzwasser schoß über ihren Bug, und ihr Kielwasser bildete einen phosphoreszierenden Kometenschweif in der aufgewühlten See. Ihr junger Steuermann stemmte sich mit einem grimmigen Lächeln auf den Lippen gegen das Ruder. Der Regen würde ihn vor den Dämonen verbergen; würde er nun das Ersatzsegel über einem Auffangbehälter aufspannen, so mochte das Regenwasser ausreichen, seine Wasservorräte aufzustocken. Vielleicht bot ihm der Sturm die Möglichkeit, sowohl dem drohenden Durst als auch den Thienz entgegenzuarbeiten.

Doch das Schicksal war ihm nicht so gnädig. Die Wolken verdichteten sich und verströmten einen dichten, dunstigen Nieselregen, und der Wind erstarb wieder zu einem kaum wahrnehmbaren Hauch. Jaric kauerte über der Ruderpinne. Über seinen Nacken schien mehr Flüssigkeit zu rinnen, als von dem Segeltuch tropfte, mit dem er sein Faß hatte füllen wollen. Bei Anbruch der Dämmerung war es so windstill geworden, daß sich die Segel der *Callinde* kaum mehr blähen wollten, und die See um das Boot herum verschwand schon nach kaum zehn Metern hinter einem Vorhang konturlos grauen Nieselregens. Der Gedanke, die Thienz könnten überall auf ihn lauern, zerrte an Jarics Nerven, strapazierte seinen Geist, bis er wütend genug war, abwechselnd schreien und weinen zu wollen. Statt dessen prüfte er die Leinen, nahm Wetzstein und Messer zur Hand und kehrte zum Ruder zurück. Den Schaft in eine Armbeuge geklemmt, ergab er sich Corleys Gewohnheit und schärfte die Klinge, um die Zeit zu überbrücken.

Über den Masten der *Callinde* brach ein neuer Tag an. Trotz der zunehmenden Helligkeit wollte der Dunst nicht weichen. Grau in Grau verhüllte er die See mit der Farbe stumpfen Metalls und dämpfte das Geräusch des Stahls, der scharrend über den Wetzstein glitt. Noch lange, nachdem die Klinge scharf war, fuhr Jaric mit der Arbeit fort, um seine Finger zu beschäftigen; doch als der Vormittag dahinzog, reichte ihm dieses Hilfsmittel bald nicht mehr. Der Nebel wirbelte in geisterhaften Formen um sein Boot und hinterließ winzige Wassertröpfchen auf seinen Wimpern. Blinzelnd erwehrte er sich der Feuchtigkeit, doch bald erschien ihm dies nicht mehr der Mühe wert. Seine Lider wurden schwer. Die Hände hielten in der Bewegung von Wetzstein und Klinge inne, während sein Geist gänzlich unbemerkt die Grenzen des Wachbewußtseins verließ und in das Land der Träume eintrat ...

Die See und die dunkelroten Segel der *Callinde* verloren ihre Farbe, wurden zu dem Weiß des Schnees im Seitwald. Jaric verschlief den Übergang, den die Berührung seiner Feinde über seinen Geist gebracht hatte. Kälte und Stille hüllten ihn ein. Seine Sinne nahmen nichts außer dem langsamen Herabwirbeln der Schneeflocken wahr, die zwischen kahlen Ästen hindurchschwebten und sich schließlich am Boden sammelten. Bald war der von Laub bedeckte Boden des Waldes nur mehr konturlos weiß wie ein Laken. Selbst die Wasserläufe gefroren, das Flüstern des Wassers auf den Felsen verstummte, und Winter senkte sich über das Land und ein trügerischer Frieden über Jarics Geist. Sein Körper reagierte mit der Taubheit, die einer extremen Kälte angemessen war, und seine Gedanken verloren sich in der eisig-weißen Landschaft. Von Träumen verzaubert, fühlte er nicht, wie seine Finger sich entspannten, hörte nicht, wie das Messer klirrend auf die Planken der *Callinde* fiel. Auch bemerkte er nicht, wie sein Arm von der Ruderpinne abrutschte. Die *Callinde* kam vom Kurs ab, zornig flatterten die Segel in der Höhe. Von Wassertröpfchen bedeckt, wanderte die Kompaßnadel im Kreis, als das Boot führerlos über die Wogen trieb.

Dann wurde die Traumkälte schlimmer. Wie ein Messer durchdrang sie den schützenden Mantel der Erde bis hinab zu den Wurzeln der Bäume, bis auch das schlummernde Leben in ihnen erfroren war. Äste bogen sich unter der grausamen Last vereisten Schnees. Holz, von der Kälte brüchig geworden, brach geräuschlos in der winterlichen Luft; Frost nagte an den Rinden wie Säure, und Eiskristalle sprengten selbst massive Felsen. Bald regierte nur mehr ungetrübtes Weiß. Vor der Ruderbank der *Callinde* ausgestreckt wie eine Leiche, fühlte Jaric keinen Schmerz. Er fühlte keinen Schrecken, keinen Kummer, er fühlte gar nichts, nicht einmal, als die Kälte seinen Leib marterte und drohte, ihm das Herz in der Brust gefrieren zu lassen.

Kurz vor dem Ende erklang ein neues Geräusch. Gedämpft aus weiter Ferne und süß, doch spröde in der Stille der Luft, durchdrang das Klimpern von Ziegenglocken die von den Thienz gewirkte kalte Gruft. Benebelt suchte Jaric nach dem Ursprung. Das Weiß, das sich über seine Wahrnehmung gelegt hatte, löste sich ein wenig, und er sah, substanzlos und geisterhaft, einen Hügel mit Wildblumen und Heidekraut. Das Land war rauh, hier und dort durchbrochen von verwittertem Granitgestein. Dort saß ein schwarzhaariges Mädchen inmitten einer Herde brauner Ziegen. Ihr Bild war verschwommen, als würde er sie durch die Untiefen eines reißenden Stroms betrachten. Doch ihre Warnung erklang so klar wie die Glocken in der winterlichen Kälte, die ihn umfangen hielt.

›*Jaric, die Thienz haben dich mit einem Traumbann belegt! Jaric!*‹

Doch das endlose Weiß raubte den Worten ihre Bedeutung, wandelte sie zu einem störenden Geräusch, das bald darauf verstummte. Das Bild des Mädchens löste sich auf, und der Hügel mit seiner Decke aus Blumen und Farn verblaßte zu einem geisterhaften Schatten. Nicht lange, und die Leere hatte sie gänzlich verschlungen. Im Bann der Thienz aber trieb Jaric bewußtlos wie ein Stein dahin.

Doch die Präsenz der Traumweberin schwand nicht vollkommen. Mit all ihrer Kunstfertigkeit sammelte Taen ihre Macht und hieb auf den Kokon ein, den die Dämonen um das Bewußtsein Ivainson Jarics gewoben hatten. Wie ein Messer bohrte sich ihr Drängen voran, und dieses Mal durchbrach sie die Barriere.

Jaric erwachte. Die Regungen seines Geistes und seines Körpers erschienen ihm wie von einer weißen Flut verhüllt, und er war nicht imstande, sich zu orientieren. Verunsichert, ob die Präsenz, derer er sich erinnerte, eine Verlockung der Dämonen war, geschaffen, ihn zu schwächen, oder eine Illusion, geboren aus seinem Sehnen und seinem eigenen Vorstellungsvermögen, murmelte er Taens Namen.

Ihre Antwort brachte Furcht über ihn. ›*Jaric, du mußt dich befreien!*‹ Nun, da sie endlich in seinen Geist hatte eindringen können, spann sie ihre Träume und griff an. Der dämonische Kerker erbebte unter dem Anprall ihrer Macht. Wieder schlug Taen zu, schöpfte Kraft aus ihren letzten Reserven. Unfähig, den Kontakt aufrechtzuerhalten, verklang ihre Berührung eben in dem Augenblick, da die Barriere der Betäubung, die das Leben des Erben Ivains bedrohte, plötzlich zusammenbrach.

Kälte stach in die erwachenden Sinne unter einem Ansturm schrecklicher Schmerzen. Jaric zuckte zurück. Von seiner Qual zurückgerissen bis zur vollständigen Erinnerung an die *Callinde,* den Ozean und die Fischerboote voller Feinde, die entschlossen waren, ihn zu töten, übergab er sich über die Heckreling. Halb bewußtlos schlug er mit der Schläfe auf der Ruderpinne auf. Der Wind entriß seinen Lippen den überraschten Aufschrei des Entsetzens, und endlich wurde er wirklich wach, als das laute Donnern der Segel die letzten Reste der Benommenheit vertrieb. Das Wetter hatte umgeschlagen. Nebel war Wolken und strömendem Regen gewichen. Wasser floß in Rinnsalen über Segel und Spiere, während die *Callinde*, deren Leinen unbeaufsichtigt durch die Winden glitten, über gischtgekrönte Wogen hüpfte. Keuchend wie ein Marathonläufer kämpfte Jaric um den Sauerstoff, den seine von der Kälte betäubten Lungen nicht mehr aufgenommen hatten, machte aber keine Anstalten, sich um sein vernachlässigtes Schiff zu kümmern. Instinktiv griff er nach seinem Kopf und rieb sich die angeschlagene Stirn, hielt dann aber inne und betrachtete seine Hände. Seine Finger fühlten sich nicht auffallend kalt an, doch die Haut präsentierte sich seinen Augen purpurweiß und fleckig, so, als wäre sie extremer Kälte ausgesetzt gewesen. Die Schmerzen, die das Wiederaufleben seiner Blutzirkulation begleiteten, waren durchaus real, und die Auswirkungen ließen Jaric schwindeln. Die Illusion des Winters, die die Thienz genutzt hatten, seinen Geist gefangenzunehmen, hatten sich offensichtlich mit allen Folgen einer Erfrierung auf seinen Körper niedergeschlagen.

Mit Schrecken wurde ihm bewußt, daß Thienz, die er nicht einmal hatte sehen können, fähig waren, den Geist eines Menschen mit Visionen zu erfüllen, die stark genug waren, das Opfer zu töten. Jaric schob die schmerzenden Finger unter den Saum seiner Tunika, doch sein Herz litt mehr als nur Kälte. Beinahe hätte seine Suche nach der Insel der Vaere hier geendet, einsam auf hoher See treibend. Ivains Vermächtnis und Taens einzige Hoffnung zu überleben wären vergeudet gewesen, bevor seine Macht durch den Zyklus des Feuers hätte zum Leben erweckt werden können. Von Furcht wie gelähmt, kam Jaric zitternd auf die Beine. Da die Thienz ihre Machenschaften nur mit Schwierigkeiten über das Wasser transportieren konnten, mußten die Dämonen, die versucht hatten, ihn zu ermorden, ganz in der Nähe sein.

Zitternd und einsam stürzte der Erbe Ivains, des Feuergebieters, voran und straffte die gelockerten Taue der *Callinde*. Als das Boot sich drehte, spannten sich die Segel im Wind. Jaric rannte zurück zum Ruder und zerrte mit all seiner Kraft daran, um seinen ursprünglichen Kurs wiederaufzunehmen. Er wagte nicht, an Taen zu denken, deren Not ihn dazu gebracht hatte, die Insel der Vaere zu suchen, und deren Einmischung er ohne Zweifel sein Leben verdankte. Auch mochte er nicht über die Kopfschmerzen nachdenken, die ihn quälten, ebensowenig wie über den Schmerz der Erfrierungen, der noch immer an seinen Fingern und Zehen nagte. Er brauchte nun all seine Kraft für das Boot und für den Nord-Nordwest-Kurs, der ihn sicher nach Skanes Grat führen würde.

Das Unwetter brach überraschend aus. Zwischen einem Windstoß und dem nächsten ergoß sich ergiebiger Regen auf die See, peitschte die Gischt von den Wellen und spritzte in fahlweißen Fontänen von der Meeresoberfläche auf. Jaric mußte sich allein auf seinen Kompaß verlassen, die Hände fest um die Ruderpinne geklammert, denn der Sturm raubte ihm jegliche Sicht. Ihm blieb keine Möglichkeit festzustellen, ob er in Richtung Freiheit segelte oder direkt auf die Dämonenflotte zuhielt;

und als der Wind nach Norden drehte, fiel es ihm nicht leicht, das Boot im Zaum zu halten. An die Ruderpinne geklammert, drehte er den Bug der *Callinde* in den Wind, trieb sie bis an die Grenzen der Leistungsfähigkeit ihres stabilen Rumpfes. Dann war der Sturm vorüber. Der Himmel war finster, und die See brodelte zornig unter dem Boot. Jaric blinzelte durch das Spritzwasser, das vor dem Bug aufstob, konnte jedoch auf der vor ihm liegenden See keine Spur von Segeln, Masten oder Spiere entdecken. Der Horizont hinter ihm lag noch immer im Sturm verborgen, der die mögliche Anwesenheit dämonischer Jäger seinen Blicken entzog. Da Jaric von der Dämonenflotte nichts zu sehen bekam, schloß er, daß er während der Flaute an ihrer Position vorbeigetrieben sein mußte und allein Taens Hilfe und der Schutz des Nebels ihn vor den Thienz gerettet hatten. Jaric wagte nicht, das Ruder im Stich zu lassen, und sei es nur, um ein wenig Wasser zu trinken, und so segelte er weiter, während die Nacht rund um ihn herum immer dunkler wurde.

Wolken verhüllten den Sternenhimmel, und die See war schwarz wie eine Grube. Jaric kauerte sich in seinen nassen Kleidern zusammen, und allein das Spiel des Windes in den Segeln der *Callinde* mußte ihm genügen, das Boot auf Kurs zu halten. In einer klaren Nacht, wenn der Polarstern sichtbar war, mochten derart einfache Mittel genügen, nun aber nicht. Sturm und Nebel deuteten auf eine veränderliche Wetterlage hin, und unter solchen Bedingungen würde der Wind nicht stetig aus einer Richtung wehen. Früher oder später, das wußte Jaric, würde er den Kompaß brauchen, um seinen Kurs zu überprüfen. Die Lampe, die er zuvor vorbereitet hatte, hing noch immer an der Ruderbank der *Callinde*. Die zinnernen Belüftungsklappen waren geschlossen und der Docht trocken und bereit, entzündet zu werden; doch noch zuckte er davor zurück, ihn zu entflammen. Nicht gewillt, den Thienz seine Position durch das Licht zu verraten, rührte er sich nicht vom Ruder fort.

Die *Callinde* segelte durch die Finsternis. Nur ein Sklave für die Anforderungen seines Bootes, ruhte Jaric mit dem Kopf auf den überkreuzten Unterarmen, während ihm das Rauschen des Wassers über der Ruderpinne durch Mark und Bein vibrierte. Verzweiflung nagte an seinem Herzen, wenngleich kein Thienz erschien, ihn anzugreifen. Während er verdrossen auf das Kielwasser hinter dem Schiff hinausstarrte, sah Jaric das kurze Aufflackern eines Blitzes in der Ferne. Von Osten zog ein neuer Sturm herauf, ein sicheres Zeichen dafür, daß sich der Wind radikal gedreht haben mußte. Nun konnte er die Kompaßlesung nicht länger hinauszögern, wollte er nicht riskieren, im Kreis und damit der Dämonenflotte direkt in die Arme zu fahren. Der Geschmack der Furcht lag auf seiner Zunge, als er sich bückte und nach der Lampe griff.

Er öffnete die Laterne, und das Quietschen von Metall auf Metall erklang wie ein Schrei vor dem Hintergrund natürlicher, von Wasser, Holz und Segeltuch verursachter Geräusche. Jarics Finger zitterten, als er den Docht entzündete. Kaum brannte er, da schirmte er die Lampe schon bis auf ein Minimum ab. Licht, gelb wie ein Federstrich, durchdrang die Schwärze der Nacht. Jaric klemmte das Ruder in eine Armbeuge und hob die Laterne über den Kompaß. Die Nadel gab ihm eine enttäuschende Auskunft. Die *Callinde* segelte geradewegs nach Westen, und das tat sie bereits seit einer uneinschätzbaren Zeit. Solange er nicht die Sterne oder die Sonne für seine Navigation zu Rate ziehen konnte, war es Jaric unmöglich, seine Position zu bestimmen. Schlimmer noch: wollte er Skanes Grat erreichen, so würde die Wetterempfindlichkeit des alten Bootes ihn zwingen zu wenden.

Müde verzichtete Jaric darauf, die Grausamkeit der See zu verwünschen. Schweratmend zerrte er das Ruder herum und verbrannte sich den Unterarm, als eine unerwartete Woge die Lampe aus dem Gleichgewicht brachte und das erhitzte Gehäuse seine Haut berührte. Reflexartig zuckte er zusammen und gleich darauf noch einmal, als die *Callinde* breitseits von einer Welle getroffen wurde und die nach Norden zeigende Abschirmung der Lampe herabglitt. Licht breitete sich über dem Wasser aus, wie Funken von der Gischt reflektiert. Naß glänzten geschwärzte Balken im hellen Schein. Jaric unterdrückte mühsam einen Entsetzensschrei. Keinen Steinwurf von seiner Ruderbank entfernt, sah er ein – zwei – gar drei Thienzschiffe. Wie lange sie ihn in der Finsternis bereits verfolgten, vermochte er nicht zu sagen, doch daß sie nahe genug waren, ihn anzugreifen, stand außer Frage. Als wollte ihn das Wetter in seiner Unterlegenheit zusätzlich verhöhnen, stand der Wind günstig für die Dämonen.

Jaric schob die Abschirmung wieder über die Lampe. Dann hob er ihren Haltering über einen Haken, gerade in dem Augenblick, da die Thienz mit lautem Heulen ihren Angriff einleiteten. Ihr gemeinschaftlicher psychischer Vorstoß zerrte an seinem Geist, als er sich mit aller Kraft gegen das Ruder stemmte, doch seine Mühe kam zu spät. Wie Holzspäne unter dem Hobel eines Zimmermanns zerfiel seine Abwehr. Die Dämonen kannten seine Schwächen; durch ihren wilden Blutdurst strömte auch die befriedigte Erinnerung an die Nacht, in der sie ihn verfolgt und studiert hatten. Kein Winkel in seinem Geist, den sie nicht kannten, keine Schwäche, keine Stärke und keine verborgene Gabe. Der Macht ihres Zwangs konnte sich niemand in Keithland entgegenstellen, denn dieses Mal hatten sich die Dämonen gegen die Einmischung Dritter abgeschirmt. Die vaeregeschulte Traumweberin würde keine weitere Gelegenheit bekommen, durchzubrechen und ihnen ihr Opfer zu rauben. Ivainson-Erbe-des-Feuergebieters-Jaric-Opfer-der-Thienz würde nun sterben, im Namen des dämonischen Rates und zur Ehre von Scait.

Der Knabe weinte Tränen der Wut und der Enttäuschung, während sich seine Hände seinem eigenen Willen widersetzten und den Wünschen der Dämonen gehorchten. Das Steuerruder drehte sich, und der Bug der *Callinde* folgte gehorsam. Vergebens suchte Jaric sich zu wehren, doch er verfügte nicht über die Abwehr eines Feuergebieters, die es ihm gestatten würde, sich gegen die Macht zur Wehr zu setzen, die seinen Willen untergrub. Unausweichlich drehte sich der Bug der *Callinde* nach Süden. Ihre Segel spannten sich, und sie nahm Fahrt auf, direkt in Richtung der Thienz, die gierig darauf warteten, den Sohn des Ivain in Stücke zu reißen. Ihre Aufregung schlug sich auf die Verbindung nieder und quälte ihr Opfer mit Bildern von Blut und zerfetzten Gliedern; war er erst einmal auf einem ihrer schwarzen Boote, so erwartete ihn ein schrecklicher, langsamer Tod. Von der Not getrieben, versuchte Jaric das Undenkbare. Er hörte auf, sich seiner Häscher zu erwehren und glich sein eigenes Streben ohne jede Vorwarnung dem ihren an. Mit dieser zusätzlichen Kraft schwang das

Ruder unerwartet schnell in die Richtung, die die Dämonen hatten erzwingen wollen. Auf diese überraschende Wendung waren die Thienz nicht vorbereitet. Mit einem jammervollen Aufschrei reinen Widerwillens, ließen sie von Jaric ab, doch schon jetzt pflügte der schwere, gebogene Bug von Mathiesons Fischerboot in der ursprünglich gewünschten Richtung durch die See.

Donnernd füllte sich das große, geflickte Großsegel mit Luft. Die *Callinde* machte einen Satz nach vorn, und Jaric wurde mitgerissen. Mit den Schienbeinen prallte er gegen die Segeltruhe, dennoch ließ er das Ruder nicht los und zerrte das Boot zwei weitere Strich Backbord.

Die alte Dame reagierte, nahm mehr Fahrt auf und pflügte schwerfällig durch die Dünung, geradewegs auf das feindliche Schiff in der Mitte der Dämonenflotte zu.

Ein Heulen hub unter den Thienzmatrosen an. Eilends hasteten die Dämonen von ihren Aussichtsplätzen an der Reling fort, während der Steuermann des mittleren Schiffes das Ruder hart nach Steuerbord herumriß, um eine Kollision zu vermeiden. Die Schaluppe legte sich auf die Seite, war jedoch nicht gewandt genug. Der eisengefaßte Kiel der *Callinde* krachte laut in ihren Rumpf, während Jaric mit dem Kopf voran gegen das Ruder prallte. Die Macht des Zusammenstoßes aber löste die Fesseln der Thienz über seinem Geist.

Aus einer Platzwunde an der Lippe blutend, überdies verwirrt durch das höllische Schattenspiel im flackernden Schein der hin- und herpendelnden Lampe, besaß Jaric kaum genug Geistesgegenwart, das Ruder weiterhin festzuhalten. Er reagierte nur mehr instinktiv. Während sein Boot noch immer mit dem des Feindes verkeilt war, riß er das Ruder herum, und die schwerere *Callinde* legte sich auf die Seite.

Balken barsten knirschend. Die von Bolzen gehaltenen Eiseneinfassungen, die den Bug der *Callinde* verstärkten, zerfetzten die leichtere Schaluppe förmlich. Splitter lösten sich, regneten wie Pfeile im Lampenschein in die Gischt. Kurz sah Jaric zu dem geborstenen Boot hinüber. Dessen dämonische Mannschaft war erschreckend nahe, doch die Augen der Thienz blickten voller Angst. Stechend bohrten sich ihre bösartigen Verwünschungen in seinen Geist. Dann hob eine Woge das verkeilte Boot an. Der hohe, gekrümmte Bug der *Callinde* drehte sich einen weiteren Strich nach Backbord und verhakte sich in einem Haltetau des feindlichen Schiffes. Die Thienz an Bord kreischten entsetzt.

Wasser spritzte von den Fasern des Taus, als es sich mit einem Ruck spannte. Jaric blieb nur ein kurzer Augenblick, sich abzustützen, ehe die Planken erbebten und eine weitere Woge sich aufbaute und unter den Bug der *Callinde* rollte. Mit einem Krachen wie von einem Peitschenhieb gab das Haltetau des Dämonenbootes nach. Thienz stolperten übereinander und behinderten sich gegenseitig bei dem Versuch, die Leinen zu lösen. Doch sosehr sie sich bemühten, konnten sie doch nicht schneller handeln als der Wind. Eine Böe fegte donnernd in das Großsegel der Schaluppe; Segeltuch blähte sich auf, und der ungesicherte Mast knirschte und brach. Das Heulen der Thienz erfüllte die Luft. Das hintere Stag schleuderte den Steuermann von Bord, als das geborstene Holz seitwärts herabstürzte. Segel hemmten seinen Sturz, und der flatternde Stoff verlieh der hereinbrechenden Katastrophe eine würdevolle, wenngleich trügerische Grazie;

dann rasten Spieren und verworrenes Tauwerk in die Tiefe und schlugen eine Bresche des Todes durch die Thienz. Sie flüchteten über das Deck, wurden wieder und wieder von herumfliegenden Tauen oder hin- und herschwingenden Winden zu Fall gebracht. Jaric sah dem Gemetzel mit dumpfem Entsetzen zu, während Takelage und Segel der Schaluppe sich der Meeresoberfläche näherten.

Der Aufschlag löste eine Fontäne aus, die sich sechzehn Spannen in die Luft erhob. Wogende Segel fielen herab, wurden so ruckartig von der See mitgerissen, daß sich die Kettenanker vom Bug lösten. Glänzend wie ein Fisch legte sich das Schiff der Thienz auf die Seite, und die nächste Woge jagte das stumpfe Ende des gefallenen Mastes durch seinen Rumpf, pfählte die Schaluppe, deren gequälte Balken mit lautem Krachen nachgaben. Dunkle, krötenartige Gestalten stürzten schreiend in die Wogen. Salzwasser verätzte das zarte Fleisch ihrer Kiemen und erstickte bald ihre Schreie. Die überlebenden Dämonen ließen von dem Energiemuster ihres gemeinschaftlichen Angriffs ab. In Qualen vereint, stöhnten sie kläglich, als der Knabe, der ihre Jagdbeute hatte sein sollen, sich an die hintere Stag der *Callinde* klammerte. Ein wilder, stolzer Siegesschrei löste sich von seinen Lippen, während die ertrinkenden Dämonen ihre Todesträume woben, ehe die Wogen ihre Erinnerungen für immer auslöschen konnten.

Die *Callinde* löste sich von dem Wrack. Narben von dem Aufprall zeichneten ihren Rumpf. Kennzeichen der Handwerkskunst des alten Mathieson war Stabilität gewesen, nicht Stil, nicht Geschwindigkeit, nicht Eleganz. Jaric hätte vor Freude über die Eigenarten der Fischer an der Nordküste weinen können, doch die zwei verbliebenen Boote voller

Thienz hatten noch nicht aufgegeben. Während eines der Schiffe sich darum bemühte, die Dämonen zu retten, die sich an die treibenden Wrackteile klammerten, wendete das andere und fuhr direkt auf die *Callinde* zu, und nun wurde der schwere Rumpf zu einem Hindernis für Jaric. Die Schaluppe, die die Dämonen dem wohlhabenden Fischervolk von Felwaithe gestohlen hatten, war leichter, schlanker und schneller. Mit der *Callinde* gegen sie anzutreten, wäre eine reine Torheit.

Jaric versuchte es nicht einmal. Als die Dämonen auf ihn zuhielten, um sein Boot zu entern, bückte er sich und zog das Faß voller Werg unter der Bank hervor. Es erwies sich als fest verschlossen. Nutzlos riß er sich die Finger auf, als er versuchte, das Siegel zu brechen. Unausweichlich kam das Geschnatter der Dämonen näher. Spritzwasser stob vom Bug der Schaluppe auf, benetzte die Wangen des Knaben, während er fluchend nach seinem Messer griff. Mit der Klinge hämmerte er auf den Deckel des Fasses ein. Splitter gruben sich in seine Haut, als er hindurchdrang und in die teerhaltige Dichtungsmasse griff. Inzwischen überschattete das Boot der Thienz das Achterschiff der *Callinde*. Ihm blieben nur noch Sekunden, bis die Todesträume der weniger glücklichen Dämonen aufhören würden, seine Feinde von ihrer Jagd abzulenken.

Jaric richtete sich genau in dem Augenblick wieder auf, als die Dämonen erneut nach seinem Geist griffen. Unter dem Zwang der Thienz griff seine Hand nach den Segelleinen, um sie zu lösen und den Dämonen das Entern seines Schiffes zu erleichtern. Der Knabe wehrte sich. Vor Schmerzen schreiend griff er statt dessen nach der Laterne. Nerven, Knochen und Muskeln widersetzten sich unter dem Einfluß der Thienz seinem Willen. Doch angetrieben von seiner eigenen Entschlossenheit, von Sorge und von der Liebe, die er für Taen empfand, öffnete Jaric die Lampe und streute Werg über den Docht.

Pechgetränkte Fasern entflammten wie Zunder. Geblendet von der gleißendhellen Flamme, fühlte Jaric, wie die Dämonen sich in seinem Geist aus dem Einflußbereich des Schmerzes zurückzogen. Er erkannte seine Chance, wirbelte herum und warf die Laterne.

Zischend flog sie in hohem Bogen über das Wasser. Ein wilder Energiestoß traf Jaric durch die geistige Verbindung wie ein Peitschenhieb und wütete grausam in seinen Nerven. Die furchtbaren Qualen überwältigten seine Kontrolle. Keuchend prallte er rückwärts gegen die Bank. Unbeaufsichtigt schnellte die Ruderpinne der *Callinde* über seinem Kopf hin und her. Doch der hölzerne Schaft zeigte sich als dunkle Silhouette vor einem lodernden Flammenmeer. Viel zu geschwächt, sich zu rühren, weinte Jaric vor Erleichterung und Stolz. Seine Feinde waren besiegt. Die Schaluppe der Dämonen brannte, Segel und Taue standen in Flammen, und bald ließ der Haß, der den Geist des Jungen bedrängte, nach, als die angreifenden Thienz gezwungen waren, von ihrem Opfer abzulassen und um ihr eigenes Überleben zu kämpfen.

Müde, zerschlagen und pechverschmiert, stemmte sich Jaric mühsam auf die Beine. Kein Thienz versuchte, ihn aufzuhalten. Er legte die verschrammten Hände an das Ruder und drehte den Bug der *Callinde* vorsichtig in den Wind. Mit einem heftigen, ohrenbetäubenden Schlag füllte sich ihr Großsegel mit Luft, und die Taue spannten sich ruckartig. Spritzwasser schoß über den Bug, glitzerte wie Juwelen im rubinroten Flammenschein. Dann tat das Boot des alten Mathieson, was es am besten konnte: es nahm Fahrt auf und schnellte mit dem Wind von dannen.

Mühelos steuerte das Boot mit dem Wind, und Jaric ließ sich ermattet an den Achtersteven sinken. Seine Füße klebten an dem Werg, das auf die Planken gefallen war. Sein einziges Messer lag irgendwo unter der pechhaltigen Masse, ein Umstand, der gewiß Corleys Mißfallen erregt hätte. Jaric schloß die Augen. In seiner Vorstellung sah er Taen, wie sie sich wie eine alte Vettel über den Schmutz mokierte, der seine Finger und Zehennägel noch eine ganze Weile verunzieren würde. Doch plötzlich fielen Humor und Jubelstimmung von ihm ab. Der Gedanke an die Reaktion der Traumweberin auf das Schicksal, dem er so knapp entronnen war, ließ ihn Schaudern, ehe er in ersticktes Schluchzen ausbrach. Beinahe hätte er alles verloren gehabt, die Schlüssel von Elrinfaer und mit ihnen die Zukunft Keithlands. Nun erst forderte der Schock Tribut und warf ihn aus dem Gleichgewicht, bis er sich leer und verloren fühlte. Doch auch in diesem Sturm der Gefühle verlor der Knabe sein Ziel nicht einen Moment aus den Augen. Wie ein Vogel auf der Flucht vor einem todbringenden Wintersturm, hielt die *Callinde* ihren Kurs.

Langsam verblaßte der Feuerschein hinter dem Boot. Jaric schüttelte das verfilzte Haar aus dem Gesicht und stellte fest, daß Hunger bohrend in seinem Leib wühlte. Es schien ihm, als hätte er schon seit Tagen zu essen vergessen. Fest entschlossen, sich nun endlich auf ganz alltägliche Dinge zu konzentrieren, löste er die klebrigen Finger von der Ruderpinne und tastete nach der Zwiebackdose. Doch kaum hielt er das Gebäck in der Hand, stellte er fest, daß er viel zu erschöpft war, etwas zu sich zu nehmen.

Spritzwasser weichte das harte Gebäck in seiner Hand auf. Er leckte an den salzigen Krumen, kontrollierte die Segelleinen und weigerte sich standhaft, zurückzublicken zu dem Gemetzel, das er selbst unter den Dämonen angerichtet hatte. Das verbliebene Boot würde die Jagd wieder aufnehmen, daran hegte er keinerlei Zweifel. Irgendwie, wider jeglicher Wahrscheinlichkeit, mußte er vorbereitet sein, wenn die Dämonen erneut angriffen und seinen eigenen Willen zu einer Waffe gegen ihn formen würden. Jaric zwang sich, Nahrung zu sich zu nehmen. Wachsam, angespannt und voller Entschlossenheit segelte er weiter, ohne auch nur für einen Augenblick zu hoffen, daß dieser Sieg seine Chancen in irgendeiner Weise verändert hätte.

Als die Thienz den letzten Überlebenden von seinem dahintreibenden Wrackteil geborgen hatten, war die *Callinde* bereits am Horizont verschwunden. Die Dämonen zogen ihren Kameraden an Bord, wo er tropfnaß in sich zusammensackte und sein Elend bejammerte, denn die Wogen hatten seinen Kopf benetzt, und seine Kiemen brannten grauenhaft. Feuchtigkeit gerann schon nach diesem kurzen Kontakt mit dem Salzwasser in seinen Lungen, und es schien so gut wie sicher, daß seine Freunde im Morgengrauen an seinem Todestraum würden teilhaben müssen. Nach einer Weile brachte ihn der Älteste der Thienz verärgert zum Schweigen. Der solchermaßen Getadelte verkoch sich in einen stillen Winkel und leckte sich die Schwimmhäute zwischen den Fingern, während seine unverletzten Kameraden die zerschlagenen Leiber ihrer Toten nebeneinander legten, mit den Verwundeten kommunizierten, um ihr Leid zu lindern, und Klagelieder für ihre Verluste krächzten. Die Nacht war beinahe vorüber, ehe die Überlebenden, die Von-Jaric-Besiegten, sich am Großmast versammelten und ihre Geisteskräfte vereinigten, um den Schattentempel über ihre Notlage zu informieren.

Der Inhalt ihrer Nachricht löste erhebliche Bestürzung aus. Scaits Favoriten und die Senioren des Rates traten in aller Eile in der großen Halle zusammen. Obwohl der Herr des Schattentempels mit seinem Mahl beschäftigt war, wagte es niemand, das Risiko auf sich zu nehmen, ihn im Ungewissen zu belassen. Ein jammernder Junior-Thienz wurde ausgesandt, den großen Herrscher aus seiner Futtergrube zu rufen. Er verlor einen Arm, noch ehe die Bedeutung seiner Botschaft überhaupt bis zu jenen Instinkten vorgedrungen war, die Scait zur Raserei zu treiben imstande waren. Doch sogleich kehrte die Vernunft in die wilden Augen des Dämonenherrschers zurück. Er zügelte seinen Appetit, ehe er sich dem Drang hingeben konnte, dem Boten-Thienz die Kehle zu zerreißen. Aber der Zorn, den diese Nachricht ihm verursachte, ließ seine Nackenhaare bösartig zu Berge stehen. Statt seinen Untergebenen für seinen Heldenmut zu belohnen, ließ er ihn stöhnend und blutend inmitten der Überreste seiner Mahlzeit zurück.

Mit ungewaschenen Lippen und Klauen verließ der Herrscher des Schattentempels seine Futtergrube und gesellte sich zu der Versammlung in der großen Halle. Seine Zähne knirschten noch über den Resten der Fingerknochen jenes Untergebenen, der ihn über Jarics Entkommen informiert hatte, und nur die ehrgeizigsten seiner Favoriten ließen sich davon nicht einschüchtern. Jene Wagemutigen sahen mit räuberischer Geduld zu, wie er durch den Raum schritt.

›So, so, Ivainson-Erbe-des-Feuergebieters ist also ein Mensch von Tapferkeit, mit dessen Courage wir rechnen müssen.‹ Scait hielt inne, leckte sich über die Zähne und bedachte die Reihe seiner sich windenden Untergebenen mit finsterem Blick. *›Verflucht sei die Saat seines Vaters. Wir müssen mit ihm fertig werden.‹*

Keiner der Dämonen im Umkreis des Spiegelpfuhls rührte sich, als ihr aller Herrscher auf das Podest stieg und sich setzte. Leise schabten seine Klauen über das getrocknete Menschenfleisch, als er sich auf seinem Thron niederließ und auf den ergrauten Thienz hinabblickte, der vorangeeilt war und nun zu seinen Füßen kauerte. *›Zeig mir Jarics Aura‹*, befahl Scait. *›So, wie sie jetzt ist, nicht die unzulänglich interpretierte Erinnerung von Taen-Bruder-Maelgrim.‹*

Perlen klimperten, als der alte Thienz sich erhob. Mit runzligen Lidern blinzelte er den Herrscher auf seinem Thron an und flatterte unverfroren mit den Kiemen. Dann, nachdem er der Tatsache Ausdruck verliehen hatte, daß er nicht etwa einwilligte, weil Scait ihn eingeschüchtert hätte, kauerte er sich zu Boden und sandte eine Vision.

Scait hörte zu, und seine Augen waren dabei zu Schlitzen zusammengezogen. Thienzerinnerungen zeigten ihm Jaric im Laternenschein an Bord der *Callinde*. Dem äußeren Schein nach war er noch immer ein Menschenjunge, von den Stunden am Rudermuskel bepackt, gebräunt und zerzaust, nach der langen Zeit, während derer er ungeschützt dem Wetter ausgesetzt war. Doch dämonische Sinne nahmen mehr als nur das äußere Bild wahr. Um Jarics Gestalt herum erkannten sie ein Energiemuster von erstaunlicher Komplexität.

Der Herr über den Schattentempel bleckte die Zähne. Sieben Dekaden hatte er seinen Feind studiert. In dieser Zeit hatte er arrogant angenommen, die den Menschen eigene Fähigkeit zu geistiger Entwicklung genau zu kennen. In allen Einzelheiten hatte er die angeborenen Gaben von Merya Tathagres und, gerade erst, von Marlson Emien erforscht. Einmal hatte er sogar ein von den Thienz geschaffenes Bild von Taen, der Traumweberin, geschaut. Doch nie zuvor war ihm die Aura eines Mannes untergekommen, dessen angeborene Gabe den Dämonen ein Machtpotential der Vaere enthüllt hatte, noch bevor der Mensch unterrichtet und der Meisterschaft zugeführt worden war. Zum ersten Mal erkannte Scait, wie selten, wie kostbar und wie erschreckend stark die latenten Fähigkeiten jener Individuen sein konnten, die einer doppelten Sathidbindung fähig waren. Und doch, zugleich mit einem ehrfurchtgebietenden Machtpotential, haftete diesem Knaben, der unterwegs war, sein Geburtsrecht an dem Zyklus des Feuers in Anspruch zu nehmen, eine Naivität, eine Schutzlosigkeit an, die allein der Tatsache entsprang, daß er noch keinen Zugriff auf die Quelle der Magie in seinem Inneren hatte.

Diese Erkenntnis veranlaßte Scait, die Lage neu zu überdenken. Seine Augen waren halb geschlossen, doch seine Favoriten verwechselten seine Miene keineswegs mit Schläfrigkeit. Das Schweigen ihres Herrschers allein war eine Warnung, und die erfahrenen Ratsmitglieder harrten erwartungsvoll dem Augenblick, da ihr Gebieter sich wieder rühren würde.

Scait wählte Sprache als Mittel zur Kommunikation, womit erwiesen war, daß seine Erwägungen ausgesprochen tiefsinnig waren, er jedoch nicht die Absicht hegte, sie wahllos jedem seiner Untergebenen anzuvertrauen. Das Risiko, das er einzugehen gedachte, war gewiß nicht gering, doch Jarics Gabe eröffnete Möglichkeiten von zweischneidiger Qualität. Mehr als nur die Schlüssel von Elrinfaer konnten nun zum Nachteil der Menschheit gewonnen werden. Würde Ivains Erbe ihnen lebend in die Hände fallen, so konnte der dämonische Rat sein gewaltiges Potential durch eine Bindung an einen bereits unterlegenen Sathid entwickeln und versklaven. Dann stünde all seine Macht als Feuergebieter bereit, Keithland ins Chaos zu stürzen. Die Rache an den Menschen, die die Dämonen seit Jahrhunderten erstrebten, mochte mit einem einzigen Schlag vollzogen werden.

Scaits Lippen verzogen sich zu einem anzüglichen Grinsen, als er dem alten Thienz seinen Willen kundtat. »Du wirst eine dritte Flotte zusammenstellen, die die zwölf Schiffe unterstützen wird, die noch immer im Süden kreuzen.« Das aufkommende Murmeln unter den Dämonen verstummte nach einer herrischen Geste Scaits. »Diese Mission wird jedoch nicht unerfahrenen Jungen anvertraut. Auf meinen Befehl sollen die Stärksten und die Ältesten der Thienz diese Reise antreten, denn der Sklave Maelgrim soll sie begleiten. Er wird seine Ausbildung nutzen, meinen Wunsch zu erfüllen. Sorgt dafür, daß er nicht fehlt. Ivainson-Erbe-des-Feuergebieters-Jaric soll gefangengenommen und mir lebendig übergeben werden.«

Kapitel 16

STÜRMISCHE ÜBERFAHRT

Von der See wehte böiger Wind heran und spielte in den Talismanen, die die Fischer von Imrill Kand zum Schutz vor Stürmen an ihren Traufen befestigt hatten. Dieses Geräusch, gepaart mit den Rufen der Kinder, die morgens Ziegen durch die Straßen auf die Weidegründe trieben, verriet Taen, als sie erwachte, sogleich, daß sie zu Hause war. Doch obwohl sie ihre Augen in eben jener Dachstube öffnete, die sie als Kind gekannt hatte, bis ans Kinn in die gewohnte, ausgebleichte Decke gewickelt, ließ die Gegenwart ihr wenig Möglichkeiten, in Erinnerungen zu schwelgen. Zu viel hatte sich während des Jahres ihrer Abwesenheit verändert. Den Bruder, der einst in dem Bett auf der anderen Seite des Raumes geschlafen hatte, hatte sie für alle Zeiten an die Dämonen verloren.

Taen erhob sich. Hastig streifte sie eine Hose und eine Tunika über, die früher Emien gehört hatten. Gegen die Kälte wickelte sie sich zusätzlich in ein ausrangiertes Hemd von Corley, das sie mit einem Gürtel, den die Matrosen der *Neumond* für sie angefertigt hatten, eng zusammenschnürte. Ihre silbergraue Traumweberrobe blieb ordentlich zusammengefaltet in dem Zedernholzschrank, wo sie bereits seit ihrer Ankunft ruhte. Für die Dorfbewohner von Imrill Kand stellte dieses Kleidungsstück nur eine unerwünschte Erinnerung an die Tatsache dar, daß sie als Zauberin zurückgekehrt war, durch die Mysterien der Vaere von einem verkrüppelten zehnjährigen Kind innerhalb eines Jahres in eine erwachsene Frau verwandelt. Rasch kämmte und flocht sie ihr Haar, ehe sie die Leiter zur Küche herabkletterte.

Obwohl Taen nun kein steifes Bein mehr geräuschvoll über die Sprossen ziehen mußte, hörte ihre Mutter sie. Marls Witwe sah nicht von dem Teig auf, den sie knetete, sondern rief nur, ohne sich umzudrehen: »Du läufst schon wieder barfuß herum. Wenn du dich verletzt oder erkältest, dann erwarte kein Mitleid von mir.«

»Wer ist hier eigentlich die Hexe?« Grinsend sprang Taen von der Leiter. »Meine Stiefel stehen seit der letzten Nacht zum Trocknen neben dem Herd. Hast du sie nicht gesehen, als du Feuer zum Brotbacken gemacht hast?«

Die alte Frau schnaubte. »Das habe ich schon vor Tagesanbruch entzündet, Mädchen. Und du solltest nach Einbruch der Dunkelheit nicht mehr in den Bergen sein. Du wirst noch auf den Felsen zu Schaden kommen.«

Am Geruch erkannte Taen, daß die ersten Brotlaibe fertig waren. Sie umwickelte ihre Finger mit dem Stoff von Corleys Hemd und zog die Bleche aus dem Ofen. »Ich weiß«, kam sie ihrer Mutter zuvor, als diese eben ansetzte, ihr zu sagen, daß sie sich mit ihrer Schlamperei noch die Finger verbrennen würde. Nichtsdestotrotz ließ sie schon im nächsten Augenlick klappernd die Bleche auf den Boden fallen und leckte sich den verbrannten Daumen.

»Stures Kind.« Marls Witwe legte den Teig in eine Schüssel, um ihn ruhen zu lassen. Dann drehte sie sich um und wischte sich die Hände an der Schürze ab. Von Sorge gezeichnet, gealtert durch den Kummer um den Verlust von Ehemann und Sohn, betrachtete sie die Tochter, die die Vaere in eine Fremde verwandelt hatten, die sie kaum hatte kennenlernen können. »Wirst du wieder hinaus auf die Hänge gehen?«

Taen nickte. Sie zog es vor, allein zu arbeiten, so blieb es ihr erspart zu sehen, wie die Menschen, die sie seit ihrer Kindheit kannte, immer wieder verstohlene Gesten gegen das Böse vollführten, sobald sie sich von ihr nicht beobachtet glaubten.

»Könnte bald regnen«, sagte Marls Witwe. Drohend zeigte sie ihrer Tochter die Faust, als Taen ein Stück von dem frischen Brot abbrach und in den Mund stopfte. »Du bist alt genug, so etwas nicht mehr zu tun.«

»Das hat der Smutje auf der *Neumond* auch immer gesagt.« Seufzend sah sie zu, wie das Brot ihrer Reichweite entzogen wurde; Graupen und Räucherfisch, die ihre Mutter ihr an seiner Stelle darbot, stellten nur einen kümmerlichen Ersatz dar. Wenig enthusiastisch stocherte die Traumweberin in ihrem Essen herum. Wie stets kreisten ihre Gedanken um die Gefahr, in der Jaric schwebte, und um die Dämonen, die ihn bedrohten; doch über diesen Kummer wollte sie sich hier nicht hinwegtrösten lassen, nicht in dem Haus, über dem der Verrat Emiens wie ein tiefer Schatten lag. Notgedrungen befaßte sie sich also mit dem Alltäglichen. »Warum hat Onkel Evertt geschimpft?«

Gequält blickte Marls Witwe zu dem Fenster hinaus, hinter dem die Rattengasse zu sehen war. »Er will die Zweimaster des Kielmark nicht in diesen Gewässern haben. Es ist ihm egal, ob sie hier sind, um uns zu schützen. Ich habe ihm gesagt, er soll sich seine Nörgelei für die Taverne aufsparen.«

»Aber das hat er nicht getan«, entgegnete Taen ohne Bitterkeit in der Stimme. Für ihren Onkel waren harte Zeiten angebrochen, und er hatte es schon nicht leicht gehabt, bevor Emien die Schaluppe verloren hatte. In Imrill Kand waren selbst Graupen ein wertvolles Gut. Taen kratzte sorgsam ihren Teller leer und wickelte den Fisch in ein Leinentuch, um ihn unterwegs zu essen. »Soll ich Kräuter sammeln?« fragte sie, als sie sich erhob.

»Du bist so oder so nicht rechtzeitig zum Abendessen zurück, und das weißt du ganz genau.« Marls Witwe verschwand in der Vorratskammer und kehrte mit ihrem Nähkorb zurück, als Taen gerade in ihre feuchten Stiefel schlüpfte.

»Nimm das mit, Kind. Es wird kalt werden, und du mußt dich vor dem Wind schützen.«

Taen blickte auf und sah den Umhang in der ausgestreckten Hand ihrer Mutter. Das Gewebe bestand aus feingesponnenem Ziegenfell, rot eingefärbt mit blauen Säumen, die zu der Farbe ihrer Augen paßten. Sie war sprachlos angesichts dieser Gabe, denn sie wußte sehr wohl, daß das Haus ihres Onkels nicht gerade mit Reichtum gesegnet war. Forschend blickte Taen ihre Mutter an, und ihre Freude verblaßte angesichts der Gewißheit, daß sie das Gewand kaum entbehren konnte.

Ihre Mutter bemerkte ihr Zögern und runzelte die Stirn. »Ist wohl nicht fein genug, was?«

Taen verstand die Bemerkung richtig und zwang sich zu einem sorglosen Grinsen. »Nur, wenn du ihn gestohlen hast.« Dann, um nicht auf der Stelle in Tränen auszubrechen, schlang sie die Arme um den weichen Leib ihrer Mutter und drückte sie an sich.

»Habe ihn von der Weberei anstelle des Geldes, das ich mit meiner Näharbeit verdient hätte«, gestand Marls Witwe. »Wenn du ihn bekommst, dann kann Evertt ihn nicht schmutzig machen, und ich werde besser schlafen, wenn ich weiß, daß mein Mädchen es warm hat, ohne auf die abgelegten Kleider des Maats auf einem Piratenschiff angewiesen zu sein.«

Taen schrak zurück. »Corley?« fragte sie ungläubig, ehe das Mehl, das sie in ihrem Unmut eingeatmet hatte, sie zum Niesen brachte. »Er ist der höchste Offizier von Riffhafen, nicht irgendein Maat.«

»Geh«, sagte ihre Mutter nur. »Jetzt, bevor ich dir eine Tracht Prügel verabreiche, weil du dich an dem frischen Brot vergriffen hast.« Dann wickelte sie Taen in den Umhang und schob sie durch die Tür hinaus.

Nachdenklich strich die Traumweberin mit den Händen über den Stoff. Dann setzte sie das süße Lächeln auf, das schon die Herzen der härtesten Männer in Diensten des Kielmark erobert hatte. »Danke, Mutter«, rief sie, ehe sie den Kragen mit einer schlichten Kupferbrosche schloß.

In diesem Augenblick flog die Tür wieder auf und ein in Leinen gewickeltes Heringspaket segelte hinaus und prallte gegen ihre Brust.

»Hast dein Essen vergessen«, sagte Marls Witwe. Dann schlug sie die Tür zu, ehe ihre Tochter die Tränen in ihren Augen sehen konnte.

Mehr als alles andere zeigte dieser Umstand Taen, wie sehr ihr Leben sich verändert hatte, seit Anskiere sie zu den Vaere geschickt hatte. Sie war heimgekehrt, doch Imrill Kand zeigte wenig Interesse an ihrer Loyalität; andererseits hatte der Überlebenskampf der Dorfbewohner auf traurige Weise Bedeutung eingebüßt. Als Mädchen hatte sie sich gewünscht, sie würde gesund werden, um sich an Bord einer Fischerschaluppe nützlich zu machen; gewiß hatte sie nicht damit gerechnet, daß ein so schlichter Traum dazu führen könnte, daß sie in den Kreis der vaeregeschulten Zauberer, der Hüter von Keithland eintreten würde.

Kalter Wind kräuselte die Wasseroberfläche der Pfützen in der Rattengasse; über ihr klimperten die Glücksbringer, als wollten sie den Herbst verkünden. Taen hielt die flatternden Enden ihres Umhangs fest und ließ die Türschwelle zum Haus ihres Onkels hinter sich. Sie passierte die verwitterten Bretterbuden des Fischmarktes, den Hafen und die Fischertaverne, ehe sie sich, beobachtet von einem zeternden Möwenschwarm, mühsam einen Weg zwischen den nach Fisch stinkenden Netzen hindurch bahnte, die zum Trocknen an Land gebracht worden waren. Hinter ihnen begann der Geißenpfad, der hinauf auf die oberen Weiden und die felsigen Hänge führte. Die Möwen sausten auf einer Böe davon. Taen kletterte schnell den Weg hinauf, den sie einst nur humpelnd hatte bewältigen können. Unter ihr verschwanden langsam die Schindeldächer, während vor ihr Wolken über die Berggipfel zogen. Nur das Heulen des Windes und der Klang der Ziegenglocken war zu hören, als sie sich endlich einen geschützten Schlupfwinkel suchte und sich niederließ.

Endlos breitete sich die See vor der Küste aus, bis auf ein paar Fischerboote, die als winzige Flecken in der Ferne erkennbar waren, und den kaum noch wahrnehmbaren Masten eines Patrouillenschiffes aus Riffhafen. In dem sicheren Wissen, von wachsamen Männern und scharfen Waffen beschützt zu werden, schloß Taen die Augen. Ihr Traumsinn reagierte bereitwillig, nun, da sie im Umgang mit ihrer Gabe genug Erfahrungen gesammelt hatte. Innerhalb von Sekunden wichen Hafen und Dorf der weitreichenderen Wahrnehmung, die sie ihren sathidgebundenen Fähigkeiten verdankte. Nun konnte man auf den Booten Männer erkennen, die sich um Segel und Fischernetze kümmerten. Jeden einzelnen von ihnen umgab ein Muster aus Ängsten und Träumen, aus Emotionen, Wünschen und Hoffnungen, die zusammen den Geist eines Individuums bildeten. Obwohl Taen sich mit der gleichen Begeisterung, die ein Archivar bei dem Studium alter Schriften entwickeln mochte, den Inhalten menschlichen Denkens widmen konnte, kümmerte sie sich nicht weiter um die Männer. Ihre Aufmerksamkeit strebte weiter hinaus auf die endlosen Gewässer zwischen Hallowild und Felwaithe. Nirgends entdeckte sie Spuren der Dämonen, nur ein Schiff unter der Flagge des Kielmark und eine Nebelbank. Davon abgesehen schien die See vollkommen leer.

Intuition veranlaßte Taen zu verweilen. Sie war an der Küste aufgewachsen; während ihrer ganzen Kindheit hatte sich das Wetter immer wieder überraschend aus nordwestlicher Richtung geändert, hatte Gefahr über die Fischerflotten und Stille über die Hauser gebracht, in denen Ehefrauen und Mütter auf die Heimkehr der Männer warteten. Die Launen der Stürme und der See waren ebenso wohlbekannt wie gefürchtet; die einsame Nebelbank aber erfüllte die Traumweberin mit einem Gefühl des Unbehagens. Während sie noch nach dem Grund für diese innere Unruhe suchte, fühlte sie, wie ihr ein Schauer über den Rücken lief. Dieser Nebel war nicht natürlichen Ursprungs. Er trieb zielstrebig gen Süden, während über den Wogen der Wind in östlicher Richtung wehte.

Wachsam gegenüber drohenden Gefahren forschte Taen weiter. Der Dunst hemmte ihren Traumsinn, legte sich weiß und undurchdringlich über ihre

Wahrnehmung. Wellen bauten sich auf, die Gischt schäumte lautlos, und die Luft fühlte sich merkwürdig verdichtet an. Mißtrauisch angesichts der Möglichkeit dämonischen Wirkens, untersuchte die Traumweberin den Bereich besonders sorgfältig, ohne jedoch etwas entdecken zu können. Nicht einmal der Schatten eines Bootes rührte sich in der trüben Suppe. Ruhig zog sie sich zurück und bereitete sich darauf vor, einen anderen Zugang zu finden; dann aber überlegte sie es sich anders. Sollten Dämonen unterwegs sein, die machtvoll genug waren, ihren Traumsinn mit einer Illusion zu täuschen, so wäre sie eine Närrin, sich noch weiter vorzuwagen. Das einzige, was sie von Imrill Kand aus bewirken würde, wäre, die Feinde auf den Umstand aufmerksam zu machen, daß sie entdeckt worden waren. Weit besser aber wäre es, diese Übeltäter zu überraschen und mit ihnen fertig zu werden, ehe sie sich tarnen und entkommen konnten. Grimmig konzentrierte Taen ihren Traumsinn. Über die Weite des Meeres suchte sie nach dem diensthabenden Kapitän auf dem Zweimaster *Schwertfisch* unter der Flagge des Kielmark.

Sie entdeckte den Mann auf dem Achterdeck, wo er mit dem Koch über die Rüsselkäferplage in den Haferflockenvorräten diskutierte. Taen unterdrückte ein Lächeln, denn der bedrängte Koch bedachte seinen Kapitän im stillen mit ebenso wilden wie originellen Flüchen, ehe er die Stimme erhob, sich zu verteidigen.

»Mann, du verlangst ein bißchen zu viel von mir. Schließlich bist du selbst auf der Suche nach der Schmuggelware von irgendeinem Matrosen in die Brotkammer gestolpert und hast die Säcke mit dem Hafer aufgeschlitzt.« Der Kapitän der *Schwertfisch* starrte ihn finster an, doch nun wurden sie bereits von allen Matrosen in Hörweite beobachtet. Als stünde seine Männlichkeit auf dem Spiel, ereiferte sich der Koch noch weiter. »Natürlich hätten wir die erhabenen Rüsselkäfer bitten können, einen großen Bogen um diesen Überfluß an Leckereien zu machen. Aber ich sage dir, wir hatten Glück, daß ich den Sack entdeckt habe, anderenfalls hätten wir für den Rest des Weges zurück zum Hafen Käfer und ihre Hinterlassenschaften fressen müssen.«

»Genug!« schnappte der Kapitän so heftig, daß die am nächsten stehenden Matrosen erschreckt zusammenzuckten. Der Koch hingegen wurde bleich, und Taen beschloß, daß dies der richtige Augenblick zum Eingreifen war. Sie schickte dem Kapitän der *Schwertfisch* eine Warnung in Verbindung mit der Bitte, den widernatürlichen Nebel im Norden zu erkunden; und die Anerkennung der Dienste, die sie Riffhafen erwiesen hatte, verlieh ihrem Ansinnen zusätzlich Gewicht. Bereitwillig ließ der Mann das Problem der Rüsselkäfer ruhen. Noch während Taen ihn über die Details informierte, erteilte der Kapitän seinem Steuermann neue Befehle; das mächtige Steuerrad schwang herum, und die *Schwertfisch* vollführte mit donnernden Segeln eine Kehrtwende.

Taen und der Koch seufzten erleichtert auf. Während die Matrosen begannen, ihre Waffen zu polieren, zog sich die Traumweberin zurück. Eilends sandte sie ihre Wahrnehmung gen Süden, um nach Jaric und der *Callinde* Ausschau zu halten, so wie sie es schon während der vorangegangenen Tage getan hatte. Nun aber bahnte sich eine unendliche Sorge in ihrem Inneren ihren Weg. Zum letzten Mal hatte sie den Erben des Feuergebieters gesehen, als er von den Dämonen angegriffen worden war. Sie hatte ihre Kräfte bis zur Erschöpfung eingesetzt, um den Bann zu brechen, den die Thienz über seinen Geist gesponnen hatten. Als sie sich hernach genügend erholt hatte, ihre Wache wieder aufzunehmen, hatte sie keine Spur mehr von Ivainson oder von Mathieson Keldrics altem Fischerboot entdecken können, so oft sie es seither auch versucht hatte.

Zunächst konzentrierte sich Taen auf das Meer im Südosten der Allianz der Freien Inseln. Dort stieß sie auf ein Handelsschiff, das von Skanes Grat aus vom Kurs abgekommen war, und auf zwei kleine Fischerflotten, doch sie konnte keine Spur von Ivainson Jaric und seiner *Callinde* entdecken. Das allein war noch kein Grund, den Mut zu verlieren. Die Insel der Vaere war ein verwunschenes Eiland, für die menschliche Wahrnehmung nur schwer faßbar und keineswegs stets sichtbar; ihre Lage war auf keiner Karte verzeichnet. Zwar konnte jeder Zauberer den Weg dorthin erfühlen, Jaric aber mußte sein Ziel blind suchen. Inzwischen sah Taen sich zu der Vermutung gezwungen, daß er in Gewässern segelte, die weit von seinem beabsichtigten Kurs entfernt lagen. Am vorangegangenen Tag hatte sie den Bereich ihrer Suche ausgeweitet und trotzdem nichts gefunden. Ihr Traumsinn hatte die leblose Weite des südöstlichen Ozeans geschaut, und langsam mußte sie darum kämpfen, nicht die Hoffnung zu verlieren. Nach den Geboten der Logik war jede weitere Mühe vergeblich, Taen aber setzte ihre Suche stur fort. Sollte Jaric seinem Erbe abgeschworen haben, sollte ein Sturm oder dämonische Besessenheit seine Reise unterbrochen haben, so wären die Konsequenzen für ganz Keithland so erschreckend endgültig, daß sie nicht einmal daran denken mochte.

Taen widmete sich dem Meer im Westen und

Norden der Fabelinsel. Sie las in den Gedanken der Matrosen in den Häfen der Westinsel und an der Küste von Skanes Grat, doch in ihrem Geist fand sie keine Erinnerung an einen jungen Mann mit einem antiken Fischerboot. Auch im Süden konnte sie nichts entdecken, nicht einmal Spuren eines Schiffsuntergangs. Nun blieb ihr nur noch das endlos weite Meer im Osten, Gewässer, auf denen sich kein Mann allein in einem kleinen Boot mit begrenzten Vorräten freiwillig aufhalten dürfte.

Nordwinde trugen Kälte auf die Hügel von Imrill Kand und heulten über die Felsen, unter denen Taen Zuflucht gefunden hatte. Ihr neuer Umhang schützte ihren Körper, doch es kümmerte sie kaum, daß ihre Finger und Zehen taub vor Kälte waren. Während sie ihre Aufmerksamkeit auf die mächtige Corinsee konzentrierte, nahm sie lediglich das Grau und das Kobaltblau des Meeres im Wechsel von Regen und Sonnenschein wahr. Feucht und warm wehte der Wind von Westen, und in der Luft hing der Geruch von Salz.

Plötzlich kam ein anderer Geruch hinzu. Er war so schwach, daß sie ihn sich ebensogut hätte einbilden können, nur ein kaum wahrnehmbarer Hauch von etwas Beißendem. Taen hielt inne und konzentrierte sich. Einen Augenblick später beschleunigte sich ihr Herzschlag. Der Geruch, der vom Westwind herbeigetragen wurde, erwies sich als Rauch, wie er von brennenden Seilen und Planken aufsteigen würde. Als sie den Rauch zu seinem Ursprung zurückverfolgt hatte, stieß sie auf dichten Nebel, ähnlich dem, den zu untersuchen sie die *Schwertfisch* in die Gewässer nördlich von Felwaithe gesandt hatte. Reflexartig zuckte Taens Traumsinn zurück. Überwältigend war der Eindruck von Kampf und dämonischem Wirken; und welchen Grund konnte es auf diesem einsamen Ozean für beides geben, wenn nicht Ivainson Jaric?

Von der Furcht angetrieben, setzte Taen ihre Suche mit größter Vorsicht fort. Trotz der neuen Erkenntnis durfte sie nicht das Risiko eingehen, von den Dämonen entdeckt zu werden. Sollten sie erneut Macht über sie erhalten, so würden sie noch mehr über Jaric erfahren können, und der Fehler, der ihr an Bord der *Neumond* mit Emien unterlaufen war, durfte sich niemals wiederholen.

Zart wie eine Schneeflocke auf einem Lufthauch drang sie in den Nebel vor, und das Netz, das sie wob, war zart genug, Elritzen damit zu erhaschen. Die Tatsache, daß es ihr nicht möglich sein würde, einzugreifen, sollte sie Jaric in dämonischer Gefangenschaft vorfinden, trieb ihr den Schweiß aus den Poren. Selbst das Atmen fiel ihr schwer. Doch die Härten, unter denen sie ihre Kindheit in Imrill Kand verbracht hatte, hatten ihren Geist gegen Kummer gewappnet, und falls sie Jaric lebend vorfand, so war das Anlaß zu neuer Hoffnung, gleich wie bedrohlich die Umstände auch sein mochten.

Sie drang tiefer ein, entdeckte verkohltes Treibgut, doch weiter nichts, nur eine eisige, widernatürlich Leere, die ihr eine Gänsehaut verursachte. Dicht legte sich der Nebel um ihren Traumsinn. Er verhüllte die Wogen und kroch wie Rauchschwaden durch die Wellentäler. Von Fischschwärmen abgesehen, die auf der Suche nach Nahrung um die Wrackteile herumschwammen, konnte Taen keinerlei Lebenszeichen entdecken. Trotzdem nahm ihre innere Unruhe weiter zu. Etwas lauerte jenseits der Grenzen ihrer Wahrnehmung, so als würde sie eine Bewegung im Spiegel nur aus den Augenwinkeln erhaschen. Eine Gänsehaut fuhr über ihren Körper, und sie konnte sich des Eindrucks nicht erwehren, von feindseligen Augen beobachtet zu werden, obwohl sie sich doch tatsächlich umgeben von Felsen, Erde und dem von Ziegen abgefressenen Gras weit im Norden befand. Das Wesen, das sich im Nebel verbarg, schien auf unergründliche Art zu *wissen*, so als hätte es auf sie gewartet.

Taen hielt inne. Während sie noch darüber nachdachte, ob sie ihre Bemühungen verstärken sollte, fühlte sie eine Macht, die sie mit der Leichtigkeit einer Feder berührte. Plötzlich empfand sie den überwältigenden Wunsch, sich zurückzuziehen, diesen Teil des Meeres zu verlassen und die Wrackteile zu vergessen, die sie hier gefunden hatte. Doch Imrill Kand bot ihr keine Zuflucht mehr, sollten die Schlüssel von Elrinfaer dem Feind in die Hände gefallen sein. Überzeugt, daß ihr Schaudern durch Dämonen hervorgerufen wurde, bereitete sie sich darauf vor zu kämpfen. Mochten die Thienz, die aus dem Schattentempel zur Jagd aufgebrochen waren, auch fähig sein, ihre Machenschaften zu verschleiern, so war sie doch nicht bereit, sich einschüchtern zu lassen. Macht kam in ihr auf, durchdrang den Nebel auf der Suche nach einem Angriffsziel. Doch ihr Traumsinn förderte keine Thienz zutage. Statt dessen traf sie plötzlich und unerwartet auf das Bewußtsein Ivainson Jarics.

Entsetzt schrie Taen auf. Kampfbereit von einer Aura der Macht umgeben, zuckte sie zurück. Kalter Felsen bohrte sich schmerzhaft in ihren Rücken, doch das Unbehagen ihres Körpers war ohne Bedeutung angesichts der ermatteten Präsenz in ihrem Geist. Ohne Zweifel hatte sich der Schleier über dem Erben des Feuergebieters allein deshalb gelüftet, weil es den Zielen der Dämonen dienlich war, wenn sie ihn fand. Aber noch war Jaric kein Gefangener. Er saß allein am Ruder der *Callinde*.

Sein Haar war feucht und windzerzaust, und seine Augen brannten vor Müdigkeit.

Die Energien, die Taen auf der Suche nach ihm gewoben hatte, waren noch immer aktiv. Macht entfaltete sich als Antwort auf seine Anwesenheit; sofort dämpfte sie den Strom, doch ein Funke ihrer Magie drang zu dem Jungen durch.

Jaric hob den Kopf. »Taen?« fragte er, und die Hoffnung und Verwirrung in seiner Stimme drohten die Traumweberin, die zusammengekauert in der Kälte von Imrill Kand hockte, zu zerbrechen. Dieser winzige Augenblick des Mitgefühls sollte sich als Fehler erweisen. Die Zauberin zögerte, und die Falle, die sie gefürchtet hatte, die Bedrohung die sie instinktiv dazu getrieben hatte, jegliche Spur ihres Wirkens zu verwischen, überwältigte sie. Thienz-Dämonen schlichen sich in ihre Traumverbindung.

Taen schrie auf, von Furcht und Schmerz gepeinigt. Zu spät richtete sie ihre Schutzbarrieren auf. Ihre Gefühle für Jaric berührten sie im tiefsten Inneren, und durch sie hatten die Dämonen sich hereingedrängt. Sie hatten eine Bresche in den Bereich ihrer Psyche geschlagen, in dem sie schutzlos war, und ihr Angriff war mit zerstörerischer Präzision erfolgt. Jaric war als Köder mißbraucht worden, war eigens deshalb frei und sich selbst überlassen geblieben, um sie in die Falle zu locken. War Taen, die Traumweberin, jedoch erst ihrer Macht, ihn zu schützen, beraubt, so gab es nichts mehr, was die Dämonen hindern konnte, von ihrer Beute Besitz zu ergreifen. Der letzte lebende Erbe Ivains, des Feuergebieters, würde ihnen zum Opfer fallen, so sicher, wie ein Getreidehalm unter einer Sichel. Der Schmerz, den sie angesichts dieser Situation empfand, führte dazu, daß Taen eine noch grausamere Wahrheit erkannte: Der führende Geist hinter diesem todbringenden Komplott, war nicht der eines Dämons, *sondern der des Bruders, den sie an den Schattentempel verloren hatte.*

»Nein!« Taens Schrei hallte über die Hänge von Imrill Kand. Verzweifelt kämpfte sie darum, den Zwang über ihrem Geist zu verscheuchen, auch dann noch, als Macht aufflammte und ihren Widerstand verbrannte, bis nichts mehr davon übrig war. Das Wesen, das nun Maelgrim war, kannte keine Gnade; alles, was von seiner Menschlichkeit geblieben war, war nun zu einer tödlichen Waffe umgewandelt worden. Er mißbrauchte jene Bande, die seine Schwester hegen würde, eben die Loyalität und die hartnäckige Liebe, die sie einst auf den Höhenzügen von Elrinfaer hatten zögern lassen, ihm den tödlichen Schlag zu versetzen. Durch das geistige Netz der Thienz schlug Maelgrim zu, in der Absicht, sie zu zerstören.

Doch Taen gab nicht auf. Weinte sie auch bitterste Tränen, gelang es ihr doch, den tödlichen Hieb abzufälschen. Ihr Traumsinn flammte weiß auf unter dem paralysierenden Schmerz dieses Konflikts. Unter dem Einfluß der Energieentladung zuckte ihr Geist zurück, und der erstickende Bann der Thienz gab nach. Sofort wollte sie Vergeltung üben und sich der Quelle der Bedrohung für ganz Keithland entgegenstellen, ehe Jaric gefangengenommen oder getötet werden konnte, doch ihre Gabe reagierte nicht. Sie hatte sich zu sehr verausgabt, und ihre Kraft war restlos verbraucht. Jeglicher Energie beraubt, öffnete Taen die Augen, während der kalte Wind graue Nebelschwaden über die Felshänge von Imrill Kand trieb. Schmerzen und Kälte plagten ihren Leib, und ihre Augen brannten von den vergossenen Tränen.

Vergeblich versuchte sie, sich zu bewegen. Ihre Glieder waren schwer wie Blei. In der Furcht vor dem sicheren Kältetod bemühte sie sich mit aller Kraft, den Kopf zu heben. Schwarze Flecken tanzten vor ihren Augen. Schwindel erfaßte ihre Sinne, und sie keuchte unter einem Anfall schrecklicher Übelkeit. *Jaric,* dachte sie schwach, doch sie konnte nicht genug Energie aufbringen, ihn durch ihren Traumsinn zu warnen. Als der dunkle Abgrund um sie herumwirbelte, sie verschlang, hörte sie das Gelächter des Mannes, der einst ihr Bruder gewesen war. Dann endete das Lachen in schaurigen Echos. Kraftlos glitt ihre Wahrnehmung in finstere Umnachtung, doch zuvor mußte sie noch die letzte schreckliche Wahrheit erfahren: der Dämonenherrscher des Schattentempels wollte mehr als nur die Schlüssel von Elrinfaer. Er hatte befohlen, Jaric lebend zu ihm zu bringen. Ivain, der Feuergebieter, mochte verhaßt gewesen sein, sogar verflucht für seine Grausamkeit und Boshaftigkeit. Doch der Sohn, den er Keithland hinterlassen hatte, konnte noch weit Schlimmeres bewirken; von Dämonen versklavt, würden der Knabe und sein enormes Potential, die Meisterschaft der Zauberer zu erringen, zu einer katastrophalen Waffe gegen seine eigene Art umgeformt werden können. Ein Feuergebieter, der sich der Zerstörung verschrieben hatte, bedeutete ohne Zweifel das Ende aller Hoffnung und damit das Ende menschlichen Überlebens.

Wäre sie nur noch ein bißchen bei Bewußtsein gewesen, sie hätte vor Kummer darüber geweint, daß Jarics tiefste Furcht sich auf so entsetzliche Weise bewahrheiten sollte. Doch jegliche Wahrnehmung erlosch wie eine Kerzenflamme im Regen.

Nacht senkte sich über die Hügel von Imrill Kand. In der Dunkelheit verschmolzen die Wolken des Nachmittags zu einer geschlossenen Decke, und Regen peitschte auf die Felsen herab und jagte eisige Kälte über die flach am Boden liegenden Gräser. Farnkraut beugte sich unter dem Sturm, und herabfließendes Wasser tropfte auf den schlammverkrusteten Umhang aus Ziegenfell, der am Morgen noch neu gewesen war. Reglos lag die Traumweberin von Imrill Kand unter ihm. Feucht glitzerten ihre Hände im Regen, als das Licht einer Laterne auf sie fiel; das Haar, das naß an ihrer Wange klebte, verschluckte sämtliche Reflexionen, erinnerte an ein Leichentuch, gewirkt aus dem Gewebe des Todes selbst.

»Bei allen Feuern, sie ist hier«, sagte eine entsetzlich müde Stimme, in der ein bitterer Unterton anklang.

Ein Ruf folgte, dann das Rascheln von Ölhaut, als die kleine Truppe Suchender sich um den Fundort versammelte.

Mehr Licht flutete nun den Schlupfwinkel, in dem Taen Zuflucht gesucht hatte. Evertt stampfte mit den Füßen auf, um den Schlamm von seinen Sohlen zu lösen und sicheren Halt auf dem felsigen Untergrund zu haben. Grimmig, wie der Granit, über den er schritt, stellte er seine Laterne unter den Felsvorsprung. Dann bückte er sich und hob seine Nichte auf. Er nahm sie auf die gleiche Weise auf seine Arme, wie er ein Netz frischer Dorsche halten würde, nur, daß in seinen Bewegungen ein Kummer ersichtlich wurde, den wohl nur sein verstorbener Bruder hätte erkennen können.

Ihre Haut war kalt, sehr kalt.

»Wir sind zu spät gekommen«, murmelte jemand. Schon jetzt machten sich die mürrischen

Männer mit ihren flackernden Laternen wieder an den Abstieg.

»Vielleicht.« Evertt senkte den Kopf, um sich vor dem Regen zu schützen, das reglose Mädchen an seine Brust gepreßt. »Sie atmet, aber ihr Geist ist weit entfernt.« Mehr sagte er nicht, bis er die Tür in der Rattengasse erreicht hatte, hinter der Marls Witwe in qualvollem Schweigen wartete, so wie sie es getan hatte, als das Schicksal ihr den Ehemann und den Sohn entrissen hatte.

Nun, wie schon zu jenen anderen Gelegenheiten, konnte Evertt ihr nicht in die Augen sehen. Mit Taen locker in seinen Armen, trat er in das Licht, das aus der Küche herausdrang. Der Schmutz und die Nässe, die den Umhang zeichneten, der sie doch nicht hatte schützen können, entlockten ihrer Mutter ein erschrecktes Keuchen, doch sie stellte keine Fragen.

Ihr Mut gab Evertt das Gefühl eigener Unzulänglichkeit. Der Zorn über seine Hilflosigkeit hatte einen mürrischen Mann aus ihm gemacht, denn er wußte nicht, wie er sonst mit der Erniedrigung und der endlosen Tragik umgehen sollte. »Hab' sie auf dem Hang gefunden«, schnappte er. Dann, bekümmert über die eigene Ruppigkeit, versuchte er zu lindern, was er doch nicht ändern konnte. »Taen ist viel zu jung für diese Aufgabe. Aber sie ist wie ihr Vater. Sie will es einfach nicht verstehen.«

Womit Evertts Verbitterung über seinen Bruder, der stets gewußt hatte, wie er auch in der Not sein Glück finden konnte, sich einen Weg gebahnt hatte, wie sie es immer tat.

Marls Witwe erstarrte. »Die Magie konnte sie nicht umbringen, so wenig wie der Sturm Marl umbringen konnte.« Tapferkeit aber hatte das bewirken können und konnte es wieder tun. Plötzlich bemerkte Marls Witwe, daß ihr die Tränen in den Augen standen. »Nun bring sie schon rein.«

Evertt trat in die düstere Wärme der Küche, und zum ersten Mal ärgerte er sich nicht über den Schmutz, den seine Stiefel am Boden hinterließen.

Taen erwachte unter trockenen Decken im Schimmer des Herdfeuers. Sie lag auf einer Pritsche neben dem Kamin. Ihr Umhang hing über einem Stuhl. Der Geruch von nasser Wolle stieg von ihm auf, während Wind und Regen an den Fensterscheiben rüttelten und die Glücksbringer, die die Gewalt des Sturmes von den Menschen hinter den Fenstern fernhalten sollten, an der Traufe klimperten. Taen regte sich unter ihrer Decke. Ihre Augen brannten, ihr Leib schmerzte, als würde ein Fieber ihn verbrennen, und ihr Herz trug eine Last, schwerer als alles, was sie sich hatte vorstellen können, als sie den Unterricht durch die Vaere akzeptiert hatte.

»Sprich nicht«, sagte Marls Witwe.

Taen blickte sie aus Augen an, die zu alt für die Jahre waren, die sie tatsächlich gesehen hatte. Nervös fragte sie: »Wie lange?«

Marls Witwe brach unwillkürlich erneut in Tränen aus, nicht aber vor Erleichterung, sondern um der Mysterien willen, die auf ihrer Tochter lasteten, einer Tochter, die sie nie wieder würde verstehen können. »Dein Geist hat uns einen Tag und eine Nacht verlassen.«

Taen war furchtbar still. Bevor sie die Lider schloß, lag in ihren Augen eine Tiefe, die schmerzte. *Zu spät, zu spät für Jaric.* Die Thienz hatten ihn gefangengenommen, während sie geschlafen hatte, und die Schlüssel von Elrinfaer mit ihm. Und noch während der Geist der Traumweberin dieses

Wissen erfaßte, fühlte sie die Dämonenboote, die die *Callinde* ins Schlepptau genommen hatten. Die Niederlage hatte ihren Traumsinn geschärft, und in ihrem Inneren nahm ein Bild Gestalt an, das Bild von Jaric, zerschlagen und hilflos dem rachsüchtigen Triumph der Thienz ausgeliefert. Sein Körper war in Segeltuch eingewickelt und mit Tauen aus den Truhen der *Callinde* verschnürt. Doch weit schlimmer war, daß er vollständig bei Sinnen war. Das Schicksal, das ihn im Schattentempel erwartete, war ihm voll bewußt, und das Entsetzen über dieses Wissen wurde von der spiegelartigen Magie des Bannes, der ihn lähmend umgab, wieder und wieder zurückgeworfen. Scaits Anweisungen verboten es den Dämonen, ihn zu töten, also quälten sie in ihrer Grausamkeit den Geist ihres Opfers in unerträglicher Weise, ohne dabei sein Blut zu vergießen.

Taen konnte mit ihrem Traumsinn die Barrieren der Thienz nicht durchdringen; daß sie sie überhaupt sah, war lediglich eine barbarische Tortur, arrangiert von dem, den der Schattentempel Maelgrim genannt hatte. Machtlos und durch das Versagen ihrer Gabe gequält wie nie zuvor, kannte die Zauberin Ivainson Jaric doch gut genug, sich die Schwere seines Leidens vorzustellen, das auszudrücken, er nicht imstande war. Hinter seinen glasigen, leeren Augen schrie sein Herz vor Pein.

»Wenn das Netz zu schwer wird, bittet der weise Fischer um Hilfe«, sagte Marls Witwe im Schatten neben der Pritsche in Evertts Hütte.

Taen schluckte, zwang die Bilder, von ihr abzulassen, ehe sie die tränennassen Augen öffnete und mühsam ihre verkrampften Finger löste. »Wer kann nun noch helfen?« Sie starrte die Deckenbalken an, verabscheute den Klang ihrer Stimme, noch während sie sprach.

Marls Witwe beugte sich vor und legte die von der Arbeit müden Arme auf das Brett auf ihren Knien. »Die See selbst, wenn die ihr innewohnende Macht es so will.« Mit einem ärgerlichen Seufzen nahm sie ein letztes Mal Zuflucht zu dem Trost der Sprichwörter. »Tochter, mußt du denn immer dem Wind deinen Willen aufzwingen wollen?«

Die Worte waren denen ähnlich, die die Traumweberin in der Höhle der Llondelei an Jaric gerichtet hatte. Nun schien jene Zeit so weit entfernt, nur ein Kindertraum der Glückseligkeit. Taen befahl ihrer Erinnerung zu schweigen, ehe der Kummer ihr das Herz zerreißen konnte. Die Schlüssel mochten verloren sein, doch noch waren die Mharg nicht frei; unzählige Meilen offenen Meeres mußten überquert werden, ehe Jaric die Kerker des Schattentempels erreichen würde.

»Du bist deinem Vater so ähnlich«, begann Marls Witwe, unterbrach sich dann aber, als ein einziger Blick auf ihre Tochter ihr den Atem rauben wollte. Taen hatte zu weinen aufgehört. Ihr Gesicht war nicht länger das eines Mädchens, nicht einmal das einer Frau, sondern das einer Zauberin aus der Schule der Vaere. Macht strömte von ihr aus, wie der Nachhall der Schläge eines Schmiedehammers auf heißem Stahl.

Und doch war nicht alles fort, was ihrer Mutter vertraut war; in der sathidgetragenen Macht der Zauberin lag die gleiche grimmige, unbeugsame Hoffnung, mit der Marl einst die Härten seiner Tage in Imrill Kand bewältigt hatte.

»Die See wird helfen, wenn die ihr innewohnende Macht es so will«, wiederholte Taen. Mit glänzenden Augen blickte sie ihre Mutter an. »Die Vorräte der *Callinde* waren beinahe erschöpft. *Wenn die Dämonen den Erben des Feuergebieters zum Schatten-*

tempel bringen wollen, so müssen sie zuvor irgendeine Küste anlaufen, um Wasser an Bord zu nehmen.«

Ihre Mutter vollführte eine Geste gegen das Böse, denn die Erwähnung von Gefahren, die sie nicht verstehen konnte, ängstigte sie. Schüchtern sah sie die Tochter an, die nicht mehr nach Imrill Kand gehörte, sondern unauflöslich an den Lauf der Welt außerhalb der kleinen Insel gebunden war. Aber die Traumweberin bemerkte die Unsicherheit der Mutter nicht. Ihr Sinn war längst den Mächten gefolgt, die ihre Gabe kennzeichneten.

Taens Wahrnehmung strebte so geradlinig wie ein Pfeil über die Grenzen von Imrill Kand hinaus. Sie vergeudete keine Zeit mit Floskeln, sondern drang so vehement auf den Kapitän des Zweimasters *Schwertfisch* ein, daß dieser sich ruckartig aus dem Schlaf aufrichtete. Beinahe hätte er sich den Kopf an den Deckenbalken über seiner Koje angeschlagen, doch die Zielstrebigkeit der Traumweberin überwand seinen Ärger spielend.

›*Weberin der Träume, ich habe die nordöstlichen Bereiche des Gebietes erkundet, das Ihr mir genannt habt*‹, dachte er auf ihre Frage hin. ›*Meine Männer konnten keinen Nebel entdecken. Wenn dort Dämonen waren, so sind sie nun fort.*‹

Doch diese Nachricht hatte Taen erwartet, seit sie wußte, daß Maelgrims Gabe die Macht der Dämonen leitete. Gewiß war er dort gesegelt, wo ihr Traumsinn den Nebel der Illusion entdeckt hatte, während er eine zweite Flotte gen Süden durch ein geistiges Band geführt und so die Falle verstärkt hatte, die Jaric zum Verhängnis geworden war. Während menschliche Augen aber keine Spur der Boote der Dämonen würden entdecken können, konnten die einer Traumweberin das möglicherweise schon. Taen konzentrierte sich auf Riffhafen. Wenn die *Schwertfisch* auf Südkurs ging und der Kielmark Männer bereitstellte, so gab es eine Chance, daß sie die dämonische Flotte aufspüren konnte. Zwar war die See zu groß, einen Feind anzugreifen, den die Männer nicht sehen konnten, doch wenn die schwindenden Vorräte die Thienz an die Küste trieben, so würde ein Heer an Land mit ihrer Hilfe einen Hinterhalt vorbereiten können.

Der Kielmark saß zu Tisch. Ihm gegenüber stand ein wenig glücklicher Handelskapitän, dessen brokatverhüllter Rücken von den blanken Klingen zweier Offiziere bedroht wurde. Er hatte geglaubt, er könnte die Meeresenge straflos passieren, nachdem er dem Kielmark als Tribut bleigefüllte Goldbarren geschickt hatte – ein Vergehen, das er nun bitter bereute. Obgleich Fleisch und Wein ausgesprochen wohlschmeckend waren, aß der Herrscher von Riffhafen nicht. Für den Händler war das kein gutes Zeichen, doch das Urteil, das ihn erwartete, wurde plötzlich verschoben.

Der König der Piraten sprang auf, noch bevor Taen ihn vollständig hatte unterrichten können. Wein schwappte über den Rand des Kelches, als er den Tisch von sich schob, seinen Offizieren befahl, den Händler in Eisen zu legen und ihm dann hinaus in den Innenhof zu folgen. Der Bericht der Traumweberin verhallte erst, als er nach seinem gesattelten Pferd verlangte. Noch während er in den Sattel glitt, brüllte er seinen Offizieren neue Befehle zu. Gleich darauf riß er das Pferd herum und galoppierte mit donnernden Hufen zum Hafen hinunter.

Einen seiner Befehle gab Taen weiter; und hoch im Norden wendete der Zweimaster *Schwertfisch* mit knarrenden Segeln und setzte neuen Kurs gen Imrill Kand.

Doch am Ende erwiesen sich all die hektischen Vorbereitungen als nutzlos. Als die Traumweberin ihre Wahrnehmung nach Süden richtete, beschrieb die Flotte, die Jaric bewachte, keinen Nordkurs zum Schattentempel, wie Taen vermutet hatte. Vielleicht war es einfach Vorsicht, weshalb die Dämonen bewohnte Landstriche mieden; ihre Vorräte mochten zu sehr zur Neige gehen, um noch bis zu den Küstenregionen vorzustoßen, die zwischen dem südlichen Meer und dem fernen Felwaithe lagen. Doch viel wahrscheinlicher war es, daß sie nun, da sie die Schlüssel von Elrinfaer erobert hatten, unterwegs waren, um die Mharg zu befreien. Verbittert erkannte Taen, daß die schwarzen Schiffe, die die *Callinde* im Schlepptau hatten, direkt gen Osten zur Südwestküste von Elrinfaer segelten. Dort war es unmöglich, ein Heer aufzustellen, das für die Rettung des Erben des Feuergebieters würde eintreten können; jene Ländereien waren seit Ivains Verrat und Anskieres Kampf gegen die Mharg nicht mehr bewohnt.

So erfahren und geschickt die Kapitäne des Kielmark auch waren, nicht einmal sie konnten schneller segeln, als der Wind es zuließ. Keine Flotte, keine Soldaten, ganz gleich wie gut sie ausgebildet sein mochten, war imstande, die Corinsee schnell genug zu überqueren. Nicht einmal die Zauberer von Mhored Kara konnten über die vielen Meilen der Wildnis hinweg helfen, die ihre befestigten Türme von der See im Westen trennte. Niedergeschlagen und völlig verzweifelt brachte Taen ihre Macht wieder ins Gleichgewicht. Ihr blieb keine andere Wahl, als die tapferen Männer des Kielmark wieder zurückzurufen. Später, mit dem Geschmack der Niederlage auf der Zunge, sammelte sie ihre verbliebene Kraft, um eine letzte Botschaft auszusenden. Diese erschöpfte sie über alle Maßen, mußte sie doch die Barrieren von Raum und Zeit überwinden. Tamlin auf der Insel der Vaere war der letzte, der von ihrem Fehler erfahren sollte. Verließ die Dämonenflotte erst Elrinfaer, so konnte keine Macht in Keithland Maelgrim und seine Thienz noch davon abhalten, Ivainson Jaric dem Herrscher der Dämonen im Schattentempel auszuliefern.

Kapitel 17

HÜTERIN DER QUELLE

Taens Botschaft erreichte die Insel der Vaere in den stillen Stunden vor Tagesbeginn, doch das verwunschene Eiland wurde nicht von den Schatten der Nacht verfinstert. Wie zu jeder anderen Zeit standen die Eichen reglos in dem silbrigen, unveränderlichen Zwielicht, in dem sich nicht einmal ein Grashalm rührte. Kein kleiner Mann mit Kleidern, deren Säume von Federn und Glöckchen geziert wurden, manifestierte sich, als Taens Nachricht eintraf; nichtsdestotrotz erfuhr das Wesen, das als Tamlin von den Vaere bekannt war, die Neuigkeiten über die Gefahr, in der Jaric und die Schlüssel sich befanden. Das Ausmaß des Schadens aber wurde erst deutlich, als das Wesen, das die Lichtung bewohnte, eine zweite Botschaft zurück nach Keithland sandte. Ausgeschickt zu einer Quelle in den Wäldern im Südosten von Elrinfaer, war dies ein verzweifelter Hilferuf; denn nicht einmal die Vaere konnten sicher sein, daß die Eingeweihten der dortigen Mysterien sich in die Anforderungen der Notwendigkeit fügen würden.

Endlich ließ der Sturm im Süden der Corinsee nach, doch die See brauchte noch lange, um sich wieder zu beruhigen. Die schwarze Flotte aus dem Schattentempel rollte breitseits über die Wogen, und der Ruck, der durch das Schiff ging, als die *Callinde* in ein Wellental stürzte und an ihrem Tau zerrte, wurde für Jaric zu einer endlosen Qual. Jedes Schlingern des Schiffes schleuderte seinen reglosen Leib schmerzhaft über die hölzernen Planken. Bald waren seine Wangen und Schultern wund, weil er immer wieder gegen diese Hindernisse prallte. Er konnte sich nicht bewegen, konnte nichts gegen seine Notlage tun, nicht einmal den Kopf heben. Die Dämonen hatten ihn mit Segeltuch und Tauen gefesselt, hatten seine Hände am Mast festgebunden und dann seinen Geist mit einem gnadenlosen, lähmenden Bann belegt. Sich seines zerschlagenen, schmerzenden Körpers voll und ganz bewußt, war Ivainson Jaric jeder Kontrolle über seine Glieder beraubt worden. Seine Gedanken aber waren frei, ihn mit seiner eigenen Hilflosigkeit zu quälen.

Die Niederlage und die Demütigung entwickelten sich zu einem Leiden, von dem es keine Erlösung gab. Die Thienz segelten zum Schattentempel, um ihn lebend Lord Scait auszuliefern, zusammen mit dem Stoffbeutel, in dem die gestohlenen Schlüssel von Elrinfaer ruhten. Die Siegel, die die Mharg gefangenhielten, baumelten nun um den Hals eines Dämons; schlimmer aber war, daß sein gefährliches Potential der Meisterschaft über das Feuer versklavt werden würde, so wie die Llondel es ihm prophezeit hatten. Jaric verfluchte den Wind, der die Segel der schwarzen Boote blähte. Während die *Callinde* unerbittlich gen Norden geschleppt wurde, trauerte er um Taen, deren Tod durch die Hand ihres Bruders nun nicht mehr würde verhindert werden können. Oft hatte er an den Sturmwächter gedacht, dessen verzweifelter Ruf doch keine Rettung gebracht hatte und dessen Schicksal im Eis nun besiegelt war. Während der ganzen Zeit hatten seine Häscher aufgeregt untereinander geplappert. Sie gratulierten sich gegenseitig zu dem Sieg über Ivainson, den Erben des Feuergebieters, und sie jagten Energiestöße in seinen Geist, um ihn zu verhöhnen. Ein Tag und eine Nacht zogen dahin, ehe sie ihm etwas zu trinken gaben, und dann mußte er ihre würdelosen Mißhandlungen ertragen, als sie ihm Wasser einflößten. Nicht minder grob verfuhren die Dämonen bei der Fütterung des Gefangenen mit einer stinkenden Masse aus rohem Fisch, die sie zunächst weich kauten, wobei sie die Schließmuskel ihrer Giftsäcke fest zusammenpreßten, um einer Verseuchung vorzubeugen, die ihn unweigerlich getötet hätte. Wäre Jaric noch zu irgendeiner physischen Reaktion fähig gewesen, so hätte er sich eher übergeben, als zu schlucken, doch nicht einmal dieser Reflex war ihm geblieben.

Der Wind wehte stetig aus westlicher Richtung. Spritzwasser benetzte Jarics ungeschütztes Antlitz, und sein Haar lag im Bilgenwasser, das mit der Zeit einen widerlichen Uringeruch verströmte. Die Thienz schien der Gestank nicht zu stören. Sie amüsierten sich königlich und spannten die Segel, und sie überprüften wieder und wieder die Taue, an denen die *Callinde* hing, und die Seile, mit denen Jaric gefesselt war, um sich zu vergewissern, daß sie noch intakt waren.

Tag um Tag verging in dem gleichen Elend animalischen Leidens. Die Nächte entwickelten sich zu einer entsetzlichen Abfolge von Alpträumen, in denen Jaric wieder und wieder die Zerstörung Keithlands erlebte, wie die Llondelei-Seher sie prophezeit hatten. Er sah Taen unter dem Messer ihres Bruders in ihrem Blute liegen, sah wie Anskieres Gebeine von den Frostwargs zertrampelt wurden; und die funkelnden Schuppen der Mharg blitzten im Sonnenschein über ausgedörrten Feldern auf.

Zu anderen Zeiten schufen seine Peiniger Bilder, um ihn zu quälen, zeigten ihm den dämonischen Herrscher Scait auf seinem Thron aus menschlichen Überresten und die feuchten Kerker unter den Fundamenten des Schattentempels. Dort, und das war das größte Grauen, würde der Sohn des Ivain sein Erbe antreten; unter wahnsinnigen Qualen würde er den Zyklus des Feuers über sich ergehen lassen müssen, damit die Dämonen Vergeltung an der Menschheit üben konnten. Kraftlos, unfähig sich zu bewegen oder auch nur zu weinen, selbst jeder Möglichkeit bar, seinem Leben ein Ende zu setzen, litt Jaric unendlich. Seine Haut verbrannte unter grellem Sonnenschein, und er fror und zitterte unter stürmischen Regengüssen. Für ihn schien es keine Erlösung zu geben, nur dann und wann, wenn die Erschöpfung stärker war als das Leiden, schlief er ein. Dann wich sein Unglück einer Finsternis wie ein Abgrund jenseits der Ewigkeit.

Während eines solchen Zeitraums erreichten die Thienz die Westküste von Elrinfaer, wo sie ihre Wasserfässer wieder auffüllen wollten. Jaric erwachte nicht, als der Ausguck auf seinem Platz in der Takelage krächzte. Er fühlte nicht den Ruck, als das Tau der *Callinde* gekürzt wurde, hörte nicht das Donnern der Segel, als sich die schwarzen Schiffe in den Wind drehten. Das erste, was er wahrnahm, war das Knirschen, als die *Callinde* auf einer Sandbank auf Grund lief. Der Thienz an ihrem Ruder reagierte unbeholfen; das schwere Boot legte sich auf die Seite und wäre beinahe gekentert, als eine Woge sich an seiner Backbordseite brach und Gischt über die Ruderbank jagte. Jaric wurde heftig herumgeworfen und fiel hart auf den Rücken. Der Aufprall trieb ihm die Luft aus den Lungen, und die Fesseln rissen seine Arme in einem schauderhaften Winkel von seinem Körper fort. Er konnte nichts tun, um sich zu schützen. Die *Callinde* rutschte in einem übelkeiterregenden Winkel von der Sandbank, während der Thienz am Ruder ein alarmiertes Krächzen ausstieß und sich bemühte, sie wieder aufzurichten. Ehe er etwas ausrichten konnte, erfaßte eine zweite Welle das Boot. Jaric wurde gegen den Mast geschleudert, fiel auf die Planken zurück und schluckte hilflos das Wasser aus der Bilge. Durchnäßt und so reglos wie Treibgut, fühlte er, wie Mathiesons nachsichtiges altes Fischerboot herumschwang und das Wasser wie ein Delphin in Richtung Küste durchpflügte.

Mit einem heftigen Ruck lief es auf Grund. Jaric lag keuchend auf Deck, während seine Häscher die Schleppleine ergriffen und das Boot an Land zogen. Geblendet vom hellen Schein der Mittagssonne, hörte er das Donnern von Schritten, als ihre Kameraden an Bord kamen. Rasch wurde die Vertäuung gelöst, die die Wasserfässer der *Callinde* sicherte. Weitere Thienz krabbelten über das Dollbord, um Wache zu halten, während ihre Kameraden an der Küste nach einer sauberen Quelle Ausschau hielten. Jaric ertrug ihre Schläge und Tritte, in den geöffneten Augen den klaren Himmel, den säuerlichen, morastigen Schilfgeruch des Marschlandes in der Nase. Fliegen krabbelten über seine Blessuren, und Moskitos stachen ihn ins Gesicht. In ganzen Schwärmen füllten sie die Luft um die Dämonen herum, doch die Insekten kamen kaum dazu, sich zu sättigen, denn die Thienz schnappten nach ihnen, um sie im Gegenzug zu verzehren. Während sein Magen unter den Auswirkungen des Wassermangels und des ungesunden Essens litt, wünschte sich Jaric verzweifelt, es stünde ihm frei, die Augen endgültig zu schließen.

In diesem Augenblick zerriß ein Schrei die Luft. Der nächststehende Thienz stürzte und schlug unter Schmerzen um sich. Schwer prallte er gegen Jarics Bein, während der Dämon, der im Heck Wache hielt mit einem gefiederten Pfeil zwischen den Kiemen die Arme nach hinten warf. Er starb, ohne einen Ton von sich zu geben, während seine Kameraden aufgeschreckt kreischten.

Jaric erkannte die Clanabzeichen auf dem Pfeil, ehe Schreie durch die Luft hallten und ein Speer zitternd im Achtersteven der *Callinde* steckenblieb. Ein anderer bohrte sich in den Leib eines Thienz, der versucht hatte, an Bord zu klettern. Weitere Dämonen schwärmten aus, ihren Kameraden zu ersetzen. Mit aller Kraft versuchten sie hastig, das Boot mit ihrem Gefangenen zurück in die See zu schieben. Ein Hagelschauer aus Pfeilen kam ihnen zuvor. Thienz stürzten in die salzige Gischt, die ihre Kiemen verbrannte, während andere verzweifelt versuchten, Segel zu setzen. Ein weiterer Pfeil ging auf sie nieder. Die *Callinde* setzte sich in Bewegung. Ein Speer bohrte sich nur Zentimeter von Jarics Ohr entfernt in die Planken, und ein verwundeter Dämon klammerte sich im Todeskampf an ihm fest. *Noch immer konnte er sich nicht bewegen.* Doch er mußte sich regen können, denn die Bergstämme waren dafür berühmt, bei Überfällen auf die Verdammten Kors wie Berserker zu wüten und irrsinnige Gemetzel anzurichten.

Die *Callinde* schlingerte über eine heranrollende Woge. Jaric wurde erneut herumgeschleudert. Dann kippte der Mast; das Boot wurde von dem abfließenden Wasser seewärts gezogen, und der Thienz am Ruder brach mit einer Streitaxt im Rücken blutüberströmt zusammen. Der Dämon im Bug, der sich verzweifelt bemühte, die Schleppleine zu kappen, starb als nächster mit einem Dolch zwischen den Rippen. Dann zerschnitt ein schauriger Schrei die Luft, geprägt von markerschütterndem Zorn. Wie eine scharfe Klinge bohrte sich der Laut in die Geister der Dämonen, und jene, die ihm direkt ausgesetzt waren, jaulten vor Schreck. Jaric fühlte, wie der Bann über seinem Geist ein wenig nachgab. Hoffnung flammte in seinem Herzen auf, als Clankrieger, gekleidet in federgeschmückte Felle, über die Ruderbank der *Callinde* an Bord sprangen. Dann verdeckte der Kopf des alten Thienz, der das Kommando über die Flotte schwarzer Boote führte, sein Blickfeld. Ein Pfeil steckte in seinem Unterarm; Blut strömte über seine faltige Haut, und seine Augen waren vom Schmerz beschattet, doch seine Hände waren noch immer stark, als er Ivainson an den Haaren hochzerrte.

›*Stirb unter Qualen, Erbe des Feuergebieters.*‹ Kiemen klafften rot wie offene Wunden unter seinem Kiefer auf, als er den Mund öffnete. Die Giftsäcke hinter seiner Zunge entluden sich, als er zubiß und seine nadelspitzen Fänge in die Schulter seines Opfers bohrte.

Jaric sah den Axthieb nicht, der den Kopf seines Angreifers vom Rumpf trennte. Sein Geist explodierte unter einer Flut von Schmerzen. Das Gift zerriß ihn. Jede Wunde an seinem Leib verwandelte sich in einen heißen Strom entsetzlicher Qual; und plötzlich war es belanglos, ob die Bande der Dämonen ihn noch immer gefangenhielten. Er war nicht imstande, zurückzuweichen, war nicht fähig, auch nur zu schreien. Von Pein zerrissen, schien es ihm, als würde sich ein Clankrieger mit einer scharlachroten Axt über ihn beugen. Er versuchte, ihn zu warnen, ihn zu bitten, die Schlüssel von Elrinfaer aus den Händen der Dämonen zurückzuholen, die sie gestohlen hatten, um die schrecklichen Mharg zu befreien. Doch die Worte wollten nicht fließen. Der Himmel drehte sich mit der *Callinde* um ihn und stürzte ihn Hals über Kopf in ein Meer aus Schmerzen.

Die Geräusche wichen zurück, vertrieben von einem Donnern wie von einer starken Brandung. Schwindel hielt Jaric umfangen, und ein bitterer, salziger Geschmack breitete sich auf seiner Zunge aus. Irgendwo lag eine uralte, runzlige Vettel im Sterben. Die Vision ihres Körpers, der verkrümmt im weißen Sand lag, brannte sich heiß und kummervoll in seinen gequälten Geist. Beinahe hätte er die Maschen ihrer geflochtenen Lederkleidung zählen können; doch warum er den Tod einer Clanpriesterin sah, blieb ein Mysterium. Über seine Haut liefen abwechselnd heiße und kalte Schauer, und sein Atem schien die Erde selbst zu erschüttern. Dann ein Ruck, und er sah klar, erblickte eine flache, graue Landschaft aus Sumpf, Riedgras und schäumenden Pfuhlen. Die fedrigen Köpfe der Binsen schienen sich zu ihm herumzubiegen, von einem Wind gepeitscht, der keinerlei Geräusch verursachte. Samenstände strichen über die Bißwunde in seiner Schulter, und der Kontakt entflammte neue Schmerzen. Finsternis senkte sich über ihn. Sein Mund war trocken, der Geschmack auf seiner Zunge bitter wie Asche, und seine Füße schienen davonzuschwimmen. Taen, dachte er, doch selbst ihr Bild zerrann wie Wachs vor seinem geistigen Auge. Lange Zeit nahm er nichts anderes wahr als die wirren Träume des Deliriums, Boote, die über eine blutdunkle See segelten, und das Knirschen und Rumpeln des Mauerwerks, als die Türme von Landfeste fielen, fielen, von magischen Flammen geschmolzen.

Nach einer Weile veränderten sich die Träume. Trockene Hitze wich feuchter Dunkelheit, und ein Donnern drang in Jarics Ohren. Untermalt von diesem endlosen Lärm hörte er den Klang von Rasseln, begleitet von einem Singsang. Die Worte waren ihm unbekannt, doch Ivains Erbe verstand sie durch ihre Modulation. Die Sänger beklagten die Zerstörung von Keithland. Wo einst Städte sich erhoben hatten, fielen nun Schleier roten Lichtes, sie fielen in totale Finsternis, in der Mharg-Dämonen ihre rasiermesserscharfen Schwingen erhoben ..., und wenn seine Schuld auch nie getilgt werden konnte, erkannte er doch bald, daß die Geräusche, das Ritual und das bleierne Licht zumindest real waren.

Er lag auf der Seite, an einem Ort, der nach Moos und getrockneten Fellen roch. Seine Glieder waren so schlaff wie totes Fleisch, und seine Schulter pochte unter dem Druck einer Kräuterkompresse. Obwohl sein Kopf in einem Wirbel der Benommenheit gefangen war, erkannte Jaric, daß er sich in einer Höhle befand, deren Eingang hinter einem Wasserfall lag. Die Kaskade stürzte donnernd herab und löste sich auf in einen Regenbogen aufspritzenden Wassers, kaum drei Meter von ihm entfernt. Auf der anderen Seite reflektierten die Wände aus natürlich gewachsenem Gestein den funkelnden Lichtschein aus einer Kohlenpfanne.

Der Singsang wurde lauter und leiser, immer wiede und blieb unveränderlich wie die Gezeiten; irgendwo im Hintergrund hörte man das Wehklagen einer trauernden Frau. Jaric bemühte sich verzweifelt, seine wirren Gedanken unter Kontrolle zu bekommen. Nicht imstande, den Flug der Mharg aufzuhalten, nicht einmal fähig, die Tränen zurückzuhalten, die über seine Wangen strömten, beobachtete er den Wasserfall und fragte sich, warum, wenn doch das Leben überall endete, sein eigenes, erbärmliches Dasein fortbestehen mußte.

Aus dem Schatten hinter ihm unterbrach eine sonore Stimme seinen Gedankengang. »Der Kummer der Trauernden ist nicht der deine, Hüter der Schlüssel.«

Hätte nicht Paralyse seine Reflexe gelähmt, Jaric wäre beim Klang des Namens, den ihm die Llondelei gegeben hatte, zurückgeschreckt. Nun aber zuckten nicht einmal seine Lider. Hilflosigkeit zwang ihn zum Nachdenken und Analysieren, und schließlich stellte er fest, daß die Worte von einem starken Akzent geprägt waren und nicht von Visionen begleitet wurden, wie es bei den Dämonen üblich war.

Der Erbe des Feuergebieters bekämpfte seinen Schmerz, um mehr zu verstehen, als der Sprecher mir sanfter Stimme fortfuhr: »Die Totenklage gilt jenen, die den Thienz an der Küste des großen Meeres zum Opfer gefallen sind. Du aber liegst mit dem Segen des Geistes im Heiligtum der Caelfälle.«

Für einen Augenblick ergriff heftiger Schwindel von ihm Besitz. Desorientiert und noch immer gefangen im Schmerz des Thienzgiftes, versuchte er schwach, sich zu bewegen, sich umzuwenden, um zu sehen, wer da zu ihm sprach. Seine Erfahrungen aus Tierl Enneth hatten ihm kaum mehr Erkenntnisse über die Kultur der Bergstämme vermitteln können als die wissenschaftlichen Abhandlungen in den Archiven der Priesterschaft in Landfeste, doch soviel wußte er ohne Zweifel: Das Wort der Priesterin, die das Heiligtum der Caelfälle hütete, war unter den Clans Gesetz. Ihr Wille gebot über alle Seherinnen und Clanführer in ganz Keithland.

Jederzeit konnte sie ganz nach Gutdünken seinen Tod befehlen.

Doch all seine Bemühungen trugen nicht zu seiner Erleichterung bei. Hinter dem Rücken des Erben Ivains fiel ein Satz in dem Dialekt der Clans, und eine Person verließ mit leise raschelnder Lederkleidung die Höhle. Jaric fühlte einen kühlen Schatten über seiner Schulter, als jemand zwischen Bettstatt und Kohlenpfanne vorüberging. Dann kehrten Licht und Wärme zurück, und nur das Donnern des Wasserfalls hallte noch in seinen Ohren.

Eine Hand berührte seine Schulter. Er konnte weder zurückzucken noch protestieren, als die Finger zupackten und ihn unerbittlich auf den Rücken zerrten. Dann brach ihm der kalte Schweiß aus, denn er hatte erwartet, sich der verwitterten Alten aus den Träumen der Llondelei über Anskieres Vergangenheit gegenüberzusehen. Statt dessen war die Priesterin der Quelle an den Caelfällen ein Mädchen mit rotbraunem, geflochtenen Haar und den Zügen einer Streunerin. Sie mochte vielleicht zwölf Jahre alt sein. Die Zeremonie ihrer Initiation konnte noch nicht lange zurückliegen, denn ihre Augen wurden von einer Bandage bedeckt, die stark nach den lindernden Salben der Heiler roch. Ihre Berührung war unsicher. Ohne Zweifel litt sie noch den Schmerz der Klinge, die ihr das Augenlicht genommen hatte.

»Die Priesterin der Quelle ist gemeinsam mit den anderen am Strand umgekommen«, murmelte sie, als hätte sie seine Gedanken gelesen. Erneut erinnerte er sich an die alte Frau, von der er geträumt hatte, erinnerte sich an das ausgemergelte Gesicht, umrahmt von einer Girlande getrockneten Seegrases.

Das Kind, das sich über ihn beugte, fuhr mit tadelnder Stimme fort: »Ich bin ihre auserwählte Nachfolgerin.«

Ein Schimmer der Reflexion schien ihre Worte zu begleiten; Bilder eines zurückgehaltenen Wissens und offenen Kummers. Solchermaßen für seine zögerliche Haltung zu Landfeste zur Rechenschaft gezogen, dachte Jaric an Taen und dann, gramgeschüttelt, an die Gefahren und seine eigene Hilflosigkeit. Wieder versuchte er, sich zu bewegen, nur um sich gleich darauf kraftlos einem erneuten Schwindel, hervorgerufen durch das Gift des Thienz, ergeben zu müssen. Die Wasserfälle wirbelten um ihn herum, und der ewige Strom des Wassers klang wie das Knirschen der Schicksalsräder. Drehten sie sich, so würden sie ihn zermalmen, und Keithland würde brennen ...

Die Seherin versteifte sich. Ruckartig riß sie die Hand von seiner Schulter und sprach in feindseligem, eisigem Ton einige Worte in ihrem Dialekt. Jung mochte sie sein, doch die Macht, über die sie gebot, war von niederschmetternder Deutlichkeit. Unverhohlene Furcht riß Jaric aus dem Delirium.

Energien, die er nicht verstehen konnte, prickelten auf seiner Haut. Die Priesterin erhob sich. Obwohl die Glut in der Kohlenpfanne aufflammte, jagte ihre geflochtene Lederkleidung einen kalten Luftzug über seinen Leib, als sie um die eigene Achse wirbelte. Halluzinationen, ausgelöst durch das Gift, ließen ihren Schatten vor seinen Augen tanzen, als sie tiefer in die Höhle schritt. Dort hingen Vorhänge, geschaffen aus gewebten Fasern und mit Perlmutt aus Muschelschalen verziert. Die Clanpriesterin riß den Vorhang zur Seite und stieß einen Schrei aus, einen klirrenden Ton, der die Luft wie ein Glockenschlag erschütterte. Schmerz durchströmte Jarics Knochen; ohne zu ahnen, ob diese Pein seiner Krankheit entsprang oder eine Reaktion auf ihm unbekannte Energien war, rang er um Atem. Schwarze Flecken tanzten vor seinen Augen. Durch sie sah er eine Platte, schwarz wie ein Pfuhl in finsterer Nacht. Komplizierte Muster waren gülden in die Oberfläche eingearbeitet, konzentrische Kreise mit allerlei Windungen, die sich betäubend über seine Wahrnehmung legten. Wie eine Spinne im Netz erschien ihm die Silhouette der Priesterin, als sie auf die Knie sank. Wie in Trance erhob sie die Hände und berührte den Kreis in der Mitte. Für das Auge schien gar nichts zu geschehen, doch Jaric fühlte die Vibrationen der Macht in der Luft. Unsichtbare Energien summten auf seinen Nerven, und die Nackenhaare standen ihm zu Berge.

Das Gefühl ließ nach, als die Priesterin die Arme senkte. Als sie den Kontakt zu der Scheibe abbrach, taumelte sie kaum merklich. Klein und plötzlich erschreckend zerbrechlich, schloß sie den Vorhang und sank zu Boden, bis ihre Wange auf dem Gestein ruhte. »Dir soll geholfen werden«, murmelte sie an Jaric gewandt. »Beim Leben meiner Leute schwöre ich, dir soll Heilung zuteil werden.«

Plötzlich schienen die Verbände über ihren Augen rot anzulaufen, schienen ihn schrecklicher Taten anzuklagen, für die es keine Gnade geben konnte. Und wieder wußte der Erbe des Feuergebieters nicht zu sagen, ob er eine Illusion, geboren aus dem Delirium, vor sich sah. Um ihn herum wurde das Donnern des Wasserfalls immer lauter, bis er aufschrie und in finstere Nacht zurückstürzte.

Würgend, mit dem bitteren Geschmack von Kräutern auf der Zunge, erwachte er. Jemand stützte seinen Kopf; rauhe schwielige Finger gruben sich in seine Wange, und eine gutturale Stimme übertönte das endlos zischende Geräusch des Wassers. Jaric fühlte den kalten Rand einer Tasse an seinen Lippen. Brennende Flüssigkeit ergoß sich in seinen Mund, und er hustete und drehte kläglich den Kopf zur Seite.

»*Ciengard!*« Gequält erklang der Ausruf; und obgleich ihm die Sprache nicht geläufig war, verstand Jaric. Sie nannten ihn bei dem Namen, denselben Namen, den eine andere Priesterin zur Sommersonnenwende im Schatten der Ruinen Tierl Enneth' benutzt hatte.

»Dämonenbanner!« rief die Stimme erneut drängend. »Trinke das Elixier und lebe.«

Wieder wurde Flüssigkeit in seinen Mund geträufelt. Der Geschmack war widerlich. Jaric schluckte und sog keuchend Luft in seine Lungen. Seine Brust schmerzte. Er sehnte sich danach, zu rennen, doch er hatte nicht einmal Gefühl in seinen Beinen. Hände schüttelten ihn, zwickten ihn schmerzhaft.

»*Ciengard*, antworte! Stelle dich der Bürde deines Schicksals!«

Schwäche ergriff von ihm Besitz. Wohlwissend, daß Taens Leben von seiner Reaktion abhing, kämpfte Jaric, schnappte nach Luft, während seine Lungen brannten wie die eines Ertrinkenden. Doch seine Zunge wollte keine Worte formen.

Seine Augen füllten sich mit Tränen, und er weinte. Als wären seine Tränen die Träger einer Botschaft, erblickte er die alte Vorgängerin der Priesterin. In eine schwarze Robe aus Flechtwerk gehüllt, erhob sie die verkrüppelte Hand und deutete auf ihn, ohne ein Wort zu sagen. Doch ihre stumme Anklage traf Jaric wie ein Peitschenhieb. Jede Stunde, die er in Landfeste vertrödelt hatte, hatte neuerliche Tragödien hervorgebracht; das Leben des Knaben, der den Dämonen an der Südwestküste Elrinfaers entrissen worden war, war mit Blut bezahlt worden.

Nein. Doch sosehr er zurückwich, er konnte sich dennoch dem Willen nicht entziehen, der ihn forderte.

Gnadenlos verstärkten die Finger, die seinen Körper umspannten, ihren Griff, und der Befehl der Priesterin erklang mit der Macht eines Hammerschlages. »*Ciengard!*« Sein hart erkämpftes Bewußtsein versank in dem brennenden Schmerz der Schuld. »Antworte!«

Jaric zuckte zurück. Die Hände der Priesterin bewegten sich, als wollte sie ihn schlagen, so wie eine Mutter einen widerspenstigen Sohn maßregeln mochte. Diese Autoritätsanmaßung erregte den Zorn des Erben des Feuergebieters. Luft strömte wie Sand über seine wunde Kehle. »Ich bin da.«

Seine Worte schienen in einem See der Leere unterzugehen. Der Druck löste sich von seinen Gliedern. Vollkommen erschöpft sank er zurück in die einschläfernde Wärme.

»Er wird leben«, erklärte jemand mit mädchenhafter Stimme, während das Donnern des Wasserfalls in Echos zerfiel, die sogar das Licht zu verschlingen wollten.

Er erwachte im Tageslicht und dem leicht ranzigen Geruch eines weißen Bärenfells, das seinen Leib bedeckte. Sogar dieser weiche Pelz fühlte sich hart und rauh auf seiner Haut an, und die Hand und der

Unterarm, die überkreuzt auf seiner Brust ruhten, leuchteten in dem zornigen Rot gestauten Blutes. Er sah Wunden, wie sie von Fesseln verursacht wurden. Jaric schloß die Augen und lauschte dem Donnern der Caelfälle. Er roch die feuchte Luft, roch eine Süße, nicht unähnlich dem Duft regennassen Mooses, und er dachte an Taens Lachen. Dann kehrte die Erinnerung zurück, die Erinnerung an eine Taverne, an zu viel Wein und eine Schmach, die unendlich schmerzte. Er versuchte die Finger der Hand zu schließen, die auf der Decke lag, seine Linke, auf der er während all der Tage seiner Gefangenschaft gelegen hatte. Glühender Schmerz begegnete seinem Bemühen. Doch seine Finger bebten, und ganz langsam und ebenso qualvoll schlossen sie sich zu einer Faust.

Jaric fühlte, wie der Schweiß von seinen Schläfen rann. Er atmete flach und keuchte, als er versuchte, die andere Hand zu bewegen, die, die er nicht sehen konnte und die zu der Schulter gehörte, in die ihn der Dämon gebissen hatte.

»Ach! Nein!« Und ohne weitere Vorwarnung packte ihn jemand beim Schopf.

Jaric öffnete die Augen. Die Priesterin der Caelfälle beugte sich über ihn. Die Bandage über ihren Augen war einem Schleier aus feingewobenem Stroh gewichen. Durch die Lücken in dem Gewebe sah er blinde, vernarbte Augen und das ärgerliche Stirnrunzeln eines Mädchens; dann wandte sich die Priesterin ab und rief jemanden, der sich außerhalb seines Blickfeldes aufhielt. Eine Dienerin in Rehlederkleidung eilte herbei und fuhrwerkte an den Verbänden an seiner Schulter herum. Das unsanfte Vorgehen der älteren Frau verriet dem Erben des Feuergebieters, daß er den Umschlag durch seine Bemühungen, sich zu bewegen, verschoben hatte, und seine Pflegerinnen deswegen ausgesprochen verärgert waren.

Jaric mühte sich, den Kopf zu drehen. »Wie lange«, flüsterte er, unfähig einen lauten Ton zustande zu bringen.

Doch wie stets hatte die Priesterin ihn schon verstanden, ehe er zu sprechen angesetzt hatte. »Die Tage zählen zehn, und sechs, während derer der Geist über deine Seele gewacht hat.«

Diese Neuigkeit war erschütternd, nun, da seine Hoffnung wieder aufleben wollte. Jaric zwang sich, durchzuatmen, ehe er versuchte, sich nach den Schlüsseln von Elrinfaer zu erkundigen. »Sagt mir ...«

Doch noch ehe er ein weiteres Wort herausbringen konnte, wandte die Priesterin sich ab. Sie wußte, was er sie fragen wollte, und der Anblick ihrer Kehrseite verdeutlichte ihren Unwillen, ihm zu antworten, weit klarer, als Worte es vermocht hätten. Mit einer kaum erträglichen Willensanstrengung hob er die linke Hand und schloß die Finger um ihre Robe. »Bitte.«

Die Berührung stellte einen Bruch der Etikette dar. Zischend sog die Dienerin Luft zwischen zusammengepreßten Zähnen in ihre Lungen, ehe sie entsetzt nach seinem Unterarm griff und die kränkende Hand zurückzerrte. Erzürnt wirbelte die Priesterin herum und starrte ihn an. Nur die zitternde Lippe unter dem Schleier verriet, daß sie doch auch ein Mädchen war, so einsam und verängstigt wie er selbst. »Wenn du wieder bei Kräften bist, wird dir jene, die der Geist die Traumweberin von Keithland nennt, offenbaren, was du wissen mußt.«

Leichenblaß sank Jaric zurück auf das Fell. Offenbar war Taen in Sicherheit; doch wie lange noch? Und was um alles in Keithland war aus dem Gut geworden, das Anskiere ihm anvertraut hatte, daß er warten sollte, ehe er Näheres erfahren durfte? Doch ihm blieb keine Gelegenheit zu weiteren Fragen, denn die Priesterin wandte sich ab und ließ ihn allein.

Nur die Dienerin war nach wie vor damit beschäftigt, sich zornig an seinem Verband zu schaffen zu machen. Ihre Bemühungen begleitete sie mit zänkischem Zungenschnalzen, bis Jaric nahe daran war, zu rebellieren und mit unbeholfenen Bewegungen versuchte, seine Ohren mit dem Fell zu bedecken.

Die Dienerin hielt ihn auch davon ab und ließ seiner Würde nicht mehr Raum als einer lästigen Stechmücke. »Lieg still«, herrschte sie ihn an, ehe sie einige wenig freundlich klingende Worte in ihrem Dialekt hinzufügte.

Jaric brachte einen Protest zustande. »Ich habe nicht um Hilfe gebeten.«

Ihr schräger Blick bedurfte keiner weiteren Erklärung. Die Frau aus den Bergen hielt inne, die matten schwarzen Augen unverwandt auf sein Gesicht gerichtet. Ihr Rücken war steif, und ihre muskulösen Schultern trugen die Narben von Wunden, die aussahen, als verdankte sie sie einem Geweihhieb. Endlich antwortete sie mit einem harten Akzent. »Die Priesterin wird niemals gefragt. Sie handelt allein im Namen des Geistes.«

»Und sie stellt keine Fragen«, flüsterte Jaric, den schon dieser winzige Ausbruch vollkommen erschöpft hatte.

Brüsk wandte sich die Clanfrau wieder seinen Verbänden zu. »Zu fragen heißt zu sterben, *Ciengard*.«

Zornig, entkräftet und beinahe außer sich vor

Schmerz und Sorge, wandte Jaric das Gesicht dem Wasserfall zu. Als die Dienerin der Priesterin endlich mit seinen Verbänden fertig war, wappnete er sich mit Entschlossenheit und versuchte, seine Beine zu bewegen.

Die Mühe diente lediglich dazu, ihn zu ermüden. Vor Fieber glühend, stürzte er in einen Abgrund der Träume, der von der Macht des Geistes widerhallte. Er sah Fackeln, einen Kreis ledergekleideter Clanangehöriger, die ein Klagelied für die Gefallenen sangen. Er sah eine Tote. In schrecklichem Zustand war sie zu ihren Füßen aufgebahrt und von dunklem Stoff bedeckt, der das Siegel der Priesterin trug. Nur war das Haar dieser Priesterin nicht weiß, sondern braun; auch waren ihre unverhüllten Züge nicht die eines Mädchens. Die Sippschaften der Caelfälle betrauerten eine erwachsene Frau. Im flackernden Flammenschein erkannte Jaric, daß die zeremonielle Ledermaske, die ihre blinden Augen bedeckte, blutgetränkt war. Das Ritual der Initiation selbst hatte ihren vorzeitigen Tod bewirkt.

Neben der Totenbahre stand ein Mädchen, das einst eine Schwester gewesen sein mochte oder eine Tochter oder eine Nichte, nun aber das Zeichen der Nachfolgerin trug. Sie war in eine schmucklose Robe aus weißer Wolle gehüllt. Ihre Füße waren nackt und ihr offen im Wind flatterndes Haar von dem gleichen Kastanienbraun. Mit zitternden Händen senkte sie eine Fackel, doch als die Flamme das zeremonielle Totenhemd ihrer Vorgängerin in Brand setzte, blieben ihre Augen lebendig und ruhig. Während all der abschließenden Rituale der Zeremonie, während das Fleisch einer Verwandten brannte, wich sie nicht zurück noch weinte sie.

Feuer legte sich über die Szenerie, ehe Rauchschwaden die Flammen verdunkelten.

»Zu fragen heißt zu sterben, Ciengard«, schrie eine Stimme aus seiner Erinnerung.

Jaric schwitzte auf seinem Lager aus Fellen. Dunkelheit senkte sich über seinen Geist, als würde sich Wasser über ihm schließen, und irgendwo schrie ein junges Mädchen unter entsetzlichen Qualen.

Bald darauf geriet die Vision aus dem Zusammenhang. Jaric warf sich herum, trieb halb in Trance zwischen Wachen und Schlafen dahin. Verschwommen war er sich der Hände bewußt, die ihn hochhoben und ihm trotz der zusammengebissenen Zähne heiße Brühe einflößten. Einmal, als der Wasserfall unter dem weißen Licht der Blitze eines spätsommerlichen Sturmes tanzte, fühlte er die Priesterin an seiner Seite, die Wahrnehmung, für die sie ihre Sehkraft geopfert hatte, unverwandt auf sein Gesicht gerichtet.

Unter enormen Schwierigkeiten formten seine Lippen Worte. »War das Eure Schwester, die dem Erbe der alten Priesterin nicht gewachsen war?«

Die Priesterin antwortete nicht.

Rasselnd atmete Jaric ein. Obgleich er nicht wußte, ob die Gestalt, die er im Schein der Blitze zu sehen glaubte, ein Traum, eine Erscheinung oder eine Wahnvorstellung, hervorgebracht durch starke Drogen und Gift, war, gab er nicht auf. »Jemand, der Euch nahegestanden hat, ist gestorben. Wenn Ihr an ihrer Stelle das Vermächtnis der alten Priesterin habt auf Euch nehmen müssen und ich dafür verantwortlich bin, so tut es mir leid.«

Die Bergpriesterin regte sich, und das Seufzen ihrer Robe aus geflochtenem Leder ging im Rauschen des Wasserfalls beinahe unter. »Macht darf nicht dem Kummer unterliegen, Ciengard.«

Jaric kämpfte darum, sich aufzusetzen, doch

sogleich griffen Hände nach ihm und drückten ihn wieder herab. In diesem Augenblick empfand er seine Hilflosigkeit quälender als all seine Schmerzen. »Ist die Bedrohung für Keithland, für Landfeste, für jeden Clan unter Eurem Schutz nicht Grund genug? Herrin, ich muß es wissen. Was ist aus den Schlüsseln von Elrinfaer geworden?«

Sein Flehen stieß auf unerbittliche Stille. Ob Ärger oder das angeborene Mißtrauen ihres Volkes der Grund war, die Priesterin ging von dannen, ohne ihn einer Antwort zu würdigen. Erneut ergriffen Träume von dem Bewußtsein Ivainson Jarics Besitz.

Als er das nächste Mal erwachte, erinnerte er sich und fragte nicht mehr. Clanangehörige kamen und gingen, kümmerten sich um seine Bedürfnisse und wechselten seine Verbände. Langsam hörte die Wunde in seiner Schulter zu eitern auf, und die Zeiten des Deliriums nahmen zugunsten immer längerer Stunden klaren Bewußtseins ab. Doch die lähmende Schwäche hielt noch immer an. Beinahe reglos lag Jaric auf seinem Lager, die Sinne erfüllt von dem Donnern der herabstürzenden Wassermassen. Zwei Gedanken kreisten in seinem Kopf: Hätte er sein Erbe früher angenommen, so hätte er sein derzeitiges Leiden vermeiden können; da er es aber nicht getan hatte, blieb ihm in seiner Schwäche nur ein Argument, das die Priesterin bewegen mochte, ihr Schweigen zu brechen.

Trotz all seiner Entschlossenheit verging noch eine ganze Woche, ehe er fähig war, es zu versuchen, und auch dann mußte er noch jenen kurzen Zeitraum abwarten, in dem die älteste der vielen Heilerinnen, die abwechselnd über sein Wohlergehen wachten, eingeschlafen war. Kaum hörte er ihr leises Schnarchen, drehte er sich auf seine gesunde Seite und schleuderte die erstickenden Felle von sich. Das Thienzgift hatte ihn entsetzlich geschwächt; die geringste Bewegung brachte ihn außer Atem und trieb ihm den Schweiß auf die Stirn. Trotzdem zwang er sich auf die zitternden Knie. Dann hielt er inne, benommen um sein Gleichgewicht bemüht. Mit geschlossenen Augen wartete er eine scheinbar entsetzlich lange Zeit, bis das Schwindelgefühl nachgelassen hatte.

Schweiß kühlte seinen Leib, bis er vor Kälte zitterte. Jaric biß sich auf die Lippe und zwang seine unwilligen Glieder, sein Gewicht zu tragen. Die Höhlenwand war gerade zwei Schritte von ihm entfernt, dennoch war er, als er sie erreicht hatte, so außer Atem, als hätte er ein Ausdauerrennen bestritten. Kaum eine Armlänge vor ihm stürzte der Wasserfall in die Tiefe. Mondbeschienen von der Außenseite, schimmerte das Wasser silbrig, unheimlich und kalt und geheimnisvoll. Jaric zog sich an der Wand hoch und schob sich Zentimeter um Zentimeter näher an die Kante.

Spritzwasser jagte wie eisige Nadelstichen über seinen Leib. Jaric leckte sich die Lippen, kostete den reinen Geschmack des Wassers. Seine Knie zitterten. Vor seinen Füßen stürzten die Caelfälle donnernd in die Finsternis hinab. Während er gegen das Schwindelgefühl ankämpfte, beobachtete Jaric die Tropfen, die über seine Zehen tanzten und gleich darauf im Abgrund verschwanden. Ein Kartentext, den er vor langer Zeit in der Bibliothek des Kielmark gelesen hatte, behauptete, daß die Caelfälle über dreihundert Fuß tief in einen Felsenkessel stürzten. Eine zweite, neuere Beschreibung hingegen sprach von der dreifachen Höhe.

Gesegnet mit der typischen Neugier eines Gelehrten, fragte sich Jaric, welcher Bericht korrekt sein mochte.

Ein zischender Atemzug unterbrach seine Träumerei. Derbe Hände rissen ihn von der Kante zurück, und er stürzte direkt vor die Füße der Priesterin der Quelle. Sie trug keinen Schleier. Halbverheilte blinde Augen schienen ihn mit ihrem Tadel versengen zu wollen.

»*Ciengard.*« Das Wort selbst war ein Ausdruck reinen Zorns angesichts seiner Sorglosigkeit; wäre er hinabgestürzt, wäre die Zukunft der Menschheit mit ihm gestorben.

»Sagt mir, was ich wissen muß«, verlangte Jaric, obwohl er längst all seine Kraft verbraucht hatte und kaum mehr imstande war zu sprechen.

Die Priesterin stampfte mit dem Fuß auf. Dienerinnen eilten in die Höhle. Halb trugen, halb zerrten sie Jaric auf Kommando ihrer Herrin hin zurück zu seinen Fellen.

Als er am nächsten Morgen erwachte, hielten zwei mit Äxten bewaffnete Clankrieger vor seinem Lager Wache. Gedemütigt und erzürnt über sein Versagen, brüllte Jaric an die Priesterin gewandt, die zwar nicht anwesend war, ihn aber wahrscheinlich durchaus hören konnte: »Bin ich denn ein Gefangener?»

Als sie seine herausfordernde Frage aber beantwortete, erschrak er, denn das Rauschen des Wasserfalls hatte ihre Ankunft vor ihm verborgen. »Kein Gefangener, *Ciengard*, nicht der unsere, wohl aber der des Schicksals, an das du gebunden bist.« Aus dem hinter ihm liegenden Schatten trat sie in sein Blickfeld. In ihrer schwarzen Kleidung erinnerte sie nicht im mindesten an das Kind, das sie eigentlich war. Fest verwurzelt in der totalen Akzeptanz der Macht, die sie ihrer Jugend beraubt hatte, reichte ihre Haltung aus, ihn in Verlegenheit zu bringen. Feierlich überreichte sie ihm sein Schwert, von dessen Heft ein vertrauter, von neuen Blutspuren befleckter Lederbeutel herabbaumelte. Mit einer Geste des Respekts fügte die Priesterin hinzu: »Kein Gefangener, Sohn des Ivain, Erbe des Feuergebieters. Niemals.«

Mit großer Erleichterung griff Jaric nach der Waffe. Er war sechzehn gewesen, als er von seiner Herkunft erfahren hatte, siebzehn, als er sich Anskieres Willen gefügt hatte. Nun, mit achtzehn, sah er sich mit seinen größten Verpflichtungen dem Urteil eines zwölfjährigen Kindes gegenüber, dessen Courage ihn zutiefst beschämte. Jaric mußte sich zwingen, nicht einfach zusammenzubrechen. Das Gewicht des Stahls lastete schwer auf ihm und legte ein deutliches Zeugnis darüber ab, wie sehr das Gift des Thienz seine Lebenskraft erschöpft hatte. Er ließ die kalte Klinge auf seine Brust sinken, ehe er tastete und bald die harten Kanten von Anskieres Basaltblock fühlte. Die Schlüssel von Elrinfaer waren gerettet. Vor Erleichterung erschöpft, umklammerte Jaric das Schwert mit seiner Bürde magischer Banne, bis seine Fingerknöchel weiß hervortraten. »Habt Dank, gnädige Frau«, flüsterte er schließlich mühsam.

In teilnahmslosem, eisernem Schweigen betrachtete ihn die Priesterin, so als würde ihre Gabe von einer Last größten Kummers aufgewogen. Entwaffnet und verzweifelt dem brennenden Blick ihrer blinden Augen ausgesetzt, gedemütigt durch eine Schuld, die er kaum fassen konnte, wandte Jaric sich ab und vergrub sein Antlitz in den Fellen. Nach einer Weile verließ sie ihn wortlos, nur die Wachen zu seinen Füßen blieben zurück.

Eine weitere Woche verging. Jeden Tag zog die Dämmerung grau hinter den Fluten der Caelfälle herauf. Jaric übte sich darin, sein Schwert zu heben. Dann, als seine Hände zu zittern aufhörten, probierte er vorsichtig, die Klinge zu führen, während seine beiden Bewacher seine Fortschritte grunzend kommentierten. Zwischendurch spielten sie ein Spiel, und das Klappern der Figuren schien die Dauer seines Leidens noch weiter hinauszuzögern. Seine Beharrlichkeit mußte ihm im Laufe der Zeit Anerkennung unter den Clankriegern eingebracht haben, denn wenn die Heilerinnen erschienen, um seine Verbände zu wechseln, ihn zu füttern oder andere wenig angenehme Aufgaben zu erledigen, gönnten ihm seine Bewacher Privatsphäre, indem sie ihm den Rücken zukehrten. Tag und Nacht kämpfte Jaric um die Wiederherstellung seiner Gesundheit, die das Gift des Thienz zerstört hatte. Langsam begann sein Leib zu heilen; zuerst ließ die Blässe nach, dann das ermattende Zittern. Seine Geschicklichkeit kehrte zurück, allmählich gefolgt von seinem Gleichgewichtssinn und den ersten Anzeichen neuerwachender Kraft. Schließlich wurde ihm gestattet, von den Kriegern gestützt, aufzustehen, bis er endlich unter größten Schwierigkeiten wieder zu laufen lernte.

In dem Augenblick, in dem er die Höhle ohne Hilfe durchqueren konnte, verlangte er, die *Callinde* aufzusuchen. Die Priesterin verweigerte ihm seinen Wunsch, bis er ihr durch Worte und vehemente Gesten verdeutlichen konnte, daß die Verzögerung von zwei Wochen nicht auf drei ausgedehnt werden sollte. Seinem Boot war es unter der Herrschaft der Thienz nicht gut ergangen; zerfetzte Segel und verrottete Taue würden ihn ebenso aufhalten wie ein Rückfall, und die dämonischen Jäger des Schattentempels würden kaum darauf warten, bis er mit all den Reparaturen fertig wäre.

Dennoch vergingen noch weitere fünf Tage, bis die Priesterin widerstrebend einwilligte. Jaric erhob sich am folgenden Morgen und rollte seine Felle ordentlich zusammen. Er schlüpfte in die gewaschenen, geflickten Kleider und gürtete sein Schwert. Den beiden Kriegern, die zu seiner Unterstützung abgestellt worden waren, wuchs noch kaum ein Barthaar. Sie gingen an seiner Seite, als er die Grotte der Priesterin verließ und sich an den Abstieg machte, während links von ihm der ewige Strom des Wassers in die Tiefe stürzte. Der Felsboden war glatt und feucht, poliert von Jahrhunderte währenden Auswaschungen. Auf der Felswand zu seiner Rechten befanden sich Bilder vom Untergang Kors, Jagdszenen und rituelle Darstellungen, deren Bedeutung Jaric nur vermuten konnte. Schließlich endete der schmale Pfad auf einem Felsvorsprung, und Jaric trat zum ersten Mal nach siebenunddreißig Tagen hinaus in den Sonnenschein.

Die gleißendhellen Reflexionen des Wasserfalls blendeten ihn. Blinzelnd, um seine Augen zu schützen, die Schulter matt an den Felsen gelehnt, erkannte Jaric eine Reihe hölzerner Sprossen, die in Kerben im Felsgestein eingelassen waren. Die Luft roch nach Balsam und moderndem Laub, Waldgerüche, wie sie ihm aus dem Seitwald vertraut waren. In der Tiefe donnerten die Wassermassen über zerklüftetes Granitgestein, um sich schließlich, weit, weit unter ihm, schäumend in einen Kessel zu ergießen. Für das Auge des Seemanns hatte der zweite Text die Höhe des Wasserfalls korrekter angegeben. Jaric schluckte. Die Erinnerung an jenen Augenblick, an dem er schwankend am Rand des

Abgrundes gestanden hatte, und an den gerechten Zorn der Priesterin, als sie ihn zurückgezerrt hatte, trieb ihm den Schweiß aus den Poren.

Hinter ihm sprach einer der Krieger im Dialekt der Clans und erkundigte sich, ob Jaric unter Höhenangst litt. Jaric schüttelte den Kopf. Wie aus Holz gefertigte Modelle wirkten die Hütten und Gärten und der unvermeidliche Kreis festgestampfter Erde, auf dem die Wagen standen und die Gespanne angeleint waren, weit unter ihnen. Die Caelfälle erinnerten mehr an einen Schrein denn an eine Siedlung. Sippschaften kamen hierher, um die Priesterin zu befragen oder Opfergaben, Nahrung oder Felle für diejenigen zu hinterlassen, die in ihren Diensten verblieben. Weiter hinten schlossen sich von Sümpfen durchzogene Wälder an, und die rötliche Erde der Schilfteiche trocknete in der spätsommerlichen Hitze.

»Wie weit ist die Küste entfernt?« erkundigte sich Jaric in dem Dialekt der Clans, soweit er ihn während der Zeit seiner Gesundung zu beherrschen gelernt hatte.

Der Krieger vor ihm grinste. Leuchtendweiß hoben sich seine Zähne vor seiner sonnengebräunten Haut ab. »Folgt uns.«

Während er sich noch fragte, ob die merkwürdigen Antworten der Bergbewohner die Folge seiner komischen Aussprache waren oder vielmehr eine Folge ihrer geradezu perversen Schweigsamkeit, ging Jaric über den Sims auf die Sprossen zu. Der Abgrund war steil. Keineswegs sicher, ob er stark genug war, den Abstieg zu bewältigen, betrat er die Sprossen und kletterte frei in der Luft schwebend eifrig in die Tiefe.

Unterwegs gab es von Geländern gesicherte Nischen, in denen ein Wanderer rasten konnte.

Keuchend und schwitzend auf der obersten von ihnen zusammengekauert, verfluchte Jaric seinen giftgeschundenen Leib, während die Krieger in seiner Begleitung die Sprossen über und unter ihm besetzt hielten und unbeschwert miteinander scherzten. Lange, bevor der Schmerz in seinen Muskeln nachgelassen hatte, zwang sich der Erbe des Feuergebieters, aufzustehen. Den Rest des Abstiegs schaffte er ohne weitere Pausen, obwohl die Anstrengung ihn beinahe umgebrachte. Unten angekommen, brach er schwer keuchend zusammen. Die Finger seiner beiden Hände zuckten in unkontrollierbaren Krämpfen, und Schwindelgefühl legte sich über seine Sinne.

»Ihr seid verrückt, aber tapfer«, sagte einer der Krieger, doch Jaric wußte nicht, ob er spottete oder gar verärgert war. Im nächsten Augenblick wurde er von sehnigen Armen hochgehoben. Während er sich darum bemühte, den Federschmuck, der an den Armen seines Trägers baumelte, nicht einzuatmen, fühlte er, wie er auf das Weidengeflecht eines lederbezogenen Bootes niedergelassen wurde. Das Boot schwankte heftig, als der zweite Krieger an Bord sprang und es vom Ufer abstieß. Dann packte die Strömung das zierliche Wasserfahrzeug.

Benommen, überdies von dem herumwirbelnden Anblick des Himmels und der windgebeugten Baumwipfel zusätzlich seiner Orientierung beraubt, kämpfte Jaric gegen einen unerwarteten Anfall von Seekrankheit. Bald hatte er sich weit genug erholt, um zu erkennen, daß die beiden Krieger hastig paddelten. Spritzwasser und Schweiß überzogen ihre bronzene Haut mit einem feinen Schimmer. Das Donnern des Wasserfalles wurde leiser, wich bald einem anderen Lärm, als das kleine Boot von den Stromschnellen durchgerüttelt wurde. Mühsam richtete Jaric sich auf. »Wie weit ist es bis zum Meer?»

»Nicht weit, *Ciengard*«, versicherte ihm der Krieger im Heck mit einem Kopfnicken.

Jaric wandte sich um, um einen Blick in die angedeutete Richtung zu werfen, als das Boot mit einem heftigen Ruck in ein Wellental stürzte. Er zog sich an dem Dollbord hoch, gerade rechtzeitig, um eine Wand aus Schilfgras zu sehen, die direkt auf sein Gesicht zukam. Mit einem leisen Aufschrei zog er den Kopf ein und schaffte es gerade noch, nicht herauszufallen, als das Boot gegen die Pflanzen prallte.

Die Krieger schlugen sich lachend auf die Schenkel. Dann, inmitten eines Durcheinanders wilder Gesten, drückten sie Jaric abgebrochene Schilfhalme in die Hände, um auszulosen, wer das festgefahrene Boot freizerren sollte.

Der Verlierer behauptete, betrogen worden zu sein. Halb frustriert, halb überwältigt von der ersten Freiheit, die ihm nun seit Wochen zuteil wurde, sprang Jaric über das Dollbord, um sich der Angelegenheit selbst anzunehmen. Bis zur Hüfte versank er in braunem Schlamm, ehe seine Füße den Boden berührten.

Verblüfft schwiegen die Krieger und starrten ihn an. Dann ergriff einer von ihnen das Wort. »*Ciengard*, wir benutzen für diese Arbeit normalerweise die Schifferstange unter der Ruderbank.«

»O Kor!« rief Jaric aus. »Hat Eure Priesterin Euch etwa erzählt, ich würde zugrunde gehen, wenn ich mit Wasser in Berührung komme?» Und dann versetzte er dem Boot einen Stoß, der heftig genug war, seine Begleiter aus dem Gleichgewicht zu bringen. Mit einem lauten Platschen stürzten sie in das faulige Wasser in dem Schilfgrasstand.

Spuckend richteten sie sich wieder auf. Schilf

hatte sich in ihrer nassen, schmutzigen Lederkleidung verfangen.

»Wie weit ist es bis zum Meer?» verlangte Jaric erneut zu erfahren.

»Oh, wir sind schon ganz nahe«, sagte einer der Männer, ehe er dem Boot mit einem bösartigen Funkeln in den Augen einen weiteren Stoß versetzte, bis es kieloben in dem morastigen Wasser trieb.

Kapitel 18

DIE VERWUNSCHENE INSEL

Die drei Männer in dem Boot erreichten die Küste zur Mittagsstunde. Das nasse Leder hatte ihre Haut gereizt, und sie waren fortwährend damit beschäftigt, nach Insekten zu schlagen, die sich an ihnen gütlich tun wollten. Inzwischen trug Jaric das Armband eines der Krieger. Der junge Mann, der ihm dieses Geschenk gemacht hatte, hatte im Gegenzug von Jaric eine Stulpe erhalten, die dieser seinem zweitbesten Hemd entrissen hatte. Doch aller Überschwang, der sich zwischen den Clankriegern und dem Erben des Feuergebieters während der wilden Fahrt durch den Wasserlauf entwickelt hatte, verschwand sofort, als sie die Flußmündung erreichten. Von dem Augenblick an, da sie einen Fuß an Land gesetzt hatten, ergingen sich die beiden Krieger in brütendem Schweigen. Während über ihnen Möwen kreischend ihre Kreise zogen, schlenderten sie über die Bucht, entkleideten sich und begannen ohne Jaric eines Wortes oder eines Blickes zu würdigen, ihre schmutzige Lederkleidung mit Sand abzureiben.

Sich selbst überlassen und überdies von der Reise weit erschöpfter, als er zugeben wollte, machte sich Jaric schließlich auf die Suche nach der *Callinde*. Sie lag nicht weit entfernt oberhalb der Flutlinie an der Küste auf dem Trockenen. Auf den ersten Blick schien an Bord beinahe alles in Ordnung zu sein, doch einen Steinwurf von ihrem Bug entfernt, zwischen der See und den Algen, die von der letzten

Flut zurückgeblieben waren, zeichnete eine geschwärzte Stelle den Sand. Hier hatte vor nicht langer Zeit ein großes Feuer gebrannt, und plötzlich lief Jaric ein kalter Schauer über den Rücken.

Neben ihm raschelte es im Sand. Er sah auf und entdeckte einen der Krieger an seiner Seite. »Sagt mir, was geschehen ist«, sagte Ivainson leise.

Der Clankrieger betrachtete ihn mit ausdrucksloser Miene. »So etwas erzählt man nicht bei Tageslicht, *Ciengard*.«

Wind zerzauste Jarics Haar; die Federn, die an dem Sippschaftsarmband befestigt waren, schlugen heftig gegen seine Handfläche. Plötzlich schien die Sonne zu heiß, die Luft hingegen unsäglich kalt zu sein. »Sagt es mir«, wiederholte er. »Ob bei Dunkelheit oder im Licht. Als *Ciengard* habe ich das Recht, es zu erfahren.«

Der Clankrieger senkte den Kopf. Als wäre diese Bewegung ein Signal an seinen Kameraden gewesen, schüttelte jener den Sand von seiner Lederkleidung und erhob sich. Noch unbekleidet schlenderte er zu den beiden Männern herüber, und erst in diesem Augenblick erkannte Jaric zu seinem Erstaunen, daß die Krieger Brüder waren.

»Dann werden wir auf die Dämmerung warten«, sagte der Ältere.

Jaric nickte und ging ohne ein weiteres Wort davon, um sich um die *Callinde* zu kümmern. Er verbrachte den Nachmittag damit, Splitter zu entfernen, wo Pfeile und Speere ihre Planken verwundet hatten, und die stinkenden Flecken zu entfernen, die von halbverzehrten Fischen herrührten. Dann richtete er Leinen und Segel her und flickte das ausgefranste Stagsegel. Bald färbte sich der Himmel rot. Als die Sonne im Westen im Meer versank, rief ihn ein hochtönender Klageruf von seiner

Arbeit. Die Bergbewohner standen am Strand. Ihre Schatten fielen über die geschwärzte Stelle, an der vor nicht einmal vierzig Tagen ein Feuer gebrannt hatte. Sie sanken auf die Knie, hockten sich zu Boden, als das letzte Tageslicht erstarb und Jaric sich zu ihnen gesellte. Die Schreie der Möwen am Himmel verhallten. Zwielicht senkte sich mit silbrigem Schein über die Küste, als der Erbe Ivains, des Feuergebieters, in Worten und Bildern, die in den kalten Sand gezeichnet wurden, erfuhr, was die Sippschaften der Caelfälle geopfert hatten, um ihn zu retten.

Die Clankrieger beendeten ihren Bericht mit einer traditionellen Totenklage. Dann, nicht gewillt sich an einem Ort zur Ruhe zu begeben, an dem Blut vergossen worden war, erhoben sie sich und verschwanden in aller Stille im Wald. Inzwischen war es vollkommen dunkel. Jaric kniete reglos unter dem Sternenhimmel vor dem erkalteten Aschekreis. Lange lauschte er dem Rauschen der Brandung, und während der ganzen Zeit trauerte er um jedes Leben, das durch sein Zögern zerstört worden war; für die Monate, die er in Landfeste auf der Suche nach einer Alternative zu seinem Erbe vertrödelt hatte, hatten achtunddreißig Männer und Frauen und zwölf Kinder – die erste Nachfolgerin der alten Priesterin, die das Ritual ihrer Initiation nicht überlebt hatte, nicht mitgezählt – mit ihrem Blut bezahlt.

Jaric starrte in die Asche, schwarz wie eine Grube in der Dunkelheit der Nacht. Einst hätte er die Loyalität der Clans des südwestlichen Elrinfaer nicht verstanden, die einem Ruf gefolgt waren, der sie gezwungen hatte, bei Tag und bei Nacht mit wenig Nahrung und ohne Schlaf unterwegs zu sein, nur um einem Fremden zu Hilfe zu kommen. Daß

Kinder durch diese Tortur erkrankt waren, daß eine Frau in den Wehen am Wegesrand hatte zurückgelassen werden müssen, all das durfte für sie nicht zählen. Die Priesterin hatte die Sippschaften aus einem Grund zusammengerufen, der keinen Aufschub geduldet hatte. Jaric ballte die Hände zu Fäusten; doch sein Bedauern kam nun zu spät. So hatte es ihm der junge Krieger erklärt, der ihm von dem Kampf am Strand berichtet hatte, bei dem jeder Clan, der sich dem Schrein der Caelfälle gegenüber verantworten mußte, Aufstellung bezogen hatte, um die Thienz niederzuringen. Die Thienz hatten den Erben des Feuergebieters in großer Zahl bewacht, und die Macht, mit der sie den Geist bezwingen konnten, war viel zu gefährlich, um sich ihr mit einer kleinen Gruppe Krieger zu stellen. Selbst die Kinder hatten mithelfen müssen, die Dämonen abzulenken. Wäre aber Jaric ihnen nicht lebendig entrissen worden, so hätte der Schattentempel unausweichlich über die Menschheit gesiegt, und selbst ein einziger Überlebender unter den Thienz hätte noch mit den Schlüsseln von Elrinfaer entkommen und die Mharg befreien können.

Die Clans hatten gesiegt, doch der Preis dafür war hoch gewesen. Die alte Priesterin war gestorben, als sie den Bann über Jarics Bewußtsein gebrochen hatte. Ihre zweite Nachfolgerin war mit einer großen Gabe gesegnet, doch beklagenswert unerfahren. Unendlich wertvolles Wissen war verloren gegangen. Während er dies berichtet hatte, hatte der junge Krieger mit den Schultern gezuckt. »Die See mag ganze Küstenlinien verschlingen, doch *Ciengard* muß segeln, wenn das verbliebene Land fruchtbar bleiben soll. Kann ein Mensch sich dem Willen des Geistes widersetzen und überleben?«

Mit dem Finger strich Jaric durch die Asche, dem einzigen Zeugnis jener Achtunddreißig, die gestorben waren, unter ihnen der Vater und die Schwester der Brüder, die ihn zu seiner *Callinde* begleitet hatten. Er tat einen zittrigen Atemzug, doch er weinte nicht um den Knaben, der sich später bis zu seinem Tode verausgabt hatte, als er Kräuter und Mineralien gesammelt hatte, die der Geist der Priesterin als Gegenmittel gegen das Gift der Thienz genannt hatte, auf daß die Hoffnung für die Menschheit aufrechterhalten bleiben konnte. Einst hätte die Bürde eines so schonungslosen Opfers Ivainson Jaric gebrochen. Doch nun nicht mehr; er hatte sich während der Monate, die seit seiner Abreise aus Landfeste vergangen waren, umfassend verändert. In dieser Nacht legte Jaric die Handflächen auf den Sand und legte ein stilles Gelöbnis für die Toten ab. Die *Callinde* würde im Morgengrauen in See stechen.

In dieser Nacht, eingehüllt in das feuchte Tuch des Großsegels, träumte er von schwarzen Schiffen, von einer Flotte, so groß, daß der ganze Ozean unter ihrem Kielwasser schäumte. Wind heulte durch den endlosen Wald ihrer Takelage, und in seinem dissonanten Klagelied schrie Taens Stimme eine Warnung: Maelgrim, der Dunkle Träumer, segelte mit den Thienz. Würde Jaric von dem Bruder überwältigt, der ein Sklave des Schattentempels war, so wäre die Zukunft Keithlands unwiderruflich verloren.

Dann gesellten sich die Schreie der toten Bergbewohner zu Taens Stimme. Und noch immer hielten die Dämonenschiffe unaufhaltsam auf das Meer im Südwesten zu.

Im Traum spannte Jaric die Leinen, bis seine Hände bluteten. Mit äußerster Präzision führte er das Ruder der *Callinde,* während er jede noch so kleine Brise zu seinem Vorteil nutzte. Doch das Boot des alten Mathieson bewegte sich zu unbeholfen. Mühelos holte die Dämonenflotte auf. Feindliche Segel wurden größer und größer, verdeckten den Himmel und hüllten Jaric in Schatten. Von irgendwoher hörte er Taen voller Furcht Anweisungen rufen; doch die Dunkelheit erstickte ihre Worte, bis sie nicht mehr zu verstehen waren.

In diesem Augenblick trat jemand gegen sein Bein. Jaric schrak auf, richtete sich ruckartig inmitten eines Durcheinanders aus Segeln auf. Blinzelnd versuchte er, den Schweiß, der in seine Augen lief, zu vertreiben. Schweratmend erinnerte er sich angesichts des Segeltuches um seine Schultern, daß die *Callinde* auf dem Strand im Süden Elrinfaers lag. Neben ihm stand die Priesterin der Caelfälle. Ihre vernarbten Augen lagen unter einem Schleier verborgen, der wie Rauch auf der Brise schwebte; Sterne schimmerten jenseits des halbdurchsichtigen Stoffes, Juwelen für das unter ihm versteckte Gesicht.

»*Ciengard,* du wirst mit dem Sonnenaufgang reisen.«

Wieder einmal von ihrem übersinnlichen Wissen überrascht, überdies erschöpft von den Schrecken seines Traumes, nickte Jaric nur. Müde richtete er sich vollständig auf und stützte sich auf den abgeschrägten Schaft des Ruders. »Das muß ich, gnädige Frau.«

Doch die Priesterin war nicht gekommen, ihn aufzuhalten. »Du suchst die Vaere, *Ciengard.*« Außerhalb der hallenden Grotte schien ihre Stimme merkwürdig dünn. Dennoch haftete ihr keinerlei jugendliche Unsicherheit an, als sie den Schleier lüftete und ihn aus Augen betrachtete, die keinen lebendigen Mann sahen, sondern eine Geisterwelt der Mysterien.

Jaric erschauderte.

Die Priesterin ignorierte sein Unbehagen. Als spräche sie mit der Luft, wiederholte sie die Anweisungen, die der Geist ihr im Schrein der Caelfälle gegeben hatte. Dann verhallten ihre leidenschaftslosen Worte. Mit kaum hörbarem Rascheln senkte sie den Schleier und verschwand.

Jaric sah ihr nach, ein Schatten vor den gischtschäumenden Wogen, die sich auf dem Sand brachen. Bald verschmolz ihre Gestalt mit dem schwarzen Aschekreis, und sie schien vom Antlitz der Erde selbst zu verschwinden.

Ihr Erscheinen mochte eine Vision gewesen sein; Jaric beobachtete, wie die Wogen sich aufbauten und brachen, schaute dem silbrig schimmernden abfließenden Wasser zu, das sich schäumend mit den heranrollenden Wellen vermengte. Nun weinte er, doch nicht um die Toten, sondern um die schmerzhafte Wiedergeburt der Hoffnung selbst. Ohne jeden Zweifel existierten die schwarzen Schiffe und Taens Warnungen aus seinem Traum tatsächlich; der Herr der Dämonen hatte Maelgrim, den Dunklen Träumer, aus dem Schattentempel ausgesandt, ihn zu jagen. Doch die mächtigste Priesterin des Geistes hatte zum zweiten Mal in der langen Geschichte der Clans gesprochen, um einem Stadtgeborenen die bedeutsamste Führung zukommen zu lassen, die ein Mensch je erfahren hatte. Dies mochte vielleicht reichen, die Pläne des Dunklen Träumers und seiner dämonischen Herren zu durchkreuzen. In Worten, die ein Seemann verstehen konnte, hatte die Priesterin der Caelfälle Ivainson Jaric die Lage der Insel der Vaere beschrieben. Sie hatte das nicht um ihrer toten Clankrieger willen getan, nicht einmal für die fortgesetzte Sicherheit menschlicher Existenz. Sie hatte dem Erben des Feuergebieters dieses Geschenk gemacht, weil er gelernt hatte, sein Schicksal anzunehmen, sich ihm um seiner selbst willen voll und ganz zu stellen.

Jaric sprang auf, riß den Deckel der Truhe auf, in der seine Seekarten ruhten, und wühlte nach der Karte, die ihm das Meer im Süden und Westen der Freien Inseln zeigen würde. An Ort und Stelle im Sternenlicht stellte er seine Berechnungen auf und schätzte seine Reisedauer auf drei Wochen, vorausgesetzt, der Wind ließ ihn nicht im Stich. Zu unruhig, um noch zu schlafen zu können, überprüfte er die Vorräte der *Callinde*; dann, nachdem er dankbar festgestellt hatte, daß Wasser und Proviant bereits von den großzügigen Händen der Clanangehörigen aufgefüllt worden waren, zog er seine Stiefel an. Westwinde spielten in den Federn des Kriegerarmbandes, als er die Leinen vorbereitete, um die *Callinde* ins Meer zu ziehen. Jaric biß die Zähne zusammen, als seine Schwäche ihn an die noch immer verbliebenen Nachwirkungen des Thienzgiftes erinnerte. Voller Entschlossenheit, überdies von der Hoffnung und der Wichtigkeit seiner Mission angetrieben, arbeitete er mit aller Kraft weiter daran, das Boot zu Wasser zu lassen.

Endlich, schweißgebadet, keuchend und bereit, an Bord zu gehen, stand er im seichten Wasser und blickte noch einmal zurück. Fahl lag die Bucht im Sternenschein, überschattet von der Narbe des Feuers, mit dem die Tapferkeit der achtunddreißig Toten geehrt worden war. Jaric nannte nacheinander ihre Namen, ehe er seinen erschöpften Leib über die hohe Ruderbank der *Callinde* zog. Seine Hände zitterten, als er die Segel ausschüttelte, und sein Kopf schwamm in einem Meer der Benommenheit. Langsam und mühevoll drehte sich der Bug der *Callinde*. Ihre Segel blähten sich im Wind. Mit deutlichem Widerstreben reagierte das plumpe Boot des alten Mathieson auf den Schub der Brise und nahm Fahrt auf. Leise wisperte ihr Kielwasser vor dem lauteren Donnern der Brandung.

Jaric wandte sein Gesicht der See zu. Er segelte nicht länger nur um Taens willen oder für die Bevölkerung, deren Andenken so sorgfältig in den farbigen Türmen von Landfeste bewahrt wurde. Die wilden Clans von Keithland hatten ihre Lieben für eine Zukunft geopfert. Ihnen gegenüber hatte er eine Blutschuld auf sich geladen, die allein der Zyklus des Feuers tilgen konnte; schließlich konnte auch ihm nichts anderes mehr Frieden bringen.

Am Morgen, als die beiden Brüder, die Jaric beschützen sollten, auf ihre Posten zurückkehrten, fanden sie die Bucht verlassen vor. Durch den dunklen Kreis, den das Feuer zu Ehren der Gefallenen hinterlassen hatte, zog sich eine weiße Spur, verursacht durch den Kiel der *Callinde*.

Der erste Teil der Reise verlief ruhig. Mildes Wetter hielt vor, und der Wind blies stetig aus östlicher Richtung. Am Tage aalte sich Jaric im Sonnenschein und hielt wachsam am Horizont nach Segeln Ausschau, die doch nicht erschienen. Bei Nacht dachte er an Taen, während die Sterne über der *Callinde* ihre Bahnen beschrieben und die Segel leise im Tanz von Brise und Wellengang flatterten. Langsam kehrte die Stärke zurück, die ihm das Gift des Thienz vorübergehend genommen hatte. Während Meile um Meile unter dem Rumpf des alten Bootes dahinzogen, nahmen Jarics Schwindelanfälle mehr und mehr ab; schließlich zog der Morgen herauf, an dem er seine Sichtungen vornehmen konnte, ohne daß alles, was er sah, vor seinen Augen verschwamm. Bräune überzog wieder seinen Rücken und seine Schultern, abgesehen von der geröteten Narbe, die von den Zähnen des Thienz in seinem Fleisch zurückgeblieben war. Doch inzwischen war von dem Wundschmerz nur ein Jucken geblieben.

Als schließlich das Wetter umschlug und Regen von Süden her aufzog, war die Gesundheit des Erben des Feuergebieters beinahe wieder vollständig hergestellt. Zwar rieb er sich die Hände am Ruder wund, doch er klagte nicht, sondern kümmerte sich mit akribischer Sorgfalt um seinen Kurs und kontrollierte immer wieder den Horizont. Keine schwarze Flotte war zu sehen. Weiße Gischt schäumte auf den grauen Wogen. Sturmtaucher jagten wie Weberschiffchen durch Kette und Schuß durch die aufbrandenden Wellen, und einmal vertrieb sich ein Delphinpaar die Zeit vor seiner Bugwelle. Jaric beobachtete ihr Spiel voller Sehnsucht, war er sich doch mehr denn je bewußt, welch starken Beschränkungen seine eigene Freiheit unterlag.

Die *Callinde* passierte die Breite von Islamere. Jaric feierte seinen Fortschritt, indem er den letzten der getrockneten Äpfel aß, denn nun hatte er die Hälfte der Strecke bis zur Insel der Vaere bewältigt. Noch immer war keine schwarze Flotte zu sehen, die ihm am Horizont auflauerte. Der Sonnenuntergang färbte die Fluten goldrot, während der Vollmond sich im Osten wie eine Perle auf grauem Samt erhob. Jaric wusch seine Hemden und knüpfte sie zum Trocknen an die Stag. Dann, besänftigt durch den vertrauten Klang im Wind flatternder Wäsche, dem peitschenden Schlagen loser Tauenden und dem Knarren des Rumpfes, setzte er sich mit nacktem Oberkörper an seinen gewohnten Platz am Ruder und wartete auf die Dunkelheit.

Zur Mitternachtsstunde erwachte er mit dem unguten Gefühl, daß irgend etwas nicht in Ordnung war. Hell wie eine frisch geprägte Silbermünze schien der Mond am Himmel. Die Aufbauten der *Callinde* schimmerten im Wechselspiel von Licht und Schatten. Jedes Segel trug seine Last unter perfekter Spannung. Das Boot ritt über eine Woge. Die Seile, die das Ruder sicherten, knarrten unter der Anspannung, erschlafften dann, als die *Callinde* in das Wellental eintauchte. Alle Geräusche wiederholten sich zum abertausendsten Mal, doch nun schien ihr Rhythmus nicht länger beruhigend. Jaric ließ seinen Blick über den Horizont gleiten, der im Mondschein weiß aufleuchtete. Er entdeckte keine Silhouetten schwarzer Schiffe, die sich ihm auf dem Weg nach Westen entgegenstellten. Nur der stete Wellengang des Meeres begegnete seinen suchenden Blicken, und doch stellten sich ihm aus einem Grund, den er nicht erfassen konnte, die Nackenhaare auf.

Er erhob sich und erschrak heftig, als ein feuchter Hemdsärmel gegen seine Kehle schlug. Die *Callinde* hüpfte über eine weitere Woge. Jaric riß das unverfrorene Kleidungsstück herunter und knüllte es zu einer Kugel zusammen, die er unter die Ruderbank im Heck schob. Nervös wanderte er zwischen Backbord und Steuerbord hin und her und prüfte unterwegs die Spannung der Leinen. Alles war vollkommen in Ordnung. Schließlich, als er das Unbehagen kaum mehr ertragen konnte, tastete er nach dem Lederband um seinen Hals und schloß die Finger um die Kanten des Basaltsteins, der die Schlüssel von Elrinfaer barg. Der Stein fühlte sich unter dem Leder kalt an; und am Horizont zeigte sich keinerlei Veränderung.

Nichtsdestoweniger waren die Dämonen da und erwarteten ihn. Jaric war sich ihrer Anwesenheit absolut sicher, und diese Gewißheit drohte ihn zu ersticken. Bei dieser Begegnung war die Gefahr, in der er sich befand, um das Zehnfache größer als zuvor, denn die Wochen, während derer er sich von dem Gift des Thienz erholt hatte, hatten der zweiten Flotte des Schattentempels genug Zeit gelassen, gen Süden zu segeln. Dieses Mal war Maelgrim, der Dunkle Träumer, unterwegs, um ihm den Weg abzuschneiden. Jaric kehrte zum Ruder zurück und umfaßte das solide Holz mit schweißnassen Händen. Ihm fehlten die Kenntnisse eines Zauberers, um sich zu schützen. Durch seine menschliche Schwäche dem Untergang geweiht, senkte er den Kopf und leistete still Abbitte bei den toten Clanangehörigen, bei dem alten Mathieson und bei Anskiere von Elrinfaer, der im Eis gefangen war. Dann, so als hätte ihm die Erinnerung zu einer neuen Erkenntnis verholfen, schenkte ihm der Gedanke an Anskiere die verzweifelte Idee zu einem Ausweg aus seiner Lage. Erneut griff Jaric zu dem Beutel an seinem Hals. Mit zitternden Händen riß er die Verschnürung auf und zog die schwarzgoldene Feder des Sturmfalken hervor. Im Mondschein schimmerte diese Saat des schrecklichsten Sturmes, der je dem Ruf eines Wettermagiers gefolgt war, silbrig und schwarz. Einst hatte eben jener Sturm eine ganze Kriegsflotte vernichtet; zu einer anderen Zeit hatte Jaric selbst während der furchtbaren Überfahrt von Mearren Ard nach Riffhafen gegen seine Ausläufer gekämpft. Noch immer trug die *Callinde* die Narben, die ihr die wütenden Wogen zugefügt hatten. Mit seinen

Händen umfaßte Jaric den tödlichsten Zorn der Natur selbst, erfüllt von der Macht der Vaere-geschulten, der sich zu verweigern, Jaric einst geschworen hatte; doch ihm blieb keine andere Möglichkeit. Hier, allein, als Jagdbeute der Dämonen und Ziel des Hasses Maelgrims, des Dunklen Träumers, war die Feder mit ihrem zerstörerischen Potential die einzige Waffe, die ihm geblieben war.

Jaric wagte nicht, noch ein zweites Mal darüber nachzudenken. Würde er das tun, so würde die Feigheit ihn gewiß übermannen. Während sich die schaurige Vorahnung unentrinnbar in einem heftigen Zittern äußerte, nahm er den Schaft der Feder des Sturmfalken zwischen die Finger, wartete auf eine Böe und ließ sie davonfliegen.

Die Feder schwebte über die Wogen hinweg. Jaric sah ihr mit klopfendem Herzen nach, doch keine blaugefärbte Aura magischer Energien kam zum Vorschein. Die Macht des Wettermagiers manifestierte sich nicht, um den Wind und die Wogen zu erzürnen und einen Sturm auszulösen. Verängstigt und unsicher wartete der Erbe des Ivain, während seine schweißnassen Hände am Steuerruder klebten. Machtlos gegenüber dem nun Unvermeidlichen, machte sich Jaric bereit, seinem Schicksal zu begegnen. Für Taen, für die toten Clanangehörigen aus dem Süden Elrinfaers, für den Zauberer, der im Eis dem Untergang gewidmet war und schließlich um seiner eigenen Integrität willen, durfte er nicht aufgeben. Die *Callinde* würde segeln, bis die tödlichen Träume Maelgrims und seines Rudels Thienz-Dämonen den Sieg über ihn davongetragen hätten. Dann, so beschloß Jaric, würde er die Schlüssel von Elrinfaer in die See werfen; danach, wenn ihm das Glück hold war, mochte er vielleicht noch schnell genug handeln, sich sein Messer durch das Herz zu bohren, so wie es sein Vater vor ihm getan hatte, um die Bevölkerung von Keithland vor der Macht eines Feuergebieters zu schützen, dessen einziges Bestreben Verwüstung und Tod sein mußten.

Windab vom Kurs der *Callinde* wirbelte die Feder des Sturmfalken durch die Luft, ehe sie sich schließlich auf den Wogen niederließ. Sie versank nicht, sondern trieb einfach weiter wie ein silbriger Pinselstrich im Mondschein. Doch für die Wahrnehmung einer Traumweberin war sie ein blauer Strahl, umgeben von dem schwächeren Flechtwerk der Banne, die seine Gewalt unter Kontrolle hielten. Nur ein Zauberer in Keithland war imstande, diesen gewaltigen Sturm zu entfesseln.

Weit entfernt in Imrill Kand sog Taen bebend Luft in ihre Lungen. Wind löste das Haar aus ihrer Kapuze und fegte es in dicken Strähnen über ihr Gesicht. Sie wischte es zur Seite, und Tränen benetzten ihre Hand. Tagelang hatte sie unter Qualen gewacht, während Jaric sich von Elrinfaer aus mehr und mehr der Dämonenflotte genähert hatte. Obwohl er einer sicheren Niederlage entgegensegelte, wagte sie es nicht, einzugreifen, nicht einmal, um dem Knaben das Wohlbehagen ihrer geistigen Anwesenheit zu schenken. Würde sie Kontakt zu ihm aufnehmen, so mochte ihr Bruder mit seiner verdorbenen Gabe ihre Nähe fühlen. Mit einem Rudel Thienz, das seine Macht noch verstärken würde, konnte er ihre Kontrolle zunichte machen und Jaric durch sie besiegen. Nun aber boten die Feder des Sturmfalken und Jarics eherne Tapferkeit Anlaß, zu verzweifelter Hoffnung.

Taen faltete krampfhaft die Hände, um ihr

Zittern zu unterdrücken. Allein im Mondschein auf dem Hang oberhalb des Hafens, sammelte sie ihre Macht als Traumweberin und störte den Schlaf Anskieres von Elrinfaer. Für das Überleben der Menschen in Keithland bat sie ihn, die Banne zu lösen, die sein schlimmstes Unwetter im Zaum hielten.

Die Morgendämmerung brach nahezu unbemerkt über den Südwesten der Corinsee herein. Unter tiefschwarzen Wolken heulte der Wind auf und jagte von Norden herab. Das Besansegel der *Callinde* wurde so heftig zur Seite gerissen, daß das Boot sich auf die Seite legte und Jaric zu Boden gerissen wurde. Atemlos landete er an der Segeltruhe, während das Ruder sich löste und zwei Tonnen antiker Schiffsbaukunst scharf gekrängt durch die Gischt pflügten. Unter der nächsten Böe wäre sie beinahe gesunken.

Eine kräftige Woge Seewasser schlug Jaric ins Gesicht. Spuckend und hustend tastete er sich in dem Regen aus Spritzwasser zum Mast vor. Er konnte sich nicht damit befassen, Wasser zu schöpfen, ehe er nicht die Segel eingeholt hatte. Schon jetzt summten die Falle unter der Spannung der unsichtbaren Hände der Böen. Graue Wolken überzogen den Himmel im Nordosten, und von dort rollten gewaltige Wogen heran, die an seinem Heck unter aufstiebender Gischt explodierten. Salzwasser brannte in Jarics Augen. Blinzelnd reffte er das Großsegel. Die Energien von Anskieres Sturm waren ohne Zweifel freigesetzt worden, denn das Wetter hatte sich seit der Nacht mit rasender Geschwindigkeit verändert. Wenn es ihm nicht gelang, sämtliche Segel der *Callinde* binnen kürzester Zeit einzuholen, so würden die Wogen sie zertrümmern.

In der Eile riß er sich die Finger auf, als er das Besansegel unter der Ruderbank verstaute. Vorn schlug der Klüver unter dem zunehmenden Wind wild hin und her und jagte beängstigende Vibrationen durch den Rumpf des Bootes. Das Großsegel donnerte gegen den Mast, und die Wogen brodelten, zischten, gekrönt von zornig aufschäumender Gischt. Mühsam gelang es ihm, das Großsegel einzuholen, doch dann verfing sich das Stag, und er mußte die hin- und herpeitschenden Leinen kappen, ehe sie ausfransen konnten. Von herumfliegenden Ausrüstungsgegenständen hart getroffen, stolperte Jaric zum Heck. Wasser umspülte gierig seine Füße. Der gekrümmte Achtersteven hüpfte auf und nieder, als die *Callinde* in ein Wellental eintauchte. Während er noch mühsam um sein Gleichgewicht kämpfte, kappte Jaric die Taue am Ruder und versuchte, das Boot in den Wind zu drehen. Innerhalb einer Stunde bluteten seine Hände; noch immer wurden die Wogen größer, bis der Bug des Bootes immer steiler herabstürzte und drohte, auf direktem Wege in der aufgepeitschten See zu versinken.

Er mußte die Fahrt verlangsamen, wollte er verhindern, daß die *Callinde* kenterte. Nachdem er das Ruder erneut vertäut hatte, riß er Stoff aus dem Focksegel, um daraus einen behelfsmäßigen Treibanker herzustellen. Zwar war der sicherste Kurs, mit dem Wind zu fahren und auf dem Sturm zu segeln, doch Jaric vertäute sich mit einer Rettungsleine am Achtersteven. Dann schüttelte er sich die Wassertropfen aus den Wimpern, stützte die Füße zwischen Kompaßhaus und Kartentruhe ab und ergriff noch einmal grimmig entschlossen das Ruder. Sollte sein Boot in Anskieres Sturm sinken, so würde es auf dem Kurs zur Insel der Vaere untergehen.

Doch die folgenden Stunden wurden zu einer Qual, schlimmer als alles, was er sich hatte vorstellen können; das Boot durchlebte eine ganze Reihe kritischer Situationen, von denen eine jede lebensbedrohlich war. Der Wind nahm weiter zu, pfiff durch seine Ohren, bis er beinahe taub war. Grün wogte die See, türmte sich zu Wellenbergen auf, von deren Gipfel Gischt wie ein Schneesturm herunterfegte. Würde er unter diesen Umständen das Ruder im Stich lassen, so würde er eine Katastrophe heraufbeschwören können. Doch als sich Verzurrungen lösten und Taue ausfransten, blieb ihm keine andere Wahl. Erneut vertäute er das Ruder und verließ sich darauf, daß ihm das Glück zur Seite stehen würde. In einem Strudel brodelnder Gischt wand sich die *Callinde*, von den Wogen hin- und hergeschleudert. Der Mast schwankte gefährlich an den Stags, dehnte die Seile wie Gummi. Jaric schlang Sicherungsseile um den Mast und spannte lockere Taue in dem verzweifelten Bemühen, die Spiere dort festzuhalten, wohin sie gehörten. Und er schöpfte Wasser, bis seine Muskeln vor Erschöpfung zitterten. Würde er auch nur eine Minute rasten, so konnte das Gewicht des eindringenden Wassers das kleine Schiff in die Tiefe reißen.

Und noch immer nahm der Sturm zu. Regen peitschte herab, und Blitze zuckten über den Himmel. Mathiesons stabile Planken krümmten sich und rissen, und die Dichtmasse löste sich wie Strähnen schmutzigen Haares aus den Fugen. Bis zu den Ellbogen im Bilgenwasser versunken, versuchte Jaric auf Knien, die Lecks mit Werg zu stopfen, und als das nicht half, flickte er sie mit altem Segeltuch. Über ihm wirbelte die Kompaßnadel in ihrem Gehäuse umher. Das Ruder schlug hin und her, bis das Tau zu reißen drohte, und Jaric war gezwungen, es einzuholen und auf Deck zu befestigen, um es nicht zu verlieren. Nunmehr führungslos unter der Macht von Anskieres Unwetter, jagte die *Callinde* schlingernd über ihren glücklosen Weg nach Westen.

Einmal sah Jaric einen dunklen Balken in einer Seilschlinge vorübertreiben. Trotz seiner Schmerzen und einer Erschöpfung, die ihn bis auf die Knochen peinigte, brachte er ein derbes Lachen zustande. Zumindest einem Dämonenboot war es bereits schlimmer ergangen als ihm; doch sollte Mathiesons Boot den Sturm überstehen, so mochte auch der Dunkle Träumer überleben. Taens Bruder war für die Seefahrt geboren worden; an Bord des Beibootes der *Krähe* hatte er schon einmal einen dieser Stürme gemeistert. Wollte Jaric die Insel der Vaere erreichen, um seine Gabe beherrschen zu lernen, so mußte er zunächst einmal Maelgrim überwinden.

Am zweiten Morgen ließ der Sturm nach. Ihm folgte ein schaurig fahler Himmel und eine Flaute, unter der die See herumschwappte wie die verworrenen Zutaten im Kessel einer Hexe. Jaric nutzte den Augenblick, um die durchnäßte Stag zu betakeln; dann schöpfte er wieder Wasser, endlos, die aufgerissenen Hände mit ausgefransten Lumpen aus zerrissenem Segeltuch verbunden. Er sehnte sich nach Schlaf, wie ein Sterbender nach Erlösung. Doch statt dessen arbeitete er wie ein Wahnsinniger; er wußte gut genug um die Natur derartig gewaltiger Stürme, um zu ahnen, daß das Unwetter ihn auf seiner Westfront mit doppelter Kraft erwarten würde. Dann würde der Wind die Richtung ändern und ihn von seinem Kurs forttreiben. Nun aber hatte ihn der Sturm, soweit der wäßrigen Sonnenscheibe zu trauen war, die zur Mittagsstunde zwischen den Wolken hervorlugte, beinahe auf der Insel der Vaere auf Grund getrieben.

Ein Schaudern lief über Jarics Rücken. Verwirrt blickte er auf und sah den Horizont durch seine herabhängenden nassen Haarsträhnen. Dort bot sich ihm nach drei Tagen des brutalen Kampfes gegen das Unwetter ein Anblick, der ihn bis ins Innerste traf: Eine schwarze Schaluppe segelte gegen die dahintreibenden Sturmwolken direkt auf die *Callinde* zu. Durch das Unwetter seines Nebels und seiner Illusionen beraubt, war Maelgrim, der Dunkle Träumer, auf dem Weg, seinen Gegner zu unterwerfen.

Jaric ließ seinen Schöpfeimer fallen. Mit einem Wutschrei stürzte er voran, um das Großsegel zu setzen. Doch noch während seine Finger versuchten, das Fall aus der Klampe zu lösen, wußte er, daß all seine Mühe vergebens sein mußte. Der Wind hatte sich bereits gedreht und wehte nun aus westlicher Richtung. Mit dem zerfetzten Focksegel konnte die *Callinde* nicht vorankommen. Ausweglos in die Enge getrieben, ließ Jaric von dem Segel ab. Nun, da ihm keine Zeit mehr für Überlegungen blieb, griff er mit schmerzenden Fingern nach dem Lederband und riß den Beutel mit Anskieres Bannen von seinem Hals.

Das Leder war naß, die verknoteten Bänder von der Feuchtigkeit aufgequollen. Jaric fluchte. Die Luft im Inneren des Beutels konnte verhindern, daß er sank, wenn er ihn verschlossen in die Fluten warf. Während er der Furcht vor dem Angriff trotzen mußte, der jeden Augenblick seinen Geist überwältigen konnte, griff Jaric nach seinem Messer. Er war viel zu verzweifelt, um sich Gedanken über eine mögliche Fehlentscheidung hinzugeben, als er zustach. Das Leder gab nach, und der Kubus aus schwarzem Basalt fiel in seine Handfläche.

Die Oberfläche des Steins war unnatürlich warm unter seinen Fingern. Jaric drehte die Schlüssel in seinen Händen, und plötzlich flutete Licht, blauweiß und blendend, über sein Gesicht. Das Falkensiegel in der Oberfläche des Kubus erglühte unter einer wütenden Energie, die mit jeder Sekunde stärker wurde. In der Furcht, diese Veränderung könnte eine List der Dämonen sein, bedeckte er das Strahlen mit seinen Händen. Die Berührung versengte seine Haut. Mit einem Aufschrei stürzte er rückwärts, doch die Resonanz des Bannsteines erstarb, gebunden an eine gänzlich andere Macht. Ein Lichtstrahl wie ein Blitz teilte die Luft. Mast, Segel und Takelage hoben sich wie Tintenstriche vor der gleißenden Helligkeit ab. Die See glühte wie geschmolzenes Metall, und die *Callinde* ging in einer funkensprühenden Explosion aus Regenbogen unter, die Jaric in einen finsteren Abgrund rissen.

Dunkelheit legte sich für einen langen Zeitraum über Jarics Sinne und fand dann plötzlich ein Ende, als eine knisternde Energieentladung die Luft zerriß. Funken stoben durch sein Blickfeld, leuchtend hell wie die Sterne, die ihm die llondischen Träume gezeigt hatten. Licht folgte. Jaric öffnete die Augen im Sonnenschein, verwirrt, erschüttert und nunmehr vollkommen überzeugt, daß die Magie, die sturmgepeitschte Finsternis in hellichten Tag verwandelt hatte, keiner Einmischung Anskieres entsprang. Die Schlüssel von Elrinfaer ruhten nun kühl in seiner Hand. Ivainson schob sie unter sein

Hemd und griff nach der Ruderbank der *Callinde*. Tauwerk knirschte, als er sich aufrichtete, um sich umzusehen.

Von der Dämonenflotte war keine Spur mehr zu entdecken. Sein Boot trieb allein über eine völlig ruhige See. Über dem Horizont lag ein silbriger Dunst, doch weit und breit war kein Land zu sehen. Aus einem ihm unerfindlichen Grund roch die Luft *fremdartig*, als hätte sich mit der Tageszeit auch die Jahreszeit verändert. Der Wind trug den Hauch des Winters mit sich.

Ein Blick auf den Kompaß enthüllte ihm, daß die Nadel sich verloren im Kreise drehte. Jaric erschrak. Seines Navigationsinstrumentes beraubt, suchte er die Sonne, und in diesem Augenblick erkannte er, daß er nicht allein war.

Ein kleiner Mann saß im Bug der *Callinde*. Er thronte wie eine Spielzeugfigur auf dem feuchten Holz, sonderbar steif in seiner rehbraunen Tunika und der dunkelbraunen Hose. Die Bänder an seinen Ärmel- und Stiefelstulpen waren mit Federn und Glöckchen verziert. Schwarze Augen betrachteten Jaric aus einem bärtigen Gesicht unter windzerzausten Haaren.

Unwillkürlich griff Jaric nach dem Messer an seinem Unterarm. Seine Hand traf auf eine leere Scheide. Zu spät erinnerte er sich, den Dolch in dem Augenblick fallengelassen zu haben, als Zauberei ihn der Realität entrissen hatte.

»Gewalt wird dir nicht helfen.« Glöckchen klingelten, als der seltsame Mann von der Bugreling sprang. Die *Callinde* reagierte nicht auf sein Gewicht, als er auf den Planken landete, und seine Schulter war kaum höher als die Segeltruhe an Backbord.

Jaric wich zurück, bis die harte Kante des

Achterstevens schmerzhaft gegen seinen Rücken schlug. »Wer seid Ihr?»

»Hüter der Schlüssel, weißt du es denn nicht?» Der kleine Mann legte den Kopf schief, zog eine Pfeife aus Wurzelholz aus der Tasche und schob sie zwischen seine Zähne. Ohne sie auch nur zu entzünden, blies er einen Rauchkringel in die Luft und verschwand.

Jaric schrie überrascht auf. Er stürzte zum Mast, doch er konnte keine Spur seines sonderbaren Besuchers entdecken. Nur der Rauchring trieb in einem ungleichmäßigen Oval über dem zerfetzten Stoff des Großsegels durch die Luft.

»Ich bin Tamlin, und du befindest dich im Hoheitsgebiet der Vaere«, sagte plötzlich eine Stimme hinter ihm.

Jaric wirbelte um die eigene Achse. Das seltsame Wesen stand auf seiner Kartentruhe, eine unbekümmerte Miene in dem runzligen Gesicht. Gleich drei frische Rauchkringel umschwirrten seinen Kopf.

Ivainson zwang seine aufgewühlten Nerven zur Ruhe, bemüht, sich so zu verhalten, als wäre das Verschwinden und Wiedererscheinen des Männchens vollkommen normal; aber seine Stimme verriet seine Unsicherheit. Die Macht, die ihn Hals über Kopf aus der Route Maelgrims entrissen hatte, war vaerschen Ursprungs, und das Mysterium der Vaere war überwältigend. »Ihr wißt sicher, warum ich die legendäre Insel suche.«

Tamlin gestikulierte, und seine Bewegung geriet zu einem aufgebrachten Flattern von Federn und Perlen. »Legendär? Du erfährst schon bald, daß das nicht zutrifft. Und die Dämonen sind dir gefolgt, sogar über das Wasser. Das ist arg, viel ärger, als du dir vorstellen kannst.«

In dem Bewußtsein, daß das Wesen, dem er sich

gegenübersah, sich kaum mit menschlichen Verhaltensregeln aufhalten würde, antwortete Jaric vorsichtig: »Eine Priesterin hat mich den Bann der Dämonen genannt.«

»Und sie mag recht haben«, sagte der Vaere. »Doch die Verdammten Kors werden immer kühner in ihren Plänen, Keithland niederzuringen. Nun, nach Jahrhunderten der Zwietracht, haben sie endlich, wonach sie am längsten gesucht haben: Einen Menschen mit der Gabe eines Zauberers, über dessen Dienste sie verfügen können. Maelgrim ist ihre gefährlichste Waffe. Wagst du es, dich den Machenschaften von Wesen entgegenzustellen, die um ein Vielfaches mächtiger sind als du selbst? Du könntest sterben und dennoch nichts erreicht haben.«

Die Hände an den Mast gelegt, fühlte Jaric den Schweiß über seine Handflächen rinnen. War er so weit gereist, hatte er sich so vielen Gefahren gestellt, waren Clanangehörige gestorben, um ihm zu helfen, diesen Ort zu erreichen, nur damit der Vaere ihn aus einer Laune heraus fortschickte? Zutiefst erschüttert kämpfte Jaric mühsam mit seinem Selbstvertrauen, um dem Wesen zu antworten. »Ich bin der Sohn eines Feuergebieters«, sagte er schließlich grimmig. »Gern würde ich die Verantwortung einem anderen überlassen, doch Ivain hat keinen besseren Erben als mich hinterlassen.«

Tamlin legte den Kopf auf die Seite, als erwartete er, daß der Knabe sich ihm detaillierter offenbarte, doch Jaric schwieg. Nach einer Weile zog das übersinnliche Wesen die Augenbrauen hoch. »Nun gut. Solltest du dich deines Vaters Erbe würdig erweisen, so sollst du dich dem Zyklus des Feuers stellen dürfen.«

In diesem Moment, da die Sonne warm auf seinen Rücken herniederschien, fühlte Jaric eine Kälte, die ihn bis ins Herz traf.

Tamlin reckte das Kinn vor. »Hör mir gut zu, und befolge meine Anweisungen. Das Wetter wird sich ändern. Wenn es das tut, so mußt du hart am Wind segeln. Achte nicht auf deinen Kompaß. Wenn du zögerst, und sei es nur für einen Augenblick, könnte dein Leben verwirkt sein.«

Perlen, Glöckchen und Federn klimperten, als der Vaere die Arme erhob. Ohne Vorwarnung klatschte er in die Hände und verschwand.

»Wartet!« Keineswegs sicher, ob er die Anweisungen richtig verstanden hatte, brüllte Jaric Tamlins Namen.

Doch der kleine Mann kehrte nicht zurück. Beinahe im selben Augenblick strich eine eisige Brise über die See. Mit aufgerolltem Besansegel und ausgefranstem Klüver stürzte Jaric voran und befreite sein letztes unversehrtes Segel aus der Vertäuung. Das Großsegel der *Callinde* entfaltete sich an der Spier; glücklicherweise reichte dieses eine Segel, das Boot in den Wind zu drehen. Doch als der Knabe Anstalten machte, die Leinen zu spannen, legte er verwundert die Stirn in Falten, denn das Wetter, dem er sich ausgesetzt sah, kam aus keiner bestimmbaren Richtung; die Brise, die die See kräuselte, schien gegenläufig und schwankend zu sein. Während Jaric noch versuchte, das Muster zu ergründen, spalteten Blitze den Himmel, und tiefe Dunkelheit brach herein. Wind heulte achtern wie das Brüllen eines wütenden Riesen. Jaric hastete ins Heck und ergriff das Ruder gerade in dem Augenblick, da sich das Segeltuch donnernd über ihm spannte. Durch den füchterlichen Lärm beinahe taub, fühlte er, wie die *Callinde* unter dem blinden Zorn der Elemente voranpreschte.

Jaric versuchte, das Ruder zu beherrschen. Wellen brachen sich unter dem Kiel, und die Gischt schäumte. Spritzwasser benetzte sein Gesicht, und der Wind schlug gegen seinen Rücken, scharf und kalt wie ein Wintersturm und angefüllt mit dem Geruch nahender Schneefälle. Doch der Knabe hatte keine Gelegenheit, über diese unerklärbare Veränderung der Jahreszeit nachzudenken. Er wurde herumgewirbelt wie ein Blatt in einem Wasserstrudel und kämpfte darum, sein Boot auf Kurs zu halten. Plötzlich flammte eine energetische Entladung über den Himmel. Für einen Augenblick schien die Luft zu funkeln, aufgefächert zu einem prismatischen Farbenspiel.

Dann erstarb der Wind zu einem kaum wahrnehmbaren Hauch. Die *Callinde* richtete sich auf. Winden kreischten, als sich das Segel sanft wölbte. Jaric blinzelte in den neuerlichen Sonnenschein. Vom Spritzwasser durchnäßt und zitternd fand er sich in milder Frühlingswärme wieder. Eine Insel erhob sich wie ein Smaragd inmitten des Meeres. Jenseits der Brandung leuchtete eine Bucht so hell wie Marmor. Dünen, von Gräsern bedeckt, erhoben sich vor dem dunkleren Hintergrund eines Zedernwaldes. Die Bäume selbst ragten wie Speerschäfte auf, unversehrt von den Stürmen über dem Ozean oder den Äxten der Holzfäller. Konfrontiert mit dieser Küste, die so friedlich war, als wäre sie verhext, vergaß Jaric zu atmen.

Die Brandung zupfte an seinem Ruder, und die *Callinde* ritt auf dem funkelnden Gipfel einer Woge auf die Küste zu. Als er sich seiner Pflichten als Seemann erinnerte, schnappte Jaric endlich nach Luft. Er löste die Leinen und schwang die Rahe in den Wind, als der Kiel der *Callinde* auf Sand knirschte. Der Sohn des Ivain packte sich ein Tau und sprang über die Ruderbank. Barfuß, salzverkrustet und müde lief er durch das seichte Wasser und setzte den ersten Fuß auf die Insel der Vaere.

Schon durch seine umfassende Stille wirkte der Ort ehrfurchtgebietend; das Boot erschien wie eine blasphemische Störung. Von Unbehagen befallen, gab sich Jaric dem Alltäglichen hin. Gewissenhaft landete er die *Callinde*, ließ die Rahe ab und verzurrte die zerrissenen Segel. Während er sich unter seinen Ersatztauen hindurchwand, auf der Suche nach Winde und Tau, um sein Boot auf den Strand zu ziehen, erschien Tamlin.

Der kleine Mann deutete mit einem verärgerten Klimpern seiner Glocken auf das Boot. »Das ist unnötig, Junge. Siehst du das denn nicht? Das Wetter hier ändert sich niemals.«

Jaric lehnte sich mit der Schulter an die Seite seines Bootes, ein Tau zwischen den Fingern. »Und was ist mit der Flut?»

Der Vaere stemmte die Hände in die Hüften. »Sterblicher, du mußt scherzen. Das Meer und das Wetter bleiben hier unverändert, bis das erste Rätsel gelöst ist oder die Verdammten Kors in das Innere der Mysterien der Vaere vordringen.«

Jaric legte das Tau in die Truhe zurück und schloß widerstrebend den Deckel. Die *Callinde* war einst der stolzeste Besitz eines betagten Fischers gewesen; der Knabe zögerte, ihren so sorgsam gehegten Rumpf den Launen einer verwunschenen Insel zu überlassen.

Glöckchen klingelten, als Tamlin mit dem Fuß aufstampfte. »Sterblicher Narr. Ich bin der Herr über Raum und Zeit. Willst du anzweifeln, daß ich fähig bin, ordinäres Holz und Segeltuch zu schützen?«

»Nein.« Jaric ließ seinen Blick über das Boot wandern, gequält von dem Eindruck, daß Holz und Takelage plötzlich so zerbrechlich schienen. Als er endlich genug Mut gefaßt hatte, um sich zu erkundigen, was das erste Rätsel sein mochte, war Tamlin verschwunden. Nicht einmal Fußabdrücke kennzeichneten noch die Stelle, wo der Vaere im Sand gestanden hatte.

Ein höhnisches Klimpern von Glocken erklang jenseits der Dünen. »Hüter der Schlüssel, seit den Gründern von Keithland erinnert sich kein Sterblicher mehr an das erste Rätsel. Doch wenn du die Meisterschaft eines Zauberers erringen willst, so mußt du die Lichtung in der Mitte des Waldes aufsuchen.«

Jaric seufzte verärgert. Als Tamlin aber nicht wieder erschien, wühlte er unter den Ausrüstungsgegenständen der *Callinde* nach seinen Stiefeln. Dann zog er mit einem resignierten Achselzucken seine Schuhe an und machte sich durch den dunklen Zedernwald landeinwärts auf den Weg.

Nach der Helligkeit an der Bucht war der Wald voller dunkler Schatten. Mit einem einzigen Schritt stürzte Jaric aus dem Licht in die finstere Wildnis des Unterholzes. Geräuschlos sanken seine Füße in das Moos ein. In dem Wald gab es keine Tiere; auf den ersten Blick erkannte er, daß noch nie ein Reh von den unteren Ästen der Bäume genascht hatte. Der Boden wies keinerlei Spuren von Wildwechsel auf, und seit dem Augenblick seiner Landung war der einzige Vogelgesang, den er zu hören bekommen hatte, der herbe Schrei der Strandschwalben gewesen. Das einzige Geräusch, das die allumfassende Stille störte, war das Knacken der Äste unter seinen Stiefeln.

Die Dunkelheit nahm zu. Zunächst hielt Jaric die zunehmende Düsternis für eine Folge dichter stehender Bäume, doch während er sich durch verfilzte Dickichte und kleine Wasserläufe weiter voranschob, fielen keine Sonnenstrahlen mehr herab auf das Moos unter seinen Füßen. Bald schimmerte das Licht, das durch die Baumwipfel drang, in einem schaurigen Silberton, als wäre die Zeit in diesem Wald in dem Augenblick zwischen Sonnenuntergang und Dunkelheit stehengeblieben.

»*Ich bin der Herr über Raum und Zeit*«, hatte Tamlin an der Küste erklärt. Nicht imstande, die Sonnenscheibe zu finden, und so selbst der gröbsten Orientierungspunkte beraubt, kämpfte Jaric gegen sein Unbehagen. Ohne ersichtliche Mühe hatte der Vaere Tag, Nacht und sogar Jahreszeiten mitten auf offener See verändert. Nun fühlte der Knabe, daß er über einen Boden fern der Grenzen irgendeines den Menschen bekannten Landes trottete.

Der Wald wurde noch finsterer. Die Umrisse der Zweige und Stämme im Schatten erinnerten an Silhouetten im Mondschein; doch es leuchtete auch kein Mond am Himmel. Jarics Schritte wurden langsamer. Er schwitzte vor ungewisser Erwartung, dachte er an Taen, erinnerte sich, wie ihre braunen Augen funkelten, wenn sie lachte oder den hitzköpfigen Corley piesackte. Die Furcht vor dem Bruder, der nun frei war und mordend durch Keithland zog, trieb Jaric weiter voran. Achtlos drängte er sich durch das nächste Dickicht im Unterholz. Licht schimmerte vor ihm, sanft wie sommerlicher Dämmerschein. Von Ehrfurcht erfaßt, blieb er stehen. Vergessen war aller Schrecken. Durch die schwarzen Umrisse der Zedern sah er die Lichtung der Vaere.

Gras bedeckte die Fläche in dem Kreis hochaufragender Eichen. Wie Pfeiler erhoben sich die grauen Stämme im Zwielicht unter den gewaltigen Kronen, die sich wie eine Gewölbedecke über die Lichtung ausbreiteten. Jaric trat an den Rand der Lichtung. Unter seinen Füßen fühlte er das federnde Gras. Gruppierungen winziger Blüten verteilten sich über den Boden, und das sonderbare, silbrige Licht schien jegliche Vorstellung von Zeit zu verwischen. Diesem Ort konnte kein Mensch den Rücken zukehren; ihn zu betreten, hieß, das sterbliche Fleisch Mächten auszuliefern, die imstande waren, ungestraft in den Kreislauf der Natur einzugreifen.

Jaric ließ sich kaum Zeit, nachzudenken, ehe er den begrenzenden Eichenkreis überschritt. Ein anstrengendes, ungestümes Jahr war vergangen, seit er aus der Festung von Morbrith geflüchtet war, hilflos an die Mähne eines gestohlenen Rosses geklammert. Hier fand er zum ersten Mal Frieden und eine Stille, weit beständiger als die Ruhe im großen Schrein der Kathedrale Kors in Landfeste. Jaric setzte sich und wartete.

Schwer hing der Duft der Blüten in der Luft. Von Anskieres Sturm ermattet und von dem unveränderlichen Zwielicht eingelullt, saß er im Gras und ruhte sich aus.

Zunächst geschah gar nichts. Jaric hatte endlich Zeit, seine Gedanken zu ordnen und zu erkennen, daß er endlich vor den Dämonen in Sicherheit war. Nun, da ihm die Mühen des Überlebens eine Pause gönnten, überdachte er die Schuld, die ihm die Priesterin, deren Clankrieger wegen seiner Unsicherheit zu Landfeste ihr Leben gelassen hatten, erst vor kurzer Zeit so schmerzhaft aufgebürdet hatte. Auch hier half ihm die Stille der Lichtung. Innerhalb des Schutzes der Vaere, fügten sich Leben und Tod in den Rahmen einer größeren Wahrheit. Jaric erkannte, daß die Priesterin der Caelfälle ihn trotz ihrer Weisheit als Seherin zu Unrecht angeklagt hatte.

Hätte er sich dem Erbe des Feuergebieters unterworfen, ohne zuerst zu sich selbst zu finden, ja, selbst wenn er in der Pflicht jener geliebten Menschen, die zu beschützen er sich sehnte, gehandelt hätte, so hätte er der prüfenden Bewertung Tamlins niemals standgehalten. Soviel hatte auch der Sturmwächter in seinem eisigen Gefängnis in Riffhafen festgestellt. Niemand konnte gezwungen werden, die Meisterschaft der Zauberer für sich zu erringen. Eine so gefahrvolle Prüfung wie der Zyklus des Feuers erforderte einen Herausforderer, der mit seinem ganzen Herzen und Frieden im Geiste bei der Sache war.

Inzwischen schläfrig, erinnerte sich Jaric einer anderen Gegebenheit, eines beinahe vergessenen Versprechens von Anskiere, der ihm gesagt hatte, er würde gewinnen, was sein Herz am meisten begehrte, wenn es ihm gelänge, die Schlüssel von Elrinfaer zu beschützen. Doch die Erinnerungen des Knaben, der er einst gewesen war, und die erwachseneren Sehnsüchte, die nun seine Hoffnungen formten, wurden von der Vision Taens überlagert. Zuletzt hatte er sie im Kartenhaus der *Neumond* gesehen, und im Schein der Lampe hatte ihre Haut so zart wie feinstes Porzellan geschimmert. Langes Haar hatte ihre Schultern wie eine sternenlose Nacht verhüllt. Von tiefer Sehnsucht nach ihrem Anblick erfüllt, doch reif genug, Liebe als ein Wunder zu erkennen, das unabhängig von seinem Glück war, dachte Jaric an die Worte, die sie damals an ihn gerichtet hatte. »*Die heiligen Türme enthalten die Schlüssel zu Kors Heiligen Feuern und die Antworten auf die Rätsel des unendlichen Raumes und der Zeit.*«

Nun fragte sich der Knabe, ob die Mysterien der Vaere mit demselben Wissen verknüpft waren. Doch die Müdigkeit überwältigte ihn, bevor er weiter darüber nachdenken konnte. Ivainson Jaric schloß die Augen. Dem Zauber der verwunschenen Insel überlassen, fiel er in einen traumlosen Schlaf, wie es schon sein Vater vor ihm getan hatte.

EPILOG

Anskieres mächtiger Sturm wütete über die südwestliche See, um seine Kraft in der Einsamkeit des Meeres südlich der Freien Inseln zu erschöpfen. Die Magie seiner Bindung schwand schließlich und ließ eine grünlich wogende Brandung zurück, bedeckt von Treibgut und schäumenden Seegrasmatten. Dort, über Meilen offener See, konzentrierte Taen ihren Traumsinn. Sie fand keine Boote, nur zerschmetterte Spieren und ausgerissene Planken, zusammengehalten von den Fetzen zerrissener Segel und Tauwerk. Das Unwetter des Sturmwächters hatte die dunkle Flotte des Schattentempels vernichtet. Aasfressende Fische taten sich nun an den Überresten der Thienz gütlich; sollte Maelgrim, der Dunkle Träumer, diesem Schicksal entronnen sein, so konnte Taen doch keine Spur seiner Präsenz entdecken.

Endlich zufrieden zog Taen sich zurück. Als sie das Netz ihrer Wahrnehmung löste, fühlte sie die isolierten Punkte der Energien in Keithlands Inseln und auf dem Festland. Hier legte die Priesterin der Caelfälle Blumen des Danks und die Opfergaben des Frühlings vor der Quelle nieder, die ihre Macht nährte. Nordöstlich schrieb der König der Piraten seine Anweisungen nieder, rief seine Schiffe von ihrer Patrouille vor Felwaithe zurück und sandte sie aus, sich um die Handelsschiffe auf der Meerenge zu kümmern. Und in einer Höhle, wohlgeschützt vor den Blicken der Menschen, zogen

Llondeldämonen stumme, unwissende Junge groß, während eine der Prophezeiungen ihrer Seher nicht länger auf ihre Erfüllung warten mußte. Der Erbe Ivains, des Feuergebieters, hatte den sicheren Hafen der Insel der Vaere erreicht, um dort durch den Zyklus des Feuers seine Meisterschaft zu erlangen.

Taen erwachte im Sonnenschein, als eine Ziege neugierig mit den Zähnen an ihrem Haar zupfte, um dessen Geschmack zu erkunden. Sie brüllte, lachte und jagte das Tier zurück zur Herde. Dann drehte sie ihr Gesicht in den Wind, der den Geruch des Herbstes mit sich trug, und machte sich auf den Heimweg. Im Schattentempel hockten noch immer haßerfüllte Dämonen über ihren dunklen Plänen, während Jaric die Gefahren des Weges zur Meisterschaft der Zauberer überwinden mußte. Aber während milde, günstige Winde wehten, wollte die Tochter eines Fischers aus Imrill Kand nicht über die Stürme sinnieren, die Zerstörung über das Land bringen konnten. Morgen kam nun einmal erst nach dem Heute.

HIER ENDET DAS ZWEITE BUCH
AUS DEM
ZYKLUS DES FEUERS

Liebe Leserinnen, liebe Leser!

Im folgenden finden Sie eine Leseprobe aus dem spannenden Abenteuerroman um

DIE RINGE DER MACHT

von Helmut W. Pesch und Horst von Allwörden
(Bastei Lübbe, Band 20 333),
über den die Presse urteilt:
›Ein ganz großer Wurf, eine High-Fantasy der feinsten Art, die keinen Vergleich mit anderen, ähnlich gelagerten Tolkien-Pastiches zu scheuen braucht, sondern im Gegenteil die meisten von diesen locker in die Tasche steckt.‹
(Hermann Urbanek, *Space View*)

Viel Spaß beim Lesen!

DIE RINGE DER MACHT

Elderland ist eine kleine, von Bergen und Meer umschlossene Provinz. Dort lebt das Ffolk, abgeschieden von der großen Welt – bis zu jenem Abend, als Gilfalas, ein Waldelb, in die Idylle platzt und Schutz sucht im Haus von Kimberon Veit, dem neuen Kustos des Ffolksmuseums. Wie Kimberon trägt auch Gilfalas einen geheimnisvollen Ring, dessen Bedeutung jedoch im Dunkel der Zeit verborgen liegt. Gilfalas bringt schlechte Nachricht: Die Schattenelben planen eine Invasion. Um den König in Telmirandor zu warnen, brechen Kim und Gilfalas sofort auf, zusammen mit den Freunden Fabian, Prinz von Telmirandor, und Buri, dem Sohn des Zwergenkönigs. Noch ahnen sie nicht, welche Abenteuer auf sie warten und daß sie auf dieser Reise auch das Geheimnis der Ringe der Macht entschlüsseln werden.

Helmut W. Pesch
Horst von Allwörden
DIE RINGE
DER MACHT
Roman
BASTEI
LÜBBE

AUFBRUCH

Verdammt, schoß es ihm durch den Kopf, *die bleiche Haut, die wir mit unseren dunklen Brüdern gemein haben, wird mich noch verraten!*

Aus der Ferne hörte er die Rufe seiner Verfolger, die näher kamen. Die Hetzmeute ließ ihm keine Atempause. Doch er durfte nicht aufgeben. Erneut raffte er sich auf und lief im Schutz der Hecke in nördlicher Richtung. Regen hing in der Luft, doch noch drang das Licht der Sterne durch die Lücken in den Wolken, und Gilfalas konnte es nicht wagen, sich über das offene Gelände in den kleinen Wald zu schlagen, der ihm zumindest eine kurze Verschnaufpause bringen würde. Trotz aller Eile mußte er versuchen, so vorsichtig wie möglich vorzugehen.

Er verfluchte dieses Land, das wie ein einziger großer Garten war, welcher so wenige Verstecke und so viel offenes Gelände bot. Und gerade das mochte ihm den Tod – oder Schlimmeres – bringen, wenn ihm nicht bald etwas einfiel, um seine Jäger abzuschütteln.

Die Angst trieb ihn weiter, und jeder, der ihn gesehen hätte, wäre vor der Furcht, die sein ebenmäßiges, feingeschnittenes Antlitz zeichnete, ja, verzerrte, zurückgeschreckt. Bolgs und Dunkelelben hatten sich auf seine Fährte geheftet, um zu verhindern, daß er von dem erzählen konnte, was er gesehen hatte.

Fackeln näherten sich von Westen her. Es mußten mehrere Dutzend der dunklen Schergen sein, die, getrieben von ihren Anführern, an seinen Fersen klebten, ihn jagten wie einen tollwütigen Fuchs, den man zur Strecke bringen will.

Sein Lederwams, seine Hose und auch seine Stiefel waren von der langen Flucht gezeichnet. Das Schwert schlug beim Laufen gegen seinen Unterschenkel. Die Waffe war inzwischen schartig und stumpf, aber er durfte sich nicht davon trennen, hatte sie ihm doch schon mehrfach das Leben gerettet und würde dies vielleicht noch einige Male tun müssen, bis es ihm gelungen war, den Häschern zu entkommen. Oder bis ihn das Schicksal ereilte.

Doch daran durfte er gar nicht denken, nicht jetzt, nicht in diesem Moment. Er mußte von dem, was er gesehen hatte, berichten. Sonst mochte alles zu Ende sein: Freiheit, Leben und Licht. Dann würden seine dunklen Brüder alles vernichten, was sich ihnen in den Weg stellte ...

Einen Augenblick lang mußte er völlig von seinen Gedanken gefangen gewesen sein; denn spät, fast zu spät hörte er den Hufschlag. Er warf sich nach vorn und schlitterte über den nassen, steinigen Grund. Auf der anderen Seite der Hecke galoppierte der Reiter an ihm vorbei, ohne ihn zu bemerken. Zum Glück hatte das dichte Dornengestrüpp in den letzten Wochen genügend Blätter getrieben. Ohne ihren Schutz wäre er verloren gewesen.

Gilfalas, du bist ein Trottel, fluchte er in sich hinein. Das war verdammt knapp gewesen.

Mühsam rappelte er sich wieder hoch, sammelte noch einmal alle Kraft, die ihm verblieben war, und lief los.

Diesmal war er vorsichtiger, versuchte nur noch auf seine Umgebung zu achten, sich nicht mehr von den Gedanken an das Unfaßbare ablenken zu lassen. Die Hecke machte hier einen Bogen, aber er konnte sehen, daß sie weiter auf den Wald zu führte, so daß er nicht über offenes Gelände zu laufen brauchte. So schnell er konnte, rannte er über den unebenen Grund auf das kleine Waldstück zu, das sich dunkel vor ihm aus der mondlosen Nacht schälte.

Plötzlich Schritte vor ihm! Bolgs, es mußten Bolgs sein. Denn wäre es einer seiner dunklen Brüder gewesen, hätte dieser ihn unweigerlich entdeckt. Auch die Dunkelelben sahen in der Finsternis recht gut, so wie er selbst. Die Bolgs waren nur grobe Abbilder ihrer Herren und Schöpfer, Menschen ähnlicher als den Eloai, den Erweckten.

Hastig blickte Gilfalas sich um. Es gab nur einen Ausweg. Er schlug sich in die Hecke. Die Dornenzweige zerrten mit ihren spitzen Stacheln an seinen Kleidern, drangen wie Nadeln in das weiche Leder von Hose und Wams, rissen es wie Dutzende winziger Zähne in Fetzen. Der Elbe sog scharf die Luft ein, um nicht aufzuschreien. Es stach wie eine Folter von vielen kleinen Messern; Gilfalas spürte, wie Blut aus den kleinen Wunden trat und warm seinen Körper hinabrann.

Und er erkannte, daß der Schutz durch die Hecke trotz des Blattwerks unvollkommen war, da man ihn sehen konnte. Sein verfluchtes bleiches Antlitz und das helle Haar! Der Elbe versuchte tiefer in die Dornenhecke einzudringen, um sich zu verbergen; doch hier waren die Zweige so dicht verflochten, daß es kein Durchkommen mehr gab. Er wünschte sich seinen Kapuzenumhang zurück, aber der war gleich zu Beginn seiner Flucht verlorengegangen.

Wie lang war das her? Ewigkeiten. Immer wenn er geglaubt hatte, die Verfolger abgeschüttelt zu haben und ein wenig Ruhe zu finden, hatten sie ihn wieder eingeholt. Er hatte inzwischen jedes Zeitgefühl verloren; es war Nacht geworden und Tag und wieder Nacht – mehr als ein voller Sonnenlauf, daß sie ihn so hetzten.

Seine Hand griff in etwas Weiches; er fühlte, wie Wasser seine Finger umspielte.

Eine Pfütze! Schlamm!

Gilfalas griff tief in das vom Wasser aufgeweichte Erdreich, und in aller Eile, aber so vorsichtig und leise wie möglich rieb er sich den Schlamm ins Gesicht und ins Haar, versuchte, keine Stelle auszulassen; denn jeden Augenblick konnten die Bolgs an seinem Versteck vorbeikommen.

Wieder glaubte er Schritte zu hören; aber die Nacht war voller Geräusche, und die Jagd hatte sein feines Gehör verwirrt. Er konnte nur hoffen, daß er bei seiner Maskerade nichts vergessen hatte und nun gänzlich mit der Dunkelheit in der Hecke verschmolz.

Die Schritte der vierschrötigen Kriegssklaven der Dunkelelben klangen unmittelbar neben ihm auf. Nur das scharfe Ohr eines Elben hatte sie rechtzeitig wahrnehmen können, denn die weiche Erde schluckte selbst den Tritt der schweren, genagelten Stiefel. Die Bolgs waren nicht schnell zu Fuß; das hatte er bald erkannt. Im ausgeruhten Zustand und auf trockenem Boden hätte er ihnen mühelos entkommen können. Doch in diesem regendurchnäßten Gelände, wo jeder Schritt an den Stiefeln saugte, gereichten ihre sture, unbeirrbare Hartleibigkeit und ihre schier unerschöpfliche Zahl ihnen zum Vorteil. Und er war so müde ...

Nun erschien Gilfalas der Reiter, der ihm fast zum Verhängnis geworden wäre, als Geschenk des Schicksals; denn wäre er ebenso überraschend auf die Bolgs gestoßen wie auf diesen Reiter, hätte es sein Ende bedeutet. Nie und nimmer hätte er die verfluchten Kreaturen schnell genug töten können, um zu verhindern, daß sie Verstärkung herbeiriefen.

Sich zur Geduld zwingend, hockte der Elbe in der Dornenhecke, ertrug mit zusammengebissenen Zähnen das Stechen und Kratzen der Dornen an Kleidung und Haut und widerstand dem Bedürfnis, möglichst schnell seinen Weg fortzusetzen; denn die Hecke war nicht nur lebensrettendes Versteck, sondern auch sein größter Feind, wenn man ihn darin fand. Er würde nicht rasch genug an sein Schwert kommen, um sich zu verteidigen, und tot sein, noch bevor er ein Gebet sprechen konnte. Die Feinde würden ihn abstechen wie ein Tier in der Falle.

Also harrte er aus, bis er sicher war, daß die Verfolger weit genug weg waren. Dann kroch er – langsam, viel langsamer als zuvor und jedesmal zusammenzuckend, wenn ein peitschender Dornzweig ihn traf – aus der Hecke und setzte humpelnd seinen Weg in Richtung auf das Waldstück fort. Im Laufen sah er sich um und lauschte. Deutlich konnte er im Westen den Schein von Fackeln und Hufgetrappel ausmachen. Der Feind durchkämmte das Land und versuchte, ihn in die Enge zu treiben.

Ungehindert näherte Gilfalas sich Schritt für Schritt dem Waldstück. Für den Augenblick schien er die Verfolger abgeschüttelt zu haben. Wie sehr wünschte er sich in diesem Augenblick sein Pferd herbei; aber der Schimmel war gleich zu Beginn seiner Flucht von mehreren Pfeilen getroffen zusammengebrochen. Gilfalas hatte dem treuen Wallach nur noch einen Dienst erweisen können: Seine Klinge hatte dem Leiden des Tieres ein schnelles Ende bereitet. Seither war er zu Fuß unterwegs.

Nur noch wenige hundert Schritt, dann würden die Bäume des Gehölzes ihm Deckung geben, die er nützen konnte, um eine größere Distanz zwischen sich und die Verfolger zu legen.

Zum erstenmal seit Beginn der Jagd kam in ihm so etwas wie Hoffnung auf. Die Meute war auf der falschen Fährte, suchte ihn weiter westlich.

Jetzt in den Wald! Er wollte auflachen, wollte jubeln, als er die Grenze überschritten und dieses verfluchte offene Land hinter sich gelassen hatte. Für einen Augenblick hielt er inne.

Ein vertrauter Geruch stieg ihm in die Nase. Nicht weit entfernt mußte es einen Fluß geben: eine

Möglichkeit, seine Spur endgültig zu verwischen und seinen Jägern zu entkommen.

Gilfalas rannte los – und erstarrte! Vor ihm standen, kaum mehr als drei Armlängen entfernt, zwei Bolg-Krieger, die ihn ebenso verblüfft anstarrten wie er sie. Aber die Geschöpfe der Dunkelelben waren Kampfmaschinen und viel zu dumm, um wirklich lange überrascht zu sein. Beinahe instinktiv fuhren ihre Hände zu den Schwertern.

Gilfalas' Hochstimmung war von einem Augenblick zum anderen verflogen. Es war der Mut der Verzweiflung, der ihn zum Handeln trieb.

Noch bevor die Bolgs ihre Klingen gezogen hatten, warf sich der junge Elbe nach vorn und rammte mit den Schultern einen der beiden zu Boden. Der andere hatte sein Schwert gezogen, aber ein Tritt in den Bauch warf ihn zurück.

Während er rückwärts taumelte und mit rudernden Armen nach Halt suchte, stolperte er über eine Baumwurzel und schlug der Länge nach hin.

Gilfalas spürte die Müdigkeit, die ihn wie ein dunkler Nebel von allen Seiten umfing und in seine Glieder kroch. Er wußte, er durfte es auf keinen Kampf mehr ankommen lassen. Allein der Lärm würde die Meute auf seine Spur führen, und dies konnte nur tödlich für ihn enden.

Der Fluß! Das war seine Chance. Er stürzte davon, ohne die Bolgs weiter zu beachten. Seine gute Nachtsicht half ihm nun, Hindernissen wie tiefhängenden Ästen auszuweichen, und verhinderte, daß er stolperte oder in ein Loch trat. Jede Rücksicht auf ein lautloses Vorwärtskommen war vergessen. Gilfalas rannte um sein Leben.

Hinter sich hörte er die beiden Bolgs, die wie Olifanten durch das Unterholz brachen. Beide hatten die Verfolgung aufgenommen.

Gilfalas sandte ein Stoßgebet zum Herrn, daß nicht noch mehr Feinde im Dunkel des Waldes lauerten. Ein weiteres Mal würde er nicht so glimpflich davonkommen.

Mit jedem Schritt spürte der Elbe, wie ihm die Beine schwerer wurden, wie ihm die Atemluft in den Lungen stach. Jede Bewegung wurde zur Mühsal, und er merkte, daß er an Geschwindigkeit verlor. Gleichzeitig wurde das Geräusch der durch das Unterholz brechenden Verfolger lauter.

Wo war der Fluß? Für einen Augenblick überkam ihn die Angst, daß er gar nicht darauf zulief, aber die Richtung stimmte; deutlich konnte er das Wasser riechen, das Rauschen der Ströumg vernehmen. Ja, er konnte es schaffen! Vielleicht ...

Diese Einsicht verlieh ihm noch einmal die Kraft, seine Schritte zu beschleunigen. Er flog förmlich durch das Unterholz. Schon konnte er Weiden und Pappeln erkennen, die gerne nahe am Fluß wuchsen. Das Strauchwerk wurde dünner, der Boden sandiger.

Ein letztes Mal holte er alles aus sich heraus. Und trotzdem kamen seine Verfolger näher.

Schilf tauchte vor Gilfalas auf. Endlich! Der Fluß!

Der Elbe durchbrach den Schilfgürtel, nahm einen letzten tiefen Atemzug und warf sich vorwärts! Er spürte noch, wie etwas seine Schulter streifte, eine feurige Spur hinterlassend. Dann schlugen die eisigen Fluten über ihm zusammen. Er schwamm unter Wasser, spürte, wie sich Arme und Beine zu verkrampfen drohten.

Todesfurcht griff mit klammen Fingern nach seinem Herzen: die Angst, von Krämpfen geschüttelt, jämmerlich in einem kleinen Fluß zu ertrinken. Doch er hatte Glück, die Muskeln schmerzten zwar, aber sie blieben geschmeidig.

Gilfalas tauchte erst auf, als er glaubte, seine

Lungen müßten platzen. Er durchstieß die Oberfläche und sog gierig die Luft ein. Dann warf er einen Blick zurück zum Ufer. Deutlich konnte er die Bolgs am Rande des Schilfs erkennen, dunkle, massive Schattengestalten im hüfthohen Wasser. Ihre Oberkörper pendelten suchend hin und her, nach rechts und links und wieder zurück, und wenn ihre schweifenden Blicke in seine Richtung irrten, dann glaubte er ein Blinken von Haß in ihren stumpfen Augen zu lesen. Aber vielleicht bildete er sich das auch nur ein.

Die letzten Sterne waren nun erloschen; der Himmel lag wie eine riesige nachtschwarze Decke über dem Land. Der Fluß hatte, angeschwollen durch die Regenfälle der letzten Tage, Gezweig und Baumstrünke mit sich gerissen und auch das eine oder andere Kleingetier, und Gilfalas bemühte sich, eins zu werden mit dem Treibgut. Über dem Rauschen des Flusses und dem Pochen des Blutes in seinen Ohren konnte er nicht hören, ob die Bolgs sich unterhielten – sofern sie überhaupt dazu imstande waren. Schließlich wandten sich beide um und stapften durch das flache Wasser zum Ufer hinauf, um ihre Kameraden zu holen.

Gilfalas schwamm noch einige Züge, um in die Mitte des Flusses zu gelangen, wo ihn die Strömung davontragen konnte. Er versuchte sich die Karte Elderlands in Erinnerung zu rufen. Nach fast zwei Tagen auf der Flucht vor den Dunkelelben und deren Soldaten konnte er beim besten Willen nicht mehr sagen, wo er war. Nur eines wußte er: Der Fluß mußte der Elder sein. Aber befand er sich südlich oder nördlich von dem Punkt, wo dieser sich mit dem zweiten Hauptfluß des Landes, dem Ander, vereinigte? Er wußte es nicht. Doch wenn er an Land gehen würde, dann nur am Ostufer. Dort würde er sich dann entscheiden müssen, in welche Richtung es weitergehen sollte.

Das Schwert an seinem Gürtel zog ihn nach unten, und Gilfalas spürte, wie seine Kräfte erlahmten. Lange würde er es in dem kalten Wasser nicht mehr aushalten können. So entschloß er sich, die relative Sicherheit des Wassers gegen das ungeschützte, aber trockene Ufer einzutauschen.

Als er wieder festen Boden unter den Füßen fand, hatte ihn die Strömung ein gutes Stück flußabwärts getragen. Mit Mühe schleppte sich Gilfalas das sandige Ufer hinauf und ließ sich der Länge nach zu Boden fallen. Er hätte endlos lange so liegen bleiben können. Doch er durfte nicht einschlafen. Er hatte eine Aufgabe zu erfüllen.

Erschöpft wie er war, kroch Gilfalas mit letzter Kraft vom Strand weg, wo ihn die scharfen Augen seiner dunklen Brüder bald ausgemacht haben würden, auf ein Gebüsch zu, das Deckung versprach. Dort blieb er liegen und holte schnaufend Luft. Die Müdigkeit übermannte ihn, und er merkte, daß der Schlaf bald sein Recht fordern würde.

Kurz nur blickte er auf – und sah vor sich einen Schatten. Eine Gestalt! Er hatte sie nicht kommen hören.

Viel zu langsam griff Gilfalas zu seinem Schwert; aber er wußte, es würde ihm ohnehin nichts nützen. Seine Finger erschlafften.

Es war vorbei; er hatte versagt. Tränen schossen ihm in die Augen.

Umsonst, alles umsonst. Entweder würde er gleich tot am Strand liegen oder in die Gefangenschaft verschleppt werden. Während die Schatten der Verzweiflung sich herniedersenkten, wartete er auf den Todesstoß oder den harten Griff der Bolgs.

»Thai na Eloï metanneth«, drang eine Stimme an sein

Ohr, und gleichzeitig spürte er eine sanfte Berührung an der rechten Schulter.

»Was …?« Gilfalas kniff die Augen zusammen, und nun erkannte er, daß die Gestalt viel zu klein war für einen Bolg oder einen Dunkelelben. Dies mußte, trotz der elbischen Begrüßung, jemand vom Ffolk sein, den Bewohnern dieses Landes.

»Seid gegrüßt, Erweckter«, sagte der Ffolksmann in der Gemeinsamen Sprache. »Ich bin Magister Adrion Lerch, Kustos des Ffolksmuseums von Aldswick und Mitglied des Rates von Elderland. Ich habe Euch erwartet, und Ihr habt von mir nichts zu befürchten.«

»Wie … kommt Ihr hierher?« fragte Gilfalas verwirrt. Er hatte den Tod erwartet, und nun ward ihm Hilfe zuteil. Bisher hatte er das Ffolk gemieden; denn er konnte sich ausmalen, was Bolgs mit jenen machen würden, die einem wie ihm Beistand leisteten.

»Ich habe Euch erwartet«, wiederholte der Ffolksmann.

»Ihr dürft mir nicht helfen! Geht, Euer Leben ist in Gefahr! Geht!« stammelte Gilfalas, der den Sinn der Worte noch gar nicht erfaßt hatte. »Die Bolgs werden Euch …«

»Kommt, ich bringe Euch zu Freunden!« Geduldig, aber bestimmt unterbrach Magister Adrion den Redefluß des Erschöpften. Mühsam raffte sich Gilfalas auf und folgte wie im Traum seinem Retter, der zielstrebig zu einem Feldweg ging, wo ein kleiner Planwagen wartete, der von einem Pony gezogen wurde.

»Steigt ein«, wies der Magister ihn an, und Gilfalas ließ sich auf die Ladefläche fallen, zu schwach, weiter gegen das Hilfsangebot zu protestieren.

Kaum lag Gilfalas auf den harten Brettern, fielen ihm die Augen zu, und er merkte nicht einmal mehr, wie die ersten Regentropfen zu fallen begannen …